Roger Gratton

La 43e prophétie

(tome II)

Les prophéties ancestrales

Éditions Dédicaces

LA 43E PROPHÉTIE (TOME II), par ROGER GRATTON

ÉDITIONS DÉDICACES LLC

www.dedicaces.ca | www.dedicaces.info
Courriel : info@dedicaces.ca

Roger Gratton

La 43e prophétie

(tome II)

Les prophéties ancestrales

4

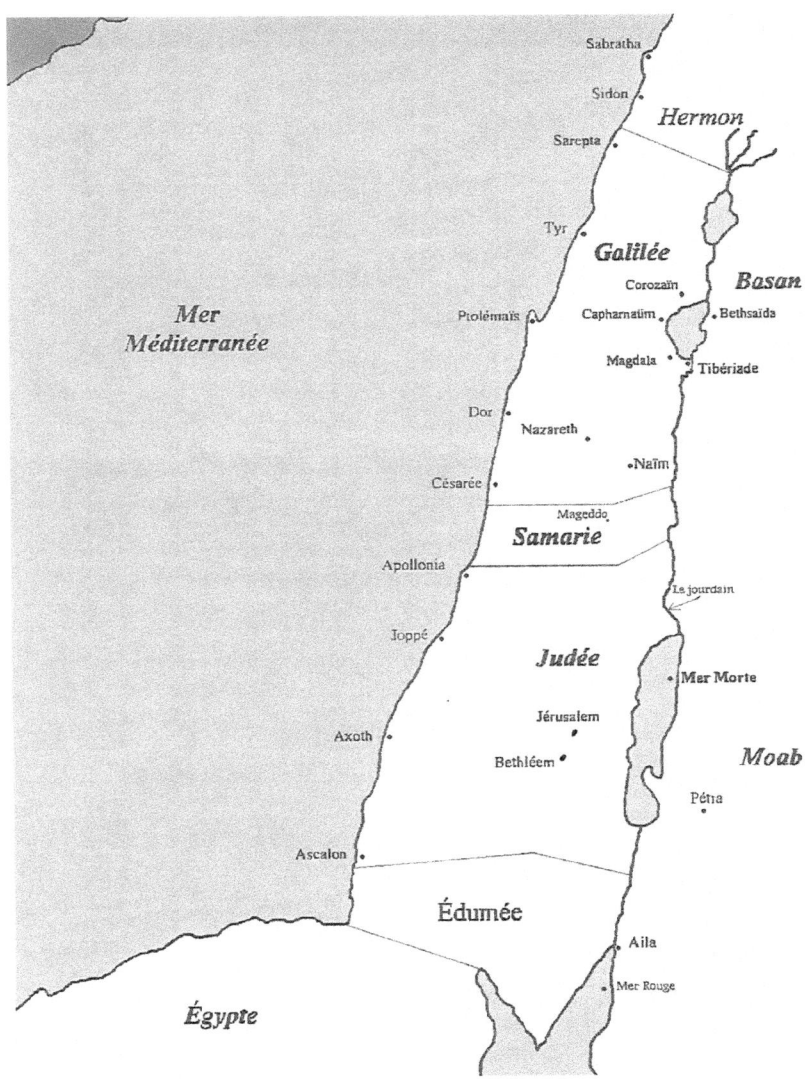

Sabratha

Sidon

Sarepta

Hermon

Tyr

Galilée

Corozaïn

Basan

Ptolémaïs

Capharnaüm

Bethsaïda

Mer
Méditerranée

Magdala

Tibériade

Dor

Nazareth

Césarée

•Naïm

Mageddo

Samarie

Apollonia

Le Jourdain

Joppé

Judée

•**Mer Morte**

Jérusalem

Axoth

Moab

Bethléem

Pétra

Ascalon

Édumée

Aïla

Mer Rouge

Égypte

Introduction

Il est étrange de constater à quel point l'Histoire a tendance à se répéter. Un Empire prend naissance, il accroît sa puissance jusqu'à dominer tous ses voisins, puis un jour, sans véritables raisons apparentes, son pouvoir décline. Alors, tel un fauve blessé, il voit ses ennemis s'abattent sur lui et le mettre en pièces. Il s'en suit inlassablement une période de barbarie, le Maître n'étant plus, les loups font la fête et le peuple souffre.

La capitale du tout premier grand empire de ce monde se nommait Ur. Ce gigantesque Empire occupait toute la basse Mésopotamie. Du troisième au deuxième millénaire avant notre ère, trois grandes dynasties s'y succédèrent. Ce peuple s'appelait les Sumériens. Grands bâtisseurs de cités, ils vivaient de la culture de la terre et ils étaient très prospères. Ils vénéraient une multitude de dieux et ceux-ci les protégeaient bien. Ils furent les premiers à se doter d'une forme de langage écrit. L'écriture cunéiforme, qu'ils mirent au point, n'était constituée que de quelques symboles à l'origine, mais elle devint très complexe et comportait près de 1,400 caractères et symboles lorsqu'elle disparut, un millier d'années avant notre ère.

Ce grand peuple occupait toute la partie Ouest de la Mésopotamie. À l'Est vivaient les Bédouins, un peuple qui était diamétralement leur opposé. Ces gens étaient des nomades qui vivaient strictement de l'élevage du bétail et se déplaçaient constamment à la recherche de nouveaux pâturages, afin de trouver la nourriture nécessaire à leurs troupeaux.

À la fin de la troisième dynastie, l'Empire se détériora. Les grandes cités, dont il était constitué, réclamèrent leur indépendance et se mirent à quitter celle-ci les unes après les autres. L'Empire fut ainsi séparé en deux entités indépendantes, mais beaucoup plus faibles.

Les années qui suivirent furent des temps de désolation. Une grande sécheresse s'abattit sur toute la Mésopotamie, entraînant une famine dans tout le royaume. Les Bédouins de l'Est se mirent à affluer vers l'Ouest à la recherche de pâturages pour leurs troupeaux. Les Sumériens les repoussèrent à maintes reprises, mais ils ne cessèrent de revenir, toujours plus nombreux.

Bien que cela ne soit pas dans leur nature de nomades, les Bédouins se liguèrent et formèrent une redoutable armée qui fondit sur la cité d'Ur, telle une marée destructrice et sans pitié. Les fortifications de la cité les arrêtèrent un long moment, mais ils finirent par céder et l'armée dévastatrice déferla dans la grande cité, semant la mort sur son passage.

Plus tard, une lamentation pleurera la destruction d'Ur :

« O, père Nanna, *cette ville s'est changée en ruines...*

Ses habitants, au lieu de tessons, ont rempli ses flancs; ses murs ont été rompus, le peuple gémi.

Sous ses portes majestueuses où l'on se promenait d'ordinaire, gisaient les cadavres. Dans ses avenues où avaient lieu les fêtes du pays, gisaient des monceaux de corps. Ur — ses forts et ses faibles sont morts de faim:

Les pères et les mères restés dans leur demeure ont été vaincus par les flammes;

Les enfants couchés sur les genoux de leur mère, comme des poissons, les eaux les ont emportés.

Dans la cité, l'épouse était abandonnée, l'enfant était abandonné, les biens étaient dispersés.

O, Nanna, Ur *a été détruite, ses habitants ont été éparpillés! »*

(S.N.Kramer, "Lamentation over the destruction of Ur")

Prologue

La vingt-sixième prophétie

Deux mille quatre av. J.-C., cité d'Ur,
capitale sumérienne, basse Mésopotamie.

L'énorme cheval brun posa prudemment son sabot sur la pièce de bois à demi calciné et, rassuré par la solidité de celle-ci, il monta en un petit bond sur l'immense porte qui gisait sur le sol. Le commandant Hassuna tira sur la bride et freina sa monture. Il tourna ensuite son visage impavide et dur à sa gauche et balaya d'un regard, où ne perçait aucune émotion, la dévastation qui s'étendait sur toute la cité. Il avait, malgré leur victoire écrasante, le cœur triste, car personne n'avait vraiment souhaité cette bataille. Elle s'était produite simplement par absence de choix.

Toutes les grandes cités de la basse Mésopotamie avaient été construites tout près des grands fleuves du royaume de Summer. L'absence de pluies des deux dernières années avait pratiquement asséché tous les petits cours d'eau, tant du territoire de la basse que de la haute Mésopotamie, à l'Est. Même, le débit des grands fleuves de l'Ouest avait atteint des niveaux alarmants. Ce n'était pas le désir de conquête, ni l'appât du gain, qui avait poussé les Bédouins vers l'Ouest, mais simplement l'instinct de survie. Hassuna avait fait partie des premières délégations qui avaient été envoyées auprès du roi Ibbi-Sîn, le souverain d'Ur, cinquième roi de la troisième dynastie, afin de négocier une entente sur le partage des maigres réserves d'eau et de nourriture du royaume. Les provisions de la cité étant nettement insuffisantes pour leurs propres besoins, les délégués avaient essuyé un refus catégorique et ils avaient été repoussés vers leur territoire. Hassuna et les siens en étaient venus, avec le temps, à la conclusion qu'un seul des deux peuples parviendrait à survivre à cette famine interminable.

Leur première tentative d'invasion s'était soldée par un échec cuisant. Le souverain de la cité voisine s'était porté au secours d'Ur et l'armée Bédouine avait dû se retirer prestement. Plus d'une année, c'était écoulé et la sécheresse avait perduré. La famine avait eu raison de plusieurs hommes et femmes parmi les plus âgés et les troupeaux se décimaient rapidement. Les tribus avaient donc décidé de se liguer et le commandement des troupes lui avait été confié.

Le commandant Hassuna fit claquer ses talons sur les flancs de son cheval qui se remit en route, se frayant difficilement un passage parmi la multitude de cadavres qui jonchaient le sol. Bien qu'il n'y eût pour ainsi dire plus aucune résistance dans la cité, les troupes d'invasion continuaient à affluer par la grande porte éventrée et elles se répandaient dans toute la cité. Il retentissait encore un peu partout des cris et des pleurs. Ceux qui tentaient de fuir étaient rattrapés et mis à mort, alors que ceux qui s'étaient barricadés dans leurs demeures étaient brûlés vifs avec celles-ci.

Hassuna s'engagea sur l'allée principale au milieu des volutes de fumée qui s'élevaient de part et d'autre. Des vagues de chaleur intense, provenant des nombreux brasiers, l'assaillaient dès que le vent tournait dans sa direction. Il n'avait parcouru qu'une faible distance, lorsqu'un phénomène inusité attira son attention. À sa gauche, l'un des bâtiments semblait avoir été totalement épargné et une trentaine de soldats s'y étaient agglutinés. Les hommes semblaient observer avec fascination quelque chose qui se tenait sous le porche de l'édifice. Il stoppa sa monture, mit pied à terre, puis, il se fraya un chemin parmi les soldats. Il se figea, très perplexe, devant le bâtiment qui semblait être un temple. Dès le début de l'attaque, des prêtres en étaient sortis et s'étaient agenouillés sous le porche, laissant les portes du temple grandes ouvertes. Mains croisées sur leur poitrine, ils semblaient plongés dans une profonde méditation, alors que l'armée destructrice déferlait autour d'eux.

Les premiers soldats, qui avaient pénétré dans la cité, étaient passés près du temple en les ignorant. Certains autres s'étaient attardés un petit moment, mais ne voyant aucun intérêt à s'en prendre à ces prêtres, ils avaient poursuivi leur attaque, pillant et massacrant le peuple de la cité qui tentait de fuir.

— Mais qu'est-ce que cette mascarade? lança Hassuna d'un ton où perçait la frustration.

Un jeune officier, qui semblait être le responsable des troupes en présence, approcha et s'inclina respectueusement. Puis, il tendit le bras en direction des prêtres.

— Ils sont ainsi depuis que nous sommes arrivés et nous ne savons que faire, Commandant.

Ces soldats étaient très superstitieux et la simple idée de s'en prendre à ces prêtres inoffensifs, qui ne cherchaient même pas à fuir, leur créait un très grand malaise. Il en était de même pour le commandant, bien qu'il eut lui-même donné la consigne de ne faire aucun prisonnier. Il n'y avait pas suffisamment de nourriture et d'eau pour eux, il eut donc été plus cruel de leur part de les faire prisonniers pour ensuite les laisser mourir de faim et de soif.

Hassuna poussa un soupir d'impatience, puis il pivota dans la direction du temple. Il avança d'un pas lourd et gravit les cinq marches de pierre qui menaient au porche. Il s'arrêta à une enjambée de celui qui lui semblait être le chef de ce groupe religieux et lança d'une voix autoritaire :

— Qui êtes-vous?... Et que faites-vous?

Le prêtre devant lui sembla quitter sa transe et réintégrer son corps. Puis, il releva la tête, tout en ouvrant lentement les yeux. Il s'inclina respectueusement devant le farouche commandant, tout en gardant ses deux mains croisées sur sa poitrine.

— Je me nomme Halaf et je suis le grand-prêtre des serviteurs de Sîn que vous, hommes de l'Est, appelez Nanna, le vénéré protecteur de la nuit. Ce sanctuaire est son temple et nous sommes les gardiens des prophéties ancestrales que notre Dieu nous a révélées.

Le grand-prêtre s'inclina à nouveau, alors qu'Hassuna secouait la tête avec dédain.

— Des prêtres… Des gardiens… Des prophéties… Peuh!

Il se tourna en balayant des yeux toute la cité en flamme avant de revenir au grand-prêtre, un petit sourire narquois dansant sur ses lèvres.

— Ton Dieu, qui vous a révélé tous ces oracles, a donc été incapable de vous mettre en garde contre votre propre destruction.

Le grand-prêtre s'inclina à nouveau devant le responsable de tout ce carnage.

— La destruction de notre grande cité nous avait été révélée dans la vingt-sixième prophétie, noble seigneur.

Le commandant, très sceptique, éclata de rire

— Tu essaies de me faire croire, prêtre, que tu étais au courant, mais que tu n'en as rien dit au roi de la cité. Tu as préféré en garder jalousement le secret.

Halaf arqua les sourcils d'étonnement.

— Pas du tout, Commandant! Notre roi, ainsi que le peuple, connaissait cette prophétie.

Hassuna plissa le front. Il était plus que perplexe cette fois. À dire vrai, il était même incrédule.

— Si ce que tu dis est vrai, alors pourquoi votre roi n'a-t-il rien fait pour empêcher cette destruction?

Halaf ouvrit les deux mains en signe d'impuissance.

— Qu'aurait-il pu faire, Commandant? La prophétie devait s'accomplir et elle se serait réalisée, quoi que le roi ait pu tenter de faire pour l'éviter.

Hassuna se sentait presque aussi intrigué, qu'irrité.

— Montre-moi cette prophétie, prêtre!

Halaf eut un petit mouvement de recul. Les prophéties étaient enseignées au peuple, mais seuls les prêtres étaient autorisés à pénétrer dans la chambre des prophéties. Il n'eût cependant pas été judicieux de sa part de refuser l'ordre du commandant. Il se leva donc et invita le féroce soldat à le suivre. Hassuna fut très étonné de voir avec quelle aisance cet homme, d'un certain âge, s'était levé tout en souplesse, malgré les longues heures qu'il avait dû passer dans une position très inconfortable.

Le temple, qui était tout en longueur, était perforé de petites fenêtres dans la partie supérieure des murs, permettant à la lumière du jour de pénétrer à l'intérieur du sanctuaire, mais la dense fumée, qui masquait le ciel de la cité, n'y laissait pénétrer qu'une lueur blafarde, telle qu'au crépuscule. Halaf prit une torche qui baignait dans une jarre d'huile et l'alluma à même l'une des deux torches qui brûlaient en permanence à l'entrée du temple. Puis, il guida son visiteur dans le sanctuaire de son Dieu.

La première pièce était une vaste salle, utilisée tant par les prêtres que par les gens du peuple qui désiraient s'y recueillir et prier leur Dieu. Sur le mur arrière de cette salle s'ouvrait un long couloir obscur parsemé de pièces de part et d'autre. Elles servaient de dortoirs, de cuisine, de salle à manger et de réserve pour les prêtres qui habitaient le temple. Halaf se rendit jusqu'au bout de ce couloir où une porte massive fermait la salle des prophéties. Il s'inclina respectueusement avant d'ouvrir celle-ci et d'y faire entrer le commandant.

Hassuna eut l'impression de pénétrer dans un endroit exigu, mais il se rendit compte rapidement qu'il n'en était rien, au fur et à mesure qu'il avançait dans la pièce. Il s'agissait plutôt d'une grande salle qui avait été subdivisée de façon inégale, comme une sorte de labyrinthe. Les murs étaient recouverts de petites tablettes d'argile aux multiples inscriptions cunéiformes que le commandant connaissait très bien. Il tourna un regard interrogateur vers le grand-prêtre qui le pria de le suivre d'un geste de la main.

Après plusieurs tournants dans ce dédale de tablettes, Halaf s'arrêta et d'un large geste de la main, il indiqua la partie supérieure du mur à sa droite.

— La vingt-sixième prophétie, Commandant.

Hassuna examina le mur. Les tablettes semblaient y être rassemblées en trois groupes distincts. L'un dans la partie supérieure, l'autre dans le centre et le troisième dans la partie inférieure du mur. Il revint à celui que le prêtre lui avait montré dans la partie supérieure et il se mit à l'examiner attentivement. Il était composé d'une trentaine de tablettes d'argiles très anciennes. Halaf approcha la torche, puis, une main sur sa poitrine, il s'inclina poliment.

— Je puis t'en faire la lecture, si tel est ton désir, Commandant?

Hassuna se tourna brusquement, ses yeux jetant des éclairs d'indignation.

— Je ne suis pas un illettré, prêtre. Je peux lire ce texte par moi-même.

Halaf était très étonné, car les gens qui savaient lire étaient peu nombreux. Ceux qui avaient cette habileté étaient prêtres ou ils appartenaient à la noblesse. Les gens du peuple ne connaissaient généralement que quelques symboles utiles dans leur quotidien, mais rien de plus. Il n'avait pas voulu offusquer le commandant. Il s'inclina à nouveau et tenta de rattraper sa petite bévue.

— Chaque cité possède des expressions qui lui sont propres, de même que les symboles qui les accompagnent. Si certains d'entre eux te sont inconnus, je me ferai un devoir de les traduire pour toi, Commandant.

Sans daigner lui répondre, Hassuna reporta son attention sur la première tablette et en commença la lecture.

La prophétie était très vieille et semblait dater de plusieurs siècles, probablement des débuts de la deuxième dynastie. Il se mit à lire rapidement les symboles qui racontaient l'ascension de la cité et comment elle allait devenir le cœur et l'âme de ce vaste empire. Il cessa soudain sa lecture, tout en fronçant les sourcils, devant un symbole dont il doutait de sa véritable signification. Il fit simplement un petit hochement de tête interrogateur en direction du prêtre, tout en pointant le symbole.

— La troisième dynastie, expliqua simplement Halaf.

Hassuna plissa le front et il leva les yeux vers la deuxième tablette d'argile. Il repéra rapidement le symbole qu'il cherchait, celui de la deuxième dynastie. Il compara ensuite les deux symboles et il se rendit rapidement compte de la similitude entre les deux. Il reprit donc sa lecture, mais à voix haute cette fois, afin que le prêtre puisse le corriger s'il faisait une erreur :

— *Cinq rois... La troisième dynastie, connaîtra.*
— *Un grand fléau... Sur le royaume entier, s'abattra.*
— *Complètement détruite... La cité, sera.*

Hassuna se tourna vers le prêtre, en se disant que tout ce que celui-ci lui avait dit était vrai. Le roi de la cité savait que la fin était proche. Puis, il se demanda ce qu'il aurait fait lui-même, s'il avait été le roi de cette cité et qu'il eût connu cette prophétie. Mais il fut incapable de trouver une réponse adéquate à son interrogation. Personne n'avait voulu ce qui était arrivé et, selon lui, personne n'aurait pu l'empêcher. Peut-être que le prêtre avait raison après tout et que les prophéties devaient s'accomplir, quoi qu'il puisse arriver ou que les hommes puissent tenter de faire pour l'en empêcher.

Hassuna se sentait quelque peu troublé, mais il y avait encore d'autres tablettes à la prophétie, alors il retourna à sa lecture.

— *Les survivants... La grande cité, rebâtiront*
— *La gloire de jadis... Jamais, ne sera restaurée*

— De nombreuses années… Dans la paix, les deux peuples vivront.

Son visage devint dur et implacable.

— Laisser les survivants rebâtir la cité!… Je ne crois pas que nous tolérerons cela, prêtre!

Halaf s'inclina respectueusement, afin de calmer quelque peu le commandant.

— Nous ne sommes que les gardiens de ces prophéties et les témoins de leur accomplissement, Commandant.

Le soldat soupira bruyamment. Il avait vu ce qu'il voulait voir. Il pivota et ordonna au grand-prêtre de le guider jusqu'à la sortie.

Lorsqu'Hassuna arriva à l'extérieur, le jeune lieutenant poussa un soupir de soulagement. Son chef s'était absenté plus longtemps qu'il l'avait souhaité et le ciel s'était grandement assombri.

— Il va falloir nous presser, Commandant. Les troupes ont déjà commencé à évacuer la cité. Les flammes gagnent en ampleur. Nous aussi nous devrons quitter ces lieux bientôt, sans quoi nous serons pris par les flammes.

Hassuna regarda autour de lui. Les trois quarts de la cité n'étaient plus qu'un gigantesque brasier. Dans quelques minutes, même le chemin principal ne serait plus praticable.

— Tu as raison! Partons!

Le jeune lieutenant releva le menton en direction des prêtres, qui étaient toujours assis par terre dans un état de profonde méditation.

— Que faisons-nous d'eux, Commandant?

Hassuna grimaça. Il était facile pour lui d'ordonner la mise à mort de gens qui étaient pris de panique et cherchaient à fuir. Il était par contre plus difficile d'ordonner l'exécution de ces prêtres qui semblaient indifférents ou totalement résignés à leur sort. La dernière phrase que le grand-prêtre lui avait dite refit surface dans son esprit. *« Nous ne sommes que les gardiens de ces prophéties et les témoins de leur accomplissement. »*

Il tourna son regard froid et indifférent vers Halaf.

— Grand-prêtre, puisque vous êtes des gardiens, alors, gardez!… Si votre Dieu veut bien vous épargner, alors vous vivrez et vous témoignerez.

Halaf s'inclina et il alla reprendre sa place devant les autres prêtres qui étaient toujours aussi calmes et sereins. Il croisa les mains sur sa poitrine et il replongea immédiatement dans sa transe.

* * *

Quelques semaines après la chute de la grande cité d'Ur, des pluies abondantes s'abattirent sur tout le royaume pendant plusieurs semaines, comme si le ciel, qui avait retenu les pluies depuis plusieurs années, n'en pouvait plus et déversait son trop-plein partout où il le pouvait. En un mois seulement, les rivières et les ruisseaux se remplirent et les torrents se mirent à déferler comme autrefois. Les prés asséchés, où plus une trace de vie ne semblait exister, se recouvrirent d'une verdure riche et ondoyante, promesse de fertilité et d'abondance. Dans les années qui suivirent, un grand nombre de Bédouins rassemblèrent leurs troupeaux et retournèrent dans l'Est, où ils avaient toujours vécu. Quelques-uns cependant décidèrent de demeurer sur place, puisqu'ils y étaient bien installés.

Dix années s'écoulèrent, puis ceux qui avaient réussi à fuir, de même que ceux qui n'avaient pas été présents lors de la destruction de la cité, se mirent timidement à revenir. Il était très difficile pour ces gens de comprendre la volonté des dieux. La famine, due à la sécheresse, était la principale cause de la destruction de leur cité. Les pluies abondantes, qui s'étaient abattues sur tout le territoire si peu de temps après la grande bataille, avaient rendu les gens très perplexes. Les dieux avaient-ils provoqué cette famine dans le seul but de voir la grande cité détruite? Tous se questionnaient, mais personne ne trouvait de réponses, car la volonté des dieux était impénétrable.

Les survivants du grand massacre avaient trouvé refuge dans les cités plus au nord. Ils avaient été bien accueillis, mais le désir de retourner dans leur propre cité les avait toujours habités au plus profond de leur être. Le retour fut cependant très pénible, car la cité avait été anéantie et les flammes avaient tout ravagé. Même le double mur d'enceinte de la cité avait été jeté au sol. Partout, ce n'était que ruine et désolation. Seul un petit bâtiment avait été épargné de la destruction. Certes, ses murs avaient été noircis par la fumée de l'intense brasier, mais la structure de l'édifice était demeurée intacte, tel un monument à la mémoire de la grande cité. Le temple de Sîn avait été miraculeusement gracié, de même que ses occupants.

De nombreuses autres années s'écoulèrent. La cité fut partiellement reconstruite, mais les nouveaux bâtiments étaient beaucoup plus modestes que ceux qui avaient existé jadis. Les premiers à être revenu s'étaient installés tout près du temple et ceux qui avaient suivi, en avaient fait tout autant. La moitié de la cité avait été rebâtie, mais son point central n'était plus le palais royal, comme il avait été autrefois, mais bien le temple qui avait été épargné. Ibbi-Sîn, le dernier roi de la majestueuse cité, avait été emmené à l'Est et il était mort en captivité. Les gens, qui avaient ressenti un grand besoin d'être dirigé, s'étaient choisi un nouveau roi parmi la descendance indirecte d'Ibbi-Sîn.

* * *

Plus de deux cents années s'étaient écoulées depuis la destruction de la grande cité d'Ur. Terah déposa son gobelet et quitta la table sous le regard inquisiteur de sa femme. Il se dirigea d'un pas hésitant vers la porte de sa demeure et sortit dans la fraîcheur de ce début de nuit. Il fit quelques pas à l'extérieur et leva timidement les yeux vers la lune qui avait atteint sa plénitude. Lorsque son regard croisa celle-ci, il baissa vivement la tête. Son épouse, qui l'avait rejoint à l'extérieur, posa sur son épaule une main apaisante.

— Tu sembles très tendu ce soir, mon amour.

La remarque lui extirpa un petit sourire. Il leva la main vers le ciel, sans même oser relever les yeux.

— Sîn, notre bienveillant protecteur de la nuit, a son œil entièrement tourné vers nous, simples mortels.

Elle leva les yeux à son tour vers la lune de façon très furtive. Il était très intimidant de sentir le regard de son Dieu posé sur soi. Terah se tourna vers son épouse et lui fit un petit sourire fugace, avant de redevenir très sérieux.

— Ce soir, Sîn a toute son attention sur notre peuple. Mon fils a fait ses premiers pas et je me dois de le présenter au grand-prêtre du temple, comme l'exige la loi. Je ne peux y échapper et je devrai m'incliner devant les prêtres, même si je suis le roi.

Elle comprenait très bien les appréhensions de son époux. Il émanait du chef du temple un côté mystique qui lui faisait un peu peur.

Terah poussa un petit soupir résigné.

— Va réveiller notre fils, femme!… Il est temps pour moi d'y aller.

Elle lui répondit d'un petit sourire nerveux et retourna dans la maison. Elle revint quelques instants plus tard portant son fils à qui elle avait mis un lange propre. Elle mit le jeune bambin dans les bras de son père, bien heureuse que cette tâche incombe au père plutôt qu'à la mère. Elle aurait bien voulu lui souhaiter bonne chance, bon courage ou quelque chose du genre, mais elle n'arrivait pas à trouver un terme vraiment approprié, afin d'exprimer sa pensée, alors, elle se contenta de lui donner un petit baiser sonore sur la joue.

Terah se mit immédiatement en route. Il leva son fils à bout de bras et le secoua doucement, tout en lui faisant des grimaces. Le jeune enfant éclata de rire sous les mimiques de son père qui le déposa à sa place favorite, sur son épaule. Le ciel limpide constellé d'étoiles contribuait à augmenter la magnificence de l'astre de la nuit. Le temple n'était qu'à une dizaine de minutes de marche de chez lui. Il s'y rendit très aisément, sa route bien éclairée par Sîn. Normalement, lorsqu'il se devait de rencontrer le grand-prêtre pour les besoins du culte, c'était toujours en son titre de roi qu'il le faisait, mais ce soir serait différent, car il allait à la rencontre de celui-ci comme le ferait n'importe quel père.

Lorsqu'il arriva en vue du sanctuaire, il ralentit le pas, car son cœur, lui, s'était accéléré. Il s'empressa de prendre quelques longues respirations, afin de calmer ses appréhensions. Plusieurs prêtres étaient déjà sous le porche du temple et ils le regardaient approcher. L'un d'entre eux avança, les bras grands ouverts en signe de bienvenue.

— Nous t'attendions, Terah!

Le jeune roi gravit les cinq marches taillées dans la pierre et se dirigea vers le prêtre qui s'était approché pour l'accueillir et qui tendait une main vers un petit tapis étalé sur le sol.

— Dépose l'enfant, Terah! Le grand-prêtre ne saurait tarder.

Il installa son fils, confortablement assis au centre du tapis, et il retourna au bas des marches, en attendant que le cérémonial débute. Il avait vu cette cérémonie à maintes reprises et il en connaissait très bien les règles. Il s'agenouilla humblement et il attendit que le grand-prêtre sorte du temple afin de donner un nom à son fils.

L'attente fut de très courte durée. À peine eut-il posé les genoux au sol qu'un autre prêtre sortit du sanctuaire, portant trois tablettes dans ses mains. Cet homme était un scripte et sa fonction était de noter les paroles du grand-prêtre sur des tablettes de cire. L'homme était d'une grande dextérité et il pouvait tracer les signes et les symboles cunéiformes avec vitesse et précision. Il prit place à même le sol, à la droite de l'enfant, puis il déposa près de lui les deux autres tablettes qu'il avait apportées, n'en gardant qu'une seule sur ses genoux. Ces tablettes avaient la forme d'un petit cadre de bois dans lequel l'on avait versé de la cire. Le scripte se servait d'une pointe de roseau affûtée, afin de tracer les symboles dans la cire. Si le texte était important et qu'il devait être conservé pour une longue période, il était alors retranscrit sur des tablettes d'argile fraîche qui pouvaient être cuites au soleil et parfois même au four.

Terah sursauta lorsqu'il vit apparaître le grand-prêtre à la gauche du scripte. Il s'était laissé distraire par les préparatifs de cet homme et il ne l'avait pas vu approcher. Le chef du temple était un homme très particulier. Bien qu'il le connaissait depuis de nombreuses années, il ne put s'empêcher de l'examiner à nouveau des pieds à la tête. Le grand-prêtre était de très petite taille. Bien qu'il ne soit pas très grand lui même, l'homme ne dépassait pas la hauteur de sa poitrine. Il était de plus tellement chétif, que l'on eut cru qu'il n'avait que la peau et les os. Vu de dos, il pouvait très facilement être confondu avec un enfant de neuf ou dix ans. Il en était tout autrement lorsqu'on le voyait de face. Sa peau était si parcheminée qu'on eut dit qu'il vivait depuis de nombreux siècles. Il y avait cependant deux choses qui rendaient ce petit homme si particulier. Lorsqu'il s'approchait d'une personne, l'énergie qui émanait de lui était presque palpable. Mais ce qui était encore plus intimidant, c'était son regard vide, puisque le grand-prêtre était aveugle de naissance. Ses yeux n'étaient que deux globes totalement blancs, sans aucune prunelle. Lorsqu'il posait son regard, bien que ce n'en soit pas vraiment un, sur une personne, celle-ci avait l'impression d'être sondée par les deux yeux de Sîn.

— Ton fils a fait ses premiers pas, jeune roi Terah, dit le grand-prêtre, et tu le conduis à nous, comme le veut la tradition, pour que son nom te soit révélé.

Terah inclina la tête et répondit, oui! avec l'humilité d'un père. Le grand-prêtre fit trois petits pas et plaça sa main au-dessus de l'enfant. Terah se demandait comment il arrivait à se déplacer, alors qu'il ne voyait rien, et encore plus de savoir que son fils se trouvait juste là, à ses pieds. Le sage homme leva la tête et laissa la lumière blafarde de la lune éclairer son visage. Sans détourner la tête, il interrogea le père de l'enfant.

— As-tu trouvé un nom que tu désirerais donner à ton fils, Terah?

Maintenant qu'il s'était adressé directement à lui, le père était autorisé à relever la tête et à lui répondre tout aussi directement.

— Non, Grand-prêtre! Depuis sa naissance, moi et mon épouse l'appelons simplement, fils. Je le conduis aujourd'hui près de toi pour que tu lui donnes son véritable nom, comme le veut la tradition.

Le maître du temple ouvrit les deux bras et il se mit à trembler de tout son être. Les autres prêtres vinrent l'entourer immédiatement, afin de s'assurer qu'il ne s'inflige aucune blessure en chutant pendant sa transe. Après quelques instants, le grand-prêtre s'immobilisa et sembla soudainement grandir. Lorsqu'il se mit à parler, sa voix semblait venir d'un autre monde.

— *Abraham... L'enfant se nommera.*
— *Un grand roi... Il deviendra.*
— *Sur les deux peuples... Il régnera.*
— *Les anciens Dieux... Il écartera.*
— *Deux fils... Il engendrera.*
— *Chacun d'eux... Une longue descendance découlera.*
— *Le pire de tous les dilemmes... Il affrontera.*

L'un des prêtres se rendit compte que le maître du temple recevait un oracle de leur dieu, ce qui était très inhabituel lors de ce genre de cérémonie, et que le scripte allait manquer de tablettes. Personne ne s'était attendu à ce que leur Dieu choisisse ce moment pour entrer en contact avec leur grand-prêtre. La cérémonie de l'attribution du nom n'était qu'une formalité administrative où une ou deux tablettes étaient normalement suffisantes. Le prêtre courut dans le temple et il revint quelques instants plus tard les bras chargés de tablettes vierges qu'il déposa près du scripte avant d'aller reprendre sa place avec les autres prêtres. Le scripte s'empara d'une tablette vierge en grimaçant. Le grand-prêtre avait poursuivi l'énonciation de la prophétie, qui lui était révélée par son Dieu, mais il avait été dans l'impossibilité de tout noter, faute de tablettes vierges. Il tenterait plus tard, avec l'aide des autres prêtres, de compléter la prophétie, mais pour le moment, il devait se concentrer sur la suite de l'oracle que le maître du temple continuait d'énoncer. Il en était de même pour Terah qui s'était à nouveau laissé distraire par la course folle du prêtre qui était allé chercher les tablettes vierges pour le scripte. Il se rendit compte qu'il n'avait pas écouté les dernières paroles du grand-prêtre, ce qui l'offusqua quelque peu. Il secoua vivement la tête et reporta son attention sur le maître du temple qui poursuivait l'énoncé de la prophétie, toujours plongé dans une profonde transe.

— *Son deuxième fils... Une grande lignée royale découlera.*
— *Toutes les quatorze générations... Un grand roi naîtra.*
— *Grandement, l'avenir de son peuple... Il influencera.*
— *Le troisième grand roi... Un grand danger, menacera.*
— *Le sang royal versé... Le sauvera.*

Le grand-prêtre se remit à trembler de tout son corps, avant de s'effondrer dans les bras des autres prêtres. Après un court moment, il reprit ses esprits, mais il semblait triste, abattu et même quelque peu désemparé. Le petit Abraham, qui jusqu'à présent était demeuré sagement assis, se leva péniblement sur ses petites jambes chancelantes et se dirigea laborieusement vers son père. Terah fut pris de panique à l'idée que son fils puisse tomber dans les marches de pierre. Sans réfléchir, il se leva et l'attrapa alors qu'il n'en était plus qu'à deux petits pas. Le grand-prêtre, qui avait le souffle court et saccadé, tendit la main vers lui.

— Approche avec l'enfant, Terah

Il plaça sa main droite au-dessus de la tête du petit Abraham et tenta en vain de sonder l'esprit du jeune bambin. Devant son échec, il laissa lourdement retomber sa main, l'air déçu et accablé.

— Avant de me libérer de ma transe, Sîn m'a fait une dernière révélation qui concernait indirectement cette prophétie. Il m'a révélé qu'avec la naissance de ton fils arrivait la fin des anciennes divinités pour notre peuple.

Terah ne cachait pas son incrédulité en affichant un air plus qu'étonné.

— Ce que tu dis, Grand-prêtre, n'a aucun sens. Comment des dieux immortels pourraient-ils avoir une fin?

Le grand-prêtre prit une grande inspiration avant de répondre :

— Les dieux se préoccupent des hommes, parce que ceux-ci font appel à eux, mais si un jour les hommes cessaient de les invoquer, ils se désintéresseraient des êtres humains et ils retourneraient dans leur monde, en nous laissant à notre sort. Voilà comment les divinités pourraient avoir une fin, pour nous, sans toutefois être une fin, pour eux.

Terah se sentit profondément troublé par cette révélation. Il regarda son fils, tout en secouant négativement la tête.

— *Comment, cet enfant enjoué, qui a peine à se tenir sur ses jambes, pourrait-il être responsable de la fin des dieux?* se demanda-t-il, très sceptique. Cela n'avait aucun sens, car même si cet enfant cessait totalement de prier les anciennes divinités, des milliers d'autres personnes continueraient à le faire. Donc, les anciens dieux ne pourraient disparaître. Le grand-prêtre devait se tromper. Il avait dû, sans l'ombre d'un doute, mal interpréter la révélation de Sîn. Il ne voyait aucune autre explication possible.

I
Sheran

Le soleil, haut dans le ciel, brillait de tout son éclat. À la proue de la petite embarcation de pêche, Farouk plissait les yeux afin de voir la côte de la Judée qui se dessinait au loin. L'un des marins lui toucha doucement le bras, le sortant de sa rêverie.

— Le vent est bon, dit-il, nous y serons dans un peu plus d'une heure.

Il remercia le pêcheur d'un sourire et d'un petit geste de la tête. Il ne connaissait rien ou presque, des coutumes et des mœurs du peuple de Juda, si ce n'est que leur religion était différente de la sienne. Les gens de Judée priaient le Dieu unique de leur père Abraham. Ils n'étaient pas paganisme, comme son propre peuple, les Romains et beaucoup d'autres peuples qui adoraient des dieux multiples. Il avait, malgré tout, la certitude qu'il pourrait refaire sa vie auprès de ces gens. Un sourire fugace passa sur ses lèvres. Bélaïd lui aurait sûrement dit qu'il tentait vainement d'échapper à son destin. Voilà bien le seul sujet sur lequel il n'avait jamais réussi à s'entendre avec son vieil ami.

Il ferma les yeux un court instant, car évoquer ainsi son ami d'autrefois lui fit un petit pincement au cœur. Il le revoyait sur la plage, lui faisant de grands signes, alors que son bateau s'éloignait. À plusieurs reprises, il lui avait crié quelque chose, mais il avait été impossible de l'entendre de cette distance. Avait-il cherché à lui faire comprendre de fuir le plus vite et le plus loin possible ou lui avait-il crié de revenir? Il n'en savait rien, mais cela n'avait en réalité aucune importance. Depuis qu'il avait quitté les côtes de son royaume natal, il s'était interrogé à maintes reprises sur la présence de cette troupe romaine qui avait accompagné son ami. Bélaïd avait semblé convaincu de pouvoir tout arranger en se rendant au palais. Il était le chef de cette belle grande colonie et il était dans les bonnes grâces du conseiller Bogud. Il avait perçu sa démarche comme une simple formalité administrative qui aurait permis à Farouk de demeurer avec eux en toute légalité. Malgré tout, il avait été incapable de partager le grand optimisme de son ami. Ses quinze années de captivité, à combattre comme gladiateur, l'avaient rendu très méfiant et suspicieux.

Durant toutes ces longues années, il avait souvent réfléchi à la théorie de son ami sur le destin qui, selon lui, guidait nos pas tout au long de notre vie. Ses propres convictions n'avaient pas vraiment changé, il avait toujours la certitude que la destinée n'était rien d'autre qu'une question de croyance, mais son assurance avait été grandement ébranlée. Afin d'être totalement objectif, il s'était souvent mis dans la peau de Bélaïd et il avait réexaminé toute sa situation comme s'il avait cru à l'existence de la destinée.

Étant le fils illégitime du roi Juba 1er, sa mère aurait dû, selon la loi, être chassée du royaume avant même de lui avoir donné naissance. Il aurait dû normalement grandir dans un autre royaume, telles l'Égypte ou la Judée, comme tous les autres enfants illégitimes avant lui. La décision prise par le roi Juba, alors qu'il n'était qu'un jeune prince, de ne pas chasser sa mère du royaume aurait donc eu une influence directe sur son propre destin. Selon la théorie de son ami Bélaïd, si un homme quittait son royaume, alors que sa destinée était d'y rester, le destin ferait en sorte de lui rendre la vie aussi difficile que s'il était poursuivi par un mauvais sort et il n'aurait pas d'autre choix que de revenir, afin que sa destinée puisse s'accomplir. Si Bélaïd avait eu raison, s'était-il dit, alors toutes les mésaventures qui lui étaient arrivées, n'auraient eu pour objectif que de le faire quitter son royaume, afin qu'il se rende là où son destin devait s'accomplir. Puis, il s'était rappelé qu'après avoir frappé le garde et s'être enfui, le seul endroit qu'il lui avait été possible de se rendre était chez son grand-oncle Avaouz, au port de Rusicade. Ayant honte de lui-même, il avait alors pris la décision de cacher la vérité à son grand-oncle, lui qui normalement ne mentait jamais. Il connaissait pertinemment le genre d'argumentation que Bélaïd aurait pu lui servir dans de telles circonstances. Durant cette sombre période de questionnement, le doute s'était insinué en lui. Son ami lui aurait dit que de toute évidence la destinée avait tenté de rétablir l'ordre des choses et que s'il avait agi selon sa véritable nature en racontant toute la vérité à son grand-oncle, celui-ci n'aurait pas hésité un seul instant et il l'aurait obligé à monter à bord de son bateau de pêche, afin qu'il puisse se mettre à l'abri. Il avait encore hésité à dire toute la vérité à Hassan, le cousin de son grand-oncle, lorsqu'il était arrivé à Tucca. Le matin suivant, lorsque les gardes étaient venus annoncer à Hassan que Farouk était recherché pour meurtre, il n'aurait pas été coincé dans la maison, mais bien sur le bateau et déjà en route pour une destination sécuritaire. Il n'aurait donc pas fui vers les montagnes, n'aurait pas rencontré Paco, n'aurait pas épousé Feroudja, ne serait jamais allé dans le désert, n'aurait pas été capturé et ne serait pas devenu gladiateur. La simple décision qu'il avait prise de cacher la vérité à son grand-oncle et à Hassan avait transformé son existence. Les paroles de sagesse de sa mère lui étaient revenues en mémoire des dizaines de fois lors de cette période de questionnement : *« Notre vie est le fruit des décisions que nous prenons, de même que celles que nous refusons de prendre. »* Est-ce vraiment le destin qui nous place dans de telles situations où nous devions accepter ou refuser de prendre une décision? Voilà la question qu'il s'était posée à maintes reprises. Bélaïd lui avait dit un jour que la destinée était la volonté des dieux et que les dieux ne devaient pas décider du sort des humains au jour le jour, mais qu'ils devaient avoir un plan bien précis et que ce plan définissait simplement notre destinée. Plus Farouk s'était questionné à ce sujet et plus son esprit s'était perdu dans la confusion.

L'embarcation fit une petite embardée. Ils venaient d'amorcer un petit virage vers la droite, afin de se diriger vers un point précis de la côte.

— *Quelle était la raison de la présence de ces troupes romaines qui avaient accompagné Bélaïd?* se questionna-t-il pour la millième fois. Il n'avait réussi à trouver que deux raisonnements plausibles qui expliquaient cette présence. La première possibilité était que le jeune roi Juba avait perçu son retour comme un grand danger pour son trône. Ayant grandi à Rome, il avait fait appel aux soldats romains, en qui il avait une pleine confiance, afin qu'ils viennent s'emparer de lui. La deuxième possibilité était que les Romains avaient eux-mêmes levé des charges contre lui. Lorsque les soldats de Rome étaient venus capturer les habitants de la vallée dans la montagne, Paco et sa trentaine d'amis avaient offert une forte résistance. Ils étaient tous morts en combattant âprement, mais il était plus que probable que certains soldats romains avaient dû être tués lors de cette altercation. Il était donc possible, se disait-il, que les Romains le rendent responsable, puisque c'était lui qui avait fait l'acquisition de ces armes qui avaient causé la mort de ces soldats. Il avait examiné la situation sous tous les angles des dizaines de fois, mais il n'avait pu trouver aucune autre explication plausible à la présence de ces troupes romaines sur la plage, lors de son départ.

Un vent frais souffla de la côte. Farouk referma les pans de son manteau, tout en frissonnant. Il était très heureux de ses nouveaux vêtements, lui qui n'avait porté que des loques depuis quinze ans. Sa nouvelle tunique n'avait rien de particulier, mais elle était de très bonne qualité, de même que ses sandales. Il s'était acheté deux nouvelles bourses, une pour sa ceinture et une autre pour coudre à l'intérieur de sa tunique. Les vieilles habitudes semblaient vouloir survivre toute notre vie. Taous, l'épouse de Bélaïd, l'avait accompagné lorsqu'il était allé au marché faire ses achats. Elle avait tenté de le dissuader d'acheter ce manteau, lui disant qu'il n'en aurait pas besoin avant plusieurs mois sur cette colonie, où le temps était très clément, mais il l'avait pris malgré tout en lui faisant un petit sourire bienveillant, puisqu'il avait déjà pris toutes ses décisions en ce qui concernait son avenir. Lorsqu'il avait fui l'esclavage auquel il avait été soumis, il était déjà très clair dans son esprit qu'il quitterait son royaume dans les plus brefs délais et qu'il n'y reviendrait jamais.

Sa gorge se noua, lorsqu'il songea à Feroudja. Comme il l'avait dit à Bélaïd, il ne s'était fait aucune illusion en se rendant dans la colonie. L'amour qu'il portait à Feroudja lui avait permis de supporter l'horreur de son quotidien durant toutes ses années de captivité et son plus grand désir avait été de la revoir une dernière fois, mais sans toutefois se faire d'illusions. Il avait entrevu les diverses possibilités, tel le fait qu'elle devait probablement être remariée, mais la vérité avait été beaucoup plus cruelle.

Il avait été envahi par le désespoir, lorsqu'il avait découvert que le village dans la vallée de la montagne avait été totalement détruit. Son plan original avait été de retrouver Feroudja et ses amis, mais seulement pour quelques jours, avant de se rendre au port et de quitter le royaume définitivement, avec ou sans Feroudja. En trouvant le village détruit, il avait perdu espoir de pouvoir retrouver sa femme et ses amis. Il s'était donc dirigé vers le nord, jusqu'à la côte, puis vers l'est, jusqu'au port de Rusicade, afin de rencontrer son grand-oncle Avaouz. Son moral s'était à nouveau effondré, lorsqu'il avait appris la mort de celui-ci, trois années plus tôt, de la bouche de ses marins qu'il avait rencontrés sur les quais. Il avait discuté avec eux pendant près d'une heure et les hommes lui avaient redonné un peu d'espoir en lui annonçant que tous les habitants de la vallée dans la montagne vivaient maintenant dans une nouvelle colonie, non loin du port. Lorsqu'il les avait informés que son intention avait été de demander à son grand-oncle de le conduire loin du royaume, les marins lui avaient offert avec empressement de lui rendre ce petit service en mémoire de leur généreux capitaine. Il avait alors été convenu qu'ils le prendraient au petit port, devant la colonie, une heure avant le coucher du soleil, le soir suivant.

Les marins avaient tenu parole et ils s'étaient présentés au rendez-vous, comme convenu. Il avait fallu plusieurs jours pour faire la traversée de la mer. Du matin au soir, les hommes avaient pêché, alors que Farouk s'était occupé de vider, nettoyer et faire sécher les poissons qui avaient été pris. Le soir, assis à la petite table dans la cabine du bateau, ils avaient mangé de généreux repas constitués de délicieux poissons frais, tout en répondant aux multiples questions qu'ils se posaient mutuellement. Farouk avait eu beaucoup de temps pour réfléchir et il y avait une question qui l'avait grandement intrigué. Près de deux années s'étaient écoulées entre le jour où il avait accidentellement tué ce garde et celui où il était venu commander la tenue de noce pour Feroudja. Ce jour-là, il s'était arrêté un court moment au port de Tucca, le temps de laisser à Hassan un court message pour son grand-oncle Avaouz, afin qu'il sache ce qu'il était advenu de lui et qu'il puisse en informer son oncle et sa tante. Un soir, au souper dans la cabine, il avait expliqué aux marins qu'il ne comprenait pas pourquoi Hassan ne lui avait pas dit que les charges retenues contre lui avaient été abandonnées. Mostefa, l'aîné des marins, avait tristement secoué la tête.

— Il ne t'a rien dit, lui avait-il répondu, simplement parce qu'il l'ignorait à ce moment-là. Ta première visite avait été très courte. Tu es arrivé au port de Tucca à la fin de la journée et le matin suivant, lorsque les gardes du royaume sont venus annoncer que tu étais recherché pour meurtre, tu étais déjà disparu sans laisser de traces. Dans les jours qui ont suivi, Hassan s'est interrogé à maintes reprises, tant il croyait que ta visite n'avait été qu'un rêve. Il s'était attendu à avoir beaucoup de problèmes, lorsque les gardes avaient décidé de vérifier l'intérieur de sa cabane. Après ta deuxième visite, le temps est passé très vite, les jours sont devenus des semaines et les semaines sont devenues des mois, avant qu'Hassan trouve une occasion de rendre visite à son cousin Avaouz pour lui remettre ton message. Ce n'est que ce jour-là que ton grand-oncle lui a appris que toutes les charges contre toi avaient été abandonnées. Ton oncle Ahmad lui avait rendu une courte visite, quelques semaines après l'accident qui avait coûté la vie à ton ami le garde, pour lui annoncer qu'il devait quitter la grande cité. Après ton procès, il avait vendu la maison et la tannerie, afin de payer le dédommagement à l'épouse du garde que tu avais tué, mais il n'avait eu aucunement l'intention de partir, car il aimait beaucoup vivre près de la grande cité. Il a raconté que les jours qui avaient suivi la mort du garde n'avaient pas été faciles pour lui. Les gardes du palais l'avaient quelque peu harcelé, lui demandant si ce n'était pas lui qui cachait son jeune neveu. Puis, la situation s'était nettement envenimée après le procès. Plusieurs des gardes du palais ont perçu ton acquittement comme une insulte et une grande injustice qu'ils ont tenté de faire payer à ton oncle. En moins de dix jours, sa vie était devenue insoutenable. À deux reprises, ton oncle Ahmad avait failli frapper l'un des officiers qui le harcelaient et l'insultaient. Ahmad avait vite compris que cette situation n'aurait jamais de fin. Il a payé un dédommagement au locateur qui lui avait loué une petite maison et il est parti avec sa famille vers le sud du royaume. Quant à Hassan, il ignorait comment te joindre et il a longtemps espéré que tu lui rendes une autre de tes courtes visites, afin qu'il puisse te renseigner, mais tu n'es jamais revenu.

Farouk avait longuement réfléchi à la suite de cette conversation. Il s'était dit que là encore, cela n'aurait rien changé. Il s'apprêtait à épouser Feroudja, qui était recherchée pour le meurtre de son père, et il ne l'aurait quitté pour rien au monde. Le marin à sa gauche lui toucha à nouveau le bras, le sortant de sa rêverie.

— Nous allons accoster bientôt!... Assure-toi que tu as bien pris toutes tes choses avec toi.

Il le remercia en opinant d'un simple geste de la tête. Il avait ramassé tous ses biens personnels depuis un bon moment et son havresac était juste à ses pieds. Il avait été tellement absorbé par ses pensées depuis un long moment qu'il n'avait pas pris conscience de ce qui l'entourait. Son cœur se mit à battre la chamade en réalisant qu'ils étaient entourés d'un grand nombre d'embarcations de pêche. Ses yeux se portèrent vers le port et il fut envahi d'un sentiment angoissant. L'endroit était gigantesque et des dizaines d'embarcations de toutes dimensions y étaient amarrées, alors que sur les quais régnait une fébrilité presque agressive. C'était la première fois qu'il voyait un véritable port commercial et il en était plus qu'impressionné. Il tourna un regard apeuré vers Mostefa, l'aîné des marins, et lui demanda, d'une voix chevrotante, quel était ce port devant eux.

— Joppé, la plus importante porte d'entrée maritime de la Judée, lui répondit-il avec indifférence.

Farouk était tellement tendu qu'il avait peine à desserrer les mâchoires. S'il avait su nager, il aurait plongé dans la mer pour retourner chez lui. Après quelques instants, il retrouva enfin la voix, mais il fut incapable de retenir un petit bégaiement.

— Je croyais que nous avions bien convenu qu'il était préférable que je débarque le plus discrètement possible, puisque je n'ai pas de laissez-passer et que je désire que mon identité demeure secrète.

L'aîné des marins le regarda avec étonnement pendant de longues secondes, semblant ne pas comprendre la raison d'être de sa question. Farouk voyait bien que le marin ne le comprenait pas, ce qui l'irrita quelque peu. Il tenta donc de s'exprimer différemment.

— Est-ce qu'un tout petit port n'aurait pas été préférable pour me déposer?

Le marin se mit à secouer négativement la tête, ahuri devant l'illogisme de son passager.

— Dans les petits ports, tous les gens se connaissent. Il est impossible pour un bateau venu de l'étranger de passer inaperçu. Alors, plus l'endroit sera achalandé et moins nous risquerons d'être remarqué.

Farouk dut en convenir, l'explication était très logique, mais insuffisante pour calmer ses angoisses.

Le bateau accosta en douceur au milieu de plusieurs embarcations de pêche. Les marins à bord de ceux-ci leur jetèrent des regards inamicaux. Depuis plusieurs semaines, la pêche était difficile et le poisson était rare. L'arrivée d'un bateau de pêche étranger dans leur port n'avait rien pour les réjouir. Deux des marins sautèrent sur le quai, afin d'amarrer leur embarcation. Bien qu'il n'y ait pas officiellement de capitaine parmi eux, généralement c'était Mostefa qui occupait cette fonction pour les manœuvres d'accostage ou d'appareillage. Aussitôt que le bateau fut amarré, ils formèrent une chaîne humaine et ils déchargèrent rapidement la quinzaine de paniers tressés remplis de poissons séchés qu'ils avaient pris lors de leur voyage. Un seul d'entre eux contenait du poisson frais qu'ils avaient pêché le jour précédent. Ils n'avaient pas tenté de prendre du poisson de toute la matinée, craignant de s'attirer les foudres des marins qu'ils auraient pu rencontrer sur leur route. Un bateau étranger, qui venait pêcher trop près de vos côtes, était toujours très mal accueilli. Ils n'avaient pas encore terminé le déchargement qu'un homme leur offrait déjà de leur acheter tout le lot. Un deuxième homme approcha vivement en brandissant le poing et en vociférant.

— Tu n'as pas le droit, en ces temps difficiles, d'acheter tout le lot. C'est la loi et tu le sais très bien. Alors, cesse d'abuser de l'ignorance de ces étrangers, si tu ne veux pas te retrouver en prison avec les autres brigands de ton espèce.

En quelques secondes, l'échange verbal faillit tourner en altercation musclée. Plusieurs soldats de la garde prétoriale s'étaient approchés, ce qui calma quelque peu les deux hommes, au grand bonheur de Farouk qui ne souhaitait que la discrétion. Celui qui avait offert d'acheter tout le lot s'éloigna en grommelant, mécontent de la tournure des évènements. Plusieurs autres personnes s'étaient approchées, alors que le second homme expliquait aux marins étrangers les règles du port, tout en pointant une grande affiche écrite en Hébreux.

— Pas de marchandage en ces temps difficiles… Le prix du poisson est déjà fixé.

Ils vendirent leurs poissons à une telle vitesse qu'en quelques minutes seulement la moitié des paniers tressés étaient déjà vides. L'aîné des marins, qui était en train de sortir des poissons de l'un des paniers, dévisagea son passager tout en lui faisant de gros yeux. Farouk plissa le front. Il ne comprenait pas ce qu'il avait fait de mal. Mostefa poussa un petit soupir exaspéré, puis, d'un mouvement à peine perceptible des sourcils, il indiqua le côté droit derrière lui. Farouk se tourna lentement, tout en cherchant ce que le marin avait voulu lui montrer, mais il ne vit rien d'anormal. Même les soldats de la garde prétoriale s'étaient éloignés, maintenant que tout était entré dans l'ordre. Un peu plus loin sur les quais des marchands offraient des marchandises diverses étalées sur de vieilles tables de bois distancées d'une dizaine de pas les unes des autres. La place était bondée de passants, mais tout semblait parfaitement normal. Farouk reporta son regard sur le pêcheur, tout en arquant les sourcils d'incompréhension. Le vieux marin poussa un nouveau soupir d'impatience. Farouk crut pendant un moment que le marin allait le traiter de tous les noms imaginables. Tout en servant un nouveau client, Mostefa le regarda à nouveau et il fit trois petits mouvements secs du revers de la main en direction de la sortie du port. Farouk comprit enfin que le vieil homme lui demandait de partir avant qu'ils n'aient terminé de vendre tous leurs poissons. Il recula lentement de trois petits pas, puis il leva la main à la hauteur de sa poitrine, se contentant de faire un simple petit geste, montrant la paume de sa main en signe d'adieu et de remerciement. Il avait souhaité les remercier avec plus d'effusion, mais tout s'était passé trop vite depuis qu'ils avaient accosté.

Il se dirigea d'un pas nonchalant vers la première table couverte de marchandises. Il avait quitté son royaume de façon illégale et il était donc impossible pour lui de suivre la procédure normale qui consistait à s'enregistrer à son port d'arrivée. S'il se faisait attraper maintenant, il serait considéré comme un esclave en fuite ou quelque chose du genre. Il prit donc sur la table quelques morceaux d'étoffes qu'il examina distraitement, tout en jetant des coups d'œil en direction des soldats de la garde prétoriale. Deux d'entre eux avaient les yeux rivés sur lui. Il ne s'en inquiéta pas outre mesure, car il savait que son apparence rendait souvent les gens méfiants à son égard. Il déposa les étoffes et se dirigea lentement vers la seconde table. Il y examina plusieurs objets et arrêta son choix sur un bol en bois, de même qu'un gobelet. Un petit coup d'œil à la dérobade lui permit de se rendre compte que les deux soldats l'observaient toujours. Il paya le prix demandé, sans même tenter de négocier le prix, au marchand qui l'examina de la tête aux pieds avec un dédain très évident, puis il rangea ses achats dans son havresac. Un brouhaha à l'autre extrémité du port attira son attention. Il se souleva sur la pointe des pieds, tout en tendant le cou avec curiosité, afin de voir ce qui pouvait bien se tramer, alors que les soldats en faisaient tout autant. Les marins de deux bateaux de pêche se bousculaient tout en s'injuriant. Il semblait être question d'un droit de passage et d'une collision entre les deux embarcations. Les deux capitaines séparèrent les marins et le calme revint très rapidement. Les temps étaient difficiles et les soldats de la garde prétoriale se montraient plus tolérants, ils laissaient toujours aux querelleurs une opportunité de régler leurs problèmes, sans qu'ils aient à intervenir. La situation s'étant calmée, les deux soldats se tournèrent presque simultanément et ils cherchèrent des yeux l'étranger, mais ils ne le trouvèrent nulle part. Ils en déduisirent qu'il était probablement remonté à son bord pour ranger ses achats.

Dès que Farouk avait pris conscience que l'attention des deux soldats était retenue loin de lui, il s'était empressé de s'éclipser, là où la foule était la plus dense. Il avait courbé les épaules et baissé la tête, marchant droit devant lui, tout en fixant le sol, et espérant ne pas attirer l'attention sur sa personne. Un petit groupe de marins, qui se dirigeait vers les entrepôts du port, passa près de lui. Il bifurqua et leur emboîta le pas, comme s'il faisait partie de ce petit groupe. Deux des marins entrèrent dans le premier bâtiment, alors que les autres contournèrent l'entrepôt et s'engagèrent sur le chemin principal qui quittait le port vers la cité. Il suivit le second groupe d'un pas nonchalant, comme si cette coïncidence n'était que le fruit du hasard. Il marcha ainsi, côte à côte avec eux, pendant plusieurs minutes, tout en regardant avec curiosité les deux côtés du large chemin. Ce secteur de la cité semblait être strictement réservé à l'industrie. À sa gauche, plusieurs personnes travaillaient à la fabrication de poterie, alors qu'à sa droite était un atelier de forgeron. Un peu plus loin, une dizaine de femmes travaillaient sur des métiers à tisser, suivait ensuite un groupe d'hommes qui taillaient la pierre.

Il marcha ainsi, pendant de nombreuses minutes, ajustant son pas sur celui des marins qui ne cessaient de lui jeter des petits coups d'œil méfiant. Il fit mine de ne pas les avoir remarqués, jusqu'à ce qu'ils arrivent devant une grosse auberge. Une large terrasse aux multiples tables de pierre occupait le côté droit de l'édifice. Les marins allèrent y prendre place de façon très ordonnée, indiquant clairement qu'ils étaient de vieux habitués de la place. Il les aurait bien imités, mais il passa son chemin sans leur jeter un seul regard. Suivre ces hommes lui avait procuré, pour un certain moment, un sentiment de sécurité, comme s'il avait su où il allait, alors qu'il n'en était rien. Ses connaissances sur les coutumes des habitants de cette partie du monde étaient très limitées et il en allait de même de la géographie du territoire. À bord du bateau qui l'avait conduit ici, il avait eu le loisir d'examiner les cartes que les marins possédaient. Malheureusement, celles-ci étaient très sommaires et ne contenaient que très peu d'informations géographiques. Elles avaient été faites par des marins, pour des marins. Il n'y avait que le nom et l'emplacement d'une douzaine de ports d'importance. Quant à l'intérieur des terres, une quinzaine de cités étaient répertoriées et leurs emplacements étaient également très approximatifs.

Farouk poursuivit son chemin en serpentant dans les petites rues de la cité, tout en dirigeant ses pas vers l'est. Il n'avait pas encore pris de décision quant à sa destination, mais il voulait simplement sortir de la cité et s'éloigner de la zone côtière le plus rapidement possible. Perdu dans ses pensées, il tenta de se remémorer la carte qu'il avait examinée sur le bateau. Le port de Joppé, s'il se souvenait bien, était situé, à peu de chose près, au centre de la Judée. Au nord, il y avait la Samarie, mais les marins lui avaient déconseillé cette région. Selon ce qu'ils en avaient entendu dire, les gens y étaient méfiants et fort peu accueillants envers les étrangers. Au nord de la Samarie se trouvait la Galilée. Selon les marins, les gens de cette région avaient une plus large ouverture d'esprit envers les étrangers et il y recevrait un accueil beaucoup plus chaleureux. Voilà tout ce qu'il se rappelait avoir vu sur la carte et appris des marins en ce qui concerne le secteur qui se trouvait au nord. Quant à la Judée elle-même, il se rappelait avoir vu le port de Joppé sur la carte et la grande cité de Jérusalem, loin à l'est et légèrement au sud par rapport à sa position. Hérode y régnait d'une main de fer depuis une quinzaine d'années, mais cela ne l'intimidait pas outre mesure. Par contre, une légion romaine était cantonnée près de la cité et il n'avait donc aucune intention de s'en approcher. Au sud de Jérusalem, il y avait la mer Morte. Il se rappelait avoir vu deux ou trois noms de villes aux abords de celle-ci, dont un qu'il connaissait très bien; Massada, la grande forteresse imprenable. Même dans son royaume, ce prodige de l'architecture était bien connu. La forteresse était construite au sommet d'un très haut plateau. Elle avait subi dans le passé maints assauts, mais jamais elle n'était tombée. Beaucoup plus au sud se trouvait la mer Rouge. Tout en longueur, elle séparait deux contrées totalement différentes. Sur la rive ouest était l'Égypte, alors que la rive est appartenait aux tribus édomites, chacune gouvernée par son propre roi aux pouvoirs illimités.

Il savait que tôt ou tard, il lui faudrait choisir l'une de ces directions, mais en ce moment, il se sentait très indécis. Un large sourire se dessina sur ses lèvres. Son vieil ami Bélaïd lui aurait sûrement dit de laisser sa destinée guider ses pas, mais à ses yeux, faire une telle chose serait comme de renoncer à sa liberté de choisir et cela, il n'en était pas question. Peut-être était-ce parce que les choix étaient trop nombreux qu'il n'arrivait pas à se décider sur sa destination, mais cela n'avait que très peu d'importance en ce moment. Ce qui importait le plus, était de quitter la zone côtière le plus discrètement et le plus rapidement possible.

Il y avait déjà près d'une heure qu'il marchait dans les rues de la cité, se dirigeant toujours vers le sud-est. La cité portuaire lui semblait plus grande que la cité royale de son royaume et il en allait de même pour la population qui lui semblait plus dense. Il avait cependant noté une grande différence, les gens semblaient beaucoup moins actifs. Il existait dans son royaume, à cette heure de la journée, une fébrilité qui semblait totalement absente ici. Il y avait même un petit quelque chose qui le troublait, mais il n'était pas en mesure de déterminer ce que cela pouvait être. Il se mit donc à observer les gens autour de lui avec un peu plus d'attention. Il lui fallut malgré tout plusieurs minutes avant de comprendre ce qui le troublait. Tous ceux qu'il rencontrait étaient tristes, maussades et il en était de même pour les enfants qu'il avait croisés sur son parcours. Aucun jeu, ni aucun éclat de rire juvénile ne troublaient la lourdeur angoissante des habitants de la cité. Tout semblait n'être que mélancolie. Cela lui rappelait le jour des funérailles de son roi, alors qu'il était un jeune homme. Il marcha encore une dizaine de minutes sur ce qu'il croyait être le chemin principal de la cité, lorsque celui-ci s'ouvrit sur une grande place du marché bondée de gens. Le chemin traversait la place et il pouvait voir la sortie de la cité de l'autre côté du marché. Il avança d'un pas traînant, jetant des petits coups d'œil à gauche et à droite sur les étalages de marchandises. « *Peu importe le royaume, les places du marché se ressemblent toutes,* » se dit-il.

Deux soldats étaient de service à la sortie de la cité, mais ils ne lui jetèrent à peine qu'un simple coup d'œil indifférent, lorsqu'il passa près d'eux. Il s'arrêta moins de trois cents pas plus loin devant une large route très achalandée. Il reconnut en celle-ci la route de la côte que les marins lui avaient montrée sur la carte et qui reliait toutes les cités portuaires depuis le sud jusqu'au nord. Sur sa gauche, à une centaine de pas, il y avait une petite auberge. Il tourna lentement la tête vers sa droite, constatant avec fascination le nombre incroyable de personnes utilisant la route côtière. Il y avait plusieurs charrettes, quelques mulets lourdement chargés et même trois chameaux au loin qui venaient dans sa direction. Un grand nombre de personnes allaient à pied, dont certaines étaient aussi lourdement chargées que les mulets.

Son estomac émit un gargouillis sonore qui lui extirpa un petit sourire. Son regard se reporta machinalement vers la petite auberge. Le plus important à ses yeux avait été de quitter le port et de sortir de la ville le plus discrètement possible. Il lui restait encore à quitter la zone côtière, mais cela lui semblait moins pressant, maintenant qu'il avait quitté la cité. Un deuxième gargouillis de son estomac acheva de le convaincre. Il se dit qu'il serait plus facile de prendre une décision sur sa destination, assis devant un délicieux festin. Sans plus de préambule, il tourna à sa gauche et se dirigea d'un pas décidé vers la petite auberge. Le bâtiment, sur deux étages, lui sembla propre et bien entretenu, ce qui était de bon augure. Il contourna la maison et découvrit, comme il l'avait anticipé, une agréable petite terrasse bien abritée des rayons ardents du soleil. Une quinzaine de clients y étaient attablés par petits groupes et le regardaient approcher. Il entra sur la terrasse dans le lourd silence des clients qui s'étaient tus. Il se dirigea, tout en saluant aimablement les gens autour de lui, jusqu'au fond de la terrasse, où une table était libre. Personne ne lui rendit son salut, pas même d'un petit geste de la tête, mais il ne s'en offensa pas. Il savait que son apparence, due aux multiples cicatrices qui recouvraient son corps, intimidait toujours les gens qui le voyaient la première fois. Bien que ses nouveaux vêtements, beaucoup plus longs que ses anciens, recouvraient une grande partie de celles-ci, il y en avait certaines contre lesquelles il ne pouvait rien, notamment, les trois grosses qu'il portait à la figure, de même que celles qui ornaient ses avant-bras.

L'aubergiste approcha d'un pas traînant, l'air maussade, afin de prendre la commande de son nouveau client. Farouk, qui était occupé à extirper quelques pièces de sa bourse, sursauta lorsque le propriétaire des lieux vint s'arrêter à sa droite. L'aubergiste soupira et lui demanda d'un ton bourru.

— Que puis-je pour toi, l'étranger?

Farouk s'efforça de lui faire son plus beau sourire, espérant ainsi dérider quelque peu le visage de marbre de son hôte.

— J'ai faim, aubergiste!... Sers-moi tout ce que tu as de meilleur et en abondance.

L'homme réagit comme si l'on venait de lui craché à la figure. Son visage devint rouge de colère et il lui répondit avec haine et dédain.

— Sors de mon établissement et n'y remets jamais plus les pieds!

Farouk était abasourdi par l'attitude de l'aubergiste. Il fit un rapide tour d'horizon et il se rendit compte que tous les clients le regardaient de façon haineuse. Seul l'homme à sa gauche semblait plus exaspéré que colérique. Il gardait les yeux rivés sur son gobelet devant lui, tout en secouant négativement la tête. Farouk ouvrit la main sous les yeux de l'aubergiste et il claqua deux grosses pièces d'argent sur la table.

— Je ne suis pas venu mendier. J'ai de quoi payer.

L'aubergiste devint écarlate, alors que les trois hommes, qui étaient assis à sa droite, se levèrent et tirèrent leur couteau hors du fourreau. Le plus costaud des trois hommes approcha jusqu'à sa table et darda sur lui un regard répugnant.

— Il y a beaucoup trop de cette vermine qui croit pouvoir tout s'offrir avec leur bourse pleine, au détriment des plus démunis.

Son compagnon, à sa droite, approuvait d'un hochement régulier de la tête :

— Je crois qu'une bonne leçon lui ferait le plus grand bien, ajouta l'homme.

Farouk arqua les sourcils en un mélange d'étonnement et d'amusement. Durant les quinze années où il avait été gladiateur, il avait à maintes reprises affronté plus d'un adversaire à la fois. Alors, ces trois marins ne l'intimidaient en aucune façon. Ce qui l'inquiétait, par contre, était le fait qu'il avait voulu se montrer le plus discret possible et là, tout semblait s'effondrer autour de lui, sans même qu'il en comprenne la cause. L'homme à sa gauche se leva à son tour et claqua son gobelet sur la table.

— Allons, les amis!... Restons calmes!... Ne voyez-vous pas que cet homme agit par ignorance et non par arrogance?... Il est probablement entré au royaume ce matin, par le port, et ce, de façon tout à fait illégale.

Les trois hommes se mirent à examiner Farouk de la tête aux pieds :

— De plus, regardez! ajouta-t-il, tout en faisant un geste du menton vers la sortie de la terrasse. Il y a des soldats de la garde prétoriale, juste de l'autre côté de la route. S'il y a de la bagarre, vous aurez tous des problèmes et cet étranger encore plus que vous tous.

Tout le monde avait suffisamment de problèmes et de soucis par ces temps difficiles et personne n'en voulait davantage. Farouk se détendit quelque peu en voyant les épaules des trois hommes s'affaisser légèrement. Il avait combattu pendant suffisamment d'années pour savoir que lorsqu'un homme s'apprête à attaquer, les muscles de son cou et de ses épaules se contractent, alors que lorsque ceux-ci s'affaissent, c'est qu'il a renoncé au combat. Il se tourna donc lentement du côté du tenancier.

— Je te présente mes excuses pour ce malentendu et je vais suivre ton conseil.

Sans rien ajouter, il ramassa les deux pièces d'argent, il mit son havresac et sa gourde à l'épaule, puis il se dirigea vers la sortie de la terrasse.

Il marcha lentement, tête baissée, jusqu'au centre de la route, se questionnant sur la raison d'être de ce qui venait de se produire. Il jeta un coup d'œil à sa droite, vers le sud, puis à sa gauche, vers le nord. Il avait voulu réfléchir à sa destination, confortablement assis devant un bon repas, mais les choses ne s'étaient pas produites, comme il l'avait souhaité. Les soldats, de l'autre côté de la route, le regardaient avec suspicion, sans même qu'il n'en soit conscient. Il sursauta lorsque l'homme qui était venu à son secours dans l'auberge vint se placer entre lui et les soldats qui l'observaient.

— Si tu restes planté là, au beau milieu de la route, les soldats ne tarderont pas à venir t'interroger. Alors, viens!

Il attrapa Farouk par la manche de sa tunique et l'entraîna en direction du nord, comme deux amis reprenant leur route. Ils marchèrent côte à côte, en silence, pendant de longues minutes. De très nombreuses questions se bousculaient et tournaient si vite dans la tête de Farouk qu'il en avait presque le vertige.

— Sheran!

Farouk tourna la tête du côté de l'homme qui marchait à ses côtés et qui lui tendait la main, un large sourire aux lèvres :

— Je me nomme Sheran, répéta l'homme, charpentier-sculpteur et je suis Galiléen… Et toi?

Il hésita un petit moment, puis il s'empara de la main tendue. L'homme était plus petit que lui, mais ses épaules étaient larges et sa poigne très ferme.

— Mon nom est Farouk et je suis corroyeur de mon métier.

Il tenta de retirer sa main, mais Sheran le retint fermement, arquant un sourcil interrogateur. Farouk hésita. Il aurait préféré ne pas divulguer de détails sur son identité, mais son compagnon ne semblait pas se satisfaire de sa courte présentation. L'homme le regardait dans les yeux, sans se départir de son sourire, ni relâcher son étreinte. Un petit sourire dansa sur les lèvres de Farouk. Généralement, les gens hésitaient à lui serrer la main, alors que cet homme refusait de le libérer de son étreinte, avant d'avoir reçu une réponse satisfaisante à sa question.

— Je suis de la Numidie, ajouta Farouk, tout en dardant un regard ardent sur son interlocuteur qui le libéra tout en s'exclamant :

— Ha!... L'Africa Nova.

Les yeux de Farouk jetèrent des étincelles et Sheran s'empressa de s'excuser.

— L'histoire de ton peuple est bien connue en ce royaume et il doit être difficile pour des gens de grandes fiertés de perdre leur identité.

Farouk soupira, tout en acquiesçant :

— Nous devrions nous éloigner de cette auberge, ajouta Sheran, les soldats qui étaient sur la route viennent d'y entrer. Si quelqu'un décide de te dénoncer, nous allons les avoir à nos trousses en un rien de temps.

Les deux hommes se remirent en route, mais d'un pas vigoureux cette fois. Ils ne firent que quelques pas en silence, mais Farouk n'y tenait plus, il lui faillait des réponses à ses nombreuses questions.

— Je ne comprends absolument rien à tout ce qui vient de se produire, lança-t-il sans préambules. D'ailleurs, comment as-tu su que je venais tout juste d'arriver en ce royaume et que j'y étais entré illégalement?... M'aurais-tu suivi depuis le port?

Sheran releva fièrement la tête et bomba le torse.

— Non, je ne t'ai pas suivi! C'est simplement parce que je suis un grand devin, mon ami.

Farouk ouvrit la bouche, complètement médusé, ne sachant plus quoi dire. Sheran posa sur lui un regard ardant, qu'il réussit à maintenir trois à quatre secondes, avant d'éclater de rire.

— Pardonne ma plaisanterie, l'ami, mais l'occasion fait le larron et celle-ci était trop belle pour que je la laisse passer.

Il éclata de rire à nouveau, tout en se tenant les côtes :

— La tête que tu as faite, l'ami, valait bien un denier d'or.

Farouk, un demi-sourire aux lèvres, lui jeta un petit regard de réprimande. Sheran cessa de rire et il reprit difficilement son sérieux.

— La vérité est toute simple, l'ami. J'ai procédé par déduction logique. Il n'y avait que trois possibilités : tu étais un riche voyageur, un imbécile ou un ignorant.

Farouk plissa le front, se retenant pour ne pas éclater de rire à son tour.

— Et quelle a été ta conclusion, compagnon?

Sheran poursuivit, convaincu de l'exactitude de ses déductions.

— Tu es entré sur cette terrasse en marchant fièrement et en saluant tous les clients qui s'y trouvaient. Un riche voyageur n'aurait jamais fait une chose semblable. Son mépris envers les pauvres est trop grand pour qu'il s'abaisse à les saluer. Il ne restait donc que deux possibilités et j'avoue que j'étais quelque peu perplexe, lorsque tu t'es assis à la table près de la mienne. Mais lorsque je t'ai entendu commander un bon festin, tout en faisant étalage de ta fortune, j'ai tout compris. Les imbéciles viennent dans les auberges pour provoquer et chercher la bagarre, mais ils n'ont jamais de bourse bien garnie. Alors, il ne restait qu'une seule et unique possibilité. Tu devais donc être un esclave, vivant dans un royaume éloigné, qui a pris la fuite en emportant la bourse bien garnie de son maître.

Sheran s'arrêta et tenta de trouver un indice dans l'expression de Farouk qui lui confirmerait qu'il était sur la bonne voie, mais il fut incapable de lire quoi que ce fut sur son visage inexpressif. Il poursuivit donc, afin de lui démontrer à quel point son sens de l'observation pouvait être aiguisé.

— À voir ton manteau et ta belle tunique toute neuve, de même que tout ce que tu portes sur toi, je dirais que l'une des toutes premières choses que tu as faites, après avoir pris la fuite, fut de réaliser l'un de tes plus vieux rêves; t'acheter des vêtements neufs. Par la suite, tu as trouvé un petit port où des marins ont accepté, moyennant une somme exorbitante, de te prendre à leur bord et de te déposer sur les côtes de la Judée. Tu as par la suite réussi à quitter le port, sans t'inscrire auprès des autorités portuaires, malgré les nombreux soldats qui patrouillent sur les quais. À peine sortie de la cité, tu as voulu réaliser un autre de tes vieux rêves, c'est-à-dire; celui de déguster un merveilleux festin, comme ceux que ton maître se faisait servir et qu'il mangeait sous ton nez. Et c'est là que tu as commis ta plus grave erreur, car si tu t'étais inscrit auprès des autorités portuaires, l'on t'aurait bien avisé de prendre avec toi les provisions qui te seraient nécessaires pour ta route, car la Judée connaît en ce moment l'une des pires famines de toute son histoire.

Farouk poussa un long soupir, tout en secouant négativement la tête.

— Toute cette situation insensée s'explique enfin, dit-il, car je me disais que tous les aubergistes de toutes les auberges du monde devraient normalement se réjouir lorsqu'un client s'apprête à dépenser une petite fortune dans son établissement.

Sheran comprenait très bien le trouble qu'avait dû ressentir Farouk devant l'illogisme de la situation.

— En n'importe quelle autre circonstance, tu aurais eu raison.

Farouk jeta un coup d'œil derrière lui. La route était très achalandée, mais les soldats ne l'avaient pas pris en chasse, pas encore, du moins. Il secoua la tête, un peu déçu de lui-même. Il aurait dû normalement se douter de quelque chose, lorsqu'il est arrivé au port. Tous les indices étaient présents et cela aurait dû être suffisant pour éveiller sa méfiance. Il y avait tout d'abord eu cet homme qui avait voulu acheter tout le lot de poisson, alors qu'ils n'avaient pas encore terminé le déchargement de leurs marchandises. Puis, il y avait eu ce deuxième homme qui s'était presque battu avec celui-ci, affirmant qu'il était illégal de faire une telle offre à des marins étrangers qui ne devaient pas être au courant de cette loi. Par la suite, lorsqu'on leur avait dit que le prix du poisson avait été fixé par la loi et qu'il était interdit d'en négocier le prix. Cette pratique très particulière aurait dû, en elle-même, être suffisante pour éveiller en lui de grands soupçons, car la négociation des prix faisait partie intégrale de l'art du commerce et elle était toujours grandement encouragée. Il se rappelait aussi avoir entendu plusieurs personnes répéter à maintes reprises : « *Par ces temps difficiles.* » Il est vrai que tout s'était passé très vite dans le port et qu'il avait dû quitter rapidement les quais, lorsque l'attention des soldats avait été détournée par l'altercation entre les deux marins. Il lui avait fallu cependant près d'une heure afin de traverser la cité et il se rappelait son étonnement dû au fait que tous les gens qu'il avait rencontrés sur sa route lui avaient semblé tristes et affligés. Il aurait dû faire le rapprochement entre toutes ces choses et se rendre compte que quelque chose n'allait pas bien dans ce royaume.

Sheran le regardait du coin de l'œil, depuis un moment, un petit sourire aux lèvres. Farouk l'interrogea du regard.

— Tu dois être très impressionné par ma grande faculté de déduction, l'ami?

Farouk éclata d'un rire tonitruant.

— Tu as pratiquement tout compris de travers et le peu que tu as su deviner était par lui-même plus qu'évident, mais je te remercie tout de même pour ton intervention dans cette auberge, car, comme tu l'avais bien deviné, je viens tout juste d'arriver et il est vrai que je ne me suis pas inscrit auprès des autorités portuaires. Pour des raisons personnelles, j'ai dû quitter précipitamment mon royaume. Je n'ai donc pas demandé de laissez-passer avant de partir et m'inscrire à mon arrivée m'aurait probablement occasionné des petits problèmes.

Sheran imagina immédiatement une histoire de femme infidèle, d'un mari jaloux et d'un amant devant prendre la fuite pour échapper à la colère de celui-ci. Il était malgré tout quelque peu déçu de s'être si lourdement trompé.

— Tu dois tout de même admettre que mon histoire aurait pu être vraie, vu les circonstances?

Farouk rigola un long moment.

— Tu me rappelles un de mes bons amis. Vous devez être à peu de chose près du même âge et lui aussi voulait toujours avoir raison.

Les deux hommes marchèrent en silence pendant un petit moment, mais Sheran n'avait pas encore assouvi toute sa curiosité.

— Alors, puisque tu n'es pas un esclave en fuite, puis-je savoir ce que tu es venu faire dans ce royaume?

Farouk regarda son compagnon de voyage un long moment sans rien dire. Il ne savait pas à quel point il pouvait faire confiance à cet homme qu'il ne connaissait que depuis moins d'une heure. Puis, soudainement, sa gorge se noua et une incroyable sensation oppressante envahit sa poitrine. Mentir était contraire à sa nature et les seules fois où il s'était laissé aller à cacher la vérité, c'était produit vingt années plus tôt, lorsqu'il s'était rendu chez son grand-oncle Avaouz et ensuite chez Hassan, le cousin de celui-ci, le jour où il avait accidentellement tué son ami le garde du palais. Ces petits mensonges, qu'il leur avait racontés, avaient transformé sa vie pour les vingt années suivantes et lui avait fait connaître bien des peines et des misères. Il se voyait maintenant confronté à la même situation, mais il n'avait pas l'intention de commettre deux fois la même maladresse. Il répondit donc de façon quelque peu évasive, mais en ne cachant rien de véridique :

— Ce que je suis venu faire dans ce royaume, compagnon, est fort simple, je suis venu réparer une vieille erreur.

Sheran ouvrit de grands yeux étonnés, alors que Farouk poursuivait :

— Si mes parents avaient fait ce qu'ils se devaient de faire, je ne serais pas né dans le royaume de la Numidie. J'aurais probablement vécu dans un endroit comme ici et ma vie aurait été tout autre que ce quelle a été. Comme plus rien ne me retenait d'où je viens, j'ai décidé de rétablir l'ordre des choses en venant m'établir en Judée.

Sheran soupira, tout en affichant une petite moue boudeuse. *Bon, très bien*! se dit-il, *alors pas d'histoire scandaleuse d'un amant fuyant devant la colère d'un mari jaloux.* Il ne comprenait pas grand-chose à l'histoire que Farouk venait de lui raconter, mais il en avait tout de même retenu l'essentiel.

— Alors, l'ami!... À quel endroit comptes-tu t'installer?

Farouk regarda à sa gauche, puis à sa droite, le tout de façon très hésitante.

— Je ne sais pas encore… Là où me porteront mes pas… Là où je me sentirai bien et où les gens seront accueillants.

Sheran haussa les deux sourcils.

— À ce que je vois, tu n'es pas du genre à perdre ton temps en planification, lorsque tu as un projet en tête.

Le commentaire fit sourire Farouk qui s'empressa de poser une question, afin de détourner la conversation et éviter que Sheran le questionne davantage.

— En ce qui te concerne, compagnon, tu n'as encore dit que très peu de choses.

Sheran, qui s'apprêtait effectivement à poser une nouvelle question, demeura bouche bée quelques instants. Puis il haussa les épaules.

— Il n'y a pas grand-chose à dire à mon sujet, l'ami. Ma famille vit dans la petite ville de Magdala, sur les rives du lac Tibériade, dans le nord de la Galilée. Quant à moi, je viens de passer les cinq dernières années au port d'Aila où j'ai travaillé à la construction et la réflexion de plusieurs bâtiments administratifs de la grande cité portuaire et maintenant, je retourne chez moi après cette longue absence.

Lorsque Sheran avait nommé le port d'Aila, il avait pointé le sud, d'un geste du menton et Farouk avait, par réflexe naturel, tourné la tête dans la même direction. Sheran secoua la tête, un petit sourire retenu dansant sur ses lèvres.

— Tu n'as aucune idée de l'endroit où se trouve ce port, n'est-ce pas?

Farouk secoua la tête, tout en pinçant les lèvres. Il avait prêté une attention particulière aux noms des ports situés tout le long de la côte, sur la carte que lui avaient montrée les marins, mais il ne se rappelait pas avoir vu celui d'Aila.

— Si tu as réellement l'intention de t'installer par ici, lui dit Sheran, il te faudra acquérir un minimum de connaissances de base sur la géographie de cette région.

Sans rien ajouter, il quitta la route et alla s'accroupir, une vingtaine de pas plus loin, près d'un petit ruisseau qui serpentait paresseusement sur le bord d'un chemin et qui partait vers l'est. Lorsque Farouk le rejoignit, il achevait de lisser la boue sur le bord de la berge. À l'aide d'une petite branche de roseau, il traça une carte grossière dans la vase, puis il tourna son visage souriant vers Farouk qui vint s'accroupir près de lui. Après quelques explications sommaires sur les ports de la côte, Sheran traça un petit cercle difforme dans la partie supérieure de sa carte improvisée.

— C'est le lac Tibériade, là où j'habite.

Il tira ensuite un trait dans le bas de la carte, avant d'ajouter :

— La Judée s'arrête ici. Le territoire qui est au sud se nomme Idumée.

Il descendit son morceau de roseau un peu plus bas et dessina une forme étrange et très allongée :

— Çà, c'est la mer Rouge!... C'est le plus bel endroit au monde, dit-il d'un air rêveur. Comme tu le vois, elle est tout en longueur et elle s'étant très loin au sud. Au nord, il y a deux bras d'eau qui avancent dans les terres.

Il planta son roseau au sommet du bras d'eau qui était à l'est :

— C'est ici que se trouve le port le plus important du territoire de l'Arabie, Aila. C'est à la réflexion de ce port que j'ai travaillé les cinq dernières années. Les travaux sont loin d'être terminés, mais toutes les charpentes étaient en place et il n'y avait plus de travail pour moi.

Farouk demeura un petit moment, accroupi devant cette carte sommaire, afin d'en mémoriser les moindres détails. Déjà, le simple fait de mieux connaître son environnement lui procurait un certain sentiment de sécurité. Il n'avait plus cette sensation d'être égaré sur un territoire inconnu. Il se releva péniblement après être demeuré accroupi un peu trop longtemps. Sheran, qui le regardait se relever, se moqua de lui par un petit sourire amusé.

— Tu verras, lui dit Farouk, tout en lui rendant son petit sourire, en vieillissant il devient plus facile de se plier que de se déplier.

Le sourire de Sheran s'élargit.

— Il est agréable de constater que je ne suis pas le seul à avoir un certain sens de l'humour.

Sheran était d'un tempérament moqueur et enjoué et il n'arrivait à bien s'entendre qu'avec les gens qui avaient la capacité de tolérer son humour quelque peu sarcastique et à bien le lui rendre.

Farouk s'était éloigné de quelques pas sur le petit chemin et il regardait au loin, le front plissé et l'air soucieux. Quelque chose n'allait pas et le troublait. Il y avait à cet endroit deux fermes, une de chaque côté du chemin, et il en voyait une troisième au loin à sa droite. Il enjamba le petit ruisseau et s'aventura de quelques pas dans le champ à sa droite. Après avoir balayé du regard la terre du fermier, il se pencha et il ramassa une pleine poignée de terre qu'il huma à plusieurs reprises avant de l'écraser entre ses doigts. Sheran le regardait d'un air interrogateur, alors que Farouk revenait vers lui.

— Je ne comprends pas, compagnon!... Cette terre est bonne et très riche. Ce royaume vit l'une des pires famines de son histoire et pourtant ces champs n'ont pas été labourés et aucune semailles n'ont été faites. Cela n'a aucun sens!

Sheran se moqua de la consternation qu'il lisait sur le visage de son nouvel ami.

— Cette année de privation était prévue, l'ami. Elle revient tous les sept ans, cela fait partie de la Loi juive. Il est dit dans les rouleaux sacrés que la création de toutes choses avait demandé six jours et que la septième journée, le créateur s'était reposé. Les Juifs cultivent donc la terre nourricière pendant six années et la septième année, ils la laissent se reposer.

Farouk était abasourdi :

— Normalement, poursuivit Sheran, les gens font de grandes réserves l'année précédente, afin que l'année suivante en soit une de simple privation et non de famine, mais l'année dernière fut l'une des pires que la Judée ait connues des cent dernières années. Les récoltes furent anéanties les unes après les autres. La première fut détruite à cause de la sécheresse, alors que la seconde fut perdue à cause des pluies diluviennes. Quant à la troisième, elle fut en grande partie dévorée par une épidémie de sauterelle. Le peu qui fut sauvé des trois récoltes fut à peine suffisant pour la survie du peuple. Voilà pourquoi il y a la famine sur tout le royaume cette année.

Farouk opinait en silence. La vie lui avait appris qu'il y avait généralement une explication très simple aux situations les plus insensées et il venait encore une fois d'en avoir la preuve.

Sheran frappa dans ses mains.

— Alors, l'ami! maintenant que j'ai parfait ton éducation sur la géographie et les mœurs de ce royaume, as-tu pris une décision sur la direction que tu désires prendre?

Farouk regarda des deux côtés, puis devant lui, avant de reporter son regard quelque peu désemparé sur son compagnon. Il était tout aussi indécis que quelques heures plus tôt, lorsqu'il était descendu du bateau. Sheran, qui l'observait, éclata d'un rire moqueur à nouveau.

— Quel grand voyageur tu fais, Farouk de la Numidie, qui n'a aucune idée de l'endroit où il veut aller!

Farouk grimaça, il se sentait trop désemparé pour rire de la plaisanterie de son compagnon.

— Alors, laisse-moi t'aider une dernière fois à y voir clair. Mais ensuite, il faudra que tu prennes une décision.

Il lui parla des régions qui étaient au sud, de celles qui étaient à l'est, puis de celles qui étaient au nord. Il lui donna son opinion sur les gens qui habitaient chacune de ces régions, leurs qualités, leurs défauts et leur véritable nature. Chaque fois qu'il avait mentionné que la présence des Romains était très marquée dans un secteur, Farouk avait eu un mouvement de recul.

— Ha! Toi non plus, tu n'aimes pas les Romains à ce que je vois.

Farouk se ressaisit rapidement.

— Ce n'est pas que je ne les aime pas, répliqua-t-il, c'est simplement parce que je me sens très bien, lorsqu'ils ne sont pas près de moi.

— Belle nuance, dit Sheran, tout en pouffant de rire.

Il reprit rapidement son sérieux, l'air très soucieux, avant d'ajouter :

— Serais-tu recherché par l'armée romaine?

Farouk grimaça, tout en plissant le front.

— Je n'ai rien fait contre les Romains, mais j'ignore si eux n'ont pas trouvé quelque chose de répréhensible à me mettre sur le dos. Et si c'est le cas, je t'avoue que je ne tiens vraiment pas à le savoir.

Le commentaire ramena le sourire sur les lèvres de Sheran. Il regarda Farouk qui semblait tout aussi égaré que lorsqu'il avait commencé son explication.

— Si tu veux mon opinion, bien que tu ne m'aies rien demandé, je te dirais que le mieux pour toi serait de m'accompagner, car après tout, je suis le seul de nous deux à savoir où il va et ce serait tout de même mieux que d'errer au hasard dans la nature.

II
La grande Caravane du Nord

Farouk s'était laissé convaincre par la proposition de Sheran. Son ami Bélaïd, à qui il ne cessait de penser, lui aurait sans doute dit que c'était le destin qui avait mis cet homme sur sa route et qu'il ne pouvait ignorer les messages que celui-ci lui envoyait, sans s'attirer de grands malheurs. Il n'était pas de nature superstitieuse, mais ce qu'il avait vécu dans les dernières années avait quelque peu ébranlé ses convictions.

Il marchait sur la route de la côte en compagnie de son nouvel ami depuis déjà trois jours et ils n'étaient plus qu'à une lieue de la cité portuaire de Césarée. Le soleil déclinait rapidement et Sheran ne voulait pas entrer dans la cité à la nuit tombante, voilà pourquoi, il cherchait depuis un bon moment un endroit adéquat où ils pourraient s'installer pour la nuit. Ils avaient marché d'un pas normal, sans vraiment se presser, discutant de choses et autres, sans toutefois aborder des sujets trop personnels. Ils avaient plutôt parlé de leur travail réciproque, s'éclairant l'un et l'autre sur la véritable nature de leur domaine d'expertise. Farouk n'était pas familier avec le terme « charpentier-sculpteur » et il avait été très étonné lorsque Sheran lui avait expliqué qu'un charpentier était celui qui fabriquait et installait les poutres et les colonnes d'une charpente, alors que le charpentier-sculpteur ne les fabriquait pas, il les sculptait et contribuait simplement à leur mise en place. Sheran aussi avait été très étonné, lorsqu'il avait demandé à son nouveau compagnon, s'il avait pensé à apporter des provisions de voyage. Farouk avait ouvert son havresac et en avait sorti les trois poissons séchés qu'il contenait. *J'ai de quoi tenir une dizaine de jours,* avait-il dit, d'un ton nonchalant. Sheran l'avait regardé avec de grands yeux étonnés et il lui avait répliqué qu'il ne tiendrait pas plus de trois jours avec ses poissons. Farouk avait bien ri et il avait rétorqué qu'il avait tenu plus de vingt jours avec beaucoup moins que cela. Ils s'étaient arrêtés à trois reprises dans de petites auberges où ils avaient trouvé de quoi se désaltérer, mais très peu de choses pour se nourrir.

Ils venaient tout juste de sortir d'un long tournant de la route et ils s'étaient figés en apercevant le pré devant eux. Plusieurs voyageurs étaient agglutinés et observaient la scène d'un regard fasciné. Plus de cent cinquante chameaux avaient pénétré dans la prairie et il en venait encore d'autres de la route, obligeant les voyageurs à s'arrêter. Des dizaines d'hommes s'affairaient déjà à mettre en place une grande tente, qui avait les allures d'un petit chapiteau. Il fallut encore une vingtaine de minutes avant que la longue caravane soit entrée dans le pré. Le chemin afin libéré, les voyageurs purent poursuivre leur route.

Sheran avait observé la scène, un sourire ravi s'épanouissant sur son visage basané.

— Viens! dit-il, tout en donnant un coup de coude à Farouk. Je crois que nous allons très bien manger ce soir.

Farouk le suivit d'un pas hésitant, ignorant quelles pouvaient être les intentions de son compagnon. Sheran se fraya un chemin à travers les quelques curieux qui n'avaient pas encore repris leur route et il s'engagea, d'un pas confiant, sur le chemin qui menait au pré, traînant un Farouk perplexe dans son sillage. Trois chameliers gardaient l'accès à la prairie, alors que tous les autres s'affairaient, telles des abeilles dans une ruche, à mettre en place une vingtaine de tentes un peu plus petites autour du chapiteau. Sheran s'arrêta à moins de trois pas des gardiens et il regarda de droite à gauche, par-dessus leurs épaules, en affichant un joyeux sourire, alors que les gardiens lui jetaient des regards soupçonneux. Farouk prit deux ou trois longues respirations, afin de calmer ses angoisses. Il espérait que son compagnon n'allait rien faire qui puisse leur occasionner de graves problèmes.

— Je ne crois pas me tromper, lança Sheran, en prétendant qu'il s'agit ici de la grande Caravane du Nord du roi Sarathin Balthazar Abimélek, n'est-ce pas?

Le chamelier du centre inclina la tête, tout en faisant une petite moue.

— Connaîtrais-tu d'autres caravanes qui soient aussi prestigieuses que celle-ci?

Sheran n'avait posé la question que pour la forme.

— Fais dire à Maître Cid que son vieil ami Sheran de Magdala désire le voir.

Le chamelier redressa la tête, tout en arquant un sourcil.

— Maître Cid a énormément de relations d'affaires, de même des connaissances personnelles, mais des amis, cela, il en a très peu.

— Raison de plus pour te presser à lui faire parvenir mon message, répliqua Sheran, tout en croisant les doigts sur sa poitrine et en rendant la petite moue boudeuse au gardien du pré.

Le chamelier poussa un soupir d'impatience et il lança d'un ton sarcastique :

— Et quelle est la raison de ta visite?

Ce fut au tour de Sheran de pousser un long soupir, alors que Farouk ne pensait qu'à attraper son compagnon de voyage par l'encolure de sa tunique et à le forcer à déguerpir avec lui. Sheran, qui avait perdu son sourire aimable, répliqua d'un ton sec et impertinent.

— Les véritables amis n'ont pas besoin de raisons pour se rendre visite. Alors, presse-toi de faire porter mon message, tel que je te l'ai déjà demandé!

Le chamelier demeura de marbre. Il en avait vu d'autres avant aujourd'hui. Maître Cid était tellement connu qu'à chacune de leurs haltes des gens tentaient d'obtenir une rencontre privée avec le Grand-Maître, sous toutes sortes de prétextes. Généralement, il n'avait aucune difficulté à éconduire les visiteurs inopportuns, mais celui-ci ne semblait pas vouloir lâcher prise. Il soutint donc le regard de Sheran pendant un long moment avant d'ordonner d'une voix autoritaire à l'homme à sa droite, sans vraiment détourner son regard :

— Va prévenir Maître Cid qu'il a un visiteur. Un grand ami à lui, qui insiste pour le voir. Il se nomme Sheran de Magdala.

Il attrapa la manche du chamelier qui s'apprêtait à partir et il ajouta :

— Si Maître Cid est en colère qu'on l'ait dérangé pour si peu et qu'il refuse de recevoir son visiteur, demande à une dizaine de nos hommes les plus costauds de t'accompagner, lorsque tu reviendras.

Il riva ensuite son regard à celui de Sheran, tout en affichant un petit sourire narquois et malicieux.

— Si, par ta requête, tu provoques la colère de mon maître à mon égard, mes hommes se feront un plaisir de vous reconduire jusqu'à la route, afin de vous remettre sur le droit chemin.

C'était généralement à ce moment que les visiteurs indésirables trouvaient mille prétextes pour prendre la fuite à toutes jambes. Mais, dans les minutes qui suivirent, Sheran s'amusa à faire le pitre devant le chamelier, qui demeura totalement indifférent. Farouk, qui était demeuré un demi pas derrière, tira son compagnon par la manche et l'interrogea du regard. Sheran lui répondit, tout en faisant danser ses sourcils.

— Ne t'en fait pas, camarade!… C'est un ami à moi… Il va nous recevoir.

Sheran se mit à marcher de long en large devant les deux gardiens, les mains dans le dos, tout en sifflotant. Toutes ces pitreries rendaient Farouk très inconfortable. Les chameliers de cette caravane lui rappelaient étrangement les hommes du noble nomade Aziz, qu'il avait rencontrés autrefois, et mettre ce genre d'hommes en colère n'était vraiment pas une bonne chose. S'ils décidaient de les expulser, ils reviendraient armés de gourdins et les deux visiteurs inopportuns risquaient de passer un très mauvais moment. De plus, il trouvait que son compagnon de voyage usait du terme « ami » avec une trop grande aisance à son propre goût, puisqu'il n'avait cessé de l'appeler lui-même « l'ami » depuis leur première rencontre. Farouk se sentit un peu soulagé lorsqu'il vit revenir le messager, sans qu'il soit accompagné de la dizaine d'hommes prévue en cas de refus. L'homme s'immobilisa devant Sheran en le saluant brièvement.

— Pardonne-moi! mais on m'a ordonné de me renseigner sur ta profession.

Pour une raison que Farouk ignorait, Sheran sembla très amusé par la question.

— Je suis charpentier-sculpteur et comme ton maître te l'a sûrement dit, je travaillais, jusqu'à récemment, à la cité portuaire d'Aila.

L'homme s'inclina beaucoup plus respectueusement cette fois.

— Maître Cid se fera un plaisir de te recevoir, dès que les hommes auront terminé d'installer sa tente.

Le chamelier du centre s'inclina à son tour.

— Je te prie d'excuser mon insolence, mais mes ordres étaient stricts.

Sheran affichait un large sourire.

— Tu n'as pas à t'excuser, l'ami, car il n'y a pas d'offenses. Si Maître Cid t'a placé à ce poste, c'est qu'il avait la conviction que ses ordres seraient bien exécutés.

L'homme le remercia de sa compréhension d'un simple geste de la tête, puis il pointa son index vers Farouk.

— Qu'en est-il de l'homme qui t'accompagne?

Sheran hésita un long moment, mais lorsqu'il répondit ce fut d'un ton ferme et confiant.

— Je me porte entièrement garant de cet homme.

Le gardien hocha la tête, sans rien dire, les yeux rivés à ceux de Sheran, scrutant la sincérité au fond de lui. Puis il inclina légèrement la tête.

— Ta réponse me convient.

Il les invita à pénétrer dans le pré, d'un large geste de la main. Farouk emboîta le pas à son compagnon de voyage. Il était très conscient de la lourde responsabilité que Sheran venait de prendre à son égard, car se porter garant de quelqu'un impliquait que vous vous rendez responsable de tout ce que cette personne pourrait dire ou faire. Il posa la main sur l'avant-bras de son ami.

— Je te remercie de la confiance que tu m'accordes et je ferai en sorte que tu n'aies pas à regretter les paroles que tu as prononcées.

Les deux hommes marchèrent silencieusement, pendant quelques instants, dans ce campement qui prenait rapidement forme. Farouk fut incapable de garder le silence très longtemps, car mille questions se bousculaient dans sa tête.

— Qui est cet homme que tu appelles Maître Cid?

Sheran tourna vers lui un visage ahuri. C'était la première fois qu'il rencontrait une personne qui ne connaissait pas Maître Cid. Il se ressaisit rapidement en se rappelant que son compagnon n'était pas du royaume.

— Cid est le Maître du Troc de la plus prestigieuse caravane qui existe dans le monde.

Farouk pinça les lèvres et plissa les yeux, tout en scrutant le pré.

— Je dois admettre qu'il est plutôt rare de rencontrer des caravanes de deux cents chameaux.

Sheran éclata de rire.

— Ce que tu vois n'est qu'une partie de la grande Caravane du Nord. Lorsqu'elle prend son départ de Djedda, elle est composée de cinq cents chameaux et quelquefois même davantage.

Farouk, qui essayait d'imaginer la chose, secoua la tête. La caravane qu'il venait de voir était l'une des plus grosses qu'il eut vues de toute son existence, mais en imaginer le double ou le triple lui donnait presque le vertige. Sheran regardait, d'un petit air amusé, la réaction de son compagnon.

— Ils prennent ainsi le départ toutes les deux années et demie environ, immédiatement après les festivités en l'honneur de la grand-mère de l'humanité, qui gît sur leur sol.

Farouk le regardait en grimaçant, un grand point d'interrogation dans l'expression de son visage.

— Ève! s'exclama Sheran, tu connais l'histoire d'Adam et Ève, n'est-ce pas? Elle est la première femme à avoir vécu sur la terre et elle est considérée comme la grand-mère de toute l'humanité. Sa tombe est à cet endroit, juste à l'extérieur de la cité de Djedda.

Farouk connaissait très bien cette légende de la première femme à avoir été créée par les dieux. Malgré tout, son expression se mua en scepticisme.

— Est-ce là encore l'une de tes mauvaises plaisanteries, compagnon?

Sheran se redressa avec indignation

— Non, bien sûr! Ce n'est pas un sujet avec lequel l'on peut se permettre de plaisanter.

Il prit une longue inspiration, afin de chasser son indignation, avant de poursuivre :

— Alors, comme je te le disais, toutes les deux années et demie, les astrologues déterminent la date exacte des festivités, afin d'honorer la grand-mère de l'humanité. Le roi Abimélek rappelle alors ses caravanes, et elles sont nombreuses, afin que tous puissent y participer. Ces réjouissances durent cinq jours et cinq nuits. C'est un grand moment de retrouvailles et beaucoup de gens profitent de ce grand rassemblement pour se marier. Les gens viennent de partout. Certains parents éloignés, qui habitent l'Égypte, traversent la mer Rouge sur leurs beaux navires égyptiens, afin d'être présents à ce rassemblement, ce qui donne souvent lieu à des retrouvailles très émouvantes. Les festivités se terminent avec le départ de la majestueuse Caravane du Nord. Ils sont plus de cinq cents lorsqu'ils quittent Djedda et les chameaux sont chargés au maximum de leurs capacités des nombreuses richesses qu'ils sont allés acquérir dans les royaumes très éloignés du Sud et qu'ils vont troquer avec les royaumes au Nord. L'homme qui donne le signal du départ et qui guide cette prestigieuse caravane se nomme Cid, le Maître du Troc de la grande Caravane du Nord.

Farouk était surpris et même un peu impressionné de savoir que son compagnon de voyage pouvait entretenir des relations aussi étroites avec un personnage de cette importance.

— Maître Cid serait-il, par hasard, l'un de tes parents?

Sheran afficha un large sourire, tout en secouant négativement la tête.

— Non, pas du tout! C'est simplement un homme qui me voue une éternelle reconnaissance pour lui avoir sauvé la vie, il y a vingt ans de cela.

Farouk plissa le front.

— Tu m'as bien dit que tu avais trente-trois ans. C'est donc dire que tu n'avais que treize ans, il y a vingt ans de cela.

— Très perspicace, l'ami, répondit Sheran en ricanant, et tout à fait exact.

Farouk, qui était très curieux de savoir comment un jeune garçon de treize ans pouvait avoir sauvé la vie d'un homme tel que ce Maître du Troc, l'interrogea avec insistance du regard. Sheran regarda autour de lui. L'installation du campement avançait très rapidement, mais il savait qu'il ne serait pas reçu avant encore un bon petit moment. *Alors, pourquoi ne pas meubler cette attente en racontant ma petite histoire à mon nouvel ami,* se dit-il.

— Comme tu l'as si bien calculé, Farouk, il y a vingt ans, je n'avais effectivement que treize ans. Ma famille habitait Magdala depuis neuf ans. Auparavant, nous habitions une autre petite ville, un peu plus au nord, du nom de Corozaïn. Mon père, qui est potier de son métier, avait conservé plusieurs bons clients dans cette ville. Alors, lorsqu'il y avait des livraisons à faires, c'était généralement moi et mon frère qui avions la responsabilité de les effectuer.

Ils s'écartèrent vivement, afin de laisser passer deux hommes qui transportaient de longues perches, puis Sheran poursuivit en ignorant l'interruption :

— Deux jours plus tôt, la grande Caravane du Nord était arrivée dans notre région et elle s'était installée, comme elle le faisait toujours, près de Tibériade, la plus importante des cinq villes qui sont situées autour du lac du même nom. À chacune des étapes de la caravane, le Maître du Troc rencontrait personnellement les clients les plus importants, alors que les autres recevaient la visite de l'un des caravaniers qui avait le mandat de négocier des marchandises au nom du Maître du Troc. À cette époque, Cid n'était que l'un de ces caravaniers-marchands. Ce jour-là, mon frère et moi revenions justement de faire l'une de ces livraisons, dont je te parlais plus tôt. La journée était très avancée et la pénombre gagnait rapidement. Il devenait même très douteux que nous puissions parcourir la demi-lieue qui nous séparait encore de notre demeure, avant la tombée de la nuit. Dathan, mon frère aîné, suggéra donc que nous terminions notre parcours au pas de course, ce que j'approuvais entièrement. Là où nous n'étions pas d'accord, c'est que mon frère voulait faire ce trajet par la route, alors que moi, je prétendais qu'il serait plus rapide de passer par les collines. Après avoir argué un petit moment, le tout s'est terminé par un pari. Je passerais par les collines, alors que lui suivrait la route, et le perdant assumerait seul la corvée de la traite des chèvres pendant une semaine. Bien que mon frère fût de deux ans mon aîné et qu'il pouvait courir plus vite que moi, j'avais malgré tout la conviction, qu'en passant par les collines, je serais le vainqueur de ce pari. Nous, nous sommes donc élancés, chacun dans notre direction, sous la pénombre croissante de cette fin de soirée.

Sheran se mit à sourire, tout en secouant la tête :

— Ma course folle fut de très courte durée, puisque moins de cinq minutes plus tard, je me suis affalé de tout mon long, la bouche remplie de sable. Lorsque j'ai eu repris mes esprits, je me suis rendu compte que l'obstacle sur lequel j'avais trébuché dans l'obscurité était en réalité un homme qui gisait dans une mare de sang. J'ai d'abord cru qu'il était mort, mais lorsque je l'ai secoué, l'homme s'est mis à gémir. Alors, sans hésiter, je l'ai soulevé du sol et l'ai jeté à travers mes épaules, puis j'ai couru ainsi jusqu'à ma demeure. Tout au long du chemin, l'homme n'a pas cessé de gémir, mais je ne me suis arrêté qu'une fois arrivé chez moi. La nuit était déjà tombée depuis un bon moment et mes parents étaient morts d'inquiétudes. Tout au long de cette attente, mon père n'avait cessé d'invectiver Dathan sur ses responsabilités envers son jeune frère. Voyant la gravité des blessures de l'homme, Père s'est empressé d'envoyer mon frère quérir le médecin de notre ville, à qui il avait fallu plusieurs heures avant d'endiguer les saignements et refermer les plaies. L'homme était jeune, pas plus de la mi-vingtaine, et le médecin avait dit avoir bon espoir qu'il serait en mesure de se remettre de ses blessures, malgré la gravité de celles-ci.

Farouk avait quelques questions qui l'intriguaient, mais il n'osa pas interrompre le récit de son camarade, qui poursuivait avec enthousiasme :

— Le jour suivant, une grande battue fut organisée par les hommes de la grande Caravane. Ce n'est que lorsque les chameliers sont venus dans notre petite ville, que nous avons su que notre blessé était l'un des leurs et qu'ils le recherchaient avec beaucoup d'ardeur. À la fin de la journée, le grand Maître du Troc, qui était un homme très âgé, est venu lui rendre visite. Le blessé, qui avait repris connaissance, avait pu raconter sa mésaventure à son chef. Il revenait de Capharnaüm et il avait coupé court à travers les collines, afin d'être de retour avant la tombée de la nuit. Quatre brigands lui avaient tendu une embuscade. Ils lui avaient pris son chameau, ses marchandises et sa bourse, et ils l'avaient laissé, baignant dans son sang, persuadés qu'il ne pourrait survivre à ses blessures. Le Maître du Troc était dans une colère effroyable. Personne ne s'était jamais attaqué ainsi à l'un de ses hommes en toute impunité. Le matin suivant, il a lancé une incroyable chasse à l'homme sur tout le territoire. Plus de cent cinquante chameaux, par petit groupe de six à huit, furent envoyés dans toutes les directions avec des itinéraires bien précis à suivre, les routes de chacun s'entrecroisant en un véritable quadrillage de toute la région. Deux jours plus tard, les brigands furent capturés dans un petit village près de la cité portuaire de Ptolémaïs, où ils tentaient de trouver preneur pour le chameau et les marchandises. En moins d'une heure, ils furent jugés, condamnés et exécutés publiquement. Avant de se remettre en route, le Maître du Troc a remis une généreuse somme à mon père, afin qu'il puisse subvenir aux besoins du blessé durant sa longue convalescence.

Sheran souriait fièrement, tout en secouant la tête :

— Ce chamelier, tu l'as sûrement déjà deviné, s'appelait Cid. Il a fallu près de neuf mois avant qu'il soit suffisamment remis de ses blessures et qu'il puisse entreprendre son long voyage de retour jusqu'à Djedda. Avant de partir, il m'a dit qu'il me vouerait une éternelle reconnaissance pour lui avoir sauvé la vie. Quant à mon frère, il n'a rien voulu entendre. Selon lui, un pari était un pari et aucune circonstance, quelle qu'elle fût, ne pouvait changer les choses. Alors, il m'a donc fallu assumer la traite des chèvres par moi-même, pendant toute une semaine. Il disait que cela n'était qu'une maigre compensation pour toutes les réprimandes que notre père lui avait servies à cause de mon retard.

Farouk ricana devant l'air indigné qu'affichait son compagnon :

— Près de deux années plus tard, poursuivit Sheran, lorsque la grande Caravane du Nord fut de retour, l'un des chameliers est venu me porter un message. Cid n'était pas venu avec la grande Caravane, car son roi l'avait envoyé avec une autre caravane vers les royaumes très éloignés du Sud. Il avait cependant insisté pour que l'on me transmette ses amitiés. Le simple fait qu'il se soit souvenu de moi m'avait beaucoup ému à cette époque. Deux autres années et demie passèrent et la grande Caravane fut à nouveau de retour. Grande fut ma surprise, lorsque Cid vint me rencontrer en personne pour m'annoncer qu'il était désormais le Maître du Troc de la prestigieuse Caravane. Son prédécesseur, qui était maintenant trop âgé et trop malade, avait dû céder sa place et le roi avait porté son choix sur lui à cause de son incroyable talent de négociant.

Farouk haussa les sourcils, tout en posant sur son compagnon un regard interrogateur :

— Il est reconnu pour être le plus redoutable de tous les marchands, car il est impossible de mentir ou de cacher quoi que se soit à cet homme. Il devine toujours tout.

Un large sourire amusé envahit la figure de Farouk, qui se retenait pour ne pas éclater de rire.

— Serait-il également le grand Maître de ta secte de devins, par hasard?

Sheran recula la tête, légèrement indigné du propos de son compagnon de voyage. Puis il répliqua, d'une mine boudeuse.

— Il est vrai que je tente parfois de l'imiter, mais son talent à lui est bien réel.

Une voix enjouée et flûtée retentit derrière Sheran qui pivota, tout en affichant un large sourire amusé.

— Serais-tu encore en train de raconter tes grands exploits d'adolescent désobéissant, par hasard?

Sheran se mit à rire aux éclats.

— Si j'avais été un bon garçon obéissant et que j'étais demeuré sur la route, tu ne serais pas ici pour me le reprocher.

L'homme éclata de rire à son tour. Il attrapa Sheran par les deux épaules et lui donna un gros baiser sonore sur chaque joue, puis il recula d'un petit pas et l'examina de la tête aux pieds.

— Tu m'as causé quelques inquiétudes, tu sais!

Sheran grimaça d'incompréhension :

— Lorsque ma caravane est arrivée à Aila, ton employeur m'a dit que tu étais parti, afin d'entrer chez toi, il y avait de cela plus de deux semaines. Nous sommes passés par Pétra, où nous nous sommes attardés quelques jours, avant de reprendre la route commerciale qui longe la mer Morte. À Nazareth, je suis allé voir Jacob pour lui présenter, comme à chacun de mes voyages, les salutations et les hommages de son petit cousin, notre bien aimé roi Abimélek. J'ai été très surpris lorsqu'il m'a dit que tu n'étais pas venu le saluer sur ton chemin du retour. Je dois t'avouer qu'à ce moment, j'étais plus inquiet de ta grande ingratitude, que de ton absence. Par contre, lorsque je suis arrivé chez toi, à Magdala, et que les membres de ta famille m'ont dit qu'ils n'avaient eu aucune nouvelle de toi, là mon inquiétude est devenue bien réelle, car tu aurais dû y être depuis plus d'un mois.

Il arrêta de parler et ouvrit les deux mains, l'air interrogateur, attendant que Sheran lui fournisse quelques explications.

— Je ne savais pas que mon retard causerait autant d'émoi, car j'ignorais que j'étais attendu… J'ai quitté Aila avec une caravane qui traversait l'Idumée et se rendait jusqu'à Ascalon, car j'avais sur moi toutes mes économies des cinq dernières années et que cette région fourmille de Nabatéens qui se font un plaisir de vider les bourses des voyageurs imprudents qui voyagent seul. Dans la cité portuaire d'Ascalon, il y avait un homme qui cherchait de la main-d'œuvre qualifiée pour l'assemblage d'une grande charpente dans le port. La paie était bonne et je n'étais pas pressé, alors j'ai accepté et j'y suis demeuré pendant six semaines, le temps de terminer l'assemblage de la structure, puis je me suis remis en route.

Le Maître du Troc baissa les yeux, tout en secouant la tête, se rendant compte que par son inquiétude, il avait créé tout un émoi dans la famille de Sheran, qui se demandait maintenant ce qui avait bien pu advenir de lui. Il releva les yeux et pencha la tête légèrement de côté, détaillant Farouk des pieds à la tête. Sheran se rendit compte qu'il n'avait pas fait les présentations et il s'empressa de corriger cette lacune.

— Approche, dit-il à son ami, tout en l'invitant d'un geste de la main. Voici Cid, le Maître du Troc de la grande Caravane du Nord… Cid, je te présente Farouk, mon compagnon de voyage. Il est corroyeur et il vient de la vieille Numidie.

Pendant quelques interminables secondes, un profond silence s'établit entre les deux hommes qui se toisèrent, un étrange petit rictus à la commissure de leurs lèvres. Pour une raison que Farouk ne saurait s'expliquer, il s'était imaginé que le grand Maître du Troc était un personnage de très forte taille, à la carrure imposante et intimidante, alors que l'homme qui se tenait devant lui était l'antithèse de cette image. La mi-quarantaine, le visage buriné par le soleil, Cid était petit et frêle, plus petit encore que Sheran, qui n'était pas très grand lui-même. Il portait une moustache et une barbiche grisonnantes, surmonté de deux yeux intelligents et pétillants de malice. Il comprenait mieux maintenant, comment un jeune garçon de treize ans avait pu transporter un homme blessé et inconscient sur ses épaules sur une aussi longue distance à travers les collines.

Cid, quant à lui, s'interrogeait grandement sur le compagnon de voyage de son ami, dont le corps était couvert de multiples cicatrices. Il se disait ignorer que le métier de corroyeur pouvait être aussi dangereux. À moins, bien entendu, que l'homme ait eu un très mauvais professeur qui aurait omis d'enseigner à son élève que la bête devait tout d'abord être abattue avant d'entreprendre l'écorchage. Le regard de Sheran allait de l'un à l'autre des deux hommes, alors que le silence se prolongeait. Cid porta la main à sa poitrine, tout en inclinant légèrement la tête.

— J'ai toujours eu un grand respect pour les amis de mes amis. Alors, je te souhaite la bienvenue dans mon campement, ami de Sheran.

Farouk lui rendit son salut de la même façon.

— Je te remercie de m'accueillir parmi les tiens, Maître Cid.

Trois hommes sortirent du petit chapiteau. Le dernier s'inclina en direction de Maître Cid, qui lui répondit d'un petit sourire bienveillant.

— Ma tente est enfin prête, dit-il. Suivez-moi! nous y serons beaucoup plus à notre aise pour continuer cette conversation.

Tout en marchant, Farouk jeta un coup d'œil circulaire. Le campement était complètement installé. Les chameaux avaient été déchargés et deux feux avaient déjà été allumés, alors que le soleil touchait presque la ligne d'horizon. Il salua les deux colosses qui gardaient l'entrée et suivit Sheran à l'intérieur du petit chapiteau. La tente était grande et spacieuse, il l'aurait même qualifiée de luxueuse. L'intérieur était subdivisé par de multiples rideaux semi-transparents, conférant ainsi certaines zones d'intimité. La partie centrale était comme une vaste pièce. Des moquettes de qualité richement décorées recouvraient le sol à plusieurs endroits et des coussins aux fines broderies y avaient été disposés, incitant les visiteurs à venir s'y prélasser.

Ils suivirent Maître Cid et s'installèrent confortablement sur la moquette centrale. Cid reprit immédiatement la conversation, en posant à Sheran de nombreuses questions sur le travail qu'il avait effectué à Aila. Farouk écouta silencieusement le Maître du Troc, qui semblait posséder de bonnes connaissances générales en ce domaine, que lui ne connaissait pratiquement pas. Après un moment, un homme entra portant deux plateaux qu'il vint disposer sur la moquette, devant eux.

— Veuillez pardonner la modestie de ce repas, dit Cid, mais les temps sont très durs en ce moment. Tu sais, Sheran, que je ne suis pas homme à critiquer les mœurs et coutumes des autres peuples, mais quand l'une d'entre elles affecte grandement le commerce, comme ce qui se produit en ce moment, je ne peux m'empêcher de la trouver déplaisante et même déplorable, surtout lorsque des gens meurent à cause de cette pratique. Les denrées alimentaires représentent environ trente pour cent de notre commerce et nous ne pouvons pas prendre d'arrangements pour l'année suivante, comme nous le faisons habituellement. Tout cela est triste pour les gens et très mauvais pour les affaires.

Cid soupira tristement et claqua ses deux mains sur ses cuisses.

— Assez parlé de ses tristes choses… à présent, mangeons!

Il prit le premier plateau, qui contenait quelques morceaux de pain et de fromage, et le présenta à ses deux visiteurs à tour de rôle. Il fit de même du deuxième plateau, qui contenait de la viande et des fruits séchés.

— En bon hôte, j'ai fait le premier service, lança-t-il gaiement, pour la suite, servez-vous vous-mêmes, chers amis!

Sheran souriait à belles dents.

— Tu n'as pas à t'inquiéter de la modestie de ce repas, mon cher Cid. Il y a plus dans ces plateaux que ce que nous avons mangé tous les deux dans les derniers jours.

Cid s'empara d'une grosse datte séchée et juste avant de l'engloutir toute entière dans sa bouche, il envoya, sans même détourner le regard de sa datte :

— Alors, Farouk de la Numidie, dans quelles arènes as-tu combattu?

Sheran cessa de mastiquer et ouvrit toute grande la bouche, qui était remplie de fromage, alors que Farouk, qui s'apprêtait à mordre dans un morceau de pain, avait arrêté son geste et regardait Cid, sans rien dire. Sheran se hâta d'avaler sa bouchée. Il avait voyagé pendant trois jours avec Farouk, sans vraiment aborder de sujets personnels, mais ses conclusions avaient été tout autre que ce que venait de dire Cid. Farouk lui avait dit qu'il avait trente-huit ans et il savait que la grande bataille de Thapsus avait eu lieu vingt et une années plus tôt. Il s'était donc dit que son ami devait avoir seize ou dix-sept ans à cette époque et qu'il était donc fort probable qu'il ait participé à cette bataille. Ce qui pour lui expliquait ses nombreuses cicatrices. Il était sûr de lui-même et il avait la conviction que cette fois c'était le grand Maître Cid, à qui l'on ne pouvait rien cacher, qui était dans l'erreur. C'est donc avec un large sourire victorieux qu'il interrogea le grand Maître du Troc.

— Comment peux-tu prétendre, avec cette certitude presque insolente, que mon compagnon de voyage ait combattu dans des arènes?

Ce n'était pas la première fois que Cid voyait ce genre de sourire victorieux sur la figure de l'un de ses interlocuteurs. Il secoua la tête, tout en ricanant.

— Le problème avec les gens, c'est qu'ils regardent, mais ils ne voient pas ce qui saute aux yeux.

Farouk ne disait toujours rien. Il regardait intensément Cid, tout en se demandant s'il était possible qu'il soit en face d'un véritable devin cette fois. Alors que leur hôte poursuivait :

— Il faut regarder au-delà de la première impression, si tu veux comprendre les gens et les choses.

Sheran grimaça, tout en plissant le front :

— Regarde la cicatrice que ton ami porte à la base de son cou!

Sheran s'étira pour mieux voir :

— Cette blessure a été causée par une gaffe.

Sheran s'apprêtait à intervenir, mais Cid l'arrêta d'un geste impératif :

— Je sais!... Les gaffes ne sont pas utilisées que dans les arènes. Les marins aussi s'en servent pour remonter les filets, et un homme qui serait tombé à la mer aurait pu être secouru à l'aide d'une gaffe, occasionnant une telle blessure au secouru. Ce fut d'ailleurs ma première conclusion. Par contre, si tu regardes la cicatrice qu'il porte à son bras gauche, juste au-dessus du coude, tu te rendras compte que cette blessure a été provoquée par un trident, sans l'ombre d'un doute. Alors, je crois que l'on peut prétendre, sans véritablement risquer de se tromper, que les deux blessures ont une même origine. Et comme nous le savons tous, le trident est une arme strictement réservée aux arènes. Aucun soldat ne se servirait d'une telle arme sur un champ de bataille où elle serait tout à fait inefficace et inappropriée.

Farouk, qui n'avait toujours rien dit, ferma les yeux, un petit sourire aux lèvres. Sheran lui avait dit qu'il était pratiquement impossible de cacher quoi que ce soit à cet homme et il en comprenait maintenant la raison. Les deux hommes le regardaient et semblaient attendre une réponse de sa part. Il savait que ses cicatrices susciteraient toujours de nombreuses questions. Il aurait souhaité en dire le moins possible sur sa personne, mais la seule chose qu'il tenait vraiment à cacher, était sa véritable identité. Il ouvrit donc les yeux et répondit de façon simple et détachée.

— J'ai combattu pendant quinze années dans, à peu de choses près, toutes les arènes importantes du sud de la Mauritanie.

Sheran répliqua avec indignation.

— Tu m'avais pourtant dit que tu n'étais pas un esclave en fuite.

Le commentaire indigné de son compagnon eut sur Farouk l'effet d'une gifle. Il s'efforça de se calmer et il répondit le plus posément possible.

— Je n'ai pas menti, Sheran. Je n'étais pas un esclave, mais bien un prisonnier. J'ai été capturé dans le désert par un groupe de brigands, alors que je me rendais à un important rendez-vous commercial avec un noble chef de tribu nomade du nom d'Aziz. Plus de la moitié de mes hommes ont été tués lors de cette embuscade et les autres sont morts les uns après les autres en captivité ou dans les arènes. Il m'a fallu quinze années, avant que l'opportunité de m'enfuir se présente. Aujourd'hui, j'ai retrouvé ma liberté et je mourrais plutôt que de la perdre à nouveau.

Sheran porta la main à sa poitrine et s'inclina.

— Pardonne ma promptitude, mon ami.

Farouk lui fit un petit signe d'assentiment, lui indiquant qu'il était excusé, alors que Cid le regardait intensément, un demi-sourire à la commissure de ses lèvres.

— Je traite moi-même des affaires avec les Nabatéens. Ce sont des gens mi-sédentaires, mi-nomades, mais ton noble chef de tribu nomade devait grandement leur ressembler et je sais, par expérience, qu'il est extrêmement difficile de négocier avec ce genre de personnes. Alors, si je comprends bien, tu étais le grand Maître du Troc chez ton peuple.

Un petit sourire amer glissa sur les lèvres de Farouk.

— Ce titre n'existe pas chez les gens de mon royaume, mais c'est bien moi qui étais responsable des négociations avec ce grand chef.

Cid arqua un sourcil, tout en affichant une mine appréciatrice.

— Impressionnant! Sheran. Voilà que maintenant tu te mets à accumuler les grands Maîtres du Troc parmi tes relations personnelles, et cela sans même le savoir.

Sheran le regardait en grimaçant, se demandant si son ami venait de lui faire un compliment ou si ce n'était qu'une remarque sarcastique. Une autre question intriguait grandement Cid qui ne put résister à la tentation de satisfaire sa curiosité.

— Le désert qui est au sud de la Mauritanie est reconnu pour être un endroit très dangereux. Alors, je me demandais; quel genre de marchandises pouvait bien avoir à t'offrir ce chef nomade, qui puissent justifier le risque que tu as encouru en t'y rendant?

Farouk hésita. Il savait que s'il répondait à cette question, il n'aurait pas le choix et il serait obligé de répondre aux nombreuses autres qui ne manqueraient pas de suivre. Mais il savait aussi qu'il eut été très impoli de refuser de répondre à cette question, qui de prime abord semblait très anodine. Il se résigna donc, bien malgré lui.

— Aziz me vendait des armes de guerre.

Sheran, qui croyait avoir tout deviné cette fois, s'exclama joyeusement.

— Pour les revendre à des mercenaires ou des révolutionnaires et en tirer un bon bénéfice.

— Ou, peut-être, était-ce pour lever ta propre révolte? questionna Cid, ses yeux rivés à ceux de Farouk.

La question du Maître du Troc le troubla grandement, puisque c'était justement de fausses rumeurs de révoltes qui avaient poussé la garde de son royaume et l'armée romaine à prendre d'assaut leur petit village de réfugiés, qui était bien caché dans la montagne. Il secoua négativement la tête, souriant avec amertume.

— En réalité, ces armes étaient destinées à la protection de notre petit village.

— La garde de votre royaume ne suffisait pas à assumer cette protection? questionna Cid avec perplexité.

Farouk n'avait plus que deux options : refuser catégoriquement de répondre ou leur dévoiler toute l'histoire des réfugiés de la montagne. Il voulait refaire sa vie dans ce royaume et pour que ce soit possible, il avait besoin de créer de nouveaux liens de camaraderie, mais l'amitié s'accompagne toujours d'une certaine dose de confiance. Il leur raconta donc comment il avait accidentellement tué son ami le garde, alors qu'il avait été surpris à jeter des pierres contre les portes du palais. Crime pour lequel il avait été pardonné par la suite. Puis, de façon très sommaire, il raconta comment il avait rencontré les réfugiés de la montagne, alors qu'il tentait de se rendre en Mauritanie. Il leur expliqua, qui étaient ces gens et qu'aucun d'entre eux n'était un véritable criminel, mais qu'ils étaient simplement des gens qui avaient fui l'oppression. Certains avaient, tout comme Paco, participé à des révoltes dans leur royaume, alors que d'autres s'étaient simplement défendus contre des oppresseurs, tels que les pirates de ce mercenaire, Sittius, qui avaient occupé quatre colonies côtières et y avaient semé la terreur. Il leur parla ensuite de l'arrivée de ce prince de Mauritanie, qui avait éliminé les pirates, mais qui représentait lui-même une menace encore plus grande, ce qui les avait fait craindre pour la sécurité de leur village qui était sans défense. Il leur raconta également, toujours de façon aussi brève, ses deux premières rencontres avec Aziz, le grand chef nomade du désert et des armes qu'il avait pu acquérir pour la défense de leur village. Il leur parla ensuite des fausses rumeurs de révoltes que les jeunes avaient répandues à l'insu de leurs aînés, ainsi que des craintes de sa jeune épouse, qui était enceinte de jumeaux à l'approche de la troisième rencontre avec le chef nomade. Ces mêmes craintes qui l'avaient poussé à se rendre trop tôt à son rendez-vous et qui avaient provoqué sa capture par les brigands du désert. Il n'effleura que très brièvement ses quinze années à combattre dans les arènes et ne donna aucun détail sur sa fuite. Il se contenta de décrire l'état de désolation dans lequel il avait trouvé leur petit village dans la montagne et à quel point il s'était senti bouleversé et découragé. Puis, il décrivit son arrivé au port où les marins lui avaient redonné espoir en lui parlant de cette nouvelle colonie qui avait été créée pour les réfugiés. Il termina son récit en racontant brièvement sa rencontre avec son vieil ami Bélaïd, le chef de cette nouvelle colonie, qui lui avait appris la mort de sa femme et de ses deux enfants.

Farouk poussa un profond soupir de soulagement. Mentir ou cacher la vérité était tellement contre sa nature, qu'il se sentait aussi soulagé que le criminel qui vient d'avouer la faute qui hantait son esprit.

— Voilà!... Vous connaissez maintenant toute ma petite histoire.

Les deux auditeurs étaient silencieux. Sheran était troublé. Il croyait que sa vie avait été quelque chose qui sortait de l'ordinaire, mais il se rendait compte qu'il n'en était rien, comparé à ce que Farouk avait vécu. Cid, de son côté, n'était pas vraiment bouleversé, car il avait entendu un grand nombre d'histoires comparables à celle-ci dans sa vie. Il était par contre un peu soucieux. Certains éléments devaient manquer à l'histoire de Farouk, ce qui créait quelques incohérences dans son récit. Il prit une nouvelle datte et la dégusta goulûment, tout en réfléchissant.

— Pardonne ma trop grande curiosité, Farouk, mais, qu'es-tu venu faire, ici en Judée?

Sheran, qui connaissait la réponse, s'empressa de répondre à sa place.

— Plus rien ne le retenait dans son royaume. Il a donc décidé de venir s'établir ici, afin de rétablir l'ordre des choses. Puisque, selon lui, si ses parents avaient fait ce qu'ils auraient dû faire, c'est ici qu'il serait né et non dans la Numidie.

Cid prit un morceau de fromage, en huma tout l'arôme avant de planter ses dents dans la pâte molle. Sans même tourner la tête, il questionna, de façon totalement détachée :

— Alors, dis-moi, Farouk de la Numidie, quel est le nom de ton père illégitime?

Farouk en eut presque le souffle coupé. Il était conscient que sa bouche était grande ouverte, mais il était incapable de la refermer. Sheran, de son côté, avait failli s'étouffer avec son morceau de pain.

— Comment peux-tu insinuer que Farouk soit un fils illégitime et aller même jusqu'à prétendre qu'il connaisse le nom de son géniteur?

Cid s'amusa grandement de l'indignation de son ami.

— Simplement parce que j'ai la certitude que c'est la vérité.

Sheran grimaça de perplexité, ce qui fit bien rire le grand Maître, qui s'expliqua en s'efforçant de réprimer le rictus amusé qui dansait sur ses lèvres :

— Depuis toujours, Sheran, que ce soit ici, en Judée ou en Galilée et même dans les territoires du Sud, des femmes, à mi-grossesse et parfois même près de leur terme, nous sont arrivées. Elles viennent d'un peu partout : de l'Hispanie, de la Mauritanie, de la Gaule et même de Rome. Certaines autres viennent de la Perce, de Thrace ou de la Grèce. Elles arrivent ici sous bonne escorte et sont par la suite laissées à elles-mêmes. Si tu interroges ces femmes sur le père de l'enfant, elles auront toutes une belle et triste histoire à te raconter. Elles te diront que le père était un pauvre fermier qui est mort dans un bête accident ou qu'il était un simple pêcheur qui est tombé à la mer lors d'une tempête. Les gens sont souvent étonnés de voir à quel point ces femmes, qui sont souvent très jeunes, sont munies d'une bourse très bien garnie. Ces enfants illégitimes naissent et grandissent dans la plus totale ignorance de leur origine et c'est très bien ainsi, car leurs parents ont fait ce qui devait être fait. Ce qui n'est pas le cas pour les parents de ton ami Farouk. Sa mère a peut-être caché sa condition au père de l'enfant ou c'est le père qui ne s'est pas senti le courage de chasser la mère de son royaume, comme il aurait dû le faire, mais dans les deux cas, le résultat est le même. Comme ton ami te l'a dit, il est né dans un royaume où il n'aurait pas dû naître et il vient ici aujourd'hui pour rétablir l'ordre des choses, car il connaît très bien sa condition, de même que le nom de son géniteur.

Sheran secouait la tête. Il avait une profonde admiration pour l'incroyable sens de déduction de son ami, le Maître du Troc, à qui il essayait constamment de ressembler.

— Tu as probablement raison, admit Sheran, Farouk est sûrement un enfant illégitime. Mais comment peux-tu prétendre qu'il connaisse son géniteur?

Le sourire de Cid s'élargit davantage.

— Il y a trop de lacunes dans son histoire. Seule la connaissance de l'identité de son véritable père pourrait les expliquer.

La grimace de Sheran s'accentua, redoublant du même coup le sourire de Cid. Il avait beau se creuser les méninges, mais il n'arrivait pas à trouver une seule lacune dans le récit de son ami. Il porta son regard sur Farouk, qui plissait le front en se demandant lui-même qu'elles pouvaient bien être ces manquements. Après quelques instants d'intenses réflexions, Sheran capitula.

— S'il y a vraiment des défaillances dans ce récit, alors éclaire-moi, Cid, car moi, je n'en vois aucune.

Le chef de la grande Caravane du Nord termina son morceau de fromage, tout en souriant de satisfaction. Il était conscient de son talent et il était toujours un peu flatté, lorsqu'une personne le reconnaissait.

— Farouk a dit que toute sa mésaventure avait commencé lorsqu'il a accidentellement tué son ami le garde, qui l'avait surpris dans la pénombre, alors qu'il jetait des pierres contre les portes du palais. Un tel geste est odieux et pouvait même être perçu comme un acte de révolte. Sa colère devait être très grande et l'objet de cette colère devait se trouver derrière ces portes.

Sheran et Farouk avaient la bouche entrouverte. Ils étaient tous les deux très étonnés par la simplicité et l'exactitude du résonnement du Maître du Troc, qui poursuivit la liste des incohérences du récit :

— Ensuite, il a dit avoir épousé la fille du chef de leur village, qui possédait tout de même un statut social assez élevé, puisque plus de trois mille personnes y vivaient. Les candidats potentiels pour cette jeune fille n'avaient pas dû manquer et le chef de ce village n'aurait pas accordé la main de sa fille, si le candidat n'avait pas été revêtu d'un statut social équivalent ou même supérieur. Il s'est ensuite rendu dans le désert de la Mauritanie où un grand chef nomade a accepté de le recevoir et avec qui il a même créé des liens commerciaux étroits. Avoir réussi à obtenir une audience auprès de ce grand chef nomade est un exploit en lui-même. Cela ne se serait jamais produit, si Farouk n'avait pas été auréolé d'une certaine noblesse. Un simple corroyeur aurait été chassé, et cela, sans ménagement. Il a ensuite parlé de ces fausses rumeurs de révoltes, que les jeunes gens du village avaient répandues en se servant de son nom.

Il tourna la tête du côté de Farouk :

— Donc, ces jeunes gens savaient que tu étais un fils illégitime et ils connaissaient, tout comme toi, la véritable identité de ton père, qui selon moi devait être une personne importante et très influente.

Il fit une pause et sonda le regard presque paniqué de Farouk :

— Voilà pourquoi je t'ai demandé, par simple curiosité, quel était le nom de ton père illégitime. Par contre, je n'y verrais aucune offense et je respecterais ton désir de conserver ce secret, si tu décidais de ne pas répondre à cette question.

Farouk demeura silencieux un long moment, mais son cerveau fonctionnait à vive allure. Le choix lui appartenait. Il était libre. Il pouvait se lever, remercier son hôte et quitter les lieux. Personne ne tenterait de le retenir. Il pourrait prendre la direction de son choix et tout reprendre du début, comme s'il venait tout juste de descendre du bateau. De multiples voix se mirent à tourbillonner dans son esprit : celle de Bélaïd lui disait que c'était son destin qui avait placé ces gens sur sa route et que s'en détourner ne ferait que lui apporter de grands malheurs, alors que la voix de sa mère lui rappelait que nous sommes le résultat des décisions que nous prenons, tout comme de celles que nous refusons de prendre. Même les conseils de son vieil ami Aziz s'étaient frayé une place dans le tumulte de son esprit. Il releva la tête et inspira profondément

— Lorsque j'ai rencontré ce grand chef nomade dans le désert, il y a de cela bien des années, j'ai réclamé de lui deux choses très précieuses : son amitié et des armes pour défendre notre village. Alors que je m'attendais à de la réticence de sa part, concernant la vente d'armes, il m'a grandement surpris en m'en montrant contre l'amitié que je lui réclamais. Il m'a fait prendre conscience de tout ce qu'impliquait l'amitié et que ce n'était pas une chose que l'on pouvait dispenser à la légère. Il m'a également fait comprendre que le fondement même de l'amitié était la confiance et qu'il était toujours possible de mesurer l'une en la comparant à l'autre. Nous ne nous sommes rencontrés que deux fois et il n'a jamais vraiment eu l'opportunité de me dire qu'il m'accordait son amitié.

Cid secouait la tête, l'air songeur.

— Parfois, les gestes sont beaucoup plus éloquents que les mots, dit-il. Le simple fait qu'il ait accepté de te rencontrer l'année suivante en disait beaucoup plus long sur ses sentiments à ton égard que toutes les paroles qu'il aurait pu prononcer.

Farouk s'accorda un moment de réflexion sur les paroles que venait de prononcer le Maître du Troc. Il aimait bien cet homme qui lui faisait tant penser à son ami Aziz : la même droiture d'esprit, la même franchise et la même honnêteté. Il prit sa décision, en souhaitant ardemment ne pas être en train de commettre une grave erreur.

— Mon père était le roi Juba 1er de la Numidie, dit-il d'une voix à peine audible.

L'ahurissement était lisible sur le visage de Sheran.

— Tu es le fils du grand roi qui est tombé à la bataille de Thapsus!

Cid, de son côté, affichait un scepticisme évident.

— Dans quelles circonstances, tes origines t'ont-elles été révélées? questionna-t-il.

Un sourire fugace se dessina sur les lèvres de Farouk. *J'aurais dû me douter*, se dit-il, *que le grand Maître du Troc ne se contenterait pas d'une réponse incomplète.* Cid attendait patiemment d'en savoir plus long avant de porter un jugement.

— Le soir même des funérailles de notre roi, répondit Farouk, la voix chargée de chagrin à l'évocation de ce triste jour.

Ma mère, qui était maintenant libérée de son serment, m'a raconté son histoire, alors que le spectre de la mort était posé sur elle. Je me suis souvent demandé par la suite, si elle l'avait vraiment fait pour que je puisse simplement vivre en paix, en toute connaissance de mes origines, ou si elle n'avait voulu que soulager sa conscience avant de quitter ce monde.

Sheran était toujours sous le choc de cette révélation, alors que Cid affichait clairement ses doutes par un pincement de lèvres non dissimulé. Farouk pouvait presque lire les pensées du grand Maître dans l'expression de son visage.

« — *Il est sûrement en train de se dire qu'une mère à l'agonie aurait pu inventer un père extraordinaire pour son fils, surtout si cet homme était déjà mort et qu'il ne pouvait donc pas contredire ses allégations.* »

Il baissa les yeux. Il savait que Cid ne le croirait que s'il avait une preuve tangible sous les yeux. Il plongea donc la main dans l'encolure de sa tunique et en sortit la petite bourse à talisman qu'il portait à son cou. Il extirpa ensuite délicatement le gros anneau qu'elle contenait et le glissa, de façon toute naturelle, à son doigt, puis il avança la main, sans dire un mot, alors que les deux hommes s'approchaient pour l'examiner.

Cid fronça les sourcils un court moment avant de s'exclamer avec étonnement :

— Ce sont les emblèmes de la royauté numide, n'est-ce pas?

Farouk répondit d'un simple hochement positif de la tête.

— Chacun des membres de la famille royale en possède un identique.

Cid afficha un large sourire en s'adressant à Sheran.

— Lorsque je t'ai vu, il y a un peu plus d'une année, sur ton chantier à Aila, tu perdais ton temps avec ce tailleur de pierre sans avenir, qui ne pensait qu'à faire des idioties. Je t'ai alors chaudement recommandé de soigner tes fréquentations. Je dois cependant t'avouer que je ne m'attendais pas à ce que tu suives mes recommandations avec tant de rigueur. Ton nouvel ami est un Maître du Troc et, tout comme moi, il est de sang royal.

Farouk interrogea Sheran du regard.

— Cid est le cousin du roi Sarathin Balthazar Abimélek. Il est donc un membre de la famille royale de Djedda.

Le Maître du Troc éclata de rire devant la figure étonnée que faisait Farouk.

— Je t'ai dit que je traitais avec les Nabatéens. Tu ne crois tout de même pas que leur roi me recevrait si je n'étais pas moi-même de sang royal.

Il éclata de rire à nouveau devant la mine déconfite de Farouk.

— Tu commences à comprendre maintenant… Hé oui!... C'est lorsque tu as dit que le grand chef nomade avait accepté de te recevoir, que j'ai commencé à comprendre que tes origines devaient être nobles, sans quoi, il ne t'aurait pas reçu et il t'aurait fait chasser pour avoir eu l'audace de faire une telle requête.

Farouk comprenait mieux maintenant. C'était les grandes connaissances des mœurs et des coutumes des autres peuples qui faisaient de Cid un marchand si redoutable.

Ils terminèrent leur repas dans des conversations beaucoup plus anodines. L'un des chameliers entra sous la tente et vint débarrasser les plateaux de nourriture. Il revint quelques instants plus tard avec une outre de vin et des gobelets. Cid leva son gobelet en souhaitant avec cordialité; longue vie et prospérité à ses invités. Il allait prendre une gorgée, mais il arrêta son geste en voyant le front plissé de Farouk.

— Je vois qu'il y a une autre chose qui semble troubler ta sérénité.

Un demi-sourire s'insinua sur les lèvres de Farouk. Son compagnon de voyage n'avait rien exagéré, car il était pratiquement impossible de cacher quoi que ce soit à cet homme si perspicace.

— Lorsque j'ai décidé de venir m'installer dans ce royaume, j'avais espéré pouvoir laisser mon passé derrière moi, mais il n'y a pas trois jours que j'y suis et tous mes secrets ont déjà été dévoilés.

Cid prit une longue gorgée de son gobelet, puis il s'essuya la bouche du revers de la main. Il semblait presque s'amuser du désarroi de son invité.

— Ce que nous sommes et tous les gestes que nous avons commis dans notre vie font partie de nous, Farouk, et notre passé est comme notre ombre. Tu auras beau fuir le plus vite et le plus loin possible, ton passé, tout comme ton ombre, ne sera jamais plus loin qu'un petit pas derrière toi. La vie m'a appris une petite leçon; plus l'on s'efforce à dissimuler une chose et plus celle-ci tend à se faire connaître. Par contre, si cela peut t'apporter un peu de réconfort, je te dirai que tout ce qui a été dit sous cette tente demeurera sous cette tente.

Farouk le remercia d'un petit hochement de tête, tout en se disant que Cid se serait très bien entendu avec son vieil ami Bélaïd, qui l'avait toujours poussé à accepter sa véritable identité.

Sheran s'étira avec volupté, laissant entendre un rot tonitruant, au grand plaisir de son hôte.

— Bien que mon repas fût très modeste, il semble avoir su combler les très humbles besoins de ton estomac.

Cid accompagna ses paroles d'un petit tapotement sur le ventre de son ami.

— Lèverez-vous le campement après-demain? demanda Sheran d'un ton anodin.

Le Maître du Troc afficha une petite moue de désappointement.

— Nous serons encore ici deux ou trois jours, si la chance est avec nous et que tout se passe bien. Il était trop tard, lorsque nous sommes arrivés à Césarée, pour traiter des affaires, et nous devions trouver un endroit adéquat pour recevoir toute la caravane, mais ils savent tous que nous sommes arrivés et une grande fébrilité doit régner dans la cité ce soir. Demain matin, je dois me rendre au port et y rencontrer les capitaines des deux navires qui transportent nos marchandises, de même que huit de mes clients privilégiés.

Farouk plissa le front. Il ne connaissait pas la façon de procéder de la Caravane du Nord et Sheran s'empressa de lui en brosser un tableau rapide.

— Lorsque la grande Caravane quitte Djedda, après les célébrations de la grand-mère de l'humanité, elle longe la frontière Est tout en se dirigeant vers le Nord. Lorsqu'elle revint vers le Sud, elle longe la côte Ouest, tout le long de la Méditerranée et ensuite de la mer Rouge. Toutes les marchandises qui ont été négociées à l'Est ont été transportées vers les ports à l'Ouest. Maître Cid doit s'arrêter à chacun de ses ports, afin de s'assurer, auprès des capitaines des navires, que ses marchandises ont bien été livrées, tel que promis.

— Ha! fit Farouk, qui comprenait mieux maintenant la façon dont procédait la grande Caravane.

Cid poussa un long soupir d'exaspération.

— Généralement, dans les autres cités portuaires, je règle toutes mes affaires en une seule journée, mais ici, à Césarée, il m'en faut toujours trois et parfois même davantage.

Farouk s'interrogeait sur la raison d'être de cette situation.

— Les choses iraient probablement plus vite, si tu partageais tes tâches avec certains de tes hommes de confiance, suggéra-t-il naïvement.

Le commentaire amusa grandement le Maître du Troc, qui posa une main amicale sur l'avant-bras de son visiteur, tout en secouant la tête.

— Nous serons une centaine à partir vers la cité demain matin. Mes hommes se diviseront par petits groupes de trois ou quatre, afin d'aller visiter la soixantaine de petits clients que nous avons ici, mais nos huit plus gros clients, par contre, ne traiteront qu'avec moi et parmi eux, il y en a un qui est un véritable cauchemar. Cet homme est un négociant de coton du nom de Bénammi et tout mon retard n'est dû qu'à lui seul.

Farouk grimaçait d'incompréhension.

— Mais alors, pourquoi traites-tu avec cet homme?

La question extirpa un petit sourire amer au Maître du Troc.

— Parce que j'ai absolument besoin de son coton, répondit-il, et le salopard le sait très bien et il en abuse grandement. Je n'aurais pas encore mis un seul pied dans son entrepôt, qu'il aura déjà commencé à se plaindre et à geindre : que tout lui coûte trop cher, qu'il ne fait plus de profits avec son entreprise et que la seule raison pour laquelle il n'a pas déjà tout abandonné, c'est qu'il a donné sa parole de me fournir ces marchandises. Bien entendu, il sait que j'ai besoin de deux cent cinquante ballots de coton, mais il n'en aura qu'à peine deux cents dans son entrepôt, car il aura probablement déjà caché les autres ailleurs. Il se plaindra ensuite de son manque de personnel et dira que ceux qu'il emploie lui coûtent une véritable fortune. Que ses coûts d'exploitation ne cessent de monter et qu'il ne fait plus aucun profit. Il me montrera ensuite, comme à chaque fois, les deux cents ballots dans son entrepôt et il me dira que ceux qui manquent, afin de combler la commande, il devra les acheter à son beau-frère pour un prix exorbitant, anéantissant pratiquement tous ses bénéfices. Il refusera ensuite de signer notre accord, tant qu'il n'aura pas fini de m'entretenir, pendant des heures, de tous ses petits problèmes : de culture, de récolte, de pluie trop abondante ou des trop longues périodes de sécheresse et de l'impossibilité de trouver du personnel qualifié à un prix raisonnable. Chaque fois que je tenterais de ramener la conversation sur les affaires immédiates, il ajoutera d'autres jérémiades à sa longue liste, retardant le plus longtemps possible le moment de signer notre accord. Quand je serai totalement exténué, là, il acceptera de clore notre entente. Bien entendu, cet accord il le respectera, mais pas dans les délais convenus. Tous nos contrats stipulent que le marchand s'engage à livrer toutes les marchandises à bord du navire avant le coucher du soleil, mais par mesure d'économie, il ne mettra que deux hommes à la tâche, ce qui leur prendra au moins deux jours, retardant ainsi ma caravane, de même que le navire qui ne peut appareiller tant que toutes les marchandises ne sont pas à son bord.

Cid secoua la tête de découragement.

— Comme je te le disais, cet homme est pour moi un véritable cauchemar.

Le Maître du Troc bâilla et s'étira avec volupté.

— Assez parlé de mes petites misères personnelles. Je vous invite tous les deux à partager ma tente cette nuit, et comme nous devons nous lever très tôt demain matin, il serait peut-être plus sage d'aller dormir dès maintenant.

Les deux voyageurs dormirent d'un sommeil paisible et réparateur. Ils étaient habitués de dormir à la belle étoile, mais rien ne pouvait remplacer le confort et l'impression de sécurité que procurait une bonne tente. Le soleil était à peine levé, que déjà une activité fébrile régnait dans tout le campement. Une quarantaine de chameaux avaient été chargés et harnachés pour cette visite à la cité. Farouk et Sheran quittèrent la grande tente et ils allèrent rejoindre Maître Cid, qui surveillait attentivement les préparatifs du départ. Farouk mit sa main droite sur sa poitrine et salua respectueusement le Maître du Troc.

— Je tiens à te faire part de ma très grande gratitude pour ton hospitalité. Tu m'as reçu sous ta tente, tu m'as accueilli à ta table et tu m'as même hébergé dans ton intimité. Je me sens en dette envers toi et j'aimerais que tu m'accordes l'opportunité de pouvoir m'en acquitter.

Cid se sentait à la fois très touché et très intrigué, car rare était les gens qui s'empressaient à s'acquitter de se qu'ils croyaient être une dette.

— Que proposes-tu? demanda Cid avec curiosité.

Farouk lui fit un large sourire.

— Ce marchand qui est un cauchemar pour toi, ce négociant de coton, laisse-moi le rencontrer à ta place. Je conclurai ce marché et tu n'auras jamais plus de problèmes avec lui.

Cid éclata de rire, comme s'il venait d'entendre la meilleure plaisanterie de toute son existence.

— L'on voit très bien que tu ne connais pas la bête, Farouk. Il n'acceptera même pas de t'adresser la parole et il te fera jeter à la porte par ses employés, tout en criant au scandale, et cela en moins de temps qu'il n'en faut pour dire ouf!

Farouk se tourna vers Sheran, tout en mimant l'expression d'un homme très impressionné, puis il reprit son sérieux en revenant à Cid.

— Laisse-moi tout de même essayé. Après tout, tu n'as rien à y perdre.

Le Maître du Troc secouait légèrement la tête, tout en affichant un demi-sourire de scepticisme. Il ouvrit les mains en un geste d'impuissance et déclara avec bonhomie :

— Si tu aimes te faire molester et jeter à la porte, alors vas-y, mais ne me fais pas porter le blâme pour les mauvais traitements que tu subiras.

Sheran grimaçait d'incertitude.

— Tu es sûr de toi? Tu veux vraiment aller voir ce fou furieux?

Farouk accompagna son sourire d'une petite fanfaronnade.

— Je vais servir une telle leçon à ce marchand, que Cid n'aura plus jamais de problèmes avec lui. De cela, je suis très sûr.

Sheran pouffa de rire.

— Alors, je veux être là pour voir çà.

Farouk pinça les lèvres, alors qu'une nouvelle idée germait dans son esprit.

— Si tu veux m'accompagner, tu le peux! mais à la condition que tu suives mes consignes à la lettre.

Une heure plus tard, les quarante chameaux et la centaine de caravaniers s'engouffraient par la porte Sud de la cité portuaire, qui était située près des quais. En quelques minutes, les hommes se séparèrent par petits groupes et se dispersèrent rapidement, chacun allant rencontrer les clients qui lui avaient été assignés. Cid pointa un bâtiment au loin.

— C'est l'entrepôt du négociant de coton. Bénammi doit m'y attendre en se frottant les mains de plaisir. Il doit sûrement être en train de répéter la longue liste de jérémiades qu'il s'apprête à me servir.

Il fit un petit sourire taquin à Farouk et pointa l'un des bateaux aux mouillages :

— Attends que je sois monté à bord et bien installé sur le pont du navire, avant de te rendre à l'entrepôt. Je veux avoir une place de choix et un bel angle de vue, lorsque ces brutes te jetteront à la rue.

Il souhaita, malgré tout, bonne chance à Farouk, tout en lui tapotant l'épaule, et il se dirigea, tout en ricanant, vers le navire. Farouk et Sheran attendirent quelques minutes, puis ils se dirigèrent d'un pas traînant vers l'entrepôt, qui était à une centaine de pas.

— Il est très important que tu suives les consignes que je t'ai données, dit Farouk, une pointe d'inquiétude dans la voix. Je risque de lui dire certaines choses qui te sembleront absurdes et toute ma crédibilité reposera sur ton attitude.

— Ne te fait pas de soucis, camarade, tes consignes sont simples et je les suivrai à la lettre. Je ne dois pas dire un seul mot, sauf si tu t'adresses à moi directement et je dois avoir un air déçu et réprobateur.

— Plus que cela, ajouta Farouk, il faut que ce marchand ait l'impression que tu désapprouves entièrement ma démarche, mais que tu n'oses pas me le dire devant lui.

Sheran ignorait ce que son ami préparait, mais il éprouvait la nervosité que l'on ressent lorsque l'on prépare une bonne plaisanterie et que l'on craint de la rater.

L'un des employés de Bénammi, qui surveillait l'arrivée de Maître Cid depuis un long moment, entra dans l'entrepôt aux pas de course. Le visage du marchand de coton s'empourpra lorsque l'homme lui raconta avoir vu Maître Cid discuter avec deux de ses chameliers, mais que c'était eux qui se dirigeaient vers l'entrepôt et non le grand Maître du Troc. Farouk et Sheran n'avaient pas encore mis un seul pied dans la place qu'ils entendaient déjà les hurlements de colère du négociant.

« — *C'est une véritable honte! M'envoyer, à moi, son meilleur client, de simples domestiques. Qui aurait cru cela possible un jour?... Je ne ferai plus jamais affaire avec cet homme... S'il veut du coton, il le fera pousser lui-même. Jamais je n'ai été aussi insulté de toute mon existence.* »

Farouk et Sheran avançaient dans l'entrepôt d'un pas chétif, la tête basse et l'air affligé. Farouk jeta un coup d'œil de côté sur son compagnon, afin de s'assurer que son attitude était la bonne. Sheran lui répondit en faisant danser ses sourcils et Farouk le réprimanda d'un regard sévère.

Bénammi était un homme de petite taille, mais très corpulent. Farouk, qui s'était arrêté à quelques pas du négociant, le laissa s'évertuer pendant de longues minutes. Lorsqu'il s'arrêta, exténué, afin de reprendre son souffle, Farouk en profita pour intervenir prestement. Il avança vers le négociant en secouant négativement la tête, les paumes ouvertes.

— Il y a erreur, Maître Bénammi... Je ne suis pas venu pour faire des affaires. Je ne suis qu'un simple messager.

Le marchand le regarda avec stupéfaction et une pointe de colère monta en lui. Il avait fait toute cette pantalonnade pour de simples messagers. Sheran aussi était très surpris. Il avait ouvert la bouche, mais il l'avait vivement refermée, en se rappelant les consignes qu'il avait reçues.

— Maître Cid tenait beaucoup à te présenter ses salutations et à t'assurer de son amitié et sa solidarité.

Le négociant secoua la tête, tout en grimaçant d'incompréhension.

— Pourquoi m'envoie-t-il ses salutations par un messager, alors qu'il sera ici d'un moment à l'autre?

Farouk pinça les lèvres et baissa les yeux silencieusement, immédiatement imité par Sheran qui ne le lâchait pas des yeux. Il fit durer le suspense pendant plusieurs secondes, laissant le doute s'insinuer profondément dans l'esprit du marchand. Lorsqu'il releva enfin la tête, il paressait à la fois navré et très troublé.

— J'aurais bien aimé être en mesure de répondre à ta question, noble marchand, mais en vérité, je n'en sais rien. Outre les quelques rumeurs qui circulent chez les caravaniers.

Bénammi semblait mi-offusqué, mi-paniqué, alors que Sheran faisait de gros yeux désapprobateurs à son compagnon.

— Mais qu'elles sont donc ces rumeurs qui circulent, demanda le négociant avec défi et dédain.

Farouk devint très hésitant, comme s'il regrettait d'en avoir trop dit.

— Ce ne sont que des rumeurs, Maître Bénammi, et il ne faut surtout pas prêter fois à tous ces ouï-dire sans fondements. Cependant, j'ai entendu dire que Maître Cid ne viendra pas te voir, car son roi le lui aurait interdit.

Le visage du négociant de coton devint livide.

— Mais, pourquoi le roi aurait-il fait une chose semblable?

Farouk recula d'un pas et fit mine de se renfrogner un peu plus contre lui-même d'en avoir encore trop dit, alors que Sheran baissait les yeux en secouant la tête, semblant honteux des propos de son camarade.

— Ce ne sont que des rumeurs qui circulent et qui sont probablement fausses... Et je te le répète, en réalité, moi, je ne sais rien. Néanmoins, il paraîtrait que le roi était très en colère, lorsque la caravane fut de retour de son dernier voyage. Certaines personnes vont même jusqu'à prétendre qu'il aurait durement réprimandé Maître Cid le jour même. Il aurait dit en avoir assez de tous tes problèmes, de tous tes délais, de même que de tes prix exorbitants. Il aurait même ajouté qu'il ne voulait plus avoir à payer pour tous tes problèmes et il aurait interdit à Maître Cid de venir te voir, lors de son passage à Césarée.

Bénammi transpirait abondamment et il semblait même aux abords de l'apoplexie. Il se mit à se parler à voix haute, tout en se tenant la tête à deux mains.

— Mon coton!... Que fera-t-il sans mon coton?... Il a besoin de mon coton!

Farouk secoua la tête, l'air très déconcerté.

— Tu n'es pas le seul négociant de coton avec qui le roi fait affaire. Il en achète plus de six cents ballots chaque année de différents fournisseurs. Certains d'entre eux, qui habitent dans les royaumes du Sud, ont largement augmenté leur production et ils désirent ardemment avoir une plus large part de ce marché, sans compter que leurs prix sont très compétitifs d'ailleurs.

Farouk s'arrêta et secoua la tête de dépit, avant de poursuivre :

— Je ne devrais même pas être en train de te raconter toutes ces choses, qui en réalité ne me concernent pas.

Sheran le regardait, l'air de dire qu'il était temps qu'il retrouve quelque peu la raison. Bénammi marcha péniblement et se laissa choir sur un banc qui protesta par de violents craquements. Son teint était livide et son regard hagard semblait avoir quitté ce monde pour un lieu moins cruel.

— Si je perds mon plus gros client, c'est la ruine pour moi, dit-il la voix tremblotante.

Farouk posa la main sur l'épaule du négociant, le regard rempli de compassion.

— Je te répète que tout ceci n'est que rumeurs et qu'elles sont peut-être fausses. Maître Cid pourrait très bien venir plus tard dans la journée.

Bénammi secouait la tête avec découragement.

— Il aurait dû normalement être déjà ici. Puisqu'il t'a envoyé, c'est sûrement que les rumeurs sont vraies.

Farouk garda le silence un long moment, semblant partager sa détresse.

— Je suis sûr que le roi n'aurait jamais pris une telle décision, si cela n'avait été de tous les problèmes que tu as.

Une lueur d'espoir s'alluma dans le regard du marchand qui releva vivement la tête, le visage radieux.

— Je n'ai plus de problèmes… Ils sont tous réglés… Tous, sans exception… J'ai tout le personnel qu'il me faut et même d'avantage… Le temps a été très clément et la récolte a été très abondante.

Farouk secoua négativement la tête.

— Tu sais que le roi a besoin de deux cent cinquante ballots et regarde ton entrepôt, il y en a tout juste deux cents.

Dans un élan de désespoir, Bénammi bondit sur ses pieds.

— Ce que tu vois ici n'est pas tout mon stock. J'ai un autre petit entrepôt un peu plus loin sur les quais. La commande est complète et elle est prête à partir.

Farouk paraissait toujours aussi navré.

— Même si j'arrivais à convaincre Maître Cid de prendre ton coton, tu ne serais pas en mesure de livrer la marchandise à bord du navire avant le coucher du soleil et la caravane doit partir demain en début de matinée.

Une grande confusion régnait dans l'esprit de Sheran qui se tenait légèrement à l'écart, la tête basse. Autant il pouvait trouver amusant de voir l'énorme négociant transpirer comme un porc que l'on mène à l'abattoir, autant il ne comprenait pas la stratégie qu'utilisait Farouk, qui trouvait toujours un nouvel élément négatif, chaque fois que le négociant faisait un pas vers la conclusion d'une entente.

Bénammi sentit une nouvelle lueur d'espoir croître en lui.

— J'ai une vingtaine d'hommes, qui travaillent pour moi, un peu partout sur les quais. Je vais tous les rappeler et je te donne ma parole que toutes les marchandises seront à bord du navire longtemps avant le coucher du soleil.

Farouk croisa les mains sur sa poitrine avec compassion.

— Je peux porter ton message à Maître Cid et je suis certain qu'il sera très heureux d'apprendre que tu as résolu tous tes problèmes. Mais, si les rumeurs sont vraies et que le roi lui a interdit de s'adresser à toi, je ne vois vraiment pas comment il pourrait venir à ton aide.

L'espoir naissant disparu et Bénammi se remit à désespérer. Sheran avait l'impression que le négociant allait s'effondrer en larme dans les bras de son messager. Farouk conserva son air consterné un long moment. Puis il leva son index, semblant avoir une idée.

— Quoi? s'exclama Bénammi qui était prêt à se raccrocher à n'importe quel espoir, même le plus infime.

— Ce n'est qu'une idée, mais j'ai besoin d'y réfléchir, répondit Farouk qui se mit à faire lentement les cent pas, tout en se frottant le menton. Lorsqu'il s'arrêta enfin devant le marchand, son visage était illuminé, comme si la solution venait tout juste de lui apparaître. Puis il se rembrunit brusquement, tout en secouant négativement la tête.

— Cid n'acceptera jamais de désobéir à son roi, dit-il, attristé.

Il inclina légèrement la tête et son visage s'illumina à nouveau, comme si une nouvelle solution venait encore de lui apparaître. Il se mit à se parler à lui-même, tout en regardant le plafond.

« — *Si les rumeurs sont vraies et que le roi a interdit à Cid de venir traiter avec ce marchand, par contre, il ne me l'a pas interdit à moi.* »

Il se tut et grimaça légèrement, avant de poursuivre :

« — *Maître Cid accepterait sans nul doute, une entente commerciale que j'aurai conclue, même dans des conditions aussi particulières.* »

Bénammi ouvrit de grands yeux. Il voyait là, l'opportunité de conclure l'entente et d'éviter la faillite. Il se leva prestement et courut à sa table de travail. Il en sortit deux parchemins qu'il étala devant lui. D'une main tremblante, il s'empara d'un bougeoir où une chandelle pratiquement consumée brûlait. Il laissa tomber quelques gouttes de cires aux bas de chacun des documents, tout en prenant bien soin que les gouttes de sueur, qui tombaient de son front, n'aillent pas entacher les documents. Puis, dans un soupir de soulagement, il apposa le gros anneau de cuivre, qu'il portait à son doigt, sur la cire fraîche, y laissant une marque grossière qui était celle de son entreprise. Il fit un petit pas de côté et invita Farouk, d'une main tremblante, à venir examiner les documents de l'accord qu'il avait préparés le soir précédent. Farouk vérifia les parchemins, sous le regard anxieux de Bénammi, quand soudain, il se mit à grimacer, tout en secouant négativement la tête.

— Cid ne pourra jamais approuver une entente à ce prix. S'il acceptait, le roi serait très en colère, et non seulement contre Cid, mais contre moi et mon camarade aussi.

Sheran soupira bruyamment, comme si son compagnon venait enfin de retrouver la raison. Bénammi s'était remis à transpirer abondamment et son cœur battait la chamade. Il bouscula presque Farouk en revenant devant les documents.

— Comme je suis bête! s'exclama-t-il, c'est l'ancien prix qui est sur ces documents. Le nouveau prix est bien inférieur. Je te l'ai dit, tous mes problèmes sont réglés et la récolte de l'an dernier a été très abondante.

Sous le total, il indiqua, moins dix pour cent, puis il se mit à calculer avec fébrilité. Il corrigea les deux documents qu'il poussa ensuite légèrement en direction de Farouk, tout en lui faisant un petit sourire nerveux. Farouk regarda les parchemins en secouant lentement la tête.

— Ce prix ressemble beaucoup plus à celui que nous font les gens des royaumes du Sud. Je crois que le roi n'aurait aucune difficulté à l'accepter.

Bénammi retrouva instantanément le sourire. Il ajouta quelques gouttes de cire fraîche au bas des documents, juste à la droite de sa marque.

— Tu n'as qu'à apposer ton sceau ici et l'accord sera conclu, dit-il avec grand soulagement.

Pendant quelques secondes, Farouk se sentit totalement pris au dépourvu, alors que Bénammi devenait de plus en plus anxieux et méfiant à chaque seconde qui s'écoulait.

— Je te l'ai dit, lorsque je suis arrivé ici, expliqua Farouk, que je n'étais pas venu pour traiter des affaires et tout cela me prend un peu à l'improviste.

— Tu n'as pas le sceau du roi Abimélek avec toi, dit le marchand avec scepticisme.

Farouk pinça les lèvres. Il était temps d'être franc et de regagner rapidement la confiance de ce marchand.

— Pour tout te dire, je ne suis pas l'un des marchands de la grande Caravane. Je dirais plutôt que je suis une sorte de... il hésita un petit moment et conclut par; ami, ou si tu préfères, invité de Maître Cid.

Plutôt que de rassurer Bénammi, sa réponse avait éveillé en lui une très grande méfiance et une suspicion grandissante.

— N'importe qui peut prétendre être l'ami ou l'invité de Maître Cid, cela ne prouve rien, lança-t-il d'un ton soupçonneux.

Farouk secoua pensivement la tête, puis il se tourna vers son ami Sheran.

— Dis-moi, compagnon; où ai-je pris mon repas hier soir?

Sheran se redressa. Farouk s'était adressé directement à lui. Selon les consignes qu'il avait reçues, il devait répondre avec la plus grande franchise.

— Tu as mangé à la table de Maître Cid, hier soir, camarade.

Le marchand ouvrit de grands yeux étonnés.

— Et où ai-je dormi la nuit dernière? demanda Farouk, sans quitter le négociant des yeux.

Sheran répondit avec étonnement.

— Mais, tu le sais très bien, tu as partagé la tente de Maître Cid la nuit dernière.

Encore une fois, l'effet fut contraire chez Bénammi. Plutôt que de le rassurer, ces propos avaient éveillé en lui encore plus de méfiance. Il connaissait suffisamment Maître Cid pour savoir que seul ses amis intimes, et ils étaient peu nombreux, pouvaient se vanter d'avoir partagé la table du Maître du Troc. Cependant, il n'avait jamais entendu qui que ce soit, dire qu'il avait partagé sa tente. Dans sa tête, tout cela commençait à prendre les allures d'une escroquerie bien organisée. Il avait l'habitude de se jouer de ses clients, mais l'idée qu'il puisse devenir lui-même une victime le faisait frémir d'horreur. Il croisa les bras et dit, d'un ton très déterminé.

— Pas de sceau!… Pas d'entente!

Une idée était venue à Farouk quelques instants plus tôt. Il l'avait rapidement repoussée, mais il se mit à reconsidérer la chose. La situation lui échappait et s'il ne réagissait pas rapidement, tous les efforts qu'il avait mis pour venir en aide à Maître Cid seraient perdus. Pire encore, il avait la certitude que son intervention n'aurait qu'envenimé les relations entre Cid et ce marchand. Il sortit donc son gros anneau de sa bourse à talisman, tout en poussant un profond soupir de résignation, et le glissa à son doigt avec quelques réticences. Il le pressa ensuite dans la cire encore malléable des deux documents, sous le regard grandissant de scepticisme de Bénammi.

« — Qu'est-ce donc que ces folies, se dit-il. Un moment, il dit qu'il n'a pas le sceau et le moment suivant, il le sort pour l'appliquer sur les documents. »

Sa méfiance à son paroxysme, il avança la main et s'empara de l'un des parchemins. Après l'avoir examiné rapidement, il s'exclama avec surprise et indignation.

— Mais!... Ce n'est pas là, le sceau du roi Abimélek!

Farouk s'inclina respectueusement.

— Tu as parfaitement raison, Bénammi, puisque ce sceau est celui de ma famille.

Une grande confusion régnait dans l'esprit du négociant, alors que son regard allait de Farouk à son compagnon dans un rapide va et viens. Allant à l'encontre des consignes qu'il avait reçues, Sheran tenta de répondre à la question muette du marchand.

— Farouk est Maître du Troc dans le royaume d'où il vient, noble marchand.

La confusion était telle dans la tête de Bénammi qu'il ne savait plus quoi dire, ni faire, ni même penser. S'il concluait ce marché et que ces hommes s'avéraient être des escrocs, ses pertes seraient telles qu'il frôlerait la ruine. Farouk comprenait très bien le dilemme du marchand.

— Tu as toute mon admiration, noble négociant. Seul un marchand inexpérimenté accepterait de conclure un accord dans de telles conditions. Ta méfiance est justifiée et toute à ton honneur. Me voilà, moi, un pur étranger à tes yeux, qui réclame ta confiance. Comme si la confiance était une chose que l'on puisse dispenser à la légère.

Sheran était abasourdi. Son compagnon, qui essayait de gagner la confiance de ce marchand depuis dix minutes, faisait maintenant volte-face en disant à ce marchand qu'il avait raison de se méfier et qu'il ne devait pas lui accorder sa confiance :

— Si je veux gagner ta confiance, ajouta Farouk, c'est bien à moi à prendre des risques et non à toi.

Bénammi l'écoutait, la bouche entre ouverte, se demandant bien où il voulait en venir. Farouk prit une longue respiration, comme s'il s'apprêtait à faire un bond au-dessus d'un profond ravin.

— Maître Cid n'est pas très loin d'ici, avoua-t-il. À dire vrai, il est à vérifier le livre de bord du navire qui est juste devant ton entrepôt.

Bénammi ouvrit de grands yeux étonnés.

— Si tu le veux, nous pourrions nous y rendre. Je pourrais alors lui demander d'apposer son sceau sur notre accord. Cependant, tu te dois de très bien comprendre le risque énorme que je prends en faisant cela, car si les rumeurs sont vraies et que tu allais lui adresser la parole, tu le placerais dans un très grand embarras et j'en subirais d'énormes conséquences, puisque j'aurai à tout jamais perdu sa confiance, de même que celle du roi de Djedda.

Un timide sourire presque suppliant apparut sur les lèvres du négociant. Il voyait enfin une solution possible à toute cette histoire rocambolesque.

— Tu as ma parole d'honnête marchand. Je ne lui parlerai, ni ne m'approcherai de lui, sous aucun prétexte.

Farouk prit les deux documents et il s'apprêtait à sortir, mais Bénammi l'arrêta d'un geste de la main.

— Accorde-moi un moment, si tu le veux bien!

Il fit signe à l'un de ses hommes d'approcher et il lui chuchota à l'oreille de réunir tous les hommes de l'entrepôt et de les accompagner. Il lui ordonna de garder ses visiteurs à l'œil et que s'ils tentaient de prendre la fuite avec ses documents, ils se devraient de les arrêter par tous les moyens à leur disposition. Bénammi avait repris espoir, mais sa méfiance naturelle de marchand lui dictait la plus grande prudence. *Mieux vaut se méfier avant, que d'être désolé après*, se dit-il.

Maître Cid releva la tête du document qu'il était en train d'examiner, lorsque la porte de l'entrepôt s'ouvrit toute grande. Il était très surpris, car il s'était attendu à ce que les deux hommes se fassent jeter à la rue dans les trois premières minutes après leurs entrées dans l'entrepôt, alors qu'ils y étaient déjà depuis une dizaine de minutes. Son étonnement s'accrut encore davantage, lorsqu'il vit Bénammi en sortir aux côtés des deux hommes qui marchaient comme des princes conquérants. Puis, une dizaine de travailleurs de l'entrepôt vinrent les encadrer, telle une escorte, et tous ces gens avançaient vers son navire. Cid tenta à plusieurs reprises de revenir au livre de bord, qu'il était en train d'examiner, mais sa curiosité était trop grande et ses yeux se relevaient malgré lui vers le cortège qui approchait à grands pas. Toutes les craintes de Bénammi s'envolèrent lorsqu'il aperçut le Maître du Troc sur le pont du navire, confirmant que son visiteur lui avait dit la vérité. Il baissa vivement les yeux, se rappelant qu'il avait promis de ne pas embarrasser Maître Cid dans les circonstances présentes. Il s'arrêta à quelques pas de la passerelle et laissa Farouk monter seul à bord avec les deux documents. D'où il était placé, il pouvait, en jetant des petits coups d'œil furtifs à sa gauche, apercevoir Cid sur le pont du navire. Il aurait aimé savoir si le Maître du Troc était en colère de voir revenir son messager en compagnie du marchand qu'il ne devait pas rencontrer, mais il était trop éloigné pour pouvoir bien définir les traits de son visage. Après quelques instants, il vit Farouk arriver devant Maître Cid et lui tendre les deux documents de l'entente. Il vit très nettement cette fois, la surprise se dépeindre sur les traits du grand Maître.

— *Il semble très étonné*, se dit-il, *de voir son messager revenir avec un accord commercial entre les mains.*

Il savait pertinemment que cette entente n'aurait de véritables valeurs que si le chef de la grande Caravane l'approuvait. Il ferma les yeux et pressa ses deux poings contre sa poitrine, priant pour que Farouk réussisse dans sa démarche. Il fut ensuite pris de panique, lorsqu'il vit le grand maître plisser le front en faisant la lecture de l'accord.

— Tu as réussi à lui faire baisser son prix de dix pour cent!

Cid secoua la tête, tout en regardant le ciel, donnant à son esprit le temps qui lui était nécessaire, afin de pouvoir admettre ce qui pour lui était impensable. Bénammi interpréta son geste tout de travers.

— *Il semble vraiment désapprouver sa démarche,* se dit-il, tout en pinçant les lèvres.

Cid revint aux documents et il ouvrit de grands yeux étonnés, tout en étirant le cou. Il grimaça d'incompréhension en tournant son regard vers Farouk.

— Tu as mis ton propre sceau sur ce document, lui dit-il avec incrédulité.

Farouk baissa les yeux, un peu honteux.

— Tu doutais tant de ma réussite, que tu n'as pas cru bon de m'expliquer votre façon de procéder, ni de me procurer votre sceau, afin que je puisse conclure cette entente. Il m'a donc fallu improviser.

Cid baissa la tête et eut beaucoup de difficulté à ne pas pouffer de rire. Bénammi fit encore une mauvaise interprétation de la scène.

— *Maître Cid semble honteux et découragé de l'initiative de son messager,* se dit-il avec détresse.

— Appose ton sceau sur ce document, dit Farouk, tout en pointant le parchemin, et je te certifie que toutes tes marchandises seront à bord du navire avant le coucher du soleil et que plus jamais tu n'auras de problèmes avec ce marchand.

Cid balança son index devant Farouk.

— Çà, je le croirai quand je le verrai… et je compte sur toi pour me donner tous les détails de cette histoire, ce soir, lors de notre repas.

Lorsque Bénammi vit Cid balancer son index devant son messager, il crut que tout était perdu.

— *Il le réprimande sévèrement pour son affront,* se dit-il. *Il n'y aura donc pas d'accord et ce sera la ruine pour moi.*

Cid laissa tomber quelques gouttes de cire, juste à côté du sceau de Farouk. Il leva le poing et appliqua son sceau sur chaque parchemin. Bénammi sentit ses genoux se dérober sous lui, lorsqu'il vit le grand Maître du Troc accomplir ce geste.

— *Il a accepté!* se dit-il. *J'ai peine à le croire! Ce Maître du Troc, venu des royaumes lointains, a réussi à le convaincre.*

Il approcha avec fébrilité de la passerelle en voyant Farouk en descendre avec les documents à la main.

— J'ai engagé mon honneur et mon avenir sur ta parole, Bénammi. À toi maintenant de me prouver que je n'ai pas fait une grave erreur. Si les marchandises ne sont pas à bord du navire avant le coucher du soleil, je serai perdu et toi aussi.

Le négociant de coton s'empara de la main de Farouk et il se mit à la secouer fébrilement.

— Je n'ai qu'une parole, Grand-Maître, et je n'y manquerai pas. Tu es mon sauveur et je t'en serai reconnaissant tout le reste de mon existence. Si un jour, il y avait quoi que ce soit que je puisse faire pour toi, n'hésite pas à venir me demander.

Farouk le remercia d'un petit hochement de tête.

— Je vais à mon tour te faire une promesse, Bénammi. Dès que je verrai le roi Abimélek, je te donne ma parole que je ferai tout ce qui est en mon pouvoir afin de restaurer ton image à ses yeux.

Le marchand était si heureux qu'il en avait la larme à l'œil. Sheran, quant à lui, n'en pouvait plus, il allait éclater de rire d'un moment à l'autre. Il remonta la passerelle aux pas de course et il alla rejoindre Maître Cid sur le pont.

Deux heures avant le coucher du soleil, les marins refermaient les cales du navire. Toute la journée, des chaînes humaines avaient transporté à bord les marchandises acquises par les nombreux marchands de la grande Caravane. Bénammi avait supervisé personnellement la vingtaine d'hommes qu'il avait mis à la tâche et cette fois, il était très fier d'être l'un des premiers marchands à avoir terminé le transport de ses marchandises à bord du navire. Le capitaine du bateau, qui était par sa nature un homme maussade, arborait un large sourire. Il pourrait lever l'ancre avant le coucher du soleil, ce qui devançait ses prévisions de deux bonnes journées. Il ne se rappelait pas avoir vu une chose semblable dans aucune de ses escales au port de Césarée.

Au campement de la caravane, les chameliers avaient le cœur à la fête. Les musiciens sortirent leurs instruments et ceux qui savaient ou aimaient simplement chanter exprimèrent leur joie sans retenue. Farouk fut incapable de placer une seule parole durant tout le repas, puisque Sheran monopolisa la conversation en racontant, avec une multitude de détails et de mimiques, leur aventure, depuis le premier instant où ils sont entrés dans l'entrepôt, jusqu'au moment où il est monté à bord du navire, afin de ne pas éclater de rire au visage du négociant de coton. Son récit fut ponctué de nombreux éclats d'hilarités de part et d'autre. À maintes reprises, Cid avait jeté des petits coups d'œil admiratifs en direction de Farouk. Sheran riait tellement qu'il se tenait le ventre de la main gauche et essuyait ses larmes aux coins de ses yeux avec la droite.

— Quel menteur, dit-il, ce marchand est même allé jusqu'à prétendre que son prix avait baissé cette année en raison de la récolte abondante qu'il avait eue l'année dernière. Il s'en est fallu de peu que j'éclate d'indignation, lorsqu'il a dit cela. La Judée vit en ce moment l'une des pires famines de son histoire, parce que c'est l'année de privation, mais surtout parce que les récoltes de l'an dernier ont pratiquement toutes été perdues. Il fallait tout de même un incroyable culot pour raconter un mensonge d'une telle ampleur et cela en paraissant très sincère.

Cid et Farouk éclatèrent de rire devant l'indignation de Sheran, qui s'esclaffa à son tour. Après un petit moment, Sheran essuya le coin de ses yeux mouillés du revers de la main, puis il poursuivit, comme s'il ne s'était pas interrompu :

— Et plus Farouk s'évertuait à lui dire de ne pas avoir foi en toutes ces fausses rumeurs, puisqu'il n'y avait aucune preuve qu'elles soient fondées, plus Bénammi s'entêtait à dire le contraire.

Le fou rire général reprit de plus belle.

— Mais, j'y pense, dit Sheran, qui avait repris quelque peu son sérieux, toi aussi, tu as menti honteusement à ce marchand.

Farouk plissa le front de surprise, tout en secouant la tête.

— J'ignore pourquoi tu dis cela, compagnon, car je ne mens jamais.

Sheran réagit avec surprise et une pointe d'indignation.

— N'oublie pas que j'étais présent aux pieds de la passerelle, lorsque tu es redescendu du navire. Je t'ai bien entendu, lorsque tu as promis à Bénammi que tu parlerais au roi Abimélek dès que tu le verrais, afin de restaurer son image.

— C'est absolument vrai, dit Farouk très sérieusement, mais je ne vois pas où est le mensonge.

Sheran éclata de rire, tout en se frappant sur les cuisses et en secouant la tête.

— Nous savons pertinemment tous les deux que tu ne connais pas le roi Abimélek. À dire vrai, il y a trois jours, tu ignorais même jusqu'à son existence.

— Je n'ai jamais dit à ce marchand que je connaissais le roi, ni même que je le verrais bientôt, se défendit Farouk. Je lui ai simplement dit que : quand je le verrais, je lui parlerais. Si ce négociant en a déduit que cela se produirait bientôt, c'est son affaire. Mais moi, je n'ai menti en aucune façon et j'ai bien l'intention de respecter ma promesse, si jamais un jour je rencontre le roi Abimélek, bien entendu.

Sheran riait tellement qu'il en avait des crampes au ventre.

— Tu es véritablement un grand Maître du Commerce, Farouk de la Numidie.

Farouk ricana et pointa Cid du menton.

— Le véritable grand Maître, c'est lui. Je n'ai fait cela que pour m'acquitter de ma dette à son égard et à peine ai-je payé cette dette qu'il m'invite à nouveau à sa table, afin que je lui sois encore redevable.

Ce fut au tour de Cid de ricaner, tout en désapprouvant énergiquement.

— Ce n'est certes pas avec un repas aussi modeste que je m'acquitterai de l'incroyable service que tu m'as rendu aujourd'hui. Et chaque fois que je repasserai par Césarée dans le futur, ma redevance à ton égard sera renouvelée.

Cette déclaration rendit Farouk très mal à son aise. Il souhaita ardemment que la conversation prenne une nouvelle direction, mais Sheran accentua son malaise en poursuivant dans la même voie.

— Grâce à Farouk, ce marchand n'aura plus jamais d'emprise sur toi, Cid. La prochaine fois que la Caravane passera à Césarée, il aura tellement peur que le roi ne veuille plus de son coton, qu'il se traînera à tes pieds.

Cid se rendit compte du malaise de Farouk et il posa la main sur son avant-bras.

— Tu viens tout juste d'arriver dans ce royaume et tu as beaucoup de territoires à explorer, mais si un jour tes pas te portent vers le Sud, alors rends-toi jusqu'à Djedda. Tu y seras accueilli en ami et un marchand de ta qualité trouvera toujours une place de choix dans ma caravane.

Farouk le remercia d'un sourire et d'un hochement de tête.

— Il est vrai que je viens tout juste d'arriver par ici et qu'il y a une foule de choses que j'aimerais voir, mais notre avenir n'est pas écrit, après tout, et nul ne peut savoir ce qu'il nous réserve… N'est-ce pas?

Cid tourna vivement un regard interrogateur vers Sheran, qui lui répondit d'un imperceptible hochement négatif. Farouk savait que Sheran aussi avait un secret, qu'il ne voulait pas partager, mais il n'avait eu aucune idée de ce que cela pouvait être. Par contre, se qui venait de se produire suscita une foule de questions dans son esprit. Le Maître du Troc s'empressa de changer le cours de la conversation en questionnant Sheran.

— As-tu l'intention de demeurer sur la route de la côte, jusqu'à Ptolémaïs?

— Non! nous emprunterons la route de Mageddo, vers le nord-est, tout de suite après la cité de Césarée, répondit-il en ricanant. Ce n'est pas que j'affectionne particulièrement l'hospitalité des Samaritains, mais comme je ne suis pas un ingrat, comme tu le disais si bien, je tiens beaucoup à passer par Nazareth, afin de saluer Jacob et profiter de l'occasion pour lui présenter mon nouvel ami. Je veux qu'il sache que je suis de retour et que s'il a besoin de mes services, je serai toujours à son entière disposition.

Cid connaissait déjà la réponse que lui ferait son jeune ami. Il n'avait posé la question que pour la forme, mais surtout parce qu'il savait que Farouk avait remarqué le petit manège entre lui et Sheran et il voulait éviter que des questions, auxquelles il ne puisse répondre, soient posées.

— Tu vas être très étonné en revoyant le jeune Joseph, lança Cid. Le fils de Jacob aura bientôt douze ans. Il est déjà plus grand que moi et il s'est fait un malin plaisir de me le faire sentir en se dandinant à mes côtés.

Après le repas, ils se promenèrent, tous les trois, dans le campement. Ils tapèrent dans leurs mains, afin de tenir le rythme et d'encourager les hommes dans leurs chants joyeux. Lorsqu'elle voyageait vers le Nord, la Caravane progressait à un rythme très régulier, mais, dès qu'elle reprenait le chemin du Sud, les hommes, tout comme les bêtes, avaient une tendance naturelle à accélérer le pas, chacun ayant hâte de retourner chez lui. Les deux journées que Farouk avait épargnées au capitaine du navire, il les avait également économisées aux caravaniers, qui avaient hâte que le soleil se lève, afin de reprendre la route qui les ramenait vers Djedda.

Tout le campement se réveilla dès les premières lueurs du jour. La dextérité et la rapidité des chameliers à démonter le campement étaient impressionnantes à voir. Il y avait une place pour chaque chose et chaque chose devait retrouver sa place rapidement et dans un ordre très précis, sans même que les hommes n'aient à échanger les moindres paroles. Chacun accomplissait sa tâche comme un simple rituel. Les adieux n'étaient jamais faciles, car la Caravane reprenait sa route vers le Sud, alors que les deux voyageurs se dirigeaient vers le Nord. La grande Caravane ne reprendrait la route du Nord que dans deux années et demie environ et rien ne pouvait certifier qu'ils se rencontreraient à nouveau, à ce moment-là.

— Je ne saurais trop vous recommander la prudence, dit Cid en posant une main paternelle sur l'épaule de Sheran. La route de la côte est sûre et celle jusqu'à Mageddo l'est passablement. Mais lorsque tu auras dépassé cette cité, il te faudra redoubler de prudence. Ce n'est pas que le nombre de brigands ait vraiment augmenté, mais ils semblent mieux organisés depuis quelques années. Autrefois, ils se livraient à leurs basses besognes par groupes de deux à quatre personnes, mais maintenant, il est fréquent qu'ils sévissent en petites troupes de dix ou douze hommes, ce qui les rend de plus en plus téméraires. Alors, gardez l'œil ouvert et soyez très prudent.

Maître Cid leur serra vigoureusement la main et il alla prendre la tête de la grande Caravane qui se mit en branle dès que le Maître du Troc en donna le signal. Bien qu'il fut très tôt le matin, une soixantaine de curieux s'étaient agglutinés sur le bord de la route, afin d'admirer le départ de la majestueuse Caravane. Farouk et Sheran se joignirent à la petite foule d'admirateurs. Une centaine de chameaux avaient déjà quitté le pré et s'étaient engagés sur la chaussée, lorsque l'attention de Farouk fut attirée par la voix de l'homme qui était à une dizaine de pas à sa droite. C'était Bénammi, le négociant de coton. Il était en compagnie de deux autres marchands et il tournait la tête de gauche à droite, tout en étirant le cou, au passage de chaque chamelier.

— Je vous assure! s'exclama-t-il, cet homme était un grand Maître du Troc venu des royaumes lointains du Sud et je suis le seul, paraît-il, à qui il ait rendu visite. Vous verrez, dès que je le verrai passer, je vous le montrerai.

Farouk pinça les lèvres et donna un petit coup de coude à Sheran.

— Que dirais-tu de partir dès maintenant? dit-il l'air très soucieux.

Sheran, qui avait entendu le commentaire de Bénammi, acquiesça.

— Tu as raison l'ami! Il risque de devenir très embarrassant celui-là.

Ils pivotèrent et quittèrent le groupe de curieux d'un pas nonchalant en direction du nord.

III
Le juste châtiment

Sheran sortit sa couverture de voyage de son havresac et s'en recouvrit les épaules, puis il pivota et se laissa choir sous l'abri à la droite de Farouk. Il attrapa la petite lanière qui pendait à sa droite et y suspendit son havresac. Il accompagna le coup de coude qu'il donna à son camarade de voyage d'une mimique appréciatrice, tout en regardant la toile au-dessus de sa tête. Après le marchandage avec Bénammi, le négociant de coton, il avait fait visiter la cité portuaire de Césarée à son nouvel ami. Lors de leur promenade au marché, ils s'étaient longuement attardés devant l'étalage d'un brocanteur qui offrait toutes sortes de marchandises usagées. Sheran avait eu une certaine réserve, lorsque Farouk s'était grandement intéressé à un petit abri pour voyageurs. L'idée d'avoir une surcharge de bagages qui aurait pu les ralentir ne lui avait pas plu de prime abord. Par contre, le marchand, qui avait noté le grand intérêt de Farouk pour cet article de voyage, s'était lancé dans une habile démonstration du produit. Contrairement à une tente, ce petit refuge n'était fermé que sur trois côtés. Sa structure était constituée de six perches de bambou très légères et la toile, quant à elle, était confectionnée avec des peaux de chèvres qui avaient été grattées et tannées avec beaucoup de soin et de patience, conférant à la toile une très grande souplesse. Elle avait ensuite été traitée à maintes reprises avec des graisses afin de l'imperméabiliser.

Le marchand avait aisément retiré la toile, qui n'était retenue que par quatre lanières de cuir. Il avait ensuite démonté la structure avec une telle rapidité que Sheran et Farouk avaient eu à peine le temps de comprendre la façon dont il s'y était pris. Il avait ensuite replié la toile, tout en y insérant les perches. Les lanières, qui servaient à retenir la toile à la structure, servaient également à ficeler le tout, une fois désassemblé. Il lui avait fallu moins de trois minutes pour démonter l'abri et nouer le paquetage, afin qu'il soit prêt à être transporté. Les lanières, ainsi attachées, servaient maintenant de courroies de transport. Lorsque Farouk l'avait soupesé, il avait été très surpris de sa légèreté. Afin d'achever de convaincre son client, le marchand avait remonté l'abri avec la même rapidité et la même aisance.

Une pluie fine se mit à tambouriner sur la toile au-dessus d'eux et Sheran émit un petit soupir extasié, tout en arborant un large sourire.

— Deux nuits à dormir sous la tente de Maître Cid et trois autres passées sous cet abri. J'ai presque peur de devenir douillet et de ne plus vouloir dormir à la belle étoile désormais.

Farouk rigola gaiement.

— Ce refuge nous protégera, tant que le vent ne tournera pas ou que la pluie ne s'intensifiera pas.

Sheran ricana silencieusement, alors qu'il repensait au moment de l'achat de l'abri et Farouk l'interrogea du regard.

— Pour quelqu'un qui essaie de passer inaperçu, dit Sheran en se retenant pour ne pas pouffer de rire, tu es vraiment le maître de l'indiscrétion. Déjà que tu ressembles à un vétéran de l'armée qui a vu plusieurs batailles ou même à un mercenaire dû à tes nombreuses cicatrices, que te voilà, proposant à ce marchand de le payer avec des as et des sesterces.

Les épaules de Sheran tressautèrent, alors qu'il tentait vainement de réprimer son fou rire. Farouk lui donna une bourrade avec l'épaule :

— Ton royaume s'est peut-être converti à la monnaie romaine depuis plus de cinquante ans, expliqua Sheran, mais ici ce n'est pas en deniers que l'on paye ses achats, mais bien en talents. Les marchands acceptent la monnaie romaine, mais toujours en s'interrogeant sur sa provenance. Au regard que ce commerçant a posé sur toi, il était évident qu'il se demandait quels genres de service tu avais pu rendre aux Romains pour avoir cette sorte de devises en ta possession. Que la pièce soit un denier ou un talent ne fait aucune différence, puisque l'or et l'argent sont calculés au poids et que ces pièces ont des valeurs identiques. De plus, l'on retrouve actuellement presque autant de l'une que de l'autre sur nos territoires. Cependant, ce sont les plus petites pièces qui posent un problème, car tu ne peux pas avoir dans ta bourse que des as et des sesterces, sans grandement attirer l'attention sur ta personne, chaque fois que tu feras un achat.

Sheran tourna machinalement son regard vers l'est, avant d'ajouter :

— Nous ne sommes plus qu'à quelques lieues de Mageddo. Nous devrions y être demain en milieu de matinée. J'essayerai de trouver un usurier qui acceptera de convertir tes pièces et si je ne trouve pas l'homme qu'il nous faut, je demanderai à Jacob, lorsque nous arriverons à Nazareth.

Une question titillait la curiosité de Farouk depuis un long moment.

— Cet homme dont tu me parles, est-ce le même Jacob que celui auquel Maître Cid a fait allusion, lors de notre première rencontre?

— Oui, bien sûr! s'exclama Sheran après un court moment de réflexion.

Farouk plissa le front d'étonnement.

— Cid a bien dit qu'il était le petit-cousin du roi Abimélek, n'est-ce pas?

— C'est exact, répondit Sheran, mais « petit-cousin » n'est rien d'autre qu'une façon de parler, puisque leur véritable lien de parenté remonte au temps du roi David.

Farouk n'en était pas moins impressionné pour autant.

— Serait-ce encore une autre personne de sang royal à qui tu aurais sauvé la vie et qui te vouerait une éternelle reconnaissance?

Sheran rigola joyeusement.

— Dans son cas, je dirais que c'est plutôt le contraire. Jacob possède la plus importante entreprise de charpenterie de construction de toute la région de Nazareth et c'est lui qui m'a appris mon métier. J'ai étudié pendant deux ans sous sa tutelle et ensuite, j'ai été à son service pendant trois années. C'est d'ailleurs grâce à sa recommandation personnelle que j'ai pu travailler les cinq dernières années au port d'Aila.

Farouk était quelque peu dérouté.

— Ce n'est pas ton père qui t'a enseigné ton métier?

Sheran fit la moue, tout en secouant la tête.

— Mon père est potier et bien entendu, il a fait son devoir de père. Il nous a enseigné à moi et Dathan, mon frère aîné, l'art de la poterie. Mon frère a toujours aimé ce travail, mais moi je préférais le bois à l'argile. À maintes reprises, lorsque j'étais jeune, j'ai présenté à mon père des bols, des plateaux et bien d'autres choses que j'avais sculptés. Il a toujours examiné les pièces avec un large sourire et me disait que la sculpture était un très beau passe-temps, mais qu'il aurait nettement préféré que je mette plus de temps à l'étude qu'à l'amusement. Un jour, j'ai demandé à mon père la permission de présenter certaines de mes pièces à ses clients. Il s'est mis alors dans une très grande colère. Il m'a dit que nous étions une famille de potiers, et non de sculpteurs, et que je devrais m'efforcer d'être un bon fils, comme l'était mon frère. Que je devrais plutôt l'aider au lieu de chercher à lui ravir sa clientèle.

Sheran soupira avec amertume, puis il poursuivit :

— Mon père s'entendait bien avec Dathan, malgré le fait qu'ils se disputaient constamment. Ils avaient les mêmes passions et les mêmes centres d'intérêt, alors que moi, j'étais très différent et mon père n'acceptait pas cette différence. Il était très fier d'avoir deux fils et à ses yeux notre avenir était déjà tout tracé. Dathan en était très heureux et il ne cessait de dire que nous avions un destin, tout comme les rois qui sont prédestinés à régner, et que nous devrions en retirer une grande fierté.

Sheran secoua tristement la tête :

— Cette idée était inacceptable à mes yeux et c'est probablement l'une des raisons qui m'a poussé à me rebeller pendant tant d'années. Vers l'âge de seize ans, la relation entre mon père et moi était devenue insupportable. À la demande insistante de ma mère, j'ai acheté la paix avec lui, en acceptant de me plier à ses attentes. Je ne m'adonnais donc plus à la sculpture qu'en guise de distraction. À l'âge de dix-neuf ans, j'ai épousé Myriam, une jeune fille de dix-sept ans que mon père avait choisie pour moi. Elle était gentille, timide et réservée, mais sa santé était très fragile. Nous avons été mariés pendant près de quatre années. Elle a été enceinte à cinq reprises, mais elle n'a jamais mené ses grossesses à leur terme et elle est morte trois jours après avoir perdu le dernier bébé. Cela m'a moralement anéanti. Je cherchais une raison de vivre, mais je n'en trouvais aucune. J'ai erré pendant de très nombreuses semaines, n'étant plus que l'ombre de moi-même. Puis un jour, un garçon que je connaissais bien m'annonça qu'il partait pour Nazareth. Jacob s'apprêtait à commencer un très gros contrat à Sidon et il embauchait en ce moment plusieurs apprentis en charpenterie. Je suis donc parti avec lui, malgré les protestations de mon père. Dès que Jacob a su que j'étais sculpteur, il m'a pris immédiatement comme apprenti.

Sheran cessa son récit le temps de prendre quelques bouchées de viande séchée que Cid leur avait remis avant qu'ils reprennent leur route, puis il poursuivit :

— C'était l'année qui marquait le retour de la grande Caravane du Nord. Mais cette fois, ce ne fut pas une, mais bien deux caravanes qui arrivèrent à Nazareth.

L'expression étonnée de Farouk lui extirpa un sourire amusé :

— L'épouse de Jacob avait accouché de son premier fils, quelques mois plus tôt, et le roi Abimélek, de même que trois autres rois des royaumes du Sud, venait lui rendre hommage par respect envers une très ancienne tradition. La caravane des rois comportait plus de cent chameaux et elle suivait la grande Caravane du Nord. Leur arrivée fut plus qu'impressionnante!

Farouk voulait bien le croire, mais c'était la visite de ces quatre rois qui l'émerveillait le plus.

— Mais qui est donc ce Jacob pour que la simple naissance de son fils suffise à faire déplacer quatre rois des royaumes de Sud?

Tout le monde connaissait Jacob et il était donc très étrange pour Sheran de devoir expliquer à un étranger, qui était cet homme si connu. Il y alla donc au plus simple.

— Jacob est le descendant direct du roi David et donc l'héritier légal du trône de Judée.

Farouk grimaça d'incompréhension.

— Si Jacob est le véritable héritier. Alors, pourquoi est-ce Hérode qui occupe ce trône et non lui?

— Hérode est un aristocrate ambitieux qui a été placé sur le trône par Rome, répondit Sheran dans un petit rictus amer. Le dernier descendant de la lignée de David à avoir occupé ce trône fut Jéchoniah, il y a de cela douze générations, lorsque le royaume de Juda fut envahi par les Babyloniens.

Farouk secoua la tête, tout en plissant le front.

— Pourquoi alors, les Romains n'ont-ils pas remis la royauté à son véritable héritier?

La question extirpa à Sheran un petit rire amusé.

— Ils avaient besoin d'un pantin à leur solde, alors que le véritable héritier aurait été trop puissant et il aurait représenté un danger constant pour eux.

Farouk se sentait tellement perdu dans toute cette histoire qu'il en avait la tête qui tournait :

— Lorsque la Caravane s'est arrêtée à Nazareth, poursuivit Sheran, le roi Abimélek a demandé à me voir, car il tenait beaucoup à rencontrer l'homme qui avait sauvé son Maître du Troc d'une mort affreuse. Cette rencontre a été très touchante et émouvante pour moi.

Farouk n'eut aucune difficulté à imaginer la scène :

— Après trois années au service de Jacob, continua Sheran, j'ai été pris d'une grande inquiétude, car le gros contrat à Sidon tirait à sa fin. Jacob avait plusieurs autres petits engagements à venir, mais très insuffisants pour le nombre d'employés qu'il avait à son service. Je ne me voyais pas du tout retourner chez moi et reprendre le métier de potier. Je me sentais donc très découragé devant les sombres perspectives de mon avenir, car la majorité des employés de Jacob travaillaient pour lui depuis plus de dix ans. Un soir, j'en ai parlé à Jacob et au court de cette conversation, il m'a suggéré de me rendre à Aila, où un très gros chantier s'apprêtait à commencer. Il m'a remis un parchemin recommandant mes grandes qualités au chef du chantier d'Aila et trois jours plus tard, je quittais Nazareth avec une petite caravane qui se dirigeait vers le Sud.

Le soleil venait de disparaître à l'horizon et la fine pluie avait cessé de tomber. Les deux voyageurs s'enroulèrent dans leur couverture. Sheran dormit paisiblement, mais les rêves de Farouk furent envahis d'un tourbillon de rois, de chameaux et de Romains.

Tel que l'avait prévu Sheran, ils atteignirent la ville de Mageddo en fin de matinée le jour suivant. Ils s'arrêtèrent dans une petite auberge et Farouk garda le silence, laissant à son camarade le soin d'entretenir la conversation avec le tenancier. Malgré tout, l'accueil y fut froid, inamical et même presque agressif. Moyennant une somme exorbitante, l'aubergiste consentit à leur servir un demi-filet de poisson séché et un tout petit morceau de pain à la couleur et au goût douteux. Ils trouvèrent ensuite un usurier qui consentait à convertir les pièces romaines que possédait Farouk, mais le tarif outrancier qu'il réclamait pour la transaction les fit rapidement changer d'idée. Ils reprirent donc prestement leur route, heureux de laisser derrière eux cette cité inhospitalière.

En fin de journée, ils quittèrent le territoire de la Samarie et entrèrent en Galilée. Farouk nota un changement radical dans l'attitude générale de son compagnon, qui avait légèrement ralenti le pas et marchait d'une façon très détendue. Maintenant qu'ils étaient en Galilée, Sheran se sentait déjà chez lui et plus rien ne le pressait. Ils passèrent devant une petite ferme et Sheran salua le fermier, comme il l'aurait fait avec une vieille connaissance ou un voisin. L'homme lui rendit modestement son salut, tout en sondant les profondeurs de sa mémoire à la recherche de quelques souvenirs très lointains qu'il aurait pu avoir conservés sur cet étrange personnage. Deux heures plus tard, bien qu'il fût encore tôt, ils établirent leur campement entre deux collines verdoyantes.

— À quelle distance sommes-nous de Nazareth, demanda Farouk, tout en fourrageant dans son havresac?

Sheran leva la tête et regarda autour de lui, tout en réfléchissant.

— Un jour et demi, deux tout au plus, si nous prenons vraiment notre temps, répondit-il, tout en poussant un petit soupir de contentement.

Farouk sortit un petit morceau de fromage de ses maigres réserves. Il en coupa deux tranches minces à l'aide de son couteau et en offrit une à son camarade.

— Ton histoire m'a trotté dans la tête toute la journée, dit-il, tout en grignotant son fromage du bout des dents.

Sheran l'interrogea du regard :

— Ces quatre rois qui sont venus rendre hommage au fils naissant de Jacob. Je me demandais quelle pouvait être cette vieille tradition qu'ils avaient tant voulu respecter.

Sheran secoua positivement la tête, comprenant mieux ce qui intriguait Farouk.

— Cette tradition est très ancienne. En fait, elle remonte au temps du roi David. Tu connais, comme tout le monde, les grands exploits du roi David, n'est-ce pas?... Il a tué le géant philistin Goliath à l'aide d'une fronde et ensuite, il a réussi à unir la majorité des tribus du peuple de Juda sous une seule bannière, créant ainsi la Judée. Par la suite, sa vie n'a été qu'une série de guerres sans fin. Des rois, provenant de l'Idumée, des royaumes du Sud et même d'ailleurs, sont venus pour l'affronter. Ses troupes les ont vaincus les uns après les autres. Cependant, David s'est montré très clément avec la majorité d'entre eux, les laissant retourner vers leurs royaumes en échange d'un serment d'allégeance envers lui et toute sa postérité. Les descendants de ses rois sont venus s'agenouiller devant chaque premier nouveau-né de la lignée de David, afin de renouveler cette allégeance. Après l'invasion des Babyloniens, la lignée de David n'est plus jamais remontée sur le trône de Judée, mais les descendants de ces rois ont perpétué cette ancienne tradition. Alors, voilà pourquoi ces rois sont venus de leurs royaumes lointains, afin d'apporter des cadeaux et s'agenouiller devant Joseph, le premier fils de Jacob, qui est le descendant direct de David.

Farouk était bouche bée et il ne tentait pas de masquer à quel point l'histoire de son camarade l'avait fascinée. Ils passèrent encore près de deux heures à discuter de la lignée de David, de l'invasion des Babyloniens et de la déportation de tous les hommes juifs, en âge de se battre, vers Babylone. Farouk était subjugué par cette histoire qu'il ne connaissait pratiquement pas. Lorsqu'il s'enroula dans sa couverture pour la nuit, il en avait mal à la tête, comme si son cerveau avait reçu plus d'information qu'il ne pouvait en emmagasiner en si peu de temps.

Sheran se réveilla en sursaut au milieu de la nuit. Il s'appuya sur un coude et tourna la tête de tous les côtés. Après quelques instants, il aperçut dans la pénombre la silhouette de Farouk, qui lui aussi était pratiquement assis.

— Que se passe-t-il? demanda-t-il sur une note angoissée.

Farouk secoua lentement la tête.

— Je ne sais pas!… Quelque chose a troublé mon sommeil, mais je n'arrive pas à savoir ce que cela pouvait être.

Les deux voyageurs demeurèrent ainsi, tendant l'oreille et écoutant les bruits de la nuit qui étaient tout à fait normaux. Après une dizaine de minutes, ils se réinstallèrent pour la nuit, tout en se disant que leur sommeil avait dû être troublé par un petit animal qui aurait détalé, afin de fuir un prédateur, et ils se sentaient quelque peu ridicules de s'être affolés ainsi. Au matin, ils se remirent en route un peu plus tard que d'habitude. Aucune mention ne fut faite sur l'incident de la nuit précédente, si ce n'est qu'une seule fois où les deux hommes s'étaient regardés et s'étaient mis à rire d'eux-mêmes en se revoyant, figés comme des statues, l'oreille tendue, au beau milieu de la nuit, comme deux gamins effrayés.

La route commerciale se rendant à Nazareth étant beaucoup plus à l'est, ils avaient emprunté un petit chemin sinueux, qui serpentait entre les collines. Par endroits, il devenait si étroit qu'il prenait presque des allures de sentier. Il y avait moins d'une heure qu'ils avaient repris leur route, lorsqu'ils entendirent des éclats de voix, non loin devant eux. Farouk ralentit instinctivement le pas, mais le sourire candide de son compagnon le rassura quelque peu. Sheran était chez lui en Galilée et il se sentait très confiant. Il s'attendait à trouver un groupe de bergers ou de fermiers aux prises avec une charrette enlisée ou autre chose de semblable. Lorsque le petit chemin, qui contournait la colline, bifurqua à gauche, Farouk se figea et il arrêta son compagnon d'une main ferme posée sur son avant-bras. La scène qui se présentait devant eux n'était pas celle à laquelle ils s'étaient attendus. Quatre soldats romains gisaient sur le sol. Deux d'entre eux étaient morts, de toutes évidences, alors que les deux autres semblaient gravement blessés et deux brigands bien armés les surveillaient de près.

Les deux voyageurs se mirent à reculer lentement. Personne n'avait regardé dans leur direction et ils n'avaient pas été vus, mais ils ne firent pas plus de que quelques pas. Farouk s'arrêta net, lorsque son dos vint en contact avec la pointe acérée d'un javelot. Il baissa les yeux à sa droite et aperçut sur le sol l'ombre bien découpée de son agresseur. Il regarda ensuite son compagnon et les deux hommes tournèrent lentement la tête derrière eux. Il y avait là, trois brigands. L'homme derrière Farouk tenait un javelot, alors que les deux autres étaient armés d'un glaive. Malgré tout, Sheran était toujours calme. Il croyait que cette situation pouvait encore s'arranger facilement.

— Vos affaires avec les Romains ne nous regardent pas, dit-il. Nous sommes deux voyageurs qui se rendent à Magdala. Vous n'avez rien à craindre de nous, alors retournez à vos affaires et laissez-nous reprendre notre route.

L'homme derrière lui éclata d'un rire mauvais et le poussa, sans ménagement, du revers de son glaive.

— Avance!... Mon chef n'aime pas les visiteurs inattendus.

L'homme au javelot ne dit pas un mot, mais il fit comprendre à Farouk d'avancer en le poussant de la pointe de son arme. Alertés par le son des voix, les hommes qui gardaient les prisonniers romains les virent approchés dès qu'ils apparurent dans leur champ de vision. Après quelques pas, Farouk se rendit compte que le chemin, qui bifurquait vers la gauche, s'ouvrait sur une large clairière où d'autres mauvaises surprises les attendaient. Deux autres prisonniers romains, dont un officier à en juger par le cimier sur le casque qui gisait au sol près de lui, étaient agenouillés, les mains liées dans le dos. Deux autres brigands étaient près d'eux et leur faisaient passer un très mauvais moment. Celui qui semblait être l'officier avait une bosse sur son front qui était aussi grosse que son poing, alors que le soldat à sa gauche avait le visage tellement tuméfié qu'il en avait de la difficulté à se tenir sur ses genoux. Encore deux autres brigands se tenaient à une trentaine de pas à la lisière nord de la clairière. Farouk sentit une bouffée de fureur l'envahir, lorsqu'il aperçut une jeune femme, aux poignets liés, attachée à une branche derrière eux. Sa tunique avait été déchirée, dévoilant sa poitrine. Son regard s'attarda à son visage tuméfié. Ils avaient dû la battre et cela à plusieurs reprises, afin de briser sa volonté et de la rendre plus docile. Il avait vu ce genre de choses trop souvent durant ses quinze années de captivité où il lui avait été impossible d'intervenir.

L'homme derrière Farouk cria joyeusement :
— Regarde ce que nous avons trouvé, Barnabé!

Le chef de la petite bande de brigands, qui était près de la femme attachée, plaça les mains sur ses hanches, tout en affichant un large sourire.

— Décidément, il y a grande affluence dans ces collines ce matin.

Les brigands se mirent à rire du sarcasme puéril de leur chef et l'homme derrière Farouk renchérit, encouragé par la plaisanterie de son chef.

— Ce sont de riches voyageurs, qui ont eu la bonté de venir jusqu'ici, afin de généreusement, nous offrir leurs bourses.

Sheran devint tout blême, car la sienne contenait toutes ses économies des cinq dernières années. Farouk, par contre, demeura de marbre, car sa décision était déjà prise. Il ne quitterait cette clairière, qu'après avoir libéré cette femme, même s'il devait y laisser sa vie. Il prit donc trois grandes respirations, comme il le faisait autrefois, lorsqu'il entrait dans l'arène. Sa concentration était telle qu'il pouvait presque entendre la foule acclamer les combattants. *Seul, l'homme qui domine sa peur et contrôle sa colère peut espérer sortir vainqueur d'un tel combat*, lui avait enseigné son maître d'armes. En quelques secondes, il fit une évaluation complète de la situation : trois brigands étaient derrière lui, deux autres gardaient les prisonniers romains à sa droite, encore deux autres au centre de la clairière, qui s'amusaient à battre l'officier et l'un de ses soldats, et finalement, à la lisière nord de la clairière, tout près de la prisonnière, se trouvait leur chef et l'un de ses hommes qui portait un arc à l'épaule. En tout, neuf adversaires bien répartis, tout comme dans une arène. Les soldats romains étaient attachés et en trop piètre état pour lui être d'un quelconque secours et il ignorait tout des qualités de combattant de son compagnon de voyage. Il en conclut donc, qu'il ne devait compter que sur lui-même.

Farouk baissa les yeux vers le sol, tout en pivotant légèrement sur sa droite, simulant vouloir replacer la courroie de son abri qu'il transportait sur son épaule gauche. Puis, sans quitter l'ombrage de son adversaire qui se dessinait sur le sol, il fit teinter les pièces de sa bourse en infligeant un léger tremblement à sa jambe droite. Les évènements qui suivirent s'enchaînèrent à une telle vitesse, qu'en moins de trois minutes, tout fut terminé.

Il sentit d'abord la pression de la pointe se relâcher dans son dos. Il sut dès cet instant que l'homme avait mordu à l'appât. Il vit ensuite l'ombrage du javelot se relever et la main de l'homme se tendre vers sa bourse, mais ses doigts eurent à peine le temps d'en effleurer le cuir. Farouk se pencha vivement à sa droite, tout en pivotant, et de sa main gauche, il s'empara du poignet de l'homme, qu'il tira brutalement vers l'avant, tout en lui expédiant son coude droit dans la gorge, écrasant irrémédiablement son larynx. Le brigand, les yeux exorbités et incapable de respirer, attrapa sa gorge à deux mains. Farouk n'eut plus qu'à s'emparer du javelot que l'homme venait de lâcher. Puis, d'un mouvement rotatif sur sa gauche, il expédia l'extrémité de la hampe au visage du second brigand, lui fracassant la joue. Le troisième homme leva son glaive, mais Farouk, d'un mouvement de balancier, l'embrocha dans le bas-ventre. Il connaissait très bien l'art de la mise à mort et il savait qu'en retirant simplement la pointe du javelot, l'homme n'aurait pas été mis hors combat. Mû par de très nombreuses années d'expérience, il tira le javelot vers le haut, comme sous l'effet d'un levier, déchirant la chair de son adversaire jusqu'à mi-poitrine. Le corps de l'homme n'avait pas encore touché le sol qu'il avait pivoté et se dirigeait d'un pas lourd vers les gardiens des prisonniers.

Tous les hommes s'étaient figés devant cette attaque si subite et inattendue. L'un des brigands au centre de la clairière dégaina son glaive et fit un pas dans sa direction, mais il se ravisa en voyant que Sheran avait ramassé un glaive et se dirigeait vers lui. Du coin de l'œil, Farouk aperçut l'archer, qui se tenait près de son chef, en train d'encocher une flèche sur son arc. Il n'était plus qu'à une douzaine de pas des prisonniers. Il avait maintenant la conviction que deux d'entre eux étaient morts, puisque l'un des soldats avait une flèche plantée dans la nuque et que l'autre gisait les bras grands ouverts dans une position grotesque. Quant aux deux survivants, ils étaient en si piètre état que Farouk avait la certitude qu'ils iraient les rejoindre très bientôt dans le monde d'après. L'un avait une blessure béante sous le bras et il perdait tellement de sang, qu'il se demandait comment cet homme pouvait encore respirer. Quant à l'autre, il avait reçu une flèche en pleine poitrine, perforant, sans nulle ombre d'un doute, son poumon. Ce genre de blessures était mortel et les victimes ne survivaient jamais plus de trois à quatre heures. L'archer était très jeune, mais il semblait être très adroit. Farouk déplaça son abri et l'emmena sur son flanc gauche en guise de bouclier, ce qui déconcerta grandement le jeune archer. Son chef le pressait à tirer, alors que les gardiens des prisonniers hésitaient à intervenir, afin de ne pas faire obstruction au tireur. L'archer laissa partir son projectile qui vint se ficher dans la partie supérieure de l'abri. Dès que la flèche toucha sa cible, le premier gardien, qui portait un javelot, s'élança vers lui. L'homme, inexpérimenté, fonça tête baissée, sans finesse, ni aucune feinte dans son attaque. Farouk n'eut qu'à placer l'abri devant lui et dès que la pointe du javelot vint en contact avec son bouclier improvisé, il n'eut qu'à pivoter pour la faire dévier. Du même mouvement, il projeta son javelot vers l'avant et son adversaire vint presque s'y empaler par lui-même. Il retira immédiatement la pointe et frappa de nouveau, mais au cœur cette fois. L'homme, mortellement atteint, s'effondra lourdement. Farouk tira vigoureusement à deux reprises sur la hampe, mais la pointe semblait s'être coincée entre les côtes et refusait de se libérer. Il laissa donc son javelot et ramassa celui de sa victime.

Le deuxième brigand le regardait, glaive à la main, bouche bée, les yeux exorbités, tout en reculant d'effroi, devant cet homme qui écrasait tout sur son passage, telle une tempête meurtrière. Le soldat romain, qui gisait au sol avec une flèche dans la poitrine, attendit que le brigand se soit suffisamment approché de lui. Il rassembla le peu d'énergie qu'il lui restait et il lança son pied droit de toutes ses forces, l'atteignant violemment derrière la cuisse. L'homme poussa un cri de douleur, tout en s'affalant de tout son long. Il réalisa avec effroi, que dans sa chute, il avait laissé tomber son arme qui était maintenant hors de sa portée. Pris de panique, il se releva vivement et se mit à courir sur le petit chemin qui allait vers le nord. Farouk le laissa filer, sans même tenter de le rattraper. Il tourna la tête juste à temps pour voir l'archer tirer une nouvelle flèche dans sa direction. Il tenta de l'éviter, mais sa parade fut insuffisante. La flèche lui entailla la poitrine et le dessous du bras droit, provoquant une vive douleur sur son passage. Tout comme autrefois, lorsqu'il se trouvait dans l'arène, il repoussa cette douleur loin dans son esprit. Il aurait bien le temps plus tard de s'en préoccuper. Il ramassa le glaive laissé par le fuyard et le glissa à sa ceinture, puis il se tourna vers l'archer qui sortait une nouvelle flèche de son carquois sous les réprimandes et les invectivassions de son chef pour son mauvais tir.

Tout en avançant vers l'archer, il jeta un rapide coup d'œil vers le centre de la clairière où Sheran était aux prises avec l'un des brigands. Les deux hommes, tout aussi inexpérimentés l'un que l'autre, se tournaient autour avec prudence. Les coups portés étaient rares et les deux adversaires cherchaient une ouverture ou attendaient une maladresse, afin de pouvoir porter un coup, plutôt que d'engager ouvertement le combat. À quelques pas d'eux, les deux soldats romains avaient réussi à se remettre sur pieds et ils avaient, tant bien que mal, engagé le combat avec le deuxième brigand. Bien qu'ils eussent les mains attachées dans le dos, ils étaient des soldats aguerris et ils savaient se battre, peu importe les conditions ou les circonstances. Ils tournaient autour de l'homme, tout en demeurant hors de portée de son glaive et ils le frappaient de leurs pieds à tour de rôle. Combattre ainsi était très risqué, mais les deux soldats préféraient mourir en combattant plutôt que d'être lâchement exécuté à genou devant leurs tortionnaires. Le brigand était aux abords de l'hystérie et ne donnait que des coups de glaive maladroit, désordonné et sans force, que les deux soldats n'avaient aucune difficulté à éviter.

Sur les ordres de son chef, l'archer changea de cible et il tira vers les soldats romains. La flèche traversa le bras du légionnaire qui s'effondra sur ses genoux. Le jeune officier se jeta instinctivement sur le brigand et le frappa d'un coup de tête, malgré l'énorme bosse douloureuse qu'il avait déjà au front. Son geste donna suffisamment de répit au soldat pour qu'il puisse se remettre sur pied. Au même moment, Sheran trébucha et s'affala de tout son long. Le brigand fonça sur lui et le frappa de toutes ses forces. Sheran s'était fermement accroché à son glaive en trébuchant et il put à deux reprises faire dévier les coups de son adversaire. Farouk savait qu'il ne résisterait pas longtemps à cette charge. Il changea vivement la position de son javelot et le lança de toutes ses forces. Le brigand se figea, glaive levé au-dessus de Sheran qui était à sa merci, ses yeux horrifiés fixant la pointe du javelot, qui l'avait transpercé de part en part. Farouk tira le glaive qu'il avait glissé à sa ceinture et il laissa tomber son bouclier improvisé sur le sol. Le jeune archer tentait avec fébrilité d'encocher une nouvelle flèche, mais il ne semblait pas pouvoir y parvenir, tant sa main tremblait. Farouk leva son glaive au-dessus de sa tête et il se mit à courir dans sa direction, tout en poussant un cri démentiel. Le jeune archer tourna son regard vers son chef, afin de trouver conseils et réconfort, mais lorsqu'il se rendit compte que celui-ci venait de détaler comme un lièvre, il laissa tomber son arc et se mit à courir derrière lui.

Au centre de la clairière, le combat prit fin au même moment. Le dernier brigand, se sentant délaissé et presque encerclé, prit également la fuite. Farouk fut tenté de l'intercepter, lorsque celui-ci passa à une quinzaine de pas derrière lui, mais il n'en fit rien. Il marcha vers la jeune femme, le visage crispé de douleur, de dégoût et de désarroi à l'idée de ce que ces brutes avaient pu lui faire subir. La jeune femme fit une mauvaise interprétation de l'expression sur le visage de cet homme qui venait dans sa direction. Elle venait de le voir tuer, de façon systématique, tous les hommes auprès desquels il s'était approché et elle croyait que c'était maintenant son tour. Elle sentit toutes ses forces l'abandonner, ses yeux se révulsèrent et elle perdit connaissance devant son sort inéluctable. Farouk accéléra le pas et dès qu'il fut près d'elle, il glissa rapidement un bras autour de sa taille. Il la serra fermement contre lui et trancha le lien qui la retenait prisonnière à la branche. Puis, il se laissa lentement glisser sur le sol, sans relâcher son étreinte. Il tenta ensuite, maladroitement, de la couvrir de son vêtement en lambeau. Il demeura assis sur le sol un long moment, serrant la jeune femme contre lui, tout comme un père consolant son enfant.

Il releva les yeux en entendant les deux Romains se mettre à courir. Sheran venait tout juste de couper leurs liens, lorsque le brigand à la joue fracassée reprit connaissance et tenta de s'enfuir. Les deux soldats le rattrapèrent en un rien de temps et ils n'eurent aucune difficulté à le maîtriser. Farouk reporta son attention sur la jeune femme, alors qu'ils revenaient avec leur prisonnier. Elle reprenait lentement ses esprits. Un voile d'horreur passa dans son regard, lorsqu'elle vit le visage de cet homme, si près du sien. Farouk secoua lentement la tête.

— Tu n'as rien à craindre! Plus personne ne te fera de mal.

Il fallut un moment à la jeune femme pour prendre pleinement conscience que cet homme était pour elle un protecteur et non un nouveau tortionnaire. Puis, elle se mit à pleurer lentement, appuyant sa tête sur sa poitrine, avant d'éclater en sanglots. Farouk mit sa main sur le côté de sa figure et il la berça un long moment, comme d'un petit enfant en détresse. Les deux soldats emmenèrent leur prisonnier près des autres soldats et le jetèrent au sol sans ménagement. Le jeune officier examina ses hommes l'un après l'autre. Le soldat qui perdait abondamment son sang avait déjà rendu l'âme, rejoignant ses deux autres compagnons d'armes, alors que le dernier était à l'agonie. Voyant qu'il ne pouvait être d'aucune utilité auprès de Farouk, Sheran alla rejoindre les Romains.

La jeune femme, qui s'était quelque peu ressaisie, s'écarta de Farouk. Elle le remercia d'un petit hochement de la tête et il lui répondit d'un demi-sourire bienveillant. Puis, elle se releva lentement sur ses jambes chancelantes, les bras croisés sur sa poitrine, afin de retenir son vêtement en lambeau. Farouk se leva à son tour. Il fit quelques pas en direction de son abri, afin d'aller chercher sa couverture de voyage qui y était restée accrochée, mais il se ravisa. Il revint sur ses pas et il enleva son manteau, qu'il déposa sur les épaules de la jeune femme. Ce genre de manteau n'était pas fait pour être attaché et les gens le portaient simplement ouvert sur leur tunique. Il n'y avait qu'un cordon dans l'encolure, qui pouvait servir à retenir le manteau, mais généralement, les gens les laissaient pendre. Elle attrapa les deux extrémités du cordon et les attacha fermement, avant de se draper tant bien que mal dans le manteau, qu'elle retenait fermée en croisant les bras sur son ventre.

Farouk reporta son attention sur son compagnon et les soldats romains. Le jeune officier était revenu au centre de la clairière et il avait retiré le havresac de l'un des brigands morts. Il était ensuite allé rejoindre Sheran, afin de lui donner un coup de main. Son compagnon de voyage était en train de couper, avec beaucoup de délicatesse, la flèche qui avait transpercé le bras du légionnaire. Le projectile avait pénétré par l'arrière, traversant le triceps, et il était ressorti à l'avant par le biceps, du côté extérieur du bras. Farouk connaissait très bien ce genre de blessures et il eût été plus inquiétant pour ce soldat, si la flèche était ressortie à l'intérieur du bras, là où passe l'artère principale, car il avait souvent vu des hommes mourir d'une simple blessure de ce genre. Lorsqu'une artère principale était sectionnée, il semblait qu'il n'y avait plus rien à faire pour sauver la victime.

Sheran venait tout juste d'achever de sectionner la hampe derrière le bras du soldat, car il était très important de retirer une flèche dans la même direction qu'elle était entrée, afin de ne pas aggraver la blessure. La pointe de la flèche était ressortie de la largeur d'une main et offrait une très bonne emprise. Malgré tout, le jeune officier enroula un morceau de tissu sur la hampe et la pointe, afin d'améliorer davantage son emprise. Il montra ensuite à Sheran la façon de placer ses mains, à l'avant et à l'arrière de la flèche, afin qu'il puisse compresser la plaie au moment de l'extraction. Il attrapa la flèche de la main droite et referma l'autre fermement sur celle-ci, écrasant ses propres doigts contre la hampe. Il inspira profondément en signalant à Sheran qu'il était prêt, d'un simple hochement de tête, puis il tira un coup sec, libérant le bras de son soldat du douloureux projectile. Sheran remonta vivement ses mains, afin de comprimer la plaie. Le soldat grimaça, tout en serrant les dents, et il se laissa tomber sur un genou, le souffle court. Après quelques instants, il demanda à Sheran de retirer ses mains de la plaie. Il se sentit très soulagé en voyant un simple filet de sang très régulier couler de celle-ci. L'artère n'était pas touchée et il savait que sa blessure était sans gravité. Le jeune officier s'empressa de lui faire un bandage bien serré, afin d'endiguer le saignement.

Farouk et la jeune femme avaient observé l'opération, tout en approchant du groupe. Sitôt que l'officier eut terminé avec le bandage, il s'agenouilla auprès de l'autre blessé, qui avait une flèche dans la poitrine. Le soldat avait les yeux vitreux et un filet de sang coulait du coin de sa bouche. Il posa la main sur son front brûlant de fièvre et couvert de sueur.

— Si tu le veux, je peux enlever cette flèche? Ta mort sera rapide et mettra fin à tes souffrances.

Le soldat hocha négativement la tête.

— Outre cette petite brûlure, chaque fois que je respire, je ne ressens plus aucune autre douleur. Il ne me reste que quelques minutes à vivre et elles m'appartiennent. Je préfère laisser la mort venir à moi, plutôt que d'aller à sa rencontre.

L'officier opina, tout en posant une main remplie de compassion sur l'épaule de son légionnaire. Il était très rare qu'un soldat puisse choisir la façon dont il allait mourir et il comprenait et respectait cette décision. Il se redressa, le cœur lourd, au moment où Farouk et la jeune femme arrivaient près d'eux. Il était parti avec cinq de ses hommes pour une petite mission de routine et il ne reviendrait qu'avec un seul qui était, tout comme lui-même, dans un état pitoyable. Farouk passa près de lui, sans même lui jeter un regard, et il se dirigea vers l'un des soldats morts à qui il retira son ceinturon. Les deux soldats romains sentirent la colère monter en eux, car dépouiller un soldat mort était considéré comme un geste très odieux dans l'armée romaine et cet acte était généralement puni de mort. Lorsqu'il se redressa, Farouk vit les éclairs de fureur dans le regard du jeune officier, mais il fit mine de ne pas l'avoir remarqué et il tendit le ceinturon à la jeune femme.

— Mets ceci autour de ta taille, lui dit-il, cela retiendra le manteau et l'empêchera de s'ouvrir.

Il jeta ensuite un petit regard de biais à l'officier avant de poursuivre :

— Je suis certain que si ce soldat n'avait pas été mort, il se serait fait un plaisir de te l'offrir lui-même.

Les deux soldats se détendirent quelque peu. Dans les circonstances présentes, son geste ne pouvait pas être vraiment considéré comme du pillage. Sheran, qui avait ressenti toute la tension des derniers moments, tenta de détendre l'atmosphère en se présentant au jeune officier.

— Je me nomme Sheran et je suis charpentier-sculpteur. J'arrive de la cité d'Aila et je retourne chez moi, à Magdala, auprès de ma famille que je n'ai pas vue depuis cinq années.

Il se tourna ensuite vers son compagnon de voyage :

— Je veux leur présenter mon ami Farouk, qui est corroyeur et Grand-Maître marchand.

Sheran inclina légèrement la tête, tout en haussant un sourcil interrogateur, ce qui extirpa un petit rictus au jeune officier. Il était conscient que Sheran faisait cela dans le but de dissiper les tensions et il approuvait pleinement son initiative. Il releva fièrement sa figure tuméfiée.

— Je suis le décurion Décimus de la Onzième légion.

Il leva ensuite la main vers le soldat à ses côtés :

— Et voici Flavius, mon premier légionnaire.

Il se tourna ensuite vers les hommes allongés sur le sol et pinça les lèvres. Le soldat qui avait une flèche dans la poitrine ne respirait plus. Il secoua tristement la tête.

— Comment des soldats bien armés et bien entraînés ont-ils pu se laisser prendre par cette bande de brigands sans envergures?

Le décurion tourna vivement la tête du côté de Farouk, qui venait de lancer cette question. Il se détendit aussi vite, ne voyant aucun reproche ou sarcasme dans l'attitude de l'homme, mais seulement de la curiosité. Il inspira profondément et baissa tristement la tête.

— Ma centurie a pris ses quartiers à Dor.

Il tourna la tête vers l'ouest et Farouk suivit son regard :

— Nous étions partis pour une mission de routine très aisée. Nous devions simplement prendre possession des impôts perçus à Naïm et retourner à Dor.

Il poussa un profond soupir et releva la tête, avant de poursuivre :

110

— Nous sommes arrivés à Naïm, à la mi-journée, il y a quatre jours de cela. Une grande effervescence régnait dans la petite cité. Tôt le matin, une bande de brigands avait attaqué la maison du percepteur. Le notable fût tué de même que deux de ses serviteurs. Ils avaient pris la fuite vers le nord en emportant une grande partie des impôts de la cité.

Le décurion secoua la tête, un petit rictus amer aux coins des lèvres :

— Les insultes et les injures furent nombreuses. On nous reprochait de percevoir les impôts, mais d'être incapables de les protéger, lorsque cela s'avérait nécessaire. Les brigands avaient près de cinq heures d'avance sur nous, lorsque nous les avons pris en chasse. De toute évidence, ils se dirigeaient vers Nazareth. Les bergers et les fermiers, que nous avons croisé sur notre route nous ont tous confirmé avoir vu passer, à vive allure, la petite troupe de brigands, quelques heures auparavant. Nous sommes arrivés à Nazareth une trentaine de minutes avant le coucher du soleil.

Sheran siffla entre ses dents.

— Vous avez fait le parcours entre Naïm et Nazareth en une demi-journée!

— Nous avons fait le trajet au pas de course, sans même nous arrêter pour faire une pause, répliqua le décurion avec une pointe de fierté, car j'espérais les rattraper avant la tombée de la nuit. Il régnait à Nazareth la même fébrilité que nous avions connue à Naïm un peu plus tôt. Les brigands en étaient partis une heure avant notre arrivée. Ils s'étaient arrêtés à l'auberge qui est à l'entrée de la cité, afin de se reposer et de se désaltérer. Réjoui par leur succès à Naïm, l'un des brigands a commis l'erreur de se vanter de leur forfait auprès des clients de l'auberge. Il aurait même suggéré d'en faire autant du notable de Nazareth. Plusieurs clients se sont mis en colère et le tout a dégénéré en une violente altercation. L'un des clients fut tué et un autre fut gravement blessé. La nouvelle de l'escarmouche a fait le tour de la ville très rapidement et en quelques minutes, une trentaine d'hommes, armés de fourche, de pieux et de bâtons, se sont présentés à l'auberge dans le but de faire un mauvais parti à ces brigands. Se sentant acculé dans une impasse, ils ont pris la jeune épouse de l'aubergiste en otage. Ils ont ensuite menacé de la tuer si on les empêchait de fuir, tout en promettant de la relâcher, si personne ne se mettait à leur poursuite.

Décimus prit une longue gorgée d'eau de sa gourde avant de poursuivre :

— Dès notre arrivée, nous avons dû intervenir prestement, car l'époux et le père de cette jeune femme en étaient presque à couteaux tirés.

Sheran interrompit le décurion en levant la main devant lui. Il pencha la tête du côté de la jeune femme, qui avait les yeux baissés.

— Comment te nommes-tu? demanda-t-il.

La jeune femme leva ses yeux hagards en réalisant que l'on s'adressait à elle.

— Falia, répondit-elle timidement... Je m'appelle Falia.

Les quatre hommes hochèrent simplement la tête en guise de salutation et le décurion reprit le récit des évènements, alors que Falia replongeait dans ses souvenirs, revivant avec aigreur le moment de son enlèvement. Elle revoyait son mari, sur le pas de la porte de son auberge, ordonnant aux hommes en colère d'intervenir et de ne pas céder à ce chantage, même si la vie de son épouse était en jeu. Puis il y avait eu son père, qui, bras en croix au milieu du chemin, intimait à ces hommes de n'en rien faire, tout en les menaçant de les tenir pour responsable, si quelque mal était fait à sa fille unique. Elle releva les yeux et tendit l'oreille, alors que le décurion reprenait son récit.

— L'heure était trop tardive pour nous mettre à leur poursuite. Les brigands étaient partis vers l'ouest, à travers les collines. Nous ne connaissions pas la région et nous nous serions trop aisément perdus dans l'obscurité. Je savais que même les fuyards ne pourraient aller très loin et qu'il nous serait aisé de les rattraper le jour suivant. Nous nous sommes donc remis à leur poursuite dès les premières lueurs du jour. Un berger, qui connaissait très bien ces collines, a même accepté de nous servir de guide. Nous avons facilement retrouvé leurs traces, mais lorsque le soleil disparut à l'horizon, nous n'avions pas réussi à les rattraper, bien que l'un de mes hommes fût un excellent traqueur. Leur piste se brouillait constamment. Les fuyards semblaient revenir sur leurs pas, tourner en rond en entrecroisant leur propre piste et repartir dans deux directions différentes.

Le décurion pinça les lèvres, tout en secouant la tête :

— Je crois que c'était le jeune archer qui les guidait. Il n'est certainement pas un bon soldat, mais par contre, je dirais qu'il doit être un excellent chasseur.

Farouk approuva d'un petit hochement de tête. L'archer tirait très bien, mais il était incapable de supporter la pression des combats :

— Nous, nous sommes arrêtés pour la nuit et nous avons repris la traque dès les premières lueurs du jour, poursuivit le jeune officier. À la fin de la matinée, notre guide nous a quittés. Il disait qu'il avait fait tout ce qui lui était possible afin de nous aider, mais qu'il devait maintenant retourner à ses brebis. Il n'était d'ailleurs plus d'une très grande utilité, puisque nous étions rendus trop loin de chez lui et qu'il ne connaissait pas les collines que nous traversions depuis quelques heures. Lorsque nous nous sommes arrêtés pour la nuit, nous avions tous la certitude que les fuyards n'étaient vraiment pas très loin de nous. Les dernières pistes étaient tellement fraîches que nous tendions régulièrement l'oreille, à l'affût d'un bruit ou d'un son qui nous aurait indiqué leur position exacte. Lorsque je suis allé dormir, j'avais la conviction que nous les rattraperions aisément le jour suivant, et ce avant que le soleil ne soit à son zénith.

Farouk et Sheran écoutaient le récit avec beaucoup d'intérêt, mais Falia était replongée dans ses souvenirs tragiques :

— J'avais raison sur un point, poursuivit l'officier, ces salauds n'étaient vraiment pas très loin. Si nous ignorions l'endroit où ils étaient, eux par contre, ils connaissaient très bien notre position et ils nous sont tombés dessus au beau milieu de la nuit.

Le décurion pointa le soldat qui avait une flèche dans la nuque :

— C'est lui qui était de garde lors de l'attaque. Sa mort a dû être instantanée. Il n'a eu aucune chance de donner l'alerte. Ces fripouilles ont pu s'approcher de nous silencieusement et ils nous ont frappés dans notre sommeil. Leur attaque était si bien synchronisée, que nous avons été incapables de nous défendre.

Farouk grimaça. La lâcheté de ces brigands le dégoûtait. Il ne ressentait en ce moment aucune culpabilité d'avoir tué ces hommes, mais de connaître leur lâcheté l'aiderait à calmer ses futurs remords. Il ressentit même un petit regret d'avoir laissé filer celui qui était passé derrière lui en s'enfuyant. Le décurion Décimus posa un genou sur le sol et ouvrit le havresac qu'il avait récupéré au centre de la clairière. Il en sortit deux bourses bien remplies, puis il compta les autres qui étaient demeurés au fond du sac. Il inspira profondément et s'adressa à son premier légionnaire d'une voix remplie d'amertume.

— Nous aurons au moins récupéré les impôts de Naïm, Flavius... Cette mission n'aura donc pas été un total fiasco.

Flavius jeta un regard haineux au brigand allongé sur le sol. Il aurait éprouvé un très grand plaisir à l'égorger sur le champ, mais son décurion le lui avait interdit. Le prisonnier devait être interrogé, jugé et condamné selon les règles. Décimus remit les bourses dans le havresac et se releva. Puis, de façon très militaire, il frappa sa poitrine du poing et il inclina brièvement la tête.

— Je te remercie, Farouk le corroyeur et Grand-Maître marchand, de nous avoir sauvés, mon compagnon d'armes et moi.

Farouk le dévisagea un long moment, avant de secouer lentement la tête, une mine boudeuse croissante sur les traits de son visage.

— Tu n'as pas à me remercier, Décurion, car ton sort m'était totalement indifférent.

Il pivota et tendit la main vers Falia :

— C'est pour la sauver, elle, que je suis intervenu, mais rien d'autre. Si ce n'avait pas été d'elle et que ces brigands avaient accepté de nous laisser passer, j'aurais poursuivi ma route sans même te jeter un regard.

Décimus porta la main à son glaive en un geste rempli d'indignation, alors que Flavius éclatait de rire devant l'audace de leur sauveteur. Le décurion adopta une attitude provocante.

— Si tu as quelque chose contre les Romains, alors parle!

Farouk arbora une attitude presque aussi provocante, tout en rivant son regard au sien.

— Je te l'ai dit, il me semble! Ce que j'éprouve à ton égard, de même qu'envers tous les soldats romains, c'est une indifférence totale et rien d'autre.

Les deux hommes se mesurèrent du regard un très long moment. Plus le silence se prolongeait et plus Flavius devenait nerveux. Il avait vu cet homme combattre et il ne tenait vraiment pas à l'affronter, surtout pas en ce moment, alors qu'il était loin d'être au sommet de sa forme. Il mit délicatement la main sur l'avant-bras de son jeune officier et tenta de le calmer.

— Il faut le comprendre, Décimus... Si la situation avait été à l'inverse, c'eût été la même chose. Si c'était eux qui avaient été capturés la nuit dernière et nous qui serions arrivés ce matin

114

pour troubler leur petite fête. Nous aurions massacré ces brigands, afin de les punir de leur mauvaise action, mais surtout pour récupérer l'or des impôts volés, et cela, en toute indifférence envers le sort qui aurait été réservé à ces deux hommes.

Décimus se détendit quelque peu. Il comprenait très bien la logique de son légionnaire et il était conscient qu'il avait parfaitement raison. Malgré tout, il se sentait toujours aussi offusqué par la façon trop directe que Farouk avait utilisée pour lui présenter la chose.

— Il eût été tout de même plus aimable de ta part d'accepter mes remerciements avec une pointe d'humilité, plutôt que de m'offusquer, en me répondant comme tu l'as fait, lança-t-il d'un ton courroucé.

Farouk leva un sourcil.

— Tu n'aurais pas cru un seul instant en ma sincérité, pas plus que je n'aurais cru en la tienne dans le cas inverse.

Décimus bouillonnait, alors que Flavius ricanait de plus belle.

Le décurion décida de changer le cours de cette conversation. Cet homme était beaucoup trop direct à son goût. Il pinça les lèvres, ne sachant trop comment présenter les choses.

— Je dois rapporter ces impôts et livrer mon prisonnier à Dor le plus rapidement possible. De plus, mon premier légionnaire a grandement besoin de soin, et moi aussi d'ailleurs, ajouta-t-il comme pour lui-même.

Il s'arrêta et regarda tout autour de lui :

— Avant toutes choses, il faudrait enterrer tous ces hommes.

Farouk opina, tout en balayant la clairière du regard.

— Tu peux compter sur nous pour cette tâche, Décurion. La moitié de ces hommes sont morts de ma main, après tout.

— Bien! dit simplement Décimus, qui ne se risqua pas à le remercier une seconde fois. Après tout, dans l'armée chacun avait le devoir d'enterrer ses propres cadavres. Il hésita un petit instant avant de faire sa prochaine requête et il décida qu'il était plus sage de s'adresser à Sheran.

— Si j'ai bien compris, tu as dit que tu retournais chez toi, à Magdala?

Sheran le confirma d'un simple hochement de tête :

— Quelqu'un doit escorter cette jeune femme jusque chez elle, et comme Nazareth est sur ta route, j'ai pensé que…

Sheran ne le laissa pas terminer sa phrase.

— Nous devions nous arrêter à Nazareth, afin de saluer un ami, alors cela ne représentera pas un détour pour nous.

Il tourna son regard vers son compagnon de voyage :

— Si Falia est d'accord pour remettre sa sécurité entre nos mains, nous nous ferons un plaisir de l'escorter, n'est-ce pas, camarade?

Farouk inclina sobrement la tête et il tourna son regard vers la jeune femme.

— Seulement si Falia est d'accord.

La jeune femme porta la main à sa poitrine. Elle avait la gorge nouée par l'émotion, car elle s'était crue morte quelques heures plus tôt. Elle hocha lentement la tête. Peu lui importait de savoir qui l'escorterait, si elle n'avait pas été si loin, elle aurait couru à toutes jambes jusque chez elle.

— Bien! dit sobrement le décurion. Voilà une bonne chose de régler.

Le brigand, qui était allongé sur le sol, s'était relevé sur un coude et il affichait un petit sourire narquois.

— Dès que nous serons partis, Décurion, ces deux hommes vont se faire une petite fête avec cette jeune femme. Tu aurais dû la garder pour toi. Nous aurions pu la partager.

Il tourna son regard et détailla Falia des pieds à la tête :

— Je connais déjà la façon de la rendre très docile.

Il éclata d'un rire gras et dégoûtant. Flavius lui coupa son envie de rire d'un coup de pied bien placé dans les côtes. Il se pencha ensuite sur l'homme, tout en affichant un petit sourire de satisfaction.

— J'espère que tu auras encore envie de rire, lorsque nous serons arrivés à Dor, car je ferais partie des hommes qui vont t'interroger. Le brigand devint soudain blême et se mit à reculer sur ses coudes. Personne ne s'était aperçu que Falia était allée ramasser un glaive et elle revenait, d'un pas déterminé et une flamme meurtrière dans le regard, vers son tortionnaire. Elle leva le glaive et s'élança de toutes ses forces, mais Farouk arrêta son geste en l'attrapant par le poignet. Il plongea ensuite son regard dans les yeux remplis de fureur de la jeune femme.

— Tu ne pourras jamais oublier tout ce que cet homme t'a fait subir, mais si tu le tues aujourd'hui, sa mort viendra hanter toutes tes nuits pour le reste de ta vie.

Il inclina légèrement la tête et ses yeux se remplirent de tristesse :

— Je sais très bien de quoi je parle… Tu peux me croire!

Les muscles de Falia se détendirent et sa main s'ouvrit lentement, laissant tomber le glaive sur le sol. Elle s'effondra ensuite en pleurs dans les bras de cet homme à qui elle devait la vie.

— Je veux seulement avoir la certitude que cet homme paiera pour ses fautes, dit-elle entre deux sanglots.

Décimus prit alors une décision très peu rationnelle. Il posa la main sur son épaule et il attendit que la jeune femme tourne son regard vers lui.

— La loi est très sévère en ce qui concerne le viol de citoyennes romaines. Cependant, bien que tu n'en sois pas une, j'ai la certitude que mon centurion acquiescera à ma requête d'infliger ce châtiment à cet homme.

Falia avait le regard vide d'incompréhension, alors que Farouk regardait intensément Sheran dans l'attente d'une explication. Celui-ci lui répondit d'une petite moue et d'un haussement d'épaules, marquant bien son ignorance. Flavius, qui avait observé le petit manège, ricana.

— Cet homme sera circoncis, dit-il simplement, accentuant les grimaces d'incompréhension autour de lui, alors que le brigand répliquait d'un ton moqueur.

— Peut-être ne l'as-tu pas remarqué, mais je suis juif, et donc déjà circoncis.

Le sourire de Flavius s'élargit, alors qu'il se penchait au-dessus de lui.

— Je te parle de la circoncision, mais à la façon romaine.

Il écarta l'index et le majeur et les referma vivement devant le nez de son prisonnier, tout comme un ciseau tranchant.

— Le terme castration t'est peut-être plus familier.

Flavius eut l'impression que tout le sang avait abandonné le visage du prisonnier, tant il était blême. Le brigand jeta des regards apeurés dans toutes les directions. Le légionnaire haussa les épaules, tout en secouant la tête :

— N'y pense même pas! Tes amis ne reviendront pas pour te secourir.

Il mit un genou au sol et afficha un sourire que l'on aurait pu qualifier d'angélique, n'eût été le rude visage de ce soldat endurci :

— Ne t'énerve pas, car je ne t'ai pas encore raconté la meilleure partie.

Le brigand ouvrit de grands yeux effrayés.

— *Est-il possible qu'il y ait quelque chose d'encore pire?* se demanda-t-il.

Le sourire de Flavius s'était accentué devant la frayeur du prisonnier.

— Tu seras castré, juste avant d'être crucifié. Cependant, avant de te clouer sur la croix, ton petit membre sera inséré dans ton arrière-train. Cela t'aidera à réfléchir, pendant ta longue agonie, à tout le mal que tu as fait à cette jeune femme.

Farouk grimaça et détourna le regard. Il était totalement dégoûté. Ce n'était pas les explications du légionnaire qui avaient eu sur lui cet effet, mais bien le grand cercle d'urine grandissant sur le devant de la tunique du brigand. L'homme avait eu tellement peur que sa vessie s'était complètement vidée, sans même qu'il s'en soit aperçu. Flavius tapota la figure du prisonnier.

— Tu vas voir!… On va bien s'amuser, toi et moi.

L'homme se recroquevilla, comme s'il tentait de se faire le plus petit possible. Décimus secoua la tête et détourna son regard de dégoût. Puis il s'inclina légèrement devant Falia.

— Cet homme recevra le juste châtiment qui lui revient. Je t'en donne ma parole.

À une demi-lieue au nord-ouest, les quatre brigands, qui avaient réussi à prendre la fuite, s'étaient retrouvés à l'un de leurs nombreux repaires. Barnabé, leur chef, était furieux et donnait de grands coups de pieds dans les broussailles et les arbustes. L'homme, qui avait combattu les soldats romains au centre de la clairière, approcha piteusement de son chef.

— Je ne sais pas comment ils ont pu…

Il n'eut pas le temps de terminer sa phrase, car Barnabé lui avait balancé son poing en pleine figure.

— Qui est l'imbécile qui a emmené ce fou furieux dans mon campement, hurla-t-il, tout en écumant de rage.

Le jeune archer ouvrit la bouche, mais Barnabé lui cloua le bec d'un seul regard.

— Que je t'entende encore dire que tu es le meilleur archer de toute la Galilée, abruti!... Tu as eu tout ton temps pour lui tirer toutes les flèches que tu voulais et tu n'as pas réussi à le toucher une seule fois.

Le jeune archer baissa les yeux, honteux de lui-même. L'homme, qui avait gardé les soldats blessés, tenta à son tour de calmer son chef.

— Nous pouvons y retourner, si tu le veux!

Barnabé s'élança pour le frapper, mais l'homme, qui avait prévu la réaction de son chef, esquiva en reculant vivement, ce qui contribua à l'irriter davantage. Il se mit à l'invectiver, tout en balançant son gros index dans sa direction.

— Y retourner!... Pour y faire quoi? espèce d'idiot. Nous étions neuf et nous n'avons rien pu faire contre ce fou furieux. J'ai perdu cinq de mes meilleurs hommes, de même que les impôts que nous avions volés. Rentrons plutôt à notre campement principal et souhaitons que ce monstre ne retrouve jamais notre trace.

IV
Les droits de l'époux

Farouk trancha le crin de cheval et il étala la toile de l'abri, afin de l'examiner. Il venait tout juste de terminer la dernière couture, car les flèches de l'archer l'avaient grandement endommagé. Il leva les yeux vers le firmament qui s'obscurcissait rapidement. Il ne restait que quelques minutes avant que les ténèbres les enveloppes pour la nuit. Le ciel avait été lourd et menaçant toute la journée, mais depuis un bon moment, il flottait dans l'air cette lourdeur annonciatrice de pluie. Il se hâta de mettre la toile de l'abri en place, alors que Sheran s'affairait à allumer un tout petit feu.

Ils n'avaient parcouru qu'une très faible distance. Ils étaient très épuisés et la matinée était déjà avancée, lorsqu'ils avaient quitté la clairière. Le jour précédent, à l'aide des petites pelles en bois qui faisaient partie de l'attirail du barda de tous les légionnaires, ils avaient creusé deux fosses : l'une pour les soldats romains et l'autre pour les brigands. Ce travail éreintant avait demandé plusieurs heures. Une seule tombe pour tous les cadavres eut été plus simple, mais le décurion était demeuré inflexible. Il refusait que ses hommes marchent dans les grandes plaines de lumière de l'au-delà aux côtés de ces hommes sans courage et sans honneur, comme l'auraient fait de vieux camarades. Les brigands avaient donc été jetés dans leur trou, sans aucune cérémonie, alors que les soldats romains avaient eu droit à un modeste rituel. Les cuirasses avaient été retirées, les plaies avaient été recousues et les corps avaient été sommairement lavés avant d'être déposés avec dignité dans la fosse, les mains croisées sur leur poitrine. Le décurion avait même fait une courte oraison, recommandant ses valeureux soldats à Jupiter, le maître de tous leurs dieux.

Farouk aussi avait eu droit aux bons soins du légionnaire Flavius. La flèche qu'il avait reçue n'avait qu'égratigné sa poitrine, mais la plaie sur son triceps était béante. Flavius était un vieux soldat qui avait une vingtaine d'années de service. Il avait

120

combattu à la bataille de Nauloque, de même qu'à celle d'Action, et il avait recousu de nombreuses plaies similaires à celle-ci. Tous les légionnaires avaient dans leur barda ce petit ensemble de couture, à usage multiple, constitué d'une aiguille grossière et de quelques longs crins de chevaux. C'était d'ailleurs à l'aide de l'un de ces ensembles de couture, cadeau du décurion, qu'il avait pu recoudre les perforations dans la toile de son abri de voyage.

Après l'enterrement des corps, ils avaient rassemblé les équipements et les bardas des soldats morts et ils les avaient brûlés au centre de la clairière. La règle de l'armée romaine était de ne rien laisser derrière qui puisse être récupéré par l'ennemi et éventuellement être utilisé contre eux. Bien que cela fût contraire au règlement, Décimus avait fait cadeau à Falia d'une couverture de voyage. La journée touchait déjà à sa fin, lorsque tout fut terminé. Ils avaient donc décidé à l'unanimité qu'ils passeraient la nuit dans cette clairière.

Après une nuit aux aguets, car ils craignaient d'être à nouveau surpris par les brigands pendant leur sommeil, ils s'étaient péniblement remis en route. Les deux soldats romains étaient partis avec leur prisonnier vers le sud-ouest en direction de Dor, alors que Farouk, Sheran et Falia avaient emprunté la route du nord-est vers Nazareth. Deux bons marcheurs bien reposés auraient pu atteindre Nazareth avant la tombée de la nuit, mais Falia était trop faible et ils avaient dû faire de très nombreuses pauses, afin qu'elle puisse reprendre des forces. Si bien, qu'à la fin de la journée, ils étaient encore à trois ou peut-être même quatre heures de marche de leur destination.

Farouk eut à peine le temps de terminer l'installation de la toile, que de grosses gouttes de pluie s'abattirent sur eux. Il avait été prévu, pour les convenances, que Falia utiliserait seule l'abri, alors que les deux voyageurs dormiraient à la belle étoile, mais quelques minutes plus tard, les trois voyageurs s'y retrouvèrent entassés comme des moutons dans un enclos, alors qu'une pluie violente s'abattait sur eux.

Sheran grimaça lorsque deux grosses gouttes d'eau vinrent s'écraser dans le cercle de pierre à leurs pieds où brûlait le petit feu qu'il avait allumé un peu plus tôt. Il leva les yeux vers la toile et vit une nouvelle goutte se former par l'une des perforations que Farouk avait réparées. Il ajouta deux bouts de branche dans le feu qui n'était plus que des braises. Elles se mirent rapidement à grésiller joyeusement et une douce flamme apparut, éclairant faiblement l'abri. Il se pencha vers compagnon.

— Cette toile devra être traitée de nouveau, si tu veux qu'elle retrouve son étanchéité.

Farouk approuva d'un simple balancement de la tête. Falia, qui était assise entre les deux hommes, n'avait pas écouté cet échange. Elle se tenait tête basse et semblait totalement désemparée. Une grosse larme coula tout le long de sa joue.

— Qu'est-ce qui ne va pas, lui demanda Sheran, tout en lui touchant le bras?

Elle déglutit bruyamment et essuya délicatement la larme du bout de son pouce.

— J'ai peur de retourner chez moi… J'ai perdu ma vertu et je crains que mon époux ne veuille plus de moi.

Sheran grimaça et Farouk plissait le front. Il eût souhaité que son vieil ami Bélaïd fût présent, car il savait trouver les mots justes dans ce genre de situation. Il fit malgré tout de son mieux, afin de dissiper les craintes de la jeune femme.

— Ce que ces brutes t'ont fait est vraiment affreux, mais aucun homme sensé ne saurait te tenir rigueur pour des choses qui t'ont été faites contre ta volonté.

À la lueur du petit feu qui brûlait à ses pieds, il se rendit compte que ses paroles n'avaient pas eu l'effet escompté. La grimace de Sheran s'était transformée en une mine boudeuse, alors que Falia semblait encore plus désemparée qu'auparavant. Il inspira profondément, tout en relevant la tête. Il lui fallait trouver des paroles semblables à celles que son ami Bélaïd aurait su être inspiré, puisque Sheran ne semblait pas très disposé à lui prêter main-forte avec cette difficile tâche. Il toucha délicatement le bras de Falia, afin d'attirer pleinement son attention.

— Tout en ce monde se départage en deux, expliqua-t-il. D'un côté, il y a les choses physiques, que nous appelons temporelles, et de l'autre, il y a les choses qui appartiennent à ton esprit et que l'on dit spirituelles.

Il attendit un petit moment, afin de s'assurer qu'elle le suivait bien, avant de poursuivre :

— Ces hommes t'ont battue, ils t'ont torturée et ils ont abusé de ton corps, mais ce sont là des choses physiques, qui appartiennent donc au monde temporel. Ta vertu n'est pas physique, elle appartient à ta spiritualité. Tout ce que ces hommes ont pris de toi appartient au monde physique. Tu es la seule à avoir accès à ta spiritualité. La femme qui décide d'aller avec d'autres hommes, celle-là perd sa vertu, car elle l'a décidé de son plein gré. Ce que ces hommes ont pris de toi, ils s'en sont emparés contre ta volonté. Alors, moi je te dis que tu peux marcher la tête haute, car ta vertu est sauve.

Sheran affichait ouvertement son scepticisme, alors que Falia, qui était envahie d'un profond doute, plissait le front. Bien que l'explication de Farouk manqua quelque peu d'élaboration, elle comprenait très bien ce qu'il s'était efforcé à lui expliquer. Quant à Farouk, il se rendait parfaitement compte que malgré tous ses efforts, il n'avait pas réussi à convaincre, ni son ami, ni la jeune femme et il se mit à s'interroger.

— *Pourquoi m'est-il si facile de trouver les mots appropriés, afin de convaincre un client dans une négociation corsée, alors qu'il m'est si pénible de trouver ceux qui conviennent pour apaiser un esprit tourmenté?* se demanda-t-il.

Falia posa sur lui un regard rempli de détresse.

— J'ai bien saisi ce que tu essaies de me faire comprendre, Farouk, mais je crains que mon mari ne perçoive pas les choses de façon aussi philosophique que toi, lorsqu'il apprendra ce que ces hommes m'ont fait.

Farouk aurait facilement traité cet homme d'idiot, d'imbécile et de bien d'autres noms encore, mais il ne connaissait rien de l'éducation, des mœurs et des coutumes de cet homme. Il opta donc pour la voix de la sagesse, plutôt que celle de l'emportement et de la colère.

— Il n'y a en réalité qu'une seule et unique question qui ait vraiment de l'importance, Falia.

Il fit une petite pause et attendit que la jeune femme relève la tête et qu'elle plonge son regard dans le sien, avant de poursuivre :

— Au plus profond de toi, crois-tu en ton innocence et dans le fait que ta vertu soit sauve?

La jeune femme baissa la tête et se mit à réfléchir intensément. Elle se dit que Farouk avait raison après tout. Elle n'avait aucune responsabilité dans tout ce qui lui était arrivé. Ces brigands l'avaient traîné par la force et ils l'avaient battu à maintes reprises. Elle leur avait résisté jusqu'à ce qu'elle tombe d'épuisement. Elle était à demi consciente lorsqu'ils s'étaient servis d'elle la première fois. Elle s'était débattue beaucoup moins longtemps la deuxième fois, mais simplement parce qu'elle avait compris l'inutilité de résister. À aucun moment, elle n'avait cédé volontairement à ces hommes. Ils avaient simplement abusé de leur force et de leur nombre afin de lui imposer leur volonté. Elle inspira profondément, puis elle releva fièrement la tête.

— Tu as parfaitement raison, Farouk… Je sais à présent que je pourrai vivre en paix avec moi-même, car ma vertu est vraiment sauve.

Elle secoua lentement la tête :

— Je crains malgré tout que ce soit insuffisant pour mon mari, ajouta-t-elle.

Farouk ne comprenait pas les appréhensions qu'éprouvait la jeune femme, mais l'attitude de Sheran indiquait clairement qu'il partageait ce sentiment. Il posa un regard rempli de compassion sur Falia.

— Tu n'es pas obligé de tout lui raconter.

Elle ouvrit de grands yeux étonnés, tout en secouant vivement la tête.

— Je serais totalement incapable de lui mentir, car cela est contre ma nature.

Il comprenait très bien la jeune femme et il s'empressa de clarifier sa pensée.

— Tu as parfaitement raison. Le mensonge est une chose hideuse à laquelle il ne faut jamais s'adonner. Par contre, tu n'es pas obligé de lui raconter les choses que tu le sais incapable d'entendre.

Elle leva vers lui un regard où perçaient mille questions.

— Tu lui raconteras ton enlèvement et lui diras combien ces hommes ont été brutaux avec toi, afin que tu cesses de te débattre et de tenter de fuir. Tu lui raconteras ensuite l'attaque-surprise contre les Romains, alors qu'ils dormaient. Tu devras mettre l'accent sur cette partie de ton récit, comme si c'était là, l'évènement le plus important de toute ta mésaventure. Tu lui relateras ensuite notre arrivée dans le campement. Tu pourras lui affirmer que nous sommes arrivés en temps pour te secourir et tu pourras lui assurer, avec toute ta sincérité, que ta vertu est sauve. Bien que ces deux faits ne soient pas directement liés, tu n'auras, malgré tout, dit que la vérité.

Les explications de Farouk lui semblaient si simples, si claires et si limpides qu'elle apercevait enfin une lueur dans les ténèbres de son désespoir.

— Mon mari voudra sûrement connaître les détails des mauvais traitements que ces brutes m'ont fait subir.

Farouk prit un tout petit moment de réflexion, avant de répondre.

— S'il t'interroge, refuse de répondre. Dis-lui simplement qu'ils t'ont sauvagement battu et que tu désires oublier ces mauvais traitements, plutôt que de les invoquer, car cela t'est trop pénible.

Expliqué de cette façon, le tout semblait si simple que Falia entrevit la possibilité que tout ce cauchemar puisse enfin prendre fin. Elle posa la main sur l'épaule de Farouk et le remercia d'un timide sourire.

La pluie prit fin aussi abruptement qu'elle avait commencé et les deux hommes quittèrent l'abri. Les nuages se dispersaient rapidement et le ciel s'éclaircissait déjà, dévoilant sa voûte étoilée. Ils s'enroulèrent dans leur couverture et s'installèrent confortablement pour la nuit. Falia ressentit une pointe de culpabilité d'être bien au sec dans leur abri, alors que les deux hommes dormiraient sur le sol humide. Après une bonne nuit de sommeil, elle se réveilla aux premières lueurs du jour dans une forme fort acceptable. Les douleurs de son corps s'étaient grandement atténuées et ses yeux bouffis avaient déjà commencé à désenfler.

Les trois voyageurs se mirent en route, alors que le soleil poursuivait sa lente ascension dans le ciel. Il fut beaucoup plus facile à la jeune femme de suivre la cadence des hommes et ils ne firent que deux brèves pauses de quelques minutes. Ils arrivèrent en vue de Nazareth, alors que le soleil venait tout juste de franchir son zénith. Un jeune berger, qui avait reconnu Falia, laissa ses moutons en plan et détala comme un lièvre vers la cité, afin d'annoncer le retour de l'épouse de l'aubergiste. Ils étaient encore à une centaine de pas de la cité, lorsqu'ils virent un homme qui venait vers eux aux petits pas de course. Falia se mit à courir à son tour et elle alla se jeter dans les bras de son père, tout en éclatant en sanglots. D'autres personnes arrivèrent de la cité, mais ils s'arrêtèrent à une distance respectable, étirant le cou et tentant d'apercevoir le visage de la jeune femme. L'attitude de ces gens agaçait quelque peu Farouk, car ils semblaient beaucoup plus curieux, qu'heureux du retour de la captive.

Après un moment, le père et la fille quittèrent leur étreinte. L'homme examina sa fille unique de la tête aux pieds, tout en secouant tristement la tête.

— Ils disaient tous que tu étais morte et que tu ne reviendrais jamais.

Il présenta ses paumes et son visage au ciel, puis il remercia le créateur de toute chose de lui avoir rendu sa fille.

— Ces brutes ont tenu parole et ils t'ont finalement relâché, déclara-t-il, des larmes perlant aux coins de ses yeux.

Falia secoua lentement la tête et tourna son regard derrière elle.

— Ils n'avaient pas l'intention de me libérer, père. Ils voulaient me vendre au marché des esclaves… Ces hommes m'ont sauvé.

Le père n'avait pas vraiment remarqué les deux hommes qui avaient accompagné sa fille et il s'interrogea grandement, alors qu'il détaillait Farouk de la tête aux pieds. Sa tunique avait été éclaboussée à plusieurs endroits du sang de ses victimes et elle était déchirée au torse, laissant entrevoir une éraflure rougeâtre et le bandage qu'il portait au bras était maculé de sang séché. Lorsque le père tourna son regard vers le deuxième homme, son visage s'illumina.

— Je ne saurais dire où, ni quand je t'ai déjà vu, mais j'ai la certitude de te connaître, toi!

Sheran avança, tout souriant, la main tendue vers le père de la jeune femme.

— Je suis Sheran de Magdala. J'ai été au service de Jacob pendant cinq années. Et toi, tu es Siméon le marchand de poissons, si ma mémoire est bonne.

L'homme s'empara de la main tendue et la secoua vigoureusement.

— Je ne sais comment te remercier pour tout ce que tu as fait.

Sheran leva la main, tout en secouant la tête.

126

— Ce n'est pas moi que tu dois remercier, mais mon ami Farouk de la Numidie, car c'est lui qui a fait un mauvais parti à tous ces brigands.

Siméon s'empara de la main de Farouk, bien malgré lui, et se mit à la secouer avec effusion.

— Je te remercie, ami de Sheran, d'avoir ramené ma fille unique, saine et sauve. Je dois avouer que j'avais perdu espoir de la revoir un jour.

Les manifestations trop marquées de gratitude à son égard avaient toujours grandement embarrassé Farouk. Rougissant, il remercia l'homme d'un petit sourire et d'un hochement de tête. Il avait simplement fait ce qui devait être et il ne croyait pas mériter d'éloges pour avoir tué des hommes, même s'ils n'étaient que de misérables brigands sans honneur.

Le nombre de curieux avait grandement augmenté, car la nouvelle du retour de Falia avait fait rapidement le tour de la cité. Siméon entoura l'épaule de sa fille d'un bras protecteur.

— Il faut que tu viennes chez moi!

Falia se montra très hésitante.

— Ne devrais-je pas retourner auprès de mon mari le plus rapidement possible?

Siméon secoua tristement la tête.

— Tu ne peux pas te présenter à ton époux dans l'état lamentable où tu es. Et ce, devant tous les clients de son auberge.

Falia baissa les yeux et elle examina sa tenue. Le seul vêtement qu'elle portait était le manteau de Farouk qui était retenu à la taille par le ceinturon romain. Ses pieds et ses mains étaient sales et couverts de boue. Elle n'eut aucune difficulté à imaginer que sa figure devait être dans un état tout aussi pitoyable. Son père inclina la tête et posa la main sur son épaule.

— Viens!... Ma sœur te prêtera une tunique propre et tu pourras faire un brin de toilette. J'enverrai ensuite quelqu'un chercher ton mari et vous pourrez vous retrouver en toute tranquillité, loin des yeux et des oreilles indiscrètes.

Falia pinça les lèvres et opina. Farouk approuvait, car il avait la conviction que tout se passerait bien, si les choses étaient faites de façon adéquate. Siméon prit sa fille par la taille et il fit signe aux deux hommes.

— Venez chez moi! Vous pourrez vous y reposer et vous sustenter. La famine n'a épargné personne, mais elle est beaucoup moins marquée ici qu'en Judée.

Ils quittèrent le chemin principal et s'engagèrent sur un petit sentier qui partait vers la gauche et qui entrait dans la cité entre deux maisons à une centaine de pas plus loin. Le chemin principal passait devant l'auberge de Yonam, l'époux de Falia, et Siméon voulait éviter que celui-ci la voie avant qu'elle soit présentable. La maison de Siméon n'était pas très éloignée et ils y furent en un rien de temps. La sœur du marchand de poissons les attendait sur le pas de la porte. Elle porta vivement la main à sa bouche, afin de réprimer l'exclamation de stupeur et de tristesse qui montait à ses lèvres.

— Pauvre enfant! Dans quel état déplorable, tu es!

Elle l'entoura d'un bras maternel et la fit entrer dans la maison.

Il y avait, à la droite de la porte de la maison, une vieille table et un long banc à la solidité douteuse. Siméon leur fit comprendre de s'installer d'un geste de la main.

— Déposez vos bagages près de la porte, je vais aller chercher de quoi manger et boire.

À peine eut-il terminé sa phrase qu'il avait déjà disparu dans la maison. Les deux amis se regardèrent avec un petit sourire aux lèvres. Ils déposèrent leurs bagages, comme on leur avait suggéré, et ils s'installèrent confortablement sur le long banc qui était, somme toute, plus solide et confortable qu'il en avait l'apparence. Il ne s'écoula à peine que deux minutes, lorsque trois hommes arrivèrent d'un pas déterminé. L'homme du centre interrogea celui à sa gauche.

— Ce sont eux?

L'homme, un colosse aux muscles noueux, opina.

— Ce sont les hommes qui ont ramené ta femme.

Yonam avança d'un pas et il examina les deux hommes, tout en affichant un dédain évident. Bien que Farouk trouvait déplaisantes les trop grandes effusions à son égard, l'attitude de cet homme, par contre, lui déplu grandement. Yonam tourna vivement la tête, lorsque la porte de la maison s'ouvrit. Siméon, qui s'était figé dans l'embrasure, un plat de poissons séchés dans la main gauche et une jarre de vin qui avait été dilué à quelques reprises avec de l'eau, dans l'autre main, se remit à avancer lentement vers son gendre. Yonam darda un regard ardent sur son beau-père.

— Où est-elle?... Je veux la voir!

Siméon releva la tête avec défi.

— Elle fait sa toilette et tu la verras lorsqu'elle sera présentable.

— C'est ma femme et j'ai des droits, cria Yonam, tout en bousculant son beau-père et en entrant dans la maison.

Siméon déposa le plat et la jarre, puis il entra à son tour, tout en claquant la porte derrière lui. Farouk avait tenté de se lever, mais Sheran l'avait retenu par le bras. Les deux hommes, qui avaient accompagné Yonam, firent quelques pas dans leur direction. Le colosse pointa un doigt vers Farouk de façon très provocatrice.

— C'est un problème familial qui ne te regarde pas, l'étranger. Alors, tu as intérêt à ne pas t'en mêler.

— Sinon quoi? répliqua Farouk, qui n'aimait pas se faire menacer.

Le colosse fit un petit pas de plus et bomba le torse. Il s'amusa ensuite à faire danser ses pectoraux, au grand amusement de son compagnon, ce qui n'eut pour effet que d'extirper un petit sourire amusé aux deux voyageurs. Sheran se leva lentement, tout en s'efforçant de réprimer son petit sourire, puis il questionna son compagnon, tout en rivant son regard à celui du colosse.

— Dis-moi! camarade. Combien de brigands as-tu tués, là-bas dans cette clairière?

Farouk haussa les sourcils de surprise. Il était décontenancé par la question, totalement hors de propos, de son compagnon.

— J'en ai tué quatre, et tu le sais très bien, puisque tu m'as aidé à les enterrer.

Sheran sembla soudain retrouver la mémoire.

— Oui!... C'est bien cela! Quatre hommes fortement armés et un cinquième que l'on a fait prisonnier, alors que les quatre autres ont préféré prendre la fuite, plutôt que de t'affronter.

Les deux hommes, qui étaient devenus blêmes, se mirent à reculer lentement. Ils avaient vu de quoi ces brutes de brigands étaient capables et ils n'avaient plus aucun désir de se mesurer à cet homme, qui avait su venir à bout de toute la bande.

Le petit affrontement prit fin brusquement, lorsque des éclats de voix retentirent de la maison.

— C'est ma fille, cria Siméon!

— C'est avant tout ma femme, répliqua son gendre sur le même ton, et je ferai respecter mes droits!

La porte de la maison s'ouvrit à la volée et Yonam en sortit d'un pas rageur, tirant Falia derrière lui par le bras. Farouk avait bondi sur ses pieds. Il serrait les poings et les dents en regardant le mari emporter sa femme sans ménagement. Sheran lui toucha fermement le bras.

— Cet homme n'avait pas vraiment tort, Farouk. C'est une situation familiale qui ne nous concerne pas. Il est son mari et il a effectivement des droits.

Farouk foudroya son compagnon d'un regard rempli de colère.

— Là d'où je viens, le mari n'a pas que des droits, il a aussi des obligations. Alors, qu'il soit son mari, m'indiffère totalement, car s'il la frappe, je lui ferai regretter très amèrement son geste.

Siméon, qui venait de sortir de la maison, était blême.

— Il n'a pas l'intention de la frapper, Farouk. Ce qu'il va lui faire est encore bien pire que toutes les corrections qu'il pourrait lui infliger.

Farouk plissa le front et il interrogea l'homme du regard.

— Il la conduit sur la place publique… Il va la répudier.

L'expression de Sheran se mua en horreur, alors que Farouk se renfrognait.

— Qu'il la répudie! De toute façon, il ne la mérite pas.

Voyant l'expression horrifiée de Sheran, il ajouta :

— Elle n'aura aucune difficulté à se trouver un nouveau mari qui l'aimera vraiment et la respectera.

Sheran secoua lentement la tête.

— Tu ne comprends pas, Farouk. J'ignore comment vous faites les choses dans votre royaume, mais ici, ce n'est pas comme à Rome, c'est la loi juive qui est appliquée.

— Afin de la répudier, il doit porter des accusations contre elle, ajouta Siméon. Et si elle est reconnue coupable, elle sera lapidée sur place.

À l'expression qu'il arborait, Siméon se rendit bien compte que Farouk ne comprenait pas.

— Dans de nombreux royaumes, les hommes répudient leurs femmes à cause d'une simple dispute ou d'une mésentente, expliqua-t-il. L'épouse ainsi rejetée retourne chez sa mère dans les larmes et la honte, puis, après quelques mois, tout est oublié. Elle peut reprendre un mari et refaire sa vie, comme si rien ne s'était produit, mais il n'en est pas ainsi du peuple de Juda. L'accusation doit porter sur un motif d'une extrême gravité pour qu'un homme puisse se permettre de faire une telle requête. Il conduit alors sa femme à la fausse des lapidés sur la place publique et il attend que les gens se rassemblent. Chaque personne qui arrive ramasse une pierre pour le jugement. Lorsque la foule est suffisamment dense, le mari porte ses accusations. Si l'épouse est reconnue coupable, ce qui est généralement le cas, elle est lapidée sur le champ.

Farouk était rouge de colère et sa respiration était saccadée, tant il avait de la difficulté à contenir sa fureur.

— Que se passera-t-il, si elle n'est pas reconnue coupable?

Siméon grimaça, comme s'il venait d'entendre une absurdité.

— Si elle est innocentée, les gens laisseront simplement tomber leur pierre et ils retourneront vaquer à leur occupation, mais j'ai vu cela se produire qu'une seule fois dans toute mon existence.

Siméon secoua tristement la tête, avant de poursuivre :

— Dans son cas, elle sera reconnue coupable, car Yonam y veillera.

Farouk grimaça d'incompréhension, alors que Siméon secouait mélancoliquement la tête, car il était convaincu que plus rien ne pourrait sauver sa fille :

— Il ne l'a jamais aimé, Farouk. Le jour suivant leur noce, il la traitait déjà comme une esclave qui a besoin d'être dressée. Il ne l'a épousé que pour sa dote et j'ai été trop aveugle pour comprendre à quel genre d'homme j'avais affaire.

Siméon en avait la larme à l'œil :

— Une généreuse dote et une esclave totalement gratuite à son service, lança-t-il avec dérision, et tout cela avec la bénédiction du père.

Siméon secoua la tête avec dégoût et mépris :

— Le jour suivant l'enlèvement de Falia, il est allé rencontrer le boulanger qui tient la boutique en face de son auberge, afin de discuter de la possibilité d'un éventuel mariage avec la fille de celui-ci. Alors, ne sois pas trop surpris qu'il ne se soit pas montré très reconnaissant envers l'homme qui lui avait ramené sa femme, car il l'avait déjà effacé de son esprit.

Farouk était comme un volcan prêt à entrer en éruption.

— Les gens ne la condamneront pas, puisqu'elle n'est pas coupable.

Siméon pinça les lèvres et baissa les yeux.

— Lorsqu'il aura terminé de raconter tout ce que ces hommes lui ont fait, il présentera son accusation de telle sorte que les gens n'auront pas vraiment le choix de la condamner.

Farouk serra les poings de frustration.

— Je lui avais pourtant chaudement recommandé de ne pas raconter à son mari les choses qu'il n'était pas capable d'entendre.

Siméon posa la main sur son épaule.

— Elle a refusé à maintes reprises de s'engager sur cette voie, mais chaque fois qu'elle tentait de dévier la conversation vers une autre partie de son récit, il la pressait de questions sur ce que ces hommes lui avaient fait. Elle n'avait pas le choix. Elle a donc dû tout lui raconter dans les moindres détails.

— Ignoble salaud! s'exclama Farouk d'un ton rageur, avant de faire demi-tour et de partir d'un pas déterminé dans la direction que Yonam avait empruntée.

Les deux hommes le regardèrent s'éloigner avec étonnement. Puis ils tournèrent leur regard l'un vers l'autre et en un silencieux consensus, ils se mirent à courir afin de le rattraper.

— Tu ne pourras rien y faire, cria Sheran en arrivant près de son ami, et si tu interviens, tu risques de te retrouver toi-même au mur des lapidés. Tu es un bon combattant, mais contre une foule en colère, tu seras vite maîtrisé.

Farouk lui jeta un regard outragé.

— Tu devrais pourtant savoir que mon habileté ne se limite pas au maniement des armes, camarade. Je n'ai pas l'intention de me battre contre tous les habitants de la cité, mais quelqu'un devra prendre la défense de cette femme, qui est une victime dans toute cette affaire.

Sheran soupira. Pour un instant, il avait cru que la fureur de son ami lui avait fait perdre la raison :

— Je ne suis peut-être pas très habile, lorsque vient le moment de philosopher, mais lorsque vient celui de négocier, je peux devenir un adversaire assez redoutable.

Un furtif rictus se glissa sur les lèvres de Sheran, alors qu'il se rappelait de quelle façon magistrale son ami avait mené à bien les négociations avec Bénammi, le marchand de coton.

— Tu ne connais pas les lois, les mœurs et les coutumes de ce peuple, Farouk, mais si je peux te venir en aide, tu pourras compter sur moi.

Farouk le remercia d'un petit sourire et d'un hochement de tête.

— Par ici! cria Siméon, qui venait de tourner à droite, c'est de ce côté, près du marché.

Quelques instants plus tard, ils arrivèrent sur la place publique, qui était déjà bondée de gens. Siméon grimaça de colère, tout en serrant les poings.

— Le salopard! siffla-t-il entre ses dents serrées par la frustration. Il a dû annoncer qu'il y aurait procès, avant même de venir chez moi pour rencontrer sa femme.

Siméon fulminait de rage, tout en balayant la foule du regard :

— La moitié des gens présents sont des clients de l'auberge, qui sont en dette envers lui, et tous ceux qui sont là, à droite, ajouta-t-il en pointant dans cette direction, ce sont des locataires à lui.

Farouk fronça les sourcils.

— Yonam est un homme bien nanti, expliqua Sheran, en plus de l'auberge, il possède une quinzaine de maisons, qu'il laisse en location. Tous ces gens sont ses locataires et ils ne feront rien qui pourrait l'offusquer, de peur d'être évincés de leur domicile.

Siméon soupira bruyamment.

— C'est à croire qu'il avait tout planifié à l'avance, pour le cas où Falia reviendrait.

Le visage de Farouk devint de marbre et son regard marquait une détermination implacable.

— J'ai souvent eu affaire à des clients malhonnêtes et je sais comment m'y prendre avec ce genre d'homme.

Sans ajouter un mot, il pivota et se fraya un chemin dans la foule en bousculant tout le monde sur son passage. Les gens lui jetèrent des regards outrés, mais personne n'osa répliquer à cet homme austère.

— Il va traiter cette situation comme une affaire, dit Sheran avec encouragement, tout en attrapant Siméon par le bras. Viens!

lança-t-il, en s'élançant dans le sillage de Farouk. Il avait compris que s'ils tardaient, la foule se refermerait et ils resteraient coincés à l'arrière.

Farouk s'arrêta sur le bord d'une large fosse en demi-cercle, qui devait avoir environ deux toises de profondeur, et un petit chemin en pente raide en était le seul accès. Falia était tout en bas, à genoux près de la paroi, et Yonam était debout près d'elle, une main posée sur son épaule afin de l'empêcher de se relever. Dès qu'il aperçut Siméon sur le bord de la fosse, il leva les deux bras afin de capter l'attention de la foule.

Il commença par exposer les faits en relatant les évènements qui s'étaient produits, lors de l'enlèvement de sa femme.

— Rappelez-vous, cria-t-il, à quel point j'ai insisté pour que les hommes interviennent et ne laissent pas ces brutes emmener ma femme.

Il pointa ensuite un doigt accusateur vers Siméon, avant de poursuivre :

— C'est lui! C'est son propre père qui est intervenu et qui nous a empêchés d'accomplir notre devoir, condamnant sa fille à une mort certaine.

Un brouhaha parcourut toute la foule qui ne comprenait pas pourquoi Yonam disait une telle chose, alors que Falia était là, bien vivante. Farouk cependant avait déjà compris où cette crapule voulait en venir. Il se mit donc à se déplacer lentement vers sa gauche, jusqu'au sommet du petit chemin abrupt qui descendait dans la fosse. Les deux hommes qui avaient accompagné Yonam gardaient l'accès au chemin. Il posa sur eux un regard meurtrier et les deux hommes reculèrent d'un pas, afin de le laisser passer.

Sur un ton de dégoût, Yonam raconta tout ce que ces hommes avaient fait à sa femme. Puis il inspira profondément, tout en balayant la foule du regard. Il avait voulu émouvoir et la foule était émue. Un petit rictus de victoire glissa sur ses lèvres. Le moment était venu de passer aux accusations.

— Lorsque ces brigands ont emmené ma femme, déclara-t-il d'un ton dramatique, nous étions tous prêts à intervenir, parce que tel était notre devoir. Malheureusement, mon beau-père nous en a empêchés. Maintenant, regardez le résultat, ajouta-t-il, tout en faisant un large geste de la main en direction de Falia. Elle a été incapable de tenir tête à ces bandits, car elle tenait plus à la vie, qu'à son honneur et sa vertu. Dans le seul but de survivre, elle s'est abandonnée à la luxure, au vice et à l'adultère avec chacun de ces vils personnages, jetant la honte et le déshonneur sur elle, sur moi et sur ma maison.

Il baissa les yeux, tout en secouant négativement la tête :

— Elle aurait dû mourir courageusement, comme une femme aimante et respectueuse de son mari, plutôt que de se vautrer dans la débauche et la déchéance.

Le visage des gens était devenu dur, alors que la majorité d'entre eux avaient déjà conclu que Falia se devait d'être coupable. La moitié des gens avaient levé leur pierre à hauteur de l'épaule et ils attendaient simplement que Yonam ait quitté la fosse, avant de procéder à l'exécution.

Sheran avait vu ce genre de procès à maintes reprises et selon lui, plus rien ni personne ne pouvait empêcher l'exécution de Falia, maintenant que la décision avait été prise. Il devait empêcher son ami d'intervenir, sans quoi, il se ferait tuer bien inutilement, lui aussi. Mais lorsqu'il se tourna de son côté, il se rendit compte qu'il était trop tard, car Farouk était déjà à mi-pente et il descendait dans la fosse à grandes enjambées. Yonam s'était approché du chemin et il le regardait descendre, les yeux remplis de fureur et de défis. Farouk s'immobilisa à moins d'un pas de lui. Pendant quelques longues secondes, les deux hommes se mesurèrent du regard, sous les yeux de cette foule devenue silencieuse par cette scène très inusitée. Farouk se pencha vers l'avant, approchant son nez jusqu'à venir presque en contact avec celui de Yonam.

— Beau discours, le mari, et longuement préparé à ce que j'ai pu entendre.

Yonam ouvrit la bouche dans le but de répliquer, mais Farouk se détourna et se dirigea vers la jeune femme. Le mari le regarda s'éloigner en serrant les poings, puis il siffla entre ses dents pour lui-même : « *Stupide étranger... Tu vas te faire mettre en pièces par cette foule en colère... Cela t'apprendra à t'immiscer dans les affaires qui ne te regardent pas* ». Il se pressa ensuite de monter jusqu'à mi-pente, car il ne voulait pas être dans la fosse, lorsque les pierres commenceraient à pleuvoir.

Farouk s'arrêta devant la jeune femme et déposa délicatement sa main sur sa tête. Falia releva lentement les yeux et posa sur lui un regard médusé.

— Tu n'as plus rien à craindre, lui dit-il dans un demi-sourire, je suis là!

Il pivota ensuite, tout en levant les deux bras comme l'avait fait Yonam un peu plus tôt. La foule, prise au dépourvu, se tut. Personne ne se rappelait d'avoir vu quelqu'un prendre la défense de l'accusé dans ce genre de procès. Farouk attendit plusieurs secondes, jusqu'à ce qu'il ait la certitude qu'il avait capté l'attention de tous, puis il s'exclama haut et fort :

— Je veux être jugé moi aussi, car j'ai commis le même crime qui est reproché à cette femme. Alors, si elle est coupable, je le suis aussi.

Les gens qui attendaient, pierre à la main, avaient tous baissé leur bras et ils regardaient, bouche bée, cet homme qui était dans la fosse. Personne ne descendait volontairement en ce lieu pour demander à y être jugé. Cet homme devait être complètement fou pour faire une telle requête. C'était aussi l'impression qu'avaient Sheran et Siméon, qui étaient demeuré figés sur place, bouche ouverte et yeux exorbités.

— Ton ami a complètement perdu la raison, dit Siméon, la gorge nouée par l'effroi. Il avait la conviction que d'un moment à l'autre, cette foule allait mettre à mort, non seulement sa fille unique, mais également son sauveur. Les paroles de Siméon frappèrent l'esprit de Sheran. Son visage s'illumina et un fin sourire glissa sur ses lèvres. Il se rappelait avoir eu exactement la même réaction, lors des négociations avec le marchand de coton.

— J'ignore ce qu'il a en tête, dit-il, l'air songeur, mais il y a tout de même une chose que je sais par contre, plus nous aurons l'impression qu'il perd la raison et plus j'aurai la certitude qu'il est sur la bonne voie.

Siméon le regardait, totalement abasourdi, se demandant si Sheran aussi n'était pas en train de devenir fou.

Farouk attendit que la foule redevienne silencieuse, avant de poursuivre :

— Il y a quinze ans de cela, mes hommes et moi avons été capturés dans le désert par une tribu de brigands. Ils nous ont conduits à la frontière Sud de la Mauritanie où ils nous ont vendus à un cruel chef de village, comme de vulgaires esclaves. Ce n'était pas des serviteurs que cherchait cet homme, mais des gladiateurs pour son arène. Un seul d'entre nous a trouvé le courage de s'opposer à ce personnage sanguinaire. Il lui a dit qu'il ne savait pas se battre et qu'il refusait d'apprendre.

Il fit une petite pause et balaya la foule du regard. Tous les gens semblaient approuver fièrement la bravoure et le courage de cet homme :

— Malgré la petite fortune que ce chef venait de dépenser afin de nous acquérir, poursuivit-il, il a sorti son couteau et il a ouvert le ventre de mon ami, comme on le ferait d'un phacochère à l'abattoir.

Farouk nota de très nombreux visages ahuris parmi la foule.

— Personne d'autres n'a eu le courage de s'opposer par la suite et bien que cela fût contraire à mes plus profonds principes, je me suis battu. Lorsqu'on l'exigeait de moi, ce qui arrivait assez fréquemment, j'ai tué mes adversaires sans aucune hésitation… J'ai fait tout cela pour une seule et unique raison, je ne voulais pas mourir. Je voulais vivre et j'ai fait ce que je devais faire, afin de survivre.

Une voix puissante et chargée de dédain éclata depuis la mi-pente.

— Alors, tu n'es qu'un lâche et tu mérites la mort, cria Yonam d'un ton victorieux.

Farouk se dirigea vers l'aubergiste, tout en secouant la tête.

— Il est facile de juger les autres, Yonam. Par contre, je trouve très étrange que tu n'aies pas un glaive ou un sabre à la main, prêt à massacrer tous les Romains qui viennent ici vous imposer leur volonté.

Yonam se moqua.

— Tu es fou, l'étranger. Les Romains sont trop forts et ils sont dix fois plus nombreux que nous. S'opposer à eux serait un véritable suicide.

— Alors, si j'ai bien compris, répliqua Farouk, tu courbes l'échine et tu obéis à tes maîtres parce qu'ils sont plus forts et plus nombreux que toi.

Le visage de Sheran s'illumina. Il comprenait enfin où Farouk voulait en venir et il savait qu'il pourrait maintenant lui venir en aide. Il s'approcha tout près du bord de la fosse et il cria, afin de bien se faire entendre de tous.

— Yonam n'est pas le seul à s'incliner devant les Romains. Je le fais aussi et vous le faites, tout comme nos pères et leurs pères avant eux. Depuis de nombreuses générations, notre peuple s'est incliné devant les envahisseurs qui sont venus. La dernière fois que le peuple de Juda a brandi les armes remonte au temps de Jéchoniah, lors de l'invasion des Babyloniens. Depuis maintes générations, notre peuple accepte son sort, car c'est la seule façon pour nous de pouvoir survivre.

— Regardez cette jeune femme! cria Farouk du fond de la fosse. Son seul crime est d'avoir cédé à ses ravisseurs, qui étaient plus forts et dix fois plus nombreux qu'elle, tout comme le sont les Romains.

Délicatement, il força Falia à relever la tête, afin que chacun puisse voir son visage bouffi par les coups qu'elle avait reçus :

— Elle a fait une chose que je n'ai pas eu le courage de faire et pas plus que vous tous d'ailleurs, elle s'est battue et elle a résisté tant qu'elle a pu. Ce n'est que devant une mort certaine qu'elle a cédé à ses ravisseurs. Alors je vous le dis en toute franchise, si elle est coupable d'avoir cédé à ses tortionnaires, alors je le suis aussi.

Sheran leva le bras et cria énergiquement.

— Je le suis aussi et vous l'êtes tous autant. Alors nous devrions tous descendre dans la fosse et nous lapider les uns et les autres, afin de laver notre honneur souillé.

Farouk regarda la foule qui était devenue silencieuse. La majorité des gens avaient baissé les yeux, mais la partie n'était pas encore gagnée, car personne n'avait laissé tomber la pierre qu'il tenait à la main. Ils étaient simplement indécis et perplexes de la tournure des événements. Il riva son regard à celui du colosse qu'il avait rencontré à la maison de Siméon.

— Si un seul d'entre vous croit sincèrement que nous sommes coupables. Alors, ce sera à lui de lancer la première pierre… Mais c'est sur moi qu'il devra la lancer en premier lieu.

Le colosse hésita un long moment, serrant la pierre dans sa main, puis ses yeux se mirent à faire un rapide va-et-vient entre Farouk et Yonam. Le cœur de Sheran s'emballa. Il suffisait qu'une seule pierre soit jetée dans la fosse pour que tous ces indécis en fassent autant. Il s'approcha donc subrepticement du colosse, prêt à lui bondir dessus au moindre geste suspect. L'homme leva lentement sa pierre, jusqu'à la hauteur de son épaule, puis il se mit à l'examiner, tout en la faisant danser entre ses doigts. Sheran banda tous ses muscles, mais l'homme tourna lentement la main, tout en suivant des yeux la trajectoire de la pierre, jusqu'à ce qu'elle s'écrase au sol près de son pied. Il releva la tête, jetant des regards de défis, mais personne autour de lui n'osa commenter son geste. Ensuite, il pivota et quitta la place publique, tout en bousculant les gens sur son passage.

Après quelques secondes, deux autres hommes laissèrent tomber leur pierre, puis un autre et encore deux autres. Soudainement, comme dans un accord tacite, toutes les pierres retournèrent au sol. Lentement, les uns après les autres, les gens se détournèrent et retournèrent vaquer à leur occupation. Le procès était terminé. L'intervention de Sheran avait ravivé la honte de l'asservissement que chaque personne du peuple de Juda portait en son cœur, comme une vieille plaie. Fulminant de frustration, Yonam avait rapidement remonté la pente et il tentait vainement d'empêcher les gens de partir.

— Vous n'avez pas le droit!... Elle est coupable!... Elle doit mourir!

Les gens secouaient simplement la tête et quittaient la place, malgré les protestations du mari. Fou de rage, Yonam cria à s'époumoner, afin que les gens encore présents sur la place publique puissent bien l'entendre.

— Je ne suis pas un lâche, moi. J'ai répudié cette femme et je maintiens mon verdict.

Il pointa ensuite la fosse avec dédain :

— Toi, Falia! tu n'es plus ma femme et à mes yeux tu n'existes plus. Je te renie et je te maudis à tout jamais.

Il pivota brusquement et il arriva nez à nez avec Sheran et Siméon. Aucun mot ne fut prononcé, mais beaucoup de paroles furent échangées dans les regards ardents qu'ils s'échangèrent. Yonam les bouscula et il quitta rageusement la place.

Les deux hommes allèrent rejoindre Farouk, qui aidait la jeune femme à se relever. Falia arrivait à peine à se tenir debout. Elle se cramponnait au bras de Farouk qui ne valait guère mieux qu'elle en ce moment, tous les deux tanguant comme des roseaux sous le vent. Siméon attrapa Falia juste avant qu'elle ne s'effondre.

Il remonta la pente, portant sa fille évanouie dans ses bras. Farouk, qui avait passé un bras autour des épaules de Sheran pour prendre appui telle une personne qui aurait été gravement blessée, suivait péniblement derrière.

— Lorsque le spectre de la mort vient vous côtoyer d'un peu trop près, dit-il à son compagnon dans un murmure, cela vide le corps de toutes ses dernières forces. Il peut alors vous emporter, s'il le désire, sans même que l'on tente de lui résister. Je dois t'avouer que pendant un long moment, j'ai bien cru que je n'arriverais pas à convaincre cette foule indécise.

Il s'arrêta et attrapa son ami par les deux épaules.

— Je te remercie de ton intervention, camarade, car c'est vraiment toi qui as fait pencher la balance dans les derniers instants.

Lorsqu'ils arrivèrent chez Siméon, Falia était toujours inconsciente dans les bras de son père. Il la porta directement dans la maison et l'allongea confortablement sur la paillasse de sa sœur, qui pleurait à chaudes larmes le retour de sa nièce qu'elle avait cru perdu. Puis il ressortit de la maison portant le plateau de poissons séchés qu'il avait sorti pour ses invités un peu plus tôt, mais que sa sœur avait ramené dans la maison, loin du soleil, afin qu'il ne se gâte pas. Farouk et Sheran s'étaient réinstallés exactement à la même place qu'ils avaient occupée sur le long banc de bois.

Siméon posa le plateau sur la table et alla prendre place près de Sheran.

— Mangez mes amis! C'est bien peu de choses comparées à tout ce que vous avez fait pour moi.

Farouk dévora comme un glouton. Son combat contre la petite troupe de brigands l'avait épuisé physiquement, alors que l'épreuve d'aujourd'hui en avait fait tout autant de son moral. Sheran ricana joyeusement en voyant son camarade s'empiffrer ainsi.

— Je te connais depuis seulement une semaine, Farouk, mais si l'on me demandait de te décrire, je dirais simplement que tu es le genre d'homme avec qui il est impossible de s'ennuyer.

Il termina sa phrase en envoyant une bourrade dans l'épaule de son ami. Siméon fronça les sourcils en regardant Sheran. Il avait eu l'impression, à leur façon d'agir, que les deux hommes devaient se connaître depuis de nombreuses années. Voyant le regard interrogateur de Siméon, Sheran lui brossa un rapide tableau des événements qui s'étaient produits depuis qu'il avait rencontré son nouvel ami.

— Il y a environ une semaine, par une simple maladresse de sa part, Farouk s'est attiré les foudres de trois marins qui avaient sorti leur couteau et s'apprêtaient à lui faire un mauvais parti. C'est à ce moment-là que nous nous sommes connus. Deux jours plus tard, à l'approche de Césarée, nous avons rencontré la grande Caravane du Nord. Afin de remercier son hôte de l'avoir si bien accueilli, il est allé négocier avec le pire de tous les clients de Maître Cid. À quelques reprises, j'ai eu la certitude que le négociant était pour nous faire molester et jeter à la rue par ses hommes de main. Deux jours plus tard, nous avons été capturés par ces brigands qui en voulaient à notre bourse. Quand Farouk a vu ta fille, il s'est mis en marche, comme une légion romaine, écrasant tout sur son passage. Au beau milieu de cette bagarre, alors que tous les brigands essayaient d'avoir sa peau, il a trouvé le temps d'éliminer l'homme qui s'apprêtait à me mettre à mort.

Sheran secoua la tête en ricanant :

— À peine en a-t-il eu terminé avec les brigands, qu'il s'est mis à narguer le jeune officier romain. À deux ou trois reprises, j'ai bien cru que le décurion sortirait son glaive et engagerait le combat contre l'homme qui venait tout juste de lui sauver la vie. Ensuite, à peine arrivons-nous ici, à Nazareth, que c'est contre une bonne partie de la population qu'il décide de se mesurer… Et là encore, il a bien failli y laisser sa peau.

Sheran se gratta l'oreille, tout en ricanant :

— Je commence à avoir hâte d'être chez moi. Magdala est une petite ville tranquille, paisible et peut-être même un peu ennuyeuse, mais je crois que je n'aurai aucune difficulté à tolérer sa grande quiétude pour un petit moment.

Farouk affichait un large sourire amusé. Il releva la tête et inspira profondément.

— Mon oncle Ahmad m'a toujours dit qu'il y aurait des jours comme aujourd'hui, mais il a omis de me dire qu'il y en aurait autant.

Ils terminèrent leur repas dans un certain climat de détente. Siméon leur proposa de les héberger pour la nuit, mais Sheran déclina poliment l'invitation. Il préférait se rendre au plus tôt chez Jacob, qui habitait complètement à l'autre extrémité de la cité. Ils auraient bien aimé faire leurs adieux à Falia, mais la jeune femme dormait encore profondément, lorsqu'ils reprirent leur route.

V

La domus pompéienne

Avant de partir de chez Siméon, Sheran s'était montré hésitant sur le parcours à emprunter. Nazareth était construite en longueur sur le flanc d'une colline et Jacob habitait à l'extrémité nord-ouest de la cité. Pour s'y rendre, ils auraient pu emprunter les petites rues qui serpentaient entre les maisons, mais le centre de la ville était un véritable dédale où il était très facile de s'égarer, comme cela lui était jadis arrivé. De plus, il était dans les coutumes des Nazaréens de travailler devant leur maison et comme la journée était déjà bien avancée, les rues étroites seraient encombrées de métiers à tisser et de gens vaquant à leurs occupations. Sheran avait donc opté pour un trajet plus simple et moins hasardeux. Ils étaient ressortis de la cité par l'entrée sud, puis ils avaient emprunté la route qui montait au sommet de la colline et qui longeait la partie ouest de la ville en direction du nord. Pour ce faire, ils devaient passer devant l'auberge de Yonam et c'était justement cela qui avait rendu Sheran hésitant. Sachant que l'aubergiste était très en colère contre eux, il avait craint que celui-ci perçoive leur présence comme une provocation. Après en avoir discuté avec son compagnon de voyage, les deux hommes avaient convenu qu'ils passeraient d'un pas rapide, sans prêter la moindre attention à l'auberge. Cependant, les choses ne s'étaient pas déroulées comme elles avaient été prévues. Lorsqu'ils étaient arrivés en vue de l'auberge, Sheran s'était mis à ralentir le pas, les yeux rivés sur le porche de celle-ci où deux soldats de la garde prétoriale, accompagnés de trois hommes aux allures de mercenaires, semblaient interroger tous les clients de l'établissement. Farouk avait dû secouer son compagnon et lui rappeler la consigne qu'ils avaient établie préalablement.

Les deux voyageurs venaient tout juste d'atteindre le sommet de la colline. Farouk s'arrêta un moment et il balaya le paysage d'un regard étonné. Du côté ouest, ce n'était que des champs en friche sur plus de deux hectares de profondeur. Il eut un petit pincement au cœur en pensant à tous ces gens qui souffraient de la famine, alors que la terre était si riche et fertile, que les surplus de production devaient être très abondants en temps normal. Tout comme pour Maître Cid, il n'était pas dans ses habitudes de critiquer les convictions et les pratiques des autres peuples, mais en ce moment, il éprouvait quelques difficultés à demeurer impartial. Les croyances de son propre peuple s'étaient constamment modifiées lors des siècles précédents. Ils avaient subi l'influence des Perces, des Grecs, des Phéniciens, des Égyptiens et tout récemment celle des Romains. Chacun de ces peuples leur avait fait connaître de nouveaux dieux bienfaisants. Amon, le dieu égyptien, créateur de tous les autres dieux, était encore la divinité la plus invoquée par son peuple, bien que beaucoup de gens imploraient maintenant Jupiter, le plus important dieu des Romains. Cependant, ils n'oubliaient jamais les autres divinités dans leurs prières, car ils avaient la conviction que s'ils cessaient de les invoquer, ceux-ci se détourneraient des hommes et ne leur apporteraient plus leur protection. Voilà pourquoi, il était si difficile pour lui de concevoir cette croyance en un dieu unique que pratiquait le peuple juif.

Ses yeux quittèrent la désolation de ces champs laissés à l'abandon et il pointa la montagne qui était au loin. Sheran, qui avait suivi son geste, répondit à sa question non formulée.

— C'est le mont Carmel, dit-il. Cette montagne est tout près de la mer. Le port de Dor, où les Romains que nous avons rencontrés devaient se rendre, est juste derrière cette montagne. Beaucoup de gens croient que le repaire des brigands qui sévissent par ici doit se trouver dans cette région.

Farouk arqua un sourcil interrogateur et Sheran s'empressa d'expliquer :

— Les soldats de la garde prétoriale ont souvent tenté de trouver ce repaire, mais sans grand succès.

Farouk se contenta de hocher la tête, puis il tourna son regard vers l'autre montagne qui était à l'est, mais beaucoup plus près d'eux.

— C'est le mont Thabor, expliqua son compagnon, c'est la même montagne que nous avons aperçue à quelques reprises, à notre droite, en approchant de Nazareth.

Du sommet de la colline où il était, Farouk avait un angle de vue fort appréciable sur la ville de Nazareth. Les petites maisons aux toits plats et aux murs blanchis à la chaux de lait étaient éblouissantes sous le soleil de ce début d'après-midi. Un petit sourire de contentement lui monta aux lèvres. Cette petite ville lui plaisait beaucoup. Il estimait qu'elle pouvait abriter entre sept et neuf cents habitants et elle lui rappelait certains petits villages de son royaume qui avaient connu un essor rapide dans le dernier centenaire en quintuplant leur population pour devenir de petites villes.

Sheran lui toucha le bras, le sortant de sa rêverie.

— Viens! Il faut encore une trentaine de minutes avant d'arriver chez Jacob.

Après quelques pas, le chemin tournait abruptement et se dirigeait en longeant le sommet de la colline vers le nord. Du côté droit, à une trentaine de pas, l'on apercevait l'arrière des dernières maisons de la ville avec leur potager, tout aussi à l'abandon que les champs à sa gauche. Même les arbres étaient dégarnis, les fruits y étant cueillis avant d'avoir atteint leur maturité. À tous les cinquante ou soixante pas, un large sentier partait vers l'ouest à travers les champs et les pâturages. Sheran lui expliqua qu'en temps normal ces sentiers étaient très achalandés par le va-et-vient des charrettes transportant le fruit des abondantes récoltes, mais tout ce que Farouk pouvait voir en ce moment n'était que quelques personnes éparses, de petits paniers d'osier sous le bras, qui tentaient de trouver quelques pousses oubliées.

À une centaine de pas devant eux, trois travailleurs s'affairaient à réparer une maison. Le mur arrière gisait sur le sol et les hommes confectionnaient de nouvelles briques, afin de le remplacer. Sheran se mit à lui parler de son métier, mais Farouk ne l'écoutait que d'une oreille distraite, toute son attention étant captivée par les travailleurs. L'un des hommes avait relevé sa tunique et l'avait coincé dans sa ceinture. Il était monté dans une grande cuve en bois et piétinait en un mouvement lent et laborieux dans une boue épaisse qui lui montait presque qu'aux genoux. Il y avait derrière lui deux monticules, l'un de terre et l'autre de paille, de même que plusieurs seaux remplis d'eau. Le deuxième homme avait également remonté sa tunique jusqu'à la taille et ses jambes étaient maculées de boue séchée. Les deux hommes devaient se relayer dans la cuve. Cet homme ajoutait régulièrement de la terre, de la paille et de l'eau dans la cuve, afin de conserver la densité adéquate à cette mixture. Le troisième homme prélevait de grosses pelletées de cette vase qu'il déversait dans de longs moules en bois rectangulaires qui étaient divisés en trois parties. Il retirait ensuite l'excédant de boue, tout en lissant la surface à l'aide d'un morceau de bois. Cette technique permettait de produire trois briques à la fois. Les moules étaient ensuite déposés sur des rondins bien exposés au soleil, afin que l'air puisse circuler librement au-dessus comme en-dessous, permettant ainsi aux briques de sécher plus rapidement. Des centaines d'années d'esclavage sous le joug des Égyptiens avaient fait du peuple juif de véritables experts en fabrication de briques. Tout au moins, l'homme qui dansait dans la cuve aujourd'hui le faisait pour son propre bénéfice et non sous le fouet, au profit de ses maîtres.

Sheran parlait de façon très volubile. Depuis qu'ils s'étaient engagés sur ce chemin, il avait monopolisé la conversation. Il avait raconté ses années d'apprentissage de son métier et il venait tout juste de terminer la description des bâtiments qu'ils avaient construits à Sidon, lors des trois années qu'il avait été au service de Jacob. Bien qu'il eût quelques questions intrigantes à poser à son ami, Farouk attendit patiemment que celui-ci veuille bien lui céder la parole, avant de l'interroger. Il savait, et ce depuis le premier jour de leur rencontre, que son nouvel ami avait, tout comme lui-même, des petits secrets qu'il ne tenait pas à dévoiler. Maître Cid lui avait donné le choix entre la préservation de ses secrets et la main amicale qu'il lui tendait. Farouk avait décidé d'accorder sa confiance à ses nouveaux amis en dévoilant sa véritable identité, de même que tous les autres petits mystères entourant sa vie passée. Il croyait que le moment était bien choisi de faire la même proposition à son compagnon de voyage et de voir si celui-ci lui accorderait également sa confiance. Il aborda donc le sujet par une question très anodine.

— Que c'est-il donc passé, camarade, lorsque nous sommes arrivés devant l'auberge de Yonam?... Tu as semblé très perturbé par la présence de ces soldats de la garde prétoriale.

Sheran grimaça, tout en secouant la tête.

— Ce n'est pas la présence des soldats qui m'a inquiété, mais bien celle des mercenaires.

Farouk se sentit complètement décontenancé.

— Est-ce donc si anormal de rencontrer ce genre de personnes dans cette région? demanda-t-il avec un scepticisme croissant.

— Les mercenaires sont partout, répliqua Sheran, et l'on en rencontre en Galilée comme dans toutes les autres régions. Ce qui n'est pas normal, par contre, c'est de les voir en compagnie des soldats d'Hérode.

La réponse de Sheran ne fit que multiplier le nombre de questions dans l'esprit de Farouk, mais dès qu'il ouvrit la bouche pour interroger à nouveau son compagnon, Sheran l'interrompit en pointant au loin, un large sourire aux lèvres.

— Regarde!... C'est lui qui arrive.

De la route qu'ils suivaient, un large sentier arrivait de l'ouest à travers les champs et une longue charrette, lourdement chargée, y avançait péniblement.

— Viens! cria Sheran, tout en s'élançant. Allons les aider!

La charrette, tirée par deux mules, transportait plusieurs troncs d'arbres qui dépassaient à l'arrière de celle-ci. Trois hommes poussaient la voiture, alors qu'un jeune garçon tirait sur la bride des mules, afin d'encourager les pauvres bêtes qui peinaient à avancer. Le garçon tourna la tête et il regarda avec curiosité les deux voyageurs qui arrivaient aux pas de course. Un large sourire illumina son visage lorsqu'il reconnut Sheran, mais au même moment, la roue avant tomba dans une fondrière et la charrette s'immobilisa brusquement.

— Bon sang! cria Jacob en sortant de derrière la charrette. Guider les mules, c'est ta tâche, mon fils. Regarde dans quel pétrin tu nous as mis!... Et c'est une chance inouïe que la roue ne se soit pas brisée.

Le jeune Joseph s'était renfrogné et il avait baissé les yeux sous la réprimande, sachant que son père avait parfaitement raison.

— Tu prétends maîtriser ton métier et ne plus avoir besoin de…

Jacob ne termina pas sa phase. Les deux voyageurs arrivaient près de lui et un sourire narquois se dessinait lentement sur ses lèvres.

— Voici donc le grand responsable de la distraction de mon fils.

Il approcha, bras ouvert, et il attrapa Sheran par les épaules, tout en lui donnant un baiser sonore sur chaque joue.

— Je suis très fier de toi, mon garçon. Maître Cid m'a dit à quel point tu as fait honneur à ton mentor dans la grande cité d'Aila.

Sheran se sentit rougir sous le compliment. Le regard franc de Jacob se tourna vers le deuxième homme et Sheran s'empressa de faire les présentations.

— Voici mon ami Farouk. Il est de la Numidie… Farouk, je te présente Jacob, l'homme qui normalement n'a pas besoin d'être présenté.

Farouk s'inclina respectueusement.

— C'est pour moi un grand honneur de te rencontrer, Jacob, héritier de David.

Jacob approcha et s'empara des deux mains de Farouk.

— Les amis de mes amis sont toujours les bienvenus chez moi, dit-il avec sincérité, tout en lançant un regard réprobateur à Sheran qui haussa les épaules, comme s'il n'avait rien à voir avec la réplique de son compagnon.

Le jeune garçon s'était approché de son père et il souriait de toutes ses dents.

— Comme tu as grandi, Joseph! s'exclama Sheran en ouvrant largement les bras.

— C'est étrange, mais toi, tu me semblais beaucoup plus grand dans mes souvenirs, répliqua le gamin, tout en se jetant dans ses bras en une étreinte fraternelle.

Jacob posa son regard sur son fils, un petit rictus sarcastique grandissant aux coins de ses lèvres.

— Tiens, tiens! Voilà que tu as retrouvé le sourire, mon fils.

Joseph se renfrogna aussitôt en une mine boudeuse, alors que son père éclatait d'un rire amusé. Sheran fit une grimace interrogatrice, tout en plissant le front.

— Cela fait trois semaines que mon fils me fait la tête, en affichant cette mine boudeuse en permanence, se défendit Jacob. Alors, ne me blâme pas de le narguer quelque peu.

L'expression interrogatrice de Sheran se mua en une grimace d'incompréhension, alors qu'il posait un sévère regard réprobateur sur Joseph.

— Ne me regarde pas ainsi, se défendit le jeune garçon, je suis un bon fils et j'obéis toujours à mon père.

— C'est vrai! confirma Jacob, mais il me fait bien sentir qu'il ne le fait pas de gaîté de cœur.

Cette petite dispute familiale était si amusante que Farouk avait de la difficulté à réprimer son sourire :

— Et le grand responsable de tout ce désordre, ajouta Jacob, n'est nul autre que notre cher ami en commun, Maître Cid.

Farouk et Sheran avaient les yeux exorbités et ils avaient peine à croire en ce qu'ils venaient tout juste d'entendre.

— Cid ne fait pas souvent de bévue, expliqua Jacob, mais lorsqu'il en fait une, elle est toujours proportionnelle au personnage.

— Tu avais déjà donné ton approbation à Maître Cid, père, dit Joseph d'un ton piteux. Il baissa vivement les yeux, alors que Jacob posait sur lui un regard autoritaire.

— Ma seule erreur a été de ne pas avoir rejeté cette idée dès le départ, répliqua-t-il avec impatience.

Jacob soupira en voyant l'expression interrogatrice de Sheran et il se résigna à lui fournir quelques explications :

— Il y a deux ans et demi, lors du passage de la Grande Caravane, Maître Cid est venu me saluer, comme il le fait à chacun de ses voyages. Nous avons partagé un repas et nous avons longuement bavardé. Lors de cette conversation, il m'a fait part d'une idée quelque peu saugrenue qui lui était venue à l'esprit. Avant même d'en parler à son roi, il voulait connaître ma façon de percevoir la chose. Il a donc suggéré, si j'étais d'accord, de même que son roi, qu'il pourrait prendre mon fils dans sa caravane lors de son prochain passage. Il pourrait ainsi le conduire à Djedda, afin que Joseph puisse rencontrer son petit-cousin, et qu'il le ramènerait lors du voyage suivant.

Jacob jeta un coup d'œil à son fils qui s'était renfrogné en une moue maussade :

— L'idée que Joseph soit loin de sa famille pendant deux années et demie m'avait tout d'abord grandement déplu, poursuivit-il, mais Cid, étant un grand maître marchand, a réussi à me convaincre que ce voyage ne pouvait être que très bénéfique pour mon fils, de même que pour Muhammad, son petit-cousin, qui est le troisième fils de son roi et qui était du même âge que Joseph. Les deux garçons, étant de culture totalement différente, pourraient apprendre énormément de choses l'un de l'autre. Lorsqu'il est parti, j'avais encore quelques réticences, mais je ne pouvais qu'être d'accord avec le bien-fondé de ses arguments. Si Joseph avait été suffisamment âgé à cette époque, je l'aurais probablement laissé partir. Seulement voilà, deux années et demie se sont écoulées et bien des choses ont changé.

Jacob regarda à sa droite, puis à sa gauche, avant de poursuivre :

— Il y a une dizaine de mois, Hérode a lancé deux grands chantiers : l'un pour la construction d'un amphithéâtre et l'autre pour plusieurs édifices administratifs. N'ayant pas de gros projets en cours et aucun de prévu, il m'était, depuis un certain temps, difficile de trouver suffisamment de travail pour les onze hommes à mon service. Comme Hérode cherchait des employés spécialisés et que la rémunération était très généreuse, j'ai accordé ma permission à six de mes hommes d'aller rejoindre ces chantiers. Il ne s'était pas écoulé deux mois que je recevais la visite du frère du proconsul de Judée. Cet homme désirait que je lui construise une villa pompéienne à quelques lieues à l'est de Ptolémaïs. Une petite résidence secondaire m'a-t-il expliqué :

Sheran était très impressionné, alors que Farouk, qui n'avait pas la moindre idée de ce que pouvait être une villa pompéienne, affichait une indifférence presque blasée.

— J'ai donc immédiatement envoyé un messager à Jérusalem, afin de rappeler mes hommes, poursuivit Jacob, mais ils s'étaient tous déjà engagés pour une année complète sur l'un des chantiers. Ce sont des hommes de parole et je ne pouvais donc pas exiger d'eux qu'ils reviennent. Alors j'ai pris deux nouveaux apprentis à mon service, afin de compenser quelque peu mon manque de main-d'œuvre, mais cela est nettement insuffisant.

L'un des deux hommes qui poussaient la charrette toussota, afin de rappeler à Jacob qu'ils étaient toujours aux prises avec une charrette enlisée. Le visage de Jacob devint de marbre et il arqua les sourcils, tout en pivotant avec une lenteur calculée. Les deux hommes baissèrent vivement la tête, lorsque le regard glacial de leur maître se posa sur eux. Sheran pinça les lèvres et baissa les yeux, afin de ne pas se moquer ouvertement de la bévue de l'homme. Il avait lui-même commis une erreur semblable, lorsqu'il était jeune apprenti, et tous les hommes en avaient payé le prix pendant plusieurs jours. Jacob était un homme juste et bon, mais il ne tolérait aucune forme de manquement au respect.

Sheran effaça rapidement son expression moqueuse dès que Jacob reporta son attention sur lui.

— Tout cela est formidable. Tu as maintenant un gros contrat à exécuter et du travail pour tes hommes pour un bon moment, mais je ne vois pas où est la maladresse commise par Maître Cid.

— Soit un peu patient, Sheran! J'y viens!

Jacob inspira profondément, tout en secouant son index.

— Combien y a-t-il de villas pompéiennes sur le territoire de Juda, selon toi?

Sheran recula la tête, tout en ouvrant de grands yeux étonnés.

— Je n'en ai pas la moindre idée, à dire vrai.

— Neuf ou dix, tout au plus, à ma connaissance! s'exclama Jacob avec grandiloquence.

Il posa un regard de connivence sur Sheran, comme s'il venait d'énoncer un fait très important qui aurait dû permettre à son auditeur de deviner tout le reste, mais il comprit, à voir la grimace d'incompréhension de celui-ci, qu'il n'en était rien.

— Ne vois-tu pas l'incroyable opportunité qui se présente pour mon fils? Il acquerra dans les deux prochaines années deux fois plus d'expérience qu'il n'en aurait obtenue en dix ans. Ma décision fut donc très facile à prendre, car tout aussi bénéfique qu'eût été ce voyage à Djedda, la construction de cette villa le sera dix fois plus.

— Ha! s'exclama Sheran qui commençait à entrevoir la suite des évènements. Il connaissait suffisamment Jacob pour savoir qu'il n'était pas homme à justifier ses décisions et encore moins à en aviser les intéressés.

— Alors, poursuivit Jacob, il y a environ trois semaines, lorsque la grande Caravane du Nord est arrivée à Nazareth, ils se sont installés dans le grand pré au sud-est de la ville, comme ils le font à chacun de leur voyage. Notre bon ami Cid, accompagné de quelques caravaniers, est venu me rendre visite, comme il le fait à chacun de ses voyages. Mon fils l'a aperçu, alors qu'il approchait de ma demeure, et il est accouru afin de l'accueillir. Cid était très réjoui, car son roi avait approuvé son idée et il l'avait autorisé à mettre son plan à exécution. Il était si enthousiasmé par son projet, qu'il n'a pas cru bon d'attendre d'obtenir mon assentiment final avant d'en parler à mon fils. Dès que Joseph fut arrivé près de lui, il lui a demandé si ses bagages étaient prêts pour son long voyage vers les merveilleux royaumes du Sud. Il lui a même dit que son petit-cousin Muhammad attendait sa visite avec impatience et qu'il avait déjà pensé à une foule d'activités qu'ils pourraient faire ensemble. Lorsqu'ils sont arrivés à la maison, Joseph gambadait comme un gamin de trois ans. Il m'a remercié avec beaucoup d'effusion pour la merveilleuse surprise, alors que Cid souriait béatement. *Tu aurais peut-être dû le prévenir malgré tout,* m'a-t-il dit, *car la Grande Caravane doit se remettre en route dans deux jours et cela ne lui laisse que très peu de temps pour préparer ses bagages et dire au revoir à ses amis.*

Jacob secoua lentement la tête, un petit rictus aux coins des lèvres.

— Tu aurais dû voir la tête que faisait Cid lorsque je lui ai dit que je n'avais pas annoncé la nouvelle à mon fils simplement parce que j'avais décidé de ne pas le laisser partir pour ce voyage. Puisqu'il m'avait convaincu, lors de son dernier passage, que ce voyage pourrait être très bénéfique pour mon fils, il en avait donc conclu, pour la réalisation de son projet, qu'il ne lui fallait plus que l'autorisation de son roi. Après lui avoir expliqué les motifs de ma décision, Cid était quelque peu embarrassé, mais il partageait entièrement mon opinion.

Jacob tourna lentement son regard vers Joseph, avant de poursuivre :

— Je ne peux pas en dire autant de mon fils, par contre, qui en quelques minutes venait d'assisté à la naissance et la mort prématurée d'un merveilleux rêve d'aventure. Cid a vite réalisé l'ampleur de sa bévue et il s'est excusé de sa maladresse. Il y a trois semaines que la grande Caravane a repris sa route et depuis, je n'ai pu obtenir le moindre sourire de la part de mon fils.

Jacob soupira, puis il afficha un large sourire :

— Je présume que tu n'as pas fait tout ce chemin, simplement pour venir entendre les lamentations d'un père incompris.

Il s'excusa en inclinant légèrement la tête :

— Je suis très heureux de ton retour et surtout que tu aies emmené un collègue, car la main-d'œuvre spécialisée me fait grandement défaut en ce moment.

Sheran leva son index et ouvrit la bouche dans le but de corriger cette méprise, mais Jacob s'était déjà tourné vers la charrette et il examinait la roue enlisée.

— Comment allons-nous nous sortir de ce bourbier? questionna-t-il, tout en jetant un regard accusateur vers son fils.

Joseph baissa vivement les yeux en grimaçant. Sa petite distraction lui coûterait et cela, il le savait très bien. Avant que Cid ne reprenne la route, il avait tenté de convaincre son père de le laisser partir. Il lui avait dit que, bien qu'il n'ait pas encore douze ans, sa formation était pratiquement complétée. Qu'il connaissait déjà toute la théorie entourant la construction d'une domus pompéienne et qu'il ne commettait plus, et cela depuis fort longtemps, des erreurs d'inattention ou de distraction. Il tourna son regard, sans relever la tête, maudissant ce trou dans la chaussée où la roue de la charrette s'était empêtrée. Il s'en voulait aussi à lui-même, car il avait vu cet affaissement longtemps à l'avance, mais il s'était laissé distraire par l'arrivée des deux voyageurs.

Jacob était silencieux. Les mains dans le dos, il regardait alternativement la roue embourbée et son fils. Joseph, qui connaissant trop bien son père, ne mordit pas à l'appât. Il savait pertinemment que Jacob n'attendait que le moment où il ouvrirait la bouche, afin de faire une suggestion, pour lui rappeler qu'ils ne seraient pas dans ce pétrin, s'il avait fait son travail consciencieusement. Farouk, qui n'avait rien compris à la petite joute qui se jouait, suggéra de mettre tous les hommes du même côté de la charrette, afin de la soulever et de la dégager. Joseph soupira de soulagement. Il savait que son père n'aurait jamais toléré que l'un de ses employés intervienne de cette façon, mais Farouk n'étant pas à son service, Jacob manifesta son mécontentement et son irritation par une simple grimace et un grognement.

Après quelques minutes, la charrette qui avait été dégagée avait repris sa route. La suggestion de Farouk n'avait rien eu de particulier, puisque tous les hommes présents en étaient arrivés à la même conclusion. Ils s'étaient donc placé tous les cinq du même côté de la charrette, serré les uns contre les autres, le plus près possible de la roue et d'un simple effort bien synchronisé, ils avaient extirpé la lourde charrette de sa fâcheuse position.

Dès qu'ils quittèrent le large sentier et s'engagèrent sur la route, la charrette sembla soudain devenir plus légère, le sol étant beaucoup plus ferme et légèrement incliné. Après seulement quelques minutes, la route entama un long virage à droite. Ils n'étaient plus qu'à une centaine de pas de la maison de Jacob. Farouk arqua les sourcils d'étonnement. La construction, qui se profilait devant lui, lui rappelait étrangement la tannerie de son enfance. Celle-ci par contre semblait être deux fois plus longue et légèrement plus large. Elle était constituée à l'arrière d'un muret de pierre, de la hauteur des hanches d'un homme, sur lequel reposait une structure de bois ouverte qui semblait n'avoir d'autres utilités que de soutenir la toiture, alors que le devant était complètement ouvert. Tous les sept ou huit pas, une poutre profondément enfoncée dans le sol retenait la toiture en la soulevant légèrement afin que l'eau de pluie s'égoutte vers l'arrière. Dès qu'ils eurent dépassé le premier bâtiment, Farouk se mit à ralentir le pas. La cour qui s'ouvrait devant lui était gigantesque. Elle devait mesurer environ soixante pas en largeur et quatre-vingts en profondeur. Il avait toujours cru que la cour de la tannerie de son enfance était grande, mais celle-ci devait faire trois fois sa superficie. Elle était fermée d'une clôture rudimentaire faite de poteaux enfoncés dans le sol auxquels deux rondins avaient été fixés, ce qui lui donnait l'allure d'un enclos à chevaux.

L'un des apprentis pressa le pas et il alla ouvrir la barrière, permettant à la lourde charrette d'entrer dans la cour. Les trois hommes, qui travaillaient dans l'atelier, accoururent afin d'aider au déchargement. Farouk fit un pas dans leur direction, mais Sheran le retint.

— Laisse faire ces hommes, dit-il, ils connaissent bien leur métier et trop d'hommes seraient plus nuisibles qu'utiles pour cette tâche.

Farouk balaya l'espace d'un regard circulaire. À sa gauche, il y avait un bâtiment qui semblait être la résidence principale et qui faisait face à la route. Une longue extension avait été construite à l'arrière, donnant à la résidence l'aspect d'un grand « L ». Suivait ensuite un large potager dénudé, car rien n'y avait été semé. Le bâtiment suivant laissa Farouk quelque peu perplexe. Il était plus haut que la maison et mesurait une trentaine de pas de longueur.

— C'est l'entrepôt, expliqua Sheran en voyant l'expression interrogatrice de Farouk. Viens! Suis-moi! Je vais te montrer, ajouta-t-il en lui envoyant une bourrade amicale sur l'épaule.

Le bâtiment était fait de briques blanchies, tout comme la maison, mais les murs n'avaient pas été complétés jusqu'à la toiture. Un espace de la hauteur d'un avant-bras avait été laissé libre dans la partie supérieure. La toiture, reposant sur les poutres de charpente, donnait l'impression que celle-ci flottait au-dessus du bâtiment. Lorsque Sheran ouvrit les deux grandes portes qui fermaient l'entrepôt, un oiseau s'envola en protestant contre l'intrusion de ce qu'il considérait être sa demeure. Il y avait à l'intérieur une quantité impressionnante d'outils de toutes sortes. Farouk reconnut la majorité d'entre eux, mais il y en avait certains dont il était incapable d'en déterminer l'usage ou la fonction. Il y avait également un grand nombre de planches et de poutres dont certaines avaient été sculptées. Les bons outils étaient rares et dispendieux, alors que les produits finis représentaient une somme de travail trop importante pour les exposer aux intempéries ou aux rayons ardents du soleil. Au fond, à droite, une porte conduisait à une petite extension qui avait été ajoutée à l'entrepôt.

— C'est là que dorment les apprentis, dit Sheran en souriant, ce n'est pas très grand, mais c'est suffisamment confortable pour qu'on s'y sente bien.

La visite de l'entrepôt fut brève et lorsqu'ils retournèrent dans la cour, ils aperçurent les apprentis conduisant les deux mules vers l'étable, qui était le premier bâtiment à gauche au fond de la cour. Les bêtes avaient accompli un dur labeur et ils avaient bien mérité le repos et la nourriture qui les attendaient. Farouk tourna son regard vers la charrette, qui était au centre de la cour près d'un gros palan. Jacob dirigeait les opérations de déchargement. L'un des troncs d'arbre avait déjà été extirpé de la voiture et reposait sur des chevalets près de l'atelier, alors que les hommes s'affairaient à glisser des chaînes sous le second. Sheran voulut poursuivre la visite des lieux, mais Farouk lui demanda d'attendre, car il voulait voir la suite du processus. Le palan lui rappelait ceux qu'il avait vus de nombreuses années auparavant dans le port d'Icosium. Un poteau de bon diamètre sortait du sol de la hauteur de deux hommes, au sommet duquel une pièce de métal mobile avait été fixée. Cette pièce de métal était traversée d'une poutre décentrée, trois fois plus longue d'un côté que de l'autre. Il y avait un crochet à l'extrémité la plus courte et les hommes y accrochaient les chaînes qu'ils avaient passées sous le tronc d'arbre. Deux d'entre eux se rendirent à l'autre extrémité de la poutre et s'y suspendirent. Le tronc se souleva et le troisième homme n'eut plus qu'à pousser le tronc, faisant pivoter le palan, jusqu'à ce que l'arbre vienne se poser en douceur sur les chevalets qui avaient été disposés près de l'atelier.

— Il est vraiment fascinant, dit Farouk, de voir que deux hommes suffisent pour lever un tronc d'arbre qui doit faire huit ou dix fois leur poids.

— *Donnez-moi un pivot et je soulèverais le monde,* cita le jeune Joseph qui s'était approché d'eux.

Farouk arqua un sourcil interrogateur.

— Aristote, ajouta le jeune garçon, c'est un philosophe grec qui a fait cet énoncé, il y a plus de deux cents années de cela.

Farouk souriait tout en secouant la tête.

— Soulever le monde est une chose impossible, Joseph.

Le jeune garçon se sentit décontenancé par cette réplique, mais il se ressaisit très rapidement.

— Ce qu'Aristote voulait dire, c'est que le levier doit toujours être proportionnel à la charge et qu'avec un levier deux fois plus long, un seul homme aurait suffi pour lever ce tronc. Alors, si tu avais un levier suffisamment long et un bon point d'appui, il te serait possible de lever une charge aussi lourde que le monde.

Ce fut au tour de Farouk d'être décontenancé par la réponse du jeune garçon. Éprouvant un certain scepticisme, il se tourna du côté de Sheran qui secoua positivement la tête.

— Il a parfaitement raison, Farouk. Je ne comprends pas toujours leur charabia mathématique, mais le principe du levier m'a été enseigné alors que j'étais un jeune apprenti charpentier. Sur tous les chantiers du monde, tu trouveras des palans, de simples leviers ou des treuils.

— Et chacun d'eux doit être disposé de façon à ne pas être déséquilibré, compléta Joseph avec une touche emphatique.

— De même que leurs dimensions doivent être calculées en conséquence de la charge qu'ils auront à soulever, précisa Jacob, qui venait d'arriver près d'eux, et seul un maître-charpentier connaît les formules mathématiques permettant de faire ces calculs.

— Le charpentier fabrique et installe les poutres, expliqua Sheran, mais seul le maître-charpentier peut déterminer la dimension qu'elles doivent avoir, afin de supporter la charge qu'elles auront à porter.

Jacob arqua les sourcils d'étonnement.

— Farouk n'est donc pas charpentier?

— Il ne l'est pas, répondit Sheran. J'aurais bien corrigé cette méprise, mais tu ne m'en as pas laissé l'occasion. Par contre, je peux te certifier qu'il a de très nombreux autres talents.

Tout en parlant, ils s'étaient approchés de l'écurie. Sheran y entra le premier et Farouk le suivit d'un pas traînant, alors que Jacob et son fils attendirent à l'extérieur. Le maître des lieux préférait avoir un œil sur les hommes qui achevaient le déchargement de la charrette. À l'intérieur de l'écurie, les deux apprentis terminaient le retrait des attelages des mules. L'endroit était vaste et bien entretenu. Farouk compta douze stalles, dont huit étaient occupées.

— Cinq mules et trois ânes, lança-t-il en sortant de l'écurie. Sheran m'avait dit que tu étais un homme prospère, Jacob, mais je crois que j'avais sous-estimé la chose.

Posséder une mule ou un âne était considéré comme un signe de richesse, mais en posséder plusieurs, c'était plutôt de l'opulence, car ces animaux étaient rares, dispendieux et peu de gens avaient les moyens financiers de nourrir, loger et soigner l'une de ces bêtes.

— Où sont les quatre autres mules? demanda Sheran au grand étonnement de Farouk.

— Elles sont au chantier, répondit Jacob. Joachim en avait besoin pour préparer le terrain. J'ai d'ailleurs laissé deux de mes hommes avec son équipe, afin qu'ils puissent récupérer tous les matériaux réutilisables.

Voyant que Farouk semblait quelque peu perdu dans cette explication, Sheran s'efforça de corriger cette lacune.

— Lorsqu'un emplacement a été choisi pour la construction d'un bâtiment, il faut avant toute chose préparer le terrain. Cela implique de couper les arbres, retirer les pierres et les souches, puis de niveler le sol. Parfois même, il faut faire une ou plusieurs excavations, car les domus pompéiennes ont toujours une piscine ou un bassin et quelquefois les deux.

Farouk aurait bien voulu avoir quelques précisions sur cette villa pompéienne, mais ils durent tous se déplacer rapidement, car les hommes avaient terminé le déchargement et ils poussaient maintenant la charrette vers un espace entre l'entrepôt et l'écurie où deux autres charrettes y étaient déjà garées. Farouk reporta son attention sur la gigantesque cour. À droite de l'écurie, il y avait une étable, suivie d'un grand enclos et d'un poulailler de bonne dimension. L'enclos servait aux chèvres, aux moutons et aux poules et des caquètements de protestation s'élevaient chaque fois qu'une bête passait trop près d'une volaille. Le côté droit de la cour, quant à lui, était entièrement occupé par l'atelier. À l'intérieur de celui-ci, il y avait une multitude de chevalets sur lesquels reposaient des poutres. Certaines semblaient prêtes à être utilisées, alors que d'autres exigeraient encore de nombreuses heures de travail. Entre le poulailler et l'atelier, il y avait un large sentier qui partait vers l'est et qui descendait dans la ville.

— Viens! lui dit Sheran en le tirant par la manche et en se dirigeant vers la maison. On nous attend.

Deux femmes et une jeune fille venaient de sortir par la porte arrière de la maison. Elles transportaient des plateaux et des outres qu'elles disposèrent sur une longue table près du potager. Jacob, son fils, les apprentis et les employés se dirigeaient vers celle-ci, afin de prendre le repas de la mi-journée. Sheran fut accueilli cordialement par Rachel, l'épouse de Jacob, alors que Farouk la salua sobrement. Ignorant les mœurs et coutumes du peuple de Juda, il n'avait pas osé lui prendre les mains, comme il l'aurait fait dans son royaume. L'autre femme se nommait Anna et elle était l'épouse de Joachim, l'homme qui préparait le terrain en vue de la construction de la villa. Elle séjournait chez Jacob pour quelques semaines avec Marie, sa fille, qui était âgée de huit ans. Le jeune Joseph lui présenta la jeune fille, tout en spécifiant avec fierté qu'elle était sa fiancée. Farouk ne fut pas surpris, car cette pratique était courante dans tous les royaumes. Les familles de l'aristocratie ou simplement celles qui étaient très bien nanties prenaient de telles ententes, afin de créer des alliances entre leurs familles. Les enfants étaient alors promis l'un à l'autre dès leur plus jeune âge.

Jacob invita ses deux visiteurs à partager son repas, tout en s'excusant de la modestie de ses plateaux pauvrement garnis. Farouk avait appris à ses dépens qu'une bourse bien garnie ne faisait aucune différence en ces temps de pénurie. Il prit donc une figue séchée et la dégusta lentement, tout en interrogeant Jacob sur les travaux de préparations du terrain auxquels travaillait Joachim en ce moment.

— Préparateur de terrain est donc le métier de cet homme! supposa Farouk

Les hommes autour de la table trouvèrent le commentaire très amusant.

— Il n'y a pas suffisamment de travail dans ce domaine pour qu'un homme puisse en faire son métier, corrigea Jacob. Joachim est un éleveur de bétail. Il possède deux gros troupeaux de moutons et plusieurs petits troupeaux de chèvres, mais pour préparer un terrain à la perfection, c'est lui qui est le meilleur.

Les conversations convergèrent vers les poutres et les planches qui seraient confectionnées à partir des troncs qui venaient d'être apportés. Les hommes utilisaient une foule de termes de charpenterie que Farouk ne connaissait pas. Cette discussion étant de peu d'intérêt pour lui, il tourna son attention vers les deux femmes et la jeune fille. Contrairement à son royaume, les hommes et les femmes du peuple de Juda portaient des vêtements très similaires, qui étaient constitués d'une longue tunique descendant jusqu'aux chevilles et qui était recouverte d'un manteau de laine sans manches, qui s'arrêtait à mi-mollet. Les vêtements des hommes étaient étroits, alors que ceux des femmes étaient très amples, mais là était la seule distinction entre les deux.

Farouk demanda à Sheran de lui donner quelques détails sur cette villa pompéienne, mais ce fut Joseph qui lui répondit.

— Je peux te montrer celle que j'ai construite l'année dernière, ainsi tu comprendras plus facilement.

Le jeune homme tourna la tête du côté de son père, cherchant son approbation.

— Montre-lui, lança Jacob, tout en acquiesçant d'un signe de tête, une image vaut bien mille mots.

Farouk se leva et il suivit le jeune Joseph qui s'était élancé d'un pas énergique vers l'atelier. Farouk était confus, car Jacob avait dit qu'il n'y avait pas plus de dix villas pompéiennes dans tout le royaume de Juda et le jeune garçon prétendait en avoir construit une l'année précédente. Joseph entra dans l'atelier et se dirigea au fond à gauche. Farouk le rejoignit près d'une grande table de travail sur laquelle reposait une belle villa pompéienne miniature.

— Ha! fit Farouk pour qui les choses prenaient enfin un sens. Ce n'est pas une vraie villa.

Une gifle aurait certainement eu moins d'effet sur le jeune Joseph, qui était très indigné.

— Mais bien sûr que c'est une vraie villa. Elle est simplement trente fois plus petite que celle que nous allons construire, mais les proportions sont bien gardées pour chacune des pièces qui en composent l'ensemble.

La villa était très intrigante et Farouk n'avait jamais rien vu de semblable. Elle était faite de deux parties bien distinctes. La partie avant était composée de quatre bâtiments à un étage reliés entre eux et formant un grand carré. Les toits étaient en pignons et la partie centrale de ce grand carré était laissée à découvert. La partie arrière, qui était rattachée à la première, était également faite de quatre bâtiments dont trois d'entre eux avaient un deuxième étage. Là encore, le centre de ce carré était laissé à découvert et les toits étaient tous inclinés vers l'intérieur. Joseph pointa le centre du premier grand carré.

— À cet endroit, il y aura un bassin avec une fontaine.

Il pointa ensuite le centre du deuxième carré :

— Et ici, il y aura une piscine… Un bain romain.

— Ça! je connais, dit Farouk en ricanant.

— Tu as déjà pris un bain romain? demanda Joseph avec scepticisme.

— Plutôt deux fois qu'une, répliqua Farouk qui était très amusé de la réaction du jeune garçon.

Joseph le regardait avec de grands yeux incrédules

— Dans de l'eau chaude… avec des pétales de fleurs?

Farouk acquiesça, un large sourire aux lèvres au rappel de ces agréables souvenirs. Le jeune Joseph était très impressionné, car il n'avait jamais entendu une personne prétendre avoir pris un bain romain, alors que Farouk disait en avoir fait usage à deux reprises.

Une grande pièce de cuir tanné avait été accrochée au mur derrière la table de travail. Elle était divisée en quatre parties. Trois d'entre elles comportaient un dessin de la villa, alors que la quatrième était recouverte de chiffres et de symboles qui n'avaient aucune signification pour Farouk. Le premier dessin montrait le plancher de la villa avec toutes ses divisions, le second, quant à lui, faisait voir toutes les pièces de la charpente, alors que le troisième représentait la villa, tel qu'elle serait une fois terminée. Les yeux de Farouk allaient et venaient du plan accroché au mur à la villa miniature sur la table de travail. La partie gauche de la petite villa était terminée, alors que la partie droite laissait paraître toutes les pièces de la charpente. Joseph pointa une petite pièce de bois qui traversait la deuxième partie sur toute sa largeur.

— C'est une poutre d'entrait, Farouk. Elle doit être de belle apparence, car elle sera visible au plafond du premier étage. De plus, elle doit être suffisamment forte pour supporter le poids du deuxième palier, des meubles et de la toiture au-dessus. À cela, il faut ajouter le poids de plusieurs personnes qui pourraient s'y tenir au même moment.

Farouk prenait conscience de la complexité des calculs nécessaires à la confection de cette poutre.

— Viens! lui dit Joseph, tout en se dirigeant vers le centre de l'atelier.

Le jeune garçon s'arrêta près d'une longue poutre massive, qui reposait sur des chevalets et qui avait été sculptée sur trois faces, jusqu'à la moitié de sa longueur. Il posa les deux mains sur la poutre.

— Voici la même pièce de bois que je t'ai montrée sur ma petite villa. Elle est simplement trente fois plus large, plus épaisse et plus longue.

Farouk examina la sculpture en cours. Voyant les copeaux fraîchement coupés qui jonchaient le sol, il se dit que le sculpteur devait être en train d'y travailler lorsqu'ils sont arrivés. La sculpture était composée de deux tiges de vigne et d'une tige de lierre qui s'entrelaçaient entre elles, alors que la partie non sculptée de la poutre portait des marques très régulières. Il leva les yeux et il trouva rapidement ce qu'il cherchait. Un long bâton gradué, aussi grand que lui, était appuyé non loin sur un chevalet. Le jeune Joseph, qui avait suivi son regard, s'exclama du ton d'un mentor parlant à son jeune apprenti.

— C'est une toise, Farouk… Un bâton à mesurer.

Farouk ricana sobrement.

— La toise est également la mesure utilisée dans le royaume d'où je viens, Joseph. Dans mon métier de corroyeur, la toise me servait à mesurer les peaux à être taillées, de même que la longueur des ceintures, des courroies, des lanières et des cordons.

— Donc, tu connais les bases de l'arithmétique? questionna Joseph.

— Je connais les bases, comme tu l'as si bien dit, précisa Farouk, et je n'ai aucunement l'intention de comparer mes connaissances aux tiennes, jeune maître-charpentier. Ce sont simplement les marques sur cette poutre qui m'intriguaient et je me rends compte que ce sont les mêmes techniques qui sont utilisées pour la sculpture que celles que nous utilisons pour graver le cuir. Nous marquons des points de repère précisément calculés, afin de pouvoir répéter des motifs à l'infini, ce qui permet de conserver une belle harmonie sur toute la pièce qui est travaillée.

Joseph effleura la sculpture du bout des doigts.

— Abdi est un excellent sculpteur, mais il y a trop de travail en ce moment pour un seul homme.

Il avait dit cette phrase tout en pointant l'homme assis à la gauche de Sheran. Les deux sculpteurs avaient de très nombreux points physiologiques en commun. Ils étaient environ du même âge, pas très grand, avec des épaules larges et solides.

— Le retour de Sheran nous sera d'un grand secours, ajouta Joseph.

Il y avait trois autres poutres dans l'atelier et Farouk en avait compté une quinzaine dans l'entrepôt, dont seulement deux qui avaient été sculptées. Bien que ses connaissances fussent pratiquement nulles en ce domaine, il estimait qu'il faudrait plusieurs centaines de poutres de dimension variées, afin de construire cette villa.

— Ton père ne manquera pas de travail avec tous les calculs qu'il devra faire pour la construction de cette domus, lança Farouk d'un ton pensif.

Le visage de Joseph se transforma en une moue boudeuse.

— C'est moi qui ai fait les calculs pour toutes les poutres qui ont déjà été confectionnées jusqu'à maintenant. Mon père a bien sûr vérifié tous mes calculs, et plutôt deux fois qu'une, mais il n'y a décelé aucune erreur.

— Hum! fit Farouk en une mimique appréciatrice. Alors, ta formation est vraiment terminée!

Joseph grimaça.

— Père dit que ma formation sera terminée, lorsque mon expérience pratique concurrencera avec mes connaissances théoriques.

Farouk pinça les lèvres en réalisant qu'il avait parlé avec un peu trop d'empressement.

— Tu dois tout de même admettre que ce sont des paroles remplies de sagesse.

— Je ne mets nullement en doute la sagesse des paroles de mon père, Farouk, mais d'un autre côté, je me dis que j'ai toute la vie devant moi, afin d'acquérir l'expérience pratique de mon métier, alors que cette opportunité d'aller voir les royaumes du Sud ne se représentera probablement jamais.

L'incroyable certitude de la jeunesse, pensa Farouk en souriant.

— Cette occasion se représentera, Joseph, si telle est la volonté des dieux.

Joseph leva les sourcils d'étonnement.

— Il n'y a qu'un seul vrai Dieu, déclara le jeune homme.

Joseph avait lancé cette affirmation d'un ton neutre, comme s'il venait d'énoncer une vérité inébranlable. Cette fois, se disait Farouk, cette incroyable certitude n'était pas due qu'à la jeunesse, car telle était la croyance du peuple de Juda. Un immense doute s'insinua dans son esprit. En venant dans ce royaume, il avait eu la certitude qu'il lui serait facile d'apprendre à vivre avec les gens de ce peuple, mais cette conviction avait été fortement ébranlée depuis son arrivée. Il croyait en des dieux multiples avec la même conviction que ces gens croyaient en un Dieu unique et il y avait trop de choses dans les pratiques de ce peuple qui allaient à l'encontre de ses plus profondes convictions.

Joseph le sortit de sa réflexion.

— Elle est jolie, n'est-ce pas?

Farouk avait été très impressionné, tant par le travail que par les connaissances du jeune homme.

— Elle n'est pas simplement jolie, je dirais plutôt que c'est une véritable petite merveille.

Farouk ricana en voyant que Joseph, tout éberlué, le regardait bouche bée.

— Je suis très sincère, ajouta-t-il, jamais je n'ai vu une aussi belle villa.

Joseph referma vivement la bouche, tout en rougissant.

— C'est de Marie dont je parlais, dit-il d'un ton embarrassé.

Réalisant sa méprise, Farouk se sentit tout aussi confus que le jeune homme. Il posa la main sur l'épaule de Joseph.

— Marie n'a que huit ans, mais tu as effectivement raison, elle est très jolie.

La jeune fille avait un petit visage angélique, empreint de douceur. Ses cheveux châtain clair sur sa peau d'albâtre semblaient rehausser cette impression. De plus, Farouk n'avait jamais vu des yeux gris-bleu comme ceux de cette enfant. Elle n'avait posé qu'un regard furtif sur lui, lorsque Joseph la lui avait présentée, mais du fond de ses beaux yeux, Farouk avait pu percevoir la pureté éblouissante de son cœur sans malice.

— Dans neuf ou dix ans, nous nous marierons, déclara Joseph avec fierté. Hormis le fait que nous ayons été promis l'un à l'autre, je crois que jamais je n'aurais pu épouser une autre femme qu'elle.

Farouk arqua un sourcil, un sourire amusé dansant sur ses lèvres.

— En voila de grandes certitudes pour un aussi jeune garçon.

Joseph rougit timidement.

— Nous sommes vraiment faits l'un pour l'autre, Farouk. Je l'ai su dès notre première rencontre, il y a deux années de cela.

Ils quittèrent l'atelier et traversèrent la cour, afin d'aller rejoindre les autres. Tous les gens attablés les regardaient approcher, un petit sourire aux lèvres.

— Je dois féliciter le mentor, lança Farouk en arrivant près de Jacob. Les connaissances de l'élève sont étonnantes.

— Je n'ai que peu de mérite, puisque l'élève est ce qu'il y a de plus exceptionnel, répliqua Jacob, tout en posant un regard empreint de fierté sur son fils qui sembla grandir de quelques centimètres.

Les employés étaient très étonnés, de même que Joseph, car Jacob pouvait être généreux de sa bourse, mais d'un autre côté, il était très avare de ses compliments. Farouk reprit sa place à la droite de Sheran, tout en se demandant pourquoi tous les regards étaient encore tournés vers lui, comme s'ils le voyaient pour la première fois.

— Je me dois de te retourner le compliment, Farouk, dit Jacob en une moue appréciatrice. Sheran nous a brièvement raconté vos aventures et j'ai eu peine à le croire lorsqu'il a dit qu'il ne te connaissait que depuis huit ou neuf jours. J'ignore qui a été ton mentor, mais je n'ai nul doute, là aussi, que l'élève devait être très exceptionnel.

Farouk se sentit rougir. Quoi qu'il fasse, il s'efforçait toujours de le faire au mieux de ses connaissances et il n'avait nullement l'impression d'être exceptionnel. Voilà pourquoi les compliments l'avaient toujours embarrassé. Bien que Jacob eût remarqué ce malaise, cela ne l'empêcha point de poursuivre malgré tout dans la même voie.

— Faire courber l'échine à ce marchand de coton, que même Maître Cid n'arrivait pas à mater, voilà qui est impressionnant, car très peu de gens peuvent prétendre que le grand Maître du Troc est leur débiteur.

Farouk sentit ses mains devenir moites. Il prit une nouvelle figue dans le plateau devant lui et y mordit, alors que Jacob poursuivait inlassablement :

— Sheran nous a aussi raconté brièvement votre rencontre avec ce groupe de brigands et, à ce que j'ai pu comprendre, il n'y a pas qu'avec ta tête que tu saches te défendre.

Le jeune Joseph, qui n'avait pas entendu le récit de Sheran, regardait tour à tour Farouk et son père, sans comprendre. Farouk, de plus en plus embarrassé, jeta un regard réprobateur à son compagnon de voyage, qui semblait s'amuser grandement de son embarras.

— Sheran nous a aussi raconté ce que tu as fait ce matin.

Jacob s'approcha sur ses coudes, la tête légèrement inclinée, tout en haussant les sourcils d'incrédulité.

— Tu es vraiment descendu dans la fausse aux lapidés en exigent d'y être jugé en même temps que la fille de Siméon?

Tous les convives avaient étiré le cou, tout en tendant l'oreille afin de ne rien manquer de la réponse de Farouk, alors que Joseph était abasourdi. Après un dernier regard de reproche vers Sheran, Farouk tenta d'expliquer ce qui avait motivé son geste.

— J'ai trop souvent vu des hommes vils et abjects, comme ce Yonam, qui abusaient à outrance de leur position de supériorité.

Trop longtemps, j'ai dû regarder ces innocentes victimes, sans pouvoir leur venir en aide.

Farouk soupira, tout en faisant la moue :

— De toute façon, je m'étais donné trop de mal, afin de sortir Falia des griffes de ces brigands. C'eût été honteux de laisser son abruti de mari gâcher tout ce beau travail.

La plaisanterie réussit à extirper quelques petits rires nerveux de la part des hommes, alors que Jacob le regardait, un petit sourire en coin.

— Le plus étonnant, Farouk, c'est que tu sois encore en vie, car la fausse n'est pas vraiment un lieu de jugement, mais plutôt un lieu d'exécution.

Tous les regards étaient braqués sur lui et brillaient de cette lueur de fascination et d'émerveillement, comme s'il avait fait quelque chose d'extraordinaire, alors qu'à ses yeux, il avait réagi de façon naturelle, comme l'aurait fait n'importe qui à sa place.

— C'est une très belle villa que vous allez construire, lança Farouk qui souhaitait vivement changer le cours de cette conversation, et je me demandais combien de temps il fallait pour construire une telle résidence.

Jacob, qui avait noté le grand inconfort de son invité, accepta bien volontiers de changer le sujet de la discussion. Farouk lui plaisait beaucoup, car il aimait les gens qui avaient des capacités hors de commun, mais qui savaient demeurer modestes, malgré tout.

— La résidence devra être habitable à la fin de la deuxième année, après le début des travaux, lança Jacob. Telle est l'entente. Mais les travaux ne seront pas parachevés, car il y aura encore plusieurs autres bâtiments à être construits autour de la villa : tels une écurie, une grange et un petit entrepôt pour le grain et le fourrage. Il faudra aussi faire l'aménagement de l'extérieur, afin que la résidence ait une belle apparence.

Jacob soupira, tout en secouant la tête :

— Avec tous mes hommes qui ne reviendront pas de Jérusalem avant encore neuf mois, la tâche ne sera pas aisée.

Farouk se mit à penser à tous les arbres qui devront être coupés, ébranchés et transformés en poutres et en planches avant d'être transportés jusqu'au chantier. Il savait aussi qu'un grand nombre de ces poutres devraient également être sculptées et qu'un grand nombre d'hommes seraient aussi nécessaires, afin d'assembler toute cette structure.

— Je venais tout juste d'offrir un nouveau contrat d'engagement à Sheran, lorsque tu es revenu à la table, dit Jacob, et si tu cherches du travail, je suis disposé à t'en offrir un à toi aussi.

Farouk pinça les lèvres, car il était très indécis sur son avenir.

— Ton offre est très généreuse, Jacob, et j'en suis très touché, mais comme je ne connais rien de vos mœurs et vos coutumes, j'ignore si je pourrais m'habituer à vivre parmi vous. Alors, je préfère attendre un peu, avant de prendre un engagement qui se prolongerait sur un long terme.

Jacob secouait lentement la tête en faisant une petite moue.

— Ton inquiétude est fort compréhensible et j'apprécie ta grande franchise. Nous pourrons alors, si tu es d'accord, signer un contrat sans durée déterminée, qui pourra prendre fin au moment où l'un de nous le jugera opportun.

Farouk ne répondit pas immédiatement. L'offre était intéressante, mais il hésitait encore. Voyant son indécision, Jacob, qui était un excellent négociateur, sut trouver les mots appropriés. Il arbora d'abord l'un de ses plus beaux sourires :

— Sheran m'a dit que ta bourse était très bien garnie, mais qu'elle n'était constituée que de devises étrangères. Je vais pouvoir arranger ce problème, du moins en grande partie.

Jacob leva ensuite son index, afin de mettre plus d'emphase à ses paroles :

— Mon père disait toujours : qu'*une bourse bien garnie se doit d'être entretenue, car elle n'est pas éternelle.*

— Ton père était un homme plein de sagesse, dit Farouk, un petit rictus glissant sur ses lèvres. J'accepte ton offre, Jacob.

— Cependant, nous ne pourrons pas commencer avant dix jours, coupa Sheran. Que cela soit bien clair. Je n'ai pas vu ma famille depuis cinq ans et je tiens à les revoir et aussi à leur présenter mon nouvel ami, avant de commencer mon nouveau contrat.

Jacob ricana joyeusement.

— Quel fils ingrat serais-tu, si tu faisais autrement! Alors, c'est tout entendu, vous dormirez dans l'abri des apprentis cette nuit et vous pourrez reprendre votre route demain matin. Par contre, je compte sur votre retour dans précisément dix jours.

Sheran se leva tout souriant et il s'inclina sentencieusement.

— Marché conclut, Jacob, et nous te remercions de ton hospitalité.

Sheran eut à peine le temps de se rasseoir que les discutions étaient reparties sur la planification de la construction de cette villa pompéienne. Jacob laissa filer les conversations pendant quelques minutes, puis d'un regard circulaire, il fit comprendre aux hommes qu'il était plus que temps qu'ils se remettent au travail. Jacob et les deux visiteurs discutèrent encore pendant près d'une heure. Après que Farouk eut fait une démonstration de son talent à recopier les dessins sur les poutres, en se servant de la toise à mesurer, Jacob décida qu'il ferait équipe avec les deux sculpteurs, afin d'accélérer le travail de ce côté. Pour le reste du temps, Jacob lui affirma qu'il saura faire un très bon usage de ses muscles noueux.

Jacob s'interrompit au milieu d'une phrase et son visage se peignit de surprise, alors que ses yeux se portaient vers le sentier qui venait de la ville. Toutes les têtes se tournèrent dans cette direction. Siméon venait tout juste d'entrer dans la grande cour. Il était accompagné de sa sœur et de Falia, qui avait peine à se tenir debout. Rachel et Anna se portèrent immédiatement au-devant des nouveaux arrivants. Lorsqu'ils arrivèrent près de la table, Jacob les accueillit avec empathie et les invita à se joindre à eux. Il grimaça en voyant le visage tuméfié de Falia. Sheran avait été bref dans son récit. Il avait mentionné que la jeune femme avait été battue par les brigands, mais Jacob pouvait maintenant constater avec quelle sauvagerie elle avait été agressée. Il posa un regard interrogateur sur le marchand de poisson.

— Pourquoi as-tu traversé toute la cité pour venir chez moi, alors que ta fille tient à peine sur ses jambes?

Siméon, quelque peu penaud, répondit d'une voix chevrotante.

— Un ami est venu me mettre en garde. Yonam est très en colère et il hurle dans son auberge. Il prétend que, bien qu'il ait renié sa femme, son honneur ne sera lavé que lorsqu'elle sera morte et que dès que cet étranger, qui a su le priver de son droit d'époux, aura quitté la ville, il fera ce qui est nécessaire, afin que justice lui soit rendue.

168

Jacob grimaça de dégoût. Il connaissait trop bien Yonam et il savait que l'honneur n'était pas le véritable motif de cet homme crapuleux. Siméon, qui s'était quelque peu ressaisi, poursuivit :

— J'étais désemparé et je ne savais que faire, alors je suis venu chercher ton aide et tes conseils.

Jacob se frotta le menton avec embarras.

— J'ignore quel conseil te donner, Siméon. Yonam hésitera à venir chercher Falia ici, mais s'il est aussi en colère que tu le dis, son hésitation sera de courte durée, car il sait pertinemment que je ne pourrai rien faire pour protéger ta fille. Mon statut de prince-héritier légal m'empêche de prendre partie dans toute situation d'ordre politique ou religieuse et cela, il le sait très bien.

— Je comprends, dit Siméon d'un ton accablé.

Il tourna ensuite son regard suppliant vers Farouk, comme si l'homme, qui avait déjà sauvé la vie de sa fille à deux reprises, pouvait encore faire l'un de ses petits miracles. Farouk arqua les sourcils en se tournant vers son compagnon de voyage.

— Peut-être pourrait-elle nous accompagner, suggéra-t-il, afin de l'éloigner de Nazareth et de son mari?

Sheran pinça les lèvres en une étrange mimique.

— Pour ma famille, cela ne pose aucun problème, mais nous devons partir demain matin et Falia tient tout juste sur ses jambes. Deux bons marcheurs peuvent atteindre Tibériade en dix ou douze heures. À cela, il faut ajouter près de trois heures, afin de se rendre chez moi, à Magdala.

Farouk pinça les lèvres à son tour. Sheran avait raison, Falia était trop faible pour parcourir une telle distance.

— Nous pourrions demeurer ici un jour de plus, afin que Falia puisse reprendre des forces, ajouta Sheran, tout en interrogeant Jacob du regard.

Ce fut au tour de Jacob de grimacer. Offrir l'hospitalité ne le dérangeait nullement, mais cela repousserait le retour des deux hommes d'une autre journée.

— Je pourrais vous prêter un âne, que Falia pourrait monter, cela vous permettrait de partir demain matin, malgré tout, suggéra Jacob. Une bonne nuit de sommeil devait alors lui suffire.

Farouk interrogea la jeune femme du regard.

— J'ai tellement peur, dit-elle, que je monterais sur le dos de n'importe quel animal, afin de partir loin d'ici et le plus vite possible.

Elle posa ensuite sur Farouk un regard débordant de gratitude et d'affection. Sheran secoua la tête.

— Je te remercie, Jacob. L'âne sera très utile pour Falia. Je comprends très bien ton empressement à nous voir de retour dans dix jours, tel que je te l'ai promis, mais si Falia n'est pas suffisamment remise au matin pour voyager, j'écourterai alors mon séjour auprès des miens, afin de lui accorder cette journée de repos supplémentaire.

Jacob tourna la tête du côté de Falia en opinant.

— Tu as raison, Sheran. Nous verrons au matin si la nuit a été suffisante à la récupération de ses forces. Mais quant à sa sécurité, il ne faudrait pas trop tarder à l'éloigner de Nazareth.

Il ordonna à son épouse d'installer Falia sur leur paillasse. Pour une ou deux nuits, il partagerait l'abri des apprentis avec ses deux invités. Rachel et Anna aidèrent la jeune femme à se remettre sur pied et ils se dirigèrent vers la maison. La petite Marie fermait la marche, le cœur lourd et angoissé.

— Cette enfant est si sensible, dit Jacob, que l'on croirait que sa souffrance est aussi grande que celle de la victime.

Les femmes ne firent que quelques pas, puis elles retournèrent vers la table, alors que les hommes attablés tournaient la tête simultanément vers l'entrée de la cour. Deux soldats de la garde prétoriale, accompagnés de trois hommes à l'allure louche, venaient d'y pénétrer. Farouk se leva lentement. Il contourna la table et il alla s'adosser au mur de l'abri des apprentis. Les deux soldats ne l'inquiétaient pas outre mesure, car ces hommes suivaient des règles très précises. Par contre, il se méfiait beaucoup des trois mercenaires, car ces hommes étaient généralement violents, impulsifs et ils ne respectaient aucune règle. Jacob se leva à son tour, sans même tenter de dissimuler son irritation. Le jeune officier, qui avançait en tête du groupe, ne lui était pas inconnu. Il trouvait cependant très offusquant que celui-ci soit accompagné de ces trois mercenaires.

— Tu es le bienvenu chez moi, Ruben, dit Jacob d'un ton où perçait la colère, mais je ne peux en dire autant des hommes qui t'accompagne.

Jacob s'était adressé au jeune officier, sans détourner une seule fois son regard vers les mercenaires qui suivaient derrière. Ruben était le deuxième fils d'un tailleur de pierre de Naïm avec qui Jacob faisait des affaires depuis de nombreuses années.

170

N'ayant aucune habilité pour la taille de la pierre, Ruben s'était senti rejeté et il était devenu aigri et très arrogant. Il avait quitté sa famille quatre années plus tôt, afin de se joindre à la garde prétoriale d'Hérode.

— Pardonne-moi, dit le jeune officier, mais j'ai des ordres précis de mon roi.

Jacob hocha la tête, tout en haussant les sourcils, ses yeux perçants jetant des éclairs de fureur, alors que Ruben pinçait les lèvres. Le jeune officier savait pertinemment qu'en d'autres circonstances, c'est Jacob qui aurait été son roi. Falia, qui était prise de panique, alla se réfugier auprès de Farouk. Elle se recroquevilla à la gauche de son protecteur, certaine que ces hommes étaient envoyés par son époux. Farouk et Sheran éprouvèrent également une certaine appréhension, puisqu'ils avaient vu ces hommes à l'auberge de Yonam en sortant de la ville. Sachant dans quel état de fureur était l'aubergiste, Farouk avait la conviction que cet homme sans scrupule aurait pu raconter toute sorte de mensonges, afin de tirer vengeance. Ruben était demeuré impassible, puisqu'il avait anticipé cet accueil.

— Je m'attendais à une telle réaction de ta part, dit le jeune officier d'un air hautain, et c'est pourquoi j'ai demandé à Polybios de me laisser t'interroger à sa place.

Jacob jeta un coup d'œil sur le chef des mercenaires. Il n'était pas nécessaire d'entendre son nom pour comprendre que cet homme était d'origine grecque. D'une trentaine d'années, Polybios était court, bedonnant et il portait des vêtements traditionnels à son pays : un petit chapeau de toile rond, une veste sans manches, jeté sur une chemise de lin aux manches retroussées et un pantalon court et légèrement bouffant qui s'attachait sous les genoux. Ruben laissa Jacob détailler l'homme un petit moment, puis il poursuivit :

— Hérode lui a demandé d'interroger les notables, les percepteurs et les personnes influentes de chaque ville de son royaume.

— Et quel est donc le sujet de cette interrogation? demanda Jacob en arquant un sourcil avec dédain.

Ruben se contracta, car il savait que sa réponse n'allait pas plaire à Jacob. De plus, tous les employés avaient cessé de travailler et chacun s'était emparé d'un outil solide ou tranchant qui pouvait facilement lui servir d'arme, si le besoin s'en faisait sentir. Polybios et ses hommes avaient été prévenus qu'il ne serait pas facile d'interroger cet homme et qu'ils ne devaient pas intervenir, peu importe la réaction qu'aurait Jacob.

— Hérode, notre roi, a ordonné à Polybios de découvrir le temple secret qui referme les vieilles prophéties ancestrales.

Le visage de Jacob s'empourpra de colère.

— Comment oses-tu venir ici et m'interroger, alors que tu sais pertinemment tout le mal que cette vieille légende rocambolesque a pu faire à ma famille, et ce depuis d'innombrables générations?

Jacob pointait un index menaçant vers Ruben en écumant de rage contenue. Sa réaction avait été si spontanée que Polybios et ses hommes avaient reculé d'un pas. Le jeune officier, par contre, n'entendait pas s'en laisser imposer et il pointa son index de manière tout aussi menaçante.

— Ne prends pas les choses de façon personnelle, Jacob! Tu es l'une des personnes les plus influentes de Nazareth, et là est l'unique raison pour laquelle ton nom figure sur la liste des gens à être interrogés.

Ruben croisa les bras, tout en dardant un regard de défi sur le maître des lieux. Jacob inspira profondément tout en serrant les poings et les dents.

— Ton roi t'envoie à la recherche d'une chimère, dit-il d'un ton amer, puisque ce temple secret n'existe pas et que cette prophétie n'est rien d'autre que l'invention extravagante d'un hurluberlu.

Le jeune officier se tourna du côté de Polybios.

— Tu as eu ta réponse! Alors, partons maintenant, car nous avons encore une longue route à parcourir.

Jacob ricana avec mépris.

— Je suis donc la dernière personne de Nazareth que tu devais interroger. Tu as gardé le plus difficile pour la fin.

Ruben serra les dents, car il comprenait très bien le sarcasme de l'insinuation.

— Tu es le dernier, siffla-t-il entre ses dents, simplement parce que nous devons nous diriger vers Tibériade et que la route pour s'y rendre est juste derrière ta maison.

Le chef des mercenaires, qui était offusqué par l'attitude de Jacob, grimaça, puis il pivota sur sa droite et se dirigea vers Farouk. Falia réprima difficilement son envie folle de s'accrocher au bras de son protecteur, car elle était consciente que si un combat devait s'engager, Farouk aurait besoin de toute sa liberté de mouvement. Polybios s'arrêta à deux enjambées de Farouk. Il mit les mains sur les hanches et il darda un regard intense sur lui, avant de lancer d'une voix acerbe :

— L'aubergiste à l'entrée de la ville m'a dit que toi et ton compagnon sembliez être au courant d'une foule de choses et que vous seriez à même de répondre à mes questions.

Polybios inclina légèrement la tête en haussant les sourcils de façon interrogatrice. Farouk avança d'un pas, un sourire amusé sur les lèvres.

— Cet homme est un imbécile, répondit-il en ricanant. Nous l'avons offusqué et il cherche vengeance. Il s'est moqué de toi en te lançant sur une fausse piste, espérant que ta colère retomberait sur nous.

Polybios fit la moue et Farouk poursuivit :

— Je mets les pieds dans ce royaume pour la première fois de ma vie et si tu me demandais de t'indiquer le temple le plus près, qu'il soit secret ou connu de tous, je serais totalement incapable de te répondre.

Le mercenaire dévisagea Farouk un long moment sans rien dire, puis il tourna lentement la tête du côté du deuxième voyageur. Sheran approcha et il n'attendit pas que l'homme l'interroge.

— J'ai travaillé les cinq dernières années au port d'Aila et je retourne en ce moment chez moi, à Magdala. Alors je n'ai aucune idée de ce qu'il pourrait y avoir de nouveau dans la région.

Polybios, qui n'aimait pas cette réponse évasive, lui jeta un regard mauvais.

— Ces hommes ne sont pas sur la liste des gens à être interrogés. Nous partons immédiatement! lança Ruben d'un ton impératif.

Les employés de Jacob approchaient d'un pas menaçant, tout en tenant fermement leurs armes improvisées. Ruben avait pivoté et il se dirigeait vers la sortie, l'autre soldat de la garde prétoriale sur ses talons. Les trois mercenaires leur emboîtèrent le pas en jetant des regards provocateurs aux hommes de Jacob.

Tout le monde demeura silencieux un long moment, regardant les visiteurs indésirables quitter le domaine. Farouk, qui avait besoin de réponses à ses nombreuses questions, approcha de la table d'un pas traînant.

— Il est très évident que ce sujet t'irrite grandement, mais n'étant pas de ce royaume, je crois être le seul à ne rien comprendre à tout ce qui vient de se produire, dit-il humblement au maître des lieux.

Jacob soupira bruyamment, mais puisque Farouk devait être à son service d'ici peu, il jugea préférable de tout lui expliquer et de clore ce sujet définitivement.

— Cette légende était déjà connue au temps d'Isaac, fils d'Abraham, il y a plus de mille cinq cents années. Un conteur a dû l'inventer dans le but de plaire et il a fort bien réussi, puisqu'on en parle encore de nos jours. Cette histoire parlait d'un temple secret où étaient gardées de très anciennes prophéties et que l'une d'entre elles annonçait la longue lignée royale d'Isaac. Cette stupide prophétie prédisait, prétendument, qu'à toutes les quatorze générations naîtrait un roi qui ferait de grandes choses pour l'avenir de son peuple.

Farouk grimaça en une mimique interrogatrice.

— Qui donc était le quatorzième descendant de la lignée d'Isaac? demanda-t-il.

Jacob leva les yeux au ciel, tout en secouant la tête.

— David, déclara-t-il, tout en soupirant

— Le grand roi David! s'exclama Farouk avec enthousiasme. L'histoire de David est bien connue, même dans mon royaume. Il a uni les tribus juives pour former le peuple de Juda après avoir tué Goliath, le géant philistin. On le nommait le Roi des rois. La prophétie disait donc vrai.

Jacob fit la moue, tout en secouant la tête.

— C'est ce que tout le monde a dit à cette époque, répliqua-t-il la mine boudeuse, et même les plus sceptiques se sont mis à croire en cette stupide légende.

Farouk réalisa qu'il s'était laissé emporter et qu'il avait probablement fait fausse route en tirant des conclusions hâtives.

— Qui était le quatorzième descendant de David? questionna-t-il avec prudence.

Un rictus cynique glissa sur les lèvres de Jacob.

— Jéchoniah, fils de Jéhojakim, répondit-il en ouvrant de grands yeux interrogateurs.

Farouk fouilla vainement sa mémoire, une moue plissant sa lèvre inférieure.

— Jamais entendu parlé! dit-il, tout en secouant lentement la tête.

Jacob ricana de façon ironique.

— Jéchoniah fut le dernier roi de la lignée de David à s'asseoir sur le trône, expliqua-t-il. C'est lui qui régnait sur le peuple de Juda, lorsque les ambassadeurs babyloniens sont venus. Ils lui ont demandé de s'incliner devant la puissance de leur roi et de devenir un vassal de Babylone. Jéchoniah savait que son armée ne pouvait rivaliser en aucune façon contre celle des Babyloniens. Néanmoins, toute sa cour lui a conseillé de refuser cette requête, car il était le quatorzième descendant direct de David et qu'il ferait de grandes choses pour son peuple, tel que prophétisé. Ses conseillers lui ont dit de ne voir en cette situation qu'une épreuve, telle que celle qu'avait eu à subir David, et qu'elle était destinée à prouver sa valeur, de même que la véracité de la prophétie.

Jacob secoua la tête d'un air accablé avant de poursuivre :

— Ils ont donc affronté les Babyloniens, mais, à un contre vingt, l'armée de Jéchoniah fut écrasée en moins de deux heures. Par la suite, tous les hommes du peuple hébreux furent déportés vers Babylone. Il ne demeura sur le territoire de Juda que les femmes, les jeunes enfants et les vieillards.

Farouk secouait la tête, l'air très navré de son enthousiasme d'un moment plus tôt.

— Cette stupide légende, ajouta Jacob, annonçait qu'à toutes les quatorze générations naîtrait un roi qui ferait de grandes choses pour son peuple, mais elle ne disait pas si celles-ci seraient bonnes ou néfastes. Après ce jour, le peuple est devenu plus méfiant envers cette présumée prophétie. Malheureusement, la mémoire est une chose éphémère. De nombreuses générations se sont écoulées et les gens se sont remis à croire en cette vieille légende. Plusieurs disent que le prochain grand roi sera un sauveur, qu'il libérera son peuple de l'oppression des Romains et qu'il restaurera le trône de David.

Jacob fit une petite pause, tout en soupirant d'amertume, avant de poursuivre :

— Je suis le douzième descendant direct de cette lignée.

Il posa la main sur l'épaule de son fils :

— Joseph est le treizième et le jour où naîtra son premier fils, cet enfant sera le quatorzième descendant direct de Jéchoniah et tout le peuple s'attendra à ce qu'il réalise de grandes choses pour eux. Voilà l'effroyable fardeau que cet enfant aura à porter à cause de cette stupide légende sans fondement.

Farouk secouait positivement la tête, tout en pinçait les lèvres, l'air très songeur.

— Je comprends maintenant que l'interrogation de ce soldat ait suscité ta colère.

Le regard de Farouk croisa celui de son compagnon de voyage. Il plissa le front et grimaça en une mimique interrogatrice, car une lueur angoissée croissait au fond du regard de Sheran. Soudainement, les réponses à la myriade de questions qui perturbaient son esprit se mirent à affluer. Toutes les lacunes dans le récit de son compagnon de voyage trouvaient maintenant une explication logique. En quelques secondes, il analysa le récit de Sheran de la même façon dont Maître Cid s'y était pris pour décortiquer le sien. Il savait qu'il était possible qu'il soit dans l'erreur, mais il avait, malgré tout, l'intime conviction d'avoir compris le secret que cachait son compagnon.

— Je dois partir! lança Sheran, un étrange trémolo vibrant au fond de sa voix.

Jacob ouvrit de grands yeux, tout étonné par le changement radical dans l'attitude de son visiteur.

— Je suis entièrement d'accord avec lui, renchérit Farouk.

Sheran ouvrit la bouche en une expression déconfite, car il s'était attendu à une violente opposition de la part de son compagnon de voyage :

— J'ai reconsidéré la chose, ajouta Farouk. Il reste encore trois bonnes heures avant le coucher du soleil. Si nous nous mettons prestement en route, nous pourrons atteindre Magdala avant la nuit, demain soir.

Jacob grimaça d'incompréhension :

— Sheran n'a pas vu sa famille depuis cinq ans, poursuivit Farouk, et il y a une foule de choses qu'il désirait faire. Si nous tardons à partir, il n'y arrivera pas, puisque nous devons être de retour dans dix jours.

Jacob haussa les sourcils. Cette explication, bien que logique, lui semblait très intrigante. Le regard paniqué de Falia, par contre, allait et venait entre les deux hommes. Elle croyait que son bienfaiteur allait l'abandonner.

— Falia est trop faible pour voyager, elle ne pourra pas vous accompagner, dit Rachel qui s'était approchée.

Farouk tourna son regard vers l'épouse de Jacob, mais il n'eut pas le temps de prononcer une seule parole.

— Je pars avec vous! s'écria Falia, tout en s'accrochant au bras de Farouk. J'aurais la force de tenir sur l'âne, ajouta-t-elle avec conviction.

Farouk fronça les sourcils et il pinça les lèvres d'incertitude.

— Nous serons de retour dans dix jours et…

— Non! s'écria la jeune femme, lui coupant la parole. J'ai la certitude que le domaine de Jacob est déjà surveillé et que dès l'instant où tu quitteras Nazareth, quelqu'un courra jusqu'à l'auberge, afin de prévenir mon mari de ton départ. Il viendra me chercher et rien ni personne ne pourra l'empêcher d'accomplir sa vengeance.

Jacob approuvait d'un hochement de tête. Il tenait beaucoup à ce que ses deux nouveaux employés soient de retour dans dix jours, tel que promis. Il ordonna donc à l'un de ses charpentiers d'aller préparer un âne.

L'homme revint quelques minutes plus tard et il conduisit l'animal près du groupe qui s'apprêtait à partir. Il avait placé une couverture, faite de paille tressée, sur le dos de la bête, puis il avait déposé deux paniers d'osier, retenus par des arçons, sur la croupe de l'âne. Le tout était retenu bien en place par des sangles, sous le ventre, sous la queue et devant le garrot de l'animal. Il avait ajouté une pleine brassée de fourrage dans chacun des paniers, de même que deux gourdes remplies d'eau, car un âne pouvait fournir un bon rendement à la condition qu'il soit bien traité.

Farouk souleva Falia et la déposa sur le dos de l'âne qui recula d'un pas sous la nouvelle charge. La jeune femme, dont les pieds pendaient sur le flanc droit de l'animal, se cala confortablement entre les deux paniers, puis elle ferma les yeux en poussant un petit soupir de lassitude.

— Ça va? s'enquit Farouk, en posant une main sur l'épaule de sa protégée.

Falia entrouvrit les yeux en affichant un pâle sourire.

— Ne te fais pas de soucis, dit-elle. Je tiendrais sur cet âne aussi longtemps qu'il le faudra.

Farouk posa un regard bienveillant sur Siméon.

— Sois sans inquiétude, mon ami! Je prendrai bien soin d'elle.

— Tu as toute ma confiance, répondit Siméon, car je sais qu'elle ne pourrait être entre de meilleures mains.

Jacob interpella les trois voyageurs qui venaient de se mettre en route.

— Ne revenez pas ici dans dix jours. Rendez-vous plutôt à Ptolémaïs, sur la place du marché. Au zénith du dixième jour, l'un de mes hommes vous y attendra et il pourra vous conduire directement au chantier qui n'est qu'à quelques lieues à l'est.
Sheran opina et le petit groupe se remit en route.

VI
Le secret de Sheran

Farouk remonta la couverture, afin de couvrir adéquatement les épaules de Falia, puis il déposa un tendre baiser sur le front de la jeune femme avant de retourner s'asseoir près du feu que Sheran venait d'allumer. Ils avaient marché à une très bonne cadence pendant un peu plus de trois heures. Le soleil s'apprêtait à disparaître derrière l'horizon, lorsqu'ils s'étaient arrêtés pour la nuit. Farouk avait rapidement assemblé son abri de voyage et il y avait installé Falia le plus confortablement possible. La route, majoritairement descendante, leur avait permis de maintenir un bon rythme et de franchir une distance appréciable. Falia avait sommeillé, bien adossée contre les paniers sur le dos de l'âne, alors que les deux hommes avaient marché silencieusement, chacun perdu dans ses pensées.

Sheran leva brièvement les yeux sur son compagnon de voyage, puis il replongea son regard dans les flammes naissantes du petit feu. Le changement radical d'attitude de Farouk semait la confusion dans son esprit. Il s'était attendu à de violentes protestations de sa part, lorsqu'il avait annoncé son départ brusqué, mais Farouk s'était rangé immédiatement de son côté, amplifiant même ses explications, afin de bien motiver leur empressement.

— Pourquoi as-tu fait cela? lança Sheran sans préambule, rivant son regard inquisiteur à celui de son compagnon de voyage.

Un sourire fugace glissa sur les lèvres de Farouk, alors qu'il se demandait par où il devait commencer.

— Disons simplement que je comprenais l'urgence de prévenir les membres de ta famille du danger qui les menace.

Sheran était bouche bée. Mille questions se bousculaient dans son esprit, alors que Farouk réprimait difficilement son sourire :

— Je te comprends très bien, dit-il, car je me sentais exactement comme toi, lorsque Maître Cid a percé mon secret.

Sheran fixait son ami d'un regard intense, tout en demeurant silencieux :

— Tu te demandes comment j'ai pu deviner ton secret, ajouta Farouk. Eh bien! c'est fort simple, camarade, ton récit comportait beaucoup plus de lacunes que le mien.

Sheran fit la moue, mais Farouk poursuivit comme si de rien n'était :

— Dès les premiers jours de notre rencontre, j'ai eu l'impression que tu détenais un secret, mais comme je n'avais aucunement l'intention de dévoiler le mien, je ne t'ai donc posé aucune question. Par la suite, nous avons rencontré Cid et sa merveilleuse Caravane. Grâce à sa très grande connaissance des mœurs et des coutumes des autres peuples, le grand Maître du Troc n'a mis que très peu de temps à percer mon secret. Il m'a, par la suite, tendu la main de l'amitié, mais en me faisant clairement comprendre qu'une amitié véritable se devait d'être accompagnée d'une confiance d'une égale sincérité.

Sheran, qui avait écouté son ami tout en contemplant les flammes, releva les yeux. Farouk lui fit un petit sourire conciliant, puis il poursuivit :

— Lors de notre deuxième repas, Maître Cid, m'a invité à lui rendre visite à Djeddah, si un jour mes pas me portaient vers le Sud. Je lui ai répondu de façon tout à fait anodine, que notre avenir n'était pas écrit, après tout, et que nul ne pouvait savoir ce qu'il nous réservait. Sa réaction a été démesurée et il t'a interrogé du regard. Tu lui as répondu d'un imperceptible mouvement négatif de la tête. Je n'ai pas relevé la chose, mais j'ai compris que tu détenais véritablement un secret et que celui-ci avait un rapport direct avec la phrase que je venais de dire.

Les épaules de Sheran s'affaissèrent et il soupira de lassitude.

— Tu as raison, dit-il, je suis effectivement détenteur d'un secret. Mais contrairement à toi, celui-ci ne m'appartient pas et je n'ai donc pas la liberté d'en disposer à ma guise.

— Je sais, répondit Farouk en un rictus moqueur, et tu n'auras pas à me le révéler, puisque je l'ai déjà découvert par moi-même.

Sheran arqua un sourcil de scepticisme.

— Il n'y a rien dans tout ce que je t'ai dit qui aurait pu te permettre de deviner mon secret.

Le rictus de Farouk se mua en un sourire amusé. Il se pencha vers l'avant, appuyant ses coudes sur ses genoux.

— Comme je te le disais un peu plus tôt, ton récit comportait beaucoup trop de lacunes. Lorsque nous nous sommes remis en route, après avoir quitté la grande Caravane de Cid, je t'ai demandé de me parler de toi. Tu m'as dit que ton père était potier et qu'il avait enseigné à Dathan, ton frère aîné, de même qu'à toi, l'art de la poterie. Puis un jour, tu lui as montré tes premières sculptures et il t'a dit que cela était un très beau passe-temps, mais qu'il aurait nettement préféré que tu mettes plus de temps à l'étude qu'à l'amusement.

Farouk se tut et il fit un beau sourire de connivence à son compagnon, comme si celui-ci aurait dû comprendre où était la faille dans son récit.

Sheran fit la moue, tout en secouant lentement la tête.

— Je ne vois vraiment pas ce que tu peux trouver d'étrange à ce que je t'ai dit.

— L'apprentissage de la poterie demande beaucoup d'observation et d'entraînement, répondit Farouk et, à ma connaissance, il n'y a rien à étudier dans l'art de la poterie. Les études sont nécessaires dans certains métiers de haut niveau, telle la charpenterie de construction, et elles le sont également pour les fonctions administratives ou celles du culte. Comme ton métier n'exigeait pas d'études et que ton père n'exerçait pas une fonction administrative, il ne restait donc que le culte.

Sheran hocha lentement la tête. L'incohérence lui semblait plus évidente. Farouk acquiesça et il poursuivit :

— Tu as dit ensuite que ton père était très fier d'avoir deux fils et qu'à ses yeux, votre avenir était déjà tout tracé. Ton frère en était très heureux et il ne cessait de dire que vous aviez un destin, tout comme les rois qui sont prédestinés à régner.

Farouk leva son index, tout en secouant lentement la tête, avant d'ajouter :

— L'on ne peut certainement pas comparer la destinée d'un potier avec celle d'un roi. Alors, il devait y avoir autre chose de plus important et qui avait un rapport direct avec le culte et le fait de savoir ce que notre avenir nous réservait.

Sheran s'était redressé et il était très tendu. Il prenait conscience qu'il n'était pas impossible que son ami ait réellement deviné son secret.

— Lorsque nous avons quitté la maison de Siméon, afin de nous rendre chez Jacob, j'ai voulu te questionner à ce sujet, mais tu as monopolisé la conversation, comme si tu avais senti que je désirais t'interroger.

Sheran se sentit embarrassé, car il avait cru que son compagnon ne s'était pas rendu compte de sa manœuvre :

— Puis lorsque ces soldats et ces mercenaires sont arrivés, afin d'interroger Jacob, je t'ai observé. Tu étais plus nerveux et tendu que lorsque nous avons été capturés par les brigands et que tu craignais de perdre tes économies des cinq dernières années.

Sheran affichait une expression étonnée :

— Telle est la nature humaine, ajouta Farouk, et sur ce point, nous sommes tous semblables. L'on est beaucoup plus courageux, lorsque le danger nous guette, que lorsqu'il menace les gens que nous aimons. C'est à ce moment que j'ai compris que le temple secret qui renfermait ces prophéties ancestrales, et que ces hommes recherchaient, était la réponse à tout mon questionnement. C'est pourquoi j'ai décidé d'interroger Jacob immédiatement, même si je savais qu'il était en colère et que ma question risquait de l'offusquer davantage.

Sheran baissa les yeux et il secoua lentement la tête de consternation. Il avait peine à croire que son ami avait su découvrir la vérité par des indices aussi minimes.

— Tous les Maîtres du Troc de la terre sont donc semblables, dit-il. Il est impossible de leur cacher quoi que ce soit très longtemps.

Farouk ricana.

— Surtout, ne me compare pas à Cid, répliqua-t-il, car cet homme est un véritable maître dans son art.

— Tu oublies que j'étais présent, rétorqua Sheran, lorsque tu as réglé ce problème avec Bénammi, le marchand de coton. Tu as su résoudre ce problème, là où Maître Cid n'y voyait qu'une impasse. La grande force de Cid est son immense connaissance des mœurs et des coutumes des autres peuples, alors que la tienne réside dans la compréhension de la nature humaine.

Un petit sourire glissa sur les lèvres de Farouk. Il avait nettement l'impression que son ami cherchait à détourner le sujet de la conversation. Un court moment de silence s'instaura, alors que les deux hommes se toisaient d'un regard interrogateur.

— À quel dieu est dédié ce temple secret dont ta famille est la gardienne depuis de très nombreuses générations? demanda Farouk sur le ton d'une conversation anodine.

Sheran demeura bouche bée un long moment. Il s'était demandé jusqu'à quel point son ami avait deviné son secret et la question de Farouk venait de mettre un terme à son questionnement. Jusqu'à présent, il avait écouté les allégations de son compagnon, sans les nier. Cependant, répondre à cette question représenterait un aveu formel de sa part. Il pinça les lèvres le temps d'une courte réflexion. Il n'avait, malgré tout, aucunement l'impression de trahir son secret, puisque Farouk avait déjà tout deviné.

— Ce dieu se nomme Sîn, répondit-il avec résignation. Il est le dieu de la lune de l'ancien peuple sumérien.

— Ha! fit Farouk. Nous le nommons Khonsou, tout comme les Égyptiens d'ailleurs, et je crois que le dieu de la lune à autant de noms qu'il y a de peuple vivant sur cette terre.

Sheran acquiesça d'un petit hochement de tête et Farouk poursuivit :

— Il doit être impossible de déterminer le nombre de générations qui se sont écoulées depuis que ta famille est la gardienne de ce temple, n'est-ce pas?

La perspicacité de son ami extirpa un petit sourire à Sheran.

— Il s'est écoulé un peu plus de mille cinq cents années, dit-il, depuis que le temple de Sîn fut déplacé pour la première fois et le grand prêtre de ce culte était mon ancêtre. Alors tu as parfaitement raison, le nombre de générations qui se sont écoulées depuis ce jour est pratiquement impossible à calculer.

Le cerveau de Farouk fonctionnait à vive allure et certains points qui étaient demeurés obscurs trouvaient soudainement tout leur sens.

— Cela explique beaucoup de choses, dit-il, et je me rends compte que cela n'a pas dû être très facile pour toi.

Sheran grimaça d'incompréhension, car il ne voyait pas où son ami voulait en venir.

— Quel âge avais-tu, lorsque ton père t'a initié à ce temple? questionna Farouk.

Sheran afficha un sourire amer, tout en secouant la tête. Le rappel de ces vieux souvenirs n'était pas très agréable. *Au point où nous en sommes,* se dit-il, *autant tout lui raconter*.

— J'avais onze ans, la première fois que mon père m'a permis d'entrer dans le sanctuaire sacré, débuta Sheran, mais tout avait commencé plusieurs années auparavant. À cette époque, nous habitions Corozaïn, une petite ville au nord de Magdala. Je n'avais que cinq ans, mais je me rappelle très bien de l'endroit. Un jour où nous revenions du marché, ma mère, mon frère et moi, nous avons trouvé mon père dans un état lamentable. Son visage était tuméfié et il tremblait des pieds à la tête. Jules César venait tout juste de partir et mon père avait été soumis à la torture. Il avait cédé, lorsque le consul l'avait menacé de brûler la ville et de crucifier tous les habitants. César n'était pas homme à faire des menaces à la légère.

Cette révélation était très troublante pour Farouk et son visage devint soucieux.

— La prophétie, dont parlent les vieilles légendes romaines, faisait-elle partie de celles qui étaient conservées dans ce temple?

Sheran pinça les lèvres, tout en secouant positivement la tête :

— Cela explique une foule de choses, ajouta Farouk.

Son compagnon l'interrogea du regard :

— Jules César n'aurait pas prêté foi à une légende sans fondement. Par contre, s'il avait l'absolue certitude de la véracité de cette prophétie, cela expliquerait pourquoi il a façonné son existence de manière à forcer la main au destin, afin que cette prophétie puisse s'accomplir.

Sheran s'était déjà interrogé à ce sujet, mais sans jamais trouver de réponses satisfaisantes. César s'était enrichi en pillant toute la Gaule et il avait éliminé Pompée, l'autre Grand-Consul. Il exerçait seul le pouvoir suprême à Rome et plus rien ne motivait la destruction de la République. Tout cela lui semblait trop compliqué, mais Farouk avait probablement raison. Il reprit donc son récit, là où il l'avait laissé :

— Le jour suivant la visite de César, mon père et son frère ont quitté la ville. Il y avait une petite maison face à la nôtre et elle était fermée d'une porte massive ornée d'une énorme serrure de métal. Mes deux oncles, mon cousin et quelques amis de mon père sont venus avec deux charrettes chargées de caisses vides et tous ces gens se sont enfermés dans cette petite maison. Le lendemain, le même petit manège recommença, de même que le jour suivant.

Au matin de la quatrième journée, mon père et son frère sont revenus. Père nous a annoncé qu'il avait acheté une nouvelle maison, à Magdala, et que nous devions déménager le plus rapidement possible. J'en ignorais la raison à cette époque, mais mon père a attendu que la nuit soit tombée avant de faire charger toutes les caisses dans les charrettes. Pour la première fois de ma vie, j'ai pu jeter un œil à l'intérieur de cette maison où se réunissaient régulièrement : mon père, mes oncles et leurs amis. L'endroit était petit, très sombre et couvert de rayonnages vides. Avant de partir, mon père a remplacé la porte par une autre beaucoup plus modeste. La lourde porte fut chargée dans l'une des charrettes et nous avons voyagé une grande partie de la nuit, comme des voleurs prenant la fuite. La lourde porte fut réinstallée sur une toute petite maison à la droite de celle que mon père venait d'acheter et toutes les caisses de bois disparurent derrière cette porte massive.

Sheran s'arrêta un bref instant, le temps de mettre de l'ordre dans son esprit, puis il poursuivit :

— Une année plus tard, mes oncles, de même que plusieurs des amis de mon père, avaient déménagé à Magdala et ils avaient recommencé à se rencontrer régulièrement dans la petite maison. Un soir, Père nous a apporté des tablettes d'argile fraîche avec des bouts de roseaux taillés en biseau. Il nous a dit qu'il était grand temps que ses fils étudient des choses plus sérieuses. Il a ensuite tracé plusieurs symboles dans l'argile en nous expliquant que cette écriture était celle de nos ancêtres, les Sumériens, et qu'il était très important que nous l'apprenions, sans poser de questions, et que les réponses viendraient en leur temps. Pendant cinq années, nous avons étudié ces symboles avec beaucoup d'assiduité. Il existait entre nous un esprit de compétition. Dathan, étant plus âgé, plus grand et plus fort, était meilleur que moi en toutes choses, sauf pour l'apprentissage de ces symboles. Pour moi, cette étude était une chose très aisée, alors qu'elle représentait une tâche très ardue pour mon frère. Quelques fois, notre père nous apportait une ou deux tablettes d'argile couvertes de symboles cunéiformes, afin que nous puissions en faire la traduction. Pris hors de leur contexte et de leur ensemble, ces écrits n'avaient que peu de signification et comme Père n'avait fourni aucune explication, nous avions donc la conviction qu'ils avaient été rédigés par lui et ses amis dans la petite maison où ils se réunissaient.

Sheran fit une nouvelle pause, un sourire amer aux lèvres, avant de poursuivre :

— Comme je te le disais, j'avais onze ans lorsque mon père nous a annoncé que notre formation était suffisamment avancée et qu'il était grand temps que nous soyons initiés. Le soir venu, il nous a conduits à la petite maison d'à côté où les autres membres de son groupe étaient déjà réunis. Nous étions très impatients de savoir ce qui se passait vraiment dans cet endroit mystérieux. L'intérieur était très similaire à l'autre petite maison que j'avais pu apercevoir lorsque nous avons quitté Corozaïn six années plus tôt. Elle était constituée d'une pièce unique, dont trois des murs étaient recouverts de rayonnages. Ceux-ci, par contre, étaient remplis de tablettes d'argile similaires à celles que mon père nous avait apportées à maintes reprises. Au centre de la pièce, il y avait une grande table ronde et basse peinte d'un blanc laiteux et tous les membres du groupe étaient assis autour d'elle sur des coussins posés à même le sol. Ils nous regardaient en affichant un sourire bienveillant.

Sheran cessa son récit et il baissa la tête d'un air accablé. Farouk croyait être en mesure de comprendre ce que son ami avait ressenti.

— Comme je te le disais un peu plus tôt, cela n'a pas dû être facile pour toi.

Sheran releva vivement la tête, un voile de détresse au fond de son regard.

— Je crois que personne ne peut vraiment me comprendre, Camarade. Mon frère était très heureux de cette situation, alors que moi, je me sentais entièrement trahi. Je suis juif, Farouk, et depuis ma naissance, l'on m'a enseigné qu'il n'y avait qu'un seul et unique Dieu et que prétendre le contraire était un acte d'irrespect blasphématoire envers ce Dieu. Tout mon univers basculait et plus rien n'avait de sens, alors que Dathan semblait très bien comprendre la nécessité de ce mensonge.

Farouk secouait la tête avec compassion.

— La mésentente, qui existait entre toi et ton père, n'était pas due uniquement au fait que tu consacrais tout ton temps à la sculpture, n'est-ce pas?

Sheran répondit d'un simple hochement positif de tête.

Falia s'était mise à gémir et Farouk alla s'asseoir près d'elle. Il posa sa main sur le côté du visage de la jeune femme et elle s'apaisa rapidement. Son sommeil devait être troublé par d'affreux cauchemars. Farouk observa la jeune femme un court moment. Sa lèvre inférieure, qui avait été fendue à deux endroits, était déjà refermée, son visage était moins enflé et les contusions changeaient de couleur. Il retourna auprès de Sheran, qui l'avait observé silencieusement. Il reprit sa place, puis il balaya le firmament du regard tout en étirant ses muscles endoloris. La journée avait été longue et éreintante.

— Il y a encore une question qui m'intrigue, lança-t-il, tout en fronçant les sourcils. Je me demandais pourquoi Jules César avait épargné ton père, de même que le temple? Car la générosité n'était pas dans sa nature?

— Tout simplement parce qu'il était transporté de joie, répondit Sheran. Jules César n'était pas un défenseur de la liberté du peuple romain. La légende romaine prévoyait la fin de la République et cette prophétie venait de la lui confirmer catégoriquement. Il était très ambitieux et il avait la conviction d'être l'élu de cette prophétie. Alors, je crois que c'est son allégresse qui a sauvé la vie de mon père ce jour-là. Hérode, par contre, ne réagira pas de la même façon, s'il découvre ce temple. Car, contrairement à Jules César, la cinquante-deuxième prophétie n'est pas à son avantage, bien au contraire. S'il trouve ce temple, il le fera détruire et il ordonnera le massacre de tous les prêtres, gardiens de ce sanctuaire. Puis, afin de s'assurer que cette prophétie ne se réalise pas, il fera probablement assassiner Jacob et sa famille, même si cela pourrait causer sa perte.

Sheran baissa légèrement la tête, tout en fermant les yeux, le visage crispé, alors que Farouk fronçait les sourcils, les questions se bousculant dans sa tête.

— Il y a quelque chose que tu ne me dis pas, déclara-t-il, tout en dardant un regard interrogateur sur son ami.

Sheran secoua lentement la tête.

— La légende est incomplète, avoua-t-il, car une partie de la prophétie est méconnue de tous et un autre segment est très difficile à interprété.

L'étonnement de Farouk fit presque sourire Sheran qui poursuivit son explication :

— Comme Jacob te l'a dit, la prophétie annonce la naissance d'un grand roi à toutes les quatorze générations de la lignée d'Isaac. La légende dit que ce roi fera de grandes choses pour son peuple, mais cette affirmation est erronée, car le véritable texte de la prophétie dit que ce roi influencera grandement la destinée de son peuple.

Farouk plissa le front, car il ne voyait pas où était la nuance :

— Elle ne spécifie pas si cette influence sera bénéfique ou si elle sera néfaste pour son peuple, précisa Sheran. L'influence de David fut bienfaisante, alors que celle de Jéchoniah fut catastrophique, mais nul ne peut nier que ces deux rois aient grandement influencé la destinée de son peuple. Il est également impossible de savoir quel genre d'influence sera celle du prochain roi à venir.

Farouk secouait la tête en une moue. Il était étonné de voir qu'une simple nuance pouvait modifier complètement le sens de cette prophétie.

— Quant est-il de cette partie qui est méconnue de tous?

Sheran aurait préféré ne pas révéler ce secret, mais il était très important que Farouk comprenne l'urgence de la situation.

— La partie méconnue de cette prophétie est très ambiguë, répondit-il, et c'est probablement pour cette raison qu'elle a été oubliée depuis de nombreux siècles. Elle parle du troisième roi, en disant que : *le sang royal versé sauvera le sang royal.*

— Effectivement, dit Farouk tout en grimaçant, cette partie de la prophétie est très mystérieuse et elle peut être interprétée de nombreuses façons.

Le visage de Sheran devint grave et soucieux.

— Aucun des grands-prêtres qui ont gardé ce temple n'a su trouver une explication valable à cette ambiguïté.

Sheran tourna un regard interrogateur vers Farouk, avant de poursuivre :

— Selon toi, mon ami, de quelle façon crois-tu que le roi Hérode interpréterait cette partie de la prophétie, s'il venait un jour à la connaître?

Farouk baissa les yeux et il réfléchit pendant plusieurs secondes avant de répondre :

— Hérode, bien qu'usurpateur du trône, est de descendance royale, si j'ai bien compris, de même que le sera le fils de Joseph, si un jour il en a un. Alors, je crois qu'Hérode aura la certitude que l'un des deux devra mourir, afin que l'autre puisse survivre.

Sheran acquiesça d'un petit balancement de la tête.

— C'est exactement la même conclusion qu'en ont tirée les gardiens des prophéties, dit-il, et c'est pourquoi Hérode ne doit jamais découvrir ce temple secret.

Après un court moment, Farouk brisa le silence qui s'était instauré entre les deux hommes.

— Nous devrions aller dormir, car nous devrons reprendre notre route très tôt demain matin. Ruben et ses mercenaires ont quitté le domaine plus d'une heure avant nous et je ne crois pas que nous serons en mesure de les rattraper.

— Là n'est pas mon inquiétude, répondit Sheran. Ils se rendent à Tibériade et ils devraient y être demain en fin de journée. Ils passeront toute la soirée à interroger les notables de la ville. Le jour suivant, ils questionneront les gens influents et ils se remettront en route vers Magdala en fin de journée. Le véritable problème est qu'il a fallu trois jours afin de déplacer le temple la dernière fois. Alors, j'ignore comment ils pourraient réaliser cette prouesse en une demi-journée.

— Nous ferons tout ce que nous pourrons afin de les aider, répliqua Farouk en se levant et en étirant ses muscles endoloris.

— Tu as raison, répondit Sheran.

Les deux hommes étalèrent leur couverture de couchage tout près de l'abri et ils s'endormirent rapidement, la fatigue étant encore plus grande que leurs inquiétudes.

Le jour suivant, ils s'étaient levés tôt et ils s'étaient immédiatement mis en route. Les provisions étant très maigres, ils n'avaient mangé que quelques bouchées en marchant. À la fin de la journée, alors qu'ils arrivaient au sommet d'une petite colline, ils aperçurent au loin la cité de Tibériade, de même que les deux gardes et les trois mercenaires qui y pénétraient. Ils avaient maintenu une très bonne cadence toute la journée et ils les avaient presque rattrapés. Falia avait insisté pour marcher à plusieurs reprises, afin de ménager les forces de l'âne. Toute la journée, elle avait ressenti l'empressement des deux hommes, mais elle n'avait pas osé les questionner, car son brutal mari lui avait appris à obéir, sans poser de questions.

— Il y a encore un peu plus de trois heures de route avant d'arriver chez moi, lança Sheran d'une voix tracassée. Nous pouvons y être avant la nuit, mais ce sera très serré, ajouta-t-il en pressant le pas.

Tout en marchant à grandes enjambées, Farouk s'interrogeait. Il se demandait s'il n'était pas imprudent de déplacer ce temple, alors que les gens qui le recherchaient étaient dans les environs.

— Y a-t-il véritablement une possibilité que ces mercenaires découvrent le temple, puisque son emplacement n'est connu de personne? chuchota-t-il, afin que Falia ne puisse l'entendre.

Sheran secoua lentement la tête.

— Peu importe la prudence dont les prêtres ont pu faire preuve, un groupe d'hommes qui se réunit dans le plus grand secret, et ce depuis plus de vingt-cinq ans, n'est pas sans susciter la curiosité des gens. Un jour, un client de mon père lui en a fait la remarque. Il a prétendu avoir la certitude que lui et ses amis se réunissaient, afin de parler de politique. Je n'avais jamais vu mon père dans une telle colère. Il a répondu à cet homme qu'il ne parlait jamais de politique, car cela n'apportait que des problèmes et des ennuis. Il l'a ensuite prévenu qu'il porterait plainte au notable, s'il persistait à faire de telles allégations.

Farouk opinait silencieusement depuis un petit moment.

— Tu as probablement raison, dit-il. Si ces mercenaires interrogent les gens en usant des bonnes questions, alors ils pourraient fort bien trouver ce temple.

Le soleil touchait la ligne d'horizon, lorsqu'ils quittèrent la route commerciale, qui longeait le lac Tibériade. La petite cité de Magdala était à environ cinq cents pas à l'ouest de la berge. Sheran accéléra le pas, sans même s'en rendre compte, au point que Farouk avait de la difficulté à le suivre. À l'entrée de la ville, ils faillirent être renversés par deux charrettes qui quittaient précipitamment la cité. La fébrilité de Sheran monta d'un nouveau cran et il accéléra encore le pas. Au troisième chemin, il tourna à droite et se mit à courir en apercevant une demi-douzaine d'hommes qui s'affairaient activement, sous une lumière blafarde, devant la sixième et la septième maison.

— Dathan! cria-t-il à l'homme qui était sur le porche de la première maison et qui le regardait approcher avec suspicion.

Son frère mit quelques secondes à le reconnaître dans la nuit qui tombait rapidement. Il vint à sa rencontre et l'attrapa par les épaules.

— Nous étions morts d'inquiétude! s'exclama-t-il. Selon Maître Cid, tu aurais dû être ici depuis plus d'un mois.

— Je t'expliquerai plus tard, dit Sheran d'un ton impératif. Des hommes sont à la recherche du temple et ils viennent par ici.

— Nous sommes au courant, dit Dathan en pivotant vers une petite charrette, nous avons déjà commencé le déménagement. Deux autres charrettes ont quitté, il y a quelques instants, en emportant près de la moitié du contenu du temple.

— Je les ai vus, répondit Sheran. Elles ont même failli nous renverser au passage.

Dathan tourna vivement la tête du côté de Farouk, qui approchait, Falia marchant péniblement à ses côtés. L'âne, épuisé de sa journée, s'était mis à ruer sur le chemin principal, obligeant sa passagère à descendre.

— Qui sont ces gens? demanda-t-il sur une note angoissée.

Sheran posa une main apaisante sur le bras de son frère.

— Sois sans inquiétude, ce sont mes amis.

— Le moment est très mal choisi pour recevoir des invités, répliqua Dathan d'un ton tranchant.

Sheran referma la main sur l'avant-bras de son frère qui, de toute évidence, s'apprêtait à chasser les intrus.

— Farouk est un grand Maître du Troc. Aussi grand que Maître Cid, à qui il a rendu un très grand service lors de notre passage à Césarée.

Dathan détailla l'homme des pieds à la tête, tout en se disant qu'il avait beaucoup plus les allures d'un rude guerrier que d'un Maître du Troc :

— Tout comme Maître Cid, ajouta Sheran, il a su découvrir notre secret avec une aisance déconcertante.

Un voile d'angoisse glissa sur le visage de Dathan et son jeune frère s'empressa de le rassurer.

— Notre secret sera très bien gardé avec Farouk, tout comme il l'a été avec Cid pendant tant d'années.

Le frère aîné se calma quelque peu, malgré son cœur qui battait toujours à vive allure.

Farouk conduisit Falia jusqu'au porche faiblement éclairé et il l'aida à s'asseoir sur celui-ci. Dathan grimaça de dédain. Qu'un homme corrige sa femme, afin qu'elle lui obéisse, était une chose normale, mais celle-ci avait été sauvagement battue. Sheran, qui avait vu le regard haineux que son frère avait posé sur Farouk, s'empressa de dissiper toutes méprises.

— Voici Falia, dit-il, tout en posant une main sur l'épaule de la jeune femme. Elle est la fille de Siméon, le marchand de poisson de Nazareth.

— Une rumeur disait qu'elle avait été enlevée par des brigands, répliqua Dathan avec confusion.

— C'est bien vrai, confirma Sheran. Farouk et moi avons été aussi capturés par ces mêmes brigands. Mon ami s'est mis en colère en voyant l'état de cette jeune femme. Il a tué plusieurs brigands et les autres ont pris la fuite, afin d'échapper à son courroux.

Dathan se disait qu'après tout, il ne s'était pas trompé sur les capacités guerrières de cet homme.

— Comment as-tu su que le temple était recherché? demanda Sheran.

— Il y a trois jours, oncle Juda était à Naïm, afin de faire l'acquisition de quelques belles pièces de tissu auprès d'un négociant exportateur, lorsque deux soldats et trois mercenaires sont venus interroger l'homme. Ils cherchaient un temple secret ou tout autre endroit qui aurait pu paraître suspect aux yeux de ce marchand. Juda a donc complété prestement ses achats et il s'est empressé de revenir, afin de nous mettre en garde contre le danger qui nous guettait.

— Comment avez-vous pu trouver un nouvel emplacement pour le temple en si peu de temps? questionna Sheran d'un ton médusé.

— Il y a longtemps que nous avons commencé à chercher un nouvel emplacement, répondit Dathan. Il y a un an et demi environ, les soldats de la garde prétoriale, sur ordre d'Hérode, se sont mis à questionner les gens influents de Judée à propos d'un temple secret. Lorsque la nouvelle nous est parvenue, nous nous sommes mis immédiatement à la recherche d'un nouvel emplacement. Nous avons trouvé ce que nous cherchions en très peu de temps. À Capharnaüm, un homme désirait vendre sa ferme qui comportait deux bâtiments aux dimensions appropriées pour l'usage que nous voulions en faire.

Dathan secoua la tête de dépit avant de poursuivre :

— Vingt fois au moins dans les dix mois qui ont suivi, nous nous sommes rendus sur les lieux, afin de conclure cette transaction. À chacune de nos visites, le notable et le scribe agissaient comme si c'était la toute première fois qu'ils nous voyaient. Ils se mettaient alors à chercher fébrilement l'acte de propriété dans des amoncellements de parchemins jetés pêle-mêle dans un désordre indescriptible.

Dathan poussa un long soupir en secouant la tête :

— Les gens prétendent que l'administration romaine est la plus inefficace qui existe, ajouta-t-il. Malgré tout, j'ai la conviction que les administrateurs romains n'arrivent pas à la cheville de ceux de Capharnaüm en matière de fouillis et de pagaille.

Il fit une grimace de dédain avant de poursuivre :

— Devant cette impasse, nous nous sommes mis à la recherche d'un autre emplacement. Il y a un mois environ, nous avons trouvé un endroit qui convenait beaucoup mieux que le précédent. Un homme avait un terrain à vendre avec trois bâtiments à Bethsaïda.

— Bethsaïda est sur la rive Est du Jourdain! s'exclama Sheran. Ce n'est plus sur le territoire de la Galilée.

— Voilà pourquoi je te disais que l'emplacement était mieux situé, répondit Dathan. Le temple sera désormais à l'abri d'Hérode, puisqu'il est interdit aux soldats de la garde prétoriale de franchir le Jourdain.

Quatre hommes sortirent de la petite maison d'à côté en transportant des objets divers qu'ils allèrent déposer dans la petite charrette.

— Oncle Juda! s'écria Sheran, tout en s'élançant vers l'un des hommes.

Il salua ensuite son cousin Josué, de même que les deux autres hommes qui étaient des amis de son père, ainsi que des prêtres du temple. Il tourna ensuite la tête de gauche à droite.

— Où sont Balak et ma mère? demanda-t-il, tout étonné de ne pas avoir encore aperçus ses parents.

— Tes parents sont partis ce matin, répondit Juda. Ils sont déjà sur les lieux de leur nouvelle résidence et ils attendent les charrettes.

Une vague d'angoisse assaillit soudainement Sheran.

— Quand les charrettes doivent-elles être de retour?

— Bethsaïda est à six heures de route, répondit Dathan, sept avec des charrettes lourdement chargées, mais mieux vaut en compter huit, car ils voyageront de nuit et donc plus lentement. Le déchargement se fera rapidement, mais ils devront laisser quatre heures de repos aux mules avant de pouvoir reprendre la route avec les caisses vides. Ils devraient donc être de retour demain à la fin de la journée.

Sheran ouvrit de grands yeux horrifiés.

— Ce sera trop tard, dit-il d'une voix chevrotante, car ceux qui recherchent le temple seront ici une heure ou deux après le zénith.

— C'est impossible! s'écria Dathan. Ils étaient à Naïm, il y a trois jours.

— Ils ont interrogé Jacob à Nazareth, hier en fin de journée. Je le sais, car j'y étais, ajouta Sheran. Ils ont pris la route pour Tibériade immédiatement après et nous avons fait de même une heure plus tard. Nous les avons vu entrer à Tibériade, il y a un peu moins de quatre heures. Ils ont dû interroger les notables, de même que plusieurs personnes influentes avant le coucher du soleil. Au matin, ils interrogeront ceux qu'ils n'auront pas vus la veille et ils se mettront en route vers Magdala en milieu de matinée.

Tous les prêtres étaient atterrés :

— Ils procèdent de façon systématique et ils voyagent rapidement, ajouta Sheran.

— Nous sommes perdus! s'exclama Dathan. Trop de personnes nous pointent du doigt, et ce depuis trop longtemps. Nous aurions dû déplacer le temple, il y a longtemps, car dès qu'ils demanderont aux gens de leur indiquer les endroits où des choses hors du commun se produisent, c'est vers ici qu'ils pointeront.

Tous les prêtres avaient baissé les yeux avec résignation, alors que Dathan serrait les dents et les poings, cherchant fébrilement une solution à cette situation sans issue.

— Nous manquons de caisses, mais nous pourrions utiliser les quatre qui sont dans l'atelier de poterie, dit-il d'une voix songeuse. Cela nous permettrait d'évacuer plusieurs tablettes.

Sheran se dressa avec indignation.

— Personne ne touchera à mes caisses, lança-t-il d'un ton catégorique.

Dathan était furieux et il fulminait, son visage tout près de celui de son jeune frère.

— Les sculptures, que contiennent ces caisses, ne sont rien d'autre qu'un vestige inutile de ton passé, cracha-t-il entre ses dents.

— Le contenu de ces caisses est ce que j'ai de plus précieux en ce monde, répliqua Sheran en dardant un regard de défi sur son frère.

Voyant que l'affrontement était inéluctable, Juda s'interposa entre ses neveux.

— Tout cela est bien inutile, dit-il d'une voix autoritaire. Les caisses, qui sont dans l'atelier de Balak, sont trop petites. Elles ne pourraient contenir que très peu de tablettes d'argile. Il en faudrait dix fois plus, afin de pouvoir transporter toutes les prophéties qui sont encore dans le temple.

Juda regarda tour à tour ses neveux avant de poursuivre :

— Même si nous possédions ces caisses, ce qui n'est pas le cas, nous ne disposons que de cette petite charrette, qui est bien insuffisante, car il en faudrait quatre ou cinq comme celle-ci, afin de pouvoir tout transporter.

Dathan soupira en baissant les yeux. Il savait que son oncle avait raison, mais il se sentait très offusqué, malgré tout. Son frère semblait accorder plus d'importance à ses vieux souvenirs qu'à la sécurité de sa famille et à celle du temple, dont elle était la gardienne depuis de très nombreuses générations.

— Puis-je voir l'intérieur du temple? demanda Farouk, qui était demeuré à l'écart.

Tous les prêtres se figèrent :

— J'ai une idée, ajouta-t-il, qui pourrait fort bien vous sortir de ce pétrin.

Les hommes se regardèrent tour à tour, tout en exprimant leur approbation d'un lent mouvement de la tête. Après tout, se disaient-ils, ils n'avaient plus rien à perdre et si cet homme avait su trouver une solution, là où même le grand Maître Cid n'y avait vu qu'une impasse, peut-être parviendrait-il à les aider, bien que cette situation leur semblait désespérée.

— Avant tout, dit Farouk, il faut trouver un endroit confortable où Falia pourra s'allonger, car la nuit risque d'être longue et épuisante.

Il souleva la jeune femme et il la porta à l'intérieur de la maison, puis il la déposa délicatement sur la paillasse que lui indiquait Dathan. Falia entrouvrit les yeux et elle posa un regard rempli de gratitude sur son bienfaiteur. Elle était à bout de forces et Farouk en était très conscient. Il déposa timidement un baiser sur le front de cette femme pour qui il éprouvait une tendresse grandissante.

Dathan conduisit Farouk jusqu'à la petite maison d'à côté. Il ouvrit la lourde porte du temple que le dernier prêtre avait fermée en sortant. Une lampe brûlait à l'intérieur, diffusant une lueur blafarde. Il s'en servit pour allumer les deux torches qui étaient à l'entrée. Farouk tourna lentement la tête, faisant le tour de l'unique pièce. Trois des murs étaient couverts de rayonnages à peine plus profonds que la largeur de la main. La moitié de ceux-ci était vide, alors que l'autre moitié était recouverte de tablettes de cette couleur foncée que prend l'argile en vieillissant. À la droite de la porte, contre le mur de façade, il y avait un vieil autel constitué de trois blocs de pierre. Le centre de la pièce était occupé par une table ronde d'un blanc crayeux dont la hauteur devait être parfaite pour s'asseoir au sol sur un coussin. Farouk posa deux doigts sur ses lèvres en une pose de réflexion, alors que tous les prêtres étiraient le cou, le regard interrogateur, attendant le verdict de leur visiteur.

— Tu es bien un marchand de tissu? demanda Farouk en tournant son regard vers Juda.

— C'est exact! répondit l'homme, tout en faisant une mimique d'incompréhension, car il ne voyait pas le rapport que cela pouvait avoir avec leur situation désespérée.

— Disposes-tu d'une bonne réserve de tissu en ce moment? questionna Farouk.

Juda grimaça de plus belle avant de répondre.

— Je conserve toujours un bon stock et en ce moment, il est plus élevé que d'habitude, car j'ai fait l'acquisition d'une trentaine de nouvelles pièces lors de mon passage à Naïm, il y a quelques jours.

Un petit sourire de satisfaction se glissa sur les lèvres de Farouk.

— Quel est votre métier? demanda-t-il aux deux autres hommes, qui étaient tout aussi étonnés que l'avait été Juda par la question de Farouk.

— Je suis charpentier d'ornement, répondit le premier. Je fabrique des ustensiles, des plats, des manches pour les outils et même des petits meubles.

— Je suis corroyeur dit le deuxième homme et je fabrique…

Farouk l'interrompit d'un geste de la main.

— Je suis moi-même corroyeur de mon métier, dit-il, alors il est inutile d'entrer dans les détails.

Tous les prêtres avaient arqué les sourcils d'étonnement : Maître du Troc, guerrier et maintenant corroyeur. Cet homme était vraiment surprenant.

— Tu as sûrement quelques lanières et quelques bonnes courroies en stock, demanda-t-il.

— J'en ai même une très grande quantité, répondit l'homme. Tu sais, tout comme moi, que toutes les retailles de peau servent à fabriquer des lanières ou des courroies.

— Vous avez probablement, tous les deux, de belles pièces prêtes à être mises en vente? demanda Farouk.

— Bien sûr! confirma le premier homme. J'ai de très beaux ustensiles, des plats, des gobelets bien ciselés et bien d'autres choses encore.

— Quant à moi, dit le second homme, j'ai de très beaux fourreaux, des bourses, des ceintures bien ouvragées et une foule d'autres objets de très bonne qualité.

Toutes les têtes se tournèrent vers Sheran qui venait d'entrer dans le temple.

— J'ai retiré le bât de l'âne et je l'ai nourri, dit-il.

Farouk le remercia d'un sourire et d'un hochement de tête.

— Nous avons tout ce qu'il faut pour que mon idée réussisse, dit-il.

D'un geste de la main, il invita les prêtres à prendre place autour de la table, afin qu'il puisse leur expliquer les grandes lignes de son plan.

Le jour suivant, à peine une heure après le zénith, Josué, qui avait fait le guet, arriva au pas de course.

— Ils arrivent! cria-t-il. Ils viennent par ici! L'aubergiste les guide.

— Je ne suis pas étonné, dit Sheran. Les mercenaires offrent une belle récompense et cet homme vendrait sa mère pour une bouchée de pain. C'est cet homme, d'ailleurs, qui avait mis mon père en colère avec ses insinuations malveillantes.

— Ah! fit Farouk. Voilà qui nous arrange.

Sheran ne voyait pas en quoi cela pourrait les aider, mais il faisait confiance à son ami pour l'avoir vu à l'œuvre avec le marchand de coton.

Ruben, le soldat et les trois mercenaires tournèrent dans le troisième chemin, talonné de près par l'aubergiste, qui se frottait les mains en pensant à la belle récompense qu'il toucherait. Ils ralentirent le pas à l'approche de la septième maison, qui, comme l'aubergiste l'avait dit, était bien étrange. Polybios avança prudemment. Il posa un pied sur le porche et se figea lorsqu'un homme apparut dans l'embrasure de la porte.

— Comme le monde est petit, s'esclaffa Farouk.

— Toi! s'exclama le mercenaire avec stupéfaction. Que fais-tu ici?

— Je t'ai déjà répondu, lança Sheran qui venait d'apparaître aux côtés de Farouk. Je t'ai dit que j'ai travaillé à Aila les cinq dernières années et que je retournais chez mes parents à Magdala. Alors, pourquoi sembles-tu si étonné de nous y trouver?

Le chef des mercenaires darda un regard méchant sur les deux hommes en serrant les dents de frustration. Hérode lui avait ordonné de trouver ce temple secret, mais d'éviter, dans la mesure du possible, tout affrontement.

— Cette maison est bien particulière, cracha Polybios. Pas de fenêtres, une porte massive et une serrure tout aussi lourde. De plus, cet homme prétend qu'il s'y passe des choses bien étranges, et ce depuis fort longtemps.

Sheran et Farouk étirèrent le cou en direction de l'aubergiste, qui attendait auprès des deux soldats de la garde prétoriale.

— Encore toi! s'exclama Sheran. Mon père t'avait pourtant prévenu qu'il déposerait une plainte auprès du notable, si tu recommençais à répandre des allégations mensongères à son propos.

Intimidé, l'aubergiste recula de trois petits pas, ce qui extirpa un sourire à Polybios. Malgré l'apparente nonchalance des deux hommes, le chef des mercenaires avait la certitude qu'ils étaient nerveux, et ce probablement parce qu'il touchait au but.

— Que se passe-t-il réellement dans cette étrange petite maison? cracha-t-il d'un ton hargneux.

Les deux hommes, qui obstruaient la porte, demeurèrent stoïques, tout en affichant un visage empreint de gravité. Un rictus cruel se glissa sur les lèvres de Polybios, qui leva le bras, s'apprêtant à ordonner à ses hommes de passer à l'attaque.

— Pourquoi n'entres-tu pas? dit Farouk en s'écartant de la porte. Tu pourras t'en rendre compte par toi-même.

Le mercenaire se figea, la main posée sur la longue dague qui pendait à sa ceinture. Il avait eu la conviction que ces hommes allaient défendre âprement l'entrée de cette maison. Sheran fit un pas de côté, tout en affichant un sourire bienveillant, et il invita le mercenaire à entrer d'un large geste de la main. Polybios fit un pas, puis il se figea à nouveau. Tout cela avait les apparences d'un guet-apens, comme il aurait si bien su le faire lui-même. Il claqua des doigts, ordonnant à ses deux mercenaires de le suivre avec vigilance. Il passa près des deux hommes, d'un pas lent et mesuré, prêt à bondir sur eux au moindre geste suspect, mais Farouk et Sheran avaient croisé les bras dans une attitude de totale indifférence.

Polybios avança prudemment d'un pas dans la maison, puis un autre et encore un autre, avant de s'arrêter. Il balaya ensuite l'unique pièce d'un regard circulaire. Les trois hommes, qui s'affairaient à l'intérieur, levèrent les yeux un court moment sur le visiteur inattendu, puis ils reprirent leur tâche en haussant les épaules d'indifférence. La confusion la plus totale régnait dans l'esprit du chef des mercenaires. Au centre de la pièce, un homme était assis sur un coussin devant une grande table ronde. Un second homme lui apportait des poteries, qu'il prenait sur des rayonnages, et l'homme les emballait dans un long morceau de tissu. À sa droite, un troisième homme s'affairait, sur une table beaucoup plus haute, à envelopper des objets de cuir, qu'il prenait également sur les rayonnages. L'homme attacha solidement le colis avec des lanières de cuir et il alla le porter au fond de la pièce au sommet d'une pile d'une cinquantaine de colis similaires.

— Que ce passe-t-il ici? aboya Polybios qui n'y comprenait rien.

— Cet endroit est un entrepôt, répondit Sheran, et je suis arrivé juste à temps pour aider mon père qui déménage.

— Ils s'enfuient à Capharnaüm, cria l'aubergiste qui s'était approché du porche.

Farouk et Sheran tournèrent simultanément la tête dans sa direction et l'homme, intimidé, recula de quelques pas.

— La maison qui est à gauche, ajouta Sheran, appartient à mon père, qui est potier. Il en est de même de celle-ci, qui lui sert d'entrepôt et qu'il partage avec ses deux cousins et quelques-uns de ses amis marchands. Comme les deux propriétés ont été vendues, l'entrepôt doit être vidé et c'est exactement ce que nous sommes en train de faire.

Polybios tourna ses yeux hagards de tous les côtés.

— Est-ce vraiment la première fois que tu vois un entrepôt? demanda Farouk sur une note d'incrédulité.

Le mercenaire tourna vivement la tête, ses yeux jetant des éclairs de fureur. Bien que le ton lui ait semblé sarcastique, le regard innocent et candide de Farouk jeta le doute dans son esprit.

— Les entrepôts n'ont jamais de fenêtres et sont toujours fermés d'une lourde porte, ajouta Farouk, afin de mettre les marchandises à l'abri des brigands et des mercenaires qui courent les grands chemins.

Polybios était si furieux que ses narines se dilataient convulsivement.

— Ne le prends pas de façon personnelle, dit Farouk. Les mercenaires ne sont pas tous des hommes honnêtes, comme toi, camarade.

Polybios pivota avec rage et s'approcha de l'un des rayonnages. Il y prit un ustensile et un petit outil qu'il examina minutieusement, avant de les remettre à leur place. Puis, il fit quelques pas et s'empara d'un fourreau et d'une belle bourse sur le rayonnage suivant, qu'il examina tout aussi soigneusement. Toutes ces marchandises étaient neuves et de belle fabrication. Juda, qui s'était approché des ballots de marchandises au fond de la pièce, appela son fils.

— Regarde! dit-il, tout en pointant l'un des ballots, celui-ci est mal emballé. Il faudra le reprendre.

Le tissu de l'un des colis était entrouvert et laissait paraître les poteries qu'il contenait. Polybios secoua la tête, son visage déformé par une grimace haineuse.

— Cet imbécile nous a conduits à un entrepôt, cracha-t-il tout en faisant signe à ses hommes de le suivre.

— À Nazareth, l'aubergiste, dans le seul but de tirer vengeance, t'a dirigé sur une fausse piste, dit Farouk en ricanant. Ici, à Magdala, c'est encore l'aubergiste qui, dans l'espoir de toucher la généreuse prime que tu offrais, s'est moqué de toi en te conduisant jusqu'à un entrepôt.

Le chef des mercenaires s'était retourné et il dévisageait Farouk d'un air menaçant.

— Les aubergistes semblent prendre plaisir à mesurer ta patience, dit Sheran.

— J'espère qu'il n'en est pas ainsi dans toutes les villes où tu t'arrêtes! renchérit Farouk.

Les deux amis éclatèrent de rire simultanément. Polybios sortit du temple d'un pas rageur et il bouscula l'aubergiste d'un coup d'épaule au passage. Ruben et le soldat, qui avaient attendu à l'extérieur, emboîtèrent le pas aux mercenaires.

— Où est ma récompense? cria l'aubergiste, qui était demeuré au centre du chemin l'air dépité.

Son regard croisa celui de Farouk, qui fit deux pas rapides dans sa direction. L'homme prit la fuite, comme une souris prise en chasse par un chat. Les prêtres étaient sortis du temple et ils regardaient l'aubergiste courir aussi vite que ses jambes pouvaient le porter.

— Je te remercie, dit Dathan qui venait de les rejoindre. Tu as sauvé notre temple. Je te prie de m'excuser d'avoir douté de ton plan. Il était d'une telle simplicité, que j'avais la certitude que ce mercenaire n'y croirait jamais.

Farouk baissa la tête, tout en souriant timidement.

— C'est pour cette raison que je t'ai demandé de demeurer dans la maison de ton père avec Falia, car tes doutes auraient pu faire échouer ce plan.

— Plus jamais je ne douterai de toi, promis Dathan en ricanant à son tour.

Deux journées complètes furent nécessaires afin de terminer le déménagement du temple, de la maison et de l'atelier de poterie. Le soir du troisième jour, tout avait pratiquement repris sa nouvelle place. Les rayonnages avaient été réassemblés et installés dans le nouveau temple, de même que la porte massive à la lourde serrure. Les deux seules fenêtres avaient été briquetées et Dathan avait promis de toujours qualifier cette petite maison d'entrepôt et ainsi éviter de susciter la curiosité de ses nouveaux voisins. Un petit festin avait été préparé dans la cour arrière de la nouvelle maison de Balak. Chacun avait puisé dans ses maigres réserves, afin de contribuer à ce repas. Balak, qui allait célébrer son soixantième anniversaire dans quelques mois, avait accueilli son fils comme un enfant retrouvé et il avait remercié Farouk avec beaucoup d'effusion.

La mère de Sheran déposa dans la main de Farouk un gobelet de vin à peine rempli à son quart. Il la gratifia de son plus charmant sourire, tout en inclinant légèrement la tête en guise de remerciement. Bien qu'elle fût du même âge que son époux, elle semblait, malgré tout, plus âgée d'une dizaine d'années. Peut-être n'était-ce qu'une fausse impression due à sa longue chevelure grise qui dépassait de sa palla et à sa peau parcheminée par de longues années d'exposition sous le soleil ardent. Les traits de Sheran étaient semblables à ceux de sa mère, alors que Dathan avait hérité de ceux de son père.

Les deux frères étaient de l'autre côté de la table, face à Farouk. Pour la première fois depuis de nombreuses années, ils semblaient heureux d'être réunis. L'épouse de Dathan, une petite femme aux formes rondelettes, était à quelques pas de son mari avec ses trois enfants. C'était une femme charmante, dont le sourire semblait s'être figé sur ses lèvres pour l'éternité. Lorsque Sheran avait quitté la maison paternelle pour entrer au service de Jacob, de nombreuses années auparavant, elle était enceinte de son premier enfant. Sheran était très ému de s'entendre appeler « Oncle » par cette petite marmaille qu'il rencontrait pour la première fois. Balak leva son gobelet et il toussota afin d'attirer l'attention.

— Je rends hommage à Sheran, mon fils cadet, et je voudrais lui exprimer mon immense joie de le savoir de retour.

J'avoue avoir ressenti une pointe de déception lorsqu'il m'a annoncé qu'il ne revenait pas vivre avec nous, mais qu'il ne faisait que passer. Il m'aura fallu de très nombreuses années, mais aujourd'hui, je comprends et j'accepte son choix. Un homme doit suivre la voie qui lui semble être la sienne et non pas celle que les autres voudraient qu'il suive.

Dathan baissa les yeux. Il était reconnaissant envers son frère pour avoir emmené cet homme qui avait sauvé le temple, mais il désapprouvait toujours les choix que celui-ci avait faits, car être gardien du temple était leur destinée et il considérait qu'ils n'avaient pas le droit de la rejeter :

— Dans quelques mois, j'aurai soixante ans, ajouta Balak. Je suis vieux et fatigué. Tel que nous en avons discuté, je cède à mon fils Dathan la fonction de grand-prêtre avec les lourdes responsabilités qui accompagne cette charge. Pour les années que la vie m'accordera encore, je serais simplement un prêtre, comme vous mes amis.

Farouk et Sheran attendirent que tous aient présenté leurs félicitations au nouveau grand-prêtre, avant de le complimenter à leur tour. Falia, qui était demeurée assise un peu à l'écart, ne comprenait pas grand-chose aux évènements des derniers jours. Mais, d'un autre côté, elle ne se sentait pas concernée par ceux-ci. Ses plaies guérissaient rapidement, mais il lui faudrait encore plusieurs jours avant de recouvrer ses forces.

Ils demeurèrent à Bethsaïda quatre autres jours. À la mi-journée du huitième jour après avoir quitté le domaine de Jacob, ils reprirent la route. Le soir du neuvième jour, ils établirent leur campement à moins d'une lieue de Ptolémaïs. En milieu de matinée, le jour suivant, ils entrèrent dans la cité portuaire et se rendirent au marché public près des quais. Ils firent lentement le tour des étalages et des kiosques et Farouk fit l'acquisition d'un tablier de cuir, sans manches, qui s'arrêtait à mi-mollet, comme ceux que portaient les employés de Jacob. Il acheta aussi deux morceaux de tissu rectangulaires et un bandeau de corde tressée, afin de s'en faire des coiffes. Il préférait le port du turban, mais celui-ci l'identifiait comme un étranger au premier regard. Il avait l'impression qu'il lui serait plus facile de s'intégrer à l'équipe de Jacob, si son apparence était plus similaire à la leur. Il offrit également à Falia une cape de laine finement tissée, d'un beau brun marron clair, ornée d'un ample capuchon. Bien que les journées fussent chaudes, les nuits étaient froides et la fraîcheur matinale tardait souvent à se dissiper. Il avait remarqué à plusieurs reprises que Falia frissonnait dans son vieux manteau élimé, qui devait compter autant d'années d'existence que la jeune femme elle-même. Il avait d'abord pensé lui acheter un manteau, comme ceux que portent la majorité des femmes de Galilée, mais il avait été ébloui par cette cape, qui était très semblable à celle que portait Feroudja autrefois. Il avait fermé les yeux un court moment et il avait eu l'impression d'entendre la voix de son épouse dans sa tête : *Achète-lui cette cape, elle sera heureuse.* Farouk se sentait en paix avec lui-même depuis qu'il avait fait ses adieux à son épouse quelques semaines auparavant. Sheran s'était acheté un nouveau maillet de bois. Celui qu'il utilisait pour faire ses sculptures, et qui lui avait servi durant les cinq années qu'il avait travaillé à Aila, était dans un état pitoyable. Il avait également examiné plusieurs ciseaux à sculpture, mais aucun n'avait la forme qu'il recherchait.

Une heure après leur arrivée, l'homme que Jacob avait envoyé les héla depuis le centre du marché. Farouk le reconnut immédiatement, car c'était cet homme qui avait préparé l'âne pour Falia au domaine de Jacob. Ils se mirent en route aussitôt et se dirigèrent au sud-est. Le chemin, qu'ils empruntèrent, serpentait entre des fermes qui se succédaient les unes après les autres. Les zones côtières, peu importe le royaume, étaient toujours les plus peuplées. Farouk marcha tête basse, car il était incapable de tolérer la désolation de ces champs laissés à l'abandon, alors que tant de gens souffraient de la faim. Ils traversèrent ensuite une région de basses collines verdoyantes qui les conduisirent jusqu'à une vaste plaine. Il y avait déjà presque deux heures qu'ils avaient quitté la cité portuaire, lorsqu'ils aperçurent au loin le lieu de construction. Falia se sentait beaucoup mieux. Elle avait recouvré la majorité de ses forces. L'enflure de son visage s'était complètement estompée et ses plaies étaient pratiquement cicatrisées. Les seuls signes apparents du mauvais traitement qu'elle avait subi étaient un grand cercle jaunâtre du côté droit de sa mâchoire inférieure, de même que l'ecchymose au-dessus de son œil gauche qui avait encore des teintes violacées. Les brigands lui avaient également cassé deux doigts de la main gauche et Farouk savait que la guérison de ceux-ci serait très longue.

Farouk freina l'âne à une trentaine de pas du chantier. L'homme qui les guidait leur avait ordonné de s'arrêter d'un geste impératif de la main. Farouk examina les lieux d'un regard fasciné. Plusieurs poutres avaient été enfoncées dans le sol, telles des flèches pointant vers le ciel. Elles délimitaient l'emplacement des bâtiments de la villa pompéienne en construction. Joachim, le père de la petite Marie, dirigeait l'équipe d'hommes qui préparaient le terrain. Une activité fébrile régnait sur le chantier, alors qu'une quinzaine d'hommes s'activaient à la tâche. La moitié d'entre eux faisaient partie de l'équipe de Joachim, alors que les autres étaient des employés de Jacob, mais en ce moment, presque tous les hommes travaillaient de concert afin de sortir un énorme rocher plat du sol à l'aide de quatre leviers et de deux palans. Le jeune Joseph avait déterminé, sous la supervision de son père, la longueur et le diamètre des leviers, de même que la disposition des palans, mais c'est Joachim qui coordonnait les efforts afin d'extraire cette pierre du sol. Ils attendirent que la manœuvre soit terminée avant d'approcher, car il ne fallait pas distraire les hommes lors de cette délicate opération. À la troisième tentative, la pierre se souleva et sortit complètement du sol. Les hommes s'empressèrent de glisser des poutres sous celle-ci, afin qu'elle ne retombe pas dans sa cavité. Lorsque la laborieuse tâche fut terminée, Jacob vint à leur rencontre.

— Le dixième jour, tel que prévu! cria-t-il joyeusement en approchant du petit groupe.

— Voilà une pierre qui vous aura occasionné un bien lourd labeur, lança Farouk d'un ton humoristique.

— Dit plutôt que c'est une véritable bénédiction, le corrigea Jacob. Joachim voulait simplement la déplacer, mais une fois déterré, nous avons vu son immense potentiel. Sa surface est entièrement plane et ses dimensions sont parfaites. Elle mesure une toise et demie en largeur et deux toises et demie en longueur. Elle fera un fond extraordinaire pour la piscine.

Falia s'était laissée glisser de l'âne avec grâce et elle attendait un peu à l'écart.

— Venez! lança Jacob. Je vais vous montrer! De toute façon, vous devez vous familiariser au chantier.

Tout en marchant vers la structure naissante de la villa, Jacob s'enquit de la visite que Sheran avait rendue à ses parents.

— Cela a été plutôt mouvementé, répondit celui-ci. Nous sommes arrivés à temps pour aider mon père qui déménageait. Il a vendu sa propriété de Magdala et en a acheté une nouvelle à Bethsaïda.

— Bethsaïda! répéta Jacob. Cette ville est sur le territoire de Basan. Il a donc quitté la Galilée.

— Je sais, répondit Sheran en secouant la tête. Je crois qu'il avait simplement besoin de changement. Il aurait bien aimé pouvoir raconter leur mésaventure, mais tout ce qui concernait le temple devait demeurer secret.

Jacob grimaça, car il ne comprenait pas le comportement de Balak, mais il n'était pas dans sa nature de porter des jugements.

— Comment fut l'accueil? demanda-t-il, car il connaissait les frictions qui avaient existés entre Sheran et son père.

— Chaleureuse, répondit-il. Mon père accepte enfin l'idée que j'exerce une autre profession que celle de potier.

— C'est très bien, fit Jacob en une moue appréciatrice, la bonne entente entre un père et son fils est une chose très importante.

Sheran tourna machinalement les yeux du côté de Joseph, ce qui extirpa un sourire à Jacob.

— Depuis que nous sommes arrivés au chantier, les choses vont beaucoup mieux entre moi et mon fils. Regarde-le! Il a même retrouvé le sourire, depuis que je lui ai confié l'entière responsabilité du chantier. Quant à moi, je ne fais que superviser ses décisions et vérifier ses calculs.

Jacob s'était dirigé du côté sud de la structure et il s'était arrêté devant deux des poutres qui sortaient du sol.

— Père! dit Joseph qui approchait à grandes enjambées. Désolé de t'interrompre, mais Joachim a fait une suggestion qui me semble très importante. Il recommande que la pierre soit déplacée immédiatement, car la terre autour de l'excavation est trop instable. Un glissement de terrain pourrait survenir et la pierre retournerait dans son trou.

Jacob écoutait son fils, tout en affichant un visage impavide, alors que Joseph poursuivait :

— Je m'apprête donc à ordonner son déplacement et le meilleur endroit, selon moi, serait à une toise et demie à l'extérieur du centre de la structure. J'ai fait la vérification et le sol y est très ferme. De plus, elle sera très près de son emplacement final, sans pour autant nuire aux opérations à venir.

— J'approuve, mon fils, dit Jacob en une expression appréciatrice.

Joseph le remercia d'un petit hochement de tête et il retourna auprès de Joachim. Il donna ensuite ses ordres, tel un général sur un champ de bataille.

— Il faut deux cordes, huit poutres d'une longueur de quatre toises et une vingtaine de gros rondins de dimension similaire.

Les hommes s'exécutèrent avec la même célérité que si l'ordre avait été donné par Jacob.

— Nous pouvons les aider, lança Sheran qui avait hâte de se mettre à la tâche.

Jacob secoua la tête en une mimique désapprobatrice.

— Trop d'hommes seraient plus nuisible qu'utile pour cette besogne, dit-il. Retournons plutôt à notre visite du chantier.

Il leva les bras et il montra d'un ample geste les six poutres qui s'élevaient devant lui sur une ligne bien droite :

— Voici l'avant de l'édifice principal de la villa.

Farouk fit une évaluation rapide et il estima à neuf ou dix toises la largeur de la domus. Il étira ensuite le cou et il regarda les poutres arrière. Il évalua la profondeur à environ vingt-cinq toises et peut-être même plus.

— Ouf! Cette villa sera très impressionnante, dit-il avec admiration.

Vingt-six poutres s'élevaient du sol et formait un grand rectangle dont l'intérieur avait été excavé de la profondeur d'une marche sur toute sa surface. Ils suivirent Jacob qui venait de descendre dans le grand rectangle qui délimitait l'intérieur de la nouvelle villa.

— Le plancher sera plus bas que le sol à l'extérieur? demanda Farouk avec étonnement.

— Pas du tout! fit Jacob en un petit gloussement. Tout l'intérieur sera nivelé avec un mélange d'argile et de pierres de rivière, afin de recevoir les dalles de marbre qui constitueront le plancher.

— Les poutres de soutiens intérieures ne sont pas encore en place, constata Sheran.

Elles seront au nombre de vingt-trois, répondit Jacob, et leur installation se fera dans une dizaine de jours, lorsque les hommes de Joachim auront terminé l'excavation de la piscine et du bassin.

Farouk tourna la tête à sa droite, là où les hommes s'apprêtaient à déplacer le rocher. Ils avaient mis quatre nouvelles poutres sur le sol devant la roche, suivi de quatre autres entrecroisées les unes aux autres. La pierre avait ensuite été soulevée grâce aux palans et une vingtaine de gros rondins avaient été glissés en dessous. Les deux cordes avaient ensuite été solidement fixées à celle-ci. Quatre hommes tiraient sur les cordes à l'avant, alors que les autres, qui s'étaient regroupés à l'arrière, poussaient de toute leur force. La pierre se mit à rouler sur les rondins et à avancer progressivement. Dès qu'un rondin se dégagea à l'arrière, un homme s'en empara et il alla le porter l'avant. Farouk était fasciné par cette opération, car il n'avait eu aucune idée de la façon que cette pierre aurait pu être déplacée.

— Quand tu auras terminé d'admirer le paysage, Farouk, peut-être daigneras-tu accorder un peu d'attention à ce que je suis en train d'expliquer, dit Jacob d'un ton très condescendant, teinté d'une pointe de colère.

— Je te présente mes excuses, dit Farouk avec grande humilité, car je me suis laissé stupidement distraire.

— Je veux bien t'excuser pour cette fois, répondit Jacob tout en soupirant bruyamment. Je sais que la charpenterie n'est pas ton métier et que tout cela est nouveau et intrigant pour toi, mais un homme qui est incapable d'être attentif commettra des erreurs coûteuses. Il se blessera ou pire encore, il blessera l'un de ses collègues. C'est pour cette raison que je ne garde jamais un employer qui est incapable d'écouter lorsqu'on lui donne des consignes.

— Je comprends et je t'approuve, dit Farouk avec modestie, et je te promets que cela ne se reproduira plus.

— Mieux vaudrait pour toi, dit simplement Jacob, avant de retourner à son explication, comme si l'incident ne s'était jamais produit :

— À la demande du client, spécifia-t-il, la piscine qui devait être dans l'impluvium, à l'arrière, sera plutôt construite dans l'atrium, à l'avant, alors que le bassin de l'atrium sera dressé dans l'impluvium.

Jacob termina en donnant ses consignes à Sheran et à Farouk, leur expliquant quelles étaient ses attentes pour les semaines à venir. Puis, ils retournèrent auprès des hommes qui achevaient de déplacer la pierre. Dès que les premières poutres, qui étaient allongées sur le sol, avaient été dégagées, les hommes les avaient déplacées à l'avant, telle une plateforme mouvante sur laquelle la pierre avait été roulée.

— Qu'y a-t-il? demanda Farouk, lorsqu'il s'approcha de Falia. Le visage empreint de tristesse de la jeune femme avait suscité son inquiétude.

— Jacob t'a parlé très durement, répondit-elle d'une voix émotive. J'ai cru qu'il allait te congédier.

Farouk se mit à ricaner doucement.

— Tu n'as pas à être inquiète, dit-il, tout en posant délicatement la main sur l'avant-bras de la jeune femme. Jacob n'a fait que son devoir de maître. Lors de mes dernières années de captivité, ajouta-t-il, c'est moi qui entraînais les nouveaux gladiateurs et j'étais deux fois plus sévère que Jacob l'a été avec moi.

Du bout des doigts, il releva doucement le menton de Falia et il plongea son regard dans le sien, avant de poursuivre :

— Quoi qu'il fût advenu, jamais je ne t'aurais abandonnée.

Falia se redressa et son visage s'illumina. Farouk soutint son regard un court moment, puis il baissa timidement les yeux. Il connaissait très bien cette flamme qu'il venait de voir danser au fond des prunelles de Falia, car il avait vu la même, chaque fois que Feroudja avait posé ses yeux sur lui autrefois. C'était la flamme de l'amour passionné, infini et inconditionnel, tel qu'il l'avait lui-même ressenti pour son épouse jadis. Il leva les yeux un bref instant et il les rabaissa rapidement. Il ignorait comment il devait réagir, alors que les sensations se bousculaient aussi vite que les questions dans son esprit.

VII
Unions singulières

Farouk frotta le bas de son dos endolori de ses deux mains tout en inspirant une longue goulée d'air frais. Six mois s'étaient écoulés depuis le début des travaux et il n'avait pas vu le temps passer. Le soleil descendait rapidement à l'horizon et le vent froid de janvier s'engouffra sous sa tunique, lui extirpant un petit frisson. Tous les hommes avaient ramassé leurs outils et ils étaient déjà entrés sous la grande tente, afin de prendre le repas du soir. Farouk était le dernier sur le chantier et il admirait la merveilleuse structure de la villa. Le matin même, Farouk et ses coéquipiers avaient terminé la charpente du cinquième des sept bâtiments qui constituait la domus et ils avaient déjà mis en place quelques-unes des poutres de la sixième bâtisse.

Il avait acquis une solide base en terminologie de charpenterie et maintenant il pouvait suivre les conversations des hommes du chantier, sans se sentir complètement ignorant. Les termes tels que : poutre d'entrais, poinçon, contrefiche, sablière ou jambette n'avaient plus de secrets pour lui. Il savait maintenant ce qu'était : un linteau, un potelet, une entretoise ou une solive. Il connaissait les termes d'assemblage tel : le tenon, la mortaise, le simple tenon chevillé, la queue d'aronde, l'enture en fausse coupe ou à paume. Il avait tant appris, et en si peu de temps, qu'il en était impressionné.

— Est-ce que tu viens manger? lui cria Falia, qui venait de sortir de la grande tente commune.

— J'arrive dans un moment, répondit-il en affichant un large sourire.

— Quand vas-tu te décider? lança Sheran, qui venait d'apparaître à sa droite, sans qu'il l'eût vu arriver. Elle est follement amoureuse de toi. J'espère que tu le sais!

— C'est d'une telle évidence, répondit Farouk, que je ne saurais l'ignorer, même si je m'y efforçais.

— Alors, pourquoi hésites-tu? Il y a de nombreuses semaines que Siméon espère que tu lui demandes la main de sa fille.

Farouk grimaça.

— Elle est jeune, jolie et très gentille, répondit-il en pinçant les lèvres avant de poursuivre :

— Regarde-moi! Je viens d'avoir trente-neuf ans et mon corps est couvert de cicatrices. Falia est jeune. Elle n'a que vingt-quatre ans. Elle mérite un homme qui soit jeune et fougueux et non un vieillard comme moi.

Sheran émit un petit rire sarcastique.

— Un homme jeune et fougueux, dit-il. Elle en a déjà épousé un et il a tout fait afin de lui enlever la vie. Alors je crois que ces critères n'ont vraiment aucune importance à ses yeux. De plus, elle s'est déjà confiée aux autres femmes du campement, leur affirmant que tu étais conforme à l'image qu'elle se faisait d'un bon mari.

Farouk le savait pertinemment, car il en était venu aux mêmes conclusions, lors de son questionnement. Il soupira en levant les yeux vers le ciel :

— Outre ce prétexte ou ce faux-fuyant, poursuivit Sheran, y a-t-il autre chose qui te fait hésiter?

Farouk demeura silencieux un long moment, pinçant les lèvres de gauche à droite.

— Elle est juive, dit-il simplement.

— Et tu n'as aucunement l'intention de te convertir au judaïsme, compléta Sheran.

Farouk secoua lentement la tête.

— J'aime mes dieux et jamais je ne cesserai de les invoquer, car ils sont bons et bienfaisants. D'un autre côté, je désapprouve la façon de penser des gens qui prient le Dieu unique d'Abraham. Tous les peuples qui invoquent les dieux multiples croient en l'existence du Dieu d'Abraham, ils désapprouvent simplement l'idée qu'il soit unique. Alors que les Juifs ont la conviction que leur dieu est le seul et que les autres n'existent pas.

Farouk grimaça avant de continuer :

— Jamais je ne pourrai adhérer à cette croyance et je crois que dans une telle condition aucun rabbin n'acceptera de nous marier.

Sheran affichait un petit sourire qui le déconcerta.

— J'ai déjà discuté de ce fait avec Jacob et Siméon et nous croyons qu'il y a une façon très simple de contourner ce petit obstacle.

Farouk arqua un sourcil. Il était tout aussi étonné d'entendre que son ami avait discuté de ce sujet personnel avec les autres, que du fait qu'il prétende qu'il y aurait une solution simple à ce dilemme.

— Il m'est impossible de mentir, peu importe la circonstance, spécifia Farouk.

Le sourire de Sheran s'amplifia.

— Je t'ai pourtant entendu raconter une foule de boniments à ce marchand de coton de Césarée, le laissant s'empêtrer lui-même, sans que tu lui aies menti une seule fois.

Farouk ricana à son tour au souvenir de Bénammi, qui croyait avoir tout perdu.

— Je t'expliquerai, le moment venu, la petite idée que nous avons eue, ajouta Sheran en affichant un sourire complaisant.

Le visage de Farouk se referma en une expression soucieuse.

— Il y a encore autre chose qui te fait hésiter? questionna Sheran, qui avait perdu son sourire lui aussi.

Farouk secoua lentement la tête.

— C'est une question morale avec laquelle je n'arrive pas à composer.

Sheran leva le bras et se mit à agiter la main, souriant de toutes ses dents. Farouk pivota et il vit Siméon qui arrivait, sa sœur trottait à ses côtés sur un âne que Jacob leur avait prêté. Falia n'était pas retournée chez elle depuis qu'elle était arrivée au chantier, six mois plus tôt, car Yonam, son ex-époux, proférait toujours des menaces de vengeance à son égard. Son père lui rendait donc visite à toutes les trois ou quatre semaines, accompagné une fois sur deux de sa sœur.

Le campement des travailleurs avait été érigé du côté ouest du chantier. Il était composé de quatre tentes dont l'une était presque aussi grande que celle utilisée par Maître Cid, quoique beaucoup moins luxueuse. À l'intérieur de celle-ci, il n'y avait pas de moquettes épaisses, ni de coussins finement brodés. Cette grande tente avait des usages multiples, puisqu'elle servait à la fois d'entrepôt et de lieu de rencontre communautaire où les travailleurs se réunissaient pour le repas du matin et celui du soir. Falia partageait une petite tente avec les deux autres femmes qui habitaient le chantier en permanence. Elles étaient les épouses de deux des employés de Jacob et leurs tâches étaient très nombreuses. Leur principale fonction était de contrôler et de distribuer les maigres réserves de nourriture. Tous les matins, après avoir trait les cinq chèvres que Jacob gardait au chantier, elles devaient se rendre au marché de Ptolémaïs où elles tentaient d'acheter toute la nourriture qu'on voulait bien leur vendre, ce qui, malgré leurs efforts incommensurables, était toujours insuffisant. À leur retour, elles devaient se rendre à la petite rivière qui coulait au nord du chantier, afin d'y puiser de l'eau et de remplir les barriques dans lesquelles les hommes s'abreuvaient, car il était très important qu'ils puissent se désaltérer en tout temps. Le reste de la journée, elles fabriquaient des fromages avec le lait de la traite du matin, elles réparaient les vêtements déchirés et soignaient les petites blessures que les hommes s'infligeaient constamment. Elles étaient même devenues des expertes dans l'art d'extraire les échardes profondes.

— Salutation! lança cordialement Siméon en s'approchant des deux hommes.

— Quelles sont les nouvelles? questionna Sheran.

Siméon plissa le front en regardant les deux hommes tour à tour.

— Les nouvelles peuvent attendre, répondit-il. À mon approche, il m'a semblé que vous étiez plongé dans une conversation très sérieuse et je ne voudrais pas l'interrompre.

La sœur de Siméon avait poursuivi sa route vers le campement en saluant les deux hommes d'un bref hochement de tête au passage. Sheran avait tourné la tête du côté de son ami, se demandant s'il pouvait poursuivre cette conversation en présence du père de Falia. Farouk inspira profondément. Il s'était avancé beaucoup trop loin dans cette conversation et il souhaitait la terminer. De plus, il croyait que Siméon avait le droit de connaître ses motivations. Il se tourna vers son ami et il répondit à la dernière question que celui-ci lui avait posée.

— Comme je te le disais un peu plus tôt, la dernière chose qui me fait hésiter est une question d'ordre moral.

Le père de Falia arqua les sourcils, car une question d'ordre moral était généralement difficile à solutionner. Farouk posa la main sur l'épaule de Siméon et il répondit au regard interrogateur de celui-ci :

— Sheran voulait connaître la raison pour laquelle je ne t'avais pas encore demandé la main de ta fille et je venais tout juste de lui en fournir deux.

— Un prétexte et un problème qui n'en est pas réellement un, le coupa Sheran en affichant une mimique sarcastique.

Farouk posa sur lui un regard faussement sévère, puis il poursuivit.

— Lorsque j'ai rencontré ma femme, il y a de cela fort longtemps, dit-il tristement, nous sommes tombés follement amoureux l'un de l'autre dès le premier regard. J'ai souvent tenté de définir cet amour que j'éprouvais pour elle, mais sans jamais y parvenir, car il n'y avait pas de véritables raisons à cette passion dévorante. Je l'aimais pour tout et pour rien, tout à la fois.

Il se tut un court moment et, après une longue inspiration, il poursuivit :

— Avec Falia, c'est complètement différent. Je l'aime, certes, mais pour des raisons très bien définies, qui découlent beaucoup plus de l'admiration que de l'amour. Elle est : belle, charmante et attrayante. Elle a un merveilleux sourire, un regard charmeur et des gestes délicats qui accentuent sa féminité. Elle est remplie de bonté, de générosité et de compassion. De plus, j'admire son courage, sa franchise et sa détermination.

Les deux auditeurs se regardèrent en affichant un petit sourire béat.

— Tout ce que tu as dit de ma fille est vraiment merveilleux, dit Siméon, et j'ai beau chercher, mais je ne vois pas où peut se situer ton problème moral.

Farouk baissa les yeux et son visage se voila de tristesse.

— Falia, je le vois dans son regard, m'aime d'un amour inconditionnel, dit-il d'une voix à peine audible. Si elle essayait de définir les raisons de cet amour, j'ai la certitude qu'elle en serait incapable.

Il se tue un long moment, puis il leva son visage accablé vers le père de la jeune femme :

— Même en me forçant de toute ma volonté, Siméon, jamais je ne pourrai lui rendre ses regards enflammés et en l'épousant, j'aurais l'impression d'être malhonnête. J'ai connu l'amour fou et sans limites avec ma femme autrefois et je crois qu'elle mérite de rencontrer un homme qui saura lui rendre ses regards embrasés.

Siméon était médusé.

— Ton problème moral n'en tient qu'à cela? demanda-t-il avec incrédulité.

— Prendre en sachant que l'on ne peut rendre de façon proportionnelle serait de l'hypocrisie, répliqua Farouk.

Siméon soupira en secouant la tête de consternation.

— Certains hommes s'interrogent trop, alors que d'autres ne le font pas assez.

Il entoura l'épaule de Farouk d'un bras paternel, bien qu'il n'eût qu'une douzaine années de plus que lui, et il l'entraîna dans une petite promenade.

— Laisse-moi te répéter ce que mon défunt père m'a dit, lorsque je fus en âge de prendre femme. Il m'a entouré l'épaule de son bras vigoureux, un peu comme je le fais avec toi en ce moment, et il m'a dit que je devais prendre une épouse, sans quoi, il en choisirait une à ma place. Je lui ai répondu que je voulais prendre mon temps, car je désirais connaître le grand amour auprès d'une femme qui m'aimerait plus que tout au monde et pour laquelle j'éprouverais les mêmes sentiments. Père m'a fait un sourire complaisant et il m'a dit que mon désir était très légitime, puisque c'était celui de tous les êtres humains vivants en ce monde, mais que de tels couples, qui partagent un amour infini de façon réciproque, étaient une chose extrêmement rare et qu'il y avait moins d'un couple sur mille qui était ainsi constitué. J'étais abasourdi et j'avais peine à le croire.

Farouk était aussi étonné que Siméon prétendait l'avoir été.

— *Puisque les couples ne semblent pas être constitués comme je le pensais,* lui ai-je demandé, *alors explique-moi comment ils le sont?*

Siméon avait cessé de marcher et il s'était tourné face à Farouk :

— Mon père a posé ses deux mains sur mes épaules et il a plongé son regard dans le mien.

Il joignit le geste à la parole en attrapant les deux épaules de Farouk avant de poursuivre :

— Père m'a expliqué que les couples étaient normalement constitués d'un être qui aime et d'un autre qui est aimé et que si je prêtais un peu attention, il me serait facile de déterminer qui tiens quel rôle dans les couples autour de moi. C'est ainsi que la majorité des couples sont constitués, a-t-il ajouté, et c'est très suffisant pour vivre une vie heureuse et bien remplie. Puis il a terminé en me disant que les couples qui connaissaient un amour infini de façon réciproque étaient aussi rares que les filons d'or et que je pourrais passer tout le reste de mon existence à fouiller les rivières et à creuser les montagnes sans jamais trouver une seule pépite d'or.

Farouk avait arqué un sourcil, alors que son cerveau fonctionnait à vive allure, cherchant dans sa mémoire. Il passa en revue tous les couples qu'il connaissait ou qu'il avait connus et il lui fut aisé de déterminer qui était l'être qui aimait et celui qui était aimé pour pratiquement chacun d'entre eux. Il se mit à secouer lentement la tête et il dut convenir que Siméon avait parfaitement raison, bien qu'il n'en eût jamais été conscient :

— Un mois après que mon père m'eût parlé, ajouta Siméon, je me suis rendu auprès du père d'une jeune fille que je connaissais, afin de lui demander la main de sa fille. Je l'aimais bien et je savais qu'elle était follement amoureuse de moi. Nous avons été mariés pendant vingt-six ans et je peux dire que j'ai vécu une belle vie bien remplie en sa compagnie. L'amour que j'éprouvais envers ma femme n'a jamais cessé de grandir au fil des années.

Siméon ferma les yeux et il inspira de façon pensive avant de poursuivre :

— Il a fallu attendre cinq années avant qu'elle me donne un premier enfant. Nous avons longtemps pensé qu'elle était stérile, jusqu'à la naissance de Falia. Elle est retombée enceinte deux années plus tard, mais elle n'a pas mené cette grossesse à terme. Puis, elle n'est plus jamais retombée enceinte par la suite. Ma femme n'est plus de ce monde et il ne me reste que Falia. J'aime ma fille unique et je souhaite qu'elle soit heureuse auprès d'un homme qui saura l'apprécier à sa juste valeur.

Siméon se tut quelques instants. Il baissa les yeux et il inspira profondément, car il n'était pas dans ses habitudes d'ouvrir ainsi son cœur et ses pensées :

— La vie t'a comblé, dit-il en relevant les yeux, mais ne laisse pas le souvenir de cet amour parfait, que tu as connu autrefois, t'emprisonner pour le reste de ta vie et si tu aimes suffisamment ma fille pour vouloir son bonheur, alors dit-toi que tu seras simplement un homme normal, comme tous les autres hommes, et non un hypocrite qui prend plus qu'il ne peut donner en retour.

Farouk était très ému, de même que Sheran qui avait suivi cette conversation avec beaucoup d'intérêts.

— Allons manger! lança joyeusement Siméon. J'ai apporté une dizaine de beaux poissons séchés et j'ai même mis la main sur une grosse miche de pain.

— Prend garde! s'exclama Sheran d'une voix inquiète. Si l'on te surprend à privilégier tes amis, il t'en coûtera.

— Pas du tout, répliqua Siméon, je n'ai pris que la part qui me revenait. Depuis environ deux semaines, les poissons, qui avaient déserté nos côtes, semblent revenir. On ne peut pas encore dire que la pêche est bonne, mais au moins les pêcheurs n'entrent plus bredouille. Malgré tout, ce n'est pas cela qui mettra un terme à la famine, mais ces poissons sauveront certainement la vie de plusieurs personnes.

Il pivota et se mit à marcher d'un pas rapide.

— Entrons sous la tente! cria-t-il par-dessus son épaule. Il y a beaucoup de gens qui nous attendent afin de festoyer, bien que le repas risque d'être très modeste.

Farouk leva la main et ouvrit la bouche, s'apprêtant à rappeler Siméon, mais Sheran l'arrêta en se plaçant devant lui.

— Que comptais-tu faire? lui demanda-t-il d'un ton sévère.

— Le rappeler, répondit Farouk d'une voix où perçait la surprise, afin de lui demander la main de sa fille.

Sheran lui fit de gros yeux en secouant son index devant son visage.

— Pas de cette façon! dit-il sur un ton de réprimande. Bien que tu ne sois pas juif, certaines règles doivent être respectées.

Farouk leva les sourcils d'étonnement, alors que son ami poursuivait son explication :

— Une telle demande doit se faire en public et en présence de la jeune femme concernée. De plus, cette requête doit se faire de façon informelle.

Farouk, qui n'y comprenait rien, se sentait complètement égaré. Sheran se mit à ricaner en secouant la tête.

— L'homme doit tout d'abord demander au père de la jeune femme la permission de solliciter la main de sa fille en présence d'un rabbin. Celui-ci peut alors accepter ou refuser, sans que l'homme soit déshonoré, puisqu'en somme, il n'a pas demandé la main de la jeune fille, mais simplement l'autorisation de le faire.

— Ha! fit Farouk qui comprenait toute la subtilité de cette façon de faire.

— Sauver la face est une chose très importante chez le peuple juif, ajouta Sheran, et en procédant de cette manière, peu importe la réponse, l'honneur est toujours sauf. Par la suite, le père du jeune homme ou son représentant discutera avec le père de la jeune femme, afin d'établir le montant de la dot de celle-ci.

— Je ne veux pas de dot, répliqua Farouk avec indignation. Siméon n'a pas à me payer pour que j'épouse sa fille.

Sheran se mit à rire de la susceptibilité de son ami.

— Désolé Farouk, mais pas de dot, pas de mariage.

Farouk était abasourdi.

— La dot est essentielle, lors d'un mariage chez le peuple juif, ajouta Sheran, et le montant de celle-ci détermine la valeur de la nouvelle épouse.

Farouk secoua la tête, ayant peine à croire ce qu'il venait d'entendre :

— De là, l'embarras de Siméon, poursuivit Sheran. Il a accumulé toute sa vie, afin d'offrir une dot qui soit digne de sa fille. Au mariage de celle-ci, il a remis cinquante talents d'or à Yonam, mais il a compris par la suite que la dot avait été la seule chose qui avait intéressé cet homme. Il est très déçu maintenant, car il n'a que cinq talents à offrir à celui qui épousera sa fille de nouveau.

Farouk fronça les sourcils en une mimique interrogatrice.

— Comment sais-tu toutes ces choses? demanda-t-il à son ami.

— Simplement parce que nous en avons parlé, il y a quelques semaines de cela, répondit Sheran en affichant un petit air innocent.

Farouk était encore plus incrédule qu'il ne l'avait été un peu plus tôt.

— Comment as-tu pu discuter de ces choses, il y a plusieurs semaines, alors que je m'apprête seulement à lui faire ma demande?

Sheran éclata de rire.

— Tout le monde sur ce chantier est au courant des sentiments que Falia et toi ressentez l'un envers l'autre et il y a de nombreuses semaines que Siméon et sa sœur attendent avec

218

impatience que tu fasses ta demande. Alors, il est normal que nous en ayons parlé, afin d'aplanir toutes les difficultés que pourraient occasionner une union aussi singulière que la vôtre.

Sheran éclata de rire à nouveau en constatant la figure déconfite de Farouk, qui prenait conscience qu'il s'était encore une fois torturé inutilement l'esprit pendant plusieurs mois, tout comme il l'avait fait pour Feroudja plusieurs années auparavant :

— Allons-y! dit joyeusement Sheran en lançant une bourrade dans l'épaule de son ami.

L'arrivée des deux hommes jeta un lourd silence dans la grande tente où tout le monde était réuni pour le repas du soir. Siméon leva les yeux sur Farouk un bref instant, puis il détourna son regard, alors que sa sœur à sa droite affichait un sourire radieux. Farouk tourna la tête du côté de Falia, qui souriait timidement en contemplant ses deux mains sans oser lever les yeux. Il inspira profondément, car il se sentait aussi nerveux que lorsqu'il avait dû parler à Paco autrefois.

Le coussin à la gauche de Siméon était demeuré vacant, comme si cet espace lui avait été réservé. Farouk alla y prendre place. Il fit un petit sourire circulaire aux autres occupants de la tente avant de se tourner vers le père de la jeune femme.

— Bien que je ne sois pas de ton peuple et que je connaisse très peu vos mœurs et vos coutumes, je souhaiterais que tu m'autorises à te demander la main de ta fille devant un rabbin.

Siméon feinta de réfléchir un petit moment.

— J'entendrai ta requête avec grand plaisir, répondit finalement Siméon, mais, comme tu n'as pas de père, il faudra que tu nommes quelqu'un pour te représenter.

Un lourd silence s'instaura entre les deux hommes. Après quelques instants, Siméon leva les sourcils, tout en ouvrant les mains, en une mimique interrogatrice. Farouk mit quelques secondes avant de comprendre que ceci devait se faire immédiatement. Il interrogea Sheran du regard et celui-ci lui répondit d'un simple hochement de tête, signifiant qu'il acceptait de jouer ce rôle. Sheran se leva et il approcha de son ami, puis il attendit plusieurs longues et interminables secondes, alors que Farouk regardait de tous les côtés en se demandant ce qu'il devait faire à présent. Sheran pouffa de rire.

— À ce moment précis, dit-il, tu es censé te lever et me céder ta place, afin que je puisse négocier les dernières ententes concernant ce mariage.

— Oups! fit Farouk tout en se levant avec maladresse.

Il alla s'asseoir à la place laissée libre par Sheran, juste à la gauche de Jacob, puis il distribua quelques timides sourires autour de lui.

— Il était temps! lança Jacob. Je commençais à croire que jamais tu ne te déclarerais.

— N'étant pas de la même croyance, répliqua Farouk, cette union n'aura rien de simple.

Jacob posa une main amicale sur l'avant-bras de Farouk.

— Tu n'auras pas à te dépêtrer seul avec cette situation. Je connais, à Ptolémaïs, un rabbin qui est très complaisant à mon égard depuis que j'ai fait un don généreux à son temple, alors il ne manquera pas de vouloir me retourner la faveur.

Sheran, qui avait terminé les négociations, était revenu près d'eux.

— Siméon aurait quelques petites choses à discuter avec toi, dit-il en s'adressant à Jacob.

Celui-ci étira le cou et, constatant que la place laissée libre par Sheran était toujours inoccupée, il se leva et s'y rendit sur-le-champ. Dès que Jacob se fut levé, Sheran se laissa choir près de son ami, tout en arborant un large sourire de satisfaction.

— Tout est réglé! dit-il fièrement. Nous nous rendrons à Ptolémaïs dans deux jours et tu pourras y faire ta demande officielle.

— À Ptolémaïs, répéta Farouk avec étonnement. Je croyais que cette requête se ferait ici.

Sheran ricana en secouant la tête.

— La demande doit se faire au temple, en présence du rabbin et du notable, expliqua Sheran.

— Pourquoi la présence du notable est-elle nécessaire? questionna Farouk avec confusion.

— Siméon doit remettre la dot au notable, qui, après l'avoir vérifiée, me la remettra en ton nom, précisa Sheran. Si tout est conforme aux ententes, la cérémonie du mariage pourra débuter.

Farouk sentit un vent de panique l'envahir.

— J'avais pensé que le mariage n'aurait lieu que six mois ou peut-être même une année après avoir fait ma demande, car je n'ai pas de maison où y conduire mon épouse après la célébration du mariage.

— Je connais cette coutume qui est pratiquée chez plusieurs peuples, dont le tien, répliqua Sheran, mais celle-ci n'a pas cours au royaume de Juda. Chez les Juifs, l'endroit où dort un homme est considéré comme sa demeure, que ce soit une maison, une tente ou même sous un arbre dans la forêt.

Farouk était bouche bée. Jacob, qui avait terminé sa conversation avec Siméon, était revenu vers eux et Sheran lui céda sa place immédiatement.

— Tout est arrangé, lança-t-il en s'assoyant. Je partirai pour Ptolémaïs demain en fin de journée avec Siméon, sa sœur, sa fille et quelques autres personnes. Nous rencontrerons le rabbin et le notable, afin de leur faire comprendre la nature très particulière de cette union. De plus, comme cadeau de mariage, je t'offre trois journées de congé. Tu pourras les passer à l'auberge de Ptolémaïs avec ta nouvelle épouse, car les nouveaux mariés ont besoin d'apprendre à se connaître et à s'apprivoiser, ajouta-t-il en affichant un petit sourire narquois.

Farouk se sentit rougir, car il n'était pas dans ses habitudes de parler ouvertement des rapports intimes d'un couple.

— Les frais de l'auberge, de même que ceux de la nourriture qui vous sera servie, poursuivit Jacob, font également partie du cadeau que je t'offre.

Farouk le remercia, tout en essuyant ses mains moites sur ses cuisses. Les choses se passaient si vite qu'il en ressentait un petit vertige :

— Tu dois également comprendre, ajouta Jacob, que les couples mariés ne peuvent pas cohabiter lorsqu'ils sont sur le chantier, car ce ne serait pas juste envers les autres hommes qui sont mariés, mais qui ne peuvent avoir leur épouse près d'eux.

Farouk opina simplement. Il connaissait déjà cette règle pour l'avoir vu en application avec les deux femmes qui habitaient le chantier.

Le deuxième jour, une heure après le lever du soleil, tout le monde se mit en route afin de se rendre à Ptolémaïs. Jacob avait ordonné la fermeture du chantier pendant vingt-quatre heures, afin que chacun puisse assister au mariage. Ils avaient pris une confortable avance sur les prédictions dans l'avancée des travaux et

Jacob avait jugé que ses hommes avaient largement mérité cette journée de congé supplémentaire. Le jour précédant, Farouk s'était rendu à la petite rivière qui coulait au nord du chantier et il avait soigneusement lavé la belle tunique qu'il avait achetée juste avant de quitter son royaume, six mois auparavant. Elle était simple, mais de très bonne qualité et presque neuve. Il aurait préféré porter un turban, mais Sheran lui avait déconseillé de le faire, car il était important qu'il projette l'image d'un étranger qui cherche à s'intégrer au peuple juif. Il avait donc utilisé un rectangle de tissu beige, qu'il avait acquis au marché de Ptolémaïs quelques semaines plus tôt. À l'aide d'un bandeau de cuir tressé, il s'en était fait une coiffe semblable à celle que tous les juifs portaient. Son ami lui avait également expliqué l'importance que le rabbin et le notable ne voient pas en lui un étranger ancré dans ses coutumes, mais bien un homme qui s'efforçait de s'adapter aux mœurs de ce peuple.

Farouk avait été incapable de s'abstenir de faire des comparaisons entre son premier mariage et celui-ci, tant les différences étaient marquantes. Lorsqu'il avait épousé Feroudja, ils avaient été vêtus comme un couple royal et tous les habitants du village des réfugiés avaient assisté à la noce. Alors que cette fois-ci, sa nouvelle épouse et lui-même seraient vêtus de façon très sobre et le nombre des invités se limiterait à une quinzaine. Il s'était rappelé l'incroyable festin de la réception qui s'était poursuivie jusqu'au lever du soleil le jour suivant et où les tables avaient ployé sous le poids de la nourriture. Tandis qu'aujourd'hui, les gens feinteraient de festoyer, tant la nourriture était peu abondante.

Ils arrivèrent près du temple au moment où le soleil passait son zénith. Malgré la froidure de cette mi-janvier, Jacob avait insisté pour que la cérémonie ait lieu dans le jardin de la synagogue, comme cela se faisait lors des saisons plus clémentes. Il avait voulu éviter à Farouk l'ambiance trop austère d'un temple qui n'était pas le sien. La petite troupe, après avoir contourné l'édifice, se dirigea vers le jardin à l'arrière. Bien que Sheran lui eût expliqué les différentes étapes de la cérémonie qui allait suivre, Farouk se sentait aussi nerveux que lors de son premier mariage. Lorsqu'ils entrèrent dans le jardin, il constata, tout comme il avait été prévu, que plusieurs personnes étaient déjà arrivées. Jacob, Siméon, le rabbin et le notable les attendaient dans un espace ouvert au centre du jardin dénudé par la froidure de l'hiver. Quelques pas derrière eux se tenaient quatre femmes qui leur tournaient le dos, leur palla remontée haut sur leur tête, afin que l'on ne puisse voir leur visage. Malgré ce fait, Farouk les avait déjà reconnues à leur physionomie. Il y avait la sœur de Siméon, de même que les deux femmes des travailleurs du chantier et enfin Falia, qui était emmitouflée dans la belle cape qu'il lui avait achetée lorsqu'ils étaient arrivés à Ptolémaïs.

Farouk et Sheran s'arrêtèrent devant les quatre hommes, alors que les autres formèrent un demi-cercle autour d'eux. Farouk attendit que tout le monde ait pris sa place, puis il s'inclina respectueusement devant Siméon.

— En présence de ce rabbin, dit-il, je te demande de m'accorder la main de Falia, ta fille unique.

— Je veux bien te l'accorder, répondit Siméon, qui arborait un sourire bienveillant, mais seulement si tu sais la reconnaître parmi les autres.

Farouk s'inclina de nouveau, tout en lui rendant son sourire. Les quatre femmes pivotèrent et elles approchèrent d'un pas mesuré. Elles avaient le visage voilé d'un fin tissu de soie semi-transparent qui masquait, malgré tout, suffisamment les traits de la personne. Sheran sortit de son sac la demie d'un gobelet d'argile cuite qui avait été brisé en deux parties pratiquement égales. Il remit le demi-gobelet à Farouk qui se tourna de nouveau vers les femmes en tendant celui-ci à bout de bras. La sœur de Siméon approcha en tendant la moitié d'une assiette. Farouk approcha son demi-gobelet et il tenta d'ajuster les deux pièces. Il se mit à sourire en secouant négativement la tête. La sœur de Siméon recula de trois petits pas, feintant la déception et les deux autres femmes avancèrent à l'unisson, l'une tenant un demi-bol et l'autre une demi-jarre. Farouk tenta d'ajuster son demi-gobelet, puis il se mit à secouer la tête à nouveau, indiquant que celles-ci n'étaient toujours pas les bonnes. Les femmes reculèrent et Falia avança à son tour, tenant entre ses mains l'autre moitié du gobelet. Lorsque les deux parties du gobelet s'emboîtèrent à la perfection, Falia laissa tomber son voile et tout le monde se mit à applaudir. Comme Sheran lui avait expliqué, ce petit rituel, bien qu'un peu ridicule, était lourdement chargé de sens, car la symbolique occupait une place très importante dans la culture juive. Siméon prit ensuite la main de sa fille et approcha de Farouk.

— Tu m'as demandé la main de ma fille et tu as su la reconnaître parmi toutes les autres, alors j'accepte de te l'accorder avec grand plaisir.

Farouk s'empara de la main que lui tendait Falia.

— Aucune union ne peut se faire sous la contrainte, ajouta Siméon. Si ma fille veut de toi, elle t'offrira son autre main.

Falia leva la main gauche, le visage rayonnant de bonheur, et Farouk dut croiser ses poignets, afin de pouvoir saisir l'autre main de la jeune femme.

— Je t'offre ma fille, dit Siméon, afin que tu la rendes heureuse et que tu la fécondes.

— Je l'accepte, répondit Farouk, et je m'efforcerai de réaliser ton souhait.

— J'offre aussi une dot de six talents d'or, ajouta le père de la jeune femme, tout en remettant une petite bourse au notable, qui en vérifia le contenu, mais qu'il ne remettrait à Sheran qu'à la fin de la cérémonie.

— Cette somme, je tiens à le préciser, poursuivit Siméon, est bien inférieure à la valeur que j'accorde à ma fille unique.

— Je la reçois également avec grand plaisir, dit Farouk, et je suis très honoré de ton immense générosité.

Siméon arqua un sourcil interrogateur, car cette dot était des plus modestes.

— Un riche seigneur, expliqua Farouk, qui marie sa fille et offre une dot de deux cents talents, ne fait en réalité qu'accorder une infime partie de sa fortune, alors que toi, tu m'offres la majeure partie de ce que tu possèdes en dot pour ta fille. Ce qui fait à mes yeux, toutes proportions gardées, que ta dot vaut vingt fois celle de ce riche seigneur.

Siméon bomba le torse avec fierté, alors que le rabbin et le notable s'échangeaient un petit regard, impressionnés par l'habileté et la sagesse du propos qu'ils venaient d'entendre.

Le rabbin approcha du couple de futurs mariés, qui se tenaient toujours les mains entrecroisées.

— L'on m'a prévenu, dit-il en s'adressant à Farouk, que tu étais un étranger et que tu étais dans notre royaume depuis très peu de temps, mais que tu t'adaptais rapidement à nos mœurs et à nos coutumes. On m'a aussi certifié que tu étais un homme bon, courageux et d'une grande sagesse. Ce que tu viens de nous prouver, il y a quelques instants. Alors, plutôt que de t'interroger par de nombreuses questions ambiguës, comme je le fais habituellement, l'on m'a demandé de m'en tenir à une seule question essentielle qui ne concerne pas nos mœurs ou nos coutumes, afin que les choses soient faites de façon équitable.

Falia, qui tenait toujours les mains de Farouk, ressentit un petit tremblement, mais elle n'aurait su dire s'il provenait d'elle ou de Farouk, car la réponse qu'il fera au rabbin déterminera si l'union aura lieu ou non.

— Crois-tu en l'existence du dieu d'Abraham? demanda le rabbin.

— Bien sûr! s'exclama spontanément Farouk. J'ai même la certitude qu'il est présent tout autour de nous, en ce moment même, et qu'il se réjouit de notre bonheur, *comme tous les autres dieux bienveillants*, pensa-t-il au fond de lui-même.

Le rabbin tourna la tête du côté du notable, qui opinait en une moue appréciatrice.

— Cette réponse est plus que suffisante pour moi, ajouta-t-il.

Il déplia la longue bande de tissu qu'il tenait entre ses mains et il déposa la partie centrale de celle-ci sur les mains entrecroisées du couple de futurs mariés. Puis, il prit l'une des extrémités et il fit deux fois le tour des poignets de Falia. Il prit ensuite l'autre extrémité et il procéda de la même façon avec ceux de Farouk.

— L'engagement d'un couple va bien au-delà du simple consentement, dit le rabbin, car l'union d'un homme et d'une femme doit devenir un serment inviolable qui ne peut être rompu qu'en des circonstances très exceptionnelles.

Le rabbin regarda Falia et Farouk à tour de rôle, puis il posa sa main droite sur leurs mains liées.

Maintenant, échangez vos consentements.

— J'accepte de devenir ton mari, déclara Farouk : de t'aimer, de te respecter et de pourvoir à tous tes besoins, et ce, tant que la vie coulera dans mes veines.

Le célébrant se tourna du côté de Falia, lui indiquant que c'était à son tour d'exprimer son consentement.

— J'accepte de devenir ta femme, dit-elle la voix tremblante d'émotions : de t'aimer, de t'obéir, de te respecter et de ne rien faire qui puisse entacher ton honneur, aussi longtemps que le créateur de toute chose me prêtera vie.

Le rabbin leva les yeux et tourna ses paumes vers le ciel.

— Je vous déclare : mari et femme, annonça-t-il d'un ton très solennel. Va! Farouk et féconde cette femme. Que votre descendance soit nombreuse et que la joie, l'amour et la prospérité accompagnent chacun de vos pas.

Les nouveaux mariés se rapprochèrent et ils s'embrassèrent timidement et maladroitement, car ils échangeaient leur tout premier baiser.

Lorsque la cérémonie fut terminée, ils quittèrent le jardin du temple afin de se rendre à l'auberge. L'un des charpentiers de Jacob soufflait dans une flûte, un autre tapait sur un tam-tam qu'il tenait sous son bras et un troisième tenait le rythme en frappant deux blocs de bois l'un contre l'autre. Tous les autres invités à la noce avaient entamé un petit chant très prisé lors des mariages, tout en tapant dans leurs mains au rythme de la musique. Sur leur chemin, plusieurs personnes étaient venues se joindre à eux sur une courte distance. En ce temps de famine, les moments de réjouissance étaient très rares. À l'auberge, les festivités se prolongèrent toute la journée, mais malheureusement, les invités eurent plus à boire qu'à manger. Deux heures avant la tombée du jour, ils durent reprendre la route, car le chantier reprendrait ses activités dès l'aube. Avant de partir, le père de Falia lui promit de lui rendre visite à nouveau dans deux semaines. Siméon était marchand de poisson et maintenant que la pêche semblait vouloir reprendre, il lui serait de plus en plus difficile de s'absenter de Nazareth.

* * *

Quatre jours après le mariage de Farouk et Falia, de l'autre côté de la Méditerranée, sur la côte de l'Africa Nova, l'ancienne Numidie, cinq galères romaines étaient amarrées au port commercial de Chullu.

Au palais royal de la grande cité de Khirta, le jeune roi Juba faisait les cent pas sur le porche, allant et venant nerveusement devant la trentaine de conseillers et de notables qui y étaient assemblés.

— Cesse de te languir ainsi! lança le colonel Quintus d'une voix où perçait l'agacement.

Juba vint se placer docilement à sa droite.

— Pourquoi n'a-t-il pas envoyé un messager, il y a une semaine ou deux, afin de me prévenir de son arrivée? lança-t-il d'une voix légèrement angoissée. Nous aurions pu l'accueillir avec les hommages dus à son rang.

— Tu m'as posé la même question hier soir et encore ce matin, répondit Quintus en soupirant, et ma réponse n'a pas changé depuis. Il ne t'a pas envoyé de messager, parce qu'il ne voulait pas être accueilli en grande pompe. Alors, calme-toi! Le conseiller Bogud a déjà fait tout le nécessaire et Caius sera reçu comme il le souhaite.

Le jour précédant, en fin de journée, un messager était arrivé au palais sur une monture ruisselante de sueur. Il avait couvert la distance entre le port de Chullu et la cité de Khirta en un temps record, changeant de cheval à chacun des relais et exigeant de celui-ci l'effort maximal qu'il pouvait fournir. Il avait quitté le port deux heures à peine après l'arrivée de la petite flotte romaine, afin d'annoncer à son roi la visite de Caius Julius Octave César, le grand Auguste de Rome. Le régent avait ordonné à Bogud d'envoyer des messagers dans toutes les directions, afin de répandre la nouvelle de la visite de l'auguste personnage.

La foule de curieux, qui avait envahi la place publique devant le palais, se tut à l'arrivée d'un soldat de la garde royale qui approchait au pas de course. L'homme freina sa course au pied des marches.

— Ils arrivent! cria-t-il à l'adresse de son roi. Ils ont déjà franchi la porte nord et ils seront ici dans peu de temps.

— Qu'y a-t-il? demanda le régent, qui avait noté l'expression soucieuse du soldat.

— Ils escortent un étrange chariot, répondit-il.

Juba et Quintus se regardèrent, tout en se demandant ce que pouvait représenter un chariot étrange aux yeux de ce soldat. Le jeune roi s'apprêtait à le questionner, mais il s'abstint en voyant les premiers cavaliers romains qui approchaient. Les hommes de troupe défilèrent devant le porche en saluant l'officier romain qui s'y trouvait. Le colonel de la cohorte personnelle de Caius Octave freina sa monture devant les marches et il mit habilement pied-à-terre, laissant la bride de celle-ci à un cavalier, afin qu'il se charge de sa monture. Dès qu'il eut atteint le sommet des marches, il salua Quintus en frappant son poitrail du poing.

— La traversée fut bonne? demanda Quintus après l'avoir salué à son tour.

— Excellente! répondit le colonel. Les vents nous étaient favorables.

Une trentaine de cavaliers avaient défilé devant le porche, lorsque Juba aperçut Caius qui montait un superbe destrier blanc. Il réfréna difficilement son désir de courir vers son ami et bienfaiteur, afin de l'accueillir, car il était roi maintenant et il devait se comporter dignement devant son peuple. Derrière Caius suivait un énorme chariot tiré par six chevaux, que les gens regardaient avec un grand étonnement. Le chariot mesurait environ quatre pas de largeur, par huit pas de longueur et il avait la hauteur de deux hommes. L'on aurait dit une gigantesque boîte de bois à laquelle on aurait installé des roues, afin qu'elle puisse être tirée par des chevaux. Le chariot était fermé de tous les côtés et seule la partie supérieure avait été perforée de petites ouvertures rectangulaires.

Caius descendit de cheval devant le porche et il monta dignement les marches. Après un échange de salutations protocolaires, Caius et Juba se serrèrent l'avant-bras, comme le font les soldats romains ou les très vieux amis. Il n'y eut pas de commentaires parmi la foule, hormis quelques regards de dédain. Puis l'énorme chariot vint s'arrêter à son tour devant le porche. Juba et Quintus n'étaient pas étonnés, car ils connaissaient depuis longtemps les chariots de transport de passagers. Ceux-ci pouvaient transporter jusqu'à six voyageurs de marques dans un confort relativement acceptable. Un escalier de quatre marches était accroché à l'arrière du chariot. Un soldat s'en approcha, il la décrocha et il la rabattit jusqu'au sol. Il monta ensuite les marches, puis il frappa deux coups secs à la porte qui s'y trouvait, avant de l'ouvrir, sans avoir attendu qu'on lui ait répondu. Deux femmes en descendirent rapidement et elles allèrent se placer de chaque côté de l'escalier. Elles étaient de toute évidence des esclaves romaines. Une troisième dame apparut sur le pas de la porte et dès qu'elle posa le pied sur la première marche, les deux esclaves lui tendirent la main, afin qu'elle puisse descendre en toute sécurité. La femme était emmitouflée dans une longue cape au capuchon relevé. Elle descendit les marches du chariot avec grâce et élégance, tournant le dos au porche et à ses occupants, puis elle contourna le véhicule et passa devant le colonel de la garde. Elle monta ensuite les six marches qui conduisaient au porche, son ample capuchon lui voilant la partie supérieure du visage. Lorsqu'elle atteignit le sommet des marches, elle releva la tête et repoussa son capuchon.

— Dame Livia! s'exclamèrent Quintus et Juba d'une seule voix. Le jeune roi s'empara des mains tendues de l'épouse du grand Auguste et il lui souhaita la bienvenue dans son royaume d'une voix empreinte d'un profond respect.

— Lorsque Caius m'a annoncé qu'il se rendait en Africa Nova, afin de te rendre visite, dit-elle d'une petite voix où perçait l'espièglerie, j'ai exigé, de façon quelque peu péremptoire, de l'accompagner.

Tous les regards se tournèrent de nouveau vers le chariot, alors qu'une autre femme en descendait, emmitouflée dans une cape très similaire à celle de Dame Livia. Elle monta les marches menant au porche, le visage tout aussi voilé que l'avait été celui de Livia. Lorsqu'elle repoussa son capuchon, Juba s'élança vers elle dans un élan de joie.

— Dame Octavia! s'exclama-t-il, en allant se blottir dans les bras ouverts de la petite sœur de Caius.

La foule avait été quelque peu outrée de voir leur jeune roi se jeter ainsi dans les bras d'une femme romaine, car ils ne comprenaient pas qu'Octavia n'avait pas simplement pourvu à l'éducation du jeune Juba, mais qu'elle l'avait aimé, comme s'il avait été son propre fils.

— C'est beaucoup trop d'honneurs, César, dit Juba en se tournant vers Caius.

— Je n'ai aucun mérite, répondit celui-ci, car ce sont elles qui ont insisté pour m'accompagner.

Caius leva les deux bras au-dessus de sa tête, réclamant le silence de la foule.

— Peuple de l'Africa Nova! lança-t-il d'une voix puissante. Je suis porteur de bonnes nouvelles. Il ménagea une petite pause avant de poursuivre :

— Je déclare que la dette engendrée par votre peuple envers Rome est désormais acquittée.

Un murmure parcouru la foule, alors que chacun cherchait à saisir le véritable sens de ces paroles. Voyant que les gens ne semblaient pas comprendre, Caius ajouta :

— Le tribut qui avait été doublé après la bataille de Thapsus par Jules César, en compensation des pertes occasionnées par ce conflit, sera désormais coupé de moitié, comme il était auparavant.

Cette fois, ce ne fut pas un simple murmure, mais un véritable brouhaha qui s'éleva de la foule. Le double tribut avait forcé le peuple à la privation pendant de très nombreuses années. Cette nouvelle réjouissait donc tous les cœurs. Les visages s'étaient épanouis et les gens souriaient. Certaines personnes s'étaient même mises à applaudir, alors que d'autres criaient des vivats et des remerciements. Caius avait voulu réjouir le peuple avant de leur annoncer la véritable raison de sa venue. Il avait même pensé rendre le nom de Numidie à ce peuple, mais Mécène le lui avait déconseillé et Caius avait toujours eu tendance à écouter les bonnes recommandations de son conseiller. Mécène lui avait expliqué que la diminution du tribut serait de la générosité, alors que leur rendre leur nom serait de l'indulgence mal placée. Caius leva les mains de nouveau, afin de réclamer le silence, en arborant toujours son sourire bienveillant.

— Je vous ai rendu votre prince-héritier, tel que cela vous avait été promis, mais un roi sans une reine est un être incomplet.

Les gens dans la foule se remirent à murmurer, sans toute fois se départir de leur air réjoui et de leur sourire, alors que Caius entourait l'épaule de son épouse en un geste rempli d'affection. Juba sentit un petit frisson parcourir son épine dorsale en prenant conscience du véritable motif de la visite du grand Auguste. Il savait aussi que peu importe la femme que César avait choisie pour lui, il lui serait impossible de refuser. Une troisième femme était descendue du chariot de passager et elle montait les marches, emmitouflée tout comme l'avaient été les autres. Le cœur de Juba se mit à battre la chamade. Lorsqu'elle repoussa son capuchon en mettant le pied sur le porche, Juba eut l'impression que son cœur allait s'arrêter. Claudia le regardait, un sourire radieux illuminant son visage. Le jeune roi aimait Claudia, comme un frère aime sa sœur, d'un amour fratricide. Il n'arrivait pas à concevoir dans son esprit le fait qu'il puisse être marié avec elle. Il se sentait si troublé, qu'il lui était difficile de la regarder. Claudia tourna son regard vers Quintus et ses yeux jetèrent des éclairs passionnés, que Caius ne manqua pas d'apercevoir.

— *L'ardeur est toujours aussi dévorante chez ces deux êtres,* se dit-il en soupirant.

Alors que Juba tentait vainement de réfréner la panique qui l'envahissait, une quatrième femme descendit du chariot, tout aussi chaudement vêtue que les précédentes. Elle contourna celui-ci d'une démarche très digne jusqu'au pied des marches, puis, n'y tenant plus, elle tira sur le cordon qui retenait sa cape et s'élança dans l'escalier. La cape glissa de ses épaules et alla choir sur les marches. Tous les gens dans la foule avaient ouvert de grands yeux étonnés par l'attitude de cette femme romaine. Dès qu'elle eût atteint le porche, elle courut et alla se jeter dans les bras de Juba, qui l'accueillit en couvrant son visage de baisers et en répétant avec incrédulité :

— Séléné! Séléné! C'est bien toi! Comment est-ce possible? Moi qui croyais ne plus jamais te revoir!

Cléopâtre Séléné lui rendait ses baisers avec la même ardeur.

— Caius m'avait promis que je te reverrais, dit-elle, des larmes de joie coulant sur ses joues, mais je n'avais jamais imaginé que ce serait dans d'aussi heureuses circonstances.

La foule fut émue par l'attitude de cette superbe jeune femme aux allures si étranges. Sa mère, Cléopâtre d'Égypte, était reconnue pour avoir été une femme d'une très grande beauté et sa fille avait hérité de tous ses charmes. De toute évidence, elle n'était pas romaine, mais nul n'aurait su la définir. Sa robe, d'un ton de crème, longue jusqu'aux chevilles et échancrée jusqu'à mi-cuisse, était un mélange de style romain et grec, mais le large collier qu'elle portait très près du cou était sans contre dit d'origine égyptienne, tout comme sa longue chevelure noire, luisante comme le jais, qui était coupée carrée sous les yeux et aux épaules.

Séléné se tourna vers la foule. Son sourire et son visage éclatants de bonheur étaient presque contagieux. Au grand étonnement de tous, elle envoya joyeusement la main aux gens assemblés sur la place publique.

— Je vois ton peuple pour la première fois, dit-elle à Juba, mais je sens que je les aime déjà, car ils sont chaleureux et accueillants.

Caius vint se placer derrière le jeune couple et il les enlaça d'un bras paternel.

— Le mariage sera célébré dans quatre jours, dit-il d'une voix puissante en s'adressant à la foule, et vous êtes tous conviés à l'union de votre roi et de la princesse Cléopâtre Séléné, fille de Cléopâtre, reine d'Égypte, et du Grand-Consul Marc Antoine. Des festivités se tiendront, tant à l'intérieur du palais que sur la grande place publique, et nous pourrons tous célébrer cette union dans la gaieté.

Des éclats de joie fusèrent de toute part. On leur avait rendu leur prince-héritier, Caius Octave venait de leur rendre l'excédent tributaire qu'ils avaient dû payer depuis de nombreuses années et leur jeune roi allait épouser une jolie princesse qui leur semblait très charmante et attachante. Les gens avaient le cœur joyeux à la perspective d'un avenir meilleur que ce qu'il avait été lors des vingt dernières années.

Un centurion qui avait ramassé la cape que Séléné avait laissée choir dans les marches déposa celle-ci sur les épaules de la jeune femme qui frissonnait sous la brise froide de janvier. Elle envoya la main une dernière fois au peuple assemblé devant le porche et elle suivit Juba à l'intérieur du palais. Alors qu'ils pénétraient à leur tour, Caius demanda à Quintus de marcher à ses côtés.

— Il est dommage que Mécène ne soit pas venu! dit Quintus après quelques pas.

— Quelqu'un de confiance devait demeurer à Rome pendant mon absence, répondit Caius, et ceux à qui je pouvais confier une telle tâche sont peu nombreux.

Quintus approuva d'un hochement de tête :

— J'ai une mission à te confier, ajouta Caius après quelques pas.

Quintus mit son poing sur son poitrail.

— Je suis à ton service, César!

— Hérode, le roi de Judée, a fait appel à mon aide, poursuivit Caius, car le royaume de Juda connaît en ce moment l'une des pires famines de son histoire. Alors, je lui ai promis du blé en provenance de l'Égypte. Dans sept jours, trois navires, chargés de tout le blé qu'ils peuvent transporter, quitteront le port d'Alexandrie. Ils atteindront le port de Césarée en Judée cinq jours plus tard.

Caius cessa de marcher et il se tourna vers Quintus, avant de poursuivre :

— J'aimerais que tu sois déjà sur place, afin de t'assurer que cette nourriture soit distribuée de façon équitable et qu'elle ne soit pas volée par des brigands ou même par des émeutiers affamés.

Caius fit une nouvelle pause avant d'ajouter :

— Je veux que tu partes immédiatement après la noce avec tes deux meilleures centuries de cavaliers archers. Deux des cinq galères qui m'ont conduit ici n'attendent que ton arrivée pour lever l'ancre. Tu devrais accoster à Césarée dans dix jours, soit deux journées avant la venue des navires en provenance d'Alexandrie. Tu auras donc suffisamment de temps pour sécuriser le port, de même que la ville attenante.

Quintus frappa son poitrail en inclinant la tête.

— Il en sera fait selon tes désirs, César.

* * *

Les deux galères romaines accostèrent en Judée le dixième jour en milieu de matinée. Dès que les navires furent amarrés et les passerelles mises en place, les chevaux furent conduits à terre. Les bêtes détestaient voyager à fond de cale. Après trois jours en mer, elles commençaient à piaffer et à hennir d'impatience. Il était donc convenu dans la marine que lorsque des chevaux étaient transportés, ceux-ci étaient toujours les premiers à descendre à terre et Quintus avait donné ses ordres en ce sens avant leur départ. Dès que les premiers cinquante chevaux furent débarqués, les cavaliers les conduisirent dans une longue promenade, afin qu'ils puissent faire un peu d'exercice, et dès leur retour, cinquante autres partiraient à leur tour.

Quintus avait commandé la première galère, alors que son ami, le centurion Thalius, avait commandé la seconde. Les embarcations, qui servaient au transport de troupes, étaient des trirèmes et ne comportaient que cinq membres d'équipage, soit quatre marins et un capitaine. Les soldats, ainsi transportés, se convertissaient en rameurs. Thalius, qui ne laissait jamais passer une bonne occasion, s'était bien amusé. Une heure à peine après leur départ, il avait demandé aux cavaliers de sa centurie d'augmenter légèrement la cadence. Voyant la deuxième galère qui commençait à les dépasser, les cavaliers de Quintus avaient automatiquement augmenté leur vitesse eux aussi. Ces épisodes de compétition s'étaient produits régulièrement tout au long du voyage. Au début, Quintus avait été tenté d'ordonner à Thalius de cesser ces enfantillages, mais les sourires réjouis des hommes l'en avaient dissuadé. Tous les soirs, par contre, les deux embarcations s'étaient rapprochées et les rames avaient été rentrées. La nuit, ils avaient poursuivi leur route, propulsée uniquement par la grande voile rectangulaire de leur navire.

Quintus soupira en voyant Thalius approcher dans sa direction.

— Tu as eu ce sourire moqueur accroché à tes lèvres depuis que nous avons levé l'ancre, dit-il d'un ton légèrement irrité.

Thalius éclata de rire.

— Je me demandais justement si tu l'avais remarqué, Colonel.

Quintus leva les yeux au ciel, avant de poser un regard de fausse réprimande sur son ami, qui s'efforça tant bien que mal de reprendre son sérieux.

— Tout au long du voyage, j'ai repensé constamment à la tête que tu as faite lorsque Caius Octave t'a demandé de partir pour cette mission. Tes yeux pétillaient et tu dansais sur place, comme un petit chien à qui l'on vient d'offrir un os et, n'eût été du mariage de Juba, je crois que tu aurais exigé de partir sur-le-champ.

— J'ai promis à Juba de lui ramener son demi-frère, fit Quintus, comme une personne qui ressent le besoin de se disculper, et celui-ci est parti vers l'est. C'est la première fois qu'une occasion se présente de partir dans cette direction et j'en suis très excité, je veux bien l'admettre.

— Tu n'as aucune idée de ce que pouvait être sa véritable destination, répliqua Thalius. Il peut tout aussi bien être débarqué : à Carthage, en Égypte, en Judée, en Samarie ou en Galilée. Alors, comment comptes-tu le retrouver, tout en accomplissant la mission qui t'a été confiée?

Quintus inspira en bombant le torse.

— Un homme tel que lui ne passe pas inaperçu, répliqua-t-il. Où qu'il aille on le remarquera et il suffit, selon moi, de poser quelques questions et de bien tendre l'oreille. Les réponses viendront à moi d'elles-mêmes, comme elles l'ont toujours fait.

— *Ne néglige jamais les dieux*, cita Thalius. *Aime-les et ils te le rendront au centuple.*

— C'est ce que j'ai toujours dit, répliqua Quintus, et c'est pourquoi la chance a toujours accompagné mes pas.

Le centurion Thalius opina en affichant un large sourire, puis il balaya le port d'un regard circulaire.

— Où donc est le commandant de garnison qui était censé nous accueillir? demanda-t-il de sa petite voix candide.

— Il n'est pas en retard, répondit Quintus. Avec tous tes enfantillages en mer, c'est plutôt nous qui sommes en avance, car normalement, nous n'aurions dû accoster qu'en fin de journée.

— Vraiment! fit Thalius d'un petit air innocent.

Le colonel Quintus remit un parchemin à son centurion.

— Fais porter ce document au roi Hérode. Quant à moi, je dois voir le commandant du port, afin de prendre certains arrangements.

D'une extrémité à l'autre du port, tout le centre de la place était occupé par des kiosques ou des échoppes ambulantes.

— Je veux que toute la partie sud du port soit libérée, tant des marchands qui l'occupent, que des bateaux de pêche qui y sont accostés. Lorsque les navires en provenance d'Égypte arriveront, ils accosteront à cet endroit et je ne veux personne aux alentours.

Il leva le bras et pointa vers la sortie du port, qui menait à la ville.

— Il y a une taverne là-bas! À mon retour de la capitainerie, nous irons boire une cervoise et nous pourrons discuter en toute tranquillité.

Moins d'une heure plus tard, Quintus quitta la capitainerie. Il traversa les quais d'un pas autoritaire sous les regards méfiants des marins qu'il croisait. Thalius, qui l'avait aperçu depuis le pont du navire, lui fit signe de se rendre directement à la taverne. À l'extérieur de celle-ci, il y avait cinq tables avec de longs bancs, le tout taillé à même la pierre. Thalius retrouva son colonel assis à l'une d'entre elles. Il étira le cou et regarda à l'intérieur par la porte grande ouverte.

— Il y a encore de la place à l'intérieur de l'établissement, dit-il.

Quintus fit la moue en secouant négativement la tête.

— L'odeur du poisson est suffisamment prenante à l'extérieur, alors je ne veux pas être enfermé à l'intérieur avec trente marins qui empestent.

Thalius prit place sur le banc de pierre au moment où le tavernier déposait les deux cervoises que Quintus avait commandées.

— J'ai payé la première tournée, mais ce sera à toi d'ouvrir ta bourse pour la seconde, fit Quintus en haussant les sourcils de façon taquine.

Son ami lui répondit d'un simple ricanement. Deux autres tables étant occupées autour d'eux, ils discutèrent donc à voix basse des mesures à prendre, afin que tout se passe dans le calme à l'arrivée des navires venus d'Égypte.

— Bénammi!... Par ici! cria l'un des deux hommes assis à la table derrière eux.

Les deux soldats tournèrent la tête vers un petit homme corpulent qui avançait vers la taverne en affichant un grand sourire victorieux.

— Nous parlions justement de toi, dit l'un des deux hommes attablés derrière eux.

— Je m'en doutais, répliqua Bénammi en arrivant près de leur table, mais cette fois, vous ne vous moquerez point, car j'ai apporté la preuve qui corrobore mes dires.

L'opulent négociant prit place à la table avec quelques difficultés, puis il sortit de son havresac en cuir un parchemin, qu'il déroula devant les deux hommes.

— Voilà! mes amis, dit-il fièrement. Il a apposé son sceau juste à côté du mien en bas de page. Ce cachet est celui de sa famille et cet homme est d'origine royale.

Les deux hommes étirèrent le cou et ils examinèrent le document avec quelques exclamations d'étonnement.

— Comment disais-tu qu'il s'appelait? demanda l'un des hommes.

Bénammi se gonfla d'orgueil et il répondit, plus fort que nécessaire :

— Il se nomme Farouk et c'est un ami personnel de Maître Cid, le plus grand maître du troc en ce monde.

Quintus pivota vivement, faisant sursauter les trois marchands attablés derrière lui.

— Décris-moi cet homme! ordonna-t-il en posant un regard sévère sur Bénammi.

Le négociant de coton déglutit bruyamment et il répondit d'une voix chevrotante.

— Il était grand, costaud et son corps portait les marques de nombreuses cicatrices.

Quintus plissa les yeux, tout en tendant la main vers le marchand.

— Fais-moi voir ce parchemin! ordonna-t-il d'un ton impératif.

Bénammi ouvrit de grands yeux horrifiés.

— Ce document est très précieux, Colonel. C'est un acte de vente, mais il comporte également les détails de la commande à venir.

— Je n'ai pas l'intention de te le prendre, dit Quintus sur un ton sarcastique, je veux simplement voir le sceau qui y est apposé.

Bénammi tendit le document d'une main tremblante, mais il le tenait si fortement que son pouce en était blanc. Quintus dut lui faire de gros yeux afin de lui faire comprendre de lâcher prise. Il posa ensuite le document sur la table devant lui en pinçant les lèvres.

— C'est bien son sceau, il n'y a pas de doute! s'exclama Thalius, qui avait étiré le cou pour mieux voir.

Quintus grimaça.

— La date sur ce parchemin est-elle exacte?

— Bien sûr, qu'elle est exacte! s'exclama Bénammi avec indignation, ce document est officiel et la date y a été inscrite au moment d'y apposer les sceaux.

Le colonel darda son regard dans celui du marchand.

— Je cherche cet homme, dit-il d'une voix autoritaire. Où puis-je le trouver?

Malgré le vent froid, qui soufflait sur le port, Bénammi était couvert de sueur.

— Il est reparti vers le sud avec la grande Caravane du Nord le jour suivant la signature de ce document, répondit-il d'une voix hésitante.

Quintus approcha son visage tout près de celui du marchand.

— Tu en es vraiment certain?

Bénammi déglutit bruyamment en secouant lentement la tête.

— Pas vraiment, répondit-il d'une voix à peine audible. J'étais présent avec mes amis, lors du départ de la grande Caravane, et je l'ai cherché parmi les caravaniers, afin de leur prouver que je n'avais pas inventé cette histoire, mais je ne l'ai pas aperçu.

— Donc, tu crois qu'il est parti vers le sud, dit Quintus, mais tu n'en as pas la certitude.

Bénammi enfouit sa tête entre ses épaules.

— Il a promis qu'il parlerait de moi au roi Abimélek dès qu'il le verrait.

Quintus pencha la tête en affichant un petit sourire sarcastique.

— A-t-il dit qu'il verrait ce roi dans un avenir rapproché? questionna-t-il en haussant les deux sourcils.

Bénammi se mit à secouer la tête d'un mouvement lent et déprimé.

— Non! murmura-t-il avec embarras.

Il aurait bien aimé avoir quelques détails sur la véritable identité de son visiteur, mais il ne trouva pas le courage d'interroger ce colonel romain qui l'intimidait singulièrement.

— Qu'est-ce qui ne va pas? demanda Thalius en voyant la mine déconfite de son officier.

Quintus demeura songeur quelques instants avant de répondre :

— Tu as remarqué la date sur le document, demanda-t-il.

Le centurion, qui n'avait pas prêté attention, fronça le front en grimaçant :

— Il était sur ce territoire depuis moins d'une semaine, poursuivit-il, et il a réussi en si peu de temps à tisser des liens d'amitié avec le plus important Maître du Troc de tout le Moyen-Orient, allant même jusqu'à conclure une entente commerciale en son nom.

— Je suis d'accord avec toi, dit Thalius. Tout cela peut sembler quelque peu invraisemblable, à première vue, mais j'ai la conviction que derrière cette histoire incroyable, il y a une explication toute simple et très logique.

Quintus opina d'un lent mouvement de la tête, puis il pivota sur son siège et il rendit le parchemin au marchand de coton, qui s'en empara avec avidité.

La foule de badauds, qui arpentait les quais, se scinda à l'arrivée d'une troupe romaine composée de cinq cavaliers chevauchant devant une centurie d'infanterie. Quintus et Thalius quittèrent leur siège et allèrent à la rencontre de la troupe en approche. L'officier supérieur fit bifurquer sa monture, laissant ses subalternes guider la troupe. Il se laissa glisser de sa selle en arborant un sourire jovial, alors que Quintus et Thalius le saluaient respectueusement.

— Caius Octave semble très bien te connaître, colonel Quintus. Il m'avait prévenu dans son message que tu serais probablement en avance et il ne s'était pas trompé.

Quintus tourna la tête du côté du volumineux marchand de coton qui se dandinait près de lui. L'homme s'inclina en se frottant nerveusement les mains.

— Je voulais simplement te dire, Colonel, que la grande Caravane du Nord revient à toutes les deux années et demi et qu'elle sera donc de retour dans un peu moins de deux ans.

Quintus arqua un sourcil interrogateur et le marchand s'empressa d'expliquer sa pensée :

— Si Farouk est bien parti avec la caravane, comme je le pense, il se pourrait fort bien qu'il l'accompagne lorsqu'elle reviendra.

Quintus fit une petite moue appréciatrice. C'était, après tout, une possibilité à ne pas négliger.

— N'oublie pas que je suis négociant, ajouta Bénammi, et que si Rome a besoin de coton, je serais toujours à son service.

— Je n'oublierais pas, répondit Quintus en souriant de façon complaisante.

Le commandant de garnison avait froncé les sourcils en une grimace songeuse. Le nom qu'il venait d'entendre lui était familier, mais il n'arrivait pas à se rappeler où il l'avait entendu. Il repoussa son questionnement loin dans son esprit, afin de se concentrer sur la mission en cours

— Il y a des changements qui ont été apportés au plan original, dit-il du ton hautain de l'aristocrate qu'il était. Le premier navire accostera au port de Joppé, alors que les deux autres poursuivront leur route jusqu'ici.

Quintus eut un élan de stupeur. Si quelque chose tournait mal, il aurait à en répondre auprès de César :

— Il n'y a pas de soucis à se faire, ajouta le commandant, car une centaine de soldats de la garde prétoriale et une demi-cohorte de mes hommes y sont déjà. Ils sauront très bien s'assurer du déchargement et de la distribution équitable de ces denrées, tout comme nous le ferons ici même.

Le commandant tendit la bride de son cheval et un fantassin s'en empara au passage. Il entoura ensuite l'épaule de Quintus d'un bras amical.

— Allons à la capitainerie! Nous y serons plus tranquilles pour discuter des mesures à prendre.

Ils n'avaient fait qu'une vingtaine de pas, lorsque le commandant s'arrêta brusquement. Thalius, qui marchait deux pas derrière lui, faillit le percuter.

— Ha! Je me rappelle maintenant, s'exclama le commandant en levant un index d'un geste victorieux.

Quintus s'était arrêté à son tour et il regardait l'officier avec incompréhension :

— J'étais certain d'avoir déjà entendu le nom de cet homme, ajouta le commandant. C'était dans le rapport que m'a remis l'un de mes décurions, il y a plus de six mois. Il avait été capturé avec les hommes de sa décurie par une bande de brigands et ils ne sont que deux en s'en être sorti vivant. Le décurion disait avoir été secouru par un homme du nom de Farouk.

— Où se trouve cet homme? demanda Quintus d'une voix anxieuse.

Le commandant fit une moue boudeuse en soulevant les épaules.

— Je n'en ai aucune idée, mais le décurion, dont il est question, est ici et il pourrait sûrement mieux t'aider que je ne le ferais.

L'officier étira le cou et il scruta un court moment les hommes de sa troupe.

— Décimus! cria-t-il.

Un décurion se détacha du groupe et marcha vers eux d'un pas rapide.

— À ton service, Commandant, dit-il après avoir salué les trois officiers.

— Le colonel Quintus aimerait connaître les détails de ta mésaventure, de même que l'identité de l'homme qui t'a sauvé la vie, il y a quelques mois.

240

Décimus raconta brièvement ses péripéties : les impôts volés à Naïm par les brigands et leur poursuite jusqu'à Nazareth, la femme de l'aubergiste qui avait été kidnappée par ceux-ci et la reprise de la poursuite le matin suivant, puis l'attaque nocturne des brigands qui coûta la vie à presque tous ses hommes. Il raconta ensuite l'arrivée inopinée des deux voyageurs qui venaient d'être capturés à leur tour.

— Décris-moi ces hommes! le coupa Quintus.

Décimus leva les sourcils. Il se savait très mauvais physionomiste. Il tourna la tête du côté de la troupe.

— Flavius! lança-t-il d'une voix autoritaire.

Un légionnaire, grand et costaud, arriva au pas de course :

— Ce soldat est l'homme qui fut sauvé en même temps que moi, expliqua le décurion. Il pourra sûrement être utile.

Quintus opina et le décurion poursuivit :

— Le plus petit des deux hommes était…

Il balaya le commandant de haut en bas avec sa main, tout en cherchant ses mots

— De taille moyenne, une forte ossature, les épaules larges et très musclées, compléta Flavius.

Quintus, qui regardait le commandant, baissa les yeux pour ne pas pouffer de rire, car celui-ci ne semblait pas apprécier le fait que l'on se serve de lui comme exemple.

— Celui qui se nommait Farouk était comme mon légionnaire, poursuivit le décurion, tout en montrant le soldat à son côté.

— Plus grand que l'autre, costaud, les épaules massives, compléta Flavius. Sauf que son corps devait comporter dix fois plus de cicatrices que le mien.

Le légionnaire était un bagarreur et la plupart de ses cicatrices ne provenaient pas d'un champ de bataille.

Quintus questionna le décurion pendant encore plusieurs minutes. L'officier lui apprit qu'il avait capturé l'un des brigands et qu'il l'avait conduit à Dor. L'homme avait été longuement interrogé, mais il n'avait rien pu en tirer. Ce petit truand ne s'était joint à ce groupe de brigands qu'une dizaine de jours plus tôt et il ignorait l'emplacement du repaire principal de ces malfaiteurs. Son visage reflétait la frustration lorsqu'il se tourna vers son fidèle compagnon.

— Ceci ne fait pas partie de notre mission, alors je ne peux te donner aucun ordre à ce sujet, dit-il en pinçant les lèvres.

— Je le sais, répondit Thalius, et c'est pourquoi je me porte volontaire. Avec cinq bons cavaliers et des chevaux jeunes et fringants, je peux suivre cette piste et être de retour dans cinq jours, six, tout au plus. Six hommes de moins ne feront pas une grosse différence ici et cette piste vaut vraiment la peine d'être suivie.

Quintus grimaça.

— Cette piste n'est plus vraiment fraîche, car elle date de plus de six mois.

— Malgré tout, argua Thalius, je crois qu'elle offre un bon potentiel. Nous savons que Farouk et son compagnon ont accompagné la jeune femme qu'ils ont sauvée jusqu'à Nazareth, afin de la rendre à son époux, qui est le tenancier de l'auberge à l'entrée de la ville. Nous savons aussi que Sheran voulait rendre visite à Jacob, qui est le maître-charpentier de l'endroit, avant de retourner chez lui à Magdala. Alors, j'ai la conviction que l'un de ces deux hommes saura me renseigner adéquatement.

Quintus approuva d'un hochement de la tête.

— Prends les hommes et les bêtes dont tu as besoin, mais surtout, sois prudent en approchant cet homme.

— Tu devras te presser, dit le commandant, car le soleil est très paresseux en cette saison. Il se lève tard et se couche très tôt. En te mettant en route dès à présent, tu pourras atteindre Mageddo avant la nuit.

Thalius, qui entendait ce nom pour la première fois, ouvrit de grands yeux étonnés.

— C'est une petite ville en Samarie, près de la frontière de la Galilée, expliqua le commandant en ricanant. Je possède une carte détaillée de cette région et je te la prêterai, cela te sera d'une grande utilité.

VIII
Poursuite

Thalius et ses hommes avaient atteint Mageddo dans la pénombre du jour qui se terminait et l'accueil y avait été aussi peu cordial que le commandant le leur avait prédit. Ils avaient repris la route dès les premières lueurs de l'aube et ils avaient pu atteindre Nazareth une bonne heure avant le zénith.

Les six cavaliers freinèrent leur monture devant l'auberge à l'entrée de la ville.

— Soyez les bienvenus! lança Yonam depuis le porche de son établissement. Tes hommes peuvent conduire leurs chevaux à l'enclos qui est derrière l'auberge. Les bêtes pourront s'y désaltérer et y recevoir du fourrage, dit-il en s'adressant au centurion. À cause de la famine, je n'ai malheureusement aucune nourriture à t'offrir, mais j'ai un vin de bonne qualité que toi et tes hommes sauront apprécier.

— Une heure de repos pour les hommes et les chevaux, lança Thalius par-dessus son épaule. Pas de vin pour mes hommes, mais seulement de l'hydromel, dit-il à l'aubergiste.

— Ce vin est pourtant très bon, insista Yonam. Tu devrais y…

Le regard sévère que le centurion posa sur lui le dissuada de terminer sa phrase :

— Ce sera de l'hydromel pour tous, compléta-t-il.

Thalius remit la bride de son cheval à l'un de ses hommes et il rejoignit l'aubergiste sur le porche.

— Je suis au courant de la mésaventure qui t'est arrivée il y a quelques mois et je cherche les deux hommes qui ont sauvé ta femme.

— Sheran et Farouk, répondit Yonam en une grimace de dédain.

— Sais-tu où je pourrais trouver ces hommes? demanda Thalius, un peu étonné de voir que l'aubergiste connaissait si bien leur nom.

— Mais bien sûr! s'exclama celui-ci. Ils sont au service de Jacob.

— Le maître-charpentier de Nazareth? répliqua le centurion.

Ce fut au tour de Yonam d'être étonné.

— Celui-là même, répondit-il

Thalius tourna machinalement la tête de tous les côtés.

— Où habite cet homme? demanda-t-il d'une voix empreinte d'excitation.

— Son domaine est complètement au nord-ouest de la ville, mais tu n'y trouveras personne en ce moment, car ils sont tous au chantier.

Le centurion leva un sourcil interrogateur.

— Jacob a entrepris la construction d'une grosse villa, il y a quelques mois, près de Ptolémaïs, expliqua l'aubergiste.

Thalius sortit la carte de la région et il se mit à chercher.

— C'est là! dit Yonam en pointant un doigt sur la carte, alors qu'il regardait par-dessus l'épaule du centurion.

Thalius grimaça d'agacement. Il avait quitté Césarée, près de la côte, pour se rendre à Nazareth et maintenant il devait retourner vers celle-ci. Il calcula mentalement la distance qui séparait les deux villes. *Dix lieues*, se dit-il. Il savait que sur des montures reposées et en forçant un peu l'allure, ils pourraient franchir cette distance en approximativement cinq heures.

Dès que Thalius se fut éloigné, le beau-frère de Yonam vint lui taper sur l'épaule.

— J'ai vu Siméon quitter la ville très tôt ce matin sur un âne bâté, dit-il. Il avait dû emprunter celui-ci au domaine de Jacob. Ses paniers étaient bien garnis et, selon moi, il se rendait au chantier, afin de faire profiter ses amis de sa générosité. Avec un peu de chance, il y parviendra en même temps que les Romains. Il sera alors aux premières loges pour assister à l'arrestation de son nouveau gendre.

Un sourire sadique se dessina sur les lèvres de l'aubergiste.

— J'ignore ce que les Romains ont à lui reprocher, mais j'espère que ce sera suffisant pour lui valoir la peine de mort et lorsque ce sera fait, je pourrai enfin exiger que justice me soit rendue.

Le frère de la nouvelle épouse de Yonam grimaça de perplexité.

— Je ne te comprends pas, mon beau-frère. Tu as renié cette femme, il y a déjà sept mois de cela, et tu as épousé ma sœur. Plus personne ne parle de cette vieille histoire et pourtant, tu cherches encore ta vengeance.

Yonam arbora un air indigné.

— Cette femme, qui s'est vautrée dans la luxure avec ces brigands, a entaché mon honneur et celui-ci ne sera restauré que le jour où elle mourra.

Une heure plus tard, le soleil était presque à son zénith et la petite troupe de Thalius s'était remise en route. Il y avait encore près de sept heures avant le coucher du soleil. La distance à couvrir était grande et Thalius savait qu'au trot régulier, cela serait tout juste suffisant pour atteindre le chantier de Jacob, mais comme il voulait y être le plus tôt possible avant la nuit, il fit constamment alterner l'allure des montures du trot allongé au trot rapide, afin de parcourir le plus de distance possible en un temps minimal.

Ils chevauchèrent ainsi pendant près de cinq heures. Thalius avait la certitude qu'ils n'étaient plus très loin du chantier, mais il avait besoin que quelqu'un lui indique l'emplacement exact. Cependant, ils n'avaient pas rencontré la moindre ferme ou habitation depuis près d'une heure, lorsque, après avoir contourné une petite colline, Thalius aperçut au loin un voyageur qui marchait aux côtés d'un âne bâté.

Siméon poussa son âne hors du chemin, afin de céder le passage aux cavaliers qui venaient dans sa direction, mais, à son grand étonnement, la petite troupe fit halte devant lui. Il s'inclina poliment devant le centurion qui était à la tête des cavaliers.

— Jacob, le maître-charpentier de Nazareth, construit une grosse villa dans les environs, dit Thalius de sa voix autoritaire. Connais-tu cet endroit, vieil homme?

Siméon lui aurait bien répondu qu'il n'était pas si vieux que cela, mais avec les romains, mieux valait être prudent dans sa réponse.

— Bien sûr que je connais l'endroit, répondit-il avec bonhomie, puisque Jacob est un ami personnel et que le chantier est justement ma destination.

— Est-ce encore loin? questionna le centurion avec fébrilité.

— Pas vraiment, répondit-il en une petite moue boudeuse de la lèvre inférieure. Une demi-lieue tout au plus. Par contre, il faut être très attentif, car il y a deux détours en approche et si tu les manques, tu ne trouveras jamais le chantier.

Thalius pinça les lèvres de contrariété.

— Tu n'as qu'à me suivre et je t'y conduirai, dit aimablement Siméon.

Le centurion réprima difficilement son fou rire, alors que ses yeux allaient de l'âne bâté à son superbe destrier. Il se laissa glisser de sa selle, puis il sortit de sa sacoche de bât la carte que lui avait prêtée le commandant.

— Indique-moi simplement l'endroit, dit-il, et je suis sûr que je trouverai.

Siméon mit plusieurs secondes avant de bien comprendre la carte, puis il pointa un endroit légèrement au sud-est de Ptolémaïs.

— C'est là! dit-il d'un air réjoui. Jacob sera très heureux de te voir, car il y a plus d'un mois qu'il attend ta visite.

Thalius grimaça en fronçant les sourcils, ce qui étonna Siméon.

— Ce n'est pas le frère du proconsul de Judée qui t'envoie, afin d'inspecter les travaux de la nouvelle domus?

Le centurion secoua négativement la tête en une grimace amusée.

— Pas du tout! répondit-il. Je cherche un homme du nom de Farouk, qui serait au service de Jacob.

Siméon sentit tous ses sens se mettre en alerte. Farouk lui avait parlé des cavaliers romains qui étaient arrivés sur la plage en même temps que son ami Bélaïd, le jour où il avait quitté son royaume. Il avait dit qu'il ignorait ce que les romains lui voulaient, mais que cela lui faisait peur. Étant marchand de poisson, Siméon avait appris à mentir avec une incroyable sincérité dès son plus jeune âge et il n'avait aucune difficulté à prétendre que son poisson était frais du jour, alors qu'il était en tablette depuis deux ou trois jours.

— Jacob sera très déçu, dit-il, mais tu ne trouveras que lui au chantier, car les mardis et les mercredis, tous les hommes travaillent à la clairière d'abattage.

Le centurion tourna machinalement la tête de tous les côtés.

— À deux cents pas, il y a une fourche qui part vers le nord, expliqua Siméon et elle te conduira directement à cette clairière où les arbres y sont suffisamment hauts pour y extraire les poutres de construction.

Malgré la petite frustration dût à ce contretemps, Thalius était très heureux d'avoir rencontré cet homme, car un détour inutile par le chantier lui aurait fait perdre un temps très précieux.

— Elle est loin cette clairière? demanda le centurion, tout en remontant en selle.

— Un peu plus d'une lieue, répondit le voyageur, et elle est très évidente avec tous les arbres qui ont été coupés et le sol qui est jonché de copeaux.

Thalius claqua la bride de son destrier et il lança sa monture au trot rapide, suivi des cinq autres cavaliers. Dès que les Romains eurent disparu de son champ de vision, Siméon donna deux tapes sonores sur l'arrière-train de l'âne et il se mit à courir avec celui-ci. Vingt minutes plus tard, il arriva au chantier le souffle court et la langue pendante.

— Farouk!... Farouk! cria-t-il, tout en accourant vers le centre de la place.

— Que se passe-t-il? interrogea Farouk qui arrivait au pas de course, alors que la plupart des autres personnes avaient abandonné leur tâche et approchaient du centre de la place.

— Des cavaliers romains, répondit Siméon d'une voix saccadée. Ils te cherchent!

Farouk sentit son sang se glacer dans ses veines. Il tourna la tête de tous les côtés d'un mouvement fébrile.

— Où sont-ils?

Un rictus furtif glissa sur les lèvres de Siméon.

— Je les ai envoyés à la clairière d'abattage.

Farouk avait raconté toute son histoire à Falia et à son père.

— Que veulent-ils de toi? demanda Jacob qui arrivait à grande enjambée.

— Je n'en ai aucune idée, répondit-il, et c'est probablement cela qui me fait le plus peur.

Le visage de Jacob se plissa en une mimique interrogatrice et Farouk poursuivit en approfondissant sa pensée :

— Lorsque j'ai accidentellement frappé ce garde, autrefois, je me suis enfui jusque chez mon grand-oncle Avaouz, car je savais que la sanction était très sévère pour cette faute. La distance était grande et il m'a fallu deux jours avant d'arriver chez lui. Pourtant, moins de deux heures après mon arrivée, des gardes du royaume arpentaient déjà les quais à ma recherche. Le délit était grave, certes, mais insuffisant pour motiver une telle chasse à l'homme. J'ai repris la fuite et j'ai traversé toute la région montagneuse à l'ouest, jusqu'à Tucca, afin de me rendre chez Hassan, le cousin de mon grand-oncle. Le matin suivant mon arrivée, des soldats de la garde étaient déjà sur les lieux. Ils ont interrogé Hassan et c'est alors que j'ai su que le garde que j'avais frappé avait succombé au coup qu'il avait reçu. Ce n'est qu'à ce moment que l'acharnement de ces gardes a pris tout son sens et s'ils m'avaient attrapé, ils m'auraient mis à mort sans aucune autre forme de procès.

Farouk s'interrompit un court moment avant de poursuivre :

— Tu connais déjà la suite : ma vie dans les montagnes avec les réfugiés, mon mariage et le commerce que j'avais établi avec Aziz, le chef de cette tribu nomade du désert, puis ma capture par les brigands et les années à combattre dans les arènes de Mauritanie. Bien des années plus tard, lorsque j'ai réussi à fuir, j'ai retrouvé mon vieil ami Bélaïd à cette nouvelle colonie côtière. Il aurait voulu que je reste et que je m'installe avec eux, mais je ne croyais pas qu'on m'y laisserait vivre en paix. Malgré mes protestations, il s'est rendu à la grande cité, afin de légaliser ma situation. En dépit de ses belles paroles rassurantes, j'avais trop peur de perdre ma liberté et j'ai fui, afin de venir m'installer ici. Le bateau de pêche, sur lequel j'étais, s'éloignait de la côte, lorsque mon ami est revenu de la grande cité. Une petite troupe de cavaliers romains l'accompagnait. Je me suis longtemps interrogé sur leur présence, sans vraiment trouver une réponse satisfaisante, car je n'ai pas la moindre idée de ce qu'ils peuvent avoir à me reprocher. Cependant, je me dis que cela doit être suffisamment important, puisqu'ils ont traversé la mer afin de me retrouver.

Jacob secouait la tête, la mine songeuse.

— Tu as peut-être raison, dit-il, après un moment. À ta place, je crois que je préférerais demeurer dans l'ignorance, moi aussi.

Farouk pinça les lèvres, l'air contrit.

— Ce n'est pas dans mes habitudes, mais je crois que je ne serai pas en mesure de respecter le contrat que nous avons signé.

— Tu peux considérer celui-ci comme étant résilié, dit Jacob, tout en posant une main chaleureuse sur l'épaule de Farouk, et ce, en très bonne entente.

Farouk le remercia d'un hochement de tête, avant de tourner son regard rempli de tristesse vers Falia et son père.

— Tout échappe à mon contrôle et rien ne se produit comme je l'avais espéré, dit-il avec amertume. J'avais pensé m'établir à Nazareth, à la fin de ce contrat, afin que tu puisses être près de ta famille, mais je crains que cela soit devenu très risqué, maintenant que les Romains ont retrouvé ma trace.

Siméon secouait énergiquement la tête.

— Tu te trompes, dit-il, car, bien que vous soyez mariés toi et ma fille, cela n'a en rien atténué le désir de vengeance de Yonam. Avec tous les gens qui lui sont redevables, jamais vous n'auriez pu vivre en paix à Nazareth.

— Où comptes-tu te rendre? demanda Jacob.

Farouk baissa les yeux, mais sa réflexion fut très courte.

— Djedda! dit-il en relevant la tête. Je vais accepter l'invitation que Maître-Cid m'a faite, il y a quelques mois.

Falia, qui en avait le souffle coupé, avait ouvert de grands yeux paniqués. Djedda était si loin, qu'à ses yeux, cela lui semblait presque un autre monde :

— Si tu décidais de demeurer ici avec les tiens, ajouta Farouk, je comprendrai.

Falia inspira profondément, puis elle alla se jeter dans les bras de son époux.

— Je te suivrai jusqu'au bout du monde, s'il le faut, dit-elle avec passion.

— Vous devez faire vite, lança Siméon d'une voix pressante. J'ai envoyé les cavaliers romains à la clairière d'abatage, mais leurs montures sont jeunes et fringantes. Ils mettront moins d'une heure pour y parvenir et lorsqu'ils vont se rendre compte que l'endroit est vacant, ils ne tarderont pas à rappliquer par ici.

Le jeune Joseph n'avait rien dit, mais il regardait son père de ses grands yeux suppliants.

— Rassemblons vivement nos choses, dit Farouk, car le temps presse et il nous faut partir au plus vite.

Falia fit un petit geste d'assentiment, puis elle pivota et se mit à courir en direction de la tente réservée aux femmes. Farouk s'apprêtait à en faire tout autant, mais Jacob le retint par le bras.

— Puisque tu te rends à Djedda, dit-il, y conduirais-tu mon fils par le fait même?

Joseph ouvrit tout grand la bouche. Il avait peine à croire ce qu'il venait d'entendre. Un infime rictus se dessina sur les lèvres de Farouk.

— Je veux bien l'y conduire, mais à une seule condition.

Jacob arqua un sourcil amusé, alors que Farouk poursuivait :

— Lors de ce voyage, ton fils devra m'obéir avec la même soumission qu'il accorde à son père.

— Tu as ma parole, répondit Joseph, son visage illuminé d'un sourire rayonnant.

— Nous devons faire très vite, lança Farouk, alors viens!

Il pivota et il courut vers la tente des hommes, Joseph le suivant dans son sillage.

Quelques minutes plus tard, tout le monde était rassemblé de nouveau au centre de la place. Falia embrassa son père et lui demanda de transmettre son affection à sa tante.

— Vous allez me manquer, dit-elle, tout en réfrénant péniblement un sanglot.

— Toi aussi, tu nous manqueras, répondit Siméon, mais nous préférons te savoir loin de nous et en sécurité, plutôt que près de nous, mais en constant danger.

Jacob attrapa son fils par les épaules et il l'embrassa sur chaque joue.

— Tu as dirigé ce chantier d'une main de maître depuis plus de six mois, mon fils. Alors, aujourd'hui je peux dire, de façon très officielle, que ta formation est désormais terminée. Tu pourras dorénavant te présenter en tant que maître-charpentier.

Joseph bomba fièrement le torse. Il n'était pas facile de l'admettre, mais il réalisait à quel point son père avait eu raison. L'expérience qu'il avait acquise en dirigeant ce chantier pendant quelques mois, sous la supervision de son père, était incommensurable. Jacob retira la bourse, qui pendait à sa ceinture, et il la remit à son fils.

— Tu ne peux pas arriver chez le roi Abimélek avec les mains vides, comme un mendiant, et si tu ne dilapides pas les pièces contenues dans cette bourse, elles te seront suffisantes pour les deux années à venir.

— Il nous faut partir! lança Farouk d'un ton pressant, car, si nous voulons être à Ptolémaïs avant le coucher du soleil, il nous faudra courir. Dans une heure et demie, tout au plus, ce sera la nuit.

— Je ferai la course à tes côtés pendant un moment, dit Sheran, car j'ai de nombreuses informations à te fournir, qui t'aideront pour ton voyage.

Les voyageurs s'élancèrent au pas de course modéré. En marchant d'un bon pas, il fallait presque deux heures pour atteindre Ptolémaïs, mais Farouk espérait y parvenir suffisamment tôt pour lui permettre d'interroger les capitaines et trouver un bateau qui lèverait l'ancre dans les deux jours suivants. Ils pourraient dormir à l'auberge où il avait célébré sa nuit de noces, jusqu'au moment du départ du navire. Peu lui importait la destination de celui-ci, pourvu qu'il se dirige vers le sud et qu'il quitte cette zone le plus rapidement possible.

Joseph courait devant eux, comme si ses pieds avaient des ailes, tant il était heureux de voir son rêve se réaliser. Il avait l'impression qu'il pourrait courir ainsi jusqu'à Djedda.

— Embarque-toi sur le premier bateau que tu trouveras, lui dit Sheran. Il te faudra peut-être en prendre un deuxième et même un troisième pour te rendre jusqu'à Ascalon, la plus grosse cité portuaire au sud. Lorsque tu y seras, trouve un chef de caravane qui acceptera de vous conduire à Ailla. Surtout, ne quitte pas Ascalon avant d'avoir trouvé une caravane, car le territoire de l'Idumée est montagneux et désertique et il est parcouru par de nombreux groupes de nomades, qui se font toujours un plaisir de détrousser les voyageurs solitaires.

— Des brigands! s'exclama Farouk d'une voix paniquée.

— Pas vraiment, répondit Sheran. Ces nomades sont au service du roi Obodas du Moab. Ils sont nobles et ils n'ont rien de comparable aux brigands cruels et sanguinaires que tu as rencontré dans le désert autrefois. Ce territoire est revendiqué, depuis de très nombreuses années, tant d'Obodas du Moab, que d'Hérode de Judée. Ces deux rois se font constamment la guerre, sans qu'il n'y ait jamais eu une véritable grande bataille. Ces nomades parcourent le territoire et ils assurent ainsi la neutralité de celui-ci.

Par contre, ils détroussent les voyageurs isolés en guise de compensation financière.

Farouk secoua énergiquement la tête, se sentant un peu rassuré.

— Lorsque tu seras à Ailla, poursuivit Sheran, rends-toi sur les quais et demande à parler à Shalik, le maître-charpentier de la ville. C'est l'homme pour qui j'étais au service, lorsque j'y étais. Il connaît très bien Jacob de Nazareth et il t'aidera à trouver un transport vers Djedda.

Sheran laissa un petit message à transmettre à son ancien patron, puis il cessa de courir. Farouk tourna la tête sans s'arrêter. Sheran était au milieu du chemin et il lui envoyait la main. Farouk lui retourna son geste, tout en poursuivant sa course.

— Nous nous reverrons un jour! cria Sheran qui regardait ses amis s'éloigner.

— *Que les dieux t'entendent,* souhaita Farouk du plus profond de son cœur.

Il fallut au petit groupe de coureurs près d'une heure pour atteindre Ptolémaïs. La cité portuaire était construite sur une pointe de terre qui avançait dans la mer et qui formait une baie du côté sud où était abrité le port. Farouk, qui était à bout de souffle, ordonna une halte près de l'auberge où ils avaient passé leur nuit de noces. Falia était essoufflée, mais il lui restait encore suffisamment de force, alors que Joseph débordait de l'énergie de sa jeunesse.

— Nous devrions passer par l'auberge et nous assurer qu'il y a toujours des chambres de disponibles, dit Falia haletante.

Farouk qui respirait difficilement, tout en cherchant à retrouver son souffle, secoua négativement la tête.

— Nous devons avant tout nous rendre sur les quais, car si un bateau lève l'ancre à l'aube, je veux être certain de ne pas le manquer.

La ville n'était pas très grande, mais il fallait, malgré tout, la traverser sur toute sa longueur afin d'atteindre les quais.

— Allons-y! dit Farouk en s'élançant à nouveau au pas de course.

Au même moment, Thalius et ses cavaliers arrivaient au chantier. Jacob serra des dents, tout en espérant que la petite supercherie, qu'il avait mise au point, suffirait à berner les cavaliers romains. Le centurion jeta un regard mauvais vers Siméon qui approchait tout en se confondant en excuses. Il y avait sur le chantier cinq troncs d'arbre, qui avaient été rapportés de la clairière d'abattage quelques jours auparavant. Ils reposaient sur des chevalets et l'on avait commencé à retirer l'écorce sur deux d'entre eux. Jacob avait ordonné à ses hommes de les remettre sur une longue charrette, afin de donner l'impression qu'ils venaient tout juste d'arriver de la clairière d'abattage.

Thalius tourna son regard vers les hommes qui s'apprêtaient à soulever le premier tronc, afin de le déposer sur des chevalets.

— Je suis horriblement désolé de t'avoir induit en erreur, dit Siméon, tout en s'inclinant très respectueusement devant le centurion. C'est la première fois qu'une telle chose se produit, ajouta-t-il. Les hommes avaient terminé leur travail à la clairière et ils sont revenus plus tôt que prévu.

Thalius darda un regard scrutateur sur l'homme, mais il ne perçut que du regret et de la sincérité. Il leva ensuite les yeux vers les hommes qui s'affairaient autour de la lourde charrette, mais aucun d'entre eux ne correspondait à la description de celui qu'il cherchait.

— Où est Farouk? lança-t-il d'un ton impératif.

Siméon se mit à secouer lentement la tête, tout en baissant les yeux d'un air consterné.

— J'ai posé cette même question dès que je suis arrivé, Centurion, mais on m'a répondu qu'il était parti depuis environ huit jours.

Thalius serra les dents de frustration :

— Charpentier n'était pas son métier, ajouta Siméon, et il trouvait son apprentissage trop difficile.

Le centurion était déçu, car il avait espéré trouver Farouk et mettre un terme à tout cela. Il connaissait Quintus et il savait que celui-ci n'abandonnerait jamais ses recherches avant d'avoir trouvé cet homme.

— A-t-il dit où il avait l'intention de se rendre? demanda-t-il, sans vraiment espérer obtenir une réponse valable.

Siméon grimaça, tout en se frottant le menton.

— Deux des hommes disent l'avoir entendu parler de Tyr, alors que trois autres prétendent que c'était de Sidon dont il parlait.

Thalius connaissait les cités portuaires et il savait où se trouvaient ces deux villes.

— Cette route conduit bien à Ptolémaïs, n'est-ce pas? demanda-t-il en pointant le chemin qui partait vers l'ouest.

— C'est exact! répondit Siméon, dont le cœur s'était accéléré. Mais la piste qui est au nord, te conduira directement à Tyr.

Thalius regarda le ciel en secouant la tête.

— Il y a au moins une heure et demie de route avant d'atteindre Tyr, alors que le soleil se couchera dans trente ou quarante minutes. Ce sera tout juste, mais je crois que nous pourrons atteindre Ptolémaïs avant la nuit. Nous continuerons vers Tyr au matin en passant par la route de la côte.

Le centurion attendit encore quelques instants. Les hommes de Jacob étaient accourus avec des seaux d'eau, afin d'abreuver les chevaux. Lorsque ceux-ci eurent étanché leur soif, il leva le bras et lança la troupe au galop rapide. Tous les gens les regardèrent partir en serrant les dents et les poings, car ils savaient que les trois voyageurs risquaient de se faire surprendre sur la route ou dans la cité.

En arrivant sur les quais, Falia cessa de courir. Elle poussa un petit cri aigu, une violente crampe dans les côtes la forçant à se plier en deux. Farouk grimaça, car il connaissait très bien ce genre de crampes et il savait à quel point elles pouvaient être douloureuses. Il examina rapidement les quais. À sa gauche, il y avait une multitude de petites embarcations de pêche et un seul bateau de transport, qui, de toute évidence, était en réparation. Plusieurs pièces manquaient et même la grande voile avait été retirée. À sa droite, il y avait deux autres bateaux de transport.

— Attendez-moi! dit-il. Je vais aller me renseigner.

Sur le premier bateau, deux marins étaient assis sur le bastingage du gaillard d'arrière, un gobelet à la main, alors que sur le deuxième navire, un peu plus loin, trois employés portuaires montaient la passerelle d'accès en transportant de lourds ballots sur leur dos. Les deux marins lui jetèrent un regard intrigué en le voyant arriver au pas de course.

— Quand levez-vous l'ancre? demanda Farouk, le souffle court.

— Demain, en fin de journée, répondit l'un des marins, et notre destination est Joppé.

Un furtif rictus glissa sur les lèvres de Farouk. Joppé était le port par où il était arrivé en Judée. Il avait l'impression de retourner à son point de départ.

— Prendriez-vous trois passagers? demanda-t-il.

Le marin secoua énergiquement la tête.

— Seul le capitaine peut prendre ce genre de décision et il n'est pas à bord en ce moment. Reviens en milieu de matinée, demain, il sera de retour.

L'offre était très tentante : le bateau était beau, les marins semblaient synaptiques et se rendre à Joppé leur ferait franchir le tiers de la distance qu'ils avaient à parcourir. Deux des trois hommes, qui avaient monté les ballots sur le dernier bateau, redescendaient la passerelle et deux marins suivaient derrière eux. L'un se dirigea à l'avant du bateau et l'autre à l'arrière. Farouk ouvrit de grands yeux.

— *Ils s'apprêtent à prendre le large,* se dit-il, tout en s'élançant vers eux.

Le marin, qui s'affairait au câble à l'avant du bateau, ne le vit pas arriver près de lui, tant il était absorbé par sa tâche.

— Quelle est votre destination? demanda Farouk tout doucement, afin de ne pas faire sursauter l'homme.

— Césarée, avec une courte escale à Dor, répondit le marin, sans même relever les yeux.

— Crois-tu que ton capitaine accepterait de prendre trois passagers, demanda Farouk, le cœur gonflé d'espoir, car il ressentait, sans véritable motif apparent, l'urgence de quitter cette ville le plus rapidement possible.

— Nous levons l'ancre dans quelques instants, dit le marin en relevant les yeux, et le capitaine ne…

Il s'était figé au milieu de sa phrase en voyant l'allure de son interlocuteur. L'homme lui faisait penser à un mercenaire déguisé en paysan.

— *Trois gaillards comme celui-ci pourraient facilement prendre le contrôle du navire une fois rendu en haute mer,* se dit le marin avec inquiétude.

Il tourna vivement la tête en entendant Falia et Joseph, qui arrivaient au pas de course. Falia s'accrocha au bras de son mari, le souffle court.

— Nous devons être à Césarée le plus rapidement possible, dit Farouk d'un ton suppliant.

Aux yeux du marin, tout ceci prenait soudainement les apparences d'une urgence familiale. *Probablement un proche parent qui est souffrant ou mourant,* pensa-t-il.

Le troisième employé portuaire descendait la rampe à son tour.

— Capitaine! cria le marin.

Un homme aux allures frustes se montra le bout du nez au-dessus de la rambarde :

— Trois passagers pour Césarée demandent à monter à bord.

Le capitaine détestait prendre des passagers de dernières minutes.

— Je te préviens, dit-il d'un ton bourru, tout en pointant un doigt vers Farouk. Il n'y a aucun confort à mon bord pour les voyageurs et il t'en coûtera deux sesterces par personne.

— Marché conclu! s'exclama Farouk, qui savait pertinemment qu'un seul sesterce par personne eut été plus que suffisant, mais il n'avait aucunement l'intention de négocier avec cet homme.

— Montez! lança le capitaine, tout en joignant le geste à la parole.

Au sommet de la rampe d'accès, le capitaine les attendait avec la main bien tendue et un visage de marbre. Farouk déposa les six sesterces dans la main du maître de bord, tout en le remerciant pour la faveur qu'il leur accordait.

— Il y a des ballots de coton, sur le pont, à l'avant du bateau, dit le capitaine avec nonchalance. Vous y serez très confortable pour dormir.

Il regarda ses trois passagers s'éloigner vers la proue du navire, puis ses yeux se posèrent sur les sesterces, qu'il tenait au creux de sa main. Un souffle de remords l'effleura pour avoir demandé un prix aussi exorbitant, mais il chassa ce sentiment avec empressement.

— Larguez les amarres! cria-t-il aux marins sur le quai.

Le marin à l'arrière du navire décrocha le câble, qui retenait celui-ci au quai, puis il monta la rampe d'accès au pas de course. Dès qu'il eût posé le pied sur le pont du bateau, le marin à l'avant décrocha le deuxième câble et il monta la rampe tout aussi prestement. La passerelle fut rapidement hissée à bord et le petit foc fut déployé. Le vent s'engouffra dans la petite voile et le navire se mit à pivoter lentement, tout en se dégageant du quai. Falia toucha le bras de son mari et Farouk suivit son regard. Le pont du bateau était plus haut que le toit plat des maisons de la ville, permettant d'apercevoir la route de la côte. Six cavaliers romains venaient de s'y engager et se dirigeaient vers l'entrée de la ville au galop. Ils ralentirent l'allure de leur monture et s'arrêtèrent devant la petite auberge. Farouk sentit un effroyable poids oppresser ses poumons, au point qu'il en avait de la difficulté à respirer. S'il avait accepté l'offre du marin au premier bateau, ils seraient, en ce moment même, en route pour se rendre à l'auberge, afin d'y passer la nuit et ils se seraient jetés d'eux-mêmes dans les bras de leurs poursuivants.

Dès que le bateau eût suffisamment pivoté, la grande voile fut hissée et l'embarcation prit rapidement de la vitesse, alors que le soleil approchait de la ligne d'horizon. Il ne fallut que quelques minutes pour gagner la haute mer, mais l'obscurité était déjà presque totale. Le capitaine fit pivoter l'embarcation et il plaça le nez du bateau en parfait alignement avec l'étoile du Sud, qui rivalise avec l'étoile du Nord, la plus basse et la plus brillante de la voûte céleste.

— Combien de temps faudra-t-il pour atteindre Césarée? demanda Farouk à l'un des marins qui avaient hissé la grande voile.

— Nous serons à Dor en début de matinée, répondit celui-ci. L'escale sera de courte durée, le temps de décharger les vingt ballots de coton qui sont sur le pont. Ensuite, il faut compter trente-six à trente-huit heures pour atteindre Césarée. Nous arriverons à destination au milieu de la nuit et il nous faudra attendre le lever du soleil avant d'entrer dans le port.

L'inquiétude de Farouk extirpa un petit sourire au marin.

— Ne te fais pas de soucis, dit-il, tout en posant une main apaisante sur le bras de son passager. Il y a un haut-fond à environ une lieue au nord de Césarée et il y a toujours des bateaux qui y jettent l'ancre en attendant le lever du jour.

Bien que la nuit fût froide, ils dormirent confortablement sur les ballots de coton, bien enroulés dans leur manteau et leur couverture de voyage. Le soleil venait tout juste de se lever, lorsqu'ils entrèrent dans le port de Dor. Dès que le navire approcha des quais, Farouk sentit un vent de panique l'envahir. Une cinquantaine de légionnaires romains, et presque autant de soldats de la garde prétoriale d'Hérode, arpentaient les quais. Cette frayeur engendra une forme de paranoïa dans son esprit.

— *Qu'ai-je bien pu faire, qui puisse justifier un tel déploiement d'énergie, simplement pour me capturer?* se demanda-t-il, alors qu'il sentait que sa nervosité devait être presque palpable autour de lui.

Falia lui toucha doucement le bras.

— Ils vont décharger les ballots qui sont sur le pont, dit-elle d'une voix à peine audible. Nous devrions nous déplacer vers le centre de l'embarcation.

Farouk l'interrogea du regard.

— De cette façon, nous ne nuirons pas aux employés du port, qui déchargeront ces marchandises, expliqua-t-elle, et en nous tenant derrière la coursive de la cale, nous serons à l'abri des regards inquisiteurs.

Farouk prit une longue inspiration, qu'il relâcha lentement, afin de calmer ses angoisses. Il était admiratif devant le sang-froid et le courage de son épouse.

Le débarquement des marchandises prit moins d'une heure et le bateau avait remis les voiles, sans qu'aucun incident ne soit survenu. Le marchand, qui était monté à bord afin de régler le coût du transport, avait expliqué au capitaine que Caius Octave avait envoyé des navires chargés de blé et que ceux-ci ne tarderaient plus à arriver, et que les troupes en présence étaient là pour assurer la sécurité et la distribution équitable de ces denrées. Farouk s'était senti ridicule de s'être tourmenté ainsi, comme s'il était l'homme le plus recherché de l'empire et que les Romains n'avaient rien de mieux à faire que de le poursuivre.

La deuxième nuit fut moins confortable. Les ballots de coton étant partis, ils durent dormir à même le pont du navire. Le capitaine leur avait suggéré de s'installer dans la cale entre les hamacs des marins, mais Farouk avait décliné l'offre, préférant le grand air à cet endroit exigu et nauséabond. Le soir suivant, Farouk fut incapable de trouver le sommeil. Il eut beau se répéter que les marins étaient expérimentés et qu'ils connaissaient très bien leur travail, mais l'idée qu'ils approchaient de Césarée et qu'ils devraient jeter l'ancre sur un haut-fond, alors qu'il faisait aussi sombre que le fond d'une grotte en cette nuit sans lune, l'inquiétait de façon incontrôlable. Il aurait probablement réussi à se calmer, n'eusse été que de lui-même, mais il se sentait responsable de la vie et de la sécurité de Falia et Joseph.

Cinq heures environ après le coucher du soleil, un marin à la proue du navire cria :

— Droit devant, Capitaine!… Cinq degrés à tribord!

Farouk, qui était quelques pas derrière lui, étira le cou. Au loin, légèrement à sa droite, une dizaine de petits points lumineux dansait dans la nuit. Le capitaine inclina légèrement le gouvernail et le nez du bateau vint s'aligner avec le centre de ces petits points. La voile fut ensuite rabattue de moitié, afin de réduire la vitesse de l'embarcation. Le marin enflamma une torche au brasero qui brûlait en permanence sur le pont et la ficha dans son support à l'avant du navire, alors qu'un autre marin en faisait tout autant à l'arrière. Après quelques minutes, Farouk commença à distinguer la forme de cinq bateaux, qui avaient jeté l'ancre sur le haut-fond. Sur chacune de ces embarcations, deux torches brûlaient, tout comme sur la leur. La grande voile fut entièrement rabattue et leur bateau vint glisser entre deux autres embarcations. Le capitaine attendit qu'ils aient dépassé ceux-ci d'une bonne longueur avant de faire jeter l'ancre. Farouk se sentit ridicule de s'être inquiété ainsi, car pourtant, et il le savait très bien, les marins étaient compétents et ils ne prenaient jamais de risques inutiles.

— Comment ont-ils su qu'ils devaient allumer des torches, afin de nous guider jusqu'à eux? demanda-t-il avec curiosité.

Le marin éclata d'un rire franc.

— Ils ne l'ont pas fait pour nous, répondit-il en ricanant, car ils ignoraient que nous approchions, mais c'est une règle de la marine. Si tu jettes l'ancre sur un haut-fond, tu dois absolument allumer deux torches sur ton navire, tant pour aider les autres bateaux à trouver cet endroit, que pour éviter les collisions accidentelles.

— *Ce qui était fort simple et tout à fait logique,* se dit Farouk en se moquant de lui-même.

Entièrement rassuré, il retourna se coucher et il trouva le sommeil très rapidement.

L'aube pointait à peine, lorsque le capitaine fit remonter l'ancre. Le bateau se mit à reculer lentement, poussé par le vent glacial qui soufflait du nord. Le capitaine appuya de tout son poids sur le gouvernail et le bateau se mit à pivoter lentement, alors qu'un deuxième navire levait l'ancre à son tour. Les autres embarcations les imiteraient dans les minutes suivantes. Comme chaque fois, l'arrivée à Césarée prendrait les allures d'une petite course, car bien que le port soit de dimension respectable, personne ne pouvait prévoir l'achalandage de celui-ci. S'il n'y avait pas suffisamment de place aux quais pour accueillir tous les nouveaux arrivés, les retardataires devraient jeter l'ancre dans le port et attendre qu'une place soit disponible.

Farouk se sentait un peu anxieux, car il devrait maintenant trouver un autre bateau. Il marcha sur le pont, tout en prenant de longues respirations dans l'air froid du matin. Il ressentait cette douce impression d'être redevenu lui-même. Il avait retiré sa coiffe juive et s'était fait un nouveau turban. Il alla s'appuyer à la rambarde à la proue du navire et Falia vint se blottir contre lui à la recherche d'un peu de sécurité et de chaleur. Le jeune Joseph, quant à lui, trépignait d'impatience. Ses sentiments étaient partagés et se confondaient. Il était exalté par le long et aventureux voyage qu'il avait entrepris, mais en même temps, il se mourait d'impatience d'arriver à destination et de rencontrer son arrière-petit-cousin, le prince Muhammad.

— Comment allons-nous trouver un autre bateau, qui nous conduira jusqu'à Ascalon? demanda Joseph, tout en se retenant à la rambarde.

Un sourire amusé glissa sur les lèvres de Farouk.

— C'est fort simple, répondit-il. Lorsque nous serons débarqués, je me rendrai à la capitainerie et le commandant du port m'indiquera les bateaux qui vont dans notre direction, de même que le moment de leur départ. Nous n'aurons plus qu'à nous rendre auprès de celui qui nous convient le mieux.

— *Voyager est une chose fort simple*, se dit Joseph en affichant un sourire candide.

Lorsqu'ils furent suffisamment près pour bien distinguer les détails du port, le visage de Farouk devint soucieux. Une multitude de petits bateaux de pêche mouillaient loin des quais, alors que dans le port régnait une activité fébrile. Du côté sud, là où auraient pu s'amarrer sept ou huit navires de transport, il n'y avait qu'une galère romaine et un bateau aux formes étrange venu d'Égypte sur lequel une représentation de leur dieu Râ avait été peint en rouge à l'avant de l'embarcation. Sur la place publique, derrière les quais, de longues tables avaient été alignées, séparant celle-ci en deux. Les gens faisaient la file devant les tables, afin de recevoir leur part de cette manne inattendue, qui leur était distribuée selon la liste de recensement.

Farouk avala difficilement sa salive. Il y avait sur la place publique et sur les quais, trois fois plus de légionnaires romains et de soldats de la garde prétoriale, qu'il y en avait eu à Dor. Il balaya le port d'un regard inquiet, alors que leur bateau accostait tout en douceur le long du quai. La capitainerie était du côté sud du port, derrière les tables de distribution et les nombreux soldats, qui arpentaient l'endroit, étaient d'une extrême vigilance.

— Se rendre à la capitainerie n'est peut-être pas une aussi bonne idée que je l'avais tout d'abord cru, dit-il à son épouse.

Falia approuva d'un simple hochement de tête, son visage tout aussi soucieux que celui de son époux. La figure de Farouk s'illumina soudainement, alors qu'une idée lui traversait l'esprit.

— J'ai un ami dans cette ville, dit-il en affichant un petit sourire espiègle. Il ne s'attend certainement pas à ce que je vienne lui réclamer, aussi rapidement, le petit service qu'il me doit, mais j'ai la certitude qu'il fera tout ce qui est en son pouvoir afin de m'aider.

Falia arqua les sourcils d'étonnement. Elle savait que son époux n'avait fait qu'un très court séjour à Césarée et l'entendre dire qu'il avait un ami en ce lieu, et que celui-ci lui devait une faveur, l'étonnait grandement.

Dès que le bateau fut amarré et la passerelle mise en place, les trois passagers descendirent à terre. Farouk traversa la foule d'un pas mesuré, tout en gardant les yeux à demi baissés, afin d'éviter les regards des soldats et des gardes qu'il rencontrait. Falia le suivait un pas derrière, tout en affichant la même attitude discrète, alors que le jeune Joseph n'avait pas assez de ses deux yeux pour tout voir, n'étant pas vraiment conscient du risque que Farouk prenait à se retrouver au milieu de tous ces Romains.

Farouk se dirigea vers les entrepôts et il s'arrêta devant la porte du troisième de ceux-ci.

— Holà! lança-t-il à l'homme qui venait tout juste d'en sortir. Peux-tu m'annoncer à ton patron? questionna-t-il.

L'employé le regarda d'abord avec dédain, puis, le reconnaissant pour l'avoir vu quelques mois plus tôt, son visage s'illumina d'un sourire radieux.

— Il sera très heureux de te revoir. Suis-moi! ajouta l'homme, tout en retournant dans l'entrepôt.

Le corpulent négociant de coton plissa des yeux, étira le cou, puis il regarda une deuxième fois avant de s'exclamer :

— C'est bien toi!... Tu es revenu!... Quel grand bonheur! Chaque exclamation avait été entrecoupée d'un petit rire nerveux.

L'homme s'empara de la main de Farouk et il la serra avec effusion.

— Dis-moi? demanda-t-il d'une voix doucereuse. Quelle a été la réaction du roi Abimélek, lorsque tu lui as parlé de moi?

Farouk secoua lentement la tête avec embarras et Bénammi sauta instantanément aux conclusions : « le roi avait très mal pris que l'on désobéisse à ses ordres, il était toujours en colère et il refusait toujours de faire du commerce avec lui, pire encore, il refusait de s'acquitter de la facture en souffrance, ne se sentant pas responsable de celle-ci. » Le roi Abimélek était son plus gros client. La moitié de sa production de coton partait vers Djedda.

— Je suis ruiné! s'exclama-t-il en ouvrant les deux mains d'impuissance devant cette fatalité.

— Pas du tout! répliqua Farouk en s'efforçant de demeurer sérieux. C'est simplement que je n'ai pas encore rencontré le roi.

Farouk eut l'impression que le cerveau de Bénammi venait de cesser de fonctionner, tant son incompréhension était évidente. Il posa une main apaisante sur le bras du corpulent marchand.

— Des affaires m'appelaient au Nord, expliqua-t-il, et comme tu le sais très bien, certaines ententes sont plus difficiles à conclure et mettent plus de temps que l'on avait escompté.

Bénammi soupira de soulagement, tout en essuyant son front perlé de sueur malgré la fraîcheur de l'air ambiant.

— Par contre, j'y ai trouvé une épouse, ajouta-t-il en faisant un geste vers Falia.

Bénammi tourna la tête vers la jeune femme. Il avait noté que son visiteur était accompagné de deux autres personnes, mais il n'avait pas levé les yeux sur eux.

— Une femme et un fils, ajouta-t-il en une moue appréciatrice.

— Falia est trop jeune pour avoir un fils de cet âge, répliqua Farouk en ricanant discrètement. Je te présente Joseph, jeune maître-charpentier et fils de Jacob de Nazareth.

— Tu es le fils du Nazaréen! s'exclama le marchand avec étonnement.

Il s'inclina devant Joseph, puis il en fit autant devant Farouk.

— C'est un grand honneur que tu m'accordes en conduisant chez moi le descendant direct de David. Tes relations sont très impressionnantes, Grand-maître du Troc venu des contrées lointaines.

— Comme je me rendais à Djedda, expliqua Farouk, Jacob m'a demandé de conduire son fils, auprès de son arrière-grand-oncle, le roi Abimélek.

— Donc! rien n'est encore perdu, s'exclama Bénammi, qui sentait l'espoir renaître en lui.

— Bien sûr que non! répondit Farouk avec étonnement. Je t'ai fait une promesse et je ne l'ai pas oubliée. La première chose que je ferai, lorsque je verrai le roi, sera de lui parler de toi.

— Crois-tu vraiment qu'il acceptera de poursuivre les relations commerciales avec moi? demanda-t-il nerveusement.

Farouk inclina légèrement la tête, puis il mit son poing devant sa bouche, comme s'il réfléchissait intensément, alors qu'en réalité, il faisait bien tout son possible pour ne pas éclater de rire. Bien qu'il fût un piètre menteur, il était, malgré tout, un comédien fort acceptable. La petite mascarade qu'il avait jouée au négociant de coton, quelques mois auparavant, en était la preuve. Comme il avait besoin de la coopération du marchand, il décida donc de récidiver.

— Selon moi, tu n'as plus aucun souci à te faire avec cette vieille histoire, déclara-t-il très sérieusement.

— Pourquoi dis-tu cela? puisque tu n'as pas encore parlé au roi, demanda Bénammi, alors qu'un gigantesque point d'interrogation se dessinait sur son visage.

Farouk afficha un petit sourire de connivence.

— Les rumeurs, mon cher ami, dit-il en levant les sourcils de façon taquine. Il est parfois utile d'y prêter l'oreille.

L'expression interrogatrice de Bénammi s'accentua davantage.

— À quelles rumeurs fais-tu allusion? demanda-t-il d'un ton inquiet.

— Tu sais comment vont les choses, répondit Farouk avec désinvolture. Un caravanier raconte une histoire à un marin, qui la répète à un autre marin, puis celui-ci la répète à nouveau à un autre caravanier et ainsi de suite. Bref! selon la rumeur que j'ai entendue, Maître Cid n'aurait pas tari d'éloges à ton égard depuis son retour à Djedda. Le chamelier disait que même le roi était ravi lorsqu'il a appris que tous tes problèmes de gestion étaient réglés. Selon cet homme, le roi semblait très satisfait de la qualité de la marchandise que tu lui as vendue, de même que du prix que tu lui as fait.

Bénammi souriait béatement, comme un petit enfant :

— Ce ne sont que des rumeurs et des ragots de chamelier, bien entendu, ajouta Farouk, mais c'est tout de même de très bons augures, ne trouves-tu pas?

Le négociant de coton avait l'impression de flotter sur un nuage.

— Oh! s'exclama soudainement Bénammi, une pensée lui traversant l'esprit. As-tu rencontré l'officier romain qui te cherche sur les quais?

Le sang de Farouk se glaça dans ses veines. Il pouvait à peine respirer. Il fit quelques pas, tout en évitant le regard du marchand, car il ne voulait pas que celui-ci prenne conscience de son état de stupeur.

— Ce Romain semblait très avide de te rencontrer, ajouta le négociant. Il m'a longuement questionné sur la visite que tu m'as rendue, il y a quelques mois, de même que sur l'endroit où tu pouvais te trouver en ce moment.

Farouk croyait avoir semé ses poursuivants à Ptolémaïs, mais il se rendait bien compte de sa méprise.

— *Ne me laisseront-ils donc jamais vivre en paix?* se demanda-t-il.

— Aurais-tu fait quelque chose de répréhensible? questionna Bénammi d'un ton inquiet.

Farouk s'efforça d'être souriant en revenant près du marchand.

— Pas à ma connaissance, répondit-il, tout en ricanant nerveusement.

Il savait que Bénammi pouvait très facilement le dénoncer par naïveté ou par cupidité, si une récompense avait été promise. Il lui fallait donc trouver un moyen de parer à cette éventualité. De son bras vigoureux, il entoura amicalement l'épaule du négociant et lui chuchota du ton d'un conspirateur :

— Tu sais, tout comme moi, que certaines rumeurs vont bon train depuis fort longtemps. Beaucoup de gens disent que les Romains cherchent âprement à découvrir la provenance des parfums, des épices et des tissus précieux que le roi de Pétra leur vend depuis de nombreuses années. Ils préféreraient s'alimenter directement à la source et éviter ainsi les intermédiaires onéreux.

Bénammi ouvrit de grands yeux, car il connaissait très bien cet on-dit, qui, selon lui, était beaucoup plus qu'une simple rumeur :

— Plusieurs Romains ont déjà tenté d'entrer en contact avec moi, afin de m'interroger à ce sujet, mais j'ai toujours réussi à les éviter.

Il fit une petite pause avant de poursuivre :

— Je n'ai pas à t'expliquer comment sont les Romains, mon ami. Si tu ne leur accordes pas ce qu'ils demandent, ils te le feront chèrement payer. Comme je ne suis pas autorisé à leur révéler cette information, mieux vaut pour moi que cet officier ne me trouve pas, car je préfère qu'il soit frustré de ne pas m'avoir trouvé, plutôt que de le voir offusqué de mon refus.

Tout devenait clair et très logique pour Bénammi qui secouait la tête comme une vieille chouette. Son visiteur, selon lui, venait des très lointaines contrées du Sud et celui-ci connaissait l'origine de toutes ces choses précieuses qui faisait la fortune du roi de Pétra. Farouk attendit que le marchand ait terminé sa petite réflexion personnelle avant de poursuivre :

— Lorsque nous nous sommes quittés la dernière fois, tu m'as dit que si un jour j'avais besoin d'un service, que je pourrai toujours compter sur toi.

Bénammi eut un imperceptible mouvement de recul. Lorsqu'il avait fait cette promesse, il s'était attendu à ce que ce jour ne vienne jamais, car généralement, les services impliquaient toujours un certain déboursement et il détestait mettre la main à sa bourse.

— Que puis-je faire pour toi? demanda-t-il d'une mine renfrognée.

— Rien de bien difficile, le rassura Farouk. J'avais l'intention de me rendre à la capitainerie, afin de me renseigner sur les bateaux en partance pour Ascalon, mais, heureusement pour moi, j'ai estimé qu'il était plus important de te rendre visite en tout premier lieu et c'est une grande chance pour moi, car le commandant du port m'aurait très certainement dénoncé à cet officier qui me cherche et tu peux facilement imaginer les problèmes que cela m'aurait occasionnés.

Bénammi secouait la tête, tout en grimaçant de dédain, alors qu'il imaginait les pires mauvais traitements qu'un Romain pouvait faire subir à une personne qui l'avait offusqué.

— Ce que j'aimerais, poursuivit Farouk, c'est que tu envoies l'un de tes hommes se renseigner à ma place.

Le visage de Bénammi s'illumina d'un large sourire, car le service demandé était, tout compte fait, bien peu de chose et ne lui coûterait aucune pièce.

— Thomas! cria-t-il, tout en hélant l'un de ses employés.

L'homme laissa tomber le sac qu'il transportait et il approcha au pas de course.

— Ce n'est vraiment pas de chance, ajouta le marchand, car le capitaine Fahim se rend à Ascalon, mais il a levé l'ancre il y a environ une heure.

— Si c'est bien du capitaine Fahim dont tu parles, dit Thomas en arrivant près d'eux, son bateau était encore à quai, il y a quelques minutes.

— Comment est-ce possible! s'exclama le négociant. Il y a plus d'une heure que le transport de mes marchandises est terminé.

— C'est vrai en ce qui nous concerne, répondit Thomas, mais Mathieu, le négociant de cuir, n'avait pas encore terminé de faire charger ses marchandises. Cela demande beaucoup de temps, car il n'a mis que deux hommes à la tâche.

— Comme c'est honteux! s'exclama Bénammi avec une indignation démesurée. Faire attendre ainsi le capitaine et son équipage. N'est-il pas conscient que Fahim doit payer ses marins, alors qu'ils attendent plutôt que de naviguer, ajouta-t-il tout en se dirigeant vers la porte de son entrepôt de son petit pas dandinant.

Il ouvrit la porte et s'exclama avec surprise :

— C'est bien vrai! Le bateau est toujours à quai. Mais plus pour longtemps, ajouta-t-il après avoir regardé à sa gauche. Les hommes de Mathieu ferment les portes de l'entrepôt. Ils ont terminé le chargement.

Il s'élança vers les quais, sans même se retourner.

— Venez! lança-t-il par-dessus son épaule. Les marins sont descendus et ils vont jeter les amarres d'un moment à l'autre.

Les trois voyageurs emboîtèrent les pas au négociant de coton, mais après seulement quelques pas à l'extérieur, Farouk ouvrit les deux bras, intimant à Falia et Joseph de cesser de courir, car ils attiraient beaucoup trop l'attention sur eux. Bénammi poursuivit son chemin, tout en bousculant les gens sur son passage.

— Attendez! ordonna Bénammi aux marins qui s'apprêtaient à détacher les câbles du navire. Capitaine Fahim! cria-t-il en levant les yeux vers le pont du bateau.

Le capitaine jeta un regard colérique par-dessus la rambarde. Il n'aimait pas se faire déranger ainsi au moment des manœuvres d'appareillage :

— J'ai trois passagers de marque qui désirent se rendre à Ascalon, ajouta Bénammi en haletant, le souffle court d'avoir ainsi couru.

— Je jette les amarres à l'instant et je n'ai pas le temps d'attendre, répliqua le capitaine d'un ton abrupt.

Le négociant de coton tourna la tête de tous les côtés, très étonné que Farouk et les deux autres ne soient pas déjà près de lui.

— Ce sont des gens très importants, ajouta-t-il d'un ton suppliant.

Le capitaine Fahim haussa les épaules, tout en ouvrant les bras, signifiant clairement que tout cela l'indifférait totalement. Puis son regard se porta vers les trois personnes qui arrivaient d'un pas vif, mais mesuré. Il plissa tout d'abord les yeux en grimaçant, puis il haussa les sourcils de surprise, alors qu'un sourire se dessinait lentement sur ses lèvres. Plus Farouk approchait et plus le sourire du capitaine s'élargissait. Les deux marins sur le quai hésitaient toujours et ils n'attendaient qu'une confirmation de leur capitaine pour larguer les amarres.

— Attendez! cria Fahim en levant la main.

Dès que les trois voyageurs eurent atteint le bas de la rampe d'accès, le capitaine les invita à presser le pas et à monter rapidement à bord, car ils devaient appareiller sur le champ. Farouk attrapa la main de Bénammi au passage.

— Je te remercie, mon ami, et je n'ai pas oublié la promesse que je t'ai faite.

Le négociant bomba fièrement le torse, tout en tournant la tête de tous les côtés. Il souhaitait hardiment que d'autres marchands l'aient vu en compagnie de ce noble personnage.

Au moment où Farouk montait la rampe, derrière Falia et Joseph, six cavaliers fendaient la foule en direction de la galère qui était amarrée au sud du port. Falia jeta un regard paniqué à son époux, dont le cœur s'était mis à battre à un rythme effréné. Elle mit une main dans le dos de Joseph et le poussa gentiment afin qu'il monte la rampe plus rapidement. Le capitaine Fahim, qui les attendait au sommet de la passerelle, salua Falia et le jeune Joseph d'un petit hochement de tête, puis il accueillit Farouk avec un sourire narquois. Farouk ne comprenait pas la raison d'être de ce sourire, ce qui contribua grandement à accentuer son malaise.

Les cavaliers romains freinèrent leur monture devant la galère et Thalius se laissa glisser de son cheval. Il monta ensuite sur la trirème d'un pas vif et autoritaire et il s'arrêta devant le colonel Quintus, qu'il salua tel que le protocole romain l'exigeait. Les yeux de Farouk allaient et venaient avec fébrilité du capitaine du bateau aux deux officiers sur le pont de la galère. Il craignait que le centurion romain ait retrouvé sa trace et qu'il ait appris son départ précipité pour Césarée. D'un autre côté, l'attitude du capitaine n'était pas plus rassurante. Ce colonel romain, qui avait interrogé Bénammi, avait très bien pu interroger également les capitaines des bateaux présents dans le port. Cet homme l'avait peut-être reconnu et il se réjouissait à la pensée de la belle récompense qu'il recevrait en le dénonçant.

— Je dois dire que je ne m'attendais pas à te revoir aussi tôt, lança Fahim d'une voix enjouée.

Le ton du capitaine déconcerta grandement Farouk, qui plissa le front, tout en fouillant avidement sa mémoire. Il avait pourtant la certitude de ne pas connaître cet homme, ni même de l'avoir déjà rencontré. Il se mit à secouer lentement la tête de gauche à droite.

— Je suis désolé, Capitaine, mais je n'ai aucun souvenir de t'avoir déjà rencontré.

Fahim éclata de rire.

— Il est vrai que tu étais quelque peu préoccupé, dit-il d'un ton moqueur.

Farouk grimaça, car il ne comprenait pas l'allusion :

— Il y a quelques mois, poursuivit le capitaine, tu es monté sur un bateau, ici même à Césarée, afin que Maître Cid pose son sceau sur une entente commerciale que tu avais conclue avec ce négociant de coton.

Farouk se mit à balancer lentement la tête de haut en bas, confirmant les dires du capitaine :

— He bien! ajouta Fahim, tout en ouvrant les deux bras, tu ne reconnais donc pas mon bateau?

Il éclata de rire à nouveau devant la mine déconfite de son passager.

— Malgré ton explication, dit Farouk avec confusion, je n'ai toujours aucun souvenir que l'on nous eût présenté l'un à l'autre.

Cette fois, le capitaine riait de bon cœur, tout en se tenant le ventre.

— J'étais juste à côté de Cid, lorsque tu es entrée dans l'entrepôt de Bénammi avec ton compagnon. Il m'avait invité à assister à ton éviction sans ménagement de l'entrepôt de ce marchand. Lorsque tu en es ressorti, comme un grand seigneur victorieux, en compagnie de Bénammi et bien entouré de ses hommes de main. Cid m'a demandé de te laisser monter à bord et je lui ai accordé ma permission.

L'air étonné de Farouk le fit pouffer de rire à nouveau :

— Personne ne peut monter à bord d'un bateau, sans en avoir reçu l'autorisation du capitaine, ajouta-t-il. Voilà pourquoi tu as pu monter à bord et te rendre jusqu'au maître du troc, sans qu'aucun marin ne t'intercepte.

Farouk était abasourdi. Lorsqu'il était monté sur le bateau, quelques mois auparavant, il l'avait fait de façon toute naturelle, comme si la chose était tout à fait légitime.

— Larguez! ordonna le capitaine Fahim aux deux marins demeurés sur le quai.

Les hommes s'empressèrent d'exécuter la même manœuvre qui fut faite avec l'autre bateau à Ptolémaïs.

— Nous n'avons pas encore discuté du prix pour ce voyage, dit Farouk, tout en portant la main à sa bourse.

Fahim éclata de rire à nouveau et il lui fit signe de le suivre, car il devait se rendre au gouvernail pour la manœuvre d'appareillage. Dès que la passerelle fut hissée, le petit foc fut déployé et le navire s'ébranla. Le capitaine ricanait toujours, alors qu'il s'appuyait contre le gouvernail de tout son poids.

— C'est moi qui suis en dette envers toi et tu offres de payer pour le petit service que tu me demandes, lança-t-il d'un ton moqueur. Le jour où tu as conclu ce marché avec Bénammi, tu m'as fait épargner deux jours d'attente et depuis, c'est la quatrième fois que je m'arrête à Césarée. Chaque fois qu'il a des marchandises à expédier, il met désormais le maximum d'hommes dont il peut disposer à la tâche. Tu lui as fait tellement peur, qu'aujourd'hui, il ferait n'importe quoi afin de conserver cette nouvelle image de fiabilité.

Farouk ne s'était pas rendu compte de l'ampleur de l'impact qu'il avait eu sur ce marchand.

— Jusqu'à maintenant, ajouta Fahim, tu m'as fait épargner le salaire de quatre marins, pendant six jours. Alors, laisse tes pièces dans ta bourse, car à mes yeux, tu n'es pas un passager sur ce bateau, mais bien un invité.

Farouk le remercia, en s'inclinant, une main sur sa poitrine.

— Le service rendu était à l'intention de Maître Cid, dit-il sobrement, mais si, par le même fait, tu as su en tirer ton bénéfice, alors mon bonheur n'en est que plus grand.

Dès que le bateau se fut suffisamment dégagé du quai, le capitaine fit immédiatement hisser la grande voile, car il n'y avait pas une baie portuaire à Césarée comme celle qui protégeait le port de Ptolémaïs.

Sur la galère romaine, Thalius terminait de raconter sa poursuite infructueuse à Quintus.

— À l'auberge de Ptolémaïs où nous nous sommes arrêtés, conclut le centurion, l'aubergiste m'a dit que Farouk s'était marié deux semaines auparavant et qu'il avait même célébré sa nuit de noces dans son auberge. Mais il ignorait qu'il n'était plus au service de Jacob et il n'avait aucune idée de l'endroit où il avait pu se rendre. Le jour suivant, je me suis rendu à Tyr, mais personne, parmi les gens que j'ai interrogés, n'avait vu un homme qui correspondait à la description de Farouk.

Quintus balançait lentement la tête. Il se sentait très déçu de la tournure des événements. Il avait donné sa parole au jeune roi Juba de lui ramener son demi-frère et il avait espéré être en mesure de s'acquitter promptement de cette promesse.

— J'aurai bien poursuivi ma route jusqu'à Sidon, ajouta Thalius, mais le temps me manquait et je crois que cela eut été bien inutile.

Quintus était entièrement d'accord. Si Farouk s'était rendu à Sidon, il aurait dû passer par Tyr et un homme tel que lui attire inévitablement l'attention.

Le bateau de transport passa tout près de la galère romaine. Farouk regardait de côté, la tête légèrement baissée, et ses yeux étaient fixés sur les deux officiers romains qui discutaient sur le pont de la galère. Quintus sentit un picotement derrière la nuque et un frisson parcourut son épine dorsale. Il tourna vivement la tête vers le bateau, qui passait tout près de sa galère, et il balaya le pont du regard à la recherche d'un danger potentiel, mais il ne vit rien d'alarmant. Le capitaine, au gouvernail du navire, était concentré sur la manœuvre d'appareillage, alors que tous les marins s'affairaient à leur tâche. Les trois voyageurs, qui lui semblaient être une petite famille, lui tournaient le dos. Quintus reporta son attention vers le centurion, tout en s'interrogeant sur l'étrangeté de la sensation qu'il venait de ressentir. Le vent s'engouffra dans la grande voile et le bateau prit rapidement de la vitesse, s'éloignant du port de Césarée, au grand soulagement de Farouk.

IX
Djedda

Il leur avait fallu huit jours pour atteindre Ascalon. Ils avaient fait trois escales : une à Apollonia, une autre à Joppé et une dernière à Axoth. À chaque endroit, ils avaient dû débarquer une grande quantité de marchandises et en embarquer autant de nouvelles. Ces trois arrêts leur avaient demandé un peu plus de trois jours. Ce temps perdu n'avait en rien dérangé Farouk et Falia, mais le jeune Joseph, par contre, avait bien marqué son impatience, marchant de la poupe à la proue du navire et se retrouvant fréquemment dans le chemin des employés portuaires qui déplaçaient ces marchandises..

À Apollonia, Farouk avait été tenté de descendre à terre, afin de se dégourdir les jambes et de voir ce que les marchands avaient à offrir, car la petite ville portuaire lui avait semblé bien paisible, mais il s'était ravisé au dernier moment. Il ignorait ce que les Romains lui voulaient et combien ils étaient à le poursuivre. Il avait donc préféré ne laisser aucune trace de son passage dans cette petite ville.

L'escale de Joppé, par contre, avait été la plus longue et la plus troublante. Un navire égyptien et une galère romaine y étaient amarrés et la présence de légionnaires romains et de soldats de la garde prétoriale avait été aussi imposante qu'elle l'avait été à Césarée. À Axoth, le capitaine Fahim avait pris deux nouveaux passagers. Les deux hommes, qui étaient du même groupe d'âge que Farouk, étaient des frères qui possédaient un élevage de moutons. Ils se rendaient à Ascalon pour y vendre leurs laines. N'ayant plus de place dans la cale, le capitaine avait fait mettre les gros ballots de laine sur le pont à l'avant du bateau et les passagers s'y étaient prélassés, tels de grands seigneurs sur de moelleux coussins.

À Ascalon, les choses avaient été d'une grande simplicité. Il n'avait pas eu à se trouver une caravane, afin de traverser l'Idumée, car Djamel, le cousin du capitaine Fahim, conduisait une petite caravane qui se rendait à Aila. Quand Fahim avait expliqué à son cousin que les voyageurs qu'il lui confiait étaient des gens importants et qu'il était même en dette envers eux, le caravanier avait fait une proposition à Farouk. Il n'y aurait aucuns frais pour les voyageurs, si Farouk acceptait de prendre en charge et de conduire l'un des chameaux lors du voyage. Ils avaient donc quitté Ascalon le matin suivant avec la caravane de Djamel, qui était composée d'une trentaine de gros chameaux à une seule bosse. Le peuple de Farouk appelait ces bêtes des dromadaires, alors que les gens de cette région les appelaient des vikars.

Il y avait déjà huit jours qu'ils avaient quitté Ascalon. La première journée, ils avaient voyagé sur une route large et bien entretenue qui se dirigeait vers le sud-est, tout en traversant la plaine côtière verdoyante. À la fin de la deuxième journée, ils avaient quitté la plaine et s'étaient engagés dans une région de basses montagnes. Cette zone montagneuse rappelait étrangement celle que Farouk avait traversée en quittant Rusicade, afin de se rendre à Tucca, de nombreuses années auparavant, lorsqu'il avait dû fuir de chez son grand-oncle Avaouz et se rendre chez le cousin de celui-ci. Dès la cinquième journée, la végétation était devenue de plus en plus clairsemée, ne laissant place qu'à un sol couvert d'arbustes rabougris et d'alfa, qui lui rappelait les hauts plateaux de Numidie. Par la suite, le sol était devenu dénudé et rocailleux. Tant et si bien, qu'à la fin de la septième journée, la caravane avançait péniblement dans une zone aride et sablonneuse. Février touchait à sa fin et plus ils avançaient vers le sud-est, moins les nuits étaient froides et plus les journées devenaient confortables. Depuis qu'ils avaient repris la route, au lever du soleil, Farouk avait ressenti un sentiment d'oppression. Il n'aimait pas cette région qui, bien que très différente, lui rappelait beaucoup trop le désert dans lequel il avait été capturé par les brigands.

Farouk marchait à la droite du grand chameau dont il avait la responsabilité et il guidait l'animal grâce à une longe de corde tressée. Falia, qui marchait à gauche de l'animal en compagnie de Joseph, lui jetait régulièrement des petits coups d'œil inquiets. Son époux lui avait expliqué la raison de son malaise, mais elle avait été incapable de trouver quelques belles paroles rassurantes. Ils avaient fait une pause, deux heures plus tôt, au zénith, et ils n'étaient pas censés s'arrêter avant le coucher du soleil, quand soudainement, Djamel avait levé le bras, ordonnant à la caravane de s'immobiliser. Farouk, qui cherchait à comprendre la raison de cette pause inopinée, se pencha devant le garrot de l'animal et il aperçut Falia dont le visage était livide. Il se déplaça lentement devant le chameau, jusqu'à son épouse, et lorsqu'il vit ce qui avait effrayé sa femme, son cœur se mit à palpiter. Sur une colline, légèrement à gauche devant eux, une quinzaine de cavaliers nomades les observaient. Dès qu'ils firent avancer leurs montures, Farouk retourna à la droite de son chameau. Il ferma les yeux et prit plusieurs longues respirations, tout en laissant son instinct de guerrier l'envahir, et son cœur reprit rapidement un rythme régulier. Il savait se battre maintenant et il ne se laisserait pas capturer comme la dernière fois. Son inquiétude était pour sa femme et pour Joseph dont il avait la responsabilité.

— Si je laisse tomber la longe du chameau, dit-il à son épouse, attrape celle-ci et demeure près de la bête, quoi qu'il advienne.

Falia opina d'un hochement de tête. Le regard interrogateur de Farouk croisa ensuite celui de Joseph, qui opina à son tour, comprenant que l'ordre donné était également valable pour lui. Il fit ensuite un petit pas de côté, afin de pouvoir observer Djamel à sa guise et, comme il l'avait supposé, le chef des nomades se dirigea tout droit vers le chef de la caravane. Sheran lui avait dit que ces hommes n'étaient pas des brigands, mais il ne voulait prendre aucun risque, car il préférait être prêt, plutôt que de se faire surprendre. Il avait la certitude qu'avec l'aide de son seul couteau, il pourrait désarçonner l'un de ces Nomades et s'emparer de ses armes, si cela s'avérait nécessaire. Les Nomades s'étaient placés en demi-cercle devant la caravane. Ce n'était pas une formation d'attaque, mais plutôt d'intimidation, faisant bien comprendre que nul ne passerait sans leur autorisation. Le chameau, dont Farouk avait la charge, était le sixième dans la file de la caravane. Il était donc suffisamment près pour entendre la conversation des deux hommes. Le chef nomade parlait dans un dialecte arménien guttural, mais Farouk arrivait à comprendre la majeure partie de la conversation. Le Nomade se renseignait sur le nombre de chameaux de la caravane, son point d'origine et sa destination. Puis il fut question de l'acquittement d'un droit de passage. Djamel, qui connaissait bien cette routine, semblait calme et confiant. Il prit dans son sac une bourse qu'il avait déjà préparée à cette fin et la remit au chef nomade. L'homme soupesa la bourse, puis il hocha la tête en une moue approbatrice. Il mentionna ensuite quelque chose à propos de voyageurs. Djamel leva la main droite et montra trois doigts. Le chef tendit la main, tout en lançant une petite phrase que Farouk ne comprit pas et Djamel déposa trois nouvelles pièces dans la main tendue. Le chef nomade fit ensuite avancer son chameau et il se mit à examiner les hommes qui conduisaient cette caravane. Lorsque son regard croisa celui de Farouk, il se figea, puis ses yeux se plissèrent et son visage se durcit. À ses yeux, l'homme n'avait pas les apparences d'un marchand ou d'un paysan, mais plutôt celles d'un guerrier. Il enfonça ses talons dans les flancs de son chameau, tout en replaçant le pommeau de son cimeterre, afin que celui-ci soit bien à sa portée. Il freina sa monture de façon à être parallèle à ce voyageur suspect.

— Je suis Kali, cousin d'Obodas III, roi des Nabatéens, cracha-t-il de façon très hautaine.

Il fit une petite pause avant de poursuivre avec dédain :

— Toi! qui es-tu et que viens-tu faire sur notre territoire?

Dès que le Nomade avait lancé son chameau dans sa direction, Farouk avait ouvert sa main gauche, laissant la longe du chameau glisser de celle-ci et Falia, qui avait passé un bras autour de l'épaule de Joseph de façon maternelle, s'en était emparée, tel que son époux le lui avait demandé. Farouk toisa le Nomade pendant plusieurs secondes avant de lui répondre. Cet homme lui rappelait Saoud, le jeune frère d'Aziz, le chef des nobles nomades avec qui il avait fait du commence autrefois. Il connaissait bien ce genre d'hommes, qui étaient mus par une fierté démesurée, imbue d'eux-mêmes et exigeaient un immense respect. Farouk le salua brièvement en s'inclinant, mais sans toutefois le quitter des yeux. Il aurait nettement préféré cacher sa véritable identité et ne laisser aucune trace de son passage, mais il savait que ce Nomade voyait en lui un ennemi potentiel et qu'il n'aurait de respect qu'envers une personne de son rang ou de son statut social.

— Je me nomme Farouk, dit-il d'un ton presque aussi hautain que son interlocuteur. Je suis Maître du Troc et demi-frère de Juba II, roi de l'Africa Nova, autrefois appelé Numidie. Je me rends à Djedda sur invitation personnelle de Cid, le Maître du Troc de la Grande Caravane du Nord.

Le chef nomade le scruta un long moment d'un regard perçant, cherchant à sonder la sincérité de cet étrange voyageur.

Puis, convaincu qu'il ne lui avait pas menti, il le salua d'un hochement sec de la tête, avant de faire pivoter son chameau et de s'éloigner. En passant près de Djamel, il lui rendit les trois pièces qu'il lui avait réclamées un peu plus tôt.

— Pas de frais pour ces voyageurs, dit-il simplement, avant de poursuivre sa route.

Djamel était bouche bée. Jamais il n'avait vu, de toute sa carrière de chamelier, une telle chose se produire. Il se dirigea d'un pas décidé jusqu'à Farouk.

— Fahim m'avait dit qu'il me confiait des voyageurs de marque, dit-il avec une lueur d'admiration au fond de ses prunelles, mais il a omis de me dire à quel point ceux-ci étaient importants et influents.

Farouk le remercia d'un petit hochement en grimaçant de déception. Il avait espéré ne laisser aucune trace de son passage dans cette région, mais Djamel avait été beaucoup trop impressionné et rien au monde ne saurait lui faire tenir sa langue, de cela, il en avait la certitude.

À la fin de la onzième journée, Farouk remarqua plusieurs changements dans leur environnement. Le sol s'était mis à descendre en pente douce et la végétation reprenait progressivement ses droits. Ils quittaient, à son grand soulagement, la région montagneuse, aride et désertique. La douzième journée, ils étaient déjà de retour dans une plaine verdoyante.

Ils atteignirent Aila le treizième jour en milieu de matinée. Sans même s'en rendre compte, Farouk avait ralenti le pas. Ils étaient au sommet d'une basse colline et le chemin principal, presque rectiligne, traversait la ville devant eux jusqu'au port. Les trois voyageurs étaient fascinés. Le soleil, qui dardait ses rayons ardents sur les maisons aux murs blanchis, donnait à la cité des allures de joyaux resplendissants d'un blanc immaculé. Le chameau, impatienté par cette attente, tira un bon coup sur sa longe, ramenant Farouk à la réalité. L'animal savait qu'ils avaient atteint leur destination et que la fin de ce voyage se trouvait juste au bout de ce chemin et il avait bien hâte qu'on lui retire cette lourde charge qu'il transportait sur son dos.

La cité portuaire d'Aila était une ville de taille moyenne, mais la densité de sa population était telle que l'on avait l'impression d'être dans une grande cité, tels Khirta ou Jérusalem. La caravane s'engagea sur le chemin achalandé en direction du port. Les trois voyageurs, qui découvraient cette cité pour la première fois, étaient très impressionnés par la beauté et la symétrie des maisons bien ordonnées. La ville avait été pratiquement reconstruite dans son entier, lors des cinquante dernières années. Il n'y avait plus aucune paillote, hutte ou cabane de bois. Toutes les maisons étaient désormais construites de la même façon : une solide structure de bois recouverte de blocs de calcaire blanc pour les plus dispendieuses, alors que les autres étaient faites de briques d'argile blanchies au lait de chaux.

Arrivée au port, la caravane bifurqua à sa gauche et se dirigea vers les entrepôts. Farouk était fasciné, car Sheran lui avait expliqué le travail extraordinaire et très particulier qu'ils avaient accompli avec les entrepôts portuaires, mais il avait eu de la difficulté à imaginer de tels édifices.

— C'est magnifique, n'est-ce pas? demanda Djamel qui venait d'arriver près de lui.

Farouk secoua positivement la tête, alors que ses yeux étonnés balayaient le gigantesque entrepôt. Le bâtiment était deux fois plus haut, plus large et plus long que tous les entrepôts qu'il avait vu en Galilée ou en Judée. À l'avant de l'édifice, deux portes gigantesques avaient été ouvertes à leur pleine grandeur et des hommes s'affairaient à ouvrir les deux autres situées à l'arrière de l'entrepôt. Les chameaux, qui connaissaient très bien la routine, s'engouffrèrent à l'intérieur sans que les chameliers aient vraiment à les guider. Sheran avait vainement tenté de lui expliquer le système de palans, de poulies et de leviers qui avait été installé à l'intérieur de l'entrepôt et qui facilitait grandement la manipulation des marchandises. Farouk était ébloui par le modernisme de ces installations, mais les voir en action était encore plus émerveillant.

— Merci! lui dit Djamel en lui prenant la longe des mains.

— C'est plutôt à moi de te remercier, répliqua Farouk en s'inclinant.

— Que comptes-tu faire maintenant? questionna le chamelier.

— Je dois trouver Chalik, le maître-charpentier, répondit-il en tournant la tête de tous les côtés.

Djamel leva le bras et pointa l'extrémité est du port.

— Il y a un édifice en construction derrière les bâtiments administratifs qui sont là-bas. Tu le trouveras probablement à cet endroit, sans quoi, les tailleurs de pierre qui y travaillent sauront t'indiquer où le trouver.

Farouk le remercia à nouveau pour le service rendu et les trois voyageurs se dirigèrent vers l'endroit indiqué par le chef des chameliers.

L'immeuble administratif, construit sur trois étages et qui renfermait la capitainerie du port, était absolument splendide. Les murs extérieurs, constitués de blocs de calcaire, scintillaient au soleil tel un joyau, alors que le porche avancé, dont la toiture était soutenue par six colonnes, proférait à l'édifice une allure grecque. Ils contournèrent le majestueux bâtiment et juste derrière, un peu à gauche, ils découvrirent la structure de l'immeuble en construction dont avait parlé Djamel. Elle était telle que Sheran leur avait décrit, car c'était la dernière sur laquelle il avait travaillé avant de quitter Aila pour entrer chez lui. La structure, sur deux étages, était constituée d'énormes poutres de chêne en forme de quadriller et chacune d'entre elles avait été profondément entaillée de façon à ce que les blocs de calcaire puissent y être enchâssés.

Une douzaine d'hommes travaillaient au chantier. Certains d'entre eux s'affairaient à installer des dalles de marbre sur le plancher à l'intérieur du bâtiment, alors que les autres taillaient et installaient des blocs de calcaire sur les murs extérieurs. Farouk attendit patiemment, tout en observant les travailleurs à l'œuvre.

— Je cherche Chalik, le maître-charpentier, dit-il au premier homme qui leva les yeux vers lui.

— Que me veux-tu! lança un homme derrière lui d'une voix puissante.

Farouk pivota lentement et il arqua les sourcils de surprise, car il y avait beaucoup de similitudes entre Jacob et cet homme, tant par la stature, que par l'âge et la posture autoritaire.

— J'ai besoin de trouver un transport, afin de me rendre à Djedda, et l'ami, qui m'a dit de m'adresser à toi, avait la conviction que tu saurais m'aider.

Bien qu'un peu surpris, Chalik arborait un sourire sarcastique.

— Ton ami semble avoir une certaine facilité à engager la parole d'autrui, répliqua-t-il avec ironie.

Farouk se mordit les lèvres en baissant les yeux, réalisant qu'il avait bien mérité ce sarcasme. Il n'avait pas réfléchi à la façon dont il se présenterait à Chalik et, tout compte fait, il s'y était pris de façon absolument lamentable.

— J'aurais peut-être dû commencer par te livrer le message que mon ami m'avait confié à ton égard, répondit-il en ricanant de la moquerie bien légitime de son interlocuteur.

L'expression moqueuse de Chalik se mua en curiosité :

— Doigts de fée t'envoies ses respectables salutations, poursuivit Farouk, et il espère que tu seras en mesure d'aider ses amis.

Sheran lui avait expliqué que son patron le surnommait toujours ainsi et que cela avait généré une foule de plaisanteries parmi ses compagnons de travail.

— Effectivement! déclara Chalik en ricanant à son tour. Tu aurais dû commencer par me dire que tu étais un ami de Sheran.

Farouk approuva d'un timide hochement de tête :

— Que devient mon sculpteur-charpentier favori? poursuivit le maître-charpentier en arborant un sourire amical cette fois.

— Il est retourné au service de Jacob et j'ai eu le plaisir de travailler à ses côtés, lors des six derniers mois.

— Quelle était la nature du chantier? questionna Chalik par curiosité professionnelle.

— La construction d'une villa pompéienne, répondit le jeune Joseph d'un ton neutre, comme si cette question ne pouvait s'adresser à nul autre qu'à lui.

Chalik siffla entre ses dents.

— Voilà un projet d'une très grande envergure, commenta-t-il en une mimique appréciatrice, mais tout en affichant un petit sourire sarcastique. Il était amusé du fait que c'était le jeune garçon qui avait répondu à sa question.

— Serais-tu apprenti charpentier? demanda-t-il d'un ton espiègle.

— Joseph est maître-charpentier, intervint Farouk avant même que le jeune garçon ait pu ouvrir la bouche. Il est le fils de Jacob, le maître-charpentier de Nazareth, et c'est lui qui a dirigé le chantier de la villa pompéienne pendant les sept premiers mois de sa construction.

Chalik avait ouvert de grands yeux étonnés :

— Son père lui a octroyé son titre de maître-charpentier juste avant que nous partions pour Djedda, ajouta-t-il.

— Je vais rencontrer mon petit-cousin Muhammad, déclara Joseph d'un ton enjoué. Il est le troisième fils de mon grand-oncle, le roi Sarathin Balthazar Abimélek.

— Quel âge as-tu? demanda Chalik avec une admiration non dissimulée.

Joseph releva fièrement les épaules.

— J'aurai treize ans le mois prochain, déclara-t-il avec la vanité d'un coq de basse-cour.

Chalik fit une moue appréciatrice.

— Ton père doit être très fier de toi, mon garçon!

— Je l'espère! répondit le jeune homme. Après tout le mal qu'il s'est donné pour pourvoir à mon éducation.

La réplique extirpa un sourire au maître-charpentier d'Aila.

— Sheran a bien fait de vous diriger vers moi et je me ferai un plaisir de vous aider à poursuivre votre route.

Farouk le remercia d'un sourire aimable. Il était très heureux que Chalik les aide à trouver un transport. Il aurait pu simplement se renseigner à la capitainerie du port, mais cela aurait laissé une trace indélébile de son passage, tout comme de sa destination.

— Le roi Abimélek possède quatre bateaux qui naviguent sur la mer Rouge, ajouta Chalik, et si je ne me trompe, l'un d'entre eux est arrivé hier matin ou le jour précédent.

Un sourire radieux éclaira le visage de Farouk :

— Généralement, poursuivit Chalik, ces navires demeurent à quai cinq ou six jours avant de reprendre la mer, mais cela ne pose aucun problème, car les amis de Sheran sont aussi les miens et j'ai toujours de la place pour héberger des amis.

Chalik n'avait pas fait erreur et un bateau de la petite flotte du roi Abimélek était bien à quai et il y était demeuré pendant encore trois autres jours. Le maître-charpentier possédait une demeure luxueuse, non loin des quais, et il leur avait donné le gîte jusqu'à leur départ. N'ayant besoin de se présenter au chantier que deux ou trois heures par jour, il leur avait fait faire une visite complète des bâtiments auxquels Sheran avait travaillé lors de son séjour à Aila. Farouk et Falia avaient trouvé ces visites très distrayantes, alors que le jeune Joseph les avait vécues comme des aventures passionnantes. À maintes reprises, il avait étonné Chalik en décrivant avec beaucoup de précision les difficultés qu'avait dû rencontrer le concepteur lors de la réalisation de ces projets.

Il y avait déjà cinq jours qu'ils avaient pris la mer. Chalik avait expliqué à Farouk que ce qu'il voyait depuis le port n'était pas vraiment la mer, puisque la mer Rouge était tout en longueur et se terminait dans sa partie nord par deux longs bras séparés par le mont Sinaï. Celui de gauche se nommait le golfe d'Égypte, alors que l'on appelait celui de droite, le golfe d'Aila. Ils avaient navigué pendant deux jours avant de quitter le golfe, en se faufilant précautionneusement entre les deux grosses îles à sa sortie, car il n'existait qu'un seul corridor navigable pour les bateaux de transport lourdement chargés. Ils étaient maintenant en pleine mer depuis trois jours et ils se dirigeaient toujours plein sud en gardant une distance d'environ une lieue avec la côte est.

Farouk, qui était appuyé à la rambarde arrière du navire, contemplait le sillage laissé dans l'eau par le passage du bateau. Plus il s'éloignait des Romains qui le cherchaient et plus il sentait la sérénité envahir son esprit. Falia, qui n'était pas suffisamment grande pour appuyer sa tête sur l'épaule de son mari, se louva contre son bras à la recherche de réconfort. Ses sentiments étaient ballottés comme des roseaux sous le vent. Être marié à Farouk la comblait de joie et de bonheur, mais, bien qu'elle fût consciente de la nécessité de quitter Nazareth à cause de la folie de son ex-mari, jamais elle n'avait imaginé qu'elle devrait s'exiler hors du royaume de Judée. Elle ignorait de quelle façon les habitants de Djedda l'accueilleraient, eux qui priaient des Dieux multiples alors qu'elle n'avait foi qu'au seul Dieu unique d'Abraham. Cette simple pensée faisait monter l'angoisse dans sa poitrine. De plus, elle s'éloignait tant de chez elle, qu'elle ignorait si un jour elle pourrait revoir sa famille.

Farouk baissa les yeux sur le visage crispé de son épouse. Elle était d'une grande beauté, mais il déplorait le fait qu'elle souriait rarement. Après une courte réflexion, il dut convenir que lui-même souriait peu souvent. Il en conclut que cela devait être dû aux multiples épreuves qu'ils avaient eu à traverser au cours de leur vie. Falia releva les yeux vers son époux et un timide sourire s'esquissa sur ses lèvres. Farouk posa sur elle un regard interrogateur qui la fit rougir légèrement. Elle déposa délicatement la main sur son ventre et son sourire devint radieux.

— Je suis en retard de plus de dix-huit jours dans ma période féminine, dit-elle timidement, et cela ne s'était jamais produit auparavant.

Telle une fleur s'épanouissant au soleil, l'expression de Farouk s'égaya de bonheur :

— C'est trop tôt pour que j'en sois certaine, ajouta Falia, mais je crois que je suis enceinte, car je sens déjà des changements s'opérer dans mon corps depuis quelques jours.

Farouk serra tendrement son épouse dans ses bras. Il avait l'impression que la vie lui rendait tout ce qu'elle lui avait pris : sa liberté, ses amis, sa femme et ses enfants. Joseph, qui venait de les rejoindre à l'arrière du bateau, s'appuya à la rambarde et contempla la mer, afin de ne pas déranger le couple enlacé.

— Falia croit qu'elle attend un enfant, dit Farouk, comme s'il sentait le besoin de justifier sa conduite légère dans un lieu public.

— Je suis très heureux pour vous, dit Joseph avec sincérité.

— Il est encore trop tôt. Je ne puis en avoir la certitude, mais dans quelques jours, j'aurai la confirmation de mes soupçons, précisa Falia.

Joseph gratifia le couple d'un petit sourire, puis il retourna à la contemplation de la mer. Son visage était grave, presque soucieux.

— Qu'est-ce qui ne va pas? demanda Farouk avec inquiétude.

Joseph esquissa un petit sourire, mais son regard était triste et désemparé.

— J'étais si excité et emballé par ce voyage, que je n'avais pas réalisé que je ne verrais pas Marie pendant deux années et elle me manque déjà énormément.

Farouk et Falia se regardèrent en se demandant s'il était vraiment possible qu'un jeune homme de treize ans et une jeune fille de neuf ans puissent éprouver l'un envers l'autre des sentiments aussi profonds.

— Le temps passe très vite, déclara Farouk. Tu auras à peine le temps de t'en rendre compte que ces deux années se seront écoulées et tu seras déjà sur le chemin du retour, afin d'aller retrouver l'élue de ton cœur.

Joseph le remercia de son encouragement par un petit sourire complaisant, alors que Farouk ajoutait :

— N'oublie surtout pas qu'une chose longuement attendue n'en a que plus de valeur lorsqu'elle arrive.

Cette fois, Farouk avait réussi à extirper un sourire sincère au jeune homme.

Évoquer ainsi la petite Marie, rappela à Farouk une question qui pour lui était toujours demeurée une énigme. Il tourna les yeux du côté de Joseph, puis il hésita un petit moment avant de se décider.

— Cela ne me concerne en aucune façon, dit-il avec embarras, mais je déteste les questions qui demeurent sans réponse.

Le regard interrogateur de Joseph l'encouragea à poursuivre :

— Il y a un peu plus de deux mois, Jacob a éclaté d'une effroyable colère à l'endroit de Joachim. Cela m'a grandement surpris, car je connais le lien étroit qui lie ton père et celui de la petite Marie. J'ignore la raison d'être de la colère de Jacob, mais cela semblait n'avoir aucun rapport avec la construction en cours.

Joseph pinça les lèvres en opinant.

— Mon père a toujours affirmé que Joachim était beaucoup trop généreux et tel était l'objet de sa colère.

Farouk grimaça d'incompréhension. S'emporter ainsi parce que l'un de vos amis était trop généreux n'avait pour lui aucun sens. Joseph ricana en secouant la tête.

— J'oublie constamment que tu n'es pas de notre peuple et que tu ne connais pas notre histoire.

Farouk se tourna vers son épouse et il fut très étonné de constater qu'elle semblait très bien comprendre l'explication du jeune homme, alors qu'il était totalement perplexe :

— C'est une question de responsabilité, poursuivit Joseph. Joachim est le descendant direct de l'une des douze grandes familles de Judée et, comme tous les princes, il a de lourdes responsabilités envers notre peuple.

— Oh! s'exclama Farouk. Je croyais que ton père était le seul prince déchu de Nazareth.

Le jeune Joseph pouffa de rire.

— Une grande partie des descendants des douze grandes familles habitent à Nazareth. Il y a dans cette ville tellement de princes déchus, qu'il est plus facile de traverser une synagogue un jour du Saba, sans rencontrer un rabbin, que de traverser Nazareth, sans tomber sur l'un de ces princes.

Farouk était quelque peu abasourdi.

— Qu'y a-t-il de si répréhensible à être généreux? questionna Farouk, qui ne comprenait toujours pas.

— Les descendants des douze grandes familles, expliqua Joseph, ont la responsabilité d'aider : les pauvres, les miséreux, les moins bien nantis et les nécessiteux de notre peuple. Pour être en mesure d'aider les autres, ils ont le devoir de préserver leur fortune, car s'ils perdaient tout, ils ne seraient plus en mesure de remplir leurs obligations.

Farouk avait mis son index sur sa bouche et il opinait d'un mouvement régulier. L'explication du jeune homme était très sensée :

— Joachim a failli tout perdre à trois reprises, poursuivit Joseph, et mon père s'est mis en colère lorsqu'il a appris qu'il venait de donner la moitié de ses troupeaux, afin que les gens affamés puissent se nourrir.

Farouk avait plissé le front, alors qu'il réfléchissait intensément.

— Si j'ai bien compris, dit-il, Joachim possède deux vastes troupeaux de moutons, n'est-ce pas?

— C'est exact, répondit Joseph en opinant. L'un au sud-est de Nazareth et l'autre au sud-ouest de Jérusalem.

— Mais alors! s'exclama Farouk. Même en donnant la moitié de ses troupeaux, il demeure un homme riche et il pourra reconstituer ceux-ci en trois ou quatre ans.

Joseph arborait un petit sourire en secouant négativement la tête.

— Tu viens de répéter, mot pour mot, la réponse que Joachim a faite à mon père.

Farouk fit la moue et haussa les sourcils en l'interrogeant du regard.

— L'explication de Joachim avait un certain sens, poursuivit Joseph, à la condition bien sûr que rien de grave ne survienne, telles une épidémie ou une sécheresse, car ses dettes sont toujours beaucoup trop élevées et il serait facilement ruiné.

Le jeune Joseph fut amusé par la mimique d'incompréhension de Farouk, qui devait se demander comment un homme aussi bien nanti pouvait être constamment couvert de dettes. Après un court silence, il répondit à la question non formulée.

— Joachim est incapable de refuser lorsqu'un nécessiteux vint lui demander l'aumône. Il se tourne alors vers les usuriers et il emprunte de fortes sommes, afin de venir en aide à tous ceux qui font appel à lui, car il n'a aucun autre revenu hors de la saison de la tonte des moutons.

Farouk commençait à comprendre ce qui d'abord lui avait paru insensé :

— Jacob essaie vainement, depuis de nombreuses années, de faire comprendre à Joachim les principes de base d'une saine gestion de sa fortune, poursuivit Joseph. Il y a trois ans, pour te donner un exemple, le notable d'une petite ville de Samarie a rendu visite à mon père. Leur petit village avait pris une certaine ampleur lors des douze dernières années, mais, dû à la situation géographique de celui-ci, l'expansion s'était faite toute en longueur. Leur unique puits étant à l'est du village, ceux qui habitaient à l'ouest devaient franchir près d'une demi-lieue afin de pouvoir puiser de l'eau. Il devenait donc urgent de faire creuser un nouveau puits, mais le village ne disposait pas des fonds nécessaires à un tel projet.

Joseph s'interrompit un court moment. Quelque chose avait capté son attention à la surface de la mer. Il examina l'étendue de l'eau quelques instants, mais ne voyant rien, il revint à son explication :

— Père reçoit des dizaines de requêtes de ce genre chaque année et il sait pertinemment qu'il ne peut pas toutes les combler. Il attribue donc un pourcentage de ses revenus annuels afin d'aider les gens qui sont dans le besoin. Deux années plus tard, il a engagé une équipe d'hommes spécialisés dans ce domaine et ils sont allés creuser un puits dans la partie ouest de ce village. Au départ, je ne comprenais pas pourquoi Jacob n'avait pas demandé à Joachim, qui faisait de l'excavation et du terrassement pour lui depuis de nombreuses années, mais lorsque j'ai vu ces hommes à l'œuvre, j'ai vite compris à quel point ce travail était spécialisé.

Farouk, qui n'avait jamais vu la construction d'un puits, était intrigué par le récit de Joseph :

— Ils ont creusé un trou bien circulaire sur près de trois toises de profondeur, poursuivit-il. Puis ils ont tapissé le fond et les parois d'une épaisse couche d'argile et ils ont terminé le travail en scellant le tout avec des pierres et du mortier. Lorsque la structure externe fut complétée, le notable du village a donné une grande fête, afin de remercier leur bienfaiteur.

Joseph ricana :

— Père déteste cela, ajouta-t-il, il prétend qu'il ne fait que son devoir et que les gens n'ont pas à le remercier.

— Je te suis reconnaissant d'avoir répondu à ma question, dit Farouk avec gratitude, car ce n'est qu'en obtenant des réponses comme celle-ci que je pourrai apprendre les coutumes et les mœurs des autres peuples.

— Regardez! s'exclama Falia en pointant la mer.

Deux ailerons noirs venaient d'apparaître dans le sillage du navire.

— Serait-ce des requins? questionna Joseph d'une voix craintive.

— Cela en a toutes les apparences, répondit Farouk avec incertitude.

Un marin, qui s'affairait à rouler un cordage non loin d'eux, étira le cou.

— Absolument! lança-t-il. Ce sont bien des requins.

— La mer est vaste. Comment ont-ils fait pour nous trouver? demanda Joseph d'une voix presque hystérique.

Le marin éclata de rire.

— Le territoire de chasse d'un requin n'est pas très vaste, dit-il, et chaque fois que nous quittons l'un de ces territoires pour nous engager sur le suivant, une nouvelle espèce de requin vient prendre le relais.

Le jeune Joseph ouvrit de grands yeux, comme une chouette un soir de pleine lune.

— Il y a plus qu'une sorte de requin! s'exclama-t-il avec stupéfaction.

Le marin se mit à rire de plus belle.

— À Aila, il y a un pêcheur qui a sillonné cette mer pendant plus de cinquante ans. Il a toujours été fasciné par les requins et comme il dessine très bien, il a gravé sur des plaquettes de chêne une image de chacune des espèces de requins qu'il a rencontrés lors de ses voyages.

— Il y a vraiment plusieurs espèces de requin, questionna Joseph d'un ton incrédule, tout en regardant l'immensité de l'eau qui les entourait avec appréhension.

L'homme fit tout son possible pour ne pas se moquer ouvertement du jeune homme, mais plus il se retenait et plus ses épaules tressaillaient. Farouk et Falia tendaient l'oreille. Ils n'étaient pas plus rassurés que Joseph, mais ils parvenaient, malgré tout, à mieux le dissimuler. Le marin prit une profonde respiration et se composa une attitude un peu plus sérieuse en s'appuyant à la rambarde près de Joseph.

— L'homme dont je te parle a accroché ses dessins un peu partout dans sa maison et il prétend qu'il y en a plus de deux cent cinquante.

— Plus de deux cent cinquante espèces de requin, qui nagent en ce moment sous nos pieds! s'exclama Joseph qui était complètement terrorisé.

Le marin le confirma en opinant lentement du menton :

— C'est une véritable jungle! ajouta le fils de Jacob.

— Tu as parfaitement raison, approuva le marin, et c'est pourquoi il est préférable de demeurer sur le bateau, plutôt que d'aller s'amuser avec eux.

Joseph grimaça d'horreur :

— Ils suivent les bateaux, ajouta le marin, et nous sommes grandement responsables de cette fâcheuse habitude qu'ont les requins.

Le commentaire étonna les trois voyageurs :

— Ils ne suivent pas les bateaux dans l'espoir qu'un homme tombe à la mer, expliqua le marin, car cela est très rare, mais lorsque cela se produit, ce n'est alors rien d'autre qu'un petit supplément pour eux.

Les trois auditeurs grimaçaient d'incompréhension, alors que le marin poursuivait son explication :

— Depuis toujours, les marins et les pêcheurs rejettent à la mer les déchets qu'ils génèrent. Les requins sont des charognards et tout ce qui tombe à la mer, ils le dévorent.

— Dans la mesure où c'est comestible, commenta Joseph.

Le marin pouffa de rire.

— Si ça tombe à la mer, ça lui appartient, que ce soit comestible ou non, réussit-il à dire entre deux ricanements.

Il approcha d'un gros ballot de laine qui était sur le pont et en arracha une grosse poignée. Il roula celle-ci entre ses deux mains, puis il étira le bras et lança la pelote de laine dans le sillage du navire. L'un des requins dévia instantanément sa course et lorsqu'il ne fut plus qu'à une demi-toise, il ouvrit sa gigantesque gueule et engloutit la boule de laine.

Joseph tourna son visage confondu de scepticisme vers le marin.

— Il va la recracher, n'est-ce pas?

Le marin fit la moue en secouant négativement la tête.

— Pour une raison que j'ignore, les requins sont incapables de recracher. Tout ce qui entre dans leur gueule, ils doivent l'avaler.

Le marin pouffa de rire à nouveau devant la mine déconfite du jeune homme.

Le bateau ne fit que trois escales de courtes durées et ils arrivèrent en vue de Djedda le douzième jour après leur départ d'Aila. Il n'y avait pas de baie ou d'anse portuaire à cet endroit. Un long quai, fait en majeur partie de pierre, avançait dans la mer. Il était relié à un autre quai qui longeait la côte vers le sud. De nombreuses années avaient dû être nécessaires à sa construction, transportant et déposant précautionneusement les pierres sur le lit de la mer.

Alors que le bateau s'apprêtait à accoster, Farouk examina la ville, un petit rictus aux lèvres. De toute évidence, aucune règle ne régissait les habitations dans cette cité portuaire. Les huttes, les cabanes de bois, les maisons faites de briques d'argile, de même que les tentes, parfois grandes comme des chapiteaux, s'entremêlaient de façon totalement désordonnée. Dès que le bateau fut suffisamment près du quai, les marins lancèrent des câbles à des employés portuaires qui amarrèrent le navire et la passerelle fut rapidement mise en place. Farouk remercia le capitaine, puis il étira le cou. Loin vers le sud, une caravane approchait et les bêtes semblaient être lourdement chargées.

— Nous arrivons à temps pour accueillir le retour de la Caravane du Sud, s'exclama joyeusement le capitaine.

Farouk reporta son attention sur cette caravane qui venait vers eux. Sheran lui en avait parlé. Selon son ami, cette caravane partait vers le Sud pendant de très nombreuses semaines, mais son itinéraire et sa véritable destination étaient un secret bien gardé. Par contre, lorsqu'elle revenait de son voyage, les chameaux étaient chargés d'immenses richesses : de fines étoffes, de l'encens et des parfums exotiques, des huiles aromatiques et des épices au goût délicat. Sheran affirmait que l'incroyable réputation de la Grande Caravane du Nord provenait justement de ces biens précieux, car ils étaient les seules à pouvoir se les procurer.

Les trois voyageurs descendirent la passerelle. Farouk se sentait soulagé, car cette partie du monde n'était pas sous la domination des Romains et Falia se sentait soulagée et en sécurité, loin de son ex-mari vengeur. L'accueil favorable qu'elle avait reçu à Aila avait grandement contribué à calmer ses appréhensions. Le jeune Joseph, quant à lui, descendait la passerelle le cœur euphorique, car il voyait enfin son rêve devenir une réalité. Dès qu'ils eurent dégagé la passerelle, des hommes montèrent à bord afin de décharger les marchandises que contenait la cale.

Farouk tourna la tête à gauche et à droite à plusieurs reprises en pinçant les lèvres en une grimace de contrariété. Il se sentait pris au dépourvu et cette sensation lui était fort désagréable. Il aurait dû normalement être en mesure de repérer facilement les édifices administratifs : telle la capitainerie du port, les archives du notable et du percepteur ou tout simplement le palais du roi Abimélek, mais cette ville ne respectait en aucune façon les normes des autres cités. Alors qu'il s'interrogeait sur la bonne direction à prendre, le capitaine, qui était descendu à terre, posa sur lui un regard interrogateur.

— C'est ma première visite à Djedda, lança Farouk d'une voix un peu désemparée, et j'ignore dans quelle direction me diriger afin de trouver Maître Cid ou le roi Abimélek.

Le capitaine ricana doucement, car ce n'était pas la première fois qu'il voyait la confusion se peindre sur la figure d'un voyageur qui venait ici pour la première fois. Il leva le bras et pointa vers le sud.

— Les entrepôts sont là-bas, dit-il. Cid et le roi ont dû être avisés de l'arrivée de la Caravane du Sud et ils doivent déjà être sur les lieux, afin de les accueillir.

Farouk le remercia d'un sourire complaisant. Falia toucha le bras de son époux, un voile d'appréhension glissant dans son regard. Elle pointa devant elle du menton, alors qu'un homme de forte taille avançait dans leur direction à grandes enjambées. Il fixait intensément Farouk, alors que son sourire s'élargissait à chacun de ses pas. Joseph dans son incertitude avait reculé d'un petit pas. L'homme s'arrêta à deux enjambées et son sourire s'était mué en un petit ricanement, alors qu'il secouait la tête d'incrédulité. Farouk fouillait sa mémoire à vive allure. Le visage de l'homme ne lui était pas inconnu, mais il n'arrivait pas à se rappeler où il l'avait vu.

— Nous avions tous l'espoir que tu viennes nous visiter un jour, dit l'individu, mais je n'aurais jamais pensé que ce jour viendrait aussi vite.

L'homme fit les deux enjambées qui les séparaient et il attrapa Farouk par les épaules en lui donnant un baiser sonore sur chaque joue. Il recula ensuite d'un petit pas, puis il s'inclina en un profond respect.

— Soit le bienvenu à Djedda, Maître du Troc, déclara-t-il très solennellement. Les chameliers n'ont pas tari d'éloges à ton égard, depuis que nous sommes de retour de notre dernier voyage, et tu es devenu presque une légende dans cette ville.

— Je te remercie de ton accueil, Malik, répondit timidement Farouk, qui avait finalement reconnu l'homme au son de sa voix. Il était le gardien du pré où la Grande Caravane s'était arrêtée près de Césarée.

Falia et Joseph regardaient les deux hommes alternativement en se demandant comment Farouk pouvait être aussi connu dans cette ville où il mettait les pieds pour la première fois de sa vie.

— Venez! dit Malik. Ceux que vous cherchez sont probablement déjà aux entrepôts.

Farouk emboîta le pas au chamelier qui marchait fièrement la tête haute. L'homme n'avait rien demandé à propos de la femme et du jeune garçon qui l'accompagnait, puisque dans leur culture, l'homme était toujours responsable des femmes et des enfants qui l'accompagnaient.

— Ne sois pas surpris, si certaines personnes te regardent étrangement, déclara Malik en se grattant l'oreille. Tu connais, j'en suis sûr, la façon dont les rumeurs se répandent. Les chameliers ont quelque peu enjolivé ton aventure avec ce marchand de coton au fur et à mesure qu'ils répétaient l'histoire. Tant et si bien que pour beaucoup de gens, tu es aussi intelligent et habile que Cid, tout en étant plus rusé, puisque tu as réussi là où il avait échoué.

Farouk avait arqué les sourcils d'étonnement :

— Il en est de même pour ta taille, ajouta le chamelier. Certaines personnes croient que tu es un titan et que tu mesures plus de deux toises de hauteur. Que tes épaules sont aussi larges qu'une maison et que tu pourrais facilement transporter un chameau à bout de bras.

Farouk était abasourdi, alors que Falia, très embarrassée, cherchait à éviter le regard de son époux. Joseph, quant à lui, riait à gorge déployée en se moquant ouvertement de Farouk, comme l'aurait fait un fils du même âge dans une telle situation.

Dès qu'ils arrivèrent au bout du quai, ils tournèrent à gauche et le grand pré dont parlait Malik se déploya sous leurs yeux. La caravane, qui semblait être composée de quelques chevaux et d'une cinquantaine de chameaux, n'était plus très loin et elle entrerait dans le pré dans quelques minutes. Une vingtaine de personnes attendaient au centre de la place, tel un comité d'accueil. Farouk reconnut immédiatement Cid, le Maître du Troc, de même que les deux chameliers qui avaient fait le service lors des deux repas qu'ils avaient pris ensemble. L'homme à la droite de Cid était à peu de chose près de la même taille que le Maître du Troc, mais il était cependant un peu plus grassouillet. Ses vêtements, bien que sobres, étaient de très bonnes qualités et sa tête était coiffée d'un turban de lin orné d'une broche de pierreries. Sa tunique de laine finement tissée le couvrait jusqu'aux chevilles, alors que les amples manches s'arrêtaient au milieu des avant-bras. Un long manteau sans manches, similaire à celui que Farouk portait, complétait la tenue. À l'exception de la complexe broderie noire qui ornait le bas du manteau, le tout était d'un blanc immaculé. Les gens dans le pré étaient si absorbés par l'arrivée de la caravane, que personne n'avait remarqué leur approche.

Cid sursauta lorsqu'ils arrivèrent près de lui.

— Farouk! s'exclama-t-il. Quelle étonnante surprise!

Il attrapa son visiteur par les épaules et l'embrassa sur chaque joue. Farouk, qui se sentait légèrement embarrassé, se demandait si un jour il allait s'habituer à cette pratique très particulière. Le regard de Cid se posa ensuite sur Falia, qu'il ne connaissait pas, puis il eut presque le souffle coupé lorsque ses yeux se posèrent sur le jeune Joseph. Le Maître du Troc ouvrit simplement les bras et Joseph alla s'y blottir. Cid était, aux yeux du jeune garçon, comme un parent éloigné qui lui rendait visite toutes les deux années et demie, et ce depuis sa naissance. Il savait également qu'il en serait ainsi tant et aussi longtemps que Cid aurait la santé et la force de guider la grande Caravane du Nord.

Les premiers chameaux entraient dans le pré, mais le roi s'en détourna malgré tout.

— Ha! s'exclama-t-il. Voici donc le titan dont tout le monde parle depuis quelques mois.

Farouk se sentit rougir. Le roi approcha et il l'embrassa sur chaque joue, comme s'il eût été un parent ou un ami de longue date. Ce qui contribua à accentuer le malaise de Farouk.

— Soit le bienvenu à Djedda, lança cordialement le roi.

— Je te remercie, Majesté, répondit humblement Farouk en s'inclinant respectueusement.

— Je t'en prie! répliqua le roi. Appelle-moi simplement Balthazar, comme le fait tout le monde.

Farouk répondit par une petite courbette d'assentiment :

— Tu es venu avec une seule de tes femmes, constata le roi sur une note de surprise.

Farouk se sentit rougir de plus belle.

— La bigamie n'est pas dans les mœurs de mon peuple, expliqua-t-il timidement, son regard croisant celui de Falia.

Le roi pinça les lèvres en un rictus amusé. Sa barbe courte, mais très touffue, et ses yeux noirs pétillants d'intelligence lui conféraient un petit air espiègle. Cid et Balthazar étaient cousins et les deux hommes se ressemblaient par leurs traits génétiques.

— Heureusement pour toi, lança Cid, tu n'as pas prononcé le mot bigamie avec cette petite moue de dédain dont use la majorité des gens, car pour ceux qui sont trop condescendants, le roi a une réplique imparable.

Farouk étira le coin de sa bouche en un demi-rictus, tout en arquant un sourcil interrogateur :

— Il leur répond simplement qu'il préfère la bigamie à la monotonie, répondit Cid, afin de satisfaire la curiosité de son interlocuteur.

Farouk leva son index et il ouvrit la bouche, s'apprêtant à corriger Cid en lui disant que le bon terme était monogamie et non monotonie, mais réalisant que ce n'était qu'une plaisanterie, il pouffa de rire.

— Voilà une bonne façon de remettre ces gens à leur place, sans toutefois les insulter, lança-t-il à l'endroit du roi.

Un sourire appréciateur se dessina doucement sur les lèvres de Balthazar. Cid lui avait dit que l'homme était vif d'esprit et qu'il était très intelligent. Il partageait maintenant cet avis.

— Cid m'a raconté dans les moindres détails ton aventure avec Bénammi, le marchand de coton de Césarée, lança le roi en ricanant.

— À ce propos, je suis censé te parler de lui et tenter de restaurer son image et sa réputation à tes yeux.

Balthazar éclata de rire en se tenant le ventre.

— Tu peux considérer la chose comme un fait accompli, lança-t-il en se tournant vers le jeune homme qui accompagnait Farouk.

— Comment se nomme ton fils? demanda-t-il joyeusement.

Cid se pressa de corriger rapidement ce quiproquo.

— Balthazar! Je te présente Joseph, fils de Jacob, le Nazaréen.

— Ho! Quelle méprise! s'exclama le roi en ricanant jovialement de son erreur.

— C'est un immense plaisir pour moi de te rencontrer, Grand-oncle, déclara Joseph en s'inclinant.

— Pas de cérémonie entre nous, répliqua Balthazar en ouvrant tout grand les bras, afin que le jeune garçon puisse venir s'y blottir. Tu tenais dans le creux du bras de ta mère la dernière fois que je t'ai vu, ajouta-t-il, et voilà que très bientôt tu seras un homme.

Le roi aurait bien aimé obtenir la réponse à plusieurs de ses questions, mais la Caravane du Sud était pratiquement toute entrée dans le pré et deux cavaliers se dirigeaient vers eux.

— Nous mangeons dans une heure et je vous invite à partager mon repas, lança-t-il avant de se tourner vers les hommes qui venaient vers eux.

Les deux cavaliers, un vieil homme et un jeune garçon, mirent pied à terre.

— Wassim! lança joyeusement le roi en ouvrant les bras. Tu as fait bon voyage?

— La température a été très clémente, je te remercie, Sarathin, répondit le Maître du Troc de la Caravane du Sud.

Le jeune cavalier, qui était à peu de chose près du même âge que Joseph, avança vers Balthazar.

— Heureux d'être de retour, Père, dit-il avec beaucoup de sérieux, alors qu'il était très évident qu'il faisait tout son possible afin d'imiter l'attitude noble de Wassim.

Le roi attrapa son fils par les deux épaules et il l'embrassa sur chaque joue.

— Tu as un visiteur, mon fils. Joseph, ton petit-cousin, a fait un très long voyage, afin de faire ta connaissance.

Le visage du jeune Muhammad s'épanouit de joie.

— Je suis si heureux que ton père ait accepté de te laisser partir avant la fin de ta formation. Tu ne peux imaginer ma déception, lorsque j'ai vu Cid revenir de son dernier voyage, sans que tu sois à ses côtés, comme il l'avait promis.

— Père m'a laissé partir parce que ma formation était terminée et que je mourrais d'envie de te connaître, répondit Joseph.

— Tu es déjà Maître-charpentier! s'exclama Muhammad en tournant son regard vers son père.

— La profession de maître-charpentier requière une foule de connaissances et une assiduité dans l'étude de celles-ci, expliqua le roi, et il est tout à l'honneur de Joseph d'avoir acquis une telle somme de connaissance à son âge. Par contre, l'apprentissage d'un Maître du Troc exige de longues années d'expérience qu'aucune étude ne peut remplacer.

Muhammad fit la moue. Son père venait de lui servir la même leçon que Wassim lui avait servie une semaine plus tôt.

— Viens! lança-t-il, en tirant sur la manche de son petit-cousin, il y a une foule de choses que je veux te montrer.

Joseph tourna un regard interrogateur du côté de Farouk, à qui il avait promis d'obéir, comme s'il était son fils. Farouk trouvait cette situation très amusante, car les six mois où il avait travaillé au chantier de Jacob, c'était le jeune Joseph qui lui avait donné ses ordres d'une voix ferme et autoritaire.

— Tu peux accompagner ton petit-cousin, répondit-il, dans la mesure où tu demeures à ses côtés et que tu te souviennes que nous sommes invités à partager le repas du roi dans moins d'une heure.

— Je n'oublierai pas! C'est promis! lança Joseph en s'élançant derrière son petit-cousin.

Le roi s'était mis à parcourir le pré, alors que les chameliers déchargeaient les lourds ballots que les chameaux avaient transportés. Dès qu'une bête était libérée de son chargement, les ballots de marchandises étaient transportés vers un long entrepôt à l'est du pré. Les murs du bâtiment étaient constitués de briques d'argile, alors que la toiture était faite de branches de palmier entrecroisées sur une solide structure de bois.

— As-tu un endroit où loger? demanda Cid.

Farouk fit la moue en secouant lentement la tête. Il avait l'habitude de dormir à la belle étoile et il ne s'était pas arrêté à réfléchir à la chose. Falia, par contre, s'était beaucoup inquiétée depuis leur départ, mais elle n'avait pas osé soulever la question de leur logement de peur d'offusquer son époux, car dans la culture juive, cette responsabilité appartenait au mari, tout comme celle de fournir la nourriture.

— Il n'y a aucun problème, lança jovialement Cid. Le père de Bachir, l'un de mes chameliers, est décédé, il y a un peu plus de deux mois, et sa petite maison est toujours vacante. Cet homme d'ailleurs est l'un de tes plus fervents admirateurs et il sera très fier de pouvoir se vanter d'être celui qui t'a donné le gîte. De plus, si la maison t'intéresse, tu n'auras qu'à lui faire une offre d'achat.

Farouk opina. L'idée lui semblait bonne. Falia se permis même un petit sourire, le premier d'ailleurs depuis qu'ils étaient arrivés à Djedda. Il adorait voir ce sourire qui conférait à son épouse un charme irrésistible. Falia était très séduisante. Ses cils courts donnaient l'impression que ses beaux grands yeux noirs étaient encore plus grands qu'ils ne l'étaient en réalité. Son visage était allongé, ses pommettes saillantes et son nez bien dessiné. Mais c'était sa bouche, étroite comme celle d'une enfant, mais qui révélait des dents d'adulte lorsqu'elle souriait, qui rendait son sourire si intrigant. Farouk avait souvent vu des hommes se figer en voyant ce sourire, comme s'ils étaient ensorcelés.

— Si tu le veux, nous pourrons visiter cette petite maison après le repas, car ce n'est pas très loin d'ici.

Farouk approuva d'un hochement de la tête, alors que son regard se posait sur le roi qui revenait vers eux.

— Alors, Farouk! lança Cid d'un ton faussement détaché. Que s'est-il donc passé pour que tu aies dû quitter la Galilée de façon aussi précipitée?

Falia était bouche bée, alors que Farouk ricanait doucement.

— Comment a-t-il su que nous avons dû partir de façon précipitée, alors que nous ne l'avons dit à personne? demanda Falia d'une petite voix déconcertée, qui provoqua l'hilarité de son époux.

— Cid est un Grand-maître du Troc, ma chérie, et rien ne lui échappe. Quoique cette fois, il lui fût plutôt facile de tirer ses conclusions.

Balthazar arqua les sourcils et tendit l'oreille, alors que Farouk poursuivait son explication :

— C'est la présence de Joseph qui lui a permis de tout deviner. Il savait qu'il y a sept mois, je n'avais pas encore rencontré Jacob et il sait pertinemment qu'il n'est pas homme à confier son fils aîné à un étranger. La seule façon pour qu'une telle confiance se fût établie entre nous, c'est que j'ai été à son service pendant plusieurs mois.

Cid fit une petite moue appréciatrice :

— Il sait également, poursuivit Farouk, que Jacob fait toujours signer des contrats d'engagement à ses employés et il a suffisamment de connaissance en ce domaine pour savoir qu'une villa pompéienne ne se construit pas en six mois.

Le roi, qui était revenu près d'eux, ricanait devant la mine déconfite de Falia, tout en appréciant à sa juste valeur l'exactitude de l'esprit de déduction de cet homme.

— Donc! conclu Farouk, sachant que je suis un homme d'honneur, Cid en a facilement déduit que seule une raison majeure avait pu me forcer à mettre un terme à cet engagement et il a eu la délicatesse de qualifier ma fuite, de départ précipité.

Falia était quelque peu abasourdie, car, expliquée de cette façon, la chose semblait simple et très évidente. Le regard du roi croisa celui de Maître Cid, qui affichait un air de triomphe, l'air de dire « je te l'avais bien dit qu'il était très fort ». Balthazar se mit à sourire en opinant lentement, approuvant le commentaire non verbalisé de son cousin.

Une heure plus tard, ils étaient tous assis sur de confortables coussins autour d'une longue table basse dans la résidence du roi Sarathin Balthazar Abimélek. Ils étaient une vingtaine de convives autour de cette table qui ployait sous l'abondance de la nourriture. La famine qui sévissait dans les royaumes du Nord ne les affectait en aucune façon. Il avait rencontré Bachir, le chamelier qui était le propriétaire de la petite maison dont Cid lui avait parlé, et celui-ci lui avait offert de lui vendre la propriété à un prix plus que modeste. Farouk avait immédiatement accepté, sans même avoir vu la maison, ni même tenter d'en négocier le prix.

Farouk avait donné une explication sommaire sur les raisons de sa fuite et, tout autour de la table, les gens extrapolaient sur les raisons possibles qui avaient pu pousser les Romains à poursuivre Farouk jusqu'en Galilée et chacun exposait sa petite théorie, qui devenait un peu plus loufoque d'une personne à l'autre.
— C'est en effet très étrange, déclara le roi, qu'ils t'aient poursuivi aussi loin de ton royaume, puisque tu n'as pas la moindre idée de la nature du délit qu'ils pourraient avoir à te reprocher. Je crois malgré tout que tu as eu raison de prendre la fuite, car dans certaines circonstances, mieux vaut demeurer dans l'ignorance.
Tous les convives secouaient lentement la tête, approuvant la sagesse du roi.

Farouk avait été très étonné par la résidence de Balthazar, qui était un énorme chapiteau. Celui-ci était appuyé, à l'arrière, à un long bâtiment d'un seul étage fait de briques d'argile. Deux autres petits édifices avaient été construits de chaque côté, encadrant le tout de façon homogène. Il avait remarqué l'étrange habitation depuis le pont du navire, lorsqu'il était arrivé, mais jamais il n'aurait pu deviner que celle-ci pouvait être la maison du roi. L'intérieur du chapiteau était subdivisé en plusieurs pièces grâce à des toiles opaques ou des voiles transparents. Le sol, quant à lui, était entièrement recouvert de moquettes épaisses aux motifs chatoyants.

L'un des convives se leva et salua le roi.

— Je te remercie pour ton hospitalité, Sarathin, et je te verrai demain, afin de discuter les détails de cette cérémonie.

Le roi le gratifia d'un aimable sourire.

— De quelle façon dois-je m'adresser au roi? chuchota timidement Farouk.

Un sourire amusé se glissa sur les lèvres de Cid.

— Tout dépend! répondit-t-il. Si tu parles du roi, de façon générale, utilise le nom Abimélek et si tu t'adresses à lui dans une conversation anodine, tu peux utiliser l'un de ses deux prénoms, sans distinction. Par contre, si tu désires l'entretenir d'un sujet très précis, il te faudra être plus sélectif. Si celui-ci est d'ordre spirituel, tu devras l'appeler Sarathin, alors que s'il est d'ordre temporel, tu devras utiliser Balthazar, tout en insistant sur le prénom, comme l'a fait l'homme qui s'est adressé à lui il y a quelques instants. Il saura ainsi si tu désires t'adresser au mage pour un problème relié au culte ou si tu veux discuter avec le roi parce que ton problème est d'ordre personnel ou commercial.

Farouk grimaça d'incompréhension :

— C'est fort simple en réalité, poursuivit Cid. Chez les peuples vivants au Nord, le chef spirituel se nomme « Grand-prêtre », alors qu'ici, dans les royaumes du Sud, nous l'appelons un Mage. Contrairement aux royaumes du Nord, dans les nôtres ces deux fonctions sont occupées par le même homme et nous les appelons des Rois Mages, puisqu'ils sont à la fois le chef spirituel et le chef temporel de leur peuple.

— Un Roi Mage, répéta pensivement Farouk. Certain jour, Balthazar ne doit plus savoir où donner de la tête. ajouta-t-il, car ces deux fonctions sont très exigeantes.

— C'est pourquoi les jours de la semaine sont partagés de façon équitable, expliqua Cid en ricanant. Un jour sur deux il est Mage et l'autre, il est Roi. À la septième journée, il occupe les deux fonctions.

— Où trouves-tu le temps pour t'occuper de toi et de tes nombreuses femmes, Balthazar? demanda Farouk avec une curiosité bien sincère.

— Point de repos pour les rois, déclara celui-ci avec une touche d'humour philosophique.

Tous les convives éclatèrent de rire, car ils connaissaient suffisamment leur roi et ils savaient que celui-ci savait très bien s'y prendre lorsqu'il désirait un peu d'intimité.

— Muhammad m'a fait voir la tombe d'Ève, lança Joseph avec enthousiasme.

— Ho! s'exclama Falia. Il faudra que tu me la montres, car j'ai toujours rêvé de voir la tombe de la Grand-mère de l'humanité.

Tous les peuples connaissaient cette légende du premier homme et de la première femme ayant vécu sur la terre et chaque peuple attribuait à l'un de ses dieux la paternité de ces premiers êtres vivants.

— Comment pouvez-vous avoir la certitude que cette tombe est bien celle de la Grand-mère du genre humain? demanda Farouk avec une pointe de réserve.

— Simplement parce qu'elle doit se trouver quelque part, répondit le roi, et que les gens viennent prier sur cette tombe depuis de nombreux millénaires.

Farouk remercia Balthazar d'un sourire. Après tout, le roi avait bien raison. Peu importait l'endroit où la Grand-mère de l'humanité avait été enterrée, puis que son corps devait être retourné en poussière depuis de très nombreux siècles. Ce qui importait, était cette certitude que les gens ressentaient dans le fait que cette tombe était la sépulture d'Ève, car cela leur procurait un endroit tangible où porter leurs sollicitations à la Grand-mère de l'humanité.

— Nous irons la voir tous ensemble, déclara-t-il, en entourant affectueusement l'épaule de sa femme de son bras vigoureux.

Cid se tourna vers son roi et il déclara sentencieusement.

— Lorsque j'ai rencontré Farouk à Césarée, il y a plusieurs mois, je lui ai dit qu'il y aurait toujours une place de disponible pour un marchand comme lui dans ma caravane et j'entends bien ne pas manquer à ma parole.

Balthazar fit une moue boudeuse en avançant sa lèvre inférieure et en fronçant les sourcils. Puis il se mit à secouer lentement la tête de gauche à droite.

— Je ne crois pas que ce soit une bonne idée, Cid.

Le maître du troc ouvrit de grands yeux surpris en reculant la tête d'étonnement.

— Pour une raison inconnue, les Romains le recherchent, ajouta Balthazar.

Cid n'avait pas réfléchi un seul instant à la chose, mais son esprit calculateur se mit en marche à une vitesse vertigineuse. Il ne lui fallut que deux ou trois secondes pour se faire une image claire de la situation, puis il grimaça, en pinçant les lèvres de déception.

— Tu as parfaitement raison, Balthazar, avoua-t-il à contrecœur. Bénammi, le marchand de coton, avait la certitude que Farouk était venu avec la Caravane du Nord et c'est encore lui, qui lui a trouvé un transport, afin qu'il puisse quitter Césarée au moment du retour. Connaissant l'homme, tout Césarée doit être déjà au courant que Farouk était en route pour Djedda. Il en est de même du capitaine Fahim, de ses matelots et des caravaniers qui lui ont fait traverser l'Idumée. Même les Nomades nabatéens sont au courant du passage de Farouk sur ce territoire. Tôt ou tard, l'information parviendra aux oreilles des Romains qui le cherchent et ils n'auront plus qu'à intercepter la Caravane du Nord, lors de son prochain voyage, afin de le capturer.

Cid grimaça de plus belle en secouant la tête de désappointement.

— Ne te fait pas de soucis, dit Balthazar en posant une main apaisante sur l'avant-bras de son cousin. Il n'y a pas que dans ta caravane qu'un bon marchand puisse faire sa marque.

Il étira le cou et montra son oncle du menton, avant de poursuivre :

— Wassim compte presque autant de printemps que toi et moi mis ensemble et il y a déjà deux années qu'il m'a demandé de chercher un nouveau Maître du Troc pour la Caravane du Sud. J'ai examiné toutes les possibilités, mais je n'ai trouvé personne qui soit à la hauteur de la tâche.

Il tourna la tête du côté de Farouk et ajouta :

— Si le défi t'intéresse, tu pourras partir dans quatre mois avec la Caravane du Sud et si Wassim me confirme à son retour que tu as été à la hauteur de mes attentes, tu pourrais devenir le nouveau Maître du Troc de cette caravane.

Le jeune Muhammad, qui était abasourdi, regardait son père de ses grands yeux déconcertés.

— Quant à toi, mon fils, tu continueras d'accompagner cette caravane, car il faudra compter encore huit à dix années, avant que ta formation soit complétée. Lorsqu'elle le sera, ce sera peut-être au tour de Cid de me demander de lui trouver un remplaçant.

Le visage de Muhammad s'illumina de bonheur.

— Je ne te fais pas de promesses, ajouta le roi en levant l'index, car il faudra préalablement que tu t'en montres digne.

— Je ferai ce qui doit être fait, afin que tu sois fier de moi, Père, lança Muhammad avec détermination.

Une heure plus tard, le repas terminé, Farouk et Falia approchaient de leur nouvelle demeure. Joseph était parti de son côté avec son petit-cousin qui avait encore une foule de choses à lui montrer et autant d'amis à lui présenter. Bachir, le chamelier qui lui avait vendu sa maison, l'attendait sur le pas de sa porte avec sa femme et ses trois enfants. Il habitait la maison juste à la droite de celle qu'il avait vendue à Farouk.

— Puisque nous allons être voisins, dit-il, autant apprendre à se connaître rapidement.

L'homme lui promit ensuite de lui faire visiter la cité et de lui présenter plusieurs marchands sur la place du marché. Son épouse était une femme charmante qui devait approcher la trentaine. Elle était vêtue d'une longue tunique noire chatoyante, brodée de fils d'argent au bas, aux manches et à l'encolure. Bien qu'entièrement différente, elle rappelait à Farouk la belle tunique qu'il avait possédée de nombreuses années auparavant. Sa palla de couleur assortie pendait mollement sur son épaule, alors que ses deux filles de cinq et sept ans étaient accrochées à ses cuisses et regardaient timidement les visiteurs. Elle tenait dans ses bras un jeune enfant d'environ six mois. Bachir tendit les bras et son épouse remit le petit chérubin à son père, qui lui fit un charmant sourire avant de le tourner vers son visiteur.

— Je te présente mon fils, déclara-t-il fièrement, et je l'ai nommé Petit Farouk, en ton honneur, car c'est grâce à toi si j'ai pu voir son arrivée en ce monde.

Farouk était très honoré, mais son front plissé exprimait très bien sa totale incompréhension. Ce qui extirpa un petit sourire à Bachir, qui s'empressa de fournir quelques éclaircissements.

— La Grande Caravane suit un horaire relativement précis, expliqua-t-il. La date de son départ est annoncée plus d'un mois à l'avance par nos astrologues et la nouvelle se répand rapidement d'un royaume à l'autre. Tant et si bien, que tous nos clients connaissent déjà le moment de notre arrivée, à un jour près. Tout comme nous connaissons de façon assez précise la date de notre retour à Djedda.

Farouk arqua les sourcils de surprise, car il avait cru qu'un voyage aussi long ne pouvait pas être planifié avec autant d'exactitude :

— Cependant, poursuivit Bachir, ton intervention auprès du marchand de coton de Césarée a complètement chamboulé notre horaire. Il y avait quatre journées prévues au programme pour notre passage à Césarée. Bénammi s'amusait toujours à nous retarder le plus longtemps qu'il le pouvait, car il avait l'impression que cela lui procurait un certain prestige aux yeux des autres marchands. Grâce à ton intervention, nous n'y avons passé qu'une seule journée et cela a eu une répercussion sur tout le reste de notre voyage. Nous sommes donc arrivés avec plusieurs jours d'avance à toutes nos autres destinations, suscitant ainsi un grand nombre de questions. Ton aventure avec le marchand de coton a donc dû être répétée un nombre considérable de fois et plus une histoire est répétée, plus elle a tendance à s'amplifier. Voilà donc pourquoi, tu es devenu presque une légende et ce en très peu de temps.

Farouk baissa les yeux en rougissant, car il détestait être le centre de l'attention, mais d'un autre côté, il était très amusé de cette situation.

— À chacune de nos escales, poursuivit le chamelier, les marchands réagissaient comme si Bénammi leur avait lancé le défi d'être plus efficace que lui. Ce qui nous a fait économiser une demi-journée par ici et une journée par là. Tant et si bien, qu'à la grande surprise de tout le monde, nous sommes revenus à Djedda avec six journées d'avance sur l'horaire prévu.

Farouk ricanait timidement en secouant la tête. Jamais il n'aurait imaginé que son intervention aurait eu un tel impact. Bachir ricana un moment avec lui, avant de poursuivre sur une note un peu plus sérieuse :

— Le premier accouchement de ma femme s'est déroulé de façon normale, mais le deuxième fut tout à fait l'opposé et à un certain moment la sage femme a même craint pour la vie de la mère et de l'enfant.

Le visage de Farouk se crispa de compassion, alors que le souvenir du récit qu'on lui avait fait de l'accouchement de Feroudja, sa première épouse, revenait à son esprit :

— Lors du dernier départ de la Caravane, j'ai longuement hésité avant de me décider à l'accompagner, car je savais qu'il n'y avait que très peu de chance que je sois de retour avant l'accouchement de ma femme, qui attendait son troisième enfant et qui en éprouvait une grande appréhension.

Bachir fit une petite pause, tout en inspirant profondément, avant de poursuivre :

— Elle s'est mise à pleurer à chaude larme en voyant la Caravane arriver avec six jours d'avance sur son programme et elle a accouché seulement douze heures après notre arrivée. J'ai pu prendre mon fils dans mes bras, alors qu'il venait tout juste de quitter le sein de sa mère et pour cela, je te serais éternellement reconnaissant.

Farouk comprenait maintenant beaucoup mieux les motifs de l'estime que lui portait cet homme.

Bachir les invita à contourner la maison, afin de se rendre à la cour arrière. La construction des maisons de Djedda était un parfait mélange entre les techniques utilisées à Nazareth et celles de Khirta, sa cité natale. La partie inférieure des murs était constituée d'une fondation de pierre, jointée par de l'argile, jusqu'à la hauteur des genoux. Alors que la partie supérieure était faite de briques d'argile. Le mur extérieur dans son ensemble était recouvert de plusieurs couches d'argile, puis il était blanchi avec de la chaux de lait. La toiture, quant à elle, était faite de rondins et elle était légèrement inclinée vers l'arrière, comme celle de son royaume.

Farouk fit le tour de la cour d'un regard rêveur. Bien que tout y fût à l'inverse, elle lui rappelait celle de son enfance : un petit jardin où y cultiver ses légumes, un poulailler et une petite étable pouvant accueillir quelques chèvres. Sa cour et celle de Bachir étaient séparées par un long atelier, qui n'était, somme toute, qu'un simple toit monté sur des pilotis. Farouk inspira profondément. Il se sentait déjà chez lui.

— La maison que j'occupe, expliqua Bachir, est la résidence familiale des miens depuis cinq générations. C'est mon grand-père qui a fait construire la maison que je t'ai vendue, lorsque mon père s'est marié. À la mort de ma grand-mère, mon père et le sien ont échangé leur maison et il s'est produit la même chose à la mort de ma mère, il y a quelques années. Mon père trouvait que la résidence familiale était trop grande pour une personne seule, alors que mon épouse attendait son deuxième enfant. Nous avons donc échangé nos maisons, comme mon père l'avait fait lui-même avec le sien quelques années auparavant.

Farouk étira le coin de la bouche en une mimique interrogatrice.

— Pourquoi m'as-tu vendu cette maison, puisqu'elle fait partie de ton patrimoine? demanda-t-il avec curiosité. Tu n'as pas de frères ou de sœurs?

Bachir baissa les yeux un petit moment avant de répondre.

— Ma sœur aînée s'est mariée, il y a environ sept ans, et elle est partie vivre au loin avec son époux. Mon jeune frère, quant à lui, préférait la mer et il s'est fait marin. Il y a trois ans, son bateau a été pris dans une tempête et trois marins sont passés par-dessus bord. Mon frère faisait partie de ces hommes, qui n'ont jamais été retrouvés. Alors maintenant, je n'ai plus de parents et mes enfants sont trop jeunes, aucun d'eux ne pourra occuper cette maison avant une quinzaine d'années. Si elle demeurait vacante toutes ces années, elle tomberait en ruine. Alors voilà pourquoi je te l'ai vendue.

Farouk était très flatté, car en lui vendant cette maison, Bachir le traitait comme s'il était un membre de sa famille. Il le remercia en s'inclinant respectueusement.

— Nous partagerons l'atelier, poursuivit Bachir en tendant la main à sa gauche, car, comme tu le vois, il y a beaucoup d'espace inoccupé.

Il n'y avait en fait dans l'atelier : qu'une longue table, un métier à tisser et trois tonneaux, qui devaient servir à colorer les fibres textiles. L'endroit lui rappelait étrangement la tannerie où il avait grandi. Farouk était corroyeur de sa véritable profession et exprimer sa créativité en travaillant le cuir lui manquait beaucoup.

— Une fois bien installé dans ma nouvelle routine, se dit-il, j'aurai sûrement assez de temps libre pour m'adonner à nouveau au corroyage.

Son regard se posa sur Falia, qui revenait vers lui. L'épouse de Bachir avait insisté pour lui montrer le four à pain qu'ils utiliseraient en commun. Il ressentit soudainement une agréable sensation de légèreté, comme si un lourd fardeau lui avait été retiré de ses épaules. Il se sentait heureux et en paix avec lui-même. Il avait l'impression que sa vie reprenait enfin un cours normal. Falia le regardait de façon étrange, tout en affichant cet adorable sourire qu'il aimait tant et qui conférait à son épouse ce charme si irrésistible.

— Cette fois, j'en suis certaine, lui dit-elle, en posant la main sur son ventre. Une vie est en train de croître en moi.

Il serra délicatement son épouse dans ses bras, puis il déposa un tendre baiser sur son front, sous les regards à la fois gênés et amusés de l'autre couple. Falia souriait de joie et de bonheur. Son mariage avec Yonam, l'aubergiste, n'avait été qu'une épreuve très désagréable, sans parler de son enlèvement aux mains des brigands, qui avait failli lui coûter la vie. Toutes ses craintes l'avaient abandonnée. Ces gens ne semblaient faire aucune différence due au fait qu'elle était juive et que leur foi était différente. Elle serra son époux avec tendresse. L'avenir lui semblait très prometteur.

Le jour suivant, Farouk fit une très longue promenade en compagnie du Grand-Maître du Troc de la Caravane du Nord. Tout en traversant la cité au pas lent du promeneur que rien ne presse, Cid lui expliqua les différences qui existaient entre la Caravane du Nord et celle du Sud. Sa caravane prenait son départ tous les vingt-neuf à trente mois, alors que celle du Sud faisait un nouveau voyage tous les huit ou neuf mois, donc trois fois plus souvent. Par contre, celle-ci n'était absente que huit à neuf semaines à chacun de ses périples. Contrairement à la caravane du Nord qui se rendait auprès de chacun de ses clients, les caravaniers du Sud se rendaient plutôt à trois lieux de rencontre, qui variaient selon la saison, afin de rencontrer d'autres caravanes venues des très lointains territoires de l'Asie et d'y faire du commerce.

— Ils nous apportent des marchandises qui semblent très abondantes dans leurs régions, mais qui sont rares ou inexistantes sur les territoires du Nord : de la soie, du taffetas, du satin et du damas. Ces gens sont passés maîtres dans l'art de la teinture et de la broderie. Ils confectionnent également des parfums délicats à partir de fleurs exotiques qui ne poussent que dans leurs régions. Ils ont de plus développé un grand talent dans l'art de façonner les métaux précieux et ils fabriquent : des colliers, des bracelets et des bagues, qu'ils sertissent de pierres précieuses et qui provoque la fascination et l'admiration de nos clients.

Farouk était très impressionné du fait que Cid lui fasse cette révélation, car la provenance de toutes ces richesses était un secret bien gardé que beaucoup de gens cherchaient à connaître :

— En retour, poursuivit le maître du troc, nous faisons de même de notre côté en leur apportant des marchandises qui sont aussi rares ou inexistantes dans leurs royaumes.

Cid posa la main sur l'avant-bras de Farouk en ricanant :

— Je te raconte tout cela, parce que le roi Abimélek a jugé que tu étais digne de confiance et qu'il a la conviction que tu as tout ce qu'il faut pour devenir le prochain Grand-Maître du Troc de la Caravane du Sud.

Farouk baissa les yeux en rougissant légèrement, flatté du compliment, mais également intimidé de l'éloge.

— N'y a-t-il personne parmi les caravaniers de Djedda qui puisse prendre la place de Wassim? demanda-t-il avec perplexité.

Cid ricana de plus belle en secouant la tête.

— Il y a presque deux années que Balthazar cherche un remplaçant qui soit digne de ce poste très important, mais il n'a trouvé personne qui fut à la hauteur de ses espérances.

Les deux hommes sortirent de la ville d'un pas traînant et ils s'engagèrent dans le pré où la Caravane du Sud était arrivée le jour précédant.

— Il y a dans ces entrepôts d'énormes richesses, dit Cid en les pointant du doigt, et la moitié de ces marchandises seront livrées à notre plus important client, Obodas III, le roi des Nabatéens. Il détient, d'une certaine façon, un monopole de ces produits, qu'il revend aux royaumes qui sont à l'est du sien, de même qu'à plusieurs autres. Il compte parmi ses clients : la Perce, la Mésopotamie, la Trace, la Macédoine, la Grèce et même Rome, qui raffole de ces trésors, puis que les Romains ne peuvent les trouver nulle part ailleurs. Beaucoup de gens cherchent à découvrir où Obodas se procure ces marchandises, mais cela est un secret bien gardé, que je viens tout juste de partager avec toi.

Farouk secoua la tête en une moue affirmative.

— Je sais, dit-il, et j'ai même entendu des gens en parler, alors que j'étais en Galilée.

Cid tourna la tête à droite et à gauche.

— Maintenant que nous sommes loin des oreilles indiscrètes, déclara-t-il sur un ton de confidence, raconte-moi tout ce qui s'est produit dans ta vie trépidante depuis que nous nous sommes quittés à Césarée, il y a quelques mois.

Farouk leva les yeux sur son interlocuteur, un petit sourire glissant sur ses lèvres. Il avait été conscient du fait que Cid avait compris qu'il lui cachait encore certaines choses, et ce depuis les premières minutes de leurs retrouvailles. Il lui raconta donc brièvement l'achat de son abri de voyageur et sa traversée du royaume de Samarie en compagnie de Sheran.

— Ces gens sont vraiment très particuliers, dit-il. Ils ne sont pas très enclins à la générosité, ni même à la gentillesse, et le simple fait d'être un étranger suffit à éveiller en eux une grande méfiance.

Cid secoua la tête en souriant.

— Mieux vaut te faire à l'idée, dit-il, car les gens de l'Orient leur sont très semblables. Ils ignorent la délicatesse, l'amabilité ou la compassion, et ils n'ont de respect que pour les gens courageux, qui ont un haut sens de l'honneur.

Farouk était quelque peu dépité et Cid éclata de rire en lui tapant sur l'épaule.

— Ne te fait pas de soucis, réussit-il à dire entre deux rires, tu vas grandement leur plaire, j'en ai la certitude.

Farouk poursuivit en racontant leur arrivée en Galilée, puis leur capture par le groupe de brigands. Cid l'écouta avec une fascination et une consternation non dissimulées.

— Tu as mis en déroute toute cette bande de brigands à toi tout seul, s'exclama-t-il avec étonnement et incrédulité.

— Pas vraiment, répondit Farouk, puisque Sheran s'est battu contre l'un des brigands pendant un long moment et même les Romains, malgré leurs mains liées, ont su distraire deux autres brigands, me laissant ainsi beaucoup de temps, afin que je puisse me charger des autres de façon systématique.

Cid n'en était pas moins impressionné, alors que Farouk poursuivait son récit comme s'il n'avait pas remarqué la réaction du maître du troc. Il parla de leur arrivée à Nazareth et du comportement violent de Yonam, l'aubergiste et ex-époux de Falia. Cid l'arrêta d'un geste de la main au moment où Farouk en vint à l'exécution de Falia.

— Serais-tu descendu dans cette fausse, malgré tout, si tu avais su que cet endroit était un lieu d'exécution et non de jugement?

Farouk leva les yeux au ciel et mit plusieurs secondes avant de répondre.

— Oui! déclara-t-il en secouant lentement la tête. Je crois qu'au fil des années, j'ai développé une aversion et une intolérance totale envers l'injustice et l'abus. J'estime que les plus forts devraient toujours défendre et protéger les plus faibles, plutôt que d'utiliser leur force, afin de les soumettre à leur volonté.

Cid affichait un petit sourire de satisfaction. La réponse que venait de lui faire Farouk ne faisait que confirmer l'opinion qu'il s'était déjà faite de cet homme :

— J'ai aussi découvert le secret de Sheran, ajouta Farouk en jetant un coup d'œil discret en direction de Cid, qui demeura stoïque et imperturbable, comme s'il n'avait aucune idée de ce à quoi Farouk faisait allusion.

Farouk se reteint, afin de ne pas pouffer de rire. Le Maître du Troc était toujours sur la défensive, craignant de dévoiler son secret par une réaction révélatrice :

— Mon manque de connaissance des mœurs et des légendes juives m'avait empêché de découvrir la véritable nature de ce secret, poursuivit-il, mais c'est toi qui m'as mis sur la bonne voie, lors de notre deuxième repas sous ta tente à Césarée.

Cid jeta un regard de scepticisme à son interlocuteur :

— Lorsque tu m'as invité à venir à Djedda, afin de me joindre à ta caravane, je t'ai répondu de façon très anodine; que personne ne pouvait savoir de quoi l'avenir pouvait être fait! Tu as immédiatement interrogé Sheran du regard et celui-ci t'a répondu, de façon à peine perceptible, par la négative. C'est alors que j'ai compris que tu partageais son secret et que celui-ci devait concerner le fait de connaître son avenir.

Cid pinça les lèvres de dépit, sans rien dire, car cela ne prouvait en aucune façon que Farouk avait vraiment découvert ce secret. Les deux hommes firent plusieurs pas en silence, avant que Farouk se décide à poursuivre son récit. Il raconta ensuite leur visite à Jacob et la violente réaction de celui-ci à l'arrivée des soldats de la garde prétoriale d'Hérode et des mercenaires qui les accompagnaient.

— Ils avaient reçu l'ordre d'interroger tous les gens importants de toutes les villes et tous les villages du royaume, afin de découvrir le temple secret qui renfermait les anciennes prophéties ancestrales.

Le visage de Cid était devenu livide :

— Sheran a tout fait afin de ne pas laisser paraître son état de panique, mais sa réaction ne m'a pas échappé. C'est alors que j'ai compris, que là résidait son grand secret.

Farouk relata ensuite leur départ précipité, de même que leur course folle, afin de parvenir à Magdala avant les soldats et les mercenaires. Puis il expliqua à Cid l'idée saugrenue qu'il avait eue afin de sauver le temple et qui avait fonctionné mieux qu'il ne l'avait espéré. Il raconta ensuite le déménagement du temple vers Bethsaïda sur la rive Est du Jourdain et donc hors du royaume contrôlé par Hérode.

— Tu as un véritable don pour te faire des amis, Farouk, et ils t'en seront redevables toute leur vie.

Cid avait lancé sa phrase en un petit rictus, mi-amusé, mi-impressionné, alors que Farouk cessait de marcher en tournant un visage soucieux vers son ami.

— Toute ma vie, déclara-t-il, j'ai repoussé l'idée que nous puissions avoir une destinée, bien que mon vieil ami Bélaïd se soit efforcé pendant de nombreuses années à me convaincre du contraire.

Farouk soupira avant de poursuivre :

— Toutes mes certitudes se sont effondrées, lorsque j'ai découvert l'existence de ce temple et de ces prophéties, et depuis ce jour, je ne cesse de tout remettre en question dans mon esprit.

Cid éclata d'un petit rire contenu

— J'étais très jeune lorsque j'ai fait la découverte de ce temple et j'avoue avoir perdu une grande partie de mes illusions ce jour-là. Depuis, je n'ai jamais cessé de m'interroger.

Ce fut au tour de Cid à faire une petite pause de réflexion avant de poursuivre :

— J'en ai longuement discuté à cette époque avec Balak, le grand-prêtre et père de Sheran, et, suite à cette conversation et à mes propres méditations tout au long de ma vie, j'en suis venu à cette conclusion : « Nous sommes les enfants des Dieux et ils ne nous ont pas créé et mis sur cette terre afin que nous y errions sans but. Ils attendent de nous que nous accomplissions certaines actions ou que nous prenions certaines décisions à un moment précis de notre vie. Ils nous imposent des épreuves afin que nous leur prouvions que nous méritons d'être appelés Enfants des Dieux. »

Farouk secouait lentement la tête. La conclusion de Maître Cid ressemblait beaucoup à ses propres déductions :

— Par contre, poursuivit le Maître du Troc, tout le reste de notre vie nous appartient. Nous pouvons en faire quelque chose de très beau ou de très hideux, selon les décisions que nous prenons, et là se situe notre véritable libre arbitre.

Farouk gardait le silence, la mine songeuse. Il voyait l'analogie entre la conclusion de Cid et les convictions de son vieil ami Bélaïd, tout en se demandant, si tout compte fait, ce n'était pas lui qui aurait eu raison toutes ces années. Il leva la tête et il inspira profondément.

— Je crois que tu as parfaitement raison, lança-t-il avec conviction. Ma vie m'appartient et elle sera comme j'en déciderai et quand viendront les épreuves envoyées par les Dieux, je ferai ce qui doit être fait, afin d'être digne de leur confiance.

X
Retour en Galilée

— Regarde! Père.

Farouk tourna la tête à sa gauche où un bateau était visible, loin sur la mer.

— Crois-tu que ce soit eux?

Farouk se haussa sur sa selle et il envoya la main d'un large geste en direction du bateau, qui semblait minuscule à cette distance. Son jeune fils imita son geste aussitôt, ce qui provoqua l'hilarité de Muhammad, qui chevauchait près d'eux.

— Ils sont trop loin, affirma-t-il. Il est impossible qu'ils puissent apercevoir votre geste à cette distance.

Farouk le gratifia d'un petit sourire amusé.

— Je sais pertinemment qu'ils ne peuvent pas nous voir, mais ma femme et ma fille sont sur ce navire et j'ai la certitude qu'elles nous envoient elles aussi la main en ce moment même.

Muhammad pinça les lèvres de scepticisme :

— Je peux le ressentir au plus profond de moi, renchérit Farouk avec conviction.

Le jeune prince Muhammad arqua les sourcils, se demandant si Farouk était sérieux ou s'il se moquait de lui. Il avait toujours trouvé que Farouk avait un petit côté étrange et insolite et il n'avait jamais vraiment compris pour quelles raisons son père, Sarathin Balthazar Abimélek, le roi de Djedda, avait accordé à cet étranger, qui n'était pas de leur famille, une fonction aussi importante que celle de Maître du Troc de la Caravane du Sud.

Vingt-neuf jours plus tôt, à la fin des festivités honorant la grand-mère de l'humanité, la grande Caravane du Nord s'était mise en route. Ce long voyage de la Caravane était le quatrième depuis que Farouk était à Djedda, mais cette fois, contrairement aux précédentes, il en faisait partie. Un peu plus de dix années s'étaient écoulées depuis qu'il vivait au royaume du roi Abimélek. Il n'y était que depuis quatre mois, lorsque la Caravane du Sud avait repris la route et Farouk avait grandement hésité avant de se résigner à l'accompagner, car la grossesse de Falia était avancée de près de sept mois. En fait, la sage-femme estimait qu'elle devrait normalement accoucher dans huit ou neuf semaines, tout au plus.

La Caravane du Sud se rendait, de façon rotative, vers trois différents lieux de rencontre et celui-ci se trouvait être le plus éloigné d'entre eux. Wassim, le grand Maître du Troc, estimait qu'il leur faudrait cinquante-deux jours pour faire ce voyage et en revenir, donc un peu plus de sept semaines. Falia, qui était petite et toute menue, attendait des jumeaux et son ventre paraissait encore plus énorme que celui de Feroudja, sa première épouse. Farouk avait été assailli par les mêmes angoisses que la première fois, mais il n'en avait pas soufflé un seul mot à sa femme. Elle était d'un tempérament complètement à l'opposé de celui de Feroudja, qui avait été tourmenté par de mauvais présages, frôlant presque la paranoïa, alors que Falia avait été d'un calme et d'une sérénité qui avait suscité l'admiration de son époux. Elle avait la profonde conviction d'avoir déjà vécu les pires moments de sa vie et que toutes les autres épreuves qui pourraient subvenir ne seraient rien en comparaison. Lorsque Farouk lui avait mentionné son inquiétude de ne pas être de retour à temps de son premier voyage avec la Caravane du Sud, Falia lui avait simplement répliqué; qu'accoucher était une chose naturelle pour une femme et que le Dieu d'Abraham veillerait à ce que tout se passe sans problème. Farouk était donc parti avec la Caravane, l'esprit en paix, laissant derrière lui une épouse heureuse et souriante.

Falia avait donné naissance à ses jumeaux huit jours après le retour de son mari. Quant à Wassim, il n'avait pas tari d'éloges à l'égard de Farouk. Les marchands venus des territoires du Sud et de l'Asie avaient vu en Farouk un grand guerrier d'une incomparable sagesse et d'une grande habilité dans l'art du commerce.

Farouk avait été très étonné, car les jumeaux étaient un garçon et une fille, comme ceux qu'avait eus Feroudja bien des années auparavant. Le jour suivant l'accouchement, lors d'une promenade, Maître Cid lui avait dit qu'être père de jumeaux devait très certainement faire partie de sa destinée et Farouk avait répliqué que c'était peut-être simplement la volonté des dieux. Cid l'avait regardé en affichant un petit sourire narquois, avant d'ajouter d'un ton étonné que c'était du pareil au même.

Six mois plus tard, au retour de son deuxième voyage avec la Caravane du Sud, Wassim avait eu un long entretien avec son roi. Lors de ce dernier voyage, il avait laissé à Farouk l'entière responsabilité du négoce, ne faisant qu'approuver les transactions d'un simple hochement de tête. Farouk avait encore fait une très grande impression sur tous les participants de cette rencontre, se rappelant le prénom de tous ceux qui lui avaient été présentés lors du voyage précédent et en se renseignant sur leur état de santé de même que celle de leur famille. Trois jours après cet entretien, Balthazar avait ordonné la tenue de grandes festivités où tout Djedda y avait été convié, afin de souligner la retraite de Wassim, de même que la nomination de Farouk comme nouveau Maître du Troc de la Caravane du Sud.

— Ils vont accoster à Aila demain en fin de journée, lança Cid, qui avait ralenti sa monture afin de se porter à leur hauteur, mais nous n'y serons que dans trois jours en fin de matinée.

Farouk était fasciné par la précision de l'horaire et de l'itinéraire suivi par la grande Caravane. Tous les clients avec qui Maître Cid traitait des affaires connaissaient précisément le moment de l'arrivée, tout comme celui du départ de la Caravane du Nord.

— Je n'ai aucune inquiétude, répondit Farouk, car Shalik, le Maître-charpentier d'Aila, a promis d'accueillir et d'héberger ma femme et ma fille jusqu'à l'arrivée de notre caravane.

Farouk avait voulu éviter à Falia l'épuisant voyage tout au long de la mer Rouge jusqu'à Aila. Elle s'était donc embarquée sur un bateau, en compagnie de sa fille, vingt et un jours après le départ de la Caravane du Nord, comme l'avait fait le jeune Joseph, lors de son voyage de retour dix années plus tôt.

Il avait raconté à son épouse la vieille légende zénète d'Ariée et Fitna, qu'Akli leur avait contée un soir de Nouvel An, il y avait de très nombreuses années. Bien que cette histoire ait une triste fin, Falia avait tellement aimé ce conte, qu'elle avait souhaité nommer ainsi leurs enfants. Farouk avait hésité, car ces deux prénoms étaient très particuliers, mais il avait fini par consentir, car, après tout, ils étaient eux-mêmes un couple très singulier, lui étant de la Numidie et elle de la Galilée.

— Est-il vrai que ce voyage est ton dernier? lança Ariée de sa petite voix candide, et qu'à ton retour à Djedda, tu te retireras des affaires, afin de céder ta place à Muhammad?

Cid ricana, tout en jetant un coup d'œil du côté du jeune prince, qui pinça les lèvres de mécontentement et de déception. Muhammad avait raconté ces choses au jeune fils de Farouk, mais il avait cru le faire en toute confidentialité.

— Il est vrai que je pense à me retirer, répondit Cid, mais rien n'est encore décidé. Muhammad doit avant tout prouver qu'il est en mesure d'occuper cette fonction, car il y a d'autres personnes qui ont le talent et l'expérience nécessaire à une telle charge.

Cid avait tourné son regard du côté de Farouk en terminant sa phrase, ce qui avait courroucé le jeune prince.

— Tu peux m'interroger sur n'importe quel sujet, Cid, lança Muhammad d'un ton hautain, je suis sûr de déjà connaître la réponse.

Un sourire amusé glissa sur les lèvres du Maître du Troc.

— J'ai connu, au cours de ma longue existence, un grand nombre d'imbéciles, qui avaient une excellente mémoire, mais cela ne faisait pas d'eux des gens plus intelligents pour autant.

Le jeune Muhammad se renfrogna en une moue boudeuse. Cid était le cousin de son père et il avait l'impression que celui-ci en abusait à outrance en le rabaissant constamment par des moqueries.

— Ah! fit-il, je croyais que l'imbécile était celui qui demeurait bouche bée devant une question.

Cid ricana de plus belle.

— Apprendre par cœur des réponses que d'autres ont trouvées à ta place est une très bonne chose, mais tôt ou tard, tu feras face à une question dont tu ignores la réponse et la façon dont tu t'en sortiras prouvera ton imbécillité ou ton intelligence.

Muhammad soupira en se disant que celui qui avait réponse à tout était simplement un homme qui avait vécu trop longtemps. Il tira sur la bride de son cheval, afin de ralentir sa monture. Il avait besoin d'un peu de solitude, afin de calmer la frustration qui montait en lui.

— Pourquoi le nargues-tu ainsi à la moindre occasion? questionna Farouk, alors qu'hier encore, tu me vantais ses mérites.

Cid esquissa un sourire amusé, avant de répondre.

— Il a effectivement d'innombrables qualités et il est fort intelligent, mais il est également trop arrogant.

Farouk pinça les lèvres en secouant lentement la tête, car il avait lui-même noté la chose :

— L'arrogance est une chose qui sied très bien à un prince, poursuivit le Maître du Troc, mais elle est très néfaste pour les affaires. Je lui céderai ma place le jour où j'aurai la conviction qu'il est en mesure de contrôler celle-ci et de faire preuve d'humilité.

Farouk le remercia d'un hochement de tête.

Ils atteignirent Aila trois jours plus tard, tel que Cid l'avait prédit. Lorsque la grande Caravane du Nord avait quitté Djedda trente-deux jours auparavant, elle était composée d'une quarantaine de chevaux et de plus de cinq cents chameaux. Elle avait longé la côte Est de la mer Rouge, tout en se départissant régulièrement d'un certain nombre d'entre eux, puisque chaque fois qu'ils avaient croisé une route, qui se dirigeait vers l'Est, de petites caravanes s'en étaient détachées. Certaines n'étaient composées que de visiteurs rentrant chez eux après les festivités, alors que certaines autres étaient des caravanes commerciales retournant à leurs affaires. Tant et si bien, qu'à leur arrivée à Aila, la Caravane du Nord n'était plus composée que d'une vingtaine de chevaux et environ deux cent cinquante chameaux.

La majestueuse Caravane s'engouffra dans un long pré au nord-est de la cité portuaire. Le dernier chameau n'était pas encore entré dans la prairie, que déjà des hommes s'affairaient à mettre en place la tente de Maître Cid. Une heure plus tard, ils étaient tous confortablement installés devant un repas plantureux sous la tente du Maître du Troc. Shalik, le maître-charpentier d'Aila, connaissait suffisamment la routine de la grande Caravane. Il avait patiemment attendu que le campement soit complètement installé avant de se présenter à l'entrée du pré, en compagnie de l'épouse et de la fille de Farouk.

Balthazar, le roi de Djedda, n'avait hésité qu'un court moment, lorsque Farouk lui avait présenté sa requête. Falia n'avait pas vu son père depuis plus de dix ans et ses enfants n'avaient jamais rencontré leur grand-père. Cid avait fait trois autres voyages depuis que Farouk avait fui la Galilée et, contrairement à ses attentes, aucun Romain n'avait intercepté sa caravane afin de l'interroger. Le roi avait même proposé des chevaux à Farouk, afin que sa famille et lui puissent quitter la Caravane à Aila et se rendre directement à Nazareth, mais il avait décliné l'offre charitable de Balthazar, car il voulait voir les endroits merveilleux que Cid lui décrivait depuis de nombreuses années : la cité de Pétra dans le Moab, dont la façade du palais, de même que plusieurs temples, était sculptée à même le roc dans du grès aux teintes chatoyantes de jaune, de violet et de rose. Il y avait ensuite la forteresse imprenable de Massada, construite au sommet d'un pic rocheux inaccessible. La Caravane longeait ensuite la mer Morte et Cid disait qu'un homme pouvait y flotter comme un morceau de bois, mais ce qui avait vraiment motivé Farouk était la grande cité de Jérusalem. Depuis bientôt dix ans, Hérode avait lancé de nombreux chantiers : la construction d'un théâtre, d'un amphithéâtre et d'une bibliothèque, mais le plus prestigieux de tous ces chantiers était la reconstruction complète du temple de Jérusalem. Plus de dix mille hommes avaient travaillé à ce grand projet.

Lorsque la villa pompéienne fut terminée, Jacob avait dû licencier plusieurs de ses employés et Sheran s'était joint au chantier de Jérusalem. Cid l'avait rencontré lors de son voyage suivant et il lui avait rendu visite par la suite à chacun de ses passages à Jérusalem. Farouk savait donc que Sheran avait trouvé une épouse, qu'il avait maintenant deux fils, l'un de six ans et l'autre de quatre, et il lui tardait de retrouver son vieil ami d'autrefois.

* * *

Tous les matins, depuis quelques jours, Rome baignait dans un brouillard épais, humide et inconfortable. Ventillius, le plus âgé et le plus respecté des sénateurs romains, déambulait paisiblement sur la place du marché en compagnie de son vieux serviteur. Un marchand quitta son kiosque et vint à sa rencontre. L'homme expliqua, à voix basse, mais à grand renfort de gestes explicites, un problème qui l'accablait. Lorsqu'il eut terminé ses doléances, le sénateur lui toucha le bras de façon apaisante.

— Ne te fait plus de soucis avec cela! Je vais régler rapidement ce petit litige.

L'homme s'inclina respectueusement.

— Je te remercie, Sénateur. Je savais que je pouvais compter sur toi.

Ventillius était aimé du peuple, car chacun savait qu'il était honnête, serviable et digne de confiance.

Le sénateur poursuivit sa visite du marché. Il examina plusieurs tissus, puis il se dirigea vers un kiosque de fruits. À quelques pas à sa gauche, un homme encapuchonné l'interpella d'un simple geste de la main. Il ordonna à son serviteur de choisir des fruits frais pour son repas, puis il se tourna vers son interlocuteur qui l'invita à le suivre, sans toutefois prononcer une seule parole. Le sénateur se disait que le problème devait être d'une certaine gravité, puisque l'homme avait préféré voiler les traits de son visage. L'homme se dirigea tout droit entre deux bâtiments, juste derrière les kiosques des marchands, et Ventillius le suivit docilement. L'homme encapuchonné fit quelques pas entre les bâtisses, puis il se retourna très lentement. Le sénateur, qui n'était pas très grand, releva la tête, prêt à entendre la requête de ce citoyen mystérieux. D'un geste vif, l'homme lui trancha la gorge, d'une oreille à l'autre, à l'aide d'un couteau à lame recourbée. Ventillius saisit sa gorge à deux mains, tentant de crier, mais sans toutefois pouvoir émettre le moindre son. L'assassin s'empara de la bourse du sénateur et il coupa le cordon qui la retenait à sa victime au moment où celle-ci tombait à genou. Les yeux de Ventillius se révulsèrent et il tomba à la renverse au moment où son agresseur tournait le coin arrière de la bâtisse.

Trois jours plus tard, Herennius, le mari de Claudia, faillit percuter Cilnius Mécène en sortant du cabinet de travail de Caius Octave d'un pas rageur. Les deux hommes n'échangèrent que des regards chargés de hargne et d'animosité. Le conseiller du grand Auguste entra dans la pièce en poussant un soupir d'impatience et de dédain. Caius était assis à sa table de travail et il écrivait avec fébrilité une missive. Mécène l'observa un court moment, puis il se dirigea vers la grande carte de l'Empire qui occupait presque tout le mur de gauche.

Dès que Caius eût terminé la rédaction de son message, il fit simplement claqué ses doigts et l'un des soldats, qui attendait à l'extérieur, entra prestement et vient s'arrêter devant la table de son maître. Caius souffla à plusieurs reprises sur le document, afin de faire sécher l'encre, puis il le roula et le scella de son sceau, avant de le tendre au soldat.

— Fais porter cette missive au port de Brindisi, sans délai, lança Caius d'un ton impératif.

Le soldat s'empara du document. Il frappa son poitrail de son poing en s'inclinant, puis il s'éclipsa aussi rapidement qu'il était entré.

— Le sénateur Herennius a un véritable don pour troubler ta sérénité, lança Cilnius en revenant vers la table de travail.

Caius tourna un regard ardant vers son conseiller.

— C'est moi qui l'ai fait venir, afin de le confronter.

— Ah! lança Mécène. J'ai l'impression qu'il n'a pas vraiment apprécié la chose.

Le soldat, qui était de garde à l'extérieur du cabinet de travail, frappa son poitrail du poing, afin d'attirer l'attention.

— Le commandant Quintus et le colonel Thalius! annonça-t-il d'une voix nasillarde.

Quintus, qui avait été nommé commandant de la cinquième légion deux années plus tôt, entra dans le cabinet de travail en compagnie de Thalius, son fidèle compagnon, qui, à son grand détriment, était désormais colonel. Il avait perçu sa promotion comme une punition ou un mauvais tour que Quintus lui avait joué. Le poids des responsabilités, qui était le fardeau de tous les officiers, ne plaisait pas à Thalius.

Caius arqua les sourcils d'étonnement devant la tenue vestimentaire des deux officiers, qui portaient une élégante tunique de laine finement tissée qui s'arrêtait juste au-dessous des genoux.

— Pardonne notre tenue! lança Quintus en arrivant près de la table de travail. Je recevais plusieurs invités, afin de marquer le soixante-dixième anniversaire du colonel Rupilius, lorsque ton message m'est parvenu. Nous avons simplement retiré notre toge et nous sommes venus prestement à ton appel.

— J'ai faim! s'exclama Caius en se levant de son siège. Accompagne-moi à l'atrium. J'ai besoin de me sustenter.

Caius s'empara de plusieurs parchemins, qui gisaient sur le coin de sa table de travail, puis il jeta un coup d'œil du côté de Mécène, qui avait entamé une conversation avec Thalius. Le conseiller opina simplement, indiquant qu'il irait le rejoindre dans quelques instants. Caius et Quintus quittèrent le cabinet et ils tournèrent à droite dans le long couloir au bout duquel ils pouvaient apercevoir l'atrium.

— Comment est la santé du colonel? lança Caius sur le ton de la conversation.

— Vacillante! répondit Quintus d'une voix songeuse. Il a été très malade au début de l'été, mais depuis quelques semaines, il a pris du mieux.

— C'est tout de même bien pour un homme de son âge, répliqua Caius, surtout si l'on considère la vie tumultueuse qu'il a vécue.

— Je suis entièrement d'accord avec toi, approuva Quintus, mais il a malheureusement de plus en plus de difficulté à se déplacer. Ses vieilles blessures de guerre semblent l'avoir rattrapées et j'ai dû trouver un nouveau régisseur pour mes domaines. C'est d'ailleurs l'une des principales raisons de ma venue à Rome.

— Connaissant le colonel, il a dû lui être très pénible d'admettre qu'il n'était plus à la hauteur de la tâche.

— C'est bien vrai! répondit Quintus en ricanant au souvenir du regard courroucé que lui avait lancé Rupilius. Il a cependant insisté pour conserver la partie administrative de son travail et je ne vois pas comment j'aurais pu la lui refuser.

Caius entra dans l'atrium et il se dirigea tout droit vers son fauteuil favori, alors que deux servantes achevaient de disposer des plats selon une routine bien établie. Il déposa les documents sur une table basse devant lui avant de s'installer confortablement. Quintus ralentit le pas, alors qu'il embrassait la pièce d'un regard empreint de nostalgie. Lorsqu'il rejoignit Caius, celui-ci arquait un sourcil interrogatif.

— Il n'y a pas si longtemps, expliqua Quintus, cet endroit débordait de rires et de joie aux heures des repas.

Caius opina en une moue nostalgique. Les enfants d'Octavia étaient partis les uns après les autres. Livia, son épouse, était décédée quatre années plus tôt et, malgré l'insistance du sénat, il avait refusé de prendre une nouvelle épouse. Octavia, qu'il appelait toujours sa petite sœur, avait succombé à la maladie deux années plus tôt et la mort de sa sœur l'avait grandement affecté. Elle était aimée du peuple de Rome et pour honorer sa mémoire, Caius avait fait frapper une pièce d'un sesterce à son effigie. Faisant d'Octavia la première femme de l'histoire romaine à être ainsi immortalisée.

Caius s'empressa de chasser ces souvenirs mélancoliques.

— Je t'ai fait venir au palais, car j'ai quelques missions à te confier.

Quintus se redressa.

— Je suis à ton service, César!

Caius l'invita à prendre place sur le long fauteuil à sa droite, puis il chassa les servantes d'un geste impatient de la main.

— Combien de tes cavaliers archers t'ont accompagné à Rome?

— Une dizaine, répondit Quintus, et ils sont tous à mon domaine en ce moment.

Caius pinça les lèvres de contrariété, il eût souhaité qu'ils fussent plus nombreux, mais d'un autre côté, il savait que chacun de ces hommes en valait au moins trois.

— J'envoie cinquante chevaux et deux cents vélites qui iront renforcer la garnison de Jérusalem, car elle est en manque d'effectif. Ils seront transportés sur deux galères qui sont prêtes à appareiller au port de Brindisi. Je viens tout juste d'envoyer un message, afin qu'ils attendent votre arrivée avant de lever l'ancre.

Quintus était quelque peu estomaqué, car conduire des vélites était une tâche qui était généralement confiée à un centurion et non à un commandant.

— Chercherais-tu à m'éloigner de Rome par hasard? demanda-t-il avec suspicion.

Caius ricana.

— Il est vrai que je préférerais te savoir loin de Rome, car je crains pour ta sécurité si tu demeures ici plus longtemps.

Caius venait de piquer au vif la curiosité de son officier.

— Connaîtrais-tu l'origine de cette menace contre ma personne?

Caius grimaça. Il aurait nettement préféré éviter ce sujet, mais il éprouvait une grande estime à l'égard de Quintus.

— Tu as sûrement entendu parler de l'assassinat du sénateur Ventillius?

Quintus opina.

— Un meurtre crapuleux, qui n'a dû rapporter que quelques sesterces à son auteur, commenta-t-il en une moue dédaigneuse.

— L'appât du gain n'était pas le véritable motif de ce crime odieux, précisa Caius. Le meurtrier était un assassin expérimenté. Il a simplement tenté de camoufler son geste sous l'apparence d'un vol, afin de brouiller les pistes.

— Je suis surpris que l'on n'ait pas encore arrêté cet homme, s'étonna Quintus.

— Tout s'est passé si vite, que même son esclave, qui n'était qu'à quelques pas, n'a rien vu. Mais cela n'a que peu d'importance, puisque cet homme n'était qu'un instrument. Le véritable criminel est celui qui a commandité ce meurtre.

— Bien entendu, personne ne sait qui peut être ce personnage.

— Moi je le sais! lança Caius d'une voix sans timbre. C'est le sénateur Herennius, le mari de Claudia, et c'est également lui qui voudrait te voir faire une longue promenade dans les plaines de lumière du royaume des dieux.

— Pourquoi ne pas le faire mettre aux arrêts? puisque tu as la certitude qu'il est le coupable, questionna Quintus, qui n'y comprenait plus rien.

Caius secoua la tête en une attitude contrariée.

— Je l'ai reçu, quelques instants avant ton arrivée.

— Je l'ai croisé dans le couloir menant à ton cabinet de travail, confirma Quintus, et il m'a jeté un regard meurtrier, sans même daigner me rendre mon salut.

— Je l'ai fait venir dans le but de le confondre et il m'a lui-même suggéré de le faire mettre aux arrêts.

Quintus arqua les sourcils d'étonnement :

— Il sait pertinemment que je ne peux pas le faire, car je ne détiens aucune preuve formelle contre lui et si je commettais une telle erreur, toute cette histoire se retournerait contre moi.

Quintus écoutait avec beaucoup d'avidité, car il était très rare d'entendre César s'ouvrir sur des sujets personnels :

— Ma situation est très précaire, Quintus. Depuis la mort de Marc Antoine, le sénat a renouvelé mon mandat à quatre reprises, mais sans toutefois nommer un deuxième Grand-Consul, et cet état de fait me sied très bien. Le peuple de Rome en a assez des guerres. Il réclame la paix et je m'efforce de la leur procurer.

Caius hésita un court moment, avant d'accepter de s'ouvrir davantage.

— Herennius a atteint le sommet de la magistrature et, depuis trois années, il se bat avec beaucoup d'acharnement, afin d'obtenir un consulat. Il est fort possible qu'il y parvienne dans les deux prochaines années et lorsque cela sera fait, il mettra tout en œuvre afin de m'évincer du pouvoir.

— Quel ingrat! s'exclama Quintus avec dédain. Tu as tout donné à cet homme. C'est toi qui lui as fait gravir les échelons de la magistrature et tu lui as même donné la main de Claudia, ta nièce. Un homme normal te vouerait une éternelle reconnaissance pour tout ce que tu as fait.

— Il est très ambitieux et il est prêt à tout, afin de parvenir à ses fins.

— Le meurtre crapuleux n'étant pas exclu, commenta Quintus.

— C'est exact, confirma Caius.

— Un jour, quelqu'un lui fera subir le même sort qu'au sénateur Ventillius, commenta Quintus.

Caius émit un petit ricanement sarcastique.

— C'est déjà fait. Il y a eu cinq attentats contre sa personne dans les trois dernières années et, n'eût été de Popilius, son homme de main, qui a fait échouer chacune de ces tentatives, Rome serait déjà débarrassé de cet être sans scrupule.

Quintus plissa le front d'étonnement, car ce nom ne lui était pas inconnu.

— J'ai connu, lors de la guerre contre les Cantabres, un centurion de la cinquième légion, qui se nommait Popilius.

Caius opina.

— Il s'agit bien du même homme, confirma-t-il. Il a été expulsé de l'armée pour conduite déshonorable, il y a un peu plus de trois années, et Herennius lui a offert d'entrer à son service le jour même de son retour à Rome.

— Serait-ce lui l'assassin?

Caius secoua lentement la tête.

— Non! Par contre, nous savons que c'est lui qui a pris contact avec le meurtrier. Herennius fait faire toutes ses basses besognes par Popilius. Ainsi, le jour où des accusations seront portées contre lui, il niera le tout et fera porter le blâme à son homme de main, prétextant qu'il n'était pas au courant de ses agissements.

Quintus serra les poings et les dents de frustration.

— Herennius est très rusé, ajouta Caius. Il a fait assassiner Ventillius parce qu'il était l'un de mes plus fervents supporteurs. Il voulait créer un climat de terreur, afin que tous les sénateurs, qui s'opposent à son consulat, sachent qu'ils ne sont pas à l'abri de sa vengeance.

Le commandant Quintus inspira profondément, afin de calmer la colère qui montait en lui. Il détestait les politiciens fourbes et sans scrupules :

— Ton amitié avec sa femme l'incommode, poursuivit Caius, et il m'a clairement fait comprendre qu'il mettrait un terme à cette situation. Connaissant la perfidie de cet homme, je crains vraiment pour ta sécurité.

Mécène et Thalius entrèrent dans l'atrium d'un pas traînant et Caius leur fit signe de se joindre à eux.

— Conduire ces vélites à Jérusalem n'est qu'un prétexte pour te faire quitter Rome rapidement, précisa Caius.

Il se pencha et s'empara des documents qu'il avait déposés sur la table basse.

— Voici les véritables missions que je veux te confier.

Il tendit un document roulé et bien scellé, qui était composé de plusieurs parchemins.

— Je veux que tu remettes ceci à Hérode, en main propre. Il s'agit des conclusions d'une investigation, qu'il m'a demandé de faire en son nom. Cette enquête lui a coûté une véritable fortune et je sais qu'il attend ces résultats avec beaucoup d'impatience.

Quintus prit le document en s'inclinant. Caius lui remit ensuite un long parchemin qui n'était pas scellé.

— Ta deuxième mission ne sera pas aussi simple, poursuivit Caius. Ce document, en trois exemplaires, est un traité de paix entre la Judée et le Moab. Tu devras faire signer ce modus vivendi par les deux rois. J'ai déjà discuté de ce traité avec Hérode, alors il ne te fera aucune opposition, mais je ne peux pas en dire autant d'Obodas. Le roi des Nabatéens risque d'être très réticent à une telle entente et je ne sais pas comment tu pourras t'y prendre, afin de le convaincre.

Quintus arqua un sourcil d'étonnement, qui extirpa un rictus à son empereur.

— Malichus, le père d'Obodas, était un roi plein de sagesse, expliqua Caius. Il avait compris tous les bénéfices qu'il pourrait tirer en devenant un vassal de Rome, alors qu'Obodas est un roi imbu et arrogant. Il est très confiant, car aucun envahisseur n'a réussi à prendre sa cité et il a la certitude que même l'armée romaine n'y parviendrait pas.

Quintus opinait d'un mouvement lent de la tête.

— Le Colonel Rupilius m'a fait étudier l'histoire de cette région, il y a de nombreuses années de cela et il disait, lui aussi, que Pétra était une cité presque imprenable due à sa situation géographique. De plus, la cité semble être alimentée en eau par des sources souterraines, alors que la région avoisinante, sur des dizaines de lieues à la ronde, est aride et dépourvue de toute source d'eau.

— Je ne tolérerai plus que deux de mes vassaux se fassent la guerre, lança Caius d'un ton déterminé. Ils se battent pour la possession de l'Idumée, mais Rome exige que ce territoire demeure neutre.

Caius inspira profondément avant de poursuivre :

— Tu devras trouver une façon de l'intimider, afin qu'il accepte d'apposer son sceau sur ce traité, mais l'inquiétude devra être suffisamment grande pour l'obliger à respecter cette entente.

— Il existe une solution à toutes situations, dit Quintus d'un ton plein d'assurance, et je trouverai celle qui est appropriée à celle-ci.

Caius fit entendre un petit soupir de soulagement. Il avait confiance dans le talent de son officier à trouver des solutions là où personne n'en voyait. Il se cala confortablement dans son fauteuil avant de poursuivre :

— J'ai une troisième mission à te confier. Lorsque tu en auras terminé à Pétra, je veux que tu te rendes en Galilée, afin de mettre un terme aux activités d'une horde de brigands qui sévit dans cette région depuis plusieurs années.

L'expression étonnée de Quintus n'échappa point à Caius.

— Tu te demandes pour quelle raison Rome se soucie de ces malfaiteurs et ton questionnement est bien légitime.

Un sourire fugace glissa dans les traits du commandant Quintus, qui constatait, une fois de plus, la perspicacité de son empereur :

— La raison en est fort simple, ajouta Caius. Ces brigands terrorisent les voyageurs et les notables des petites et grandes villes de Galilée et de Samarie. Ils se sont regroupés autour d'un seul chef et les soldats de la garde prétoriale d'Hérode n'arrivent pas à les appréhender, malgré leurs nombreuses tentatives. Dans les dix-huit derniers mois, ils ont volé les impôts de sept villes et ils ont gravement blessé trois percepteurs. Hérode craints que les sommes d'argent qui ont été volées servent à lever une révolte, ce qui pour Rome est une chose intolérable.

Quintus approuva d'un lent mouvement de la tête, imité par Thalius et Mécène, qui s'étaient installés autour d'eux. Ils avaient suivi les explications de Caius César silencieusement, tout en picorant dans les plats de fruits.

— Tu pourras réquisitionner tous les hommes que tu jugeras nécessaires au bon succès de cette mission, auprès du commandant de la garnison de Jérusalem, compléta Caius. Mets fin aux activités de ces malfaiteurs et rends les impôts volés à Hérode.

— Il en sera fait selon ta volonté, César, dit Quintus en s'inclinant respectueusement.

Dix jours plus tard, alors que la Caravane du Nord arrivait à Jérusalem, les deux galères romaines approchaient de la ville portuaire de Césarée. Leur véritable destination était Joppé, mais le commandant Quintus avait ordonné ce petit détour. Il ne s'agissait en fait que d'un retard de quatre à cinq heures sur un voyage de huit jours.

Dès que les galères furent accostées, Thalius et Quintus descendirent à terre et ils se dirigèrent vers l'entrepôt du négociant de coton. Bénammi les accueillit à grand renfort de courbettes et de paroles mielleuses.

— C'est un grand honneur de te recevoir dans mon humble commerce, Commandant… Bénammi hésita un long moment avant d'ajouter; que puis-je pour ton service?

Bien que l'embarras de ce marchand fût très risible, Quintus se composa un visage de marbre.

— As-tu revu cet homme, qui avait apposé son sceau sur cet acte de vente que tu m'as montré, il y a de cela plusieurs années?

Bénammi se mit à transpirer abondamment. Lorsqu'il avait aidé Farouk à trouver un transport, lors de sa dernière visite, cet officier romain, qui le recherchait, était sur le pont de sa galère. Il était négociant depuis son enfance et il maîtrisait très bien l'art du mensonge. Il se composa donc un air navré avant de répondre.

— Je l'ai effectivement revu, Commandant, deux jours après que ta galère eut quitté notre port, mentit-il. Il cherchait un transport, afin de se rendre au Sud. Je lui ai dit que tu le cherchais et il a paru navré que tu sois déjà parti.

Quintus serra la mâchoire et son regard se durcit, car il avait la certitude que ce marchand lui cachait certaines informations.

— Aurais-tu eu d'autres nouvelles de cet homme depuis ce jour? demanda-t-il en contenant sa colère.

Bénammi déglutit bruyamment avant de répondre.

— On m'a dit qu'il conduisait une caravane qui faisait du commence avec les territoires de l'Asie, mais rien de plus.

Quintus se renfrogna de frustrations à l'idée qu'il ne rencontrerait jamais Farouk et qu'il ne serait pas en mesure de respecter sa parole donnée.

XI
Le recensement

Muhammad affichait un sourire victorieux depuis que la Caravane avait quitté Pétra. Une lieue avant d'atteindre la cité, Cid lui avait annoncé qu'il lui confiait toutes les négociations avec le roi Obodas. Il avait ressenti un élan de panique à l'idée qu'il pourrait commettre une erreur et Cid lui avait répondu que la seule façon d'acquérir de l'expérience était justement de faire des erreurs. Le commentaire ne l'avait pas vraiment rassuré, car il savait ce que son père pensait des gens qui commettaient des bévues.

Malgré ses craintes, les négociations s'étaient déroulées à la perfection. Le roi Obodas l'avait mis à l'épreuve en se montrant arrogant et présomptueux à son égard, mais il avait su se contenir avec modestie. Au moment de leur départ, le roi avait affirmé être heureux de savoir que le jeune prince serait le futur Maître du Troc de la grande Caravane du Nord.

La Caravane avait rebroussé chemin sur quelques lieues avant de se diriger vers le nord-ouest sur une piste étroite et sinueuse à travers les terres arides du Moab. Dès qu'ils eurent quitté les terres des Nabatéens, la Caravane avait bifurqué vers le nord jusqu'à la mer Morte, qu'elle avait longée sur plusieurs lieues, jusqu'à la citadelle de Massada. La Caravane avait par la suite obliqué de nouveau vers le nord-ouest.

Deux heures avant d'atteindre Jérusalem, la Caravane s'était arrêtée à la petite ville de Bethléem. Tout en rencontrant ses clients habituels, Cid s'était renseigné sur la présence possible de Jacob, mais personne ne l'avait vu. Tous les sept ans, Rome ordonnait un nouveau dénombrement de la population du peuple de Judas et cette année était celle du neuvième recensement. Chaque famille devait se rendre dans la ville où ses ancêtres avaient été inscrits lors du premier dénombrement. Cid savait que Jacob et les siens devaient donc se rendre à Bethléem, afin de s'inscrire sur cette liste, et il avait été très étonné d'apprendre que Jacob n'était pas encore venu, car l'année tirait à sa fin.

Une heure plus tard, ils avaient aperçu un troupeau d'environ cent cinquante moutons, qui broutaient paisiblement dans les basses collines dénudées. Farouk avait demandé à Cid si ce troupeau était bien celui de Joachim, le père de la petite Marie, et Cid le lui avait confirmé. Farouk avait exprimé sa déception, car il avait cru que ce cheptel était beaucoup plus vaste. Le Maître du Troc lui avait affirmé que le troupeau comportait plus de deux mille bêtes, mais que de toute évidence, une sécheresse avait dû sévir dans la région et que les bergers au service de Joachim avaient probablement conduit le bétail plus loin à l'ouest, afin de trouver de nouveaux pâturages.

Ils approchaient maintenant de Jérusalem et Farouk se haussa sur ses étriers, afin d'admirer les fortifications de la cité qui se dressait devant eux. Une lueur d'angoisse glissa dans son regard, lorsqu'il aperçut les tentes bien alignées du campement romain dans la plaine au sud-ouest de la ville.

— Tu n'as pas à t'inquiéter! lança Cid. Cette garnison est stationnée à cet endroit depuis plus de trente ans. S'ils avaient eu à m'interroger à ton sujet, ils l'auraient fait depuis très longtemps.

Le commentaire apaisa quelque peu les craintes de Farouk, mais sans toutefois atténuer sa méfiance.

La Caravane poursuivit sa route et elle s'immobilisa dans la prairie à plus de trois mille pas au nord du cantonnement des Romains et les chameliers s'activèrent immédiatement à monter leur campement. Dès qu'ils furent installés, Cid envoya un messager au palais.

— Tu diras au commandant de la garde prétoriale que le prince Muhammad et Cid, le Maître du Troc de la Caravane du Nord, demandent audience auprès de Sa Majesté. Surtout, assure-toi de faire le message, tel que je l'ai énoncé.

Muhammad interrogea Cid du regard.

— C'est toi qui conduiras les négociations avec le roi de Jérusalem.

Le jeune prince sentit une vague d'angoisse l'envahir.

— Tu me mets encore à l'épreuve! s'exclama Muhammad. Ma rencontre avec le roi des Nabatéens ne t'a pas suffi.

Cid ricana doucement.

— Comme tu peux le constater, les choses sont complètement différentes ici. À Pétra, Obodas est venu à notre rencontre, car il attend toujours la Caravane avec beaucoup d'impatience. Alors qu'ici, nous devons demander audience et attendre que le roi veuille bien nous recevoir.

— Il est vrai que j'ai été étonné de voir qu'Obodas nous attendait sur le porche du palais et il semblait y être depuis un bon moment. Heureusement que nous n'étions pas en retard sur notre horaire.

Cid le foudroya du regard.

— N'avoue jamais que tu es en retard, surtout si c'est la vérité.

Muhammad était bouche bée :

— Oserais-tu faire attendre un roi? questionna-t-il en haussant un sourcil.

— Bien sûr que non!

— Alors n'avoue pas ton retard, même si cela est vrai, dit plutôt que tu n'es pas arrivée aussi tôt que tu l'aurais souhaité. Le roi, ou ton client important, aura alors la possibilité de sauver la face en te disant que cela est très bien ainsi, car si tu étais arrivé un peu plus tôt, il n'aurait pas été en mesure de te recevoir. De cette façon, tout le monde sauve les apparences. Le roi n'a pas attendu et tu n'étais pas vraiment en retard.

Le jeune prince opina d'un lent mouvement de la tête, appréciant cette leçon à sa juste valeur.

— Qu'y a-t-il de vrai dans toutes ces rumeurs qui circulent sur le roi Hérode? questionna-t-il avec appréhension.

Cid arqua un sourcil interrogateur.

— On dit qu'Hérode prend souvent des décisions irrationnelles et qu'il serait gagné parfois de folie passagère.

— Il a une peur excessive des complots, expliqua Cid, ce qui l'a conduit à prendre des décisions qui ont pu paraître démesurées pour certaines personnes. Mais ces choses ne nous concernent en aucune façon et tu devrais t'abstenir d'y faire allusion.

Muhammad grimaça sous la réprimande.

— Je craignais simplement de faire une maladresse, se défendit-il

— L'on ne nous juge pas sur les choses que l'on n'a pas faites ou dites, répliqua le Maître du Troc en lui lançant un petit sourire moqueur de biais.

Muhammad baissa les yeux en une moue boudeuse de sa lèvre inférieure.

Deux heures plus tard, le petit groupe, constitué de Cid, Farouk, Muhammad et deux autres chameliers, revenait du palais. La rencontre avec le roi avait été brève et concise. La richesse personnelle d'Hérode provenait de la production d'olives de ses deux oliveraies et leur prix n'avait pas bougé depuis de nombreuses décennies. L'entente consistait simplement à définir les quantités d'olives qui seraient vendues compte tenu de la qualité des récoltes précédentes. Hérode avait à peine réagi lorsque Cid lui avait annoncé que le jeune prince serait probablement le nouveau Maître du Troc de la Caravane du Nord, lors de son prochain voyage. Il avait posé un œil indifférent sur Muhammad et un regard dédaigneux sur Farouk. Il n'aimait pas cet homme qui lui paraissait intimidant et sûr de lui-même, alors que le jeune prince semblait plus réservé.

Les rues de Jérusalem étaient étroites et surpeuplées. Il était donc laborieux de s'y déplacer. Le petit groupe approchait de la sortie de la ville, lorsqu'ils virent la foule se fendre devant eux au passage de cinq hommes, qui marchaient d'un pas déterminé en bousculant les gens. Farouk s'écarta du chemin, tout en détournant le regard, jusqu'au moment ou les hommes les eurent dépassés, puis il tourna la tête et ses yeux se posèrent sur le dos du meneur. Polybios, le chef des mercenaires à la solde d'Hérode, tourna vivement la tête en sentant un petit picotement derrière sa nuque. Ses yeux croisèrent ceux de Farouk et son front se plissa en une mine interrogatrice. Il connaissait ce regard, mais il n'arrivait pas à se rappeler où il l'avait vu. Il se détourna et poursuivit sa route tout en s'interrogeant.

Le petit manège n'avait pas échappé à Cid. Il se rapprocha de Farouk et il posa sur lui un regard aussi inquiet, qu'interrogateur.

— Ce sont les mercenaires qui recherchaient le temple, il y a de cela une dizaine d'années, chuchota-t-il.

Cid reporta son regard vers les hommes qui s'éloignaient tout en s'interrogeant grandement. Il savait qu'Hérode n'hésitait pas à faire appel à ce genre d'hommes, afin qu'ils accomplissent certaines basses besognes pour son profit personnel. Il fit signe à Bachir, le chamelier qui avait vendu la maison à Farouk.

— Rends-toi au marché et demande à Yousef, le marchand de fruits et légumes, de venir me voir dès qu'il le pourra!

Bachir s'inclina, puis il fit demi-tour, afin de se rendre au marché.

Le petit groupe arriva au campement de la Caravane une dizaine de minutes plus tard. Sheran les y attendait en compagnie de son épouse et de leurs deux enfants. Farouk accéléra le pas, alors que Sheran avançait vers lui à grandes enjambées. Les deux hommes se jetèrent dans les bras l'un de l'autre en une étreinte fraternelle secouée par des ricanements de joie. Cid salua Sheran et il laissa les deux amis à leurs retrouvailles. Les deux hommes ne s'étaient pas vus depuis plus de dix ans, mais le Maître du Troc avait fait le relais, apportant des nouvelles à Sheran et rapportant des nouvelles de celui-ci à Farouk à chacun de ses voyages.

Farouk avait invité son vieil ami sous sa tente et, après avoir fait les présentations d'usage, les deux familles étaient confortablement assises sur des coussins douillets autour d'un plantureux repas.

— J'aurais pu quitter Jérusalem, il y a de cela trois semaines, car il n'y a plus de travail pour moi ici, dit Sheran entre deux bouchées, mais j'ai préféré attendre l'arrivée de la grande Caravane avant de partir.

— Que comptes-tu faire maintenant? questionna Farouk en une mimique soucieuse.

— J'ai déjà contacté Jacob à ce sujet et il m'a assuré qu'il aurait du travail pour moi, puisque deux de ses hommes, qui étaient maintenant trop vieux, ont quitté son service récemment.

Farouk fit une moue appréciatrice, heureux de savoir que le futur de son ami était assuré, car celui-ci avait désormais la lourde responsabilité d'une famille. Cid entra et vint se joindre à eux, alors que Sheran poursuivait :

— Rien ne me pressait, car le bail de location de la maison que j'occupe ne se termine qu'à la fin du mois de décembre, soit dans six semaines. Même en libérant la maison dès maintenant, il faudra tout de même que je paye le dernier mois de location.

Plus de la moitié des maisons de Jérusalem appartenaient aux mieux nantis de la cité et ils offraient celles-ci en location. Les propriétaires de ces habitations avaient été grandement offusqués lorsque Rome leur avait imposé leur nouveau calendrier Julien, il y avait de cela quelques années. Les anciens contrats de location étaient répartis en treize périodes de vingt-huit jours, alors que le nouveau calendrier était divisé en douze mois, ce qui leur avait fait perdre une période de location toutes les années.

— Le travail ici a été très lucratif et ma bourse est très bien garnie, ajouta Sheran. Si je trouve une maison qui est à vendre à Nazareth, je vais l'acquérir et m'y installer définitivement.

— Cela sera plus facile pour toi et ta famille, déclara Farouk en opinant du menton.

L'épouse de Sheran le confirmait d'un lent balancement positif de la tête, alors que Sheran poursuivait en donnant des nouvelles de son père, qui était maintenant d'un âge vénérable et qui ne pouvait plus exercer son métier de potier dû à ses rhumatismes articulaires. Sheran toucha le bras de Cid.

— Si tu le permets, je me joindrai à ta Caravane jusqu'à Nazareth.

Le Maître du Troc lui affirma qu'il n'y voyait aucun inconvénient et qu'au contraire, cela lui ferait immensément plaisir.

— J'ai bien hâte de revoir Jacob, de même que Joseph et la petite Marie, qui doit être devenue une femme depuis le nombre d'années, déclara Farouk, le regard quelque peu rêveur.

— Ils ont tellement changé, répliqua Sheran, que tu auras peut-être quelques difficultés à les reconnaître.

Farouk ricana en approuvant d'un lent balancement de la tête.

— Étais-tu présent, lors de leur mariage au printemps dernier? questionna-t-il en affichant un sourire envieux.

Sheran se rembrunit en portant la main à son menton.

— Vous n'êtes donc pas au courant!... Le mariage a été annulé.

Cid avait appris, lors de son voyage précédant, que le mariage avait été repoussé d'une année, car Joachim ne disposait pas des fonds nécessaires afin de s'acquitter de ses obligations, mais d'apprendre que celui-ci avait été annulé le bouleversait profondément.

— Quel est le motif de l'annulation? demanda-t-il sur une note chagrinée.

Sheran se sentait quelque peu désemparé d'être celui qui devait leur annoncer cette mauvaise nouvelle.

— Joachim est mort, quelques semaines avant le mariage, murmura-t-il.

La nouvelle jeta la consternation sur les occupants de la tente, qui n'étaient pas au courant du triste évènement. Farouk, qui était sans voix, ouvrit simplement les mains en une mimique interrogatrice et Sheran demeura silencieux pendant plusieurs secondes avant d'être en mesure de répondre.

— C'était un accident stupide.

Il demeura encore muet un long moment avant de poursuivre :

— Il était avec ses bergers, qui gardent son troupeau à une lieue au sud d'ici, et une de ses jeunes brebis s'était aventurée sur une petite colline rocailleuse à demi recouverte de ronces. La bête avait su y monter, mais elle n'arrivait plus à en redescendre. La colline n'était pas très haute, pas plus de trois ou quatre toises, mais l'autre versant était très escarpé. Joachim a tenu à s'en occuper personnellement. Lorsqu'il est arrivé au sommet de la colline, il a soulevé la brebis téméraire et l'a déposé sur ses épaules, puis il a pivoté afin de redescendre. La brebis s'est affolée en voyant l'escarpement derrière elle et elle s'est débattue frénétiquement. Joachim a perdu pied et il est tombé vers l'arrière.

Sheran se tut à nouveau. Il ferma les yeux et il inspira profondément à plusieurs reprises, afin d'apaiser ses émotions :

— Le sauveteur et le stupide animal sont morts en touchant le fond de l'escarpement, compléta-t-il d'une voix sans timbre.

Tous les occupants de la tente avaient baissé la tête et fermé les yeux en un recueillement silencieux à la mémoire du défunt.

— La mort de Joachim me chagrine et je suis triste pour les siens, déclara Farouk, mais je ne comprends pas la raison pour laquelle le mariage a dû être annulé.

Cid et Sheran se regardèrent tout en se demandant lequel des deux serait plus en mesure d'expliquer ce motif à Farouk.

D'une entente tacite, Sheran tenta de trouver les mots justes, afin que Farouk puisse comprendre.

— Joachim avait repoussé le mariage d'une année, parce que ses dettes étaient trop élevées et que la production de laine avait été insuffisante dû à la sécheresse de l'année précédente. Il s'en sortait relativement bien, mais son décès à tout fait basculer, car lorsqu'un homme meurt, toutes ses créances arrivent à leur terme. Les usuriers ont réclamé leur dû auprès du notable de Nazareth.

Sheran se tut et Cid, qui avait déjà tout compris, compléta à sa place.

— Les troupeaux de Joachim furent saisis et vendus au plus offrant, afin de rembourser les dettes en souffrance, et la famille du défunt s'en est trouvée ruinée.

Sheran secouait la tête, confirmant la conclusion de Cid.

— Il devenait alors impossible pour Anna, la mère de Marie, de payer la dot prévue pour la mariée, ce qui a entraîné l'annulation obligatoire du mariage.

Farouk secouait la tête en grimaçant d'incompréhension.

— Ces deux jeunes gens s'aiment passionnément et je suis sûr que Jacob tient plus à leur bonheur, qu'à la somme de cette dot. Alors, pourquoi ne pas oublier cette histoire de dot promise et laisser ces jeunes amoureux se marier?

Sheran avait la mâchoire pendante, de même que Falia, alors que Cid lui-même cherchait ses mots.

— Il ne peut pas! s'exclama Sheran qui s'était ressaisi. Il est le descendant de David et tout le monde est au courant de cette entente. Aucun rabbin, sur tout le territoire de Juda, n'acceptera de les marier, sans que cette dot soit payée.

Farouk était bouleversé, mais son cerveau fonctionnait à vive allure, cherchant une solution à cette impasse.

— Jacob n'a qu'à donner cette somme à Anna. Elle pourra la remettre au notable, qui à son tour la rendra à Jacob, et tout sera dit.

Sheran, son épouse, de même que Falia, avaient porté leur main à leur bouche. Ils étaient scandalisés par la suggestion de Farouk.

— Ce que tu proposes, expliqua Cid, est aberrant pour toute personne du peuple juif. Tout le monde sait qu'Anna est ruinée et la supercherie ne tromperait personne. Tous les descendants des douze grandes familles se doivent d'avoir une conduite irréprochable. Tenter de contourner la loi de cette façon provoquerait un scandale d'une telle proportion, que la réputation et la crédibilité de Jacob seraient entachées à tout jamais.

Un profond silence s'abattit, alors que tous comprenaient l'impasse de cette situation. Bachir, qui était de retour du marché, entra sous la tente. Il salua Farouk d'un hochement de tête et il invita Cid à le suivre à l'extérieur, car Yousef, le marchand de fruits, était venu immédiatement à l'appel du Maître du Troc.

Cid salua sobrement son ami. Il le remercia de sa promptitude et il l'entraîna dans une promenade à travers le campement de la Caravane. L'homme, de petite taille et bedonnant, arborait une barbe noire et touffue, et il dégageait une forte odeur de sueur, malgré la température peu clémente de cette fin de novembre. Cid l'aimait bien malgré tout, car il était d'une rare efficacité.

— Quelles sont les nouvelles? demanda Cid sans préambule.

Le Maître du Troc faisait surveiller les agissements du roi Hérode, depuis de nombreuses années, et Yousef était le mieux placé pour cette fonction, car il avait un contact dans l'entourage immédiat d'Hérode.

— Le Roi est très agité depuis quelques jours, répondit le marchand, je dirais même anxieux par moment. Selon mon informateur, il attendrait une nouvelle importante en provenance de Rome, mais il ignore de quoi il pourrait s'agir.

Cid secoua la tête, l'air pensif.

— J'ai vu des mercenaires se diriger vers le palais, alors que nous revenions vers notre campement. Crois-tu que tu pourrais obtenir des renseignements sur les motifs de leur présence?

— Je vais contacter mon informateur à ce sujet et je te tiendrai au courant, répondit le marchand de fruits en s'inclinant.

Cid prit une pièce dans sa bourse et la remit à l'homme, qui le remercia de sa grande générosité.

— Nous quittons Jérusalem pour nous rendre à Nazareth dans deux jours, spécifia le Maître du Troc.

— Je ferai tout ce qui est en mon pouvoir, afin d'obtenir quelques réponses avant le départ de la Caravane, déclara Yousef.

* * *

Les deux galères romaines accostèrent au port de Joppé au moment où Yousef prenait congé de son hôte. Le débarquement débuta promptement. Une bouffée de colère monta en Quintus, lorsque son regard croisa la passerelle de la deuxième galère.

— Je m'en occupe! dit Thalius qui avait suivi le regard colérique de son officier.

Il se dirigea d'un pas autoritaire vers une vingtaine de vélites, qui descendaient la passerelle.

— Halte! lança-t-il d'un ton tranchant. Demi-tour et retournez à bord!

Les hommes se figèrent, incertains de la bonne conduite à suivre, puisque leur centurion leur avait dit que le débarquement devait se faire rapidement. Thalius mit les mains sur les hanches dans l'attitude d'un père s'apprêtant à réprimander de petits enfants désobéissants.

— Même si vous n'êtes que de nouvelles recrues, il est de votre devoir de connaître les règles de l'armée.

Le colonel Thalius dévisagea tous les hommes à tour de rôle, alors que ceux-ci cherchaient vainement la règle qu'ils avaient enfreinte. Après un court moment, qui sembla durer une éternité pour les hommes, Thalius poussa un profond soupir d'impatience.

— Lorsqu'une galère accoste, se sont les chevaux qui doivent descendre à terre les premiers.

Voyant que les vélites ne réagissaient pas, il arqua les sourcils en une mimique interrogatrice et tous les hommes pivotèrent d'un seul bloc et remontèrent la passerelle au pas de course.

Sitôt le débarquement terminé, Quintus ordonna aux hommes de se placer en formation pour leur départ. Le comportement des vélites l'avait offusqué et une nouvelle bouffée de colère montait en lui. Il se dirigea d'un pas contrarié vers le centurion qui était responsable de cette troupe.

— Parmi ce groupe de recrues, Centurion, combien d'entre eux appartiennent à la cavalerie?

Le centurion demeura penaud un petit moment avant de répondre.

— Nous sommes quinze, Commandant, incluant moi-même.

Quintus arqua un sourcil.

— Nous sommes douze, mes hommes et moi, alors que vous êtes quinze, pour un total de vingt-sept. Si mon calcul est bon, il devrait donc y avoir vingt-trois chevaux sans cavalier.

Le centurion ne savait plus sur quel pied se tenir, tant le regard d'acier de Quintus l'intimidait.

— J'ai simplement pensé que nous pourrions nous déplacer plus rapidement, si les hommes d'infanterie pouvaient se partager les montures vacantes.

Quintus baissa la tête, tout en arquant les deux sourcils, son regard de marbre rivé à celui du centurion.

— Je peux t'assurer que tous ces hommes savent monter à cheval, Commandant, déclara le jeune officier qui tentait de motiver sa décision.

Quintus afficha un petit rictus sarcastique.

— Il y a une grande différence entre savoir monter et savoir prendre soin d'un cheval, Centurion. Tes hommes étaient si pressés de descendre à terre, qu'ils en ont oublié les chevaux. Alors, en bon fantassin, ils vont marcher.

Le centurion frappa sa cuirasse du poing en s'inclinant. Il était furieux d'avoir été réprimandé à cause de la mauvaise conduite de ses recrues. Il pivota et s'écria d'un ton tranchant et sans équivoque :

— Fantassins de l'infanterie, pied à terre!

Le colonel Thalius ricanait et il répondit à Quintus, qui l'interrogeait du regard.

— Ces hommes ne te connaissent pas, comme je te connais, et quelque chose me dit qu'ils ne vont pas aimer leur apprentissage.

La troupe quitta les quais en une belle formation militaire disciplinée. Lorsqu'ils arrivèrent à la route de la côte, Quintus ralentit sa monture. Il tourna la tête à droite, puis à gauche. La route, qui longeait toute la côte du nord au sud, était encombrée par un nombre considérable de voyageurs qui se rendaient ou revenaient de leur cité ancestrale où ils devaient s'enregistrer pour le recensement. Ces yeux se posèrent un court moment sur la petite auberge non loin de lui, celle-là même où Farouk avait fait la connaissance de Sheran en arrivant en Judée. Il tourna à nouveau la tête à sa droite et il relança sa monture, fendant la foule de voyageurs. Les gens s'empressèrent de céder la place à la troupe romaine, mais non sans leur jeter quelques regards hostiles.

Ils progressèrent pendant une dizaine de minutes en direction du sud, avant d'atteindre la jonction de la route, qui se dirigeait vers Jérusalem. Deux voyageurs, le père et le fils, discutaient près d'une colonne de pierre en bordure de la route. Le père expliquait à son fils l'utilité de cet objet très particulier.

— C'est une borne milliaire, déclara-t-il. Les Romains en sèment de-ci de-là. Celle-ci indique que la route de la côte fût remise en état sous l'autorité du Grand-Consul Magnus Pompée. Au centre, il y a le nom et la distance des villes les plus proches. Le texte est écrit en Grec, afin que tout le monde puisse le lire.

L'homme pointa un endroit au centre de la pierre :

— Il est écrit : Jérusalem à l'est, quarante-sept milles. Les Romains mesurent les distances en milles, soit cinq mille pas, alors que nous les mesurons en lieues, soit sept mille cinq cents pas, et tout en bas de la pierre, il est indiqué la distance qui sépare cette borne de la ville de Rome.

Le fils se mit à glousser de rire.

— Ces Romains sont si imbus de leur personne, dit-il, qu'ils vont même jusqu'à croire que toutes les routes mènent à Rome.

Le père se mit à rire de sa propre plaisanterie, mais il se ressaisit très rapidement en s'apercevant que le commandant de cette troupe l'avait probablement entendu.

Quintus avait fait franchir à la troupe presque cinq lieues sur les trente et une lieues qui les séparaient de Jérusalem et le soleil était déjà disparu derrière l'horizon depuis un bon moment, lorsque qu'il ordonna enfin la halte pour la nuit. Les soldats exténués durent assembler leur campement à la lueur des deux feux qui avaient été allumés. Fidèle à lui-même, Thalius gloussait comme un petit enfant devant une bonne plaisanterie.

— Ils vont se rappeler se qu'il en coûte d'attiser ta colère, déclara-t-il entre deux ricanements.

— J'espère qu'ils vont surtout se rappeler que les chevaux ont priorité sur les hommes, lorsqu'une galère accoste, répliqua Quintus.

Le jour suivant, les chameliers de la Caravane rencontrèrent leurs clients respectifs, alors que Cid rendit une visite personnelle aux six clients privilégiés avec qui il faisait affaire. À la fin de la journée, Yousef, le marchand de fruits, était venu lui annoncer qu'il n'avait pas été en mesure d'obtenir des informations complémentaires concernant l'entretien qui avait eu lieu entre les mercenaires et Hérode.

De son côté, Quintus avait maintenu une allure rapide, poussant les vélites à la limite de leur endurance. Ils n'étaient plus qu'à deux lieues de Jérusalem, lorsque le soleil toucha la ligne de l'horizon. Quintus, très désappointé, ordonna à la troupe de s'arrêter pour la nuit. Il avait forcé l'allure toute la journée dans l'espoir d'atteindre leur destination avant la nuit, mais sans toutefois y parvenir.

— Qu'y a-t-il? lança le commandant Quintus d'un ton frustré, devant le sourire niais qu'affichait Thalius.

— Tu n'as pas à avoir de regret, Quintus! même si tu as perdu le pari que tu avais fait avec toi-même. Si tu avais laissé ces vélites monter les chevaux, nous serions déjà à Jérusalem depuis une heure ou deux, mais ton véritable devoir est d'éduquer ces jeunes recrues, afin d'en faire de bons soldats. Alors, comme tu as fait le bon choix, cesse de faire la mauvaise tête et affiche plutôt ton plus beau sourire victorieux.

Quintus se mit à rire tout doucement.

— Tu as parfaitement raison, mon ami. On ne peut pas toujours gagner sur tous les plans.

Le matin suivant, Bachir était en bordure de la route et il regardait la grande Caravane du Nord qui s'éloignait d'un pas régulier. Le soir précédent, Cid lui avait demandé de demeurer à Jérusalem deux jours de plus. Il avait un très mauvais pressentiment à l'égard de ces mercenaires et il espérait, en lui laissant un peu plus de temps, que Yousef serait en mesure d'obtenir une réponse à son questionnement. Puisque Sheran partait avec la Caravane, il avait autorisé Bachir à occuper sa maison pour ces deux journées d'attente. La Caravane, qui progressait lentement en faisant des arrêts fréquents, n'atteindrait Nazareth que dans cinq jours. Même en partant deux jours plus tard, un cavalier solitaire pouvait parcourir la même distance en moins de trois jours. Bachir devrait donc être en mesure d'arrivée à Nazareth en même temps que la Caravane et peut-être même avant.

La troupe romaine arriva au sommet de la dernière colline et Quintus se hissa sur ses étriers, afin d'admirer les fortifications de la cité de Jérusalem, qui se dressait à moins d'un mille devant lui. Son regard se porta ensuite vers la longue caravane qui s'éloignait vers le nord. Il pinça les lèvres de frustration.

— Quelque chose ne va pas? l'interrogea Thalius, qui avait vu le mécontentement se peindre dans les traits de son officier.

Quintus indiqua la caravane qui s'éloignait d'un geste du menton.

— Si je ne me trompe, cette caravane est celle du roi Abimélek et Cid, le Maître du Troc de cette caravane, connaît Farouk, puisqu'il a signé cette entente commerciale en son nom avec Bénammi, il y a de cela dix ans.

Quintus poussa un long soupir avant de poursuivre :

— Je suis convaincu qu'il sait où est Farouk et qu'il sait comment entrer en contact avec lui. J'aurais souhaité pouvoir lui remettre un message, afin qu'il puisse le lui transmettre.

— Elle n'est pas très loin, dit Thalius sans grande conviction, et nous pouvons facilement la rattraper.

Quintus grimaça de plus belle en secouant la tête.

— Les missions que Caius Octave m'a confiées ont préséance sur mes désirs personnels et je ne dois pas m'en écarter.

Il poussa un nouveau soupir de frustration avant de conclure :

— La Caravane sera encore sur le territoire de Juda pendant plusieurs semaines, alors nous verrons plus tard. Si tel est le désir des dieux, nos routes se croiseront de nouveau.

Bachir était demeuré au bord de la chaussée jusqu'à ce que la Caravane eût disparu à l'horizon. Il fut très étonné par la troupe romaine qui bifurqua devant lui, afin de se rendre au campement de la garnison. Il avait été incapable de détourner son regard des cavaliers de tête, qui portaient un petit bouclier dans leur dos, de même qu'un arc, pendant au pommeau de leur selle, et deux carquois de flèches posés sur l'encolure de leur monture. Jamais il n'avait vu de cavaliers romains ainsi affublés.

XII
Nazareth

Quintus fut accueilli très cordialement par le commandant de la garnison qui recevait rarement la visite d'un haut officier de l'armée. Après avoir expliqué la nature des trois missions que Caius Octave lui avait confiées, il avisa l'officier qu'il conserverait douze des chevaux, afin d'accomplir celles-ci et le commandant de garnison acquiesça avec empressement.

— J'espère que tu me feras l'honneur de partager mon repas, avant de partir vers Pétra? questionna le commandant avec une pointe de déception, car il avait espéré avoir la compagnie de son visiteur pour quelques jours, mais celui-ci semblait très pressé d'accomplir ses missions.

Quintus n'hésita qu'un court moment, mais la consternation du commandant était si évidente, qu'il tenta d'atténuer celle-ci.

— Je rencontrerai Hérode tantôt et je partagerai ton repas. J'irai même jusqu'à profiter de ton hospitalité pour la nuit, avant de partir.

Le commandant de garnison se sentait comblé de joie.

— Il y a seize ans que je commande la garnison de Jérusalem et j'ai reçu moins de dix fois la visite d'un invité de marque. Alors, lorsqu'il en vient un, j'ai toujours espoir que son séjour sera le plus long possible.

Quintus avait envoyé l'un de ses hommes au palais, afin d'annoncer son arrivée et demander audience. Il en profita donc pour entretenir la conversation en attendant le retour de celui-ci.

— Il ne doit pas être très plaisant de vivre ici? lança-t-il d'un ton ironique. Tous les gens que nous avons croisés sur notre route nous ont jeté des regards remplis de haine et d'hostilité.

Le commandant ricana doucement avant de répondre.

— Il est vrai que les Juifs n'aiment pas particulièrement les Romains, mais c'est toujours pire l'année du recensement. La majorité d'entre eux ne comprennent pas la nécessité de cet exercice démographique, ce qui leur donne l'impression d'être simplement dénombrés, comme un troupeau de moutons.

— Voilà qui explique tout! s'exclama Quintus.

Il hésita un petit moment avant d'interroger le commandant sur l'autre sujet de son questionnement, car il voulait bien choisir ses mots, afin de ne pas l'offusquer.

— Connais-tu le motif pour lequel César n'a pas fait appel à toi, afin de régler ce problème avec les brigands qui sévissent en ce moment?

— La raison en est fort simple, répondit le commandant en une moue blasée. La mission de cette garnison est de maintenir la paix sur le territoire de Judée et ces brigands n'accomplissent leurs méfaits que sur les territoires de la Galilée et de la Samarie.

— Donc, hors de ta juridiction, compléta Quintus.

Le commandant ouvrit les mains en une mimique d'impuissance.

— Je mettrai à ta disposition tous les hommes dont tu auras besoin, lorsque viendra le moment de partir à la recherche de ces malfaiteurs.

Quintus afficha un petit rictus complaisant, tout en secouant négativement la tête.

— Je te remercie de ton offre, mais je suis sûr que mes hommes seront suffisants.

Le commandant arqua les sourcils d'étonnement.

— Tu devrais te méfier, commandant Quintus, car on dit que ces brigands sont nombreux et déterminés.

Quintus se contenta de sourire. Ces fripouilles, sans envergure, réussissaient à échapper à leur poursuivant depuis trop longtemps et il avait la certitude qu'une petite troupe de cavaliers rapides serait plus efficace qu'une troupe d'infanterie lente et bruyante, qui annoncerait son approche longtemps à l'avance.

Le cavalier qu'il avait envoyé au palais était de retour et Quintus l'interrogea du regard.

— J'étais en train d'exprimer ta requête à l'officier de la garde prétoriale, lorsqu'Hérode est venu s'adresser à moi directement.

Le commandant de la garnison était bouche bée, alors que le cavalier poursuivait :

— Il a eu vent de notre arrivée et il dit qu'il te recevra dès que tu seras prêt.

Le commandant était complètement abasourdi et Quintus le questionna d'une mimique interrogatrice en ouvrant les deux mains.

— Comme je te le disais, expliqua le commandant, je suis ici depuis seize ans et Hérode m'a toujours fait attendre. Je me rappelle même d'avoir patienté pendant deux jours avant de pouvoir le rencontrer. L'audience la plus rapide qu'il m'ait accordée fut en quatre heures.

Ce fut au tour de Quintus d'arquer les sourcils d'étonnement :

— Tu dois être un homme très important, poursuivit le commandant, pour qu'il accepte de te rencontrer aussi promptement.

Quintus ricana narquoisement.

— Il se contrefiche éperdument de moi, Commandant, mais il sait que je lui apporte des documents qu'il attend depuis fort longtemps.

Quintus était un homme d'une grande efficacité et, normalement, il n'aurait jamais eu l'idée de faire attendre le roi, mais l'attitude de celui-ci envers le commandant d'une garnison romaine l'indignait et le choquait, ce qui lui insuffla une idée saugrenue.

— Y a-t-il dans cette cité un bain qui soit digne de ce nom? lança-t-il en affichant un petit sourire espiègle.

Le commandant était si étonné de la question, qu'il lui fallut quelques secondes avant de répondre en un lent mouvement positif de la tête.

— Il y a effectivement dans cette ville un bain fort acceptable, qu'Hérode a fait construire, il y a quatre ou cinq ans, mais…

Le commandant avait laissé sa phrase en suspens, car il ne comprenait pas où l'officier voulait en venir avec sa question, qui était hors de propos.

— Je ne peux tout de même pas me présenter devant le roi de Jérusalem, alors que je suis sale et poussiéreux, lança Quintus en un demi-sourire moqueur et il ne serait que justice de le faire attendre à son tour, n'est-ce pas?

Le commandant s'adossa à son fauteuil en se tenant le ventre, alors qu'il ricanait à la perspective de cette douce vengeance.

— Ce n'est pas que j'aie besoin d'un bain, puisque j'en ai pris un il y a moins d'un mois, mais je crois que je vais t'accompagner, simplement pour le plaisir de la chose.

Cinq heures plus tard, après avoir pris un bon bain et un copieux repas, Quintus et Thalius se présentèrent au palais dans des uniformes bien brossés et dépoussiérés. Hérode était furieux d'avoir attendu aussi longtemps, mais il s'efforça de n'en laisser rien paraître. La salle des audiences n'avait rien de comparable avec celle de Rome. Une estrade peu élevée occupait la moitié de la pièce sur toute sa largeur. Un trône était placé complètement à la gauche et Hérode l'utilisait seulement lorsqu'il rendait la justice ou s'il accordait audience à des gens venus se plaindre. Le centre et la droite de cette large estrade étaient couverts par de longs fauteuils confortables et c'est à cet endroit qu'il recevait ses invités de marque.

Quintus, qui était conscient de la fébrilité du roi, prit tout son temps avant d'en venir aux buts de sa venue. Il lui parla des routes encombrées par le grand nombre de voyageurs allant ou revenant du recensement, puis il s'informa sur les nombreux chantiers qu'Hérode avait lancés lors des dix dernières années. Il alla même jusqu'à le féliciter pour la construction de ce bain, qui était digne de ceux de Rome. Il accepta d'en venir au sujet de sa visite, mais seulement lorsqu'il eut l'impression d'avoir complètement épuisé la patience du roi. Il tendit au scripte, qui était assis entre eux, un tube de cuir scellé d'un bouchon amovible.

— Caius Octave César, grand Auguste de Rome, t'envoie ce rapport, que tu lui as demandé, et il espère que celui-ci sera à la hauteur de tes attentes.

Hérode fut incapable de se retenir, il tendit le bras et s'empara du tube de cuir des mains de son scripte et le posa sur ses genoux. Quintus sortit ensuite trois documents d'une sacoche de cuir et les tendit au scripte.

— Voici l'entente de paix entre Obodas du Moab et toi. César m'a dit qu'il en avait déjà discuté avec toi et que tu étais d'accord sur les conditions de celle-ci.

Hérode prit l'un des documents et le parcouru rapidement. Il le rendit ensuite au scripte en lui faisant signe d'apposer son sceau sur les trois documents.

— J'accepte les termes de cette entente, mais je ne suis pas certain qu'Obodas sera aussi conciliant.

Quintus croisa les doigts en affichant un petit sourire complaisant.

— Le roi des Nabatéens acceptera cette proposition, j'en fais une affaire personnelle, et lorsqu'il aura apposé son sceau sur ces documents, je reviendrai t'en remettre un exemplaire.

Hérode était très perplexe et il ne se cacha pas pour le laisser paraître par une mimique de scepticisme :

— Lorsque j'en aurai terminé avec cet accord, poursuivit Quintus, je réglerai définitivement le problème causé par les brigands de la Galilée. Selon les dires de Caius, il serait même question d'une possibilité de rébellion…

Quintus laissa sa phrase en suspens, attendant que le roi lui fournisse quelques éclaircissements. Hérode savait qu'il avait quelque peu exagéré la chose, mais c'était la seule façon qu'il avait trouvée pour forcer la main à César, afin qu'il accepte de lui prêter main-forte avec ce problème, qui perdurait depuis trop longtemps.

— Ce ne sont que des rumeurs, se défendit le roi, mais ces brigands ont volé deux mille huit cents talents d'or, qui étaient pour les impôts, dans les trois dernières années. Si les rumeurs sont vraies et que cet or sert à acheter des armes, nous aurons sous peu un énorme problème sur les bras.

Quintus approuva d'un balancement de la tête, même si son opinion était partagée sur le bien-fondé de ces allégations.

— Je trouverai ces brigands et je les mettrai hors d'état de nuire, puis je rapporterai les impôts volés, déclara-t-il d'un ton sans équivoque.

— Si tu réussis ce coup de maître, affirma Hérode, Rome jouira de mon éternelle reconnaissance.

Le commandant Quintus et le colonel Thalius quittèrent le palais du pas du promeneur que rien ne presse.

— Cette rencontre c'est très bien déroulée, lança Quintus d'un ton satisfait.

Thalius se contenta d'une moue appréciatrice, avant de commenter.

— Celle avec Obodas du Moab ne sera peut-être pas aussi évidente. C'est du moins ce que semble en penser Hérode.

Quintus afficha un petit rictus.

— J'ai déjà quelques idées sur la bonne façon de m'y prendre, afin que tout se déroule bien, mais j'ai besoin d'un peu plus de temps, afin d'élaborer une stratégie efficace et sans faille.

Il leva les yeux au ciel en une brève réflexion, puis, sa décision prise, il déclara :

— Puisque rien ne nous presse, je crois que nous allons demeurer à Jérusalem un jour de plus. Cela nous permettra de visiter cette belle cité et je suis sûr que le commandant de la garnison sera heureux de cette décision.

Thalius, qui marchait toujours à la droite de Quintus, se déplaça rapidement à sa gauche. Il extirpa une pièce de sa bourse et approcha d'un mendiant, qui était assis à même le sol, la tête encapuchonnée et un gobelet de métal à la main. Il attendit jusqu'à ce que l'homme lève son regard sur lui avant de laisser tomber la pièce dans son récipient. Il questionna Quintus d'une mimique interrogatrice, lorsqu'il revint près de lui, car son ami ricanait gaiement en faisant tressauter ses épaules.

— Aurais-tu quelques mauvaises actions à te faire pardonner des dieux? lança Quintus entre deux ricanements. Non pas que je doute de ta générosité, mais c'est la seconde fois que je te vois faire un détour, afin de remettre une obole à un mendiant.

Thalius leva le nez en une mine faussement indignée et Quintus ricana de plus belle.

— Tu as fait la même chose, au bas du chemin du Paladin, lorsque nous avons quitté le palais de Caius.

Thalius soupira avec résignation.

— Ce n'est pas un pardon, mais bien une faveur que j'espère obtenir des dieux.

Quintus leva un sourcil de façon interrogateur.

— Le conseiller Mécène m'a demandé de lui rendre un service, si l'occasion se présentait, et je souhaite ardemment être en mesure de lui être agréable.

Voyant que Quintus attendait qu'il explique la nature de ce service, Thalius ajouta :

— Le conseiller m'a demandé de garder le secret à ce propos. Tout ce que je peux t'en dire, c'est que ce service est pour le bien de Caius Octave et de l'Empire.

Quintus leva la main.

— Puisque tu as donné ta parole de garder le secret, alors je ne t'interrogerai plus à ce sujet.

Dès que les deux officiers romains eurent quitté la salle des audiences, Hérode se rua sur le tube de cuir, contenant le rapport tant attendu, avec la férocité d'un loup sur une brebis. Il parcourut les nombreux documents avec une fébrilité croissante. Dès qu'il eut terminé sa lecture, il envoya le scripte à la recherche du rapport que lui avait fait le jeune lieutenant Ruben, dix années plus tôt, alors qu'il avait parcouru tout le royaume avec les trois mercenaires, afin d'interroger les gens importants de chaque ville. Lorsqu'il eut terminé d'éplucher la pile de documents, que lui avait apportés son scripte, la nuit était déjà tombée depuis un long moment. Son cerveau tourbillonnait du nombre considérable d'informations qu'il avait glanés tout au long de sa lecture. Il alla se mettre au lit en se disant que la nuit portait conseil et que son esprit mettrait de l'ordre dans ce fouillis pendant son sommeil.

Au matin, Hérode se sentait frais et dispos et il avait les idées claires. Il revérifia plusieurs informations, puis il frappa deux fois dans ses mains. Le garde, qui attendait à l'extérieur de la pièce, entra immédiatement. Il lui ordonna de faire venir Ruben, le capitaine de la garde prétoriale, de même que Polybios, le chef des mercenaires à sa solde. Le soldat s'inclina et quitta les lieux prestement. En sortant, il faillit entrer en collision avec l'esclave africain, qui apportait le premier plat du repas matinal de son maître.

— Pas maintenant! s'exclama Hérode avec impatience, tout en le chassant d'un geste répétitif de la main.

L'esclave n'avait pas encore atteint la porte, lorsque le roi se ravisa.

— Apporte plutôt du vin et quelques gobelets!

L'homme, d'un certain âge, qui était au service d'Hérode depuis de nombreuses années, s'inclina et quitta la pièce de son pas lent et feutré.

Quelques minutes plus tard, Ruben et Polybios entrèrent dans la salle des audiences qui, somme toute, avait de multiples usages, suivi immédiatement de l'esclave qui revenait avec le pichet de vin et les gobelets. Hérode attendit que les deux hommes aient pris place et que le serviteur ait terminé de servir le vin avant d'ouvrir la conversation.

— J'ai reçu de Rome un rapport d'enquête qui m'a coûté une véritable fortune, mais qui me permettra enfin de découvrir le temple secret, qui renferme les anciennes prophéties ancestrales.

347

Ruben ne put s'empêcher d'afficher une expression de désappointement et de désapprobation, faisant monter une bouffée de colère en Hérode. Le roi inclina son corps de façon à approcher son visage tout près de celui de son capitaine.

— Il y a dix ans, je t'ai envoyé investiguer dans tout le royaume, afin de découvrir ce temple. J'ai déboursé une somme astronomique, mais je n'ai obtenu aucun résultat, car ton scepticisme t'avait aveuglé au point que tu avais trouvé ce temple, mais tu n'as pas su le reconnaître.

Ruben était livide, car il savait qu'Hérode pouvait être d'une grande cruauté envers ceux qui le décevaient. Le roi se tourna vivement du côté de Polybios.

— Efface ce sourire moqueur de ton visage, car tu es tout aussi responsable!

Le chef des mercenaires se renfrogna. Il avait beaucoup de difficulté à accepter les reproches, mais Hérode était son client le plus lucratif et il ne voulait pas le perdre. Le roi inspira profondément, puis il expira avec lenteur, afin de se calmer, avant de reprendre :

— Jules César a découvert l'emplacement de ce temple, il y a de cela de nombreuses années, mais cela n'était pas suffisant pour te permettre d'y croire.

Par prudence, Ruben avait baissé les yeux dans un silence total. Hérode s'adossa confortablement, puis il croisa ses doigts sur son ventre :

— À ma demande et pour un coût exorbitant, poursuivit le roi, Caius Octave a ordonné à quatre scriptes romains d'éplucher les innombrables documents ayant appartenu à son père. Il leur a fallu plus de trois mois, afin de s'acquitter de cette corvée, mais ils ont finalement retrouvé le rapport que César avait reçu et qui lui avait permis de découvrir ce temple.

Hérode se tut un court moment, laissant planer le suspens, alors que ses deux auditeurs s'étaient avancés sur le bout de leur siège, avides d'entendre la suite :

— L'espion de César indiquait que le temple secret se trouvait dans le village de Corozaïn, sur les bords de la mer de Galilée.

Polybios grimaça d'incompréhension.

— La mer de Galilée porte également le nom de lac Tibériade, expliqua Ruben à l'endroit du mercenaire, qui comprit enfin.

Hérode laissa entendre un petit soupir d'impatience avant de reprendre où il avait été interrompu.

— Le rapport spécifiait également que le grand-prêtre qui gardait ce temple était un potier du nom de Balak.

Ruben et Polybios se dévisagèrent, cherchant chacun dans sa mémoire l'endroit et le moment où il avait entendu ce nom. Hérode regarda tour à tour les deux hommes, se délectant du moment :

— Je ne peux vous en vouloir, poursuivit-il, car j'ai eu exactement la même réaction, lorsque j'ai lu ce passage, et il m'a fallu une grande partie de la soirée d'hier avant de trouver la réponse.

Il tourna son regard vers son capitaine.

— C'était dans ton compte rendu de mission, d'il y a dix ans, sauf que le nom du village était différent.

Les deux auditeurs avaient ouvert de grands yeux.

— Magdala! s'exclama Ruben.

— L'étrange entrepôt! compléta Polybios. L'un des deux hommes, que l'on avait déjà rencontré à Nazareth, disait qu'il aidait son père à déménager son atelier de poterie, de même que son entrepôt.

— Et ce potier se nommait Balak, je m'en souviens parfaitement à présent, compléta Ruben.

Polybios serra les poings.

— Le costaud, couvert de cicatrices, il revenait du palais, il y a deux jours. Lorsque je l'ai croisé, j'étais sûr d'avoir déjà rencontré cet homme.

Hérode grimaçait en secouant la tête.

— Cet homme ne se nomme pas Balak. C'est un maître du troc venu des lointains royaumes du Sud et son nom est Farouk.

— J'ignore ce qu'il fait maintenant, répliqua Polybios, mais il était l'un des deux hommes qui se sont joués de nous à cet étrange entrepôt. Si je le retrouve un jour, il me paiera cet affront.

Hérode était sceptique et cette histoire l'indifférait. Le mercenaire se tourna d'un mouvement vif en direction de l'esclave africain, qui avait repris son poste d'attente près de la porte, tête baissée, les mains l'une sur l'autre, en une attitude de soumission.

Polybios n'aimait pas qu'il y ait des témoins, lorsqu'il discutait affaires avec un client. Hérode grimaça d'impatience, puis il chassa le serviteur d'un geste brusque de la main.

— Tu n'as pas de soucis à te faire, déclara-t-il, afin de calmer les appréhensions du mercenaire, cet esclave m'est totalement soumis.

Hérode avança sur le bout de son fauteuil et plongea son regard dans celui de Polybios.

— Combien d'hommes as-tu à ta disposition?

— Quatre, répondit le mercenaire, des hommes solides en qui j'ai une entière confiance.

Hérode fit une petite pause de réflexion avant de s'exclamer.

— Rends-toi à Magdala et interroge tous les anciens clients potentiels de ce potier. Ruben t'accompagnera, afin de s'assurer de la coopération de ces gens. L'une de ces personnes connaît le nouveau lieu de résidence de ce potier, j'en ai la certitude. Alors, trouve-le!

Polybios s'inclina, mais cet ordre lui était insuffisant, car il désirait des instructions claires et sans ambiguïtés, afin de pouvoir remplir complètement la mission qui lui était confiée.

— Que dois-je faire de cette information, lorsque je l'aurai obtenue?

Le roi réfléchit un court moment avant de répondre.

— Ce potier n'a pas pu déménager à l'autre bout du monde, alors, trouve ce temple et rapporte-moi cette prophétie qui concerne le peuple juif.

Polybios réfléchit quelques secondes.

— Que dois-je faire, si des gens essayent de s'interposer?

— Tue-les et brûle ce temple, après en avoir extirpé ma prophétie! lança Hérode en se levant et en affichant une farouche détermination.

L'esclave, qui avait été chassé de la salle d'audience par son roi, était sorti de son pas lent habituel, mais dès que la porte se fut refermée, il se mit à courir vers les cuisines. Il examina ensuite plusieurs aliments, puis il s'empara de deux laitues en feuille, qu'il jeta dans une boîte de bois, qui était destinée aux ordures.

— *Cette laitue n'est pas suffisamment fraîche pour notre souverain!* lança-t-il d'un ton catégorique. *Je me rends au marché de ce pas, afin d'en acheter d'autres!*

L'esclave, qui était responsable des cuisines, s'inclina respectueusement, car, même chez les esclaves, il existait une hiérarchie qui devait être respectée.

Dès qu'il fut arrivé au marché, il se dirigea vers le kiosque du marchand de fruits. Après avoir examiné quelques laitues, il en prit deux, qui n'étaient pas plus fraîches que celles qu'il avait mises aux ordures, puis il fit un petit signe du menton à Yousef. Le marchand l'invita à pénétrer sous son auvent et, à l'abri des regards indiscrets, l'esclave lui raconta tout ce qu'il avait entendu dans la salle d'audience. Yousef lui remit une pièce de dix drachmes et l'esclave ouvrit de grands yeux éblouis.

— Tu es d'une immense générosité, lança l'informateur d'une voix remplie d'admiration et de gratitude.

— C'est tout à fait normal, rétorqua Yousef. Cette information me rapportera le double, alors il est naturel que je partage avec toi, mon ami.

À la mi-journée, Bachir, le chamelier qui était demeuré à Jérusalem, se présenta chez le marchand de fruits, qui l'accueillit très cordialement. Il lui répéta tout ce que son informateur lui avait rapporté et Bachir lui remit une pièce d'une mine, qui représentait cent drachmes. Yousef le remercia modestement. Le marchand de fruits venait de mettre dans sa bourse dix fois plus que ce qu'il avait donné à l'esclave, mais les affaires étaient les affaires, après tout.

Le matin suivant, Bachir se mit en route. Cid lui avait demandé de demeurer deux jours à Jérusalem, mais comme un seul jour avait été suffisant pour obtenir l'information convoitée, il ne voyait pas la nécessité d'attendre inutilement. Il récupéra sa monture à l'écurie, à la sortie de la cité, et s'engagea sur la route commerciale, qui longeait le Jourdain vers le nord, jusqu'au lac Tibériade. En sortant de la ville, il croisa les deux officiers romains qui y entraient, afin d'y faire leur visite touristique. En partant avec un jour d'avance, il avait la certitude qu'il pourrait rejoindre la Caravane du Nord avant la croisée des chemins menant à Nazareth.

Le jour suivant, la petite troupe de cavaliers romains se mit en route vers Pétra. En s'engageant sur la route commerciale, Quintus tourna machinalement la tête vers le nord. Il regrettait de ne pas être arrivé à Jérusalem un jour plus tôt, car il aurait vraiment souhaité s'entretenir avec le Maître du Troc de la grande Caravane. Le jour précédant, il avait longuement discuté avec le commandant de la garnison, tout en visitant la cité et l'officier lui avait appris une foule de choses concernant cette Caravane. Il connaissait maintenant son origine, de même que les principales étapes de son long parcours.

Plus la troupe romaine avait progressé vers le sud et moins la route avait été achalandée. Il y avait près de deux heures qu'ils longeaient la rive de la mer Morte, lorsque la troupe freina son allure. Les douze cavaliers avaient les yeux rivés sur le sommet du gigantesque pic rocheux, qui s'élevait devant eux. Même vue sous cet angle, la forteresse de Massada était très impressionnante.

Deux heures plus tard, alors que le soleil déclinait rapidement à l'horizon, la troupe fit halte pour la nuit. Toute la soirée, assis autour d'un bon feu, les hommes discutèrent de cette forteresse imprenable. Quintus, qui avait étudié l'histoire de cette citadelle, sous la tutelle du colonel Rupilius, son maître d'armes, s'était bien amusé à écouter les différentes opinions de ses hommes sur la façon dont cette place forte pouvait être construite, puisque celle-ci avait su résister à tous ses envahisseurs. Quintus savait qu'Hérode y avait fait accomplir d'importants travaux dans les dernières années, mais même avant ceux-ci, la forteresse avait comporté de nombreux entrepôts et un grand nombre de citernes pouvant recueillir l'eau de pluie. La place était complètement autonome et aurait pu soutenir un siège pendant plusieurs années, sans capituler. Par la suite, les hommes se mirent à extrapoler sur les différentes possibilités de prendre une telle forteresse, chacun y allant d'une suggestion plus loufoque que la précédente. Fatigué d'entendre les âneries de ses hommes, Quintus trancha le débat interminable.

— La seule façon de prendre une place imprenable, c'est de la détruire!

Tous les hommes étaient demeurés bouche bée, mais son propre commentaire lui inspira une idée, qu'il saurait exploiter le moment venu.

Le jour suivant, à la mi-journée, Bachir quitta la route commerciale et s'engagea sur la route de Nazareth. Normalement, il aurait dû être en mesure de rattraper la Caravane, il y a quelques heures, mais la route était si encombrée de voyageurs maussades, qu'il avait dû mettre sa monture au trot lent la majeure partie du trajet. Quelques minutes plus tard, il aperçut la grande Caravane du Nord, qui était pratiquement toute entrée dans le pré où elle faisait toujours halte lors de son voyage. Ils avaient pris près de deux heures de retard sur l'horaire habituel et plusieurs chameliers étaient déjà partis, afin de rencontrer leurs clients locaux.

* * *

Au même moment, Quintus et sa troupe approchaient de la cité de Pétra. Les cinq dernières heures, ils avaient chevauché à travers une région aride et désertique, contournant des montagnes basses et pratiquement dénudées. Quintus leva le bras et ordonna à la troupe de ralentir l'allure, passant du trot régulier au trot lent. Une soixantaine de cavaliers nomades, montés sur de grands chameaux, observaient leur approche. À peine eurent-ils freiné leur progression, qu'ils virent la troupe de nomades s'élancer dans leur direction, au grand galop, en une charge agressive. Quintus tendit le bras gauche, paume vers le bas, indiquant à ses hommes de ne pas réagir à ce qui lui semblait n'être qu'une simulation d'attaque. Une dizaine de foulées avant l'impact, les cavaliers nomades tirèrent sur la bride de leurs montures, forçant celles-ci à un arrêt brusque. Le chef de cette troupe avança seul en direction des Romains en affichant un air arrogeant et dédaigneux, puis il cracha d'un ton méprisant.

— Que font des cavaliers romains sur notre territoire?

Quintus, qui était demeuré totalement impavide, répliqua sur le même ton.

— Je suis le commandant Quintus et je viens rencontrer le roi Obodas III, vassal de mon maître, Caius Octave César, grand Auguste de Rome.

Le nomade serra les dents. La majorité des Nabatéens détestaient l'idée d'être des vassaux de Rome. L'homme grimaça de dédain avant de faire un simple signe de la tête, indiquant au commandant romain de le suivre.

Escortée par les nomades, la petite troupe de Quintus contourna la montagne qui était devant eux. Quintus avait la certitude que la cité de Pétra devait être tout près, mais il n'en voyait aucune trace dans tous les azimuts. Après quelques minutes, la troupe bifurqua à gauche et s'engagea dans un long défilé qui pénétrait dans la montagne, telle une gigantesque déchirure. Même Quintus, qui avait déjà étudié les plans de cette cité, était incapable de s'abstenir, tout comme ses hommes, de jeter des regards admiratifs à gauche, à droite et au-dessus de lui. Le défilé, en forme de demi-lune, long et étroit, pénétrait sur près d'une demi-lieue dans la montagne. Ses parois étaient abruptes comme des falaises et s'élevaient à près de cinquante toises au-dessus d'eux, alors que par endroits, le défilé n'avait pas plus de deux toises de largeur. Quintus avait la certitude qu'une poignée d'hommes serait suffisant pour tenir tête à toute une armée dans cet étroit défilé. Il savait également que le seul autre accès à la cité était un sentier abrupt et sinueux sur la face ouest de cette montagne.

Les nomades, qui guidaient la troupe romaine, avaient maintenu une allure très lente, faisant paraître le défilé plus interminable qu'il ne l'était déjà. Lorsqu'ils en émergèrent enfin, tous les Romains ouvrirent de grands yeux fascinés. Tout ce que Quintus avait lu sur la majestueuse cité était là sous ses yeux. Le défilé s'élargissait brusquement et les parois de grès étaient sculptées, presque jusqu'à leur sommet. Le roc reflétait les couleurs chatoyantes de l'arc-en-ciel. Loin devant eux, le sol descendait en pente douce jusqu'à une large vallée qui abritait la ville de Pétra et où les maisons blanchies à la chaux resplendissaient sous le soleil.

Ils mirent enfin pied à terre devant le palais. Sans dire un seul mot, le nomade fit signe au commandant romain de le suivre à l'intérieur. Quintus fit de même et d'un petit geste, il ordonna à Thalius de l'accompagner. Obodas les accueillit avec froideur et indifférence ne leur offrant ni à boire, ni à manger. Après les salutations d'usage, Quintus remit au roi les documents de l'entente de paix, puis il attendit qu'Obodas en ait terminé la lecture, tout en observant la figure du roi qui se durcissait au fur et à mesure qu'il avançait dans le texte. Dès qu'il eût terminé sa lecture, le roi lança les documents au pied de l'officier romain.

— Il n'est pas question que je signe une telle entente, cracha-t-il avec dégoût.

Thalius ramassa les documents et les remit à son officier, qui était demeuré imperturbable et affichait toujours un petit sourire bienveillant.

— Ton père était un homme plein de sagesse, déclara Quintus d'une voix posée. Le roi Malichus a accepté de devenir un vassal de Rome, car il avait la conviction qu'il était dans son intérêt et celui de son peuple d'être en paix avec Rome.

Le regard qu'Obodas posait sur Quintus était rempli de fureur contenue, car il avait toujours désapprouvé cette décision qu'avait prise son père :

— Tu es un homme différent, poursuivit Quintus. Ce qui te caractérise ce n'est pas la sagesse, mais bien l'intelligence. Malheureusement, tu ne détiens pas toutes les informations nécessaires, afin de prendre une décision éclairée.

Quintus tendit la main à sa droite vers de confortables fauteuils :

— Si tu nous invitais à prendre place, je pourrais alors te fournir ces informations qui te font défaut.

Le roi hésita un court moment, mais le calme évidant de cet officier romain le déconcertait et éveillait en lui sa méfiance. D'un geste de la main, il convia les deux officiers à s'asseoir et Quintus ouvrit immédiatement la conversation de façon anodine.

— Ta cité est vraiment merveilleuse, Roi Obodas, et je suis entièrement en accord avec les gens qui disent que cette forteresse naturelle est imprenable.

Le roi était abasourdi. Un tel aveu venant d'un officier romain le décontenançait. Quintus s'adossa confortablement dans son fauteuil, le temps que le roi se remette de ses émotions avant de poursuivre :

— Tu dois comprendre à quel point la situation de Caius Octave est précaire. Il dirige seul l'Empire depuis de nombreuses années et le sénat renouvelle son mandat, sans jamais nommer un deuxième Grand-Consul. De son côté, le peuple de Rome exige que la paix règne dans l'Empire et Caius s'efforce de les satisfaire. Tant et aussi longtemps qu'il y parviendra, il demeurera seul au pouvoir.

Obodas affichait son indifférence en une grimace dédaigneuse.

— En quoi les problèmes de César peuvent-ils me concerner? lança-t-il d'un ton hautain et méprisant.

Quintus affichait toujours son petit sourire avenant.

— Simplement parce qu'il fera tout ce qui est nécessaire, afin de parvenir à cette paix dans l'Empire. Voilà pourquoi le conflit entre Hérode et toi doit prendre fin, car Rome ne peut tolérer que deux des ses vassaux se fassent la guerre.

Obodas avait croisé les bras en une attitude renfrognée. Quintus écarta les bras, tout en montrant ses deux paumes.

— Ce que Caius Octave te demande est bien peu de chose. Alors, rends à César ce qui est à César.

Le roi se mit à rire ironiquement.

— Caius ne fait pas la loi à Pétra, même s'il se prend pour le Pantocrator et qu'il croit que tout lui appartient.

Quintus secoua la tête en affichant un sourire d'amertume.

— Je connais Caius César depuis une trentaine d'années et je peux t'assurer qu'il ne se prend pas pour Zeus. Il a simplement de lourdes responsabilités et il fait tout ce qui est en son pouvoir afin de s'en acquitter.

Obodas se renfrogna en une moue obstinée.

— Comme tu le disais si bien toi-même, il y a un moment, ma cité est imprenable et je ferai comme bon me semble de cette guerre contre Hérode.

Quintus approcha sur le bout de son siège. Son sourire bienveillant se mua en une attitude affligée.

— Je sais qu'il n'y a pas d'eau, ni d'arbres, à des lieues de ta cité, mais tu es un homme intelligent, alors essais d'imaginer, vingt-cinq légions romaines, qui débarqueraient à Ascalon en Judée. Vingt d'entres-elles se mettraient en marche vers Pétra, alors que les cinq autres légions mettraient en place un pont humain entre le port d'Ascalon et ta cité, afin d'acheminer l'eau, les vivres et les équipements nécessaires aux cent vingt-cinq mille hommes de cette armée. Ta ville serait complètement encerclée, empêchant toute fuite possible. Un millier de catapultes seraient transportées en pièces détachées, puis réassemblées tout autour de ta belle cité. Jour et nuit, pendant trois à quatre mois, ta ville serait bombardée grâce à toutes les grosses pierres que l'on trouve en abondance sur des lieues à la ronde. Lorsque cette attaque sera terminée, ta cité sera engloutie sous un amoncellement de pierres et personne n'aura survécu. Ce sera la fin de ton peuple et de ta merveilleuse cité.

Le roi Obodas s'était écrasé au fond de son fauteuil le teint livide comme celui d'un cadavre :

— La seule façon de prendre une forteresse imprenable, c'est de la détruire et Caius Octave a compris cela il y a fort longtemps. Il t'aime bien, Roi Obodas, de même que ton peuple, et il ne te veut aucun mal, mais si tu ne lui laisses aucun choix, il détruira ta cité, sans l'ombre d'une hésitation.

Quintus avait l'impression d'entendre le cœur du roi battre la chamade. Il attendit quelques secondes, puis il tendit à nouveau les documents de l'entente.

— La première fois que je t'ai remis cette entente, reprit Quintus, Caius César te demandait ta compréhension et ta coopération, afin de mettre un terme à ce conflit. Maintenant, il l'exige.

Obodas s'empara des parchemins d'une main tremblante. Il relut rapidement le texte et nota que le sceau de l'Empire, de même que celui d'Hérode, qui avait déjà accepté l'entente, y était apposé. Il étira le bras d'un geste brusque et un garde approcha.

— Dit à mon scripte d'apposer mon sceau sur ces trois documents, ordonna-t-il d'un ton péremptoire.

Les deux officiers romains se levèrent et saluèrent respectueusement le roi.

— Je dirai à Caius Octave César, grand Auguste de Rome, que tu as accepté de coopérer, car la paix de l'Empire te tiens aussi à cœur qu'à lui-même.

Un rictus forcé se dessina sur les lèvres d'Obodas, alors qu'il leur rendait leur salut d'un modeste hochement de la tête.

Une trentaine de minutes plus tard, alors que le soleil s'apprêtait à disparaître derrière l'horizon, la petite troupe romaine terminait d'établir son campement pour la nuit à moins de deux lieues au nord-ouest de Pétra. Le roi des Nabatéens était si offusqué, qu'il n'avait pas offert l'hospitalité à ses visiteurs.

Thalius déposa la selle de son cheval juste à côté de celle de Quintus et s'y laissa choir, tout en arborant un sourire moqueur.

— Quintus, mon ami, tu es un fieffé menteur!

Quintus se redressa en une attitude indignée :

— Tu savais pertinemment que le sénat de Rome n'aurait jamais accepté que Caius fasse détruire la cité de Pétra de cette façon, compléta-t-il.

Quintus se mit à rire de bon cœur.

— Nous le savions, tous les deux, mais comme tu as pu le remarquer, le roi du Moab n'en savait rien.

Thalius se mit à rire de façon contenue, faisant tressauter ses épaules.

— Il n'empêche que tu es, malgré tout, un fieffé menteur et si tu continues dans cette voie, tu finiras ta carrière chez les politiciens.

* * *

Au campement de la Caravane du Nord, deux grands feux avaient été allumés pour la nuit. Bachir avait répété à Cid toutes les informations qu'il avait obtenues du marchand de fruits. Malheureusement, l'esclave, qui avait été évincé de la pièce, n'avait pas entendu la fin de la conversation, ni les ordres qu'Hérode avait donnés à ses mercenaires. Le Maître du Troc avait convoqué Farouk et Sheran sous sa tente, afin de les mettre au courant et de décider de la bonne conduite à adopter dans les circonstances.

— Bien! s'exclama Sheran. Hérode a obtenu le vieux rapport que Jules César avait reçu et qui lui avait permis de découvrir le temple secret, autrefois.

Il fit une courte pause de réflexion, tout en arborant une mine boudeuse, son menton posé au creux de sa main.

— Ces informations datent d'il y a près de quarante ans et le temple a déjà été déplacé à deux reprises. De plus, il est maintenant à Bethsaïda, sur les terres de Basan, donc hors de la portée d'Hérode. Alors, je ne crois pas qu'il y ait vraiment du danger pour le moment. Demain, une heure ou deux après le zénith, nous serons à Nazareth.

Il se tourna vers Cid avant de poursuivre :

— Tu y feras tes affaires et j'y ferai les miennes. J'irai voir le notable, afin de me renseigner sur les maisons qui sont à vendre et je signerai mon contrat d'embauche avec Jacob.

— Nous demeurerons à Nazareth pendant trois jours, compléta Cid, puis la Caravane se scindera. Une trentaine de caravaniers partiront vers Sarepta sur la côte, alors que j'accompagnerai le reste de la Caravane jusqu'à Tibériade. Je profiterai de cette occasion pour aller saluer Balak, car il est fort probable que ce voyage soit mon dernier, et je suis sûr que ton père appréciera ma visite, de même que Dathan, ton frère aîné.

Cid ricana en voyant la figure déconfite de Farouk, qui ignorait que la Caravane se divisait une fois rendu à Nazareth :

— Les caravaniers rencontreront nos clients de Sarepta et des alentours, expliqua-t-il, puis ils se rendront à Sidon et à Sabratha où ils attendront notre arrivée avant d'entreprendre notre long voyage de retour.

Cid reporta son attention sur Sheran :

— Nous serons donc chez ton père dans huit jours et nous pourrons le mettre en garde contre cette nouvelle tentative d'Hérode de trouver le temple secret.

Les trois hommes opinaient en un accord commun. Ils étaient conscients de l'importance de mettre la famille de Sheran au courant des manigances d'Hérode, mais ils ne voyaient pas l'urgence de le faire promptement.

Le lendemain, à la mi-journée, alors que Quintus et ses hommes repassaient devant la forteresse de Massada en direction de Jérusalem, les chameliers de la grande Caravane du Nord terminaient l'installation de leur campement dans un pré au sud-est de Nazareth. Une heure plus tard, un petit groupe composé de trois chameliers, de Maître Cid, de Muhammad, de Farouk et Sheran, avec leur famille respective, approchaient du domaine de Jacob par la même route que Farouk et Sheran avaient empruntée pour s'y rendre la première fois. Tout au long du chemin, Farouk avait régulièrement tourné la tête à sa gauche, vers les champs au repos. Novembre était terminé, tout comme les récoltes, et le sol était recouvert d'une mince couche de givre laissée par la rosée matinale. Sheran lui avait parlé de l'activité fébrile qui y régnait à la saison des récoltes, mais les deux fois où Farouk avait vu ces champs, se ressemblaient étrangement, même si la raison en était différente.

L'un des employés de Jacob, qui avait vu le groupe approcher, avait ouvert tout grand la porte de la palissade menant à la cour, afin qu'ils puissent y pénétrer.

— Soyez les bienvenues! lança Jacob, qui venait de sortir de sa maison en compagnie de son épouse, d'Anna et de la petite Marie qui avait bien grandi depuis la dernière fois que Farouk l'avait vu.

Joseph, qui était tout au fond de la cour, approchait à grande enjambée. Muhammad se laissa glisser de sa selle avec l'aisance de sa jeunesse et se dirigea vers lui. Les deux hommes s'étreignirent les avant-bras en ricanant et en s'examinant de la tête aux pieds. Ils n'avaient pas encore quinze ans, lorsque Joseph avait quitté Djedda pour retourner chez lui et presque dix années s'étaient écoulées depuis. Muhammad lui donna un baiser sonore sur chaque joue et Joseph les lui rendit avec une grande aisance, car il s'était accoutumé à cette pratique, lors de son séjour dans les royaumes du Sud.

— Tu as presque l'air d'un homme avec ta barbe, lança Muhammad d'un ton moqueur.

— Et toi, tu as presque les apparences d'un véritable prince dans tes beaux vêtements, répliqua Joseph sur le même ton.

Les deux hommes éclatèrent de rire simultanément, puis ils s'étreignirent, comme des frères qui se retrouvent après une longue absence. Cid attendit quelques instants, puis il fit signe au jeune prince d'approcher.

— Il y a une très vieille coutume que tu te dois d'apprendre, si tu deviens le prochain grand Maître du Troc de cette Caravane.

Cid s'inclina très bas devant Jacob et Joseph.

— Sarathin Balthazar Abimélek, roi de Djedda, envoie ses respectueuses salutations et réitère son allégeance aux descendants de David.

— Remercie-le de ma part, lorsque tu seras de retour, déclara Jacob en s'inclinant à son tour.

— Quant à moi, dit Joseph, je le remercierai en personne, lorsque je le verrai, car si tu le permets, Cid, Marie et moi accompagnerons ta Caravane jusqu'à Aila, où nous nous embarquerons pour Djedda.

La déclaration de Joseph avait jeté un froid sur la petite assemblée.

— Pourquoi désires-tu te rendre à Djedda? questionna Farouk d'une voix où perçait la perplexité.

— Aucun rabbin n'acceptera de nous marier dans tout le royaume, répondit Joseph en levant fièrement la tête, alors qu'à Djedda, il sera facile de trouver un célébrant qui acceptera de le faire.

— Fuir n'est pas vraiment la bonne solution, répliqua Farouk, tout en secouant tristement la tête. Il y a sûrement une solution plus simple, juste à ta portée.

Joseph baissa les yeux en secouant la tête d'un air affligé.

— Notre situation est une véritable impasse pour laquelle il n'y a aucune solution.

— Il y a toujours une solution, déclara Farouk avec conviction.

— Tu as étudié toute ta vie, afin d'apprendre ton métier, renchérit Cid, et il n'y a pas de travail pour un maître-charpentier au royaume du roi Abimélek, car il n'y a pas de forêts et les maisons sont toutes fabriquées de pierres et de briques.

— Nous pouvons nous cotiser, Jacob, Cid et moi-même, dit Farouk en regardant alternativement les deux intéressés, afin d'obtenir leur assentiment. Nous pourrons alors offrir à Anna un nouveau troupeau d'un millier de moutons et dans quatre ou cinq mois, avec la vente de la tonte, elle sera en mesure de payer la dot et vous pourrez vous marier.

Joseph grimaçait, tout en secouant la tête de gauche à droite.

— Tu ne comprends pas, Farouk. Marie est enceinte et elle accouchera dans deux mois. Elle n'aura plus alors son statut de vierge et le mariage sera encore impossible, même si Anna détient la somme de la dot.

Farouk grimaçait d'incompréhension et Jacob vint en aide à son fils.

— Dans plusieurs royaumes, expliqua-t-il, tel Rome, l'Égypte et probablement le tien, une femme n'est plus considérée comme vierge, lorsqu'elle a eu des rapports intimes avec un homme, mais il n'en est pas ainsi chez le peuple juif. Le livre de la loi juive dit qu'une femme est vierge, tant qu'elle n'a pas eu d'enfant. Lorsque Marie accouchera dans deux mois, elle perdra alors son statut.

Farouk serrait les dents de frustration.

— Les lois sont parfois stupides! s'exclama-t-il sans retenue, tout en tournant son regard vers la jeune femme, qui cachait ses rondeurs sous d'amples vêtements.

— Que penses-tu vraiment de cette idée de fuir?

Marie baissa immédiatement la tête, afin de cacher son regard embué.

— C'est bien ce que je pensais, dit Farouk en baissant lui aussi les yeux avec tristesse.

Un lourd silence s'abattit sur le petit groupe. Après quelques instants, Farouk releva la tête, le visage illuminé d'espoir.

— J'ai une idée, mais j'ai besoin de te parler en privé, Jacob, de même qu'à toi, Anna.

Jacob, bien que très étonné, invita Farouk à le suivre à l'intérieur de sa demeure. Après une dizaine de minutes, les trois personnes retournèrent dans la cour. Jacob se dirigea vers son fils, qui avait entouré les épaules de Marie de son bras vigoureux, afin de la consoler. Il ouvrit lentement les bras, un sourire bienveillant s'épanouissant dans sa figure.

— Venez dans mes bras, les enfants, car vous vous marierez dans trois jours!

Joseph et Marie allèrent se blottir dans les bras de Jacob, alors que tout le monde s'interrogeait du regard sans comprendre. Après un moment, Jacob recula d'un pas, tout en soupirant de soulagement. Voyant tous les regards interrogateurs posés sur lui, il expliqua ce qui s'était passé dans la maison.

— Farouk a offert d'adopter Marie et je lui ai confirmé que la loi juive acceptait qu'un père adoptif paye la dot de la mariée et Anna a accepté cette demande en adoption. Demain matin, nous nous rendrons chez le notable, afin de légaliser cette situation et d'annoncer la tenue du mariage.

Marie se dégagea de l'étreinte de Jacob et elle se mit à genou devant Farouk, qui était très embarrassé de cette situation.

— Je te remercie, Farouk, déclara-t-elle en joignant ses mains sur son cœur. Je te serai éternellement reconnaissante et je promets de ne jamais déshonorer ton nom par ma conduite.

Farouk la prit par les épaules et la força gentiment à se relever. Il déposa ensuite un baiser paternel sur son front.

— Afin de dissiper toute confusion possible, sache que, chez mon peuple, la virginité est beaucoup plus une question spirituelle que physique. Une femme, qui ne connaît pas la médisance ou la calomnie et dont les pensées sont pures et sans méchanceté, est une femme vierge de péchés, de défauts et d'impuretés. Je ne suis pas juif, mais à mes yeux, tu es la femme la plus pure qu'il y ait en ce monde.

Joseph vint serrer vigoureusement la main de Farouk en le remerciant d'avoir trouvé une solution, là où personne n'en voyait.

— J'espère que tu es conscient, que très bientôt, tu seras le grand-père de ton premier petit-fils! lança Joseph avec fierté.

— Ce sera peut-être une petite-fille, dit Cid en arborant un sourire amusé.

— Non! répliqua Joseph en affichant une certaine désinvolture. La sage-femme l'a confirmée et elle ne se trompe jamais. Lorsqu'elle a un doute, elle préfère s'abstenir, mais lorsqu'elle fait une prédiction, c'est qu'elle a une certitude absolue.

Cid recula de deux pas, les yeux baissés et l'air soucieux, alors que son esprit fonctionnait à vive allure. Lorsqu'il releva la tête, son regard brillait de détermination.

— Bachir! appela-t-il. J'ai une importante mission à te confier.

Le chamelier leva la tête avec orgueil. Il était très fier de la confiance que lui témoignait Maître Cid en faisant appel régulièrement à lui.

— Je veux que tu te rendes immédiatement à notre campement et que tu prennes un compagnon de voyage, qui soit jeune et svelte comme toi, car vous devrez faire vite. Choisissez les deux chevaux les plus rapides que nous ayons, de même que tous les vivres dont vous aurez besoin pour votre voyage.

Bachir opinait, très attentif aux instructions que Cid lui donnait :

— Vous vous rendrez à Aila par la route commerciale, qui vous y conduira directement en cinq jours, si vous vous pressez. Ensuite, vous vous embarquerez pour Djedda. Fais vite et paye tout ce qu'il faudra, afin que ton voyage soit le plus bref possible.

Cid inspira profondément en bombant le torse avant de conclure :

— Tu annonceras au roi qu'un nouveau descendant de David naîtra dans moins de deux mois. Tu dois faire vite, car il devra prévenir les autres.

Bachir s'inclina et s'éclipsa prestement.

— Quels autres? demanda Farouk, qui se sentait quelque peu perdu dans toute cette histoire.

Sheran s'empressa de fournir quelques éclaircissements à son ami.

— Je te l'ai déjà expliqué, Farouk. Au temps de David, ils étaient une douzaine de rois-mages à venir renouveler leur serment d'allégeance, lors de la naissance d'un nouveau descendant, mais de nos jours, ils ne sont plus que trois à respecter cet ancien serment. Il y a Sarathin Balthazar Abimélek, roi de Djedda, que tu connais déjà. Il y a également Mensor Gaspard Galgalat, du royaume de Zafar, qui est au sud-est de Djedda, et Théokéno Melchior Ahuzzat, qui règne sur le petit royaume d'Adulis, au sud de l'Égypte.

— Je ne connais pas Melchior, mais j'ai rencontré Gaspard, lors des dernières festivités en l'honneur de la grand-mère de l'humanité. C'est un homme d'un certain âge dont la longue barbe est aussi blanche que les sommets enneigés de mon royaume et ses yeux aussi bleus que des saphirs ou que le ciel ensoleillé d'un jour d'été.

— Il n'a pas beaucoup changé, à ce que je vois, dit Sheran l'air rêveur, car c'est ainsi que je l'aurais décrit, bien que je ne l'ai vu qu'une seule fois, il y a de cela plus de vingt ans, à la naissance de Joseph.

Tout le groupe se tourna vers le petit chemin qui venait de la ville et qui aboutissait au fond de la cour de Jacob. Siméon arrivait en compagnie de sa sœur. Falia quitta le groupe et elle alla se jeter dans les bras de son père, alors que ses deux enfants approchaient timidement. Des larmes de joie ruisselaient sur les joues de Falia, lorsqu'elle se dégagea de l'étreinte de son père. Elle fit signe à ses enfants d'approcher, afin qu'elle puisse leur présenter leur grand-père. Farouk attendit plusieurs minutes avant d'aller les rejoindre, car il ne voulait pas troubler ces retrouvailles émouvantes. Siméon vint enfin à sa rencontre et lui serra vigoureusement la main.

— Tu es un bon mari, Farouk, car ma fille est resplendissante de bonheur et tes enfants semblent aussi heureux qu'elle.

Farouk se sentit rougir.

— Tu avais parfaitement raison, déclara-t-il en posant une main amicale sur l'épaule de son beau-père, car je suis un homme comblé.

Le jour suivant, en début d'après-midi, Jacob, Farouk et Anna étaient sur le chemin du retour vers le domaine. Ils avaient rencontré le notable et le rabbin et tout était réglé, afin que le mariage ait lieu dans deux jours. Le notable s'était montré conciliant, mais le rabbin s'était tout d'abord opposé, compte tenu du fait que Farouk n'était pas juif et Jacob s'était mis en colère, car, somme toute, les deux jeunes gens qui se mariaient étaient juifs, ce n'était pas du mariage de Farouk dont il était question.

Au même moment, les hommes de la petite troupe de Quintus mettaient pied à terre au campement de la garnison de Jérusalem.

— Ta mission s'est bien déroulée? lança jovialement le commandant de la garnison, qui était venu les accueillir.

— Tout s'est produit comme je l'avais prévu, répondit Quintus en affichant un petit sourire sarcastique au souvenir de la mine déconfite du roi Obodas, lorsqu'il eut terminé de lui décrire la façon dont sa cité serait détruite, s'il refusait de coopérer.

— Quand reprends-tu la route? demanda le commandant d'une petite voix presque implorante.

Quintus ricana. Le commandant devait très certainement s'ennuyer à mourir dans ce coin perdu de l'Empire.

— Les chevaux ont besoin de repos et je ne veux pas partir à la recherche de ces brigands sur des montures fatiguées. Alors, nous ne partirons que dans deux jours.

Le commandant souriait béatement, appréciant la faveur que Quintus lui accordait, car il n'était pas dupe du faux motif invoqué par l'officier. Il savait pertinemment que Quintus aurait pu simplement réclamer douze nouvelles montures fraîches parmi celles qu'il avait lui-même conduites jusqu'à la garnison, quelques jours plus tôt.

Deux heures plus tard, Quintus et Thalius étaient de retour dans la salle des audiences. Le roi les avait fait attendre plusieurs minutes avant de les recevoir, mais Quintus ne s'en était pas formalisé. Hérode eut à peine le temps de prendre place, que Quintus lui tendait déjà l'un des exemplaires de l'entente de paix. Le roi posa un regard hautain sur le document, puis ses yeux balayèrent les trois sceaux qui étaient apposés au bas du parchemin : celui de Caius Octave, le sien et enfin celui d'Obodas du Moab.

— Crois-tu vraiment que le roi des Nabatéens respectera cet accord? demanda Hérode en affichant un scepticisme évidant.

Un sourire amusé glissa sur les lèvres de Quintus.

— Je n'ai aucun doute à ce propos, mais je vais te répéter l'avertissement que je lui ai servi, car il s'applique également à toi.

Hérode s'était redressé de manière indignée, mais Quintus fit mine de ne pas s'en être aperçu :

— Si l'un de vous décidait de ne pas respecter cette entente, les conséquences seraient terribles et sans appel.

Le roi leva le nez en affichant un air vexé.

— Si quelqu'un déroge de cet accord, ce ne sera pas moi!

— Bien! dit Quintus en balayant l'espace devant lui de la main. Ce problème est donc réglé, alors n'en parlons plus.

Hérode sembla se détendre quelque peu.

— Le capitaine de ta garde était censé me remettre certaines informations concernant ces brigands, poursuivit Quintus, mais malheureusement, on m'a annoncé qu'il n'était pas à Jérusalem en ce moment.

Le roi s'était redressé vivement à l'évocation de Ruben. Il semblait soudainement très nerveux et il chiffonnait fébrilement sa tunique de ses deux mains, le regard effaré, comme s'il venait de voir entrer une apparition d'outre-tombe.

— Mon capitaine est en mission, dit Hérode d'un ton embarrassé, mais il a laissé un document à ton intention.

Il frappa dans ses mains et le scripte approcha de l'officier romain, afin de lui remettre le parchemin laissé par Ruben. Quintus le remercia d'un hochement de tête, puis il se leva, afin de prendre congé.

— Je laisse mes chevaux se reposer un jour complet, puis je me mettrai à la recherche de ces brigands, déclara-t-il avant de quitter la pièce.

Hérode regarda les deux officiers s'éloigner, le visage crispé et se grattant fébrilement, comme s'il était atteint d'une soudaine attaque de démangeaison généralisée.

Les deux officiers romains descendaient les marches du palais, lorsque Thalius, fidèle à lui-même, ouvrit la conversation, sans préambule.

— La réaction d'Hérode semble confirmer les rumeurs qui circulent!

Quintus lui jeta un coup d'œil interrogateur de biais :

— Les gens disent que le roi est parfois atteint de crises de démence ou de folie passagère, et cela sans motif valable, expliqua Thalius.

Quintus fit la moue en surbaissant sa lèvre inférieure.

— Il est vrai que sa dernière réaction était quelque peu démesurée, mais bien insuffisante pour conclure à de la folie. De plus, il a toujours eu la phobie des complots, ce qui génère souvent une certaine paranoïa.

Quintus avait déployé le parchemin laissé par Ruben et il le consultait tout en marchant. Après quelques instants, il répondit au regard interrogateur de son ami.

— C'est la liste de tous les endroits où les brigands ont frappé dans les deux dernières années.

Quintus grimaça en une étrange mimique d'agacement :

— Il me faudra consulter la carte de la région, qui est à la garnison, car plusieurs de ces localités me sont inconnues, expliqua-t-il. Ruben dit qu'ils sont une trentaine et peut-être même plus. Chaque fois que des soldats de la garde prétoriale les ont poursuivis, ces malfaiteurs ont fui en direction du mont Carmel, près de Dor. Mais, pour une raison qui leur échappe, ces voyous semblent disparaître soudainement, comme par enchantement, sans laisser de traces.

— Je ne crois pas aux spectres, répliqua le colonel Thalius, et les hommes n'ont pas la faculté de disparaître, sans laisser de traces. Alors, il faudra simplement être vigilant et ouvrir l'œil.

Quintus approuva d'un lent mouvement de tête.

— Nous nous rendrons d'abord à Naïm, puis à Nazareth. J'interrogerai les notables et les percepteurs de ces deux villes, puis je jugerai de la direction à prendre.

Thalius se tourna vivement. Un jeune garçon d'une quinzaine d'années les suivait depuis un moment. Le jeune homme, qui portait plusieurs morceaux de tissu sur le bras, approcha hâtivement en présentant ses marchandises.

— De belles étoffes pour vos maîtresses, nobles Seigneurs! s'exclama-t-il.

Quintus, qui s'était également retourné, lui fit un signe négatif de la main.

— Regarde comme elles sont belles, insista le garçon, aussi belles que vos femmes.

— Disparaît ou je te mets ma sandale au postérieur! répliqua Thalius, tout en faisant un pas en direction du jeune impertinent, qui détala comme un lièvre apeuré.

Le jeune homme courut entre les étals des marchands et s'arrêta près du kiosque d'un marchand de poisson où un homme, emmitouflé dans une longue cape et le visage à demi voilé par son capuchon, l'attendait. Le garçon lui répéta ce qu'il avait entendu et l'étrange personnage lui remit une pièce, semblant satisfait de son jeune espion.

Deux jours plus tard, Quintus et sa petite troupe avaient repris leur route en laissant derrière eux un commandant de garnison qui était très heureux d'avoir eu des visiteurs pour deux journées complètes. Quintus lui avait remis le document de l'entente de paix, qui arborait maintenant les trois sceaux, afin qu'il le fasse parvenir à Caius Octave le plus rapidement possible.

Ils n'étaient qu'à une demi-lieue au nord de Jérusalem, lorsqu'ils croisèrent la route de deux cavaliers, qui arrivaient en sens inverse et qui se frayaient difficilement un chemin dans la foule de voyageurs en leur criant de faire place. Les soldats romains les regardèrent passer près d'eux au trot rapide, évitant de justesse deux voyageurs qui n'avaient pas suffisamment dégagé la voie.

— Se sont bien des hommes de la grande Caravane, n'est-ce pas? questionna Quintus d'un ton perplexe.

Thalius le confirmait d'un lent mouvement de la tête et en arborant une moue tout aussi perplexe.

— Et ils semblent bien pressés, commenta Thalius en haussant les épaules, l'air de dire que cela ne les concernait en rien.

À la synagogue de Nazareth, la cérémonie du mariage venait de débuter. Novembre était terminé et les trois premiers jours de décembre avaient été très froids. La nuit précédente, la température était même descendue sous le point de congélation. Bien que la cérémonie se déroulait de façon presque identique à son propre mariage, Farouk se sentait très inconfortable dans ce temple religieux juif aux allures austères.

Lorsque la célébration fut terminée, ils quittèrent le temple en une longue procession, accompagnée de chants et de rires, à travers les rues étroites de Nazareth, jusqu'au domaine de Jacob. Tout au long du parcours, des gens étaient venus se joindre au cortège, afin de participer à la réception, qui aurait lieu dans la grande cour du domaine. Cette fois, il n'y avait pas de famine et plusieurs tables ployaient sous l'abondance de la nourriture.

Farouk était heureux et très fier d'avoir pu aider le jeune couple à se marier. Marie était resplendissante dans ses vêtements d'une teinte de bleu pastel et de blanc, qui rehaussait son charme naturel, alors que Joseph portait une belle tunique neuve de la couleur écrue de la laine non teinte. Falia était venue se blottir contre le bras de son mari en soupirant au souvenir de son propre mariage et Farouk déposa un tendre baiser sur le front de son épouse qui lui avait apporté tant de bonheur.

Cid aussi était très heureux d'avoir été présent à ce mariage, car sa Caravane devait quitter Nazareth le jour suivant. Les mariés et leur famille respective s'étaient regroupés devant la maison de Jacob et les gens venaient, en un long va-et-vient, afin de féliciter les nouveaux mariés et leur souhaiter beaucoup de bonheur et de prospérité, alors que les employés de Jacob allaient et venaient entre les invités, afin de s'assurer que tout le monde avait un gobelet bien rempli à la main.

— Quand dois-tu te rendre à Bethléem pour le recensement? questionna Cid.

Jacob grimaça d'agacement.

— Nous devrions être en mesure de partir dans sept ou huit jours. J'ai trois petits chantiers en cours et l'un d'eux doit être terminé avant notre départ. Nous sommes une vingtaine à devoir nous inscrire à Bethléem, alors nous devons attendre que tout le monde soit disponible, avant de quitter Nazareth.

— C'est tout de même un long voyage, commenta le Maître du Troc.

— Dix jours, normalement, mais avec l'achalandage sur les routes en ce moment, mieux vaut en compter douze pour se rendre. Puis un autre jour, afin de s'enregistrer et encore douze pour le retour.

Cid grimaça de scepticisme.

— Ce voyage ne sera pas trop long pour Marie, dont la grossesse est fort avancée?

— Elle voyagera sur le dos d'un âne, ce qui rendra son voyage moins pénible, expliqua Jacob. Ce sera un peu juste, je te l'accorde, mais nous devrions être de retour une semaine ou deux avant son accouchement.

— La vie est une chose merveilleuse! dit Farouk en approchant des deux hommes, son épouse toujours accrochée à son bras.

— C'est vrai! répondit Cid. Il est dommage cependant qu'elle soit si éphémère.

Le Maître du Troc s'était exprimé d'une voix nostalgique.

— Je me demandais justement si ce n'était pas son éphémérité qui rendait la vie si attrayante, répliqua Jacob avec philosophie.

Cid arbora un large sourire.

— Tu as probablement raison, mon vieil ami, mais c'est seulement en vieillissant que l'on en prend conscience.

Le jeune couple de mariés vint se joindre à eux. Ils semblaient être les gens les plus heureux du monde et cela se reflétait dans toute leur physionomie.

— Avez-vous trouvé un nom pour votre fils? questionna Farouk.

— Nous l'appellerons Jésus, répondit Marie, comme mon grand-père. Il était un homme juste et bon. Il manque à Joseph presque autant qu'à moi.

Farouk fit une moue appréciatrice en secouant lentement la tête.

— Jésus, le Nazaréen. Cela sonne très bien à l'oreille.

XIII
Le temple secret

Une heure après le lever du soleil, alors que Quintus et sa troupe quittaient Naïm pour se rendre à Nazareth, la grande Caravane du Nord s'ébranlait en direction de Tibériade. Sheran avait acheté une petite maison au nord-est de Nazareth, qui était à moins de dix minutes de marche du domaine de Jacob. La première maison que le notable lui avait proposée était plus grande, mais elle était trop près de l'auberge de Yonam et Sheran l'avait rejetée sans même l'avoir visitée. Sheran et Farouk étaient repartis avec la Caravane, alors que leurs épouses respectives, de même que leurs enfants, étaient demeurés à la nouvelle maison. Sheran voulait rendre visite à sa famille, puis revenir à Nazareth dans cinq à six jours, afin de pouvoir prendre le départ en même temps que Jacob et les siens. Jacob avait accepté de lui prêter une mule et une petite charrette, afin qu'il puisse rapporter tous les objets personnels qu'il avait laissés dans la maison qu'il louait à Jérusalem. Comme la charrette serait vide à l'aller, tous ceux qui accompagneraient Jacob vers Bethléem pourraient y mettre leurs vivres et leur abri de voyage, ce qui facilitera leur déplacement. Quant à Cid, il avait apporté des modifications à l'horaire préétabli. Il n'avait envoyé que quinze chameliers vers Sidon, plutôt que les trente prévus.

     La troupe romaine arriva à Nazareth au zénith, au moment où la grande Caravane atteignait de nouveau la route commerciale à l'est. Une petite caravane de vingt chameaux se détacha du groupe pour se diriger vers le sud, afin de retourner à Aila, alors que le reste de la grande Caravane irait au nord en direction du lac Tibériade.

     — Malik! appela Cid, tout en faisant signe au chamelier d'approcher.

     La tâche de Malik était de s'assurer que l'itinéraire de la Caravane était respecté et il était également le gardien du pré où la Caravane s'arrêtait lors de son voyage. Il s'était senti à la fois troublé et honoré que Cid lui confit la responsabilité de cette petite caravane.

— Lorsque tu passeras devant Jérusalem, expliqua le Maître du Troc, retourne voir Yousef, le marchand de fruits, et questionne-le de nouveau, car il se pourrait qu'il ait des informations complémentaires sur cette mission qu'Hérode a confiée à ses mercenaires.

Malik opina :

— Tu seras à Aila dans cinq jours, poursuivit Cid, et ton arrivée devrait coïncider avec celle de Bachir, qui devrait atteindre Djedda dans cinq ou six jours.

Cid se tut quelques instants, tout en faisant une évaluation mentale :

— Les Rois mages voyageront par la mer et ils devraient atteindre Aila une douzaine de jours après ton arrivée. Entre temps, fais le tour de tous nos clients et amis de la ville, car tu devras trouver d'autres chevaux à emprunter, à louer ou à acheter, afin que les Rois puissent voyager de façon adéquate.

Malik s'inclina.

— Sois sans inquiétude! Je sais déjà où je pourrai trouver des montures appropriées.

Cette situation devenait stressante, car Cid détestait lorsque les évènements échappaient à son contrôle. Si Jacob et sa famille quittaient Nazareth dans cinq à sept jours, comme prévu, ils devraient atteindre Bethléem sensiblement en même temps que les Rois mages arriveraient à Aila. Toute cette conjoncture était trop fragile et troublait le Maître du Troc.

Au moment où la grande Caravane du Nord s'engageait sur la route commerciale, à Bethsaïda, sur le territoire de Basan, Dathan, le frère aîné de Sheran, sortait quatre belles pièces de poterie de son four. Il avait fabriqué ces vases le jour précédant. Ils avaient cuit pendant plusieurs heures en soirée, puis ils avaient refroidi toute la nuit.

Dathan posa les poteries sur une petite table et Balak, son père, se mit à les examiner en les faisant tourner d'une main tremblante, afin de s'assurer qu'elles n'avaient pas de défauts.

— Prend garde de ne pas les briser! lança Dathan d'une voix anxieuse.

Balak était vieux et ses rhumatismes l'empêchaient d'exercer son métier depuis quelques années. Ses mains échappaient à son contrôle et il lui arrivait fréquemment de laisser tomber les objets qu'il manipulait.

— Elles sont parfaites! déclara-t-il en remettant le dernier vase sur la table, au grand soulagement de son fils.

Dathan prit l'une des poteries, afin d'aller l'emballer soigneusement, mais il se figea, son regard livide rivé sur les cinq hommes qui se tenaient au milieu de la chaussée et qui examinaient son atelier de poterie avec beaucoup d'intérêt. Il déposa lentement le vase, puis il se tourna vers son père. Il l'attrapa par les épaules afin de capter toute son attention.

— Ne dit rien et ne fait rien avant mon retour!... Tu as compris?

Le vieil homme, qui en réalité n'y comprenait rien, haussa simplement les épaules en signe d'assentiment. Dathan contourna sa maison, qui juxtaposait l'atelier de poterie, et il se rendit dans la cour arrière où sa femme travaillait sur un métier à tisser.

— Quitte la maison immédiatement avec les enfants! lui ordonna-t-il d'une voix paniquée, tout en la forçant à se lever prestement. Rends-toi chez oncle Juda et dis-lui que les mercenaires, qui nous cherchent, sont devant ma porte.

L'épouse de Dathan devint blême, alors que son regard apeuré allait de gauche à droite :

— Va! ajouta Dathan d'une voix ferme, tout en poussant sa femme vers l'arrière de la cour où ses trois enfants finissaient de traire les chèvres.

Dathan se pressa de retourner à l'atelier où des voix s'élevaient.

— C'est bien moi! dit Balak, et si vous cherchez de belles poteries, vous êtes à la bonne place.

Polybios s'était approché en compagnie de deux de ses hommes, alors que les deux autres examinaient les maisons dans le voisinage. Dathan alla se placer à la gauche de son père, tout en s'efforçant de réprimer la panique qui montait en lui. Polybios était médusé, alors que son regard allait d'un homme à l'autre, car il ne reconnaissait aucun de ces hommes. Lorsque le mercenaire avait trouvé le temple, sans le reconnaître, dix années plus tôt, Balak n'avait pas été présent, puisqu'il était déjà à Bethsaïda et Dathan était demeuré à l'intérieur de la maison, car Farouk avait craint qu'il fasse échouer son plan par son scepticisme.

— Où est le temple? demanda Polybios d'une voix hésitante.

Dathan inspira profondément, afin de se calmer, avant de répondre de façon innocente et détournée.

— Il y a un temple à l'entrée de la ville et le rabbin se fera un plaisir de t'accueillir, même si, de toute évidence, tu n'es pas juif.

Polybios demeura bouche bée pendant plusieurs secondes.

— Chef! cria l'un des mercenaires depuis le chemin. La troisième maison, plus au sud, ressemble à celle que nous cherchons.

Le chef des mercenaires arqua un sourcil interrogateur :

— Elle n'a pas de fenêtres et la porte est dotée d'une serrure massive, compléta l'homme.

Polybios tourna la tête vers l'oncle Juda, qui approchait à grandes enjambées. Un sourire sarcastique remplaça son hébétement d'un moment plus tôt, car il se souvenait d'avoir vu cet homme dans le supposé entrepôt de Magdala.

— Que veux-tu? lança Juda en entrant dans l'atelier.

Le sourire de Polybios s'effaça et son visage devint dur et implacable.

— Cette fois, il n'y aura pas de supercheries. Je veux voir la prophétie qui concerne le peuple juif.

Juda demeura stoïque, alors que ses yeux allaient de Dathan à Balak :

— Votre temple m'indiffère, ajoute le mercenaire, mais si je dois défoncer la porte pour y accéder, je m'emparerai de son contenu et je détruirai le reste.

Polybios croisa les bras, puis il attendit de voir si sa menace porterait ses fruits. Balak comprenait enfin ce qui se tramait et une foule de souvenirs déplaisants refaisait surface dans son esprit. Jules César avait trouvé son temple et il l'avait fait torturé, afin qu'il coopère. Pourtant, lorsqu'il avait cédé, tout s'était bien terminé. Il avait lu la prophétie au Grand-Consul et lorsque ce fut fait, César était reparti en laissant son temple intact. Il décida donc de collaborer de son plein gré, afin d'éviter que ces mercenaires usent de violence envers eux.

— Je vais te montrer! s'exclama Balak d'un ton déterminé.

Il se tourna vers son fils et il tendit la main. Dathan hésita un court moment, puis il retira la lanière de cuir qui était accrochée à son cou et au bout de laquelle pendait la grosse clef de fer de la serrure du temple. Il la remit à son père, tout en l'interrogeant du regard.

— Laisse-moi me charger de cela, dit le vieil homme, avant de faire signe au mercenaire de le suivre.

Balak sortit de l'atelier et tourna à droite en marchant de son petit pas clopinant et laborieux, suivi de Polybios et des deux mercenaires, qui étaient armés d'un glaive. Dathan et Juda les suivirent et les deux autres mercenaires, qui tenaient un javelot à la main, fermèrent la marche. Arrivé devant la troisième maison, Balak alla introduire la grosse clef dans la serrure massive qui verrouillait le temple. Sa main tremblait, mais cette fois ce n'était pas la peur qui provoquait cette incohérence de mouvement, mais seulement son âge avancé. Il ouvrit tout grand la porte, puis il ordonna à son fils d'aller faire de la lumière à l'intérieur du sombre sanctuaire. Dathan entra et il enflamma le brasero près de l'entrée à l'aide d'une pierre à feu. Puis il s'empara de deux torches, qui trempaient dans une amphore d'huile, et il les alluma avant d'aller les disposer à gauche et à droite de la pièce.

Balak pénétra dans le temple, suivi de Polybios et des deux mercenaires, alors que Juda attendait à l'extérieur sous la surveillance des deux autres sbires.

— Voici les prophéties ancestrales, dit-il en balayant la pièce d'un large geste de la main.

Polybios examina le temple en grimaçant. L'endroit était plus petit que l'autre qu'il avait trouvé à Magdala, mais tout était identique à son souvenir. Seulement, cette fois, les rayonnages ne contenaient pas des marchandises, mais bien des tablettes d'argile. Balak se dirigea à sa droite et il s'arrêta devant l'un des rayonnages.

— Voici la cinquante-deuxième prophétie, déclara-t-il de façon sentencieuse, en montrant les seize tablettes d'argile qui composaient celle-ci. C'est elle qui prédit l'avenir du peuple de Judée.

Il fit une petite pause avant de poursuivre :

— Ce texte est écrit dans l'ancienne langue des Sumériens et je suis le seul à pouvoir le déchiffrer, mentit-il.

Il prit la première tablette et en commença la lecture, mais Polybios l'arrêta d'un geste impératif.

— Le contenu de cette prophétie ne m'intéresse en aucune façon, déclara le chef des mercenaires. Hérode m'a simplement demandé de la trouver et de la lui rapporter.

Balak ouvrit de grands yeux horrifiés.

— Non! cria-t-il en s'emparant d'une torche, qui n'était pas allumée.

Il leva le bras, afin de frapper le responsable de sa fureur, mais Polybios fut plus rapide. D'un geste vif, il dégaina sa longue dague et l'enfonça dans l'abdomen du vieil homme. Balak laissa tomber son arme improvisée et il porta ses deux mains à son ventre avant de s'effondrer sur le sol en terre battue. Dathan avait réagi prestement, mais il n'avait fait que deux pas, lorsqu'il fut frappé au bras par le glaive de l'un des mercenaires. Il tomba sur un genou, sa main gauche tentant de compresser la plaie béante qui saignait abondamment. Il entendit un cri venant de l'extérieur. Juda s'était élancé pour venir à leur aide, mais l'un des mercenaires l'avait arrêté net en lui enfonçant son javelot dans l'épaule.

Polybios était fou de rage. Il se dirigea vers le coin du temple et ramassa deux sacs de toile, qui contenaient des objets du culte. Il vida leur contenu sur le sol et les lança à l'un de ses hommes.

— Mets les tablettes dans ces sacs! ordonna-t-il d'un ton acerbe.

Puis il se tourna vers les autres sbires à sa solde.

— Sortez ces imbéciles! cracha-t-il d'une voix hargneuse.

Les mercenaires, qui étaient demeurés à l'extérieur, entrèrent et expulsèrent les deux blessés, sans ménagement, les jetant sur le sol au milieu du chemin. Dès que ses hommes eurent quitté le temple en emportant les seize tablettes de la prophétie, Polybios fit basculer l'amphore pleine d'huile en la poussant du pied et la jarre se brisa en répandant son contenu. Le chef des mercenaires décrocha l'une des torches et la jeta au milieu de la pièce, enflammant l'huile qui y avait été déversée. En quelques instants, le temple se transforma en un gigantesque brasier.

* * *

La petite troupe romaine entra dans Nazareth par la route venant du sud. Thalius, qui chevauchait à la droite de Quintus, lança son cheval au galop et freina net devant l'auberge en se laissant glisser de sa selle. Il avait aperçu un homme à l'allure étrange sur le porche, mais l'individu était entré vivement en le voyant s'élancer. Thalius pénétra dans l'auberge d'un pas décidé et il balaya la pièce d'un regard de braise, sans toute fois apercevoir l'étrange personnage. Il sortit par la porte de côté, mais il n'y avait aucun client attablé sur la terrasse. Il retourna à l'intérieur et il faillit entrer en collision avec Yonam, le propriétaire de l'auberge.

— Où est l'homme qui est entré dans ton établissement juste avant moi? questionna Thalius d'une voix pressante.

Yonam ouvrit béatement la bouche, tous en secouant la tête.

— Je ne connais pas cette personne. Il est entré comme un coup de vent et il est ressorti par la porte de côté.

Thalius pinça les lèvres de déception.

— Ce n'est pas bien grave!… Je le retrouverai un de ces jours.

Quintus entra à son tour en compagnie des dix hommes de sa troupe.

— Aubergiste! lança-t-il en pointant du pouce vers la porte derrière lui. Il y a douze chevaux qui ont faim et qui ont soif.

Yonam s'inclina en arborant un sourire réjoui. Prendre soin des chevaux était une tâche très lucrative. Il ordonna à son beau-frère de s'occuper des montures, puis il invita ses nouveaux clients à prendre place.

— J'ai un excellent vin, dit-il en s'adressant à Quintus. Il est…

L'aubergiste laissa sa phrase en suspens, car il venait de reconnaître Thalius :

— Peut-être que ce sera seulement de l'hydromel, pour toi et tes hommes, compléta-t-il en arborant une moue de déception.

— Nous ne sommes pas vraiment pressés, dit Quintus, alors ce sera du vin et un bon repas.

Yonam retrouva le sourire instantanément.

Quintus prit place devant le colonel Thalius.

— Qu'est-ce qui t'as pris de lancer ton cheval au galop en entrant dans la ville?

Thalius sembla quelque peu embarrassé.

— J'avais cru reconnaître un vieil ami, mais, de toute évidence, je m'étais trompé.

Quintus arqua un sourcil de scepticisme, mais il ne poussa pas plus loin son interrogatoire.

Une heure plus tard, la troupe s'était remise en route, mais Quintus était allé d'une déception à une autre. Les impôts de la ville avaient été volés presque une année auparavant et le notable n'avait plus entendu parler des brigands qui l'avaient attaqué. La troupe romaine s'était ensuite dirigée vers le domaine de Jacob, mais seulement pour apprendre que le maître des lieux était parti le matin même, afin de se rendre à Tyr avec ses hommes où il devait terminer la reconstruction d'un entrepôt qui avait été endommagé par les flammes, avant de pouvoir se rendre à Bethléem pour le recensement.

— En ce qui concerne Farouk, dit Quintus d'une voix empreinte de déception, les dieux ne me sont pas favorables.

Thalius secoua la tête en une moue boudeuse.

— Sur ce point, je partage ton sentiment. À Jérusalem, nous avons raté la grande Caravane d'à peine une heure et nous l'avons encore manquée de peu à Nazareth. Même Jacob, son ancien employeur, qui aurait possiblement pu te fournir quelques renseignements, était parti avant notre arrivée.

Quintus mit son pouce sous son menton, alors que son index faisait une courbe devant sa bouche, en une pause de réflexion.

— Ne jamais rencontrer Farouk et ne pas pouvoir respecter ma parole donnée est peut-être une leçon de modestie que les dieux m'imposent, déclara-t-il d'une voix empreinte de soumission.

— Ou peut-être pas! s'exclama Thalius. L'avenir saura nous le dire.

Le commentaire extirpa un sourire à Quintus, car son ami, qui avait toujours été un boute-en-train et un plaisantin, devenait occasionnellement plus sage et même un peu philosophe en vieillissant.

— Que fait-on maintenant? demanda Thalius en affichant de nouveau son petit sourire espiègle.

Quintus balaya le paysage qui l'entourait d'un regard songeur le temps d'une courte réflexion.

— En quittant Nazareth, il y a dix ans, lorsque tu t'es lancé à la poursuite de Farouk, tu t'es dirigé vers le chantier d'une villa en construction près de Ptolémaïs.

— C'est exact! confirma Thalius en arquant un sourcil interrogateur.

— Saurais-tu retrouver cet endroit?

— Très facilement, répondit le colonel Thalius qui avait arqué les deux sourcils cette fois.

Quintus ricana de plus belle.

— J'ai rencontré, il y a quelques années, dans une soirée mondaine à Rome, Marcus Julius, le frère du proconsul de Judée, et il m'a invité à lui rendre visite, si un jour je me trouvais en Galilée, car il venait de se faire construire une belle villa pompéienne près de la ville de Ptolémaïs. Je n'avais nullement l'intention de répondre à son invitation, mais puisque nous devons commencer nos recherches quelque part, pourquoi ne pas débuter par cet endroit.

Quintus fit une moue en haussant les épaules avant de poursuivre :

— Avec un peu de chance, il aura des informations à me fournir sur les activités de ces brigands, sinon, nous abuserons de son hospitalité pour un jour ou deux.

— Mieux vaut nous mettre en route sans tarder, répliqua Thalius en affichant un large sourire à la perspective d'un bon repas et d'un bon lit. La route est longue et les journées sont de plus en plus courtes.

Le colonel Thalius avait eu bien raison de faire presser le pas à la petite troupe, car le soleil touchait presque la ligne de l'horizon, lorsqu'ils arrivèrent à la villa. Les cavaliers ralentirent leur monture, car ils furent tous éblouis par la splendeur de la domus qui venait d'apparaître devant eux. Pendant quelques secondes, ils eurent l'impression d'arriver chez un riche aristocrate, habitant la banlieue immédiate de Rome. Thalius était le plus impressionné du groupe. Lorsqu'il avait vu la villa, dix années plus tôt, elle n'était constituée que d'un assemblage de poutres rudimentaires et de trous laissés par les différentes excavations. Trois hommes armés de glaives vinrent à leur rencontre aussitôt qu'ils eurent stoppé leur monture devant la domus.

— Soyez les bienvenus au domaine de Marcus Julius! lança le solide gaillard du centre.

— Le maître des lieux est-il à sa résidence? questionna Quintus du ton aristocratique dont il usait rarement.

— Effectivement! répondit l'homme, et il reçoit en ce moment quelques invités pour célébrer l'anniversaire de son fils.

— C'est parfait! répliqua l'officier romain en mettant pied à terre. J'aime bien les petites fêtes mondaines.

L'homme s'empara immédiatement de la bride tendue.

— Qui dois-je annoncer?

— Quintus Flavius, commandant de la troisième légion, lança une voix de baryton depuis le porche de la villa. Lorsque je t'ai lancé cette invitation, j'avais la conviction que tu n'avais acceptée que par pure politesse. Ce qui prouve que tout le monde peut se tromper.

Marcus Julius descendit du porche et il vint accueillir son visiteur en lui donnant un baiser sonore sur chaque joue. Les hommes de la troupe ricanèrent en baissant les yeux, car, de toute évidence, le maître des lieux préférait les jeunes garçons aux jeunes filles. Marcus était grand et corpulent, mais ses manières étaient très efféminées.

— J'ignorais que tu avais un fils, dit Quintus sur une note un peu étonnée.

— Un homme doit faire les sacrifices qui sont nécessaires, afin d'obtenir ce qu'il désire, répondit Marcus en un soupir de résignation.

— Ton domaine est bien protégé, lança Quintus sur une note appréciatrice, tout en pointant du pouce par-dessus son épaule vers les trois hommes armés qui les avaient accueillis.

— Ces hommes sont d'anciens soldats à la retraite, expliqua Marcus Julius. Avec tous les brigands qui sillonnent la région, je me devais de prendre des mesures adéquates afin d'assurer la sécurité des lieux et de mes invités.

— Ma mission consiste justement à mettre un terme aux activités de ces malfaiteurs.

— Ta présence est alors doublement appréciée, commenta Marcus en entourant l'épaule de l'officier romain d'un bras très affectueux.

Une heure plus tard, la grande Caravane du Nord finissait d'entrer dans le pré à l'est de la ville de Tibériade. Tous les caravaniers avaient forcé l'allure toute la journée, mais, malgré leurs efforts, ils avaient été surpris par la nuit une trentaine de minutes avant d'atteindre leur destination. Plusieurs feux furent allumés et les hommes durent installer le campement à la lueur blafarde de ceux-ci.

Polybios, après s'être emparé de la cinquante-deuxième prophétie, était retourné avec ses hommes sur le territoire de la Galilée où Ruben les avait attendus. Étant un soldat de la garde prétoriale, entrer sur le territoire de Basan aurait représenté un bris de l'entente de paix signée entre les deux royaumes. Le petit groupe avait contourné le lac Tibériade d'un pas vif, mais ils avaient dû s'arrêter à l'auberge de Magdala à la nuit tombante.

Le matin suivant, Sheran et Farouk se mirent en route vers Bethsaïda. Cid irait les rejoindre le jour suivant, car il lui fallait d'abord rencontrer ses trois principaux clients de Tibériade. Un charretier, qui retournait à Magdala, leur avait proposé de les prendre dans sa charrette moyennant une somme très modeste. Les deux amis étaient donc confortablement installés dans le fond de la charrette presque vide et ils regardaient vers l'arrière de celle-ci, tout en se racontant les évènements qui étaient survenus dans leur vie respective lors des dix dernières années.

Une heure plus tard, alors que la charrette filait bon train sur une route descendante, Farouk et Sheran se figèrent. La charrette venait de dépasser un petit groupe de personnes qui voyageait en sens contraire. Les deux amis échangèrent un regard paniqué, car ils venaient de reconnaître Ruben et les mercenaires à la solde d'Hérode.

— Je ne m'attendais pas à ce qu'ils soient déjà dans cette région, dit Sheran sur une note angoissée.

— Peut-être sont-ils simplement retournés à Magdala! suggéra Farouk en pinçant les lèvres d'agacement.

Sheran secoua pensivement la tête.

— Si Hérode a bien pris connaissance du rapport que Jules César avait reçu de son espion, et qui lui avait permis de trouver le temple autrefois, alors ces mercenaires ont dû se rendre à Corozaïn et ils n'y ont rien trouvé, puisque le temple n'y est plus depuis plusieurs décennies.

Farouk était bien d'accord et les deux hommes se mirent à opiner en une moue de soulagement.

Dès qu'ils furent arrivés à Magdala, ils quittèrent le charretier et poursuivirent leur route d'un pas pressé. Trois heures plus tard, alors que le soleil venait juste de franchir son zénith, ils firent une première pause. Assis sur une grosse pierre au bord de la route, Farouk frottait ses mollets endoloris en observant le chemin devant lui qui partait vers l'ouest et qui conduisait à la ville de Corozaïn. Tout en mangeant un morceau de pain, Sheran posa sur son ami un regard moqueur auquel Farouk répondit d'un ton faussement indigné.

— J'ai cinquante-quatre ans, tu sais, et bien que j'ai l'habitude de marcher de longues heures d'affilée, le pas rapide et pressé vient à bout de moi en très peu de temps.

Sheran ricana.

— Peut-être aurions-nous dû accepter les chevaux que Cid nous offrait?

— Les bêtes avaient besoin de cette journée de repos, répliqua Farouk, et si nous marchions d'un pas normal, je n'aurais aucune difficulté à suivre.

Sheran était conscient que son anxiété l'avait poussé à accélérer le pas et il s'en excusa d'un hochement de tête explicite. Ils reprirent donc leur route quelques minutes plus tard, mais d'un pas plus mesuré cette fois. À la mi-journée, ils passèrent devant la cité de Capharnaüm, cette ville dont l'administration désordonnée rivalisait avec celle de Rome. Une trentaine de minutes plus tard, ils franchissaient le petit pont de pierre qui enjambait le Jourdain et conduisait sur le territoire de Basan. À mi-chemin de Bethsaïda, ils croisèrent deux soldats de la garde du royaume, qui les détaillèrent d'un regard inquisiteur de la tête aux pieds avant de poursuivre leur route.

— Non! s'exclama Sheran, alors qu'ils venaient tout juste de tourner dans le deuxième chemin de la ville.

Il se mit à courir en direction de la septième maison à sa gauche, qui n'était plus qu'un amas de ruines. Il tomba à genoux devant ce qui avait été le temple secret, de grosses larmes coulant librement sur ses joues. Farouk vient s'arrêter derrière lui, la main droite sur son cœur en une attitude accablée et consternée. Il tourna la tête à sa gauche, alors que Dathan approchait, son bras blessé dans une écharpe. Bien qu'il eût déjà compris ce qui avait dû se produire, il l'interrogea du regard.

— Ce sont les mêmes mercenaires qui avaient trouvé notre temple à Magdala, il y a dix ans, mais cette fois, ils savaient exactement ce qu'ils cherchaient, dit Dathan en secouant la tête, l'air totalement atterré.

Farouk ressentit une pointe de culpabilité l'envahir. Il posa une main apaisante sur l'épaule de son ami, puis il l'aida à se relever. Juda approchait à son tour et lui aussi avait le bras droit dans une écharpe. Sa tunique était percée d'un trou maculé de sang séché à la hauteur de l'épaule où il avait été atteint par le javelot. Sheran essuya ses larmes du revers de la main, tout en étirant le cou vers l'atelier de poterie.

— Où est Balak?

Son frère baissa les yeux en secouant tristement la tête.

— Père est mort hier, en début de soirée.

Sheran cacha la moitié de sa figure de sa main gauche, alors que de nouvelles larmes se mettaient à couler abondamment.

— Nous aurions dû nous presser! s'exclama-t-il d'une voix accablée.

Dathan et Juda grimacèrent d'incompréhension et Farouk s'empressa de leur fournir quelques explications.

— Vous saviez que ces hommes détenaient de nouvelles informations et vous n'avez pas cru bon de nous prévenir aussitôt! lança Dathan d'un ton accusateur.

Sheran était bouche bée, alors que Farouk pinçait les lèvres et se retenait afin de ne pas répliquer trop brusquement.

— Nous en avons discuté, Cid, Sheran et moi, et rien n'indiquait que ces mercenaires pourraient trouver le temple grâce à ces nouvelles informations.

Dathan pinça les lèvres à son tour, tout en secouant la tête de dépit.

— Si j'ai bien compris, dit-il, ils savaient que le gardien du temple était un potier du nom de Balak. Cette information a dû être suffisante pour leur rappeler cette visite qu'ils nous ont rendue, il y a dix ans. Le notable de Magdala de même que le fils de l'aubergiste savaient que nous habitions maintenant à Bethsaïda, puisque se sont deux de nos clients que nous avons conservés. Il a donc été très facile pour ces mercenaires de nous trouver.

Dathan ravala la boule qui s'était formée dans sa gorge, puis il essuya de sa main valide la larme qui coulait le long de sa joue :

— Ma femme a lavé le corps de notre père et l'a enveloppé dans un long morceau de tissu, poursuivit-il. Nos amis ont creusé une fausse au fond de notre cour et le corps de Père y sera déposé à la fin de la journée.

Dathan sembla s'effondrer sous le poids de sa douleur et de sa tristesse. Sheran approcha de son frère et posa une main apaisante sur son épaule.

— Tout cela aurait pu être évité, déclara-t-il en secouant tristement la tête, si seulement Père avait voulu m'écouter.

Dathan grimaça d'incompréhension, alors que Sheran tournait son regard vers son oncle.

— Tu as toujours mes caisses de sculpture?

Juda secoua positivement la tête, mais il affichait une moue de scepticisme, qui indiquait clairement qu'il ne comprenait pas en quoi cela pouvait avoir un rapport avec leur situation. Dathan explosa de colère et de frustration.

— Tout est perdu! Père est mort, le temple est détruit, nous avons failli à notre tâche et toi tu t'inquiètes encore pour tes vieilles sculptures sans intérêt.

Dathan avait lâché sa phrase d'un ton haineux et colérique en écumant de rage contenue et Sheran éclata à son tour. Il attrapa son frère par les épaules et il le secoua comme une poupée de chiffon.

— Père n'a jamais voulu entendre ce que j'avais à lui dire et cela nous a éloignés pendant de nombreuses années. Commettras-tu la même erreur?

Dathan était bouche bée. Jamais il n'avait vu son frère dans un tel état de fureur :

— Ce temple n'était plus qu'un vestige du passé, poursuivit-il. Les hommes ne prient plus ce dieu depuis plus d'un millier d'années et Sîn n'a plus révélé d'oracles à ses grands-prêtres depuis plus longtemps encore. Si un dieu n'est plus vénéré, il se détourne des hommes et les laisse à leur sort. Tout le monde sait cela. Alors, le culte que nous continuons à pratiquer n'a plus aucun sens et cela depuis fort longtemps. Nous sommes les descendants des gardiens des prophéties et là aurait dû être notre seule et unique tâche.

Dathan et Juda étaient abasourdis. Ils cherchaient une faille dans le raisonnement de Sheran, mais ils n'arrivaient pas à en trouver, ce qui était très troublant et déconcertant. Depuis toujours, les prêtres avaient maintenu l'emplacement d'un temple et ils avaient continué de pratiquer les rites de leur culte, sans jamais s'interroger sur le bien-fondé de tout cela.

— Où sont mes caisses? demanda Sheran d'un ton impératif.

— Dans mon atelier, répondit Juda d'une voix penaude.

— Suivez-moi! lança Sheran en pivotant et en se dirigeant vers la maison de son oncle.

Contrairement à l'atelier de poterie, le local de travail de son oncle était une pièce entièrement fermée. Juda se dirigea au fond de l'atelier et débarrassa un long banc des nombreux morceaux de tissu qui l'encombraient. Il retira ensuite la pièce de toile qui recouvrait le banc. Le siège était constitué des cinq caisses appartenant à son neveu. Sheran avait scellé ses caisses, alors qu'il n'avait que seize ans, lorsqu'il s'était résigné à abandonner la sculpture, afin de faire la paix avec son père. Il avait percé deux trous dans la pièce avant et deux autres dans le couvercle. Il avait ensuite faufilé une corde entre les trous et il avait lié le tout avec un gros morceau de cire.

Sheran retira son couteau de sa gaine et s'agenouilla devant la caisse du centre. Il coupa ensuite la corde qui la scellait et il leva le couvercle. Les trois hommes, qui avaient attendu que la caisse soit ouverte, approchèrent en étirant le cou afin de voir son contenu. Dathan, qui s'était attendu à y voir des bols, des plats et des ustensiles, demeura perplexe en n'y voyant que des plaquettes de chêne très minces, semblable à celles dont les Romains se servaient pour y écrire des messages au crayon de fusain. Sheran retira l'une des plaquettes et la tendit à son frère. Dathan ouvrit de grands yeux hagards et se mit à secouer lentement la tête. Il ferma les yeux et inspira profondément, car son cerveau avait de la difficulté à admettre la réalité de ce qu'il voyait.

— Tu te souviens, dit Sheran en se relevant, lorsque nous étions jeunes et que Père a voulu nous initier au temple. Il nous apportait quelques tablettes d'argile, afin que nous apprenions cette vieille langue de nos ancêtres. Au début, tu apprenais plus vite que moi, mais après un certain temps, c'est moi qui mémorisais ces textes plus rapidement. La raison en était fort simple. J'étais un sculpteur et tout ce que je ciselais sur le bois se gravait également dans ma mémoire.

Farouk et Juda s'étaient approchés et ils regardaient avec étonnement la plaquette de bois que tenait Dathan :

— Alors, j'ai gravé toutes les prophéties sur ces plaquettes de chêne, poursuivit Sheran. Ce n'est que l'année suivante que l'idée m'est venue et que j'ai tenté de l'exposer à Père, mais après ma première phrase, il a explosé de colère et par la suite, il a toujours refusé d'entendre l'explication que je tentais de lui fournir.

Sheran baissa tristement les yeux, avant de poursuivre :

— Nous sommes les gardiens des prophéties ancestrales. Le temple n'était plus utile, pas plus que ces lourdes et encombrantes tablettes d'argile. La seule chose qui importait était les prophéties et elles pouvaient tenir dans ces cinq caisses faciles à dissimuler ou même à déménager, si cela s'avérait nécessaire.

De grosses larmes coulaient sur les joues de Dathan. De son bras valide, il attira son frère et le serra contre lui.

— Je te présente toutes mes excuses, mon frère, car je t'ai porté de la rancœur pendant de nombreuses années, sans vraiment chercher à te comprendre.

— Si Père avait su que mes caisses contenaient toutes les prophéties, ajouta Sheran, il ne se serait pas opposé à ces mercenaires et il serait encore vivant, tout comme oncle Juda et toi ne seriez pas blessés.

Il s'agenouilla de nouveau et coupa la corde qui scellait les autres caisses, afin de toutes les ouvrir.

— Jacob doit être mis en garde contre le danger qui menace sa famille, lança-t-il en se relevant.

Dathan et Juda étaient abasourdis.

— Tu ne peux le faire sans lui révéler l'existence des prophéties, répliqua Dathan sur une note alarmiste.

Sheran pinça les lèvres en secouant la tête.

— Cela n'a plus d'importance, mon frère, puisque, officiellement, le temple a été détruit, de même que les prophéties qu'il contenait. Hérode est vaniteux et il se vantera de son méfait, car il sera fier d'être celui qui a réussi là où plusieurs autres ont échoué et il en est de même pour ces mercenaires. Plus la nouvelle se répandra et plus les prophéties seront en sécurité à l'avenir. Alors, nous devons encourager la chose et, dans quelques années, tout le monde saura que les prophéties ont vraiment existé, mais qu'elles ont été détruites par les hommes de main d'Hérode.

Juda et Dathan se regardaient en opinant.

— Cid sera ici demain, dit Dathan. Devrions-nous le mettre dans la confidence?

— Oui! s'exclama Sheran, de même que le jeune prince Muhammad, car les chameliers de la grande Caravane pourraient grandement contribuer à répandre cette rumeur.

L'accord fut unanime. Dorénavant, il n'y aurait plus de temple et le culte de Sîn ne serait plus célébré. Ainsi, les prophéties et leurs gardiens seront désormais en sécurité.

XIV
Les caravaniers disparus

Trois jours s'étaient écoulés. Quintus et ses hommes avaient profité pleinement de l'hospitalité de Marcus Julius pendant deux jours, puis ils avaient repris la route en direction de Mageddo en Samarie.

— Tu as beaucoup plu à Marcus Julius, lança Quintus en affichant un petit rictus amusé.

Thalius se mit à rire de bon cœur.

— Je ne pouvais pas lui en vouloir de vérifier mon orientation sexuelle et je ne pouvais pas l'insulter, puisqu'il était notre hôte. D'un autre côté, je ne peux en dire autant de toi.

Quintus arqua un sourcil interrogateur :

— Il a été très déçu lorsque tu as refusé de prendre sa plus belle servante dans ton lit pour la nuit.

Quintus fit la moue en baissant les yeux :

— Chaque fois que nous passons à Rome et que tu rends visite à Claudia, poursuivit Thalius, tu en as pour plusieurs semaines à te cloîtrer comme un vieux moine dans l'abstinence des plaisirs de la chair.

Quintus affichait maintenant un mutisme songeur :

— Je ne m'en plains pas, ajouta Thalius, puisque cette servante a partagé ma couche et elle était très douce. Mais, bien que cela ne me concerne pas, je crois que cela est très malsain pour toi.

Quintus lui lança un regard réprobateur.

— Puisque cela ne te regarde pas, comme tu le dis si bien, tu devrais te préoccuper de ton bien-être et laisser le mien à ma discrétion.

Il fit une petite pause avant d'ajouter :

— Marcus Julius nous a invités à revenir à son domaine, si, après avoir sillonné la Samarie, nous ne trouvons pas ces brigands. Alors, je te promets qu'à notre prochaine visite, cette jolie servante réchauffera ma couche et non la tienne.

Thalius grimaça de déception.

— Cela m'apprendra à me taire à l'avenir.

Les épaules de Quintus tressautèrent alors qu'il s'efforçait de ne pas éclater de rire devant la mine déconfite de son ami.

Au même moment, la grande Caravane du Nord quittait Tibériade en direction de Sabratha. Elle devrait atteindre sa destination dans trois jours, alors que la petite caravane de quinze chameaux, qui était partie vers la côte quelques jours plus tôt, devrait l'a rejoindre au même moment. Cid avait été très bouleversé en apprenant la mort de Balak et la destruction du temple. Sheran avait raconté toute l'histoire à Cid et à Muhammad et le jeune prince avait promis de tout mettre en œuvre afin de répandre la nouvelle de la disparition du temple et des prophéties.

Cid était très mal en point. Il toussait, éternuait et mouchait depuis deux jours. Il s'était levé ce matin avec une légère fièvre qui lui donnait l'impression que ses rhumatismes avaient atteint leur paroxysme.

— Soigne bien ce vilain rhume! lança Farouk.

Cid lui répondit d'un hochement de tête suivi d'un éternuement.

— Je vais bien prendre soin de lui, répliqua Muhammad, et vous, soyez prudent sur la route!

Farouk et Sheran avaient accompagné la Caravane sur une demi-lieue avant de se séparer d'eux, car ils devaient retourner à Nazareth auprès de leur épouse.

— On se retrouve à Ptolémaïs dans huit jours! lança Farouk en leur envoyant joyeusement la main.

Farouk avait pris la décision de demeurer à Nazareth, afin de permettre à Falia d'être auprès de son père le plus longtemps possible, car Siméon se faisait vieux et ils ignoraient à quel moment ils pourraient lui rendre visite à nouveau.

Une heure plus tard, Malik et sa petite caravane de vingt chameaux arrivaient à la cité d'Aila, afin d'attendre l'arrivée des rois mages. Il s'était arrêté à Jérusalem, comme Cid le lui avait demandé, mais Yousef, le marchand de fruits, n'avait pas été en mesure de lui fournir de nouvelles informations. Par contre, son informateur lui avait appris qu'Hérode était très anxieux et qu'il était d'une humeur exécrable depuis plusieurs jours, mais il en ignorait le véritable motif.

Alors que la petite caravane de Malik entrait dans le pré à l'est de la cité d'Aila, le navire, qui avait transporté Bachir et son compagnon de voyage, accostait au port de Djedda sur la mer Rouge. Quelques minutes plus tard, les deux voyageurs s'inclinaient devant leur roi.

— Cid est sûr que cet enfant sera un garçon? questionna Balthazar aussitôt que Bachir eut terminé d'expliquer la raison de sa venue précipitée.

— Il semblait convaincu et c'est pourquoi il a voulu que tu sois prévenu sans délai.

Balthazar se mit à faire les cent pas tout en réfléchissant. Lorsque sa décision fut prise, il posa la main sur l'épaule de Bachir.

— Remonte sur le bateau qui t'a conduit ici. Traverse la mer et va prévenir Théokéno Melchior Ahuzzat à Adulis dans son royaume au sud de l'Égypte. S'il décide de venir, attends-le et conduis-le à Aila. Quant à moi, je m'embarquerai dans trois jours. Si tu n'es pas déjà de retour, alors je saurai qu'il a accepté l'invitation.

Bachir s'inclina devant son roi, alors que Balthazar se tournait vers son compagnon de voyage.

— Quant à toi, je veux que tu prennes le plus rapide de nos chevaux et que tu te rendes auprès de Mensor Gaspard Galgalat à Zafar en son royaume du Sud-est, afin de l'informer de tout ceci.

L'homme s'inclina à son tour.

— Qu'en est-il de ton frère, Artaban? questionna Bachir d'une voix embarrassée. Ne veux-tu pas le prévenir, lui aussi?

Balthazar pinça les lèvres en une grimace d'indécision.

— Tu as peut-être raison, finit-il par dire après un moment d'hésitation. Mon frère est un lunatique, un poète et un philosophe, qui préfère garder les moutons et admirer les étoiles en composant des vers, et il est encore pire qu'avant depuis qu'il a épousé cette jeune princesse. Il refusera probablement l'invitation, mais je me dois tout de même de l'informer.

Le jour suivant, au milieu de la matinée, Farouk et Sheran arrivèrent à Nazareth. Jacob venait lui aussi de revenir à son domaine une heure plus tôt. Son contrat à Sidon était terminé et il entendait bien se mettre en route vers Bethléem le jour suivant. Les trois hommes partagèrent un modeste repas et Sheran profita de l'occasion pour lui raconter la tragédie qui s'était abattue sur sa famille. Jacob lui présenta humblement ses plus sincères condoléances pour le deuil de son père, mais il ne put contenir très longtemps sa colère.

— Toutes ces années, tu savais que ce temple et ces prophéties existaient réellement et tu ne m'en as rien dit! s'exclama-t-il sur une intonation de reproche.

Il inspira profondément, afin de calmer son irritation avant de poursuivre :

— Cela prouve au moins que tu sais garder un secret, ajouta-t-il d'un ton contenu.

Sheran baissa les yeux. Il savait que Jacob le comprenait, mais cela n'enlevait rien à la déception de celui-ci.

— Je t'ai raconté tout cela, parce qu'il est très important que toi et ta famille soyez au courant du danger qui vous guette.

Jacob grimaça d'incompréhension :

— Les mercenaires ont volé la cinquante-deuxième prophétie et ils vont l'apporter à Hérode, expliqua Sheran. Il ne sera pas en mesure de la lire, mais il est plein de ressources et il finira bien par trouver quelqu'un qui puisse traduire cette écriture.

— En quoi ce texte pourrait-il représenter une menace pour ma famille? questionna Jacob en affichant une moue de scepticisme.

L'embarras de Sheran s'accentua légèrement.

— La légende juive disait vrai, mais il y a une partie de la prophétie qui n'était pas connue du peuple et qui est toujours demeurée secrète.

Le visage de Jacob devint grave et soucieux, alors qu'il attendait la suite de l'explication :

— La dernière partie était trop ambiguë et ne pouvait être expliquée clairement, alors les serviteurs de Sîn ont préféré s'abstenir d'en parler.

Sheran fit une petite pause avant de poursuivre :

— Elle disait qu'un grand danger menacerait le troisième grand roi à naître, mais que le sang royal versé le sauverait.

Jacob se recula sur sa chaise. Il déposa les mains sur ses genoux et il baissa les yeux en une profonde réflexion, puis il soupira d'amertume en relevant la tête.

— Cette partie porte vraiment à confusion et elle peut être interprétée d'une multitude de façons. Le sang versé, qui sauvera le fils de Joseph, pourrait être celui de n'importe quel roi ou même celui de son père ou de moi-même, mais Hérode, qui est un usurpateur du trône, pourrait facilement se sentir visé.

Sheran grimaça en secouant positivement la tête.

— C'est pourquoi ta famille et toi devrez vous montrer très prudents dans les semaines et les mois qui vont suivre.

Jacob se redressa fièrement.

— Hérode ne s'attaquera jamais à ma famille, car il sait que le peuple tout entier se soulèverait et que même ses propres gardes se retourneraient contre lui.

— Tu as raison! répliqua Sheran, mais mieux vaut être prudent devant la folie qui pourrait affecter un homme tel qu'Hérode.

Jacob secoua lentement la tête en posant la main sur l'épaule de Sheran.

— Je te remercie d'avoir partagé ce grand secret avec moi et je te promets d'être très vigilant.

En fin de journée, Ruben et les mercenaires arrivèrent à Jérusalem. Polybios affichait un sourire victorieux en approchant du trône où se trouvait Hérode. Il s'inclina maladroitement et de façon quelque peu grotesque, tout en s'exclamant :

— Mission accomplie, Votre Altesse!

Il claqua des doigts et les deux mercenaires, qui transportaient les sacs contenant les tablettes de la prophétie, vinrent poser ceux-ci au pied du roi. Polybios s'accroupit. Il retira l'une des tablettes du sac le plus près de lui, puis il se releva en présentant celle-ci au roi. Hérode approcha et dévisagea la tablette un long moment sans oser y toucher.

— Qu'est-ce que c'est? demanda-t-il d'un ton incrédule, ses yeux hagards allant du mercenaire à son capitaine.

Un lourd silence s'abattit pendant plusieurs secondes.

— C'est la prophétie que tu m'as demandé de t'apporter, finit par répondre Polybios. Le texte est écrit dans l'ancienne langue des Sumériens.

Hérode étira le cou et il examina la tablette de nouveau.

— Peux-tu traduire ce texte?

Polybios demeura bouche bée.

— Bien sûr que non! s'exclama-t-il après un moment. Le seul homme qui ait les connaissances pour lire ce texte est Balak, le gardien du temple.

Hérode se redressa et il fit deux fois le tour de la salle d'audience d'un regard étonné.

— Où est cet homme? demanda-t-il en haussant les épaules.

Polybios se redressa fièrement.

— Il m'a attaqué et je l'ai tué, tel que tu m'avais autorisé à le faire, si quelqu'un s'opposait à l'accomplissement de ma mission.

Hérode sentit la fureur monter en lui. Il descendit les deux marches de l'estrade et il gifla le mercenaire à toute volée. Polybios recula d'un pas et il porta la main à son fourreau vide, qui pendait à sa ceinture, car seuls les soldats de la garde prétoriale pouvaient porter leurs armes en présence du roi. Hérode arqua un sourcil et le mercenaire baissa vivement les yeux de soumission, car Ruben avait porté la main au pommeau de son cimeterre et il n'attendait qu'un ordre de son souverain. Hérode adopta une attitude provocatrice et il demeura devant son homme de main pendant plusieurs secondes avant de retourner sur l'estrade.

— Comment vais-je prendre connaissance du contenu de ce texte, puisque tu as tué la seule personne pouvant déchiffrer cette écriture, qui n'est plus utilisée depuis un millier d'années?

Polybios se renfrogna. Il aurait bien voulu répondre que sa mission était de trouver et de rapporter cette prophétie et non d'en comprendre le sens, mais il eut la sagesse de se taire, car il savait que le roi était furieux et qu'il aurait pu facilement lui faire trancher la gorge d'un simple claquement de doigts. Ruben s'inclina, afin d'attirer l'attention de son roi.

— Le vieux moine sicilien, dit-il simplement.

Hérode grimaça d'incompréhension :

— Celui qui est venu demander ton autorisation, afin de fouiller les anciennes archives de Jérusalem, poursuivit Ruben. Je crois qu'il est encore dans la cité.

Le roi porta un doigt songeur à sa bouche, puis il se mit à hocher lentement de la tête en grimaçant de dégoût.

— Tu as probablement raison, dit-il. Cet ivrogne était répugnant. Il ne s'était pas lavé, pas plus que sa tunique d'ailleurs, depuis au moins deux années, mais il semblait connaître plusieurs langues mortes.

Hérode se mit à faire les cent pas sur l'estrade, puis il vint s'arrêter de nouveau devant son capitaine.

— Prends tous les hommes dont tu auras besoin et fouille toute la ville s'il le faut. Trouve cet homme et force-le à prendre un bain avant de le conduire devant moi!

Ruben s'inclina et il fit signe à Polybios de le suivre.

Le matin suivant, Farouk était au milieu du chemin et il envoyait la main à Jacob et les siens, qui s'éloignaient afin de se rendre à Bethléem pour le recensement. Bien que l'âne fût bâté, afin de former un siège, Marie avait eu de la difficulté à s'y installer, tellement son ventre était encombrant. Sheran fermait la marche en conduisant la petite charrette que Jacob lui avait prêtée. Falia, qui avait insisté pour accompagner son mari, se blottit contre lui en frissonnant. Le sol, couvert d'une mince couche de givre laissé par la rosée du matin, craquait sous les pas des voyageurs. C'étaient la mi-décembre et les nuits étaient de plus en plus glaciales.

En fin de journée, Ruben entra dans la salle des audiences en compagnie du vieux moine sicilien, qui marchait derrière lui en arborant l'air penaud d'un chien battu. Le capitaine de la garde prétoriale et ses hommes avaient vérifié toutes les bibliothèques et autres lieux similaires pendant la journée précédente sans trouver le moine. Ce n'est que le lendemain, en milieu de matinée, que l'un de ses hommes avait trouvé le vieil ermite affalé, dans un état d'ébriété avancé, à la table extérieure d'une taverne. Ruben avait dû payer l'aubergiste, afin que celui-ci prépare un bain et deux de ses hommes durent laver le vieil ivrogne, tout comme sa tunique délabrée, afin d'atténuer les relents de vin de basse qualité qu'ils dégageaient.

— Voici l'homme! lança Ruben en arrivant devant l'estrade.

Hérode approcha avec circonspection, puis il renifla à plusieurs reprises. Satisfait de son inspection olfactive, il fit signe au vieux moine de le suivre jusqu'à l'autre extrémité de l'estrade.

— Peux-tu traduire ce texte? lança le roi en pointant les tablettes d'argile qui avaient été déposées sur la table basse près de son fauteuil favori.

Le vieux moine approcha, puis il souleva l'une des tablettes avec beaucoup de précautions. La couleur foncée de l'argile prouvait qu'elle était très ancienne et le vieil ermite craignait de l'abîmer en la manipulant de sa main tremblante.

— C'est de l'écriture cunéiforme! s'exclama-t-il avec étonnement. Cette langue est celle qu'utilisaient les Sumériens de la basse Mésopotamie. Elle n'est plus en usage depuis un bon millier d'années.

Hérode afficha un large sourire de satisfaction, tout en se frottant les mains, alors que le vieil homme semblait extasié par l'objet venu d'un autre temps. Le roi attendit plusieurs secondes, puis, voyant que le moine ne semblait pas vouloir revenir de son émerveillement, il soupira d'impatience.

— Je t'ai demandé si tu pouvais traduire ce texte, lança-t-il d'une voix où perçaient l'irritation et l'impatience.

Le vieil ermite se ressaisit, puis il déglutit bruyamment avant de répondre.

— Je ne maîtrise pas cette ancienne langue, mais avec l'aide des documents de la grande bibliothèque, je pourrais très certainement y parvenir.

Hérode retrouva le sourire, alors que le vieil homme se tordait les mains d'embarras :

— Je n'oserais pas te demander une solde pour ce travail, mais je n'ai rien mangé depuis hier. Alors, si tu pouvais me faire servir de la nourriture et du vin, il me sera plus facile d'être productif.

— Tu auras toute la nourriture que tu désires, mais pas de vin avant que tu aies terminé cette tâche.

Le moine se renfrogna en une expression boudeuse :

— Lorsque tu auras achevé cette traduction, poursuivit Hérode, je t'offrirai un plein tonneau de mon meilleur vin et tu pourras t'enivrer autant que tu le désires.

Le vieil homme ouvrit de grands yeux et il se lécha les babines à plusieurs reprises devant cette perspective délectable :

— Les tablettes seront portées dans un cabinet de travail, au bout de ce couloir, mais tu ne pourras les sortir du palais sous aucun prétexte, compléta Hérode. Chaque fois que tu auras besoin de te rendre à la grande bibliothèque, l'un de mes gardes t'accompagnera.

Le vieux moine sicilien opina d'un air penaud, car il prenait conscience qu'Hérode le laisserait partir seulement lorsqu'il aurait terminé la traduction qui lui était demandée.

* * *

Au matin suivant, alors que Sarathin Balthazar Abimélek, roi et mage de Djedda, montait à bord du bateau qui le conduirait à Aila, la grande Caravane du Nord entrait dans le pré au sud-est de Sabratha, la ville la plus au nord de leur long voyage. Le roi, qui avait décidé de voyager léger, n'avait permis qu'à deux de ses femmes de l'accompagner. N'ayant eu aucune nouvelle de Bachir, Balthazar en avait conclu que Melchior avait accepté l'invitation et qu'ils se retrouveraient à Aila dans quelques jours.

À la fin de la journée, la petite caravane de quinze chameaux, qui avait été envoyée vers la côte, arriva à Sabratha, mais ils n'étaient que treize, puisque deux chameliers manquaient à l'appel. Les hommes s'étaient dispersés en arrivant à Tyr et ils étaient censés se regrouper à Sidon. La petite caravane avait retardé son départ de deux heures, afin de permettre aux retardataires de les rejoindre, mais, ne les voyant pas arriver, ils avaient dû se mettre en route vers leur destination finale.

Cid toussa à plusieurs reprises. Son petit rhume semblait prendre de l'ampleur. Depuis le matin, il était assailli par la fièvre, ses yeux larmoyaient et son nez coulait abondamment. Muhammad avait beau lui répéter de ne pas se faire de soucis, puisqu'il s'occupait de tout, mais Cid ne pouvait s'empêcher de s'inquiéter et l'absence de ces deux chameliers contribua grandement à accentuer son angoisse. Il ne voulait pas se montrer alarmiste, mais les vieux souvenirs de son agression s'étaient mis à l'accabler.

— Il ne sert à rien de s'inquiéter inutilement, déclara Muhammad d'une voix qu'il espérait apaisante, car une multitude d'explications est envisageable. Il est possible que l'un des chameaux se soit blessé ou peut-être même l'un des hommes. Nous pourrions facilement les retrouver sur notre route demain, alors qu'ils clopinent péniblement, afin de nous rejoindre.

Cid opina en éternuant. Il détestait se sentir aussi démuni.

— Tu as peut-être raison, admit-il. Attendons de voir avant de dramatiser inutilement la situation.

Le jour suivant, la grande Caravane du Nord s'ébranla dès l'aube, afin d'entreprendre son long périple de retour. Muhammad fit forcer l'allure toute la journée, car les caravaniers interrogeaient les voyageurs, qui venaient en sens inverse, mais personne n'avait vu les deux hommes manquants. Son angoisse croissante était devenue presque contagieuse et toute la caravane forçait le pas, afin d'avancer encore plus vite. Tant et si bien que la grande Caravane établit son campement pour la nuit, alors qu'elle n'était plus qu'à cinq lieues de Sidon.

Le repas du soir fut pris dans un lourd silence. Les hommes se regardaient à tour de rôle, mais personne n'osait émettre le moindre commentaire de peur d'attirer le malheur sur leurs compagnons disparus.

Au zénith, le jour suivant, la grande Caravane arriva à Sidon, au grand étonnement de tous les marchands des lieux, car la Caravane avait pris près d'un jour d'avance sur son horaire prévu. Après avoir interrogé une multitude de gens, l'angoisse monta de plusieurs crans, car personne n'avait vu les chameliers recherchés et les pires scénarios assaillaient l'esprit de tous les membres de la grande Caravane. Muhammad traita les affaires dans cette ville de façon expéditive et la Caravane se remit en route immédiatement. Ils arrivèrent à Sarepta une heure avant le coucher du soleil, car il n'y avait que quatre lieues séparant les deux villes. Malheureusement, les nouvelles n'étaient pas meilleures et un vent de panique oppressait tous les chameliers.

Dès l'aube, Cid décida d'envoyer trois cavaliers sur des montures rapides au-devant de la Caravane, afin qu'ils arrivent à Tyr au plus vite.

* * *

Le soleil n'était levé que depuis trois heures, lorsque la petite troupe romaine arriva à la villa pompéienne.

— Bienvenu au domaine, Commandant! lança le gardien en approchant du groupe de soldats. Marcus Julius sera très heureux de te revoir, car il espérait que tu puisses lui rendre une nouvelle visite avant ton retour à Rome.

Quintus le salua d'un hochement de tête.

— Voilà qui calme mes appréhensions, car je craignais qu'une seconde visite soit perçue comme un abus.

L'homme éclata de rire.

— Bien au contraire, Commandant. Marcus a vraiment apprécié votre compagnie, au point qu'il en a versé quelques larmes après votre départ.

Thalius ordonna aux hommes de la troupe de conduire les montures à l'écurie, puis il pivota vivement sur lui-même. Les deux autres gardiens du domaine arrivaient au pas de course.

— Un mystérieux cavalier semblait suivre ta troupe, lança l'un des hommes à l'endroit de Quintus. Lorsqu'il nous a vu approcher, il a tourné bride et il a pris la fuite.

L'homme se gratta l'oreille en grimaçant, avant d'ajouter :

— Ce comportement est très étrange.

Quintus opina en une attitude songeuse, puis il arqua les sourcils en voyant l'air que faisait le colonel Thalius.

— Aurais-tu une idée de l'identité de cet individu, qui voyage dans notre sillage?

Thalius pinça les lèvres, puis il dodelina de la tête de façon hésitante.

— J'ai effectivement une idée, mais ce n'est rien d'autre qu'une supposition.

Thalius hésita un petit instant avant de poursuivre :

— Je t'en parlerai plus tard, lorsque nous serons seuls.

Quintus trouva l'attitude de son ami bien mystérieuse, mais il n'insista point.

Deux heures plus tard, après avoir pris un repas copieux en compagnie de leur hôte, Quintus et Thalius allèrent se prélasser dans la piscine. Quintus leva les yeux et il jeta un regard circulaire sur la pièce.

— Voilà bien une idée géniale! s'exclama-t-il avec admiration. La température de la Galilée est beaucoup moins clémente que celle de Rome.

Thalius lui répondit en opinant d'une façon appréciatrice. Contrairement aux villas de Rome, la piscine avait été construite à l'intérieur de l'atrium, plutôt qu'à l'extérieur dans l'impluvium.

— Nous sommes seuls, lança Quintus sans préambule, vas-tu enfin me dire ce que tu sais à propos de ce mystérieux cavalier?

Thalius grimaça. Il aurait nettement préféré ne pas inquiéter son commandant avec cette histoire.

— Cilnius Mécène, le conseiller de notre empereur, m'a mis en garde et il m'a demandé d'ouvrir l'œil, car il envisageait la possibilité qu'Herennius, le mari de Claudia, ait retenu les services d'un assassin, afin de te supprimer.

Quintus afficha clairement son scepticisme par une moue biaise :

— Cet homme nous suit depuis Rome, poursuivit Thalius. Lorsque nous avons quitté le palais de Caius Octave, il jouait les mendiants au bas du chemin menant au Palatin et c'est pourquoi je suis allé lui porter une obole.

Quintus était de plus en plus incrédule, car il se rappelait très bien l'évènement.

— Qu'est-ce qui te porte à croire que cet homme n'était pas ce qu'il prétendait être?

Thalius ricana.

— Tous les mendiants de Rome savent qu'il est formellement interdit de demander l'aumône près du chemin du Palatin.

Quintus arqua les sourcils, car il ignorait cette règle :

— Lorsque nous avons levé l'ancre à Brindisi, poursuivit Thalius, j'ai cru le reconnaître à nouveau. Il était sur un petit bateau de pêche qui s'éloignait vers l'est. Il s'était probablement renseigné sur notre destination et il voulait y être avant nous.

Ce fut au tour de Quintus de rigoler joyeusement, car il croyait que son ami fabulait.

— Tu n'as aucune certitude que cet homme était bien le même. Mécène aurait-il réussi à faire de toi un paranoïaque?

Thalius se contenta de sourire en secouant la tête. Deux servantes approchèrent en transportant de lourdes jarres d'eau chaude, qu'elles déversèrent dans la piscine.

— Désirez-vous de la compagnie pour votre bain, mes seigneurs? demanda l'une des servantes en affichant un sourire invitant.

— Plus tard, peut-être, répondit Quintus en levant la main. Nous avons encore à discuter et je ne voudrais pas que vous soyez témoin des fantaisies imaginatives de mon camarade.

La servante s'inclina en ricanant timidement et les deux femmes s'éclipsèrent prestement. Quintus reporta son regard amusé vers son ami, mais Thalius demeura imperturbable et il poursuivit son explication avec indifférence.

— Je l'ai encore aperçu, lorsque nous sommes arrivés à Joppé. Il était sur la place du marché. Il se déplaçait d'un kiosque à un autre et toute son attention était portée sur nous.

Le sourire amusé de Quintus s'effaça à demi :

— À Jérusalem, lorsque nous avons quitté le palais d'Hérode, je suis allé porter une obole à un mendiant encapuchonné.

Thalius pointa son index vers son ami :

— Tu m'as même interrogé, puisque c'était la seconde fois que tu me voyais faire un détour, afin de faire l'aumône à un miséreux.

Quintus ne souriait plus du tout. Il arqua un sourcil interrogateur et il attendit l'explication complémentaire de son ami :

— J'ai attendu jusqu'à ce que cet homme lève les yeux vers moi, avant de laisser tomber mon obole dans son gobelet de métal.

Quintus s'était figé, alors que Thalius secouait lentement la tête :

— Je ne m'étais pas trompé, car il s'agissait bien du même homme, compléta-t-il.

— Pourquoi n'es-tu pas intervenu sur-le-champ?

Thalius grimaça en haussant les épaules.

— Je n'avais rien de concret à reprocher à cet homme, hormis le fait que nos chemins se soient croisés à quelques reprises. Il aurait simplement nié mes allégations et il se serait montré beaucoup plus vigilant par la suite.

Quintus fit une grimace désappointée, car son ami avait parfaitement raison :

— De plus, ajouta Thalius, cet homme ne te veut peut-être aucun mal. Il est possible que ce soit Caius Octave qui ait retenu ses services, afin qu'il puisse protéger tes arrières.

Quintus paressait plutôt sceptique, mais il devait admettre que la chose n'était pas impossible.

— As-tu revu cet homme par la suite?

— Effectivement! répondit Thalius. Lorsque nous sommes revenus à Jérusalem, afin de remettre à Hérode un exemplaire de l'entente de paix. Tu te souviens de ce jeune garçon qui nous suivait et qui s'est montré grossier en nous offrant ses pièces de tissu. Après l'avoir évincé, il a couru rejoindre un homme encapuchonné, qui l'attendait un peu plus loin, et il lui a répété ce qu'il avait entendu de notre conversation.

— Selon toi, cet homme serait le même qui nous suit depuis Rome? questionna Quintus en arquant les sourcils d'incrédulité.

Thalius opina lentement :

— Cela dépasse l'entendement! s'exclama le commandant Quintus. Si cet homme avait voulu m'assassiner, il en aurait eu vingt fois l'opportunité.

Thalius haussa les épaules.

— Je ne comprends pas plus que toi, mais je crois que nous devons malgré tout nous montrer très vigilants.

Quintus marqua son assentiment en opinant pensivement. Puis il sortit ses bras de l'eau et il tapa dans ses mains. Les deux jeunes servantes, qui avaient versé de l'eau chaude dans la piscine un peu plus tôt, accoururent en ricanant joyeusement.

— Nous en avons terminé avec les choses sérieuses, lança Quintus, alors venez vous joindre à nous, afin d'égayer quelque peu ce bain.

Les deux jeunes femmes firent glisser leur tunique de leurs épaules et pénétrèrent dans la piscine en lançant des regards aguichants aux deux invités de leur maître.

En fin de journée, la grande Caravane du Nord arriva à Tyr. Les cavaliers, qui avaient été envoyés devant, arrivèrent à leur tour moins d'une heure plus tard. Ils avaient interrogé une multitude de gens, mais ils n'avaient pas été en mesure d'obtenir la moindre information concernant les chameliers manquants.

— Nous devrions lancer une grande battue, suggéra Muhammad d'une voix angoissée.

Cid secoua lentement la tête.

— C'est trop tôt! répliqua-t-il en frissonnant sous la brise glaciale de cette fin de journée. Il faut avant tout retrouver leur trace, sans quoi nous perdrons un temps précieux.

Sa fièvre s'était pratiquement estompée, de même que sa toux et ses reniflements, mais ce rhume semblait avoir englouti toute son énergie. Muhammad savait que Cid avait raison, mais il éprouvait énormément de difficulté à refréner son angoisse.

XV
Le repaire des brigands

Farouk et sa famille quittèrent Nazareth au lever du soleil. Les vacances étaient terminées et il était temps de rejoindre la grande Caravane, afin d'entreprendre leur long voyage de retour vers Djedda. Falia avait versé quelques larmes, lorsqu'elle avait fait ses adieux à son père et à sa tante le soir précédent, car, à leur âge et d'une santé fragile, elle ignorait si elle les reverrait. Quelques jours plus tôt, elle avait croisé Yonam, alors qu'elle était au marché en compagnie de l'épouse de Sheran. Son ex-mari avait posé sur elle un regard rempli de dédain, puis il s'était détourné sans lui adresser la parole. Falia avait eu l'impression qu'il avait enfin accepté l'état des choses et qu'il avait abandonné son désir de vengeance. L'idée que Farouk et elle pourraient désormais s'installer à Nazareth en toute sécurité avait hanté son esprit pendant plusieurs heures, mais elle avait finalement rejeté cette possibilité. Il lui avait fallu un certain temps avant de s'adapter à sa nouvelle vie et aujourd'hui, elle était parfaitement heureuse. Elle avait beaucoup d'amies, tout comme ses enfants, et elle habitait une maison confortable sous un climat beaucoup plus clément. De plus, son mari occupait une fonction prestigieuse, qui lui procurait un haut statut social.

— Il faut presser le pas! lança Farouk, car la route est longue jusqu'à Ptolémaïs.

Falia s'accrocha à son bras, tout en affichant un sourire espiègle.

— Je sais que tu as hâte de retrouver tes amis, mais nous risquons d'arriver avec un jour d'avance sur eux, alors il est inutile de courir.

Farouk lui retourna son sourire. Elle le connaissait si bien, qu'elle pouvait lire chacune de ses pensées.

Au même moment, la petite troupe de Quintus quittait la villa pompéienne, afin de se rendre à la ville de Cana, qui était à une douzaine de lieues au nord-est. Marcus Julius leur avait parlé d'un marchand ambulant qui s'était arrêté à son domaine quelques jours plus tôt. L'homme s'était plaint d'avoir été détroussé à moins d'une lieue de Cana par plusieurs brigands. Comme cette histoire était récente, Quintus avait décidé de se rendre dans la région, afin de voir s'il pourrait glaner quelques informations.

— Le problème, lança Quintus, c'est que les habitants de ce royaume nous haïssent dix fois plus qu'ils détestent ces brigands. Ce qui fait qu'ils sont toujours très avares de leurs commentaires, lorsque nous les interrogeons.

Thalius éclata de rire.

— C'est normal, Commandant, car ils ne voient en toi que l'autorité romaine et non un ami venu pour les aider. Alors, la prochaine fois, laisse-moi faire la conversation et toi, demeure à distance en affichant ton plus beau sourire complaisant et tu verras ces gens devenir très volubiles.

Quintus lança un regard hautain à son colonel, puis il détourna la tête, sans répondre, en affichant une expression indignée, car il savait pertinemment que Thalius avait ce petit air candide et un sourire ingénu, qui inspirait la confiance, et qu'il avait une facilité naturelle à se faire des amis.

En mi-journée, alors que la troupe romaine arrivait à Cana, Farouk et les siens approchaient de Ptolémaïs. La route de la côte était en vue et Farouk étira le cou, un large sourire s'épanouissant sur sa figure, puis il leva le bras en pointant vers le nord.

— Regarde! s'exclama-t-il joyeusement. La grande Caravane approche. Elle a presque qu'un jour d'avance sur son horaire.

Ils s'arrêtèrent en bordure de la route et ils attendirent l'arrivée de la Caravane du Nord. Farouk perdit rapidement son sourire et son visage devint grave et soucieux en apercevant l'air austère de Cid et Muhammad, qui s'étaient détachés du groupe pour venir à leur rencontre, de même que la mine accablée des caravaniers qui suivaient derrière.

— Deux de nos hommes manquent à l'appel, lança Cid en réponse au regard interrogateur de Farouk.

— Nous n'avons plus de nouvelles d'eux depuis plusieurs jours, compléta Muhammad d'une voix oppressée par l'inquiétude.

— J'eus souhaité que nos retrouvailles fussent plus cordiales, ajouta Cid, mais je suis heureux de vous revoir, malgré les circonstances accablantes.

La Caravane poursuivit sa route sur près de deux mille pas au sud de l'entrée de la ville, puis elle entra dans le pré où elle s'arrêtait à chacun de ses voyages. Les cavaliers, qui avaient été envoyés au-devant, étaient de retour tout aussi bredouille que le jour précédant. Ils avaient interrogé une foule de gens, mais personne n'avait entendu parler des hommes manquants.

— As-tu pensé à organiser une battue? questionna Farouk d'une voix sans timbre.

Cid opina d'un air maussade.

— C'est encore trop tôt! expliqua-t-il. Lorsque les quinze chameliers se sont séparés, afin de rencontrer leurs clients, ces deux hommes se sont dirigés vers Hépha. Si l'un d'entre eux est tombé gravement malade, ou quelque chose du genre, il se peut qu'ils nous attendent sur place.

Farouk balança la tête d'un air songeur, il savait que le Maître du Troc agissait avec sagesse :

— J'aurais bien aimé poursuivre notre route, ajouta Cid, mais sous ce ciel couvert, il fera nuit dans moins de deux heures, alors qu'il faut en compter au moins cinq pour atteindre Hépha. Alors, mieux vaut nous montrer patients. Nous y serons demain avant le zénith.

De leur côté, la troupe romaine avait fait quelques progrès. Après que Thalius eut interrogé aimablement quelques personnes, la petite troupe approchait maintenant d'une ferme où le propriétaire des lieux avait eu une escarmouche avec des voleurs une douzaine de jours plus tôt. Quintus attendit sur la route avec ses hommes, alors que Thalius avança seul vers le bâtiment principal. Un homme d'une quarantaine d'années en sortit et approcha du cavalier en lui jetant des regards méfiants.

— Salutation, brave homme! s'exclame l'officier romain d'un ton cordial.

Le fermier s'arrêta, puis il dévisagea le soldat pendant plusieurs secondes, la bouche entrouverte d'étonnement, avant de répondre à son tour.

— Bonjour à toi!

— Tes amis du voisinage m'ont parlé de ta mésaventure avec des brigands.

— Ces salops m'ont volé deux chèvres et un poulet! s'exclama le fermier avec indignation.

— Voilà bien un crime odieux, qui mérite d'être sévèrement puni, répliqua Thalius.

— Tu dis vrai, Romain, mais les soldats de la garde prétoriale semblent impuissants à maintenir l'ordre et la justice.

— Pourrais-tu me décrire ces hommes? questionna Thalius.

Le fermier mit plusieurs secondes avant de se lancer dans une description complète des malfaiteurs qui l'avaient soulagé de ses biens. Le colonel Thalius l'écouta attentivement, mais les caractéristiques étaient trop vagues et pouvaient facilement correspondre à n'importe quel individu habitant la Galilée.

— Aurais-tu remarqué la direction qu'ils ont empruntée en quittant ta ferme?

L'homme s'esclaffa d'un ton presque amusé.

— J'ai mieux encore! L'un d'eux a dit qu'ils pourraient facilement vendre les chèvres à Hépha, avant de retourner à leur campement.

Thalius fit pivoter sa monture.

— Je te remercie, brave homme! Grâce aux informations que tu m'as fournies, nous pourrons certainement retrouver ces malfaiteurs et les mettre hors d'état de nuire, afin que vous puissiez vivre en paix et en sécurité.

L'homme souleva sa coiffe et se gratta la tête en regardant l'officier romain s'éloigner. Il ne savait plus quoi en penser, car habituellement, les soldats romains étaient brutaux et irrespectueux envers les gens du peuple, alors que celui-ci s'était montré aimable et compatissant.

Quintus écouta le compte-rendu de la conversation, tout en réfléchissant. Dès que Thalius eut terminé, il leva les yeux au ciel quelques secondes, puis il prit sa décision.

— Il y a encore presque deux heures avant la nuit, alors mettons-nous en route vers Hépha.

* * *

Dans une petite vallée, bien dissimulée au cœur de la forêt, au pied du mont Carmel, se trouvait le campement de Barnabé et ses brigands. Une quarantaine d'hommes, six femmes et une douzaine d'enfants y vivaient de façon presque primitive.

Anna, la femme du chef de cette bande de malfrats, repoussa une longue mèche de cheveux qui pendait mollement dans sa figure. Elle soupira en regardant autour d'elle. Elle vivait dans cette grotte lugubre depuis bientôt dix années, c'est-à-dire depuis le jour où Barnabé l'y avait emmené contre son gré. L'endroit était composé de trois pièces. En entrant dans la grotte, on arrivait dans une vaste pièce aux usages multiples pouvant accueillir facilement une trentaine de personnes. Le chef des brigands y avait fait construire un gros fauteuil recouvert de peaux de bêtes où il s'installait, tel un roi, lorsque venait le temps de donner des ordres à ses hommes. La deuxième pièce, au fond à droite, servait de chambre à coucher et de débarras. Une petite ouverture, à peine suffisante pour y laisser passer une personne, conduisait à la troisième pièce. Elle ne mesurait que trois pas de largeur sur cinq pas de longueur et servait uniquement à entreposer des armes et le trésor accumulé par Barnabé.

Anna déposa le lourd panier qu'elle venait de transporter dans la chambre. Elle regarda avec tristesse ses mains sales et endolories. En fait, il n'y avait pas que ses mains qui étaient sales, puisqu'il y avait plus de deux mois qu'elle ne s'était pas lavée. Il en était de même pour sa tunique qui tombait en lambeaux. Il s'avérait très difficile de la laver, puisqu'elle n'en possédait pas d'autres. Elle frotta son bras gauche, afin de chasser la douleur lancinante qui la torturait. Son avant-bras était tordu et elle pouvait à peine se servir de sa main gauche.

Elle avait seize ans, lorsqu'elle avait été kidnappée. Elle en avait maintenant vingt-six, mais elle avait l'impression d'en avoir cinquante. Elle avait tenté de fuir à deux reprises, mais chaque fois, elle avait été reprise très rapidement, car elle ignorait où elle se trouvait précisément. Elle vivait chez ses parents, en Samarie, et elle s'apprêtait à se marier, lorsqu'elle avait été enlevée. Elle avait été ficelée et sa tête avait été recouverte d'une couverture pendant les six jours qu'avait duré leur voyage. Ses agresseurs lui avaient retiré cette couverture tous les soirs, mais seulement pour la battre et abuser d'elle. Au fil du temps, elle avait appris qu'elle se trouvait en Galilée et que la montagne, qui s'élevait derrière leur campement, se nommait le mont Carmel.

Après sa première tentative de fuite, Barnabé l'avait battu et affamé pendant plusieurs jours. Elle s'était tenue tranquille pendant quelques années, puis une nouvelle opportunité s'était présentée. Plus de la moitié des hommes étaient absents du campement et le soleil venait à peine de se pointer à l'horizon, alors que Barnabé dormait profondément. Elle avait pris un seau, afin d'aller puiser de l'eau, puis elle était sortie de la grotte. Les huit paillotes, qui formaient le campement, étaient plongées dans un silence réconfortant. Elle avait rempli son seau au ruisseau, puis l'idée, que le moment était bien choisi pour prendre la fuite, avait traversé son esprit. Sans plus réfléchir, elle s'était mise à courir dans l'unique sentier qui s'éloignait du campement en direction de l'est. Elle s'était précipitée vers sa liberté, pendant une dizaine de minutes, jetant constamment des regards inquiets derrière elle, quand soudain, elle était arrivée nez à nez avec un petit groupe de brigands qui revenaient vers le campement. Les hommes l'avaient ramené sans ménagement.

Le chef des brigands venait tout juste d'ordonner une battue, afin de la retrouver. Barnabé, qui écumait de rage, l'avait dénudée au centre du campement et il l'avait fouettée à l'aide d'une longue lanière de cuir. Après plusieurs coups, le fouet improvisé s'était brisé et Barnabé s'était emparé d'un gourdin. Il lui avait d'abord asséné un violent coup au bas du dos, qui l'avait fait fléchir. Le second coup était destiné à sa tête, mais Anna avait levé le bras par réflexe. Les deux os de son avant-bras s'étaient fracassés et elle s'était évanouie. Le chef des brigands avait craché sur elle, puis il avait jeté le gourdin loin de lui, avant de retourner dans la grotte d'un pas rageur. Tous les habitants du campement étaient demeurés immobiles un long moment, car personne n'osait offusquer leur chef, lorsqu'il était en colère. Dès que les hommes se furent dispersés, les femmes avaient entouré la victime et elles l'avaient soulevée, afin de la transporter à l'intérieur de l'une des paillotes. La guérison avait demandé plusieurs semaines, mais, comme personne ne savait comment réparer des fractures, les os s'étaient soudés dans la position où ils étaient.

Anna poussa un soupir d'impatience en entendant le son strident de deux pièces de métal se percutant. Elle pivota et quitta la chambre d'un pas colérique, mais elle se figea en entrant dans la grande pièce.

— Lève-toi! ordonna Barnabé, et si tu verses une seule larme, tu auras droit à la raclée de ta vie.

Le jeune Barabbas frotta son genou et son coude écorchés, puis il se releva en serrant de ses deux mains le glaive trop lourd pour lui.

— Laisse-le un peu! lança Anna d'un ton de supplique, mon fils n'a que huit ans.

Barnabé lui jeta un regard furieux.

— C'est mon fils! cracha-t-il avec dédain. Plus vite il apprendra à se défendre et mieux il s'en portera.

Anna baissa les yeux avec soumission.

— Ce monde est pourri, mon fils, poursuivit-il. Les forts dominent les faibles et si tu ne sais pas te battre, tu seras toujours une victime des plus forts. Alors, lève ton glaive et frappe-moi!

Il y avait déjà plus d'une année que Barnabé avait entrepris l'entraînement de son fils, mais le jeune Barabbas, avec tous les efforts possibles, n'avait jamais réussi à infliger ne serait-ce qu'une petite égratignure à son père, malgré toute la haine qu'il lui portait.

— Viens voir, Chef! cria une voix venant de l'extérieur de la grotte.

Barnabé fit un pas en direction de la sortie, puis il pivota vivement en pointant un doigt menaçant vers son fils, qui avait fait trois pas rapides dans sa direction.

— Si jamais tu oses me frapper, alors que je suis distrait, je te couperai les deux mains.

Le jeune Barabbas laissa tomber son glaive et baissa vivement les yeux. Barnabé grogna de satisfaction, puis il sortit de la grotte. Il ne fit qu'un seul pas à l'extérieur et il se figea dans un état d'hébétement total. Il regarda à sa gauche, puis à sa droite et reporta son regard devant lui avant de s'exclamer, les yeux pratiquement exorbités :

— Qu'est-ce que c'est?

Les hommes se regardèrent à tour de rôle, ne sachant trop ce qui convenait de répondre. L'aîné des six hommes qui venaient d'arriver fit un pas devant.

— C'est un chameau, répondit-il l'air penaud.

Barnabé tourna la tête de tous les côtés en tentant de contenir sa colère.

— Je sais très bien que c'est un chameau, cracha-t-il avec frustration, mais qu'est-ce que cet animal fait dans mon campement?

L'homme se sentit quelque peu déconcerté par la question insolite de son chef.

— Nous avons rencontré deux chameliers sur la piste qui est légèrement au nord d'Hépha. Ils s'étaient arrêtés près d'un ruisseau, afin que les bêtes puissent s'abreuver.

L'homme ricana de façon niaise avant de poursuivre :

— Deux étrangers, de toute évidence, qui se baladaient dans la nature sans même être armés. Ils ont résisté à notre attaque, mais ils ont vite compris l'inutilité de leurs gestes.

Très fier de son explication, l'homme afficha un large sourire de satisfaction, alors que Barnabé, qui n'avait pas déridé, le dardait d'un regard mauvais. Le chef des brigands tourna à nouveau la tête de tous les côtés, avant de revenir à l'homme.

— Tu me parles de deux chameaux, mais je n'en vois qu'un seul.

L'homme s'agita avec frénésie, tout en fouillant dans sa bourse.

— Sur notre chemin du retour, expliqua-t-il, nous avons rencontré un marchand qui tirait une échoppe ambulante dont l'une des roues était chancelante. Je lui ai proposé l'un des chameaux et après quelques négociations, nous sommes tombés d'accord. Regarde!

Le brigand tendait la main qui contenait trois talents d'or et cinq mines. Barnabé s'empara des pièces, mais il ne s'était pas départi de son air soucieux. Il avança vers le chameau, qui était harnaché et lourdement chargé, puis il se mit à en faire le tour très lentement, tout en examinant soigneusement la bête. Lorsqu'il arriva à l'arrière, il souleva le gros sac de toile, qui pendait mollement sur la cuisse de l'animal, et ses yeux se remplirent d'horreur.

— Imbécile! cria-t-il avec fureur. Regarde! cracha-t-il en pointant la fesse du chameau.

L'homme fit quelques pas hésitants, puis il demeura bouche bée :

— C'est la marque du roi de Djedda, hurla Barnabé. Ces chameliers faisaient partie de la grande Caravane du Nord.

— On ne pouvait pas savoir! s'exclama l'homme d'une voix craintive.

Le chef des brigands lui expédia son poing en pleine figure et l'homme tomba sur son séant en portant la main à son nez, qui se mit à saigner abondamment. Barnabé se pencha au-dessus du brigand, qu'il venait de terrasser, en pointant sur lui un doigt menaçant.

— Je veux que tu débarrasses mon campement de cette bête à l'instant même, c'est bien compris!

L'homme demeura pantois pendant quelques instants avant de répliquer d'une voix suppliante.

— Il fera nuit dans moins de deux heures, Chef, et...

Il ne termina pas sa phrase et entra la tête entre ses épaules, car Barnabé avait levé le poing à nouveau.

— Deux de tes imbéciles d'amis t'accompagneront et ils éclaireront ton chemin avec des torches. Je veux que tu éloignes cette bête d'au moins cinq lieues de mon campement.

L'homme ouvrit de grands yeux exorbités, mais il n'eut pas le courage d'émettre le moindre commentaire :

— De plus, poursuivit Barnabé, il n'est pas question que tu laisses cet animal errer dans la nature, alors trouve un endroit sécuritaire pour l'y laisser et éloigne-toi de ce lieu avant d'établir ton campement pour la nuit. Me suis-je bien fait comprendre?

L'homme se contenta de secouer vivement la tête. Il se leva péniblement et il fit signe aux deux hommes les plus âgés du groupe de le suivre. Vingt minutes plus tard, le petit groupe était de retour sur la piste. Malgré le ciel couvert d'épais nuages, il était évident que le soleil déclinait rapidement et que la nuit ne tarderait pas à les engloutir. Ils se dirigèrent vers le nord, un vent glacial leur giflant la figure.

— Plus vite! lança le meneur du groupe sur une note d'impatience. Il nous faudra au moins six bonnes heures avant de pouvoir nous débarrasser de cet animal et encore deux de plus avant de pouvoir établir notre campement.

Ils étaient épuisés par leur journée de marche et le chameau rechignait constamment.

* * *

Aux premières lueurs du jour, le matin suivant, la Caravane du Nord quitta Ptolémaïs. Ils auraient dû demeurer dans la cité portuaire un jour de plus, mais Cid avait rapidement liquidé les affaires avec les marchands de cette ville avant de se mettre au lit le soir précédent. L'absence des deux chameliers était devenue une véritable obsession dans l'esprit du Maître du Troc.

Une heure plus tard, alors que la route de la côte commençait à peine à s'achalander, les cavaliers à la tête de la Caravane ralentirent l'allure de leur monture. Un marchand approchait en sens inverse en tirant derrière lui un chameau lourdement chargé. La bête, le harnachement et les nombreux colis posés sur son dos étaient très similaires à ceux de la grande Caravane. Muhammad lança son cheval en enfonçant ses talons dans les flancs de sa monture et Farouk l'imita la seconde suivante. Les deux cavaliers freinèrent leur monture devant le marchand qui ouvrit de grands yeux étonnés. L'homme s'inclina sobrement en arquant ses sourcils.

— Que puis-je pour votre service, mes Seigneurs? questionna-t-il d'une voix où perçait la surprise et l'étonnement.

— Depuis quand, possèdes-tu ce chameau? lança Muhammad en se penchant sur l'encolure de son cheval, afin de mieux voir l'expression du visage de l'homme.

Le marchand ressentit une pointe d'inquiétude, alors que son regard se portait sur la longue caravane qui venait dans sa direction.

— J'ai acheté ce chameau, il y a deux jours, à un petit groupe de six marchands. Je les ai rencontrés à une heure de route au nord d'Hépha. Ils avaient deux chameaux à vendre et ils m'en ont proposé un à un prix fort abordable.

L'homme se tut et il éprouva une légère angoisse en voyant Muhammad glisser de sa selle et marcher vers lui d'une démarche autoritaire.

— Si tu n'y vois pas d'inconvénient, j'aimerais bien examiner ce chameau de plus près, lança Muhammad en contournant la bête par la gauche.

Le marchand le suivit des yeux, la bouche grande ouverte, sans oser répondre à la question, qui, somme toute, n'en était pas vraiment une. Après un petit moment, Muhammad fit signe au marchand d'approcher. Il avait repoussé les sacs qui voilaient la fesse de l'animal.

— Reconnais-tu cette marque? demanda le jeune prince d'un ton accusateur

Le marchand ouvrit de grands yeux effarés, puis il se mit à secouer la tête avec frénésie en balbutiant de façon presque incohérente.

— Ils m'ont semblé très honnêtes et ils m'ont même signé un accord de vente, que j'ai rédigé personnellement.

L'homme fourragea dans l'une des sacoches, qui pendait sur le franc du chameau, et il en extirpa un document plié avec soin. Le jeune prince Muhammad s'empara du parchemin et le parcourut rapidement. Le texte était rédigé dans des termes qui respectaient les règles de l'art, mais il n'y avait pas de sceaux officiels, seulement deux marques griffonnées de façon plutôt maladroite.

La Caravane les avait rejoints et Cid vint à leur rencontre. Muhammad lui résuma la situation, puis il lui remit l'acte de vente. Le Maître du Troc l'examina attentivement, tout en jetant régulièrement de petits regards sévères au marchand qui se sentait de plus en plus inquiet.

Dix minutes plus tard, le marchand regardait, l'air penaud, mais tout de même soulagé, la Caravane qui s'éloignait d'un trot pressé.

Muhammad ne savait trop comment aborder la question. Après un long moment d'hésitation, il trouva le courage d'interroger le Maître du Troc.

— Explique-moi ta décision, car j'éprouve quelques difficultés à la comprendre?

Cid lui jeta un regard de biais, puis il inspira tout en regardant le ciel.

— Tu as laissé à cet homme toutes ses marchandises, plus les nôtres, poursuivit Muhammad. Tu as repris le chameau, mais tu lui as remis une pièce d'un talent.

Le Maître du Troc était anxieux et il n'était pas d'humeur à se justifier, mais il était important que le jeune prince comprenne son raisonnement.

412

— Qu'aurais-tu fait à ma place? lança Cid sur un ton qui frôlait la réprimande.

Le jeune prince se redressa avec fierté.

— De toute évidence, cet homme avait eu des soupçons quant à l'honnêteté des gens qui lui ont vendu le chameau et les marchandises, mais il a laissé l'appât du gain facile dicter sa conduite. Alors, je lui aurais laissé ses marchandises, mais j'aurais repris les nôtres, de même que notre chameau. Cela lui aurait servi de leçon.

Cid balança la tête, tout en faisant une moue douteuse.

— Cet homme devra se trouver un charretier, qui voudra bien le conduire jusqu'à Ptolémaïs, car il n'a plus sa vieille échoppe pour transporter ses marchandises. Lorsqu'il sera dans la cité côtière, il ne manquera pas de raconter sa mésaventure. Si j'avais fait comme tu le dis, crois-tu qu'il aurait dit à tous qu'il a été traité avec justice et équité?

Muhammad pinça les lèvres et se mit à secouer la tête négativement :

— J'ai accordé le bénéfice du doute à cet homme. Nos marchandises sont faites pour être vendues et cet homme les avait acquises de façon honnête, bien qu'il en ait payé un prix dérisoire, compte tenu de leur véritable valeur. Par contre, le chameau appartient à ton père, notre roi, et il n'était pas à vendre. Je devais donc le reprendre. Selon l'acte de vente, il a payé le chameau trois talents, alors je lui ai rendu un talent, afin de bien marquer que je lui accordais ce bénéfice du doute. Lorsqu'il aura vendu toutes ses marchandises, ses pertes seront minimes.

Cid s'interrompit quelques instants avant de poursuivre :

— La réputation de notre roi et celle de cette caravane comptent avant tout. Cet homme racontera maintenant la fourberie des personnes qui lui ont vendu un bien qu'ils avaient volé et il exprimera sa gratitude d'avoir été traité avec équité, malgré les circonstances défavorables.

— J'espère quand vieillissant, j'atteindrai ton niveau de sagesse, oncle Cid, lança le jeune prince avec sincérité.

Le Maître du Troc le gratifia d'un aimable sourire en coin.

— Je n'en éprouve aucun doute, mon cher neveu.

Cid enfonça ses talons dans les flancs de sa monture, afin d'accélérer l'allure, car il avait maintenant la certitude qu'il était arrivé quelque chose de grave à ses caravaniers.

La Caravane n'était plus qu'à une demi-lieue d'Hépha, lorsqu'ils virent l'un des caravaniers envoyés au-devant revenir vers eux au petit galop, malgré les protestations des voyageurs qui devaient dégager la route prestement, afin de ne pas être piétiné. L'homme freina sa monture devant le Maître du Troc.

— Nous les avons trouvés, Cid! Ils sont blessés, mais ils sont vivants.

La nouvelle se répandit dans la caravane à la vitesse d'un feu de paille, laissant entendre des exclamations de soulagement sur son passage :

— Ils ont été trouvés par un fermier sur un petit chemin non loin d'ici, poursuivit-il. L'homme les a conduits à l'auberge d'Hépha, il y a cinq jours.

Cid autorisa Muhammad et Farouk à se porter devant au grand galop. Il aurait bien voulu les accompagner, mais il avait à peine la force de tenir en selle. De toute façon, ils n'étaient plus qu'à une heure de route d'Hépha et il avait besoin d'un peu de temps de réflexion, car il était maintenant évident que ses hommes avaient été attaqués.

Au même moment, sur une piste qui était parallèle à la route de la côte, mais à environ trois lieues à l'est, la petite troupe romaine se déplaçait d'un trot régulier en direction du sud, tout en faisant des haltes fréquentes afin d'interroger les fermiers ou les charretiers qu'ils croisaient. Jusqu'à présent, la chance ne leur avait pas souri et Thalius se demandait pendant combien de semaines encore ils devraient sillonner les petites routes de Galilée avant d'obtenir une information valable qui leur permettrait de capturer les brigands.

Une heure plus tard, alors que la grande Caravane atteignait Hépha, la troupe romaine s'immobilisait devant une ferme. Thalius fit pivoter sa monture et il se dirigea d'un trot lent vers le fermier qui était debout au milieu du chemin menant à sa ferme. L'homme, qui avait les bras ballants et la bouche entrouverte, semblait complètement hébété.

— Quelque chose ne va pas, l'ami? questionna Thalius d'une voix empreinte de scepticisme.

Le fermier secoua lentement la tête, tout en pointant derrière lui du pouce.

— Ça! Voilà ce qui ne va pas.

Thalius se haussa sur sa selle et se mit à examiner le bâtiment principal, puis la grange, le poulailler, l'étable et enfin l'enclos à chèvre. Il ouvrit grand la bouche d'étonnement et son regard revint au fermier.

— Ça n'y était pas lorsque je me suis mis au lit hier soir et maintenant c'est là!

Thalius reporta son regard vers l'enclos en se grattant le cuir chevelu.

— Tu as vérifié les autres bâtiments?

L'homme secoua à nouveau la tête.

— J'ai regardé partout, mais il n'y a personne.

Quintus approcha de son colonel et l'interrogea du regard.

— Quelqu'un a laissé un chameau avec tout son harnachement dans l'enclos à chèvre de cet homme, expliqua Thalius.

Quintus arqua les sourcils.

— Nous sommes à la recherche d'une bande de malfaiteurs, que l'on n'arrive pas à trouver, mais nous voilà confrontés à un bienfaiteur anonyme. Tout cela est bien étrange.

— Je suis bien d'accord avec toi, répliqua Thalius, mais je suis sûr qu'il y a une explication très logique derrière ce grand mystère.

Il fourragea dans sa bourse et en extirpa une pièce d'un sesterce, qu'il lança au fermier.

— Cette pauvre bête semble épuisée. Retire-lui son harnachement et donne-lui à manger et à boire. Nous serons à Hépha dans moins de deux heures et nous ferons le nécessaire afin de trouver le propriétaire de cet animal.

L'homme secoua positivement la tête en arborant un sourire appréciateur, les yeux rivés sur la pièce qu'il tenait au creux de sa main.

La petite troupe se remit en route et à peine cinq minutes plus tard, Thalius pointa le bord de la piste.

— Regarde! C'est de la fiente de chameau. Celui ou ceux qui ont conduit l'animal jusqu'à l'enclos de ce fermier sont venus par cette piste.

Quintus approuva d'un simple balancement de la tête.

Cid, qui était arrivé à Hépha un quart d'heure plus tôt, sortit de la chambre de l'auberge où logeaient les deux chameliers qu'ils avaient enfin retrouvés. Les hommes étaient dans un état pitoyable. L'un d'eux avait été blessé à la poitrine par un javelot artisanal, alors que l'autre avait été frappé à la tête par un gourdin et arborait une bosse plus grosse que le poing d'un homme. Ils avaient été attaqués par six brigands qui les avaient soulagés de tous leurs biens, sans même leur adresser la parole. Le Maître du Troc quitta l'auberge d'un pas rageur et il retourna à la Caravane.

— Nazim! Sors les armes! ordonna Cid, alors qu'il était encore à une vingtaine d'enjambées du chamelier.

L'homme fit signe à deux autres chameliers de le suivre. Ils revinrent quelques instants plus tard et ils déroulèrent trois couvertures, qui contenaient des cimeterres, au pied du Maître du Troc. Tous les chameliers de la Caravane approchèrent afin d'entendre les ordres de leur chef.

— Je veux qu'il y ait une grande battue entre Hépha et Dor, afin de retrouver ceux qui se sont attaqués à nos hommes, ordonna Cid d'une voix déterminée. Malheureusement, la région est trop boisée pour utiliser les chameaux. Il faudra donc nous contenter des chevaux.

Les chameliers affichèrent leur déception, car ils auraient tous voulu participer à cette battue :

— Il n'y aura que trois groupes de trois hommes, poursuivit Cid, car nous ne disposons pas de suffisamment de chevaux. Alors seuls les plus costauds et les meilleurs manieurs de cimeterre seront choisis.

La déception des hommes monta d'un cran, alors que les hommes les plus robustes se frayaient un chemin afin d'être plus près du Maître du Troc.

— Toi, toi et toi! dit Cid en pointant alternativement trois hommes. Vous formerez le premier groupe.

Les hommes s'emparèrent d'un cimeterre et ils écoutèrent attentivement les consignes de leur chef.

— Longez la côte en direction de Dor. Ouvrez l'œil, car il nous manque un chameau. Explorez toutes les petites routes, les pistes et les sentiers que vous rencontrerez.

Les hommes s'inclinèrent, puis ils s'éclipsèrent prestement, afin d'aller chercher leur monture.

— Je veux faire partie du deuxième groupe! s'exclama Muhammad d'un ton péremptoire en faisant un pas en direction du Maître du Troc.

— Moi aussi! renchérit Farouk qui alla se placer aux côtés du jeune prince.

Cid grimaça en secouant lentement la tête. Il ne doutait pas des capacités combatives de ces deux hommes, mais si un malheur devait arriver à l'un d'entre eux, Balthazar ne le lui pardonnerait jamais. Voyant l'hésitation de Cid, Muhammad fit deux pas de plus, puis il dévisagea son oncle d'un regard sévère, le mettant au défi de refuser sa candidature. Le duel visuel ne dura que quelques secondes.

— Nazim! Tu seras le troisième homme, ordonna Cid d'un ton catégorique, et c'est toi qui auras la charge de ce groupe.

Cid jeta un regard de défi, tant au jeune prince qu'à Farouk, mais les deux hommes acquiescèrent d'un hochement de tête, sans s'objecter. Il regarda ensuite autour de lui et pointa trois autres hommes.

— Tarek! Tu seras responsable du troisième groupe.

Les six hommes s'emparèrent d'un cimeterre, puis ils attendirent les ordres du Maître du Troc.

— Il y a deux pistes à l'est qui se dirigent vers le sud. La première est à moins d'une lieue et elle se rend jusqu'au mont Carmel, puis elle revint vers la côte. Le deuxième groupe suivra ce chemin. L'autre piste est près de deux lieues plus à l'est et elle contourne le mont Carmel. Le troisième groupe suivra cette route.

Tous ceux qui avaient été sélectionnés pour cette battue s'inclinèrent et se dirigèrent vers leur monture. Falia, qui était demeurée un peu à l'écart en serrant ses deux enfants contre elle, dévisagea Cid d'un regard empreint d'inquiétude. Le Maître du Troc tenta de la réconforter par un petit sourire rassurant, qui n'eut aucun effet sur l'épouse apeurée. Il se dirigea donc vers Farouk.

— Le jeune prince a tendance à vouloir prouver sa valeur, dit-il, alors je compte sur toi pour garder un œil sur lui et l'empêcher de se montrer trop téméraire.

Farouk posa une main apaisante sur l'épaule de Cid.

— Je le protégerai comme s'il était mon propre fils. Alors soit sans inquiétude.

Le Maître du Troc quitta Farouk et il se dirigea directement vers Muhammad.

— Farouk est un incroyable guerrier, mais il a tendance à oublier qu'il n'a plus vingt ans. Alors je compte sur toi pour calmer ses ardeurs et l'empêcher de s'exposer inutilement.

Le jeune prince jeta un coup d'œil du côté de Farouk, puis il revint à son oncle.

— Je ne le laisserai pas faire de folies et je le protégerai, même si ce doit être contre lui-même.

Cid le remercia d'un sourire, puis il retourna auprès de Falia.

— Ils vont bien prendre soin l'un de l'autre, lui dit-il d'un ton confiant.

Falia le gratifia d'un petit sourire reconnaissant.

Les hommes se mirent en route immédiatement. Légèrement au nord d'Hépha, ils empruntèrent le large chemin qui se dirigeait vers l'est. Un quart d'heure plus tard, le deuxième groupe bifurqua sur la première piste, alors que le troisième groupe poursuivit sa route, afin de se rendre à la deuxième piste.

Trente minutes plus tard, Quintus leva le bras et la petite troupe romaine s'immobilisa. Ils venaient d'atteindre un petit chemin qui croisait leur piste et le commandant Quintus hésitait sur la direction qui serait préférable à suivre. Thalius se haussa sur ses étriers en apercevant trois cavaliers qui approchaient au petit galop. Quintus plissa le front en examinant les vêtements et les coiffes des cavaliers.

— Ces hommes sont des caravaniers! s'exclama-t-il sur un ton de surprise.

Thalius approuva en une mimique accompagnée d'un lent balancement de la tête.

— Auriez-vous égaré l'un de vos chameaux? lança-t-il à l'égard du premier cavalier qui arrivait près de lui.

Tarek, qui était responsable du petit groupe, freina sa monture devant celle de l'officier romain.

— Deux de nos hommes ont été attaqués et volés par des brigands. Nous avons retrouvé l'un des chameaux, mais il en manque effectivement un autre.

Tarek dévisagea le cavalier romain en attendant qu'il explique sa remarque, mais ce fut Quintus qui répondit à l'interrogation non formulée.

— Une demi-lieue au nord, dit-il en pointant derrière lui du pouce, il y a un fermier qui était très étonné d'avoir trouvé ce matin un chameau harnaché et lourdement chargé dans son enclos à chèvres. Il sera très heureux d'apprendre que nous avons retrouvé le propriétaire de l'animal qui encombre sa ferme.

Tarek fit signe à l'un de ses hommes d'aller récupérer leur bien, puis il reporta son attention sur l'officier romain.

— Voilà qui explique bien des choses! s'exclama Thalius, mais je me demande pourquoi des malfaiteurs auraient agis de cette façon.

— Ils ont sûrement été pris de panique, lorsqu'ils se sont rendu compte que leurs victimes étaient des membres de la grande Caravane du Nord du roi Abimélek, répondit Tarek, et ils ont voulu se débarrasser des preuves accablantes.

— Tu sembles déçu, lança Quintus d'un ton où perçait l'étonnement.

— J'espérais retrouver ces brigands avant qu'ils ne se soient départis du chameau volé, répondit le chamelier d'un ton frustré, car ils auraient été plus faciles à repérer.

Thalius, qui s'était haussé de nouveau sur sa selle, pointa au loin sur la piste.

— Ceux qui ont conduit l'animal chez le fermier sont venus par cette route, déclara-t-il, car on peut apercevoir des fientes de chameau à une centaine de pas.

Quintus émit un petit ricanement sarcastique.

— Serais-tu devenu un expert en excrément de quadrupède?

— Il a entièrement raison! s'exclama Tarek en étirant le cou. Les déjections d'un chameau sont très particulières et facilement identifiables.

Il plissa la bouche en un air méchant et déterminé :

— Nous devons retrouver ces brigands, poursuivit-il, afin de leur faire payer amèrement cet affront.

Quintus freina l'ardeur du chamelier d'un geste impératif de la main.

— Retrouver ces malfaiteurs est également notre mission et je ne veux pas que vous fassiez entrave à celle-ci. Alors, il serait préférable que vous chevauchiez avec nous tout au long de cette piste.

Tarek opina en pinçant les lèvres. Les chameliers avaient été attaqués par six brigands et ils pourraient être plus nombreux, lorsqu'ils les retrouveraient.

Le groupe se remit en route sur la deuxième piste qui se dirigeait vers le sud. Elle contournait le mont Carmel qui se dressait à quelques lieues devant eux.

Une heure et demie plus tard, sur la première piste, les trois cavaliers atteignirent une fourche. Le mont Carmel se dressait devant eux et la piste se scindait en deux. L'embranchement de droite conduisait à la route de la côte, alors que celle de gauche se dirigeait vers l'est.

Nazim pivota sur sa selle. Il s'était déjà engagé du côté droit sur la piste principale, alors que Farouk et Muhammad avaient stoppé leur monture à la jonction. Il tira sur la bride de son cheval, forçant l'animal à faire demi-tour, puis il retourna auprès de ses camarades en ouvrant de grands yeux interrogateurs. Farouk s'expliqua de façon détournée.

— Le dernier fermier que nous avons interrogé, dit-il en pointant derrière son épaule, semblait très nerveux. Sans savoir précisément où les brigands se cachent, je crois, malgré tout, qu'il connaissait l'identité de certains d'entre eux et qu'il a gardé le silence par peur des représailles.

Nazim fit une moue boudeuse en secouant la tête.

— Même si tu as raison, nous ne pouvons pas forcer cet homme à nous révéler les informations qu'il détient.

— Nous sommes d'accord avec toi sur ce point, dit Muhammad, mais lorsque ce fermier nous a parlé de cette jonction, il nous a discrètement fait comprendre que nos chances de trouver ces brigands seraient nettement supérieures si nous empruntions l'embranchement de gauche.

Le chamelier grimaça, alors que ses yeux allaient et venaient de Farouk au jeune prince en un rapide va-et-vient.

— J'avais moi aussi noté la chose, déclara-t-il d'un ton autoritaire, mais j'ai reçu des ordres précis de Maître Cid et je n'entends pas en déroger.

— C'est très bien! s'exclama Farouk en arborant un petit sourire, car je craignais que tu aies oublié les ordres que « *Nous* » avons reçus.

— Je n'ai rien oublié! s'exclama Nazim avec indignation. Cid nous a ordonné d'arpenter la première piste d'Hépha jusqu'au mont Carmel, puis de regagner la côte jusqu'à Dor.

Farouk grimaça en secouant la tête de gauche à droite.

— Ce que tu me décris, est le parcours que le Maître du Troc nous a suggéré de suivre, alors que ses ordres étaient de trouver et de capturer les brigands qui se sont attaqué à nos camarades.

Nazim fit une moue désappointée, car il savait que Farouk avait parfaitement raison.

— Nous n'avons pas encore trouvé ces brigands, renchérit le jeune prince, mais le dernier fermier que nous avons interrogé nous a clairement fait comprendre que nos chances de trouver ces hommes seraient nettement supérieures sur la deuxième piste.

Nazim se redressa sur sa selle, prêt à défendre âprement sa position.

— Cid m'a confié la responsabilité de ce groupe, car il tenait à ce que ses instructions soient suivies scrupuleusement.

Farouk leva ses deux mains, afin de calmer le chamelier.

— Nul ne met en doute ton autorité sur notre groupe et j'ai la certitude qu'il t'en a confié la charge, parce qu'il avait confiance en ton jugement. Mais tu dois cependant tenir compte de la situation avant de prendre ta décision.

Nazim fronça les sourcils en se demandant où Farouk voulait en venir.

— Si tu optes pour la voie de droite, reprit Muhammad, cela signifie que tu acceptes volontairement de mettre un terme à nos recherches et tu auras à expliquer les motifs de cette décision à nos camarades, qui ont été attaqués et blessés.

Le chamelier était bouche bée :

— Par contre, poursuivit Farouk, si tu choisis le chemin de gauche, il nous conduira jusqu'à la deuxième piste.

— Nous pourrions alors nous joindre à l'autre groupe et poursuivre cette battue, compléta Muhammad.

Nazim grimaça, mais Farouk ne lui laissa pas le temps de s'objecter.

— Nos camarades ont été attaqués par six brigands, mais nous ignorons leur véritable nombre et notre assistance pourrait être très précieuse à l'autre groupe, s'ils découvraient le repaire de ces malfaiteurs.

Nazim leva les yeux au ciel en soupirant, alors que son cerveau fonctionnait à vive allure. Le raisonnement lui semblait très logique, mais il avait peur. S'il arrivait un malheur à l'un ou à l'autre, il n'aurait pas que les foudres de Cid à subir, mais également celles du roi qui lui en tiendrait rigueur, car il avait une très haute estime de Farouk, alors que Muhammad était son fils. Le caravanier était déchiré et il n'arrivait pas à prendre une décision.

Au même moment, deux lieues à l'est, la petite troupe romaine et les deux chameliers venaient tout juste de franchir le croisement de ce chemin et de la deuxième piste. Quintus avait longuement hésité entre la possibilité de retourner vers la côte par ce chemin ou poursuivre vers le sud sur cette piste. La troupe n'avait rencontré aucune ferme depuis un long moment et la piste était devenue plus étroite. Dans ce secteur, elle ne semblait être utilisée que par quelques rares charretiers. La température glaciale de cette mi-décembre, tout comme la brièveté des journées, avaient contribué à l'hésitation de l'officier. Sans compter que l'épaisse couche de nuages, qui voilait le ciel, l'empêchait de bien évaluer l'heure. Tarek, qui connaissait mieux cette région, lui avait affirmé qu'ils pourraient atteindre la cité de Dor avant le coucher du soleil. Quintus avait donc décidé de poursuivre leur route sur cette piste.

Les membres de la troupe progressaient au petit trot depuis une trentaine de minutes, tout en inspectant soigneusement la forêt des deux côtés de cet étroit chemin, lorsque Quintus leva la main droite, ordonnant au groupe de s'arrêter. Il avait repéré à sa gauche un étroit sentier qui pénétrait dans la densité forestière. D'un geste de la main, il ordonna au soldat derrière lui d'en faire la vérification. L'homme glissa de sa selle, puis il dégaina son glaive et s'élança dans le sentier. Il revint après un court moment en secouant la tête de gauche à droite.

— Le sentier s'arrête à une centaine de pas sur une paillote abandonnée, lança-t-il en une grimace de désappointement. Probablement un ancien refuge de chasseurs.

Quintus soupira, puis il ordonna à la troupe de se remettre en route.

Quelques minutes plus tard, la piste, qui jusqu'alors avait été très sinueuse, devint pratiquement rectiligne sur plus de deux mille pas. Au loin, trois hommes, qui discutaient sur le bord du chemin, se figèrent en apercevant la troupe. Leur hésitation ne dura qu'un court moment, puis ils prirent la fuite en courant aussi vite qu'ils le pouvaient. Quintus et Thalius se regardèrent et, d'un accord tacite, ils lancèrent leur monture au grand galop entraînant le reste de la troupe dans leur sillage.

À l'extrémité de cette ligne droite, la piste se remettait à serpenter en de multiples virages très serrés, puis elle redevenait rectiligne sur une distance de plus de cinq cents pas, mais les trois hommes avaient disparu comme par enchantement. Le commandant Quintus ordonna à la troupe de s'arrêter, puis il tourna la tête du côté de son colonel en haussant les épaules. Thalius l'imita en lui rendant sa mimique interrogatrice.

— Je comprends mieux la frustration des soldats de la garde prétoriale à présent.

Quintus secoua la tête.

— Quelque chose a dû nous échapper! s'exclama-t-il, car ces hommes n'ont pas pu disparaître.

Il ordonna donc à deux de ses hommes de revenir sur leurs pas, afin de mieux vérifier le parcours qu'ils venaient d'accomplir.

Thalius tourna la tête à sa droite et se mit à examiner avec curiosité le petit espace à découvert qui s'y trouvait. Trop petit pour être qualifié de clairière, l'endroit devait mesurer cinq pas de profondeur par quatre pas de largeur. Il se laissa glisser de sa selle et s'y dirigea d'une démarche nonchalante.

— Je dois soulager ma vessie, lança-t-il par-dessus son épaule.

Il franchit l'espace en quatre enjambées, puis, après avoir défait le cordon de sa culotte, il se mit à uriner sur les arbustes épineux devant lui, tout en examinant les lieux. L'endroit était entouré d'un lit arbustes impénétrable aux épines acérées, derrière lequel s'élevait la densité de la forêt. Un son de clapotis à sa droite, derrière lui, capta son attention. Il termina d'uriner, puis il se dirigea d'un pas hésitant vers l'origine du clapotement. Il fronça les sourcils d'étonnement en découvrant un étroit sentier, si bien dissimulé qu'il était impossible de l'apercevoir sans entrer dans ce petit espace. Le sentier descendait dans une ravine où une source semblait y couler à flot. Il s'engagea prudemment sur l'étroit sentier rocailleux, puis il remonta après quelques instants en arborant un sourire radieux.

— Où étais-tu passé? demanda Quintus d'une petite voix intriguée.

— Je crois que j'ai trouvé ce que nous cherchons! s'exclama-t-il joyeusement, alors que les deux soldats, qui avaient été envoyés derrière afin de revérifier le chemin parcouru, revenaient bredouilles.

Le commandant Quintus écouta, tout en affichant un petit sourire amusé, son colonel qui racontait la découverte de ce sentier dissimulé et de la source abondante qui coulait dans un ruisseau.

— Formidable! s'exclama Quintus sur une note sarcastique. Tu as trouvé de l'eau, c'est très bien, mais ce sont des brigands que nous cherchons.

Thalius éclata de rire.

— Et si je te disais, que la boue sur le bord du ruisseau est couverte d'empreintes de sandales et même de sabots.

— Ton histoire devient beaucoup plus intéressante, lança Quintus en se laissant glisser de sa selle.

La troupe mis pied à terre et les soldats s'emparèrent de leurs armes. Puis ils attachèrent la bride de leurs chevaux à des branches. Quintus pinça les lèvres en voyant les deux chameliers qui approchaient en brandissant fièrement leur cimeterre. Il hésita un long moment, tout en cherchant ses mots, car il ne voulait pas les offusquer.

— Je me débrouille très bien dans le marchandage, lança Quintus avec désinvolture.

Les deux conducteurs de chameaux arquèrent les sourcils d'étonnement :

— Par contre, poursuivit Quintus, comparé à vous, j'ai la certitude que je ne ferais pas le poids.

Les deux hommes grimacèrent d'incompréhension :

— Deux personnes doivent demeurer ici, afin de surveiller les chevaux, ajouta-t-il.

Les chameliers se renfrognèrent :

— Je ne doute pas de vos capacités guerrières, poursuivit Quintus, et j'ai la certitude que vous pouvez être des adversaires féroces, mais combattre est notre métier et nous ignorons le nombre de brigands qui se terrent dans ce repaire. Il serait donc plus sage de laisser cette tâche aux hommes les plus expérimentés.

Après quelques instants de réflexion, Tarek prit la parole.

— Mon camarade demeurera ici, mais moi, je vous accompagnerai.

Quintus pinça les lèvres en une mimique désapprobatrice :

— Moi aussi, je suis en mission, poursuivit Tarek, et à mon retour, j'aurai des comptes à rendre.

Après un moment de réflexion, Quintus accepta, un peu à contrecœur, la proposition du chamelier, car il n'aimait pas l'idée de laisser l'un de ses bons soldats en arrière, mais c'est ce qu'il aurait fait de toute façon si les chameliers n'avaient pas été présents. D'un rapide coup d'œil, il s'assura que tout le monde était prêt, puis il ordonna le départ. Les soldats avaient mis leur arc et leur carquois à l'épaule, puis ils avaient tiré leur glaive hors du fourreau et mis leur bouclier en place.

Les hommes de la troupe descendirent le petit sentier dissimulé et ils suivirent le ruisseau sur plus de deux cents pas avant de trouver un sentier qui semblait très fréquenté et qui se dirigeait vers la montagne. Ils suivirent le layon sinueux qui serpentait entre les arbres pendant une vingtaine de minutes avant d'apercevoir le refuge des brigands. La troupe s'était déplacée dans le plus grand silence, afin de conserver l'effet de surprise. D'un geste de la main, le commandant Quintus ordonna à sa troupe de s'accroupir. Les deux officiers observèrent l'endroit pendant plusieurs minutes, tout en s'interrogeant mutuellement par une foule de mimiques faciales.

Le campement des brigands était dissimulé dans une clairière enfouie au fond d'un vallon et le sentier aboutissait au centre de la place. Loin derrière, ils pouvaient distinguer huit paillotes délabrées et à la gauche de la clairière s'élevait une colline perforée d'une grotte dont l'entrée était bien évidente. Les soldats observaient les lieux depuis plusieurs minutes, sans apercevoir le moindre mouvement. L'endroit semblait avoir été déserté. D'un geste de la main, Quintus ordonna à sa troupe de se remettre en marche.

— Les trois hommes, que nous avons aperçus sur la piste, les ont peut-être prévenus de notre arrivée et ils ont fui dans la forêt, suggéra Quintus sans grande conviction.

— C'est une possibilité, répondit Thalius d'une voix anxieuse, mais soyons tout de même prudents.

La troupe avança avec lenteur et prudence jusqu'au centre de la clairière. Thalius posa un genou au sol près d'un grand cercle de pierre, puis il effleura les cendres du bout des doigts avec prudence et se mit à secouer la tête de scepticisme.

— Elles sont froides!

Le commentaire que Quintus émit fut englouti par le cri de guerre lancé par un homme qui venait de surgir de la grotte. Une quarantaine de brigands quittèrent l'abri des paillotes, où ils s'étaient dissimulés, et ils prirent position derrière des barricades constituées de piles de bois et autres objets qui avaient été mis en place dans ce but. Les soldats romains adoptèrent une position défensive en joignant leur bouclier, afin de former un écran protecteur, alors qu'une pluie de flèches s'abattait sur eux.

Le commandant Quintus ordonna un déplacement latéral sur la droite et toute la troupe se mit en mouvement d'un seul bloc, afin d'aller s'appuyer aux arbres et protéger ainsi leurs arrières.

— J'ai l'impression que nous étions attendus! cria Thalius dans le vacarme des flèches qui percutaient les boucliers.

Quintus secoua la tête en grimaçant férocement. Il partageait l'opinion de son colonel, car, bien que difficile à admettre, il avait conduit sa troupe en toute insouciance vers une embuscade. Un sentiment de culpabilité l'envahit en apercevant le soldat à sa droite, car une flèche lui avait transpercé le mollet. Il posa la main sur l'épaule de l'homme avec compassion.

— Ce n'est rien, Commandant! s'exclama le soldat avec nonchalance. Ce qui m'embête par contre, c'est que je ne serai pas en mesure de donner la charge le moment venu.

Quintus lui tapota l'épaule en signe d'assentiment. Son regard se porta ensuite à sa gauche où une autre mauvaise surprise l'attendait. Tarek avait une flèche enfoncée dans l'épaule gauche et il grimaçait de douleur.

— Est-ce que ça va? questionna Quintus avec inquiétude.

Le chamelier attrapa le projectile à deux mains et l'extirpa d'un geste brusque, faisant gicler le sang de sa plaie.

— Cette blessure n'a fait qu'attiser ma colère envers ces hommes, dit-il d'un ton hargneux.

Il retira sa coiffe, qui était constituée d'un long morceau de tissu, et l'entassa à l'intérieur de sa tunique, afin d'absorber le sang qui coulait de sa plaie.

— *Décidément*, se dit Quintus, *cet homme n'est pas le pleutre qu'il paraissait être.*

— Nous laissons ces crapules s'amuser seules ou si nous réagissons? demanda Thalius qui s'impatientait.

Quintus arqua les sourcils en ricanant.

— Laissons-les épuiser leurs munitions, ensuite nous donnerons la charge.

Le colonel Thalius afficha une moue de désappointement, qui amusa son commandant.

— Rien ne nous empêche de riposter un peu en attendant le moment propice pour l'assaut, insista Thalius.

Quintus opina, puis il tapota l'épaule des deux soldats à sa gauche et leur fit signe de se joindre à eux au centre de la formation. Les deux officiers et les deux soldats repoussèrent leur bouclier dans leur dos et ils remirent leur glaive au fourreau. Ils s'emparèrent ensuite de leur arc, qu'ils portaient à l'épaule.

La majorité des flèches utilisées par les brigands étaient constituées d'une pointe taillée dans un os d'animal, qui se fracassait en percutant les boucliers de métal. Après quelques minutes d'un tir bien nourri, les brigands, qui avaient pu constater l'inefficacité de leur attaque, ralentirent la cadence. Quintus profita de cette accalmie. Il fit deux pas rapides, quittant la protection des boucliers, puis il décocha une flèche, avant de revenir vivement à sa place. Thalius sortit à son tour. Il tira rapidement une flèche, puis il revint s'abriter. À la gauche de l'écran des boucliers, les deux autres soldats avaient adopté la même stratégie.

En quelques minutes, les archers romains avaient décoché une quarantaine de flèches. La moitié d'entre elles avaient raté leur cible, alors que la moitié des autres avaient atteint mortellement l'adversaire, jetant la consternation chez les brigands, qui avaient cru vaincre facilement les Romains grâce à leur embuscade. Barnabé, le chef de cette bande de malfaiteurs, exhortait ses hommes à poursuivre leur attaque, tout en demeurant lui-même bien abrité derrière sa barricade, alors que plus personne n'osait s'exposer aux tirs précis des archers romains.

Barnabé sortit vivement la tête de sa cachette en entendant les exclamations affolées de ses hommes. Un soldat romain venait d'apparaître dans le sentier conduisant à la clairière et deux chameliers portant un cimeterre suivaient juste derrière. En un synchronisme presque parfait, Farouk et Muhammad retirèrent leur coiffe, afin qu'elles ne gênent pas leurs mouvements lors des combats. Le chef des brigands ouvrit de grands yeux exorbités en apercevant le visage de Farouk.

— C'est le fou! s'exclama-t-il. C'est lui qui a détruit mon campement et tué tous mes hommes, il y a plusieurs années. Il nous a retrouvés! Nous sommes perdus!

L'arrivée de ces nouveaux renforts, tout en ignorant combien d'autres viendraient encore, acheva de semer la panique et la consternation parmi les brigands. Quintus profita de ce moment de confusion et il ordonna la charge. Les soldats s'élancèrent d'un seul bloc vers les barricades. Le soldat romain, qui venait d'arriver, bifurqua à droite et alla se joindre à ses camarades au pas de course, alors que Farouk et Muhammad optèrent pour la gauche, afin d'éviter les flèches des adversaires.

L'assaut fut rapide et violent. Il ne fallut que quelques minutes à ces soldats expérimentés afin d'anéantir cette horde de malfaiteurs. Les combats avaient pris fin et le sol au centre de la clairière était jonché de cadavres. Trois brigands s'étaient agenouillés et avaient demandé grâce, alors qu'une demi-douzaine d'autres avait réussi à fuir à travers la forêt. Le jeune prince Muhammad avait eu raison de son adversaire en un rien de temps, le blessant grièvement. L'homme s'était laissé tombé au sol en l'implorant de l'épargner. Quant à Farouk, il s'était facilement départi des deux brigands qui s'étaient jetés sur lui sans aucune finesse dans leur attaque.

Les soldats romains parcouraient la clairière et ils abrégeaient les souffrances de ceux qui étaient trop grièvement blessés. Le prisonnier de Muhammad ouvrit de grands yeux apeurés en voyant l'un des soldats se diriger vers lui. Le légionnaire examina la blessure, sans aucun ménagement, puis il se mit à secouer lentement la tête de gauche à droite, tout en affichant une moue dédaigneuse.

— La blessure est trop profonde, déclara-t-il avec froideur et détachement.

Il plaça le côté de la lame de son glaive contre le cou du blessé et d'un geste vif, il lui trancha la carotide. Muhammad se détourna avec indifférence, laissant l'homme à son agonie, en se disant qu'il avait bien mérité son sort, puisqu'il faisait partie des brigands qui avaient attaqués et volés ses chameliers. Il se dirigea d'un pas pressé vers Tarek qui venait de poser un genou au sol. Le chamelier avait entrouvert son manteau exposant sa tunique maculée de sang.

— Tu es blessé! s'exclama Muhammad sur une note angoissée en s'agenouillant près de l'homme.

Tarek afficha un pâle sourire.

— Rien de dramatique, dit-il avec nonchalance. Cela n'est pas aussi grave qu'il y paraît. La flèche a été tirée avec peu de force et mon manteau a grandement freiné sa course.

Muhammad retira délicatement le tissu que Tarek avait fourragé sous sa tunique. La plaie, bien circulaire, à peine plus grande qu'une pièce de cinq drachmes, ne saignait presque plus. Il retira le long morceau de tissu, qui lui servait de coiffe et qu'il avait noué autour de son cou, et il s'en servit afin de confectionner un bandage adéquat pour la blessure de son chamelier.

Farouk était demeuré à l'écart, à l'extrémité gauche de la clairière, près de l'entrée de la grotte. Il était appuyé à une petite barricade, son cimeterre à la main, et il surveillait les activités devant lui d'un regard inquisiteur, à l'affût du moindre mouvement suspect, surtout de l'endroit où quelques brigands avaient réussi à prendre la fuite, car certains d'entre eux auraient pu revenir et surprendre tout le monde par quelques flèches tirées avec précision.

Il se tourna de nouveau vers la grotte derrière lui. La tentation de l'explorer était grande, mais la sagesse lui dictait la prudence, car quelques brigands auraient pu s'y tapir et l'endroit était idéal pour tendre une embuscade. Mieux valait se montrer patient et laisser les soldats romains expérimentés se charger de cette tâche hasardeuse. Il reporta son attention vers la clairière. Le jeune prince avait terminé le bandage de Tarek et il aidait son chamelier à se remettre sur pied. De l'autre côté de la clairière, l'officier romain venait de poser un genou au sol près du soldat qui avait reçu une flèche dans le mollet, lorsque soudainement, tous les muscles de Farouk se tendirent d'un seul bloc. Cela n'était qu'une impression, mais il lui semblait avoir aperçu une ombre se glisser furtivement derrière une barricade près de l'officier. L'instant suivant, un homme, emmitouflé dans une longue cape, quitta vivement l'abri où il s'était dissimulé et il fonça sur l'officier qui lui tournait le dos en brandissant une longue dague à lame recourbée. La réaction de Farouk fut spontanée. Il leva son cimeterre au-dessus de sa tête en le tenant à deux mains, puis il le projeta de toutes ses forces en direction de cet agresseur sournois. Il était conscient du peu d'efficacité de son attaque, mais il espérait ainsi alerter l'officier, afin que celui-ci puisse réagir. La longue dague avait presque atteint le cou de sa victime, lorsque l'homme fut brutalement percuté au visage par la poignée du cimeterre que Farouk avait lancé. L'impact fut si violent, que l'individu bascula vers l'arrière et il tomba lourdement sur le sol. Il était sévèrement ébranlé et il se demandait bien ce qui venait de se produire. Du revers de la main, il essuya vivement le sang qui coulait dans son œil gauche et il tenta de se lever, mais la pointe acérée d'un glaive posé sur sa gorge freina son élan.

— On se retrouve enfin! s'exclama Thalius d'un ton sarcastique, tout en accentuant légèrement la pression sur son glaive.

L'homme grimaça, tant de douleur que d'incompréhension.

— Tu connais ce bougre? demanda Quintus, tout en ramassant l'étrange dague.

Le colonel Thalius le gratifia d'un large sourire.

— Je t'en ai déjà parlé. Cette canaille nous suit depuis Rome. Mais, comme j'ignorais ses véritables intentions, j'ai dû attendre qu'il se manifeste.

Thalius éclata de rire en voyant la figure déconfite de son prisonnier.

— Tu nous attendais au pied du Palatin, lorsque nous avons quitté le palais d'Octave. Si tu avais été un véritable mendiant, tu aurais su qu'il est interdit de demander l'aumône à cet endroit. Tous les miséreux clochards de Rome savent cela.

L'homme grimaça en secouant la tête de gauche à droite ayant peine à croire qu'il avait commis une telle maladresse.

— Je suis allé déposer une obole dans ton gobelet, simplement afin de mieux voir les traits de ton visage, poursuivit Thalius. Je t'ai vu à nouveau au port de Brindisi. Tu étais dans la petite embarcation de pêcheurs qui a levé l'ancre une trentaine de minutes avant que nos galères prennent la mer. Puis, je t'ai aperçu encore une fois à Jérusalem où tu jouais encore au mendiant. Ce que je ne comprends pas, par contre, c'est la raison pour laquelle tu as attendu aussi longtemps, car tu as eu au moins cinq opportunités d'attaquer mon commandant, mais tu ne l'as pas fait, ce qui a grandement contribué à semer le doute dans mon esprit quant à tes véritables intentions.

L'homme baissa les yeux et s'enferma dans un mutisme obstiné.

— Ce n'est pas bien grave, dit Thalius sans se départir de son sourire. Tu peux garder le silence pour l'instant, mais le moment venu, tu me diras tout ce que je veux savoir.

Quintus se tourna du côté de Farouk en levant la main devant lui.

— Merci, l'ami! cria-t-il, tu m'as sauvé la vie.

Farouk pinça les lèvres en une moue indifférente, tout en haussant les épaules. La vie de ce Romain n'avait aucune importance à ses yeux. Il avait réagi instinctivement, simplement parce qu'il détestait les lâches qui attaquaient hypocritement par-derrière.

Dès le début de la charge des Romains, Barnabé, le chef des brigands, s'était glissé discrètement à l'intérieur de la grotte, là où les femmes et les enfants avaient trouvé refuge. Il avait éteint l'unique torche qui y brûlait et, bien tapi dans l'obscurité, il avait regardé ses hommes se faire massacrer. Se sentant perdu, il cherchait sur qui il pourrait rejeter la faute et le blâme de son infortune. Lorsque Farouk était venu s'appuyer sur la petite barricade devant la grotte, il avait jeté son dévolu sur lui. *C'est lui qui a causé ma perte,* s'était-il dit. *Il a massacré presque tous mes hommes jadis. Il lui a fallu de nombreuses années, mais il nous a retrouvés, afin d'assouvir sa vengeance.* Barnabé avait serré les poings et les dents en murmurant : *avant que les Romains prennent ma vie, je prendrai la tienne!*

Alors que Farouk surveillait les activités au centre de la clairière et que toute son attention était dirigée à cette tâche, Barnabé avait profité de cette distraction pour se glisser subrepticement hors de la grotte et il s'était dissimulé derrière la barricade à quelques pas du responsable de ses malheurs. Il était demeuré tapi, bien à l'abri des regards, le temps de rassembler son courage, avant de se porter à l'attaque, quand soudainement, il avait vu son adversaire lever son cimeterre au-dessus de sa tête et le projeter de toutes ses forces. *Pauvre imbécile!* s'était-il dit. *Tu es maintenant désarmé. Ma tâche sera donc beaucoup plus facile.* Il entendit ensuite quelqu'un le remercier de lui avoir sauvé la vie.

Barnabé attendit encore quelques instants. Il savait qu'en tuant cet homme il serait démasqué et qu'il serait immédiatement mis à mort par les soldats romains, mais cela n'avait plus d'importance, puisqu'il n'avait aucune possibilité de fuir et que sa mort était inéluctable. Sa seule compensation était la satisfaction d'entraîner le responsable de sa perte dans la mort avec lui. Il se redressa donc lentement, puis, d'une longue et rapide enjambée, il arriva juste derrière Farouk. Il leva son glaive, qu'il attrapa à deux mains, prêt à frapper son adversaire de toute sa force et sa haine, lorsqu'il ressentit une douleur foudroyante entre les épaules, qui lui extirpa un cri de douleur. Farouk se tourna vivement, tout en levant les poings, prêt à se défendre, mais Barnabé avait également pivoté et il lui tournait maintenant le dos. Une fine dague bien affûtée était enfoncée entre les épaules du chef des brigands, jusqu'à la garde. Barnabé tentait vainement d'inspirer un peu d'air, mais sans y parvenir. Ses yeux exorbités étaient posés sur Anna, son épouse, qui soutenait courageusement son regard. Elle avait compris, elle aussi, que l'heure de la vengeance avait sonné. Barnabé rassembla ses dernières forces en une grimace haineuse. Il leva son glaive un peu plus haut, afin de frapper cette femme qui avait osé s'insurger, mais, avant qu'il puisse agir, le jeune Barabbas lui enfonça son glaive dans l'abdomen. Le jeune garçon riva courageusement son regard à celui de son père qu'il détestait plus que tout au monde.

— Cette fois, dit-il, tu ne me tournais pas le dos.

Le chef des brigands tomba sur ses genoux. Ses yeux basculèrent dans leur orbite, puis il s'effondra sur le côté en expirant son dernier souffle. Le jeune garçon recula de deux pas, puis il expulsa le contenu de son estomac sur le sol autour de lui. Dès qu'il eu terminé, il essuya sa bouche du revers de sa manche, puis il alla se blottir dans les bras de sa mère en versant toutes les larmes de son corps.

— C'était un homme cruel et il méritait ce sort, dit Anna, afin de consoler son fils.

Farouk approcha de la mère et du fils, puis il les entoura de ses bras vigoureux. Il se rappelait avoir eu la même réaction que ce jeune garçon, lorsqu'il avait dû tuer son premier adversaire dans les arènes de la Mauritanie.

— Il n'est jamais facile de prendre une vie, dit-il avec compassion, même si cette mort était méritoire. Votre courage m'a sauvé la vie et je vous en suis profondément reconnaissant.

Farouk leva les yeux et il vit quelques femmes et plusieurs enfants sortir de la grotte. Les femmes vinrent entourer Anna, comme une marque de solidarité, et l'une d'entre elles alla même jusqu'à cracher sur la dépouille du chef des brigands.

À l'autre extrémité de la clairière, Thalius venait de remettre son prisonnier sur pieds après lui avoir soigneusement lié les mains. Le colonel balaya la place d'un regard inquisiteur en arquant un sourcil.

— Qu'as-tu fait de ton cheval?

L'homme grimaça, en haussant les épaules, comme s'il ne comprenait pas le sens de la question.

— Répond! dit Quintus d'un ton autoritaire, tout en administrant une violente gifle derrière la tête de l'individu.

— J'ai confié ma monture à un homme, qui a sa ferme à moins d'une demi-lieue plus au sud, s'empressa de répondre le prisonnier en voyant Quintus lever la main de nouveau.

— Bien! dit Thalius. Nous pourrons la récupérer en quittant cet endroit, puisque nous nous dirigerons vers le sud.

— Tu es donc un ami de cette bande de truands, lança Quintus.

— Je n'ai aucun ami, répondit l'homme d'un ton indigné. Barnabé n'était qu'une simple relation d'affaires, mais rien de plus.

— Nous aurions dû le deviner, dit Thalius. Un homme tel que lui ne s'embarrasse pas d'amis.

Quintus jeta un regard vers la grotte, puis il revint à son colonel.

— Comme tu sembles t'y comprendre dans toute cette histoire, je vais te confier la responsabilité de ce prisonnier. Tu pourras l'interroger à ta guise et tu décideras de son sort.

— Mieux vaut me tuer maintenant, lança l'homme sur un ton de défi, car je ne dirai rien.

— Mais oui! dit Thalius en lui tapotant le visage. Tu parleras!

Quintus pivota. Il ramassa le cimeterre et il traversa la clairière en direction du groupe de personnes qui s'étaient agglutinées devant l'entrée de la grotte. Thalius vérifia la solidité des liens de son prisonnier, puis il le poussa devant lui en emboîtant le pas à son commandant. Au milieu de la clairière, Quintus jeta un coup d'œil à sa droite. Les soldats avaient fait cinq prisonniers, dont deux légèrement blessés, et le centurion Gallius leur avait remis une pelle, afin qu'ils creusent une large fosse dans une cavité naturelle entre la troisième et la quatrième paillotte, alors que les soldats empilaient les cadavres des brigands près de la fosse. Il fit un petit signe de tête, accompagné d'une mine appréciatrice, en direction de son centurion, lui faisant sentir son approbation à l'égard de l'initiative de celui-ci. Il tourna ensuite la tête à sa gauche et il vit Tarek se diriger vers le sentier par lequel ils étaient arrivés. *Ils envoient quelqu'un, afin de rassurer les chameliers qui gardent les chevaux sur la piste,* se dit-il.

Quintus n'était plus qu'à cinq pas du petit groupe, lorsque le centurion Gallius vint le rejoindre.

— Que dois-je faire des prisonniers, Commandant?

Quintus se tourna du côté de la fosse, le temps d'une courte réflexion.

— Ces hommes sont des criminels! déclara-t-il. Ils ont déjà été jugés et condamnés pour leurs méfaits. Alors, dès qu'ils auront terminé de creuser cette fosse, nous les exécuterons.

Gallius se tourna vers le prisonnier de Thalius, mais le colonel se mit à secouer vivement son index.

— Pas lui! Centurion. Celui-là, je me le réserve.

— Un traitement de faveur! s'exclama Gallius. Je ne voudrais pas être à sa place.

Le commentaire n'eut aucun effet sur le prisonnier, comme si son propre sort l'indifférait.

— Quand est-il de ceux-là? demanda le centurion en pointant du menton le petit groupe de femmes et d'enfants.

Farouk se déplaça vivement devant le groupe en adoptant une position défensive et autoritaire.

— Ces femmes ont été arrachées à leur famille et conduites ici contre leur volonté, dit-il avec intransigeance. Elles n'ont rien en commun avec cette bande de criminels.

Quintus fit la moue en opinant d'un lent balancement de la tête.

— Mon camarade et moi n'avons plus rien à faire ici, poursuivit Farouk. Alors, nous nous mettrons en route immédiatement et nous conduirons ces femmes et ces enfants jusqu'à Dor. Le notable de la cité veillera à ce qu'elles puissent retourner dans leur famille en toute sécurité.

Quintus leva les yeux vers le ciel couvert de nuages en grimaçant.

— Il est difficile d'être précis par un temps semblable, mais je crois qu'il fera nuit dans moins de deux heures. En poussant vos montures, vous pourriez y arriver, mais cela est impossible avec des gens allants à pied.

— Nous éclairerons notre route avec des torches, répondit Farouk, car il est hors de question que ces femmes passent une nuit de plus dans ce lieu maudit.

Quintus grimaça, car il n'approuvait pas cette décision.

— Avec tous ces brigands qui ont pris la fuite, les routes risquent d'être peu sûres. Il serait donc préférable que nous quittions cet endroit tous ensemble.

Il se tourna du côté de la fosse et il leva la main, afin d'attirer l'attention de son centurion.

— Dans combien de temps serons-nous prêts à partir?

Gallius s'accorda un petit moment de réflexion avant de répondre.

— Moins d'une heure! Commandant.

Quintus soupira bruyamment.

— Accélère le tempo! dit-il d'un ton tranchant, car je veux partir d'ici trente minutes.

Gallius frappa son poitrail du poing, puis il pivota en aboyant des ordres dans un langage cru et explicite.

— Avant que je vous laisse partir, dit Quintus en s'adressant au groupe de femmes, il me faut des réponses à certaines de mes questions.

Une vague d'inquiétude parcourut le groupe de prisonnières, car l'officier romain n'avait pas encore approuvé leur départ.

— Qui était le chef de ces brigands? questionna Quintus d'un ton péremptoire.

Anna se détacha du groupe. Elle fit trois pas rapides et expédia un violent coup de pied dans le cadavre de Barnabé.

— C'est lui, ou du moins ce qu'il en reste, dit-elle d'une voix chargée de haine.

Quintus arqua un sourcil.

— Tu étais sa femme?

— Dis plutôt, son esclave personnelle, répondit-elle d'un ton indigné.

Le jeune Barabbas vint se placer devant sa mère en une pose de défi, indiquant qu'il était prêt à défendre sa mère, même contre un robuste officier romain. Quintus fit tout son possible, afin de ne pas montrer au jeune garçon à quel point la situation lui semblait ridicule.

— Ma mission comportait deux parties, dit-il en s'adressant à Anna. La première étant de mettre hors d'état de nuire cette bande de malfaiteurs. Ce qui est fait! s'exclama-t-il en balayant le large espace à découvert d'un geste de la main. La seconde partie consiste à retrouver les impôts qui ont été volés par ces brigands.

Il plaça ses mains sur ses hanches en dardant un regard interrogateur sur Anna.

— Barnabé gardait son trésor près de sa chambre, répondit la femme en pivotant vers la grotte. Suis-moi! Je vais te montrer.

— Je m'en occupe! lança Thalius, tout en poussant son prisonnier devant lui.

Anna s'arrêta en entrant dans la grotte.

— Alors Zach! Tu fais moins le malin maintenant, dit-elle d'un ton provocateur en s'adressant au prisonnier.

L'homme darda sur elle un regard chargé de menaces et Thalius lui asséna un coup de coude dans les côtes.

— En voilà des manières! dit-il sur un ton de réprimande. Ce n'est pas gentil d'intimider les gens de cette façon.

L'homme, dont les genoux avaient fléchi sous l'impact, se redressa lentement en regardant droit devant lui. Anna afficha un petit sourire de satisfaction.

— Tu sembles bien connaître cet homme? questionna Thalius.

— Pas vraiment, répondit Anna en grimaçant de dégoût. Je suis prisonnière en ce lieu depuis près de dix ans et c'est la quatrième fois que cet homme vient ici. D'ailleurs, c'est à lui que vous devez toute cette mise en scène.

Thalius, qui n'était pas certain de bien comprendre, encouragea la femme à poursuivre son explication par des mimiques explicites.

— Il est arrivé dans ce campement ce matin, poursuivit Anna, et c'est lui qui a convaincu Barnabé de vous tendre cette embuscade. Il disait qu'un officier romain était à sa recherche et qu'il possédait suffisamment d'informations pour trouver ce repaire.

— Voilà qui explique bien des choses! s'exclama Thalius.

Il se plaça face à son prisonnier en croisant les bras.

— Le sénateur Herennius t'a engagé, afin que tu assassines le commandant Quintus, mais sa mort devait paraître accidentelle ou quelque chose du même genre, afin que rien ne puisse le lier à ce décès.

Zach avait tressauté, mais il s'était rapidement ressaisi, car il se faisait un point d'honneur de ne jamais divulguer le nom de son employeur.

— Je n'ai jamais rencontré ce sénateur Herennius, déclara-t-il en détournant le regard.

Thalius ricana.

— Je sais très bien que tu ne l'as jamais rencontré, puisque l'homme qui t'a contacté se nomme Popilius. Mais, tout comme moi, tu sais très bien qu'il est l'homme de main du sénateur et que c'est en son nom qu'il a retenu tes services.

Zach soupira bruyamment.

— Tu connais déjà toute la vérité. Alors pourquoi tiens-tu tant à m'interroger? lança-t-il en soupirant de nouveau et en baissant les yeux. Tue-moi maintenant, qu'on en finisse.

Le colonel Thalius arqua les sourcils d'étonnement.

— Tu sembles bien pressé de mourir, dit-il. Un homme normal garderait l'espoir qu'une opportunité de fuir se présente.

L'assassin ricana amèrement en secouant la tête.

— Quoi qu'il advienne, dit Zach, je suis un homme mort. J'ai raté ma cible et dès qu'Herennius apprendra la chose, il va engager une demi-douzaine d'hommes, qui exerce la même profession que moi, afin de m'éliminer, car à ses yeux, je vais désormais représenter une menace pour sa sécurité. Il n'y aura donc aucun endroit dans tout l'empire où je pourrai trouver refuge. Je le sais très bien, car j'ai participé plus d'une fois à ce genre de chasse à l'homme. Il leur faudra moins d'un mois pour me retrouver et plusieurs d'entre eux aiment bien faire souffrir leurs victimes avant de les éliminer. Alors, je préfère une mort rapide entre les mains d'un soldat expérimenté, plutôt qu'une lente et douloureuse agonie.

— Tu es vraiment pessimiste, répliqua Thalius. Un homme tel que toi pourrait fuir vers le royaume de Trace ou vers la Perce.

— Tu te fais des illusions, Romain! répondit l'assassin d'un ton amer. Les hommes tels que moi ne sont pas tolérés dans ces royaumes, sauf, bien entendu, s'ils sont très fortunés. Ce qui n'est pas mon cas.

Thalius poussa son prisonnier devant lui. Il en avait assez entendu.

— Allons voir le petit trésor de Barnabé, pendant que je réfléchis à ton sort.

Anna guida les hommes vers la pièce qui lui servait de chambre, puis elle ficha la torche dans un interstice devant l'entrée du petit réduit au fond de la pièce.

— C'est là! dit-elle en montrant trois petits coffres de taille variée.

Thalius les ouvrit en repoussant les couvercles du bout de sa sandale, puis il siffla entre ses dents en voyant le contenu de ceux-ci, car les coffres contenaient près du double de la somme des impôts qui avaient été volés. Zach avait étiré le cou et il examinait d'un regard rempli d'avidité la petite fortune qui gisait à un pas de lui. Thalius fourragea dans l'amas de pièces d'or et d'argent avec le bout de son glaive, afin de se faire une idée plus précise du contenu des coffres. Un petit sourire glissa sur ses lèvres, alors qu'une brillante idée germait dans son esprit. Il s'empara d'une pièce d'or, puis il repoussa Zach vers la chambre. D'une main puissante, il força l'assassin à s'agenouiller près d'un bloc de pierre, qui servait de table basse, et il obligea Zach à poser sa tête sur la pierre. Il plaça ensuite la pièce d'or devant les yeux de son prisonnier.

— Tu n'as aucun respect pour la vie humaine, dit Thalius. La seule chose qui ait de la valeur à tes yeux, c'est l'or.

— Donc, compléta Zach, il n'est que justice pour un homme de mourir en admirant l'objet de sa convoitise.

Il inspira profondément et il ferma les yeux en voyant le colonel lever son glaive au-dessus de sa tête. Il savait que sa mort serait rapide.

Zach sursauta et il ouvrit de grands yeux effarés en entendant le glaive percuter la pierre devant son visage. Le colonel Thalius avait frappé de toutes ses forces sur la pièce d'or, qui s'était scindée en deux parties presque égales. L'assassin releva lentement la tête en se demandant, pourquoi il était encore en vie. Thalius ramassa les deux moitiés de la pièce d'or, puis il aida l'homme à se remettre debout.

— Je vais te faire une proposition, dit Thalius, et si nous arrivons à nous entendre, ta vie pourrait se poursuivre encore un long moment.

Zach tendit l'oreille, alors que le colonel lui exposait les détails de son offre.

Pendant ce temps, à l'extérieur de la grotte, Farouk avait ordonné aux femmes d'aller rassembler leurs effets personnels de même que des provisions en vue de leur départ. Quintus, qui n'avait toujours pas rendu le cimeterre à son propriétaire, déposa l'arme au creux de ses mains et la tendit devant lui.

— Tu as toute mon admiration, chamelier, car il fallait un bras puissant et précis pour expédier une arme aussi lourde à une telle distance.

Farouk accepta le compliment avec modestie, puis il tendit les bras et il récupéra son arme. Mais, en une fraction de seconde, tout bascula. Il recula de deux petits pas, tous ses sens en alerte, car l'attitude cordiale de l'officier romain venait de se transformer en stupeur et il en ignorait la cause.

Quintus était bouche bée et il dévisageait effrontément le chamelier, alors que son cerveau refusait d'admettre l'évidence qui lui sautait aux yeux. Lorsqu'il s'était approché un peu plus tôt, il avait remarqué que l'homme, malgré sa courte barbe, arborait trois cicatrices évidentes au visage. La première prenait naissance au-dessus de l'œil droit et descendait jusqu'à la mi-joue. La deuxième scindait son front du centre jusqu'au sommet de l'oreille gauche, alors que la dernière débutait sous l'oreille gauche et coupait sa courte barbe jusqu'au coin de sa bouche. Il avait d'abord cru que l'homme devait être un grand bagarreur, mais lorsqu'il avait vu les énormes cicatrices qui ornaient les bras du chamelier, son esprit avait été plongé dans la plus profonde confusion. Il n'avait jamais vu Farouk, mais l'homme qui se tenait devant lui correspondait en tout point à la description qu'on lui avait faite. On lui avait pourtant affirmé que Farouk conduisait une caravane loin au sud sur les territoires de l'Asie. Ce qui contribuait à accentuer sa confusion. Sans prononcer une seule parole, les deux hommes s'affrontèrent du regard pendant plusieurs secondes, qui semblèrent une éternité.

Thalius sortit de la grotte en compagnie de son prisonnier et d'Anna. Il vint se placer près de son officier, tout en s'interrogeant grandement, car le caravanier semblait prêt à se porter à l'attaque.

— Puis-je savoir ce qui se passe? demanda-t-il, tout en se préparant mentalement à défendre son commandant.

Quintus sembla sortir de sa torpeur.

— Mon cher Thalius! s'exclama-t-il. Permets-moi de te présenter Farouk de la Numidie, fils d'Amina et demi-frère du roi Juba.

Le jeune prince Muhammad, qui avait suivi la conversation silencieusement, posa la main sur le pommeau de son cimeterre, car il venait de réaliser que l'officier romain était justement celui qui recherchait Farouk depuis tant d'années. Quintus en ignorait la raison, mais il était évident que les deux chameliers étaient craintifs et qu'ils s'apprêtaient à se défendre. Il leva donc les deux mains devant lui, afin de dissiper toutes méprises.

— Je ne te veux aucun mal, affirma-t-il en regardant Farouk droit dans les yeux.

Le ton de l'officier se voulait rassurant, mais Farouk n'en afficha pas moins son incrédulité :

— Je désire simplement te transmettre une invitation, poursuivit Quintus.

Plutôt que de rassurer Farouk, le commentaire eut pour effet d'attiser sa méfiance. Il avait l'impression que l'officier romain cherchait à lui faire baisser sa garde, afin de mieux le surprendre.

— Tu me pourchasses depuis plus de dix ans, dit-il d'une voix chargée de suspicion, et tu essaies de me faire croire que tu as fait tout cela dans le seul but de me transmettre un message.

Il n'avait pas l'intention de se laisser berner par une supercherie aussi banale.

— Je crois que tu as raison, dit Quintus. Vu sous cet angle, mon explication doit te sembler bien peu crédible.

Quintus en avait assez. Tout cela n'avait que trop duré. Farouk était de plus en plus méfiant et il semblait prêt à bondir sur lui. D'un geste vif, il sortit son glaive du fourreau. Les deux chameliers bondirent d'un pas vers l'arrière en brandissant leur cimeterre, mais Quintus les ignora. Il tendit son glaive à son colonel.

— Prends mon arme! ordonna-t-il, et conduit ton prisonnier un peu plus loin, car je dois discuter avec cet homme en toute tranquillité.

Farouk et Muhammad se regardèrent, puis, d'un accord tacite, ils rangèrent leur cimeterre.

Farouk prit deux longues respirations, afin de se détendre.

— Les autres femmes sont allées rassembler leurs biens personnels et des provisions en vue du départ, dit-il en s'adressant à Anna. Ton fils et toi devriez en faire tout autant.

Anna tourna lentement son regard vers l'officier romain et Quintus opina en la gratifiant d'un sourire complaisant. Dès qu'elle fut partie, Farouk se tourna du côté du commandant romain, puis il attendit que celui-ci s'explique. Quintus se sentait embarrassé et il se demandait par où il devait commencer. Il débuta donc en déclinant son rang de même que son identité, puis il tenta d'expliquer la situation de façon concise.

— Ton demi-frère et moi sommes amis depuis fort longtemps, dit-il. Nous nous sommes rencontrés au palais de Caius Octave où j'ai séjourné pendant quelques mois. J'avais quinze ans à cette époque et le jeune Juba n'en avait que huit. Malgré notre grande différence d'âge, nous nous sommes liés d'amitié, car Juba voyait en moi le grand frère dont il avait toujours souhaité avoir.

Farouk grimaça en se demandant où l'officier romain voulait en venir avec toute cette histoire, mais Quintus poursuivit, comme s'il n'avait rien remarqué :

— J'ai appris ton existence, de même que Juba, le jour où ton vieil ami Bélaïd, le chef de la colonie côtière, est venu au palais, annoncer ton retour. Le jeune roi était fou de joie d'apprendre qu'il avait un demi-frère. Il se mourait d'envie de faire ta connaissance et il désirait t'offrir une place à ses côtés, afin que tu puisses l'aider à mieux comprendre les besoins de son peuple. Je lui ai alors donné ma parole que je te trouverais et que je saurais te forcer à me suivre jusqu'au palais.

Farouk afficha un petit sourire moqueur :

— J'étais jeune et un peu arrogant, ajouta Quintus avec embarras. Malgré tout, avec l'aide de tous mes hommes, je crois que j'aurais pu te forcer à me suivre.

Farouk balaya la clairière du regard et il dut l'admettre, ces soldats étaient de véritables professionnels. À dix contre un, il n'aurait probablement eu aucune chance de leur échapper :

— Je me suis beaucoup assagi, poursuivit Quintus, et c'est pourquoi, aujourd'hui, je me contenterai de te présenter une simple requête.

Quintus inspira profondément avant de se lancer :

— Ton demi-frère serait très honoré, si tu acceptais de lui rendre visite.

Farouk grimaça, mais il ne lui laissa pas le temps de s'objecter :

— Ne souhaiterais-tu pas revoir ton royaume et tes amis?

Farouk pinça les lèvres en une mimique songeuse :

— Chaque année, poursuivit Quintus, le roi organise de grandes festivités, afin de remercier les chefs des villages et des colonies, et ton ami Bélaïd ne rate jamais une occasion de venir m'interroger à ton sujet.

Le regard pensif et rêveur de Farouk se perdit à l'horizon, alors qu'un sourire béat se dessinait sur ses lèvres. Quintus garda le silence un long moment, car il ne voulait pas troubler sa réflexion, mais, après quelques instants, il vit la figure de Farouk devenir grave et soucieuse.

— Je crois savoir ce qui te trouble, dit Quintus. Lorsque tu as quitté ton royaume, il y a de nombreuses années, ton ami Bélaïd m'a expliqué ce qui avait motivé ta décision. Bien que tu aies été disculpé de la mort accidentelle de ce garde du royaume, tu craignais d'être harcelé, comme l'avait été ton oncle autrefois.

Farouk pinça les lèvres, puis il baissa les yeux en secouant positivement la tête, car là étaient encore ses craintes, malgré les nombreuses années qui s'étaient écoulées :

— Je peux te rassurer à ce sujet, ajouta Quintus en approchant et en posant une main amicale sur son épaule. Si tu acceptes de rendre visite à ton demi-frère, tu y seras accueilli avec le respect et les égards dus à ton rang. De plus, tu jouiras de l'entière protection du roi, ainsi que de la mienne.

Farouk releva les yeux, mais l'expression de sa figure était toujours grave et soucieuse.

— Oh! s'exclama Quitus en levant l'index. J'oubliais de te dire…

Quintus chercha dans sa mémoire quelques instants avant de poursuivre :

— Ton oncle Ahmad, ta tante et tes deux cousins sont de retour. Ils habitent la nouvelle colonie côtière depuis deux ans et tout va pour le mieux.

Le visage de Farouk exprimait la béatitude, alors que son cerveau entrevoyait les diverses possibilités. Il pourrait montrer à sa femme et ses enfants : l'endroit où il avait grandi, leur faire visiter la merveilleuse cité de Khirta, le palais et le marché où il vendait ses marchandises et une multitude d'autres choses qui tourbillonnaient dans sa tête. Il avait toujours cru qu'il ne reverrait jamais son royaume, ni son oncle, sa tante et ses cousins. Il en était de même pour son vieux couple d'amis, Bélaïd, Taous et leurs enfants. Cette perspective était troublante et palpitante en même temps.

Quintus souriait, car il était conscient du maelström émotionnel qui secouait Farouk.

— Une galère m'attend à Joppé, dit-il en sortant Farouk de sa rêverie. Si tu acceptes ma proposition, je pourrais te prendre à mon bord et te conduire directement à ton royaume.

Farouk rentra le menton en arquant les sourcils. L'offre, bien que généreuse, n'en était pas moins très étonnante. Falia et ses enfants étaient à Dor avec la Grande Caravane. Il lui était donc possible d'accepter cette proposition.

— Ta suggestion est à la fois tentante et charitable, mais je suis au service d'un roi et je ne saurais prendre une telle décision, sans avoir reçu son aval.

Quintus grimaça.

— Je comprends, dit-il, puisqu'il en est de même pour moi. Je dois d'abord obtenir l'autorisation de César, avant de m'engager dans quelque chose, car ma vie et mon temps lui appartiennent. Cependant! insista-t-il, car il ne voulait pas laisser les choses dans une impasse, lorsque je quitterai la Judée dans quelques jours, je me rendrai directement en Numidie.

Il laissa planer un moment de silence avant de poursuivre :

— Ton demi-frère, ton oncle et ton ami seront tous heureux d'apprendre que je t'ai retrouvé.

Quintus croisa les bras et darda un regard interrogateur sur Farouk :

— M'autorises-tu à leur annoncer que tu feras tout ce qui est en ton pouvoir, afin de leur rendre visite?

Farouk pinça les lèvres en une mimique songeuse, car tout cela était très troublant. Il en ignorait la raison, mais il avait toujours pressenti que le jour où cet officier romain le retrouverait, il perdrait sa liberté et peut-être même sa vie. Il avait donc fui ce soldat, comme s'il eut été une calamité ou un fléau, alors que celui-ci ne désirait que lui transmettre un message.

— J'irai! déclara Farouk d'une voix empreinte de détermination. J'ignore à quel moment, mais tu leur diras que je viendrai dès que cela sera possible.

Quintus était heureux et son large sourire l'exprimait mieux que des mots.

Anna et son fils sortirent de la grotte en transportant chacun un modeste ballot contenant leurs effets personnels et quelques provisions. Après avoir jeté un regard alternativement sur Quintus et Farouk, elle porta la main à son cœur en inclinant la tête.

— Au nom de toutes les femmes et les enfants qui étaient retenus ici contre leur gré, je vous remercie du plus profond de mon cœur. Sans votre intervention, Barnabé aurait fait de mon petit Barabbas un brigand et un hors-la-loi.

Farouk ébouriffa les cheveux du jeune garçon.

— Ton destin t'appartient Barabbas. Tu pourras devenir l'homme que tu voudras.

Le jeune garçon rougit en baissant le regard.

Farouk leva les yeux. Les femmes et les enfants s'étaient déjà tous regroupés à l'entrée du sentier.

— Quittons cet endroit malsain! dit-il en s'adressant à Anna. Nous nous rendrons jusqu'à la piste et nous attendrons que les Romains nous y rejoignent avant de nous mettre en marche. Ainsi, nous pourrons nous déplacer en toute sécurité.

Quintus jeta un coup d'œil vers ses hommes. L'excavation était terminée et les prisonniers avaient commencé à jeter les cadavres de leurs camarades dans la fosse. Dès que Farouk se fut éloigné, Thalius revint auprès de son commandant.

— As-tu trouvé les impôts volés? questionna Quintus.

— Tout est dans la grotte, répondit Thalius en opinant. Il y a trois petits coffres bien garnis. Je n'ai pas fait le compte, mais je crois qu'il y a presque le double de la somme que nous recherchons.

Quintus arqua les sourcils.

— Ces brigands ont dû détrousser un grand nombre de voyageurs imprudents.

— Comptes-tu remettre la totalité de cette somme à Hérode?

Un rictus de dédain glissa sur les lèvres de Quintus qui s'était mis à secouer négativement la tête.

— Je n'aime pas l'attitude arrogante de ce petit roi, alors il n'aura que ce qui lui revient de droit et pas un sesterce de plus.

Thalius approuvait d'un lent balancement de la tête.

— Me permets-tu alors de disposer de cette somme à ma guise?

Quintus demeura bouche bée pendant plusieurs secondes. Il connaissait Thalius depuis qu'ils étaient enfants et son ami n'avait jamais montré le moindre intérêt pour l'argent. Il lui arrivait même fréquemment d'oublier de réclamer sa solde mensuelle.

— Que feras-tu de tout cet argent?

Thalius afficha son petit sourire candide habituel.

— Tu te souviens du petit service que le conseiller Mécène m'a demandé de lui rendre?

— Celui dont tu ne peux me parler, répliqua Quintus sur une note sarcastique.

De toute évidence, Quintus était offusqué de ne pas pouvoir être mis dans la confidence.

— Celui-là même, répondit Thalius, qui ne put retenir un rictus amusé, et ce montant me permettra acquiescer à sa requête. Cependant, si tu acceptes de me confier cette petite fortune, tu devras en oublier son existence et ne plus jamais y faire allusion.

Quintus fit une mine mi-boudeuse, mi-songeuse, alors qu'il réfléchissait.

— Je n'ai pas vu cette somme, conclut-il. Alors, à mes yeux, elle n'a jamais existé.
Tu peux donc en disposer à ta guise.

Thalius remercia son commandant en hochant la tête et en arborant un sourire complaisant. Il poussa ensuite son prisonnier vers le centre de la clairière.

— Tu as de la chance, Zach. Mon commandant a acquiescé à ma requête. Alors ta vie ne se terminera pas aujourd'hui.

Farouk et le groupe de femmes et d'enfants s'engagèrent dans le sentier, alors que les soldats romains s'apprêtaient à mettre à mort les cinq brigands qui avaient creusé la fosse. Deux d'entre eux pleuraient et suppliaient d'être épargnés, alors que les trois autres avaient fermé les yeux et baissés la tête avec résignation. L'exécution fut rapide et les corps furent jetés dans la fosse sans ménagement. Les soldats s'emparèrent des pelles et ils se mirent à combler la cavité. Thalius fit signe au centurion Gallius d'approcher, puis il lui donna des consignes précises au sujet des trois coffres qui étaient dans la grotte.

Trente minutes plus tard, tout le groupe était réuni sur la piste et prêt à prendre le départ vers Dor. Deux des enfants étaient trop jeunes pour une aussi longue marche et ils avaient été pris en croupe par des chameliers. Thalius avait tranché les liens de son prisonnier. Il avait monté sur son cheval et s'était détaché du groupe.

— Je pars devant! lança-t-il à l'adresse de Quintus. Zach doit récupérer son cheval qu'il a confié à un homme dont la ferme est à moins d'une demi-lieue au sud. Je t'y attendrai et avec un peu de chance, j'aurai même une agréable surprise pour toi.

Sans attendre le consentement de son officier, il poussa sa monture en direction de son prisonnier.

— Au pas de course, Zach! Nous n'avons pas de temps à perdre.

Voyant l'énorme destrier foncer sur lui, l'homme se mit à courir, le plus rapidement possible au centre de la piste.

— Une petite demi-lieue de course rapide ne devrait pas demander plus de quinze minutes pour un homme aussi en forme que toi.

Zach tourna la tête et lança un regard désapprobateur derrière lui, mais il faillit trébucher et il reporta vivement son attention devant lui. D'un autre côté, il comprenait l'empressement de Thalius. La nuit tomberait dans moins d'une heure et l'épaisse voûte nuageuse voilerait entièrement la lune, ne laissant aucune lueur blafarde éclairer leur chemin.

Loin au sud, à la cité portuaire d'Aila, un bateau venait d'accoster quelques minutes plus tôt. Dès que la passerelle fut mise en place, Sarathin Balthazar Abimélek, roi et mage de Djedda, en descendit avec les quelques personnes qui l'accompagnaient. Le chamelier Malik et ses hommes, qui attendaient sur le quai, s'inclinèrent respectueusement, dès que le roi eut mis pied à terre.

— Bienvenue à Aila, Sarathin Balthazar Abimélek! lança joyeusement Malik.

Le roi-mage gratifia son serviteur d'un hochement complaisant. Puis il tourna la tête à gauche et à droite.

— Les autres ne sont pas encore arrivés? questionna-t-il pour la forme, car il connaissait déjà la réponse.

— Tu es effectivement le premier, répondit le chamelier.

— Bien! s'exclama Balthazar. Nous attendrons pendant deux jours complets et au matin du troisième, nous nous mettrons en route, que les autres soient arrivés ou non.

— Si tu veux bien me suivre, dit Malik en invitant le roi d'un large geste de la main. J'ai retenu deux chambres à l'auberge. Tu y seras beaucoup plus confortable, car les nuits sont glaciales en cette fin de décembre.

Une trentaine de minutes plus tard, loin au nord, sur la piste qui contournait le mont Carmel, la pénombre s'installait rapidement et le long cortège composé des cavaliers romains, des femmes, des enfants et des chameliers approchait de la ferme.

Quintus, qui guidait le groupe, plissa le front en apercevant Thalius sur sa monture au côté d'une longue charrette conduite par le fermier. Il se haussa légèrement sur ses étriers en grimaçant.

— Où est ton prisonnier? lança-t-il en approchant avec méfiance.

— Je lui ai rendu sa liberté, répondit Thalius d'un ton banal.

— Cet homme a tenté de m'assassiner et tu l'as laissé partir, répliqua Quintus avec incrédulité.

Thalius haussa les épaules avec nonchalance.

— Cet individu n'avait rien contre toi, Quintus. C'est un assassin. Un simple outil que l'on peut jeter après usage.

Quintus n'en était pas moins sidéré :

— Malgré son échec, c'est un homme très efficace, poursuivit Thalius, et il va m'aider à concrétiser ce petit service que m'a demandé le conseiller Mécène.

— Tu as confiance en lui?

— Bien sûr! s'exclama Thalius avec étonnement. Tous les assassins sont des hommes de parole, même si leur moralité laisse à désirer.

Quintus ouvrit la bouche, puis il la referma en claquant les dents.

— Je ne comprends rien à cette situation. Alors, je te fais confiance.

Thalius le gratifia d'un aimable sourire, tout en pointant la charrette à sa gauche.

— Je t'avais promis une surprise, alors la voici! Ce fermier a accepté de nous accompagner jusqu'à Dor, moyennant une somme quelque peu exorbitante, mais grâce à lui, nous pourrons atteindre la cité portuaire dans environ une heure.

Alors que les femmes et les enfants prenaient place dans la longue charrette, Quintus ordonna à ses hommes d'allumer quelques torches, car la nuit allait bientôt les envelopper.

XVI
Bethléem

Une aube blafarde se levait paresseusement sur la route commerciale conduisant à Jérusalem en ce vingt-troisième jour de décembre. Jacob sortit de son abri de voyageur et il resserra les pans de son manteau en frissonnant. Il avait neigé durant la nuit et le sol était recouvert d'une mince couche blanche étincelante. Deux de ses hommes et leur épouse étaient déjà levés et ils avaient allumé un feu, afin de faire bouillir de l'eau pour la tisane matinale.

Jacob tourna la tête à droite, puis à gauche. Une vingtaine d'autres voyageurs avaient installé leur abri dans ce pré. Il leva les yeux et il scruta le ciel un long moment. *Ça se dégage!* se dit-il, tout en poussant un petit soupir de satisfaction. *Un peu de soleil nous fera le plus grand bien!* Il y avait déjà huit jours qu'ils avaient quitté Nazareth et ils s'apprêtaient à entamer leur neuvième journée.

Jacob retourna à l'intérieur de son abri où il fut accueilli par le charmant sourire de son épouse.

— Met ton manteau et tes couvre-sandales, lui dit-il, car il fait froid et il a neigé.

Rachel afficha une mine déçue, mais elle s'abstint de tout commentaire. Jacob enfila ses chausses, qui ressemblaient à des bottes grossières faites de peaux de chèvre lassées grâce à une lanière de cuir. Quelques instants plus tard, le couple sortit de l'abri après avoir rassemblé leurs effets personnels. Tout le groupe était déjà rassemblé autour du feu. Sheran approcha d'eux en tenant un gobelet fumant dans chaque main.

Tenez! dit-il, cela vous réchauffera.

Il s'empara du sac que Jacob portait à l'épaule et il alla le déposer dans la charrette. Le couple se joignit au groupe près du feu et l'une des femmes leur offrit un morceau de pain. Sur les chantiers, les femmes contrôlaient la distribution de la nourriture et lors de ce voyage, elles continuaient de le faire, comme si cette tâche leur était attribuée. Marie et Joseph furent les derniers à se joindre au groupe. L'expression de Jacob devint soucieuse, lorsqu'il vit Marie porter la main au bas de son ventre en grimaçant de douleur contenue.

— La sage-femme a dit qu'elle n'accoucherait que dans quatre ou cinq semaines, chuchota Jacob à l'oreille de son épouse.

— C'est exact! répondit Rachel. Mais l'épuisement dû à cette longue route pourrait avoir accéléré les choses.

Jacob approcha de son fils et de sa belle-fille.

— Ton épouse pourrait essayer de nouveau de s'installer dans la charrette, suggéra-t-il à Joseph, tout en jetant un regard de compassion vers la femme de celui-ci.

Marie le remercia d'un pâle sourire en secouant négativement la tête.

— Ta sollicitude me touche, Jacob, mais la route est trop cahoteuse. La charrette me secoue, alors que l'âne me berce.

— J'ai estimé la distance, dit l'un des hommes. Même en forçant l'allure, je ne crois pas que nous puissions arriver à Jérusalem avant la fin de cette journée.

— Cela me convient parfaitement, dit Jacob, car je n'ai nullement l'intention de m'arrêter dans la grande cité. À vrai dire, je souhaiterais même qu'Hérode ne soit pas informé de mon passage dans cette région.

— Ha! fit l'homme un peu étonné. Cependant, il n'ajouta rien. Jacob était le maître et l'employé n'avait pas à connaître ses motivations.

— Il y a une grosse ferme à environ six lieues de Jérusalem, dit Sheran, qui avait écouté la conversation silencieusement. Le fils de ce fermier est un tailleur de pierres avec qui j'ai travaillé pendant plusieurs années. Cet homme nous accueillerait comme si nous faisions partie de sa famille. En nous pressant juste un peu, nous pourrions y être à la mi-journée.

Jacob, comme tous les autres membres du groupe, affichait un petit sourire songeur. La perspective d'un peu de repos et d'un bon repas chaud, le tout assis autour d'une table, était très attrayante.

— Nous ferons comme le suggère Sheran, déclara Jacob.

La nouvelle extirpa des sourires de contentement de tout le groupe, qui s'empressa de plier bagage. Après plus d'une semaine sur la route, un peu de repos et de confort feraient le plus grand bien à tout le monde.

— Le bon côté de la chose, ajouta Sheran, est qu'en partant de la ferme demain matin, nous passerons devant la grande cité de Jérusalem à la mi-journée.

Jacob arqua un sourcil interrogateur.

— La mi-journée est le moment où la route est la plus achalandée, expliqua Sheran. Il sera donc plus facile de nous fondre dans la masse des voyageurs.

Jacob croisa les bras en opinant et en affichant un sourire de connivence.

* * *

À Dor, sur la côte de la Méditerranée, la grande Caravane du Nord s'apprêtait à se mettre en branle. La veille, plus d'une heure après le coucher du soleil, Cid avait vu toutes ses angoisses s'estomper en voyant arriver Farouk, le jeune prince et les autres chameliers. Par contre, les Romains, les femmes et les enfants qui les accompagnaient l'avaient laissé perplexe. Toute la soirée, il avait écouté le récit de leur aventure sans émettre le moindre commentaire. La seule fois où il avait réagi était lorsque Farouk avait raconté l'attaque par derrière de Barnabé et à quel point celui-ci était venu près de le tuer. Il n'avait rien dit, mais il avait posé sur Farouk un regard chargé de reproches, car s'il avait été blessé ou tué, Cid aurait eu à en répondre auprès de son roi. Somme toute, il était heureux et soulagé que tout soit entré dans l'ordre. Les chameaux volés avaient été retrouvés et les deux chameliers blessés avaient été vengés. Tout le reste de la soirée s'était déroulée dans les réjouissances.

Le centurion Gallius n'était pas de la fête, car il avait passé près de deux heures avec l'un de ses hommes à compter et à départager le trésor de Barnabé, tel que Thalius le lui avait demandé. Les deux mille huit cents talents représentant les impôts volés avaient été départagés dans deux petits coffres. Il avait par la suite constitué six bourses contenant chacune l'équivalent de quinze talents. Celles-ci avaient été remises aux femmes qui avaient été libérées en guise de modeste compensation pour les nombreuses années d'esclavage et de mauvais traitements qu'elles avaient subis aux mains de ces ignobles brigands. Le reste, soit près de mille six cents talents, avait été mis dans le plus gros des trois coffres.

Une brigade de huit soldats de la garde prétoriale d'Hérode était présente à la capitainerie du port de Dor. La veille, en fin de soirée, Quintus avait rencontré l'officier qui commandait cette brigade et il lui avait remis les deux coffres renfermant la somme des impôts volés de même qu'une missive explicative pour le roi. Sur une grande carte de la région qui ornait l'un des murs de la capitainerie, il avait indiqué à l'officier l'emplacement précis du repaire des brigands, ainsi l'endroit serait visité régulièrement, afin de s'assurer qu'aucun des brigands qui avaient réussi à prendre la fuite ne viennent s'y réinstaller.

Cid leva le bras, puis il lança la main vers l'avant, donnant ainsi le signal du départ. La grande Caravane du Nord s'ébranla et quitta le pré en s'engagea sur la route de la côte en direction de Césarée.

— Ne crains-tu pas pour ta réputation à voyager ainsi en compagnie de soldats romains? demanda Quintus en affichant un rictus ironique.

Cid ricana joyeusement.

— Si quelqu'un m'interroge à ce sujet, je répondrai simplement que tu as demandé notre protection et que je n'ai pas eu le courage de te la refuser.

Quintus éclata d'un franc éclat de rire.

— Il est vrai qu'à côté de ta superbe caravane, nous ressemblons à une poignée de pauvres soldats romains perdus en territoire hostile.

Cid éclata de rire à son tour. Il aimait bien l'humour sarcastique de cet officier romain et c'est pourquoi il avait accepté de faire route ensemble, puisqu'ils se dirigeaient dans la même direction.

Plus rien ne pressait Quintus. Il avait accompli les trois missions que Caius Octave César lui avait confiées et il ne lui restait plus qu'à se rendre à Joppé où une galère était sensée l'y attendre. Il avait donc l'intention de profiter au maximum de ce voyage afin de faire plus ample connaissance avec Farouk. Il pivota sur sa monture et son regard croisa celui de Thalius, avant de se poser sur le gros coffre que son colonel transportait derrière sa selle. Thalius l'avait scellé en passant une corde dans les deux œillets à l'avant de celui-ci et il avait demandé à Quintus d'apposer son gros anneau de l'ordre équestre dans la cire fraîche qui liait les cordes. Quintus détestait cette sensation. Le fait de savoir qu'un secret existait, mais ne pas être mis dans la confidence, générait en lui de la frustration.

La disparition des deux chameliers avait complètement chamboulé l'horaire de la grande Caravane. Normalement, les caravaniers auraient traité les dernières affaires à Dor en matinée et ils se seraient mis en route pour Césarée après le zénith. Mais, comme toutes les transactions avaient été conclues de façon expéditive, la grande Caravane du Nord avait pris deux jours et demi d'avance sur l'horaire prévu. Tant et si bien, que la Caravane serait à Césarée à l'heure où normalement elle aurait dû quitter Dor.

À la mi-journée, Jacob et les siens arrivèrent chez le fermier dont Sheran avait parlé. Tel qu'il l'avait prédit, l'accueil y fut très chaleureux. L'homme était si heureux d'héberger le descendant de David et sa famille, qu'il ordonna à sa femme et à ses filles de préparer un festin digne d'une telle occasion. Il leur permit également de s'installer dans sa grange pour la nuit, afin qu'ils aient plus de confort que dans leurs abris de voyageur.

Au même moment, à Jérusalem, un garde entra dans la salle des audiences. Hérode, qui arpentait la pièce d'un pas rageur, interrompit son va-et-vient.

— Il est de retour! dit simplement le garde avant de s'éclipser prestement.

Le roi quitta la pièce. Il parcourut le couloir à longues enjambées jusqu'au cabinet de travail. Il ouvrit brusquement la porte, ce qui fit sursauter le vieux moine sicilien.

— Où étais-tu? hurla le roi d'une voix colérique. Tu as quitté le palais très tôt ce matin et tu as été absent toute la journée.

Le vieil ermite rentra la tête entre ses épaules et se mit à balbutier des lambeaux de phrases.

— Je suis allé à l'entrepôt… là où sont entreposés les vieux documents… ceux de l'ancienne bibliothèque.

Dix années plus tôt, Hérode avait fait construire une nouvelle bibliothèque plus spacieuse que l'ancienne. Tous les documents antiques, qui étaient rarement consultés, avaient été déplacés dans un entrepôt en attendant que l'on décide de leur sort. Le roi soupira et il sembla se calmer quelque peu. Le vieux moine profita de l'accalmie, afin d'amadouer un tant soit peu le roi colérique.

— J'ai découvert de vieux documents qui m'ont permis d'identifier quatorze nouveaux symboles de l'écriture cunéiforme, qui sont présents sur les tablettes que tu m'as confiées, dit-il avec enthousiasme.

Le moine avait espéré une réaction positive, mais Hérode était demeuré de marbre.

— Où en es-tu avec cette traduction? demanda le roi en croisant les bras.

Le vieil homme essuya du revers de sa main la sueur qui perlait sur son front.

— Je progresse bien, déclara-t-il en tentant de sourire. J'ai déjà compris le sens de ce texte. Il s'agit de la vieille légende juive concernant une ancienne prophétie ancestrale.

— Imbécile! cracha Hérode. Ce que tu tiens entre tes mains n'est pas la légende, mais bien la véritable prophétie, qui a été écrite par un prêtre sumérien, il y a plus de mille cinq cents ans.

Le vieil ermite porta la main à sa bouche, alors que son regard allait des tablettes d'argile au roi qui l'observait. Hérode bomba fièrement le torse.

— Nombreux sont ceux qui ont cherché en vain ce temple à travers les siècles, déclara-t-il avec vanité. J'ai réussi, là où les autres ont échoué, et mes hommes l'ont détruit. Tout ce qui en reste est ici dans cette pièce.

Le moine était atterré et il secouait la tête de gauche à droite.

— Quelle incroyable perte pour l'humanité! dit-il d'un ton accablé.

— Une perte! s'exclama le roi avec colère. Dis plutôt la fin d'une calamité, puisque ces prophéties étaient une véritable plaie pour l'humanité.

Le moine était abasourdi, mais Hérode n'y prêta aucune attention.

— Ceux qui étaient concernés par ces prophéties, poursuivit-il, modifiaient leur comportement de façon à ce qu'elles se réalisent, et ce, simplement parce qu'ils avaient la conviction qu'il devait en être ainsi.

Le vieux moine sicilien ne partageait pas l'opinion du roi, mais il se garda bien de le dire.

Hérode demeura silencieux un court moment, puis il poussa un long soupir.

— Vas-tu enfin te décider à répondre à ma question?

Le vieil homme ouvrit de grands yeux hagards, alors qu'il cherchait vainement à se rappeler la question du roi.

Hérode secoua la tête en soupirant de nouveau.

— Je t'ai demandé combien de temps encore il te fallait pour terminer cette traduction. Le ton était colérique car il détestait devoir se répéter.

Le moine s'empara d'une pile de parchemins, qu'il feuilleta fébrilement, tout en évaluant le travail qu'il restait à être accompli.

— Je devrais être en mesure de terminer le travail en cinq ou six jours, finit-il par dire d'une voix mal assurée.

Le regard d'Hérode devint dur et sévère.

— Ma patience arrive à son terme, dit-il d'un ton tranchant. Travaille jour et nuit s'il le faut, mais je veux cette traduction dans trois jours.

À peine eut-il terminé sa phase, qu'il pivota et quitta le cabinet de travail, laissant le moine à son désarroi.

Au même moment, sur la côte de la Méditerranée, la grande Caravane s'engouffrait dans le pré au sud de la cité portuaire de Césarée. Farouk s'était écarté du groupe, de même que Falia et les enfants. Il admirait la Caravane, comme si c'était la première fois qu'il la voyait. Son visage exprimait la fascination, alors que son esprit vagabondait dans ses vieux souvenirs. Son fils lui toucha le bras.

— C'est ici que tu as rencontré Cid la première fois, n'est-ce pas, papa? questionna Ariée.

Farouk opina en souriant.

— Cette fois, ajouta le jeune garçon en ricanant, les gardiens ne te refuseront pas l'entrée du pré.

L'année précédente, Farouk avait raconté toute son histoire à ses deux enfants, car il estimait qu'il était important qu'ils connaissent leur père aussi bien que tous ses amis.

Il fallut moins d'une heure aux hommes de la Caravane du Nord pour installer tout le campement et au grand étonnement des curieux qui avaient observé la scène depuis la route, les Romains aussi avaient établi leur campement dans le pré. Dans la partie Sud de celui-ci, mais tout de même dans le voisinage immédiat.

Comme il y avait encore près de deux heures avant le coucher du soleil, Cid décida de rendre visite à son plus gros client afin d'alléger son horaire du jour suivant. Il quitta donc le campement en compagnie de Farouk et Muhammad. Quelques minutes plus tard, les trois hommes entraient dans l'entrepôt de Bénammi, le négociant de coton. L'opulent marchand ne savait plus où donner de la tête. Voir trois Maîtres du Troc d'origine royale entrés dans son modeste établissement était au-delà de ses rêves les plus fous.

Les affaires furent expédiées sans délai. D'un geste théâtral, Bénammi déposa un long parchemin devant Cid. Le Maître du Troc examina l'acte de vente, puis il laissa le jeune prince en faire autant. Tout étant conforme, il rendit le document au marchand, qui apposa son gros anneau dans la cire au bas de celui-ci. Bénammi tourna ensuite le parchemin vers Cid, mais le Maître du Troc fit un pas de côté et, d'un geste éloquent, il invita Muhammad à apposer son propre anneau au bas du document. Le jeune prince s'exécuta avec fierté, car ce geste revêtait une grande importance. C'était la première fois depuis le début de ce long voyage que Cid lui fit comprendre qu'il acceptait de lui céder sa place. Bénammi remercia Cid, à renfort de nombreuses courbettes, pour le grand honneur qu'il lui faisait en lui rendant visite en tout premier lieu. Il félicita ensuite le prince Muhammad pour sa promotion et lui assura son entière coopération pour les années à venir, comme il l'avait toujours fait avec Maître Cid. Il remercia ensuite Farouk avec effusion, une petite larme aux coins des yeux, tant l'émotion le submergeait.

— Depuis ton intervention, dit-il, mes affaires n'ont pas cessé de prospérer. J'ai dû doubler ma production, afin de répondre à la demande croissante du roi Abimélek et je suis conscient que c'est à toi que je dois ma bonne fortune.

Cid et Muhammad pinçaient les lèvres, afin de ne pas éclater de rire, car ils connaissaient la véritable histoire.

Un homme entra dans l'entrepôt en agitant la main au-dessus de sa tête, afin d'attirer l'attention de son patron.

— Le capitaine Fahim accoste à l'instant, lança-t-il du bout de la pièce.

— C'est très bien! s'exclama Bénammi en se frottant les mains. Il est trop tard, car il y a moins d'une heure avant le coucher du soleil, cependant les quatre cents ballots de coton sont prêts à être embarqués et dès l'aube, je mettrai huit hommes à la tâche.

Cid ricana joyeusement, tout en posant une main amicale sur l'avant-bras de l'opulent marchand.

— Mon cher Bénammi, d'un bout à l'autre de la côte, tu es devenu une véritable référence. Tous les marchands s'informent et ils essaient d'être aussi performants que toi, mais sans vraiment y parvenir.

Le marchand de coton se gonfla d'orgueil, mais son enchantement fut de courte durée, car un autre de ses employés venait d'entrer dans l'entrepôt au pas de course en arborant un air de tragédie. L'homme s'arrêta à moins d'un pas de son patron et il se mit à chuchoter à son oreille, tout en gesticulant fébrilement. Bénammi blêmit et sa respiration devint saccadée.

— Tu es certain? questionna le négociant de coton d'un ton paniqué.

L'homme opina d'un rapide mouvement de la tête, en écarquillant les yeux.

— Tu dois fuir! s'exclama Bénammi en attrapant les épaules de Farouk, car l'officier romain, qui te cherche depuis si longtemps, arpente les quais en ce moment même en compagnie d'un autre officier.

Farouk pinça les lèvres afin de ne pas éclater de rire.

— Calme-toi! dit-il en posant une main apaisante sur le bras du marchand. Tout va très bien. J'ai rencontré ces Romains il y a deux jours et nous avons même combattu côte à côte afin d'éliminer les brigands qui sévissaient dans la région.

Bénammi était immobile, bouche bée et incapable d'articuler un seul mot.

— Mais alors? finit-il par balbutier nerveusement.

Farouk afficha un sourire amusé.

— Nous nous sommes expliqué et toute cette histoire n'était qu'un terrible malentendu.

Les épaules de Bénammi s'affaissèrent de soulagement.

— J'espère qu'il ne m'en tiendra pas rigueur, car la dernière fois qu'il m'a interrogé, sans vraiment lui mentir, je ne lui ai pas dévoilé toute la vérité à ton sujet.

— Ne te fait pas de soucis! dit Farouk en affichant un sourire amusé. Je crois qu'il a très bien compris ton dilemme.

Le corpulent marchand poussa un long soupir, car la dernière chose qu'il désirait en ce monde était d'être l'ennemi d'un officier romain.

* * *

Le matin suivant, vingt-quatrième jour de décembre, l'un des hommes de Jacob ouvrit la porte de la grange où tout le groupe avait passé la nuit. Il jeta un coup d'œil à l'extérieur, puis il leva les yeux vers le ciel, avant de refermer vivement la porte en frissonnant.

— Il fait froid! dit-il. Le vent est fort et le ciel est couvert.

Jacob afficha une moue de désappointement, mais il s'abstint de tout commentaire. Ils avaient passé une nuit agréable et reposante à l'intérieur. Même l'âne et la mule qui tirait la charrette semblaient frais et dispos pour affronter la dernière journée de leur long périple.

Une trentaine de minutes plus tard, Jacob et les siens étaient de retour sur la route. Au même moment, loin au nord-ouest sur la côte de la Méditerranée, un groupe d'une vingtaine de chameliers quittait le pré pour rencontrer leurs nombreux clients de Césarée. Quelques minutes plus tard, Quintus et ses hommes quittèrent également leur campement pour visiter la cité portuaire, mais surtout afin de se rendre au marché pour renflouer leurs provisions de route et voir ce que les marchands avaient d'intéressant à leur offrir.

En milieu de matinée, loin au sud, à la cité portuaire d'Aila sur la mer Rouge, Balthazar, le roi-mage de Djedda, arpentait les quais avec impatience.

— Ils vont venir! affirma Malik d'un ton qu'il espérait être convainquant.

— Je l'espère! répliqua le roi d'une voix songeuse, tout en scrutant la mer. Quoi qu'il en soit, s'ils arrivent avant la fin du jour, nous nous mettrons en route dès l'aube, sans quoi, je les attendrai jusqu'au zénith, mais pas une heure de plus.

— Navire à l'horizon! cria la vigie du haut de la tour d'observation du port.

Malik et Balthazar étirèrent le cou simultanément tout en fouillant la mer du regard, mais ils furent incapables de distinguer quoique ce fût.

— Lorsque la vigie aperçoit un navire, dit Malik tout souriant, celui-ci accoste généralement trois heures plus tard.

— Alors, faisons preuve de patience, dit le roi, et nous verrons bien.

— Deuxième navire à l'horizon! cria la vigie, alors que les deux hommes s'apprêtaient à quitter les quais.

Ils pivotèrent instinctivement et ils se mirent à scruter la mer, même s'ils savaient très bien au fond d'eux-mêmes qu'ils ne verraient rien.

— Voilà qui augure bien, dit Balthazar en se frottant les mains.

À la mi-journée, avec moins de trente minutes d'intervalle, les deux bateaux accostèrent à Aila. Mensor Gaspard Galgalat, roi de Zafar au royaume de Saba était arrivé avec le premier navire, alors que Théokéno Melchior Ahuzzat, roi d'Adulis, était descendu du deuxième.

— Mes cousins! s'exclama Balthazar en ouvrant les bras, nous sommes enfin réunis.

Gaspard semblait heureux de ces retrouvailles, alors que Melchior affichait une mine renfrognée.

— Je suis toujours heureux de vous retrouver, mes cousins, dit-il en réponse au regard interrogateur de Balthazar, mais les informations qui m'ont été transmises par ton messager, m'ont laissé quelque peu perplexe. À un point tel, que j'ai longuement hésité avant d'accepter ton invitation.

— Chers cousins! dit Balthazar avec grandiloquence, nous vivons un moment historique.

Gaspard et Melchior se regardèrent en tentant de voir si l'autre y comprenait quelque chose. Balthazar inspira profondément, tout en cherchant ses mots, afin de bien motiver son empressement.

— Vingt-huit générations se sont succédé depuis que nos ancêtres ont prêté serment d'allégeance au roi David, expliqua-t-il d'une voix neutre. Chaque fois qu'un nouvel enfant-roi est né, nos ancêtres sont venus se prosterner, afin de renouveler ce serment.

Melchior grimaça en haussant les épaules.

— Nous savons cela! Tu ne nous apprends rien de nouveau.

Gaspard posa la main sur l'épaule de son cousin en lui faisant signe de se montrer patient. Balthazar le remercia d'un hochement de tête avant de poursuivre.

— La légende juive prédisait que toutes les quatorze générations de la ligné d'Isaac naîtrait un grand roi. Le premier d'entre eux fut David, alors que le second fut Jéchoniah, fils de Jéhojakim.

Melchior soupira, car il connaissait très bien ces informations, mais Balthazar poursuivit, comme s'il ne s'en était pas aperçu :

— Le fils de Joseph, qui naîtra bientôt, sera le troisième de ces grands rois.

Il se mit à secouer son index, afin de mettre plus d'emphase à son propos :

— Cet enfant passera à l'histoire et nous aussi par le même fait!

Balthazar fit une pause, alors que les deux autres rois-mages étiraient le cou en attente d'une explication complémentaire.

— Nous serons les premiers rois-mages à être présents lors de la naissance d'un nouvel enfant-roi.

— Il y a de nombreux points obscurs dans ton raisonnement, déclara Melchior d'un ton bourru et mécontent. Tu fondes ta réflexion sur une légende à laquelle il ne faut surtout pas prêter foi.

— De plus, renchérit Gaspard, tu ignores si l'enfant sera un garçon ou une fille puisqu'il n'est pas encore né.

Balthazar afficha un petit sourire victorieux en tournant son regard vers Melchior.

— Il y a un peu plus d'une année, dit-il, lors d'une conversation sur ce sujet, Cid m'a affirmé que le temple secret, tout comme les prophéties ancestrales, existaient réellement et que celles-ci s'accomplissaient de façon irrémédiable.

Gaspard et Melchior affichaient ouvertement leur étonnement et leur scepticisme, mais ils tendaient silencieusement l'oreille en attendant d'entendre la suite avant d'émettre leur opinion :

— Malheureusement, ajouta Balthazar, il a refusé de m'en dire davantage car il prétendait être lié par un serment.

Les épaules des deux rois-mages s'affaissèrent de déception.

— Alors, comme vous pouvez le constater, mon jugement ne repose pas sur une légende sans fondement.

— Puisque Cid le dit, alors c'est sûrement vrai, affirma Gaspard. Par contre, je ne comprends pas d'où te vient la certitude que l'enfant à naître sera un garçon.

Balthazar pinça les lèvres avant de s'expliquer.

— J'en ignore la raison, mais Cid a la certitude que cet enfant sera un garçon et cela me suffit amplement.

Gaspard émit un petit ricanement.

— Il est vrai qu'il a cette fâcheuse habitude d'avoir raison.

— Bien! lança Melchior en se frottant les mains. Cette situation n'est pas plus claire qu'elle l'était il y a un moment, mais puisque nous sommes ici, lançons-nous dans cette belle aventure.

— Voyagerons-nous par la mer ou par la route commerciale? demanda Gaspard.

Balthazar grimaça en secouant la tête.

— Nous n'avons pas vraiment le choix. Nous nous mettrons en route vers Jérusalem dès l'aube demain matin, afin d'aller respectueusement saluer le roi de Judée.

Melchior se mit à grommeler d'insatisfaction.

— Je n'aime pas Hérode. Il est désagréable, imbu de sa personne et très arrogant. Alors, personnellement, je passerais bien outre de cette visite déplaisante.

— Je partage ton sentiment, dit Gaspard en posant une main apaisante sur l'épaule de son cousin. Mais, la Caravane de Balthazar traite de nombreuses affaires dans le royaume de Juda. Nous ne passerons pas inaperçus et Hérode sera très certainement offensé en apprenant que trois rois-mages venus des lointains royaumes de l'Asie se baladent sur son territoire, sans même daigner venir le saluer. Les affaires de notre cousin pourraient grandement en souffrir.

— Je comprends! dit Melchior en grimaçant et en ouvrant les mains en signe de résignation. Considérons donc la chose comme un simple mauvais moment à passer.

Pendant ce temps, à une centaine de pas du chemin conduisant à l'entrée de Jérusalem, Sheran avait quitté la chaussée et il avait arrêté sa charrette sur le bas-côté. Jacob et ses hommes retirèrent leur abri de voyage de même que leur paquetage.

— Cesse de te faire du souci pour nous! lança Jacob d'un ton où perçait l'agacement. Nous serons à Bethléem dans moins de deux heures.

Sheran leva les yeux et il scruta le ciel couvert de nuages.

— Ce sera serré! s'exclama-t-il en grimaçant. C'est à peu de chose près le temps qu'il reste avant l'obscurité.

— C'est vrai! constata Jacob, qui avait lui aussi levé les yeux sur la voûte nuageuse. Malgré tout, je suis sûr que nous atteindrons notre destination avant la nuit. Alors, entre dans la cité et occupe-toi de régler tes affaires en toute tranquillité et nous nous reverrons à Nazareth dans quatorze ou quinze jours.

Sheran baissa les yeux de résignation :

— De toute façon, ajouta Jacob, je n'ai pas l'intention de perdre mon temps à Bethléem. Demain, dès l'aube, nous irons nous enregistrer et nous reprendrons la route pour retourner chez nous. Au zénith, nous devrions repasser devant la cité de Jérusalem.

— Alors, je serai en bordure de la route, afin de vous saluer, s'exclama joyeusement Sheran.

Il claqua la bride et la mule retourna sur la route de son pas lent et laborieux. Il pivota ensuite sur son siège et il envoya la main au groupe de Jacob qui se remettait en route.
Dès qu'il eut atteint le chemin menant à la cité, il fit pivoter la mule à gauche et il s'engagea sur le large chemin.

Au fond de lui-même, il savait que Jacob avait raison. La charrette avait permis au groupe de voyager sans être chargé de tous leurs bagages, mais la route était si encombrée de voyageurs, qu'ils n'avaient pas progressé plus vite que s'ils avaient été lourdement chargés.

Dès que Sheran eut franchi l'enceinte de la cité, il bifurqua à droite vers les écuries car les rues étroites et surpeuplées de Jérusalem ne permettaient pas le passage des charrettes. Lorsque les gens désiraient déplacer de gros objets à travers la cité, ils utilisaient des brouettes longues, mais très étroites. Sheran allait devoir utiliser l'une d'entre elles, afin de déplacer tous ses biens de sa maison jusqu'aux écuries où sa charrette était garée. Il possédait plusieurs objets qu'il ne désirait pas apporter et il avait planifié d'utiliser les trois premières journées de son séjour afin de trouver des acheteurs pour ceux-ci. La journée suivante, il chargerait la charrette et au matin du cinquième jour, il reprendrait la route de Nazareth.

Au même moment, à Césarée, Thalius quitta le campement avec son coffre bien scellé sous le bras. Quintus le regarda s'éloigner vers l'entrée sud de la cité en grimaçant. *Tous les secrets finissent par se dévoiler d'eux-mêmes,* se dit-il. *Il me suffira à l'avenir de tendre l'oreille et d'ouvrir l'œil. Dès qu'un évènement se produira et que celui-ci contribuera au bien de l'empire et de Caius Octave, j'aurai alors ma réponse.*

Thalius revint au campement une heure plus tard avec les mains vides. Quintus observait son approche en le scrutant d'un regard ardant. Cherchant dans l'attitude ou la physionomie de son ami, un détail ou un indice qui lui révélerait ce secret, mais Thalius passa près de lui en arborant son petit sourire ingénu.

— J'espère que tu as fait un bon placement! lança Quintus sur une note de désinvolture nonchalante.

Thalius arqua les sourcils d'étonnement.

— Je n'ai pas la moindre idée de ce dont tu parles, dit-il tout en poursuivant son chemin.

Une heure plus tard, alors que le soleil touchait presque la ligne d'horizon, Jacob et les siens arrivèrent à Bethléem. Jacob s'empressa de séparer ses hommes en trois petits groupes, afin qu'ils aillent à la recherche d'une chambre de disponible. La nuit allait bientôt les engloutir et il se sentait de plus en plus tendu. Il tourna encore une fois son regard vers Marie qui se pliait sous une nouvelle contraction. Rachel, son épouse, affichait un air angoissé.

— Elle n'est pas censée accoucher avant encore quatre semaines, dit-elle, mais la nature ne semble pas tenir compte de cette règle.

Trente minutes plus tard, tous les hommes étaient de retour, mais ils n'avaient rien trouvé de disponible. Le premier groupe s'était dirigé vers la grosse auberge au nord de la ville. Elle disposait d'une quinzaine de chambres, mais toutes étaient occupées au maximum de leur capacité, puisque trois et même quatre voyageurs se partageaient chacune d'entre elles. Le deuxième groupe avait suivi la route commerciale, qui contournait la cité par l'est, jusqu'à la deuxième auberge qui disposait d'une dizaine de chambres, mais là encore, tout était complet. Le troisième groupe était allé se renseigner auprès des marchands, qui eux connaissaient la majorité des gens, mais ils n'eurent pas plus de succès.

Jacob était préoccupé et angoissé. Marie ne pouvait pas accoucher dans un abri de voyageur, puisque celui-ci n'offrait aucune intimité.

— Il y a une autre auberge à l'ouest, dit l'un des hommes. Elle est petite et n'a que six chambres, mais c'est notre dernier espoir.

Jacob approuva d'un hochement de tête en affichant un air pensif. Plusieurs torches furent allumées et tout le groupe s'engagea sur la piste qui contournait la cité par l'ouest.

Alors que l'obscurité les enveloppait lentement, ils pouvaient entendre les bêlements d'un troupeau de moutons qui devait paître dans les collines à leur droite. Il n'y a pas si longtemps, ce troupeau appartenait à Joachim, le père de Marie.

Il leur fallut à peine quinze minutes pour atteindre la petite auberge. Deux des hommes se détachèrent du groupe, afin d'aller se renseigner.

— Dites-leur que c'est pour moi, cria Jacob aux deux hommes qui s'éloignaient, cela pourrait aider.

Quelques minutes plus tard, il vit ses hommes revenir vers lui avec la mine basse.

— Il y a une trentaine de voyageurs dans l'auberge, dit l'un des hommes, et toutes les chambres sont déjà occupées par trois et même quatre d'entre eux. Le propriétaire des lieux était désolé, car il aurait été très honoré d'accueillir l'héritier de David.

Jacob serra les poings et les dents de frustration. Il tourna la tête de tous les côtés à la recherche d'une solution qui ne semblait pas exister.

— Le mieux que nous puissions faire, dit l'homme, serait d'installer notre campement dans les collines.

Devant une telle impasse, Jacob était conscient qu'il n'avait plus le choix, même si cette solution était inadéquate, elle était la seule à leur portée.

Le groupe s'apprêtait à se remettre en route, lorsque Jacob vit une femme courte et rondelette sortir de l'auberge et se diriger vers lui. Elle s'arrêta à un pas et s'inclina respectueusement.

— Je me nomme Abigaïl et je suis l'épouse de l'aubergiste, dit-elle d'une voix empreinte de tristesse. Nous sommes vraiment navrés et grand aurait été l'honneur de recevoir le Nazaréen dans notre humble commerce. Mais il y a une telle affluence, que cela est impossible. Je tenais à ce que tu saches notre désarroi.

— Cela est sans grande importance, répondit Jacob, car je peux très bien dormir dans un abri de voyageur. C'est l'épouse de mon fils qui m'inquiète, ajouta-t-il en tendant la main vers Marie.

Abigaïl leva les yeux au moment où Marie se courbait sous une nouvelle contraction. Sans une hésitation, elle courut dans sa direction et posa les mains sur son ventre.

— Laisse-moi te sonder, dit-elle, car je suis une sage-femme.

Il ne lui fallut que quelques instants pour tout comprendre et elle se mit à secouer tristement la tête.

— Cet enfant naîtra ce soir! déclara-t-elle d'un ton catégorique. De cela, je suis sûr.

Elle retourna auprès de Jacob et s'inclina de nouveau.

— Cette femme ne peut pas accoucher dans un abri de voyageur, dit-elle en arborant une grimace de dédain. Cela serait très inconvenant. Alors, accorde-moi quelques instants, je vais voir ce que je peux faire, afin d'arranger cette situation.

Jacob la suivit des yeux, jusqu'à ce qu'elle ait disparu de nouveau dans l'auberge bondée de voyageurs. Elle se faufila laborieusement jusqu'à son mari et Jacob put les observer par la fenêtre. À cause du brouhaha de la trentaine de clients de l'auberge, il ne put entendre leur conversation, mais leurs gestes étaient très éloquents. Abigaïl se pencha et elle dit quelque chose à l'oreille de son époux, tout en pointant vers l'extérieur. L'aubergiste leva les bras et il secoua les mains en un geste répétitif. La femme baissa les yeux avec soumission, puis elle approcha de nouveau et elle ajouta un autre commentaire. Le mari leva un bras en secouant vivement la main, comme si elle lui avait demandé une chose irréalisable. Il secoua ensuite la tête négativement et il leva les bras, qu'il laissa retomber en signe d'impuissance. La femme pivota et elle se dirigea vers la porte de l'auberge.

Abigaïl n'avait fait que trois pas à l'extérieur, lorsque son époux apparut dans l'embrasure de la porte de l'auberge.

— Fais ce que tu veux de ce qui t'appartient, lança-t-il d'un ton autoritaire, mais j'ai encore besoin de toi pour les deux prochaines heures. L'auberge n'a jamais été aussi achalandée et je n'y arriverai pas seul.

Abigaïl s'était figée et elle avait posé sur son mari un regard de supplique :

— Je respecte ta vocation, ajouta-t-il, et cela, tu le sais déjà, mais je n'ai pas le choix dans de telles circonstances.

La femme s'inclina avec soumission.

— Accorde-moi juste un moment, s'il te plaît.

L'aubergiste hésita un court moment, puis il consentit d'un hochement de tête. Elle le remercia d'un sourire et elle retourna auprès de Jacob.

— Derrière la colline que tu vois là-bas, dit-elle en montrant au loin, il y a une étable qui m'appartient. C'est là tout ce qu'il me reste de l'héritage de mon père, qui a perdu la vie dans l'incendie de sa petite maison, qui était juste à côté. Dans l'étable, il n'y a qu'un vieux bœuf, qu'on utilise pour tirer notre charrette. Il n'y a pas beaucoup d'espace libre, mais au moins, la femme de ton fils pourra y accoucher en toute intimité.

Jacob affichait un sourire béat de gratitude :

— Dans deux ou trois heures, ajouta Abigaïl, lorsque la majorité des clients auront regagné leur lit, je viendrai examiner la jeune femme de nouveau.

Jacob était si ému, qu'il eut de la difficulté à exprimer sa reconnaissance.

Quelques minutes plus tard, le groupe arriva à l'étable de l'autre côté de la colline. Ils s'arrêtèrent près des ruines de la petite maison qui avait été incendiée. Jacob et Joseph allèrent immédiatement inspecter l'intérieur de l'étable.

Dès qu'ils pénétrèrent dans la construction grossière faite de vieilles planches de bois, ils furent accueillis par le joyeux beuglement du bœuf qui était heureux d'avoir des visiteurs. L'endroit était plus spacieux qu'il n'y semblait au premier abord. Il mesurait environ cinq pas de profondeur sur douze pas de largeur. Il y avait deux stalles du côté droit, dont l'une était occupée par le vieux bœuf. Il n'y avait qu'un minuscule espace libre au centre, puisque le côté gauche était entièrement occupé par les nombreux ballots de fourrage servant à nourrir l'animal. Une large porte fermait l'étable, mais une grande fenêtre sans rideaux laissait entrer le vent glacial de ce début de soirée.
— Nous mettrons l'âne dans la deuxième stalle, dit Jacob. Le souffle des animaux aidera à réchauffer l'endroit.
Les deux hommes déplacèrent ensuite plusieurs ballots de fourrage, afin de former une paillasse surélevée sur laquelle Marie pourrait s'allonger confortablement.

En quelques minutes, le campement fut monté à une dizaine de pas derrière l'étable. Joseph avait étalé sa couverture de couchage sur la paillasse et Marie s'y était installée en soupirant de lassitude. N'ayant pas besoin de son abri de voyageur, il s'en était servi afin d'obstruer la fenêtre par où entrait l'air glacial. La position allongée aida grandement Marie, puisqu'elle contribua à atténuer la fréquence, tout comme l'intensité des contractions.

Deux heures et demie plus tard, Abigaïl put enfin se libérer de son service à l'auberge. Elle courut dans la nuit glaciale en resserrant les pans de son manteau. Lorsqu'elle arriva à l'étable, elle entrouvrit la porte juste assez pour qu'elle puisse y entrer, sans laisser l'air froid de l'extérieur y pénétrer. Elle balaya les lieux d'un regard étonné. Marie était allongée et elle se courbait sous une nouvelle contraction. Rachel et les deux autres femmes du groupe étaient à ses côtés. Tout près de la porte, il y avait Jacob, Joseph et les maris des deux femmes. Elle retira son manteau, puis elle franchit les trois pas qui la séparaient de la jeune femme. Marie se plia en se tenant le ventre sous une autre contraction.

— Merci, d'avoir contribué à réchauffer les lieux de votre chaleur corporelle, lança-t-elle en s'adressant aux hommes, mais il est temps de nous laisser à nos affaires de femme, car cette jeune personne va accoucher d'un moment à l'autre.

Jacob s'inclina sobrement, puis il fit signe aux autres de le suivre à l'extérieur. Les femmes juives n'osaient jamais donner un ordre à un homme, mais les sages-femmes n'étaient pas soumises à cette règle. Les hommes obtempéraient toujours sans s'offusquer lors d'un accouchement, car la sage-femme était le maître. Ils se dirigèrent vers le feu que les hommes avaient allumé derrière l'étable où un gobelet de tisane chaude les y attendait.

Les trente minutes qui suivirent leur parurent une éternité, car personne n'osait parler. Puis, soudainement, le cri d'un nouveau-né déchira le silence de la nuit. Joseph leva la tête, un sourire radieux illuminant son visage. Jacob posa fièrement la main sur son épaule.

— Mon fils, tu es maintenant un père de famille.

Les hommes approchèrent et, à tour de rôle, ils tapotèrent maladroitement l'épaule du nouveau père, en arborant des mimiques approbatrices, mais sans prononcer une seule parole.

Après quelques minutes, la sage-femme sortit de l'étable et elle vint à la rencontre de Joseph.

— C'est un garçon! annonça-t-elle d'un ton révérencieux.

— Je le sais! répondit Joseph, comme si la chose allait de soi.

Abigaïl le regarda avec étonnement, mais elle s'abstint de tout commentaire. Elle invita le père et le grand-père à entrer afin de voir le nouveau-né et prendre des nouvelles de la nouvelle maman.

— Je suis tellement navrée, dit Marie, de tout le trouble que j'apporte.

Abigaïl était bouche bée et elle secouait la tête d'incrédulité. *Elle vient tout juste de mettre un enfant au monde,* se dit-elle, *et elle se fait du souci pour les autres.*

— Accoucher est une chose tout à fait naturelle, chère petite, et tu ne causes aucun trouble à personne.

Marie la remercia d'un pâle sourire.

Jacob semblait soucieux et Joseph lui toucha le bras en l'interrogeant du regard.

— Ta femme vient d'accoucher, dit-il. Elle ne pourra pas voyager avant plusieurs jours. Je dois me remettre en route dès demain, car j'ai encore deux contrats à terminer et je ne peux les repousser indéfiniment.

— Ne te fait pas de souci, répondit Joseph en affichant un sourire rassurant. Abigaïl a dit que nous pourrions demeurer ici aussi longtemps qu'il le faudra. Alors part l'esprit en paix et dans une dizaine de jours, lorsque Marie aura retrouvé ses forces, nous reprendrons la route nous aussi.

Jacob poussa un petit soupir de soulagement et il serra son fils dans ses bras.

XVII
La folie d'Hérode

Une heure à peine après le lever du soleil, à Césarée sur la côte de la Méditerranée, la grande Caravane du Nord s'ébranla en direction d'Apollonia. La petite troupe romaine s'était jointe à eux, ce qui provoquait l'étonnement des badauds et des voyageurs qui les voyaient passer. Quintus chevauchait près de Farouk et les deux hommes discutaient comme de vieux amis. Les trois missions que Caius Octave lui avait confiées étant accomplies, plus rien ne le pressait. Il désirait en apprendre le plus possible sur Farouk afin de pouvoir répondre adéquatement aux nombreuses questions que Juba ne manquerait pas de lui poser.

À Aila, sur la pointe nord-est de la mer Rouge, la petite caravane des trois rois-mages s'était également mise en route vers Jérusalem. La vague de froid des deux dernières semaines avait été pénible, mais le vent s'était enfin calmé et le soleil réchauffait l'air de ses rayons ardents, présage d'un temps plus clément.

Les gens s'étaient également activés à Bethléem. Jacob et les siens s'étaient levés tôt et ils s'étaient rendu au comptoir de recensement le plus près, afin de s'enregistrer. En milieu de matinée, Jacob avait dit au revoir à son fils et le groupe avait pris le chemin du retour vers Nazareth.

Au même moment, à Jérusalem, Hérode marchait de long en large sur l'estrade, tel un lion en cage. Il cessa son va-et-vient en voyant le capitaine Ruben entrer dans la salle des audiences et se diriger vers lui. Le soldat s'arrêta au pied de l'estrade et il salua son roi d'une courbette révérencieuse.

— Il t'en a fallu du temps pour te renseigner, lança Hérode d'un ton impatient.

Ruben baissa les yeux sous la réprimande et il garda le silence un court moment avant de faire son rapport.

— Les gardes disent que le vieux moine a travaillé jusqu'à très tard dans la nuit et qu'il n'a dormi qu'à peine trois heures avant de se remettre au travail.

Hérode afficha une mine frustrée. Il savait que le vieux moine sicilien faisait tout son possible afin de terminer cette traduction, mais l'attente lui semblait insupportable. *Le presser davantage,* se dit-il, *n'apporterait aucun résultat.* Il pinça les lèvres de mécontentement, lorsque ses yeux se posèrent sur les pieds de son capitaine. L'une des courroies de la sandale qu'il portait au pied droit s'était rompue et elle pendait mollement sur le sol.

— Mon capitaine serait-il pauvre au point de ne pouvoir se présenter devant son roi qu'avec des sandales qui tombent en lambeaux?

Ruben grimaça, afin de ne pas laisser sa frustration le dominer, car les seules réponses qui lui venaient à l'esprit auraient fait exploser le roi de colère.

— Cette courroie vient tout juste de se rompre, finit-il par dire sans vraiment desserrer les dents. J'irai de ce pas au marché afin de m'en acheter de nouvelles.

Hérode soupira bruyamment, puis il chassa son capitaine d'un geste impatient de la main.

— *Tout est de la faute à Polybios*, se dit Ruben en quittant la salle des audiences. *Si cet imbécile n'avait pas tué la seule personne capable de traduire ce texte, le roi ne serait pas dans un état de perpétuelle frustration.*

Hérode se sentait vraiment mécontent. Il s'empara d'un parchemin qu'on lui avait apporté un peu plus tôt. Dès qu'il eut terminé la lecture du document, il le jeta sur la table, puis il quitta la salle des audiences d'un pas décidé. Cinq minutes plus tard, il arriva au sommet de la tour d'observation de ses astrologues. Les trois hommes qui y vivaient, tels des ermites reclus, se figèrent à l'entrée du roi. L'aîné approcha et il s'inclina respectueusement. L'homme, tout comme ses confrères, portait une longue tunique grise à la propreté douteuse, si longue qu'elle traînait sur le sol et couvrait ses sandales. Sa barbe blanche, qui descendait en cascade jusqu'au nombril, lui conférait un air de sagesse.

— Ta visite nous honore, mon roi!

— Je ne suis pas venu pour vous rendre hommage, lança Hérode d'un ton condescendant. J'ai lu ton rapport de la nuit dernière et je suis très intrigué.

Le vieil astrologue invita le roi à le suivre de l'autre côté de la pièce où plusieurs cartes du ciel étaient étalées sur une table. En traversant la pièce, Hérode jeta un coup d'œil vers le balcon qui cintrait toute la tour et qui permettait aux astrologues d'observer le ciel sous tous les angles.

— Voici la carte d'il y a trois jours, dit l'astrologue en pointant l'une des cartes. Voici maintenant celle d'il y a deux jours et voilà celle de la nuit dernière.

Hérode examina les cartes une à une, puis il s'exclama.

— Ta prédiction semble se confirmer!

— C'est exact! répondit le vieil astrologue. Trois des astres flottants se rapprochent de façon méthodique et nous croyons qu'il est fort possible qu'ils seront parfaitement alignés la nuit prochaine.

Hérode fit plusieurs pas dans la pièce en se frottant les mains, alors qu'il était perdu dans ses pensées.

— Est-ce précurseur d'un bon ou d'un mauvais présage? lança-t-il en s'arrêtant devant son astrologue.

— Je ne sais pas encore, répondit prudemment le vieil homme. Nous sommes en train d'étudier les diverses possibilités.

— Travaillez plus fort! lança Hérode en se dirigeant vers la sortie. J'exige une réponse le plus tôt possible.

Dès que le roi eut quitté la pièce, les trois astrologues se regardèrent en haussant les épaules.

Peu après le zénith, Jacob et les siens passaient devant l'entrée de Jérusalem. Tel qu'il l'avait promis, Sheran les attendait sur le bas-côté de la route. Il balaya le groupe à deux reprises d'un regard inquisiteur.

— Je ne vois pas Joseph et son épouse, dit-il d'une voix où perçait son inquiétude.

Jacob afficha un sourire qui en disait long sur son état de fierté.

— Marie a accouché hier soir en fin de soirée.

Sheran ouvrit simplement la bouche de surprise :

— La sage-femme de Nazareth ne s'était pas trompée, ajouta Jacob. C'est un garçon.

Sheran chercha ses mots sans rien trouver à dire. Il attrapa la main de Jacob, puis il le serra dans ses bras.

— Nous devrons prendre bien soin de toi désormais, finit-il par dire, car tu es maintenant un grand-père.

La remarque fit ricaner tout le groupe autour de Jacob.

— Marie est trop faible pour reprendre la route, expliqua Jacob. Ils vont donc demeurer à Bethléem une dizaine de jours avant d'entreprendre le voyage de retour. Ils logent dans une étable près de la petite auberge à l'ouest de la ville. Ce n'est pas aussi confortable qu'une chambre d'auberge, mais, avec le temps plus clément qui s'annonce, ils y seront tout à leur aise.

Jacob inspira une longue goulée d'air frais de ce milieu de journée avant de poursuivre :

— Nous avons suffisamment parlé de moi! Alors, dis-moi! Comment vont tes affaires ici à Jérusalem?

Un rictus amusé glissa sur les lèvres de Sheran.

— J'ai déjà vendu un fauteuil et une armoire ce matin.

Jacob fit une mimique appréciatrice :

— Hier en fin de journée, poursuivit Sheran, je me suis rendu chez Yousef, le marchand de fruits, et je lui ai proposé vingt pour cent du prix de vente pour tous les meubles que je vendrai aux acheteurs qu'il m'enverrait. Il propose donc mes marchandises à tous les clients qui s'arrêtent à son kiosque.

— Je connais bien cet homme, répondit Jacob en ricanant. Je sais qu'il ferait n'importe quoi dans la mesure où il a un profit à empocher.

Sheran opina en ricanant à son tour :

— Salut-le de ma part, lorsque tu le verras, ajouta Jacob, mais surtout, ne lui répète pas ce que je viens de dire.

Sheran éclata d'un rire franc.

— Je ne manquerai pas de lui faire le message.

Les deux hommes se serrèrent cordialement la main, puis Jacob et les siens reprirent la route vers Nazareth.

Une heure avant le coucher du soleil, la grande Caravane du Nord pénétrait dans le pré à l'extérieur de la cité d'Apollonia.

— Bienvenue au khan! lança un caravanier.

L'homme faisait partie d'une petite caravane d'une douzaine de chameaux, qui occupait déjà un petit espace au nord du pré. Khan était le nom que donnait les caravaniers aux espaces qui leurs étaient réservés à l'extérieur des grandes cités portuaires. Malik le salua à son tour et la grande Caravane se dirigea vers le grand espace du côté sud du pré.

Il avait été prévu que la journée du lendemain serait consacrée à la visite de leurs nombreux clients de la cité portuaire et la grande Caravane se remettrait en route seulement le jour suivant. Quintus aurait pu poursuivre son chemin, puisqu'il n'était plus qu'à un jour de route de Joppé, mais il décida de demeurer avec la grande Caravane et de profiter du lendemain, afin de visiter la cité portuaire.

* * *

Le jour suivant, peu après le zénith, Farouk, Falia et les enfants étaient assis à la terrasse d'une taverne en compagnie du commandant Quintus et du colonel Thalius. Trois hommes entrèrent sur la terrasse et leur jetèrent des regards désapprobateurs avant d'aller prendre place le plus loin possible d'eux. Ce qui amusa grandement Farouk.

— Il n'est pas trop tard pour changer d'avis, dit Quintus.

Farouk arqua un sourcil d'incompréhension :

— Demain, à la mi-journée, nous serons à Joppé, poursuivit Quintus. Une galère m'y attend et elle me conduira directement en Numidie.

Farouk afficha un petit sourire amusé, car il anticipait déjà la suite :

— Si tu décidais de m'accompagner, nous pourrions être à Rusicade en six jours.

Farouk recula la tête d'étonnement.

— Je croyais que le port de Rusicade n'était pas suffisamment profond pour qu'une galère puisse y accoster!

— Il y a cinq ans, expliqua Quintus, Juba a réglé ce problème. Il a fait prolonger le quai ouest loin dans la mer et nous pouvons maintenant y accoster.

Farouk était impressionné :

— Alors, comme je te le disais, poursuivit Quintus, en six jours nous pourrions être à Rusicade et le jour suivant dans la cité de Khirta. Ta famille et toi pourriez y demeurer deux semaines et peut-être même trois. À la fin de ta visite, un bateau pourra alors te conduire jusqu'à Ascalon. Tu n'auras plus qu'à te joindre à une caravane jusqu'à Aila et ensuite t'embarquer sur un navire jusqu'à Djedda.

Quintus fit une petite pause avant de terminer son explication :

— Tu serais chez toi en même temps que la grande Caravane du Nord et peut-être même un peu en avance.

Farouk tourna son regard du côté de Falia, qui arborait un sourire radieux. Elle haussa les épaules en affichant une mimique incertaine.

— J'ignore comment tu vois la chose, dit-elle, mais cette offre est tentante.

Farouk la gratifia d'un sourire amusé.

— Comme l'a si bien dit mon épouse, l'offre est tentante, dit-il sur une note pensive, mais je préfère la refuser. C'est un très long voyage et lorsque je me rendrai dans mon royaume, ce ne sera pas pour deux ou trois semaines, mais bien pour deux ou trois mois. Alors, je préfère me montrer patient.

Quintus ricana en affichant une mine de désinvolture.

— Ne m'en tiens pas rancune, mais il fallait que j'essaie.

Farouk ricana.

— Je te comprends et je ne t'en tiendrai pas rigueur.

Falia leva son gobelet de vin.

— Buvons à cette bonne entente et à notre future visite au royaume de la Numidie.

Falia avait tout d'abord été apeurée à l'idée de visiter le royaume de Farouk, mais elle s'était rapidement rendu compte que ce sentiment était irrationnel et qu'il n'était fondé que sur la peur de l'inconnu. Elle se souvenait qu'elle avait eu exactement le même sentiment, lorsqu'elle avait dû quitter la Judée pour suivre son mari à Djedda et finalement, toutes ses craintes s'étaient avérées non fondées. Maintenant, elle anticipait ce voyage avec un sentiment d'excitation.

Au même moment, la petite caravane des rois-mages entrait dans le pré près de Jérusalem. L'endroit était le même que celui où la grande Caravane du Nord s'était arrêtée quelques semaines plus tôt. Quelques minutes plus tard, les trois rois-mages, encadrés d'une escorte de six chameliers, entraient dans la cité de

Jérusalem. Ils furent interpellés par un homme, alors qu'ils traversaient le marché. Malik s'interposa prestement en stoppant l'individu d'une main ferme contre sa poitrine. Balthazar quitta le groupe et il se dirigea vers le nouveau venu en arborant un large sourire.

— Sheran! s'exclama-t-il. Que fais-tu ici? ajouta-t-il avec étonnement.

D'un geste tout aussi résolu, il repoussa Malik, puis il attrapa le charpentier-sculpteur par les épaules et lui administra un baiser sonore sur chaque joue. Sheran lui expliqua brièvement la raison de sa présence à Jérusalem, puis il voulut satisfaire sa curiosité.

— Sans vouloir être indiscret, dit-il, je te retourne la question. Qu'est-ce que trois rois-mages venus des lointains royaumes du Sud font à Jérusalem?

— Nous ne sommes que de passage, répondit Balthazar, afin de saluer Hérode. Nous reprenons la route demain matin, afin de nous rendre à Nazareth, ajouta-t-il en se gonflant d'orgueil, car l'épouse de Joseph va bientôt donner naissance à un nouvel enfant-roi.

— Nous désirons être présents, lorsque surviendra ce grand évènement, ajouta Melchior, qui s'était approché à son tour.

Sheran grimaça en secouant la tête.

— Je suis désolé de vous décevoir, mais Marie a donné naissance à un fils, il y a plus de deux jours.

Balthazar demeura bouche bée quelques instants, puis il se mit à secouer la tête d'incrédulité.

— Nazareth est très loin, dit-il, comment peux-tu être déjà au courant d'une telle nouvelle?

— Simplement parce que j'ai parlé à Jacob, il y a deux jours.

— Le Nazaréen est ici à Jérusalem! s'exclama Gaspard par-dessus l'épaule de Balthazar.

— Non! Non! répondit Sheran en levant les deux mains et en secouant la tête. Il était sur la route, car il refuse d'entrer dans cette cité.

Il était maintenant entouré des trois rois-mages, qui le dévisageaient dans l'attente d'une explication complémentaire:

— Jacob, sa famille et ses hommes se sont rendus à Bethléem pour le recensement, expliqua-t-il, et Marie a accouché le soir même de leur arrivée. Elle était trop faible pour entreprendre le voyage de retour, mais Jacob, quant à lui, avait deux contrats en attente et il ne pouvait pas retarder son départ. Il s'est enregistré au recensement le jour suivant, puis il a aussitôt repris la route vers Nazareth avec ses hommes.

— Donc! l'enfant-roi et ses parents sont toujours à Bethléem! s'exclama Balthazar.

— C'est exact! répondit Sheran, et ils y demeureront encore toute une semaine.

— Dire que nous sommes passés devant Bethléem, il y a moins de trois heures, s'esclaffa Melchior sur une note de déception.

Gaspard lui entoura l'épaule en un geste de consolation, tout en affichant un sourire amusé.

— Cela ne change rien, dit-il, car de toute façon, nous devions venir présenter nos hommages à Hérode avant toutes choses.

Melchior leva les yeux au ciel en soupirant et Balthazar tenta de le consoler.

— Réconforte-toi en te disant que nous n'aurons pas à nous rendre jusqu'à Nazareth.

Il éclata de rire en voyant la mine déconfite de son cousin.

— J'ai une faveur à te demander, dit Sheran sur une note embarrassée.

Balthazar arqua les sourcils d'étonnement :

— C'est une longue histoire, poursuivit Sheran, mais, afin de faire cela au plus simple, disons que Jacob a de sérieux motifs de croire que sa famille pourrait être en danger. À cause de cette raison, il a préféré passer inaperçu dans cette région.

Balthazar fit une moue boudeuse en secouant la tête :

— Cid est au courant, ajouta Sheran, et il pourra t'expliquer toute cette histoire le moment venu.

— Très bien! s'exclama Balthazar. Alors, auprès d'Hérode, nous agirons comme si nous n'avions jamais eu cette conversation.

Sheran remercia les rois pour leur compréhension et tout le groupe se remit en marche vers le palais. Il les regarda s'éloigner un court moment, puis il se dirigea vers le centre du marché, afin d'aller saluer Yousef, le marchand de fruits.

Personne n'avait remarqué que le capitaine Ruben était à quelques pas d'eux, au kiosque d'un marchand de cuir. Il s'était choisi une nouvelle paire de sandales, tout en tendant l'oreille, et il avait entendu pratiquement toute la conversation entre Sheran et les rois-mages. Il paya son achat, puis il se dirigea vers le palais d'un pas vif. Ruben était indigné, car dissimuler la vérité à un roi était une chose hautement répréhensible, même si ces rois-mages n'étaient pas des sujets d'Hérode. Il accéléra si bien le pas, qu'il arriva au palais en même temps que le groupe de visiteurs.

— Conduis ces gens dans l'antichambre, ordonna-t-il au garde à l'entrée du palais. Je vais prévenir le roi de l'arrivée de ces visiteurs.

Quelques minutes plus tard, les rois-mages furent introduits dans la salle des audiences. Le capitaine Ruben n'avait rien dit à son roi. Il lui avait simplement demandé la permission d'assister à cet entretien, car il eût été très mal avisé de porter des accusations fondées simplement sur une conversation entendue au marché.

— Je suis à la fois honoré et intrigué par votre visite, dit Hérode à l'entrée des rois-mages.

D'un geste de la main, il les invita à venir s'installer confortablement sur les coussins à la gauche de l'estrade.

— Quel est le motif de votre visite? lança Hérode sans préambule.

Balthazar s'avança sur son coussin. Il avait été convenu qu'il serait le seul à converser avec le roi, afin d'éviter toutes confusions et surtout un faux pas.

— Dès que nous avons su que Marie, l'épouse de Joseph, attendait un enfant, expliqua Balthazar, nous nous sommes mis en route, afin d'être présents lors de ce grand évènement.

Hérode afficha une moue dédaigneuse, mais il n'émit aucun commentaire :

— Nous avons choisi de voyager par la terre plutôt que par la mer, car nous estimions qu'il était de notre devoir de venir te présenter nos hommages.

Le roi de Jérusalem se gonfla d'orgueil.

— J'apprécie le geste à sa juste valeur, déclara-t-il avec vanité.

Les trois rois-mages s'inclinèrent poliment.

— Je vous aurais accompagné avec grand plaisir, déclara Hérode, mais d'importantes obligations me retiennent à Jérusalem, car j'aurais voulu moi aussi m'incliner devant le nouveau descendant de David. Si, bien entendu, l'enfant qui naîtra s'avère être un garçon.

Balthazar hocha sobrement la tête.

— Nous te comprenons fort bien, car nous connaissons les contraintes de la charge royale.

— S'il s'avère que l'enfant à naître est un garçon, ajouta Hérode, fais-le moi savoir à votre retour. J'irai moi aussi me prosterner devant le nouvel enfant-roi.

Balthazar était très surpris et tout aussi septique, mais il n'en laissa rien paraître.

Dès que les rois-mages se furent retirés, le capitaine Ruben alla rejoindre Hérode sur l'estrade.

— C'est vraiment scandaleux! s'exclama-t-il. Ces rois-mages, sans vraiment te mentir, ne t'ont pas dévoilé toute la vérité, mon roi.

Hérode afficha un air mi-étonné et mi-intrigué.

— Explique-toi! s'exclama Hérode d'une voix autoritaire.

— J'ai surpris leur conversation alors que j'étais au marché.

— Tu oses épier une conversation royale, alors qu'elle ne t'est pas destinée, cracha le roi d'un ton outré.

Ruben baissa les yeux.

— Je n'épiais pas, mon roi. J'étais chez le marchand de cuir à me choisir de nouvelles sandales, lorsqu'ils se sont arrêtés à quelques pas de moi.

La curiosité d'Hérode était malgré tout plus forte que son indignation.

— Qu'as-tu entendu que ces rois-mages ont omis de me dire?

— Ils étaient en conversation avec un charpentier-sculpteur du nom de Sheran. Cet homme a travaillé sur tes nombreux chantiers, lors des dix dernières années, mais auparavant, il était au service de Jacob à Nazareth.

Hérode était si surpris, qu'il ne chercha pas à dissimuler son étonnement :

— Il leur a dit, poursuivit Ruben, qu'il avait parlé à Jacob, il y a deux jours sur la route devant Jérusalem, alors que le

Nazaréen revenait de Bethléem où il est allé s'inscrire au recensement avec les siens.

— Je n'y vois aucun mal, dit Hérode. C'est le devoir de tous les citoyens.

— Il leur a également annoncé que Marie, l'épouse de Joseph, avait accouché le soir même de leur arrivée à Bethléem.

Hérode était bouche bée, car il constatait l'ampleur de la dissimulation de ses visiteurs :

— Il leur a également annoncé que l'enfant était un garçon, ajouta Ruben sur une note d'indignation quelque peu exagérée.

Cette fois, Hérode était vraiment offusqué.

— Pourquoi me l'avoir caché? Cela n'a aucun sens!

— Sheran leur a dit, que Jacob avait de bonnes raisons de croire que la sécurité de sa famille était compromise et qu'il préférait que son passage dans la région demeure inaperçu.

— Tout cela est ridicule! s'exclama le roi. Jamais je ne ferais de mal à la famille de Jacob, car en faisant cela, je causerais ma propre perte.

Un soldat de la garde prétoriale entra dans la salle des audiences. Il parcourut la moitié de la distance entre la porte et l'estrade avant de s'arrêter en s'inclinant respectueusement.

— Que se passe-t-il encore! s'exclama Hérode d'un ton irrité.

— Le vieux moine sicilien a terminé la traduction que tu lui as demandée, déclara sobrement le garde.

— Enfin une bonne nouvelle! lança le roi en soupirant. Il ramassa une bourse bien garnie sur la table devant lui, puis il se leva avec enthousiasme.

— Suis-moi! lança-t-il à son capitaine, avant de s'élancer vers la sortie de la salle des audiences.

Alors qu'Hérode se dirigeait vers le cabinet de travail où était le vieux moine, les trois rois-mages arrivaient à leur campement.

— Nous devrions nous mettre en route immédiatement pour Bethléem, lança Balthazar.

— Est-ce bien sage? demanda Melchior, car il reste tout juste une heure avant le coucher du soleil.

— Il est vrai qu'il reste peu de temps avant la nuit, répliqua Gaspard, mais le ciel est clair et la pleine lune éclairera notre route.

— De plus, ajouta Balthazar, nous n'aurons qu'à suivre l'étoile du Sud et elle nous conduira directement à Bethléem.

— Qu'attendons-nous! s'exclama Gaspard. Plus je serai loin d'Hérode et de sa ville, et mieux je me sentirai. Mettons-nous en route et profitons au maximum de l'heure qu'il reste avant la nuit!

Lorsqu'Hérode entra dans le cabinet de travail, il s'apprêtait à lancer une remarque déplaisante au vieux moine, mais il s'abstint en réalisant à quel point le vieil homme était épuisé.

— On m'a dit que tu avais enfin terminé la traduction, lança Hérode d'un ton neutre.

— Effectivement! s'exclama le moine d'une voix à peine audible. J'ai enfin terminé cette transcription, ajouta-t-il modestement, sans relever le sarcasme de la remarque du roi.

Hérode lança la bourse sur la table devant le moine.

— Tel que promis, tu pourras t'offrir un plein tonneau de vin de qualité et tu pourras te vautrer dans ton vice.

Le vieil homme regarda la bourse, sans oser y toucher. Il était épuisé et ses yeux étaient bouffis dus au manque de sommeil. Il tourna le regard vers les tablettes d'argile, qu'il avait disposées avec soin sur une table à sa droite. Ses yeux se posèrent ensuite sur une pile de parchemins sur sa table de travail.

— J'attends! lança Hérode d'un ton impatient.

Le vieux moine tira la pile de parchemins devant lui, puis il s'empara du premier document. Il avait transcrit chaque tablette sur un parchemin.

— Cette prophétie est vraiment fascinante, dit-il. Elle a été écrite, il y a plus de mille sept cents ans, lors de la cérémonie de l'attribution du nom d'Abraham, le père de notre foi.

Hérode arqua un sourcil. Il était impressionné mais il refusait de le laisser paraître.

— Continu! dit-il simplement en faisant un petit mouvement rotatif de la main.

— La prophétie dit qu'il deviendra un grand roi, poursuivit le moine, et que sur les deux peuples, il régnerait.

— *C'est exactement ce qui s'est produit,* se dit le roi. *Mais cela était prévisible.*

Le moine attendit jusqu'à ce qu'Hérode pose les yeux sur lui avant de continuer.

— Le texte dit ensuite qu'il écartera les anciens dieux.

Cette fois, Hérode était très impressionné et il ne fit aucun effort pour le dissimuler :

— La prophétie dit ensuite, poursuivit le vieil homme, qu'il engendrera deux fils et que de chacun d'eux découlera une longue descendance.

— Impressionnant! dit simplement le roi.

— Le texte dit ensuite qu'il affrontera le pire de tous les dilemmes.

Hérode connaissait bien l'histoire d'Abraham. Il avait engendré son premier fils avec sa servante, car il avait la conviction que son épouse était stérile, alors que celle-ci lui a donné un fils quelques années plus tard. Le roi darda son regard sur le moine, qui s'était tu, invitant celui-ci à poursuivre d'un geste impatient.

— Il ne manque aucune tablette, dit le vieil homme, mais il semble malgré tout manquer une partie du texte.

Le regard d'Hérode devint chargé de menaces.

— Tu es certain qu'il ne manque aucune tablette? questionna-t-il d'un ton accusateur.

— J'en ai la certitude, Majesté, car elles sont toutes numérotées et il n'en manque aucune.

Le roi afficha un certain scepticisme en grimaçant, mais le vieux moine poursuivit, sans laisser à Hérode le temps de trouver une façon de l'invectiver :

— De son deuxième fils, dit-il, une grande lignée royale découlera.

— Ce qui fut le cas, dit Hérode, puisqu'Isaac engendra douze fils, qui formèrent les douze tribus juives.

Le moine attendit jusqu'à ce que le roi lui fasse un signe avant de poursuivre.

— Il est dit ici, qu'à toutes les quatorze générations, un grand roi naîtra et qu'il influencera grandement l'avenir de son peuple.

— La légende disait donc vrai! s'exclama Hérode, puisque cette prophétie le confirme sans l'ombre d'un doute. Tu as fait du bon travail et tu as mérité ma gratitude.

Le vieil ermite leva timidement la main gauche.

— Ta récompense et ma gratitude ne te sont pas suffisantes? lança Hérode d'un ton menaçant.

— Ce n'est pas cela, répondit le vieux moine d'une voix craintive, car bien au contraire, je me sens comblé.

Le roi fit une moue qui exprimait bien son doute.

— La prophétie n'est pas terminée, chuchota timidement le moine.

Hérode ouvrit la bouche d'étonnement.

— La légende n'en disait pas davantage.

— Je sais! dit modestement le moine, mais la prophétie en dit un peu plus.

Le roi croisa les bras, puis il jeta un regard sévère sur le vieil ermite.

— Cesse de me faire languir et dit-moi la fin de cette prophétie.

Le vieil homme déglutit bruyamment.

— C'est justement cette dernière partie qui a été si difficile à traduire, expliqua-t-il, car les symboles utilisés sont très particuliers et très rares.

Hérode soupira, faisant comprendre au moine qu'il abusait de sa patience.

— Le problème, Majesté, réside dans le fait que cette dernière partie peut être interprétée de plusieurs façons.

Hérode ouvrit de grands yeux colériques en serrant les dents.

— Ton travail consiste à traduire ce texte et non à l'interpréter, lança-t-il sur le ton de la remontrance.

Le vieux moine essuya la sueur qui perlait sur son front avant de poursuivre.

— La dernière partie dit que le troisième grand roi sera menacé d'un grand danger.

— Je ne vois vraiment pas ce qu'il y a de si difficile à interpréter dans ce passage!

— C'est la dernière ligne qui porte à confusion, répliqua le moine, car elle dit que le sang royal versé, sauvera le sang royal.

Hérode grimaça, alors qu'il cherchait à comprendre la véritable signification de ce qu'il venait d'entendre. Après quelques instants, son visage se déforma de fureur et de haine. Il attrapa la table sur laquelle était disposée la prophétie et il la fit basculer rageusement. Les tablettes d'argile se fracassèrent sur le sol en marbre en de multiples fragments, faisant sursauter le vieux moine. Le vieil homme s'était levé à demi et il balayait le plancher d'un regard effaré devant la multitude de morceaux d'argile qui jonchaient toute la pièce. Le roi pointa le vieil ermite d'un doigt sévère.

— Prends ta bourse et quitte le palais immédiatement, avant que je change d'idée. Et si tu répètes un seul mot de ce que tu as vu ici, ta mort sera plus pénible que la misérable vie que tu as vécue.

Le moine ne se fit pas prier. Il attrapa sa bourse et il s'éclipsa aussi vite que ses vieilles jambes le lui permettaient.

Ruben recula d'un pas en apercevant les yeux de son roi. Il avait déjà vu ce regard chargé de folie meurtrière dans l'expression de son suzerain et il savait que cela n'était pas de bon augure. Hérode attrapa la pile de parchemins et il les alluma en se servant de la lampe à huile qui brûlait sur le coin de la table. Il marcha ensuite lentement vers la porte, tout en tournant la pile de documents, jusqu'à ce que le feu les aient complètement enflammés, puis il jeta le tout dans une grosse urne près de la sortie, avant de quitter les lieux. Le capitaine Ruben suivit son roi dans le long couloir.

— Va me chercher du vin! lança Hérode à son vieil esclave africain, juste avant d'entrer dans la salle des audiences.

Le serviteur s'inclina, puis il s'éloigna de son petit pas clopinant.

Ruben n'aimait pas voir son roi dans cet état. Hérode arpentait l'estrade d'un pas lent, le regard vide et perdu dans ses pensées. Le mur derrière l'estrade était couvert de fresques historiques. Ces peintures murales n'étaient pas seulement décoratives puisqu'elles racontaient les pires moments de l'histoire juive. Le roi s'arrêta devant celle qui était le plus à gauche et il l'examina pendant un long moment en secouant lentement la tête. La fresque représentait la déportation du peuple juif vers Babylone. Des hommes étaient enchaînés et ils avançaient péniblement sous le fouet de leur conquérant.

Hérode se dirigea ensuite vers une autre fresque qu'il examina l'air pensif et la tête légèrement inclinée. Elle représentait les décennies d'esclavage sous le joug des Égyptiens. *Voilà bien, l'un des moments les plus sombres de l'histoire de notre peuple,* se dit le roi. Il quitta lentement cette peinture murale et il se dirigea vers une autre. Il y demeura un long moment à examiner tous les détails de celle-ci. À la droite de cette fresque, l'on pouvait observer Ramsès I, premier pharaon de la dix-neuvième dynastie, assis sur son trône et pointant de l'index devant lui. Du côté gauche, il y avait deux soldats égyptiens au sommet d'une falaise, qui jetaient de jeunes enfants dans l'abîme. Il se rappelait très bien cet épisode tragique de leur histoire où le pharaon avait ordonné la mise à mort de tous les enfants juifs, afin d'éliminer Moïse, le libérateur de son peuple. Il haïssait ce monarque autant qu'il admirait son courage et sa détermination. Il demeura figé devant cette fresque, alors qu'une idée saugrenue se frayait lentement un chemin dans son esprit tourmenté.

— Je veux voir mes astrologues sur-le-champ, lança Hérode d'une voix autoritaire et tranchante en se tournant vers son capitaine.

Ruben eut un élan de surprise, qu'il maîtrisa rapidement. Il s'inclina et quitta immédiatement la salle des audiences. En franchissant la porte, il faillit renverser le vieil esclave africain, qui revenait avec le vin demandé par son maître.

Le capitaine Ruben revint quelques minutes plus tard avec les trois astrologues. Il attendit en retrait près du serviteur, qui avait repris sa pause de soumission habituelle, alors que les trois hommes de science avançaient vers leur monarque.

— J'ai besoin d'une réponse précise! lança Hérode sans plus de façon. Les trois astres flottants, que vous observez depuis quelques jours, seront-ils parfaitement alignés cette nuit?

Les trois astronomes se regardèrent en opinant.

— Nous pouvons le certifier! Majesté, déclara l'aîné des trois hommes. Ils le seront sans l'ombre d'un doute.

Hérode afficha un sourire de satisfaction.

— Avez-vous déterminé la nature de ce présage?

Les trois hommes échangèrent des regards interrogateurs.

— Nous en avons grandement discuté, dit l'aîné, mais comme nous ne sommes pas des astromanciens, nous ne sommes pas encore parvenus à une conclusion.

Hérode les gratifia d'un sourire sadique, qui horrifia les trois hommes.

— Cessez de vous interroger! dit-il, car je connais déjà la réponse.

Les trois astrologues ouvrirent de grands yeux étonnés :

— Demain matin, poursuivit le roi, deux heures après le lever du soleil, j'ordonnerai une grande réunion de mes conseillers, des hauts membres du rabbinat et du sanhédrin, de même que mes officiers de la garde prétoriale.

Hérode laissa planer un silence, telle une menace, que l'on ne peut voir, mais que l'on peut facilement ressentir.

— Lorsque cette réunion débutera, poursuivit-il, je veux que vous m'apportiez votre rapport et j'exige qu'il soit unanime. Cet alignement des astres vous aura révélé un très mauvais présage.

Les trois hommes échangèrent des regards apeurés, alors que le roi poursuivait :

— Vous affirmerez qu'un enfant est né à Bethléem et qu'il sera porteur de terribles fléaux pour le peuple juif.

L'aîné des astrologues avait les yeux ouverts aussi grands que sa bouche. Il aurait bien émis un commentaire, s'il n'avait pas été pétrifié par la peur :

— Vous me ferez cette annonce, demain matin, devant toute ma cour, poursuivit le roi, et vous m'exhorterez de prendre toutes les mesures nécessaires, afin d'endiguer cette calamité.

Le vieil homme de science ouvrit les mains et il haussa les épaules.

— Mon Roi! dit-il d'une voix chevrotante, je ne sais pas si…

Le regard de fureur, que lui jeta Hérode, lui coupa la parole.

— Ceci n'était pas une suggestion discutable, dit le roi d'un ton tranchant. C'était un ordre. Alors, faites en sorte que je sois satisfait de votre rapport, car votre survie en dépend.

Les trois astrologues étaient verts de peur, alors qu'Hérode les gratifiait d'un sourire à glacer le sang dans les veines. Les trois hommes quittèrent la salle des audiences la tête basse et sans même oser lever les yeux.

Ruben approcha prudemment de l'estrade. Hérode semblait avoir retrouvé son calme. Il se risqua à lui poser la question qui lui brûlait les lèvres.

— Est-ce bien prudent de t'attaquer au descendant de David, même si cela est fait de façon détournée?

— N'as-tu pas entendu la prophétie? s'exclama Hérode d'un ton colérique. L'un de nous devra verser son sang, afin que l'autre survive, et l'opportunité qui se présente est unique, car elle ne se répétera jamais.

Ruben pinça les lèvres. Il était déchiré. Il servait Hérode et il lui avait prêté serment d'allégeance, mais le descendant de David était le véritable héritier du trône. Le roi avait perçu le doute dans le regard de son capitaine.

— Sauras-tu me servir comme il se doit? demanda Hérode en décochant un regard ardant vers son officier.

Ruben inspira profondément.

— Je serai à la hauteur de tes attentes! déclara-t-il d'un ton ferme, qui sembla satisfaire son monarque.

— Trois rois-mages venus de l'Orient m'ont affirmé que Jacob et les siens étaient à Nazareth, poursuivit Hérode. De plus, nous savons que Jacob était sur la route, devant Jérusalem, il y a deux jours, alors qu'il retournait chez lui avec tout son groupe. Il est sûr que sa présence sur la route n'est pas passée inaperçue et que des dizaines de personnes l'ont sûrement reconnu. Tous ces gens pourront confirmer que Jacob n'était pas à Bethléem et que mes gestes n'étaient pas dirigés contre lui et sa famille. Tout cela n'aura été qu'un malheureux concours de circonstances.

Ruben opina, mais son cœur était chargé de tristesse, car le raisonnement de son roi était sans faille. Il quitta la salle des audiences, afin d'aller aviser ses officiers qu'ils étaient conviés à une importante réunion le matin suivant.

— J'ai faim! lança le roi. Qu'on me serve mon repas!

Le vieil esclave africain s'inclina très bas, puis il quitta lui aussi la salle des audiences. Il savait qu'il détenait une information importante et qu'il obtiendrait une généreuse récompense pour celle-ci. Malgré tout, il hésitait à se rendre immédiatement chez Yousef, le marchand de fruits, car l'heure était très tardive et qu'il était interdit pour un esclave d'être dans les rues de la ville après le coucher du soleil. Néanmoins, l'appât du gain facile fut plus fort que sa peur d'une sévère punition. Il quitta donc le palais, pratiquement au pas de couse, par une porte latérale.

Une heure après le coucher du soleil, les rois-mages arrivèrent à Bethléem. Malik, qui conduisait la caravane, fit bifurquer celle-ci sur la droite et il s'engagea sur la piste qui contournait Bethléem par l'ouest, tel que Sheran le lui avait dit. Ils se déplaçaient très lentement, leur route n'étant éclairée que par la lune et les quelques torches qu'ils avaient allumées.

Après une vingtaine de minutes de cette laborieuse progression, ils aperçurent le feu d'un campement de bergers dans les collines. Malik envoya l'un de ses hommes, afin qu'il se renseigne auprès d'eux. Le chamelier revint quelques minutes plus tard en compagnie de trois bergers.

— Vous cherchez le nouvel enfant-roi! dit l'un des bergers sur une note qui démontrait toute sa fierté. Suivez-nous! nous pourrons vous guider jusqu'à lui.

Il y avait moins d'une année, ses trois hommes étaient au service de Joachim, le père de Marie, et ils étaient très heureux de la tournure des évènements.

Il ne leur fallut qu'à peine cinq minutes pour atteindre la petite auberge de la piste ouest.

— C'est juste là! derrière la colline, cria l'un des bergers en pointant au loin.

La caravane s'immobilisa à une vingtaine de pas de la petite étable délabrée.

— Établissez notre campement de ce côté! ordonna Malik en pointant à sa droite.

Avant de pénétrer dans l'étable, les rois-mages se réunirent, afin de s'entendre sur les cadeaux qu'ils allaient offrir.

— J'ai apporté de l'or, dit Balthazar, car il représente le pouvoir royal.

— Moi, je lui offrirai des encens très rares, dit Melchior, car il représente le pouvoir sacerdotal.

— Quant à moi, dit Gaspard, j'ai apporté de la myrrhe, car elle représente le pouvoir spirituel.

— Nous avons très bien choisi, dit Balthazar, car les trois grands pouvoirs seront représentés dans nos offrandes.

Plus tard dans la soirée, les trois rois-mages étaient rassemblés autour d'un feu.

— Nous avons trouvé l'enfant, mais nous avons raté notre objectif, dit Melchior sur une note de déception.

— Marie a accouché avant son temps, répliqua Gaspard en souriant, et il n'y a rien que nous puissions faire contre la nature.

— Nous n'avons pas tout réussi, c'est bien vrai, dit Balthazar avec philosophie, mais ce n'est pas faute d'avoir essayé.

Les trois rois ricanèrent en se regardant à tour de rôle.

— Je reprendrai la route pour retourner chez moi dès demain matin à l'aube, dit Melchior.

— Je ferai de même, répliqua Gaspard.

— Quant à moi, dit Balthazar, je demeurerai ici encore quelques jours. La grande Caravane du Nord est sur le chemin du retour et je compte bien me joindre à elle à la cité d'Aila. Mon fils a fait le voyage avec eux et j'ai bien hâte d'apprendre s'il a été à la hauteur de mes attentes.

XVIII
La fuite vers l'Égypte

L'aube se leva sur une journée fraîche, mais tout de même ensoleillée. Il n'y avait pas une heure que le soleil était levé et la grande Caravane du Nord s'ébranlait déjà vers Joppé. La distance à parcourir entre Apollonia et Joppé était courte. Sans forcer l'allure, les caravaniers savaient qu'ils atteindraient leur destination à la mi-journée.

Quintus était satisfait. Il avait bien rempli les missions que César lui avait confiées et aucun de ses hommes n'y avait laissé la vie. Même celui qui avait été touché à la jambe se remettait rapidement de sa blessure. Dans quelques heures, il serait en route vers la Numidie sur la galère qui l'attendait à Joppé. De plus, il avait retrouvé Farouk, tel qu'il l'avait promis, et dans quelques semaines ou quelques mois, celui-ci rendrait visite à son demi-frère. Il avait hâte d'être de retour en Numidie, afin d'envoyer un message à Caius Octave et d'annoncer la bonne nouvelle à Juba.

Au même moment à Bethléem, Gaspard et Melchior s'apprêtaient eux aussi à se mettre en route. Balthazar avait ordonné à douze de ses caravaniers d'escorter les deux rois-mages jusqu'à Aila, ne conservant avec lui que Malik et les sept autres chameliers.

— Merci! dit Joseph en portant la main droite sur son cœur et en s'inclinant. Votre visite m'a grandement honoré et je ne manquerai pas de porter votre message d'amitié à mon père, lorsque je serai de retour à Nazareth.

Les deux rois-mages s'inclinèrent à leur tour.

— Voir l'homme que tu es devenu fut pour nous un immense plaisir, dit Gaspard, mais nous n'avons fait que notre devoir en venant renouveler le serment d'allégeance de nos ancêtres envers le nouveau descendant de David.

Après quelques accolades émouvantes, la caravane se mit en route.

À Jérusalem, les activités quotidiennes reprenaient lentement après la quiétude de la nuit. Les marchands achevaient d'ouvrir leur kiosque et déjà de nombreux clients attendaient, afin de se procurer des produits frais du matin. Sheran avait vendu tous les meubles et autres objets dont il avait voulu se départir, et cela plus rapidement qu'il l'avait espéré. Le jour précédent, en fin de journée, il avait même eu le temps de transporter une armoire et une table jusqu'à sa charrette qu'il avait remisée aux écuries.

Le soleil brillait déjà de tout son éclat et la température s'annonçait clémente. Il savait qu'au plus tard au milieu de la journée, il aurait terminé de déplacer tous ses biens vers sa charrette et qu'il serait en mesure de se mettre en route vers Nazareth dès l'aube le jour suivant.

Alors qu'il traversait la place du marché en poussant une longue brouette étroite chargée d'un coffre bien ciselé et de deux chaises, Yousef, le marchand de fruits, l'interpella en lui faisant de grands signes.

— Je reviens dans quelques minutes! cria Sheran en poursuivant son chemin, car, bien qu'il fût tôt, les étroites rues de Jérusalem étaient déjà encombrées par de nombreux passants et il était impossible de s'arrêter avec une brouette, sans s'attirer les foudres de tous ces gens.

Après avoir vidé et laissé la brouette aux écuries, Sheran s'empressa de retourner auprès du marchand de fruits, car Yousef lui avait paru bien agité et il avait hâte d'entendre ce qu'il avait à lui dire. Il était encore à une quinzaine de pas du kiosque, lorsqu'il aperçut le marchand qui lui faisait des signes fébriles, l'invitant à se presser. Sheran afficha un large sourire amusé.

— Je sais que je te dois de l'argent, dit-il en arrivant près de Yousef, mais sois sans inquiétude, je ne partirai pas sans t'avoir payé mon dû.

— Non! Non! répliqua le marchand. Il est vrai que je suis inquiet, mais là n'en est pas la cause.

Il tira Sheran par la manche et l'entraîna derrière le comptoir de son kiosque, puis il lui répéta tout ce qu'il avait appris de son informateur, tout en servant ses clients.

— Je suis conscient de l'importance de cette information, ajouta-t-il, mais je ne sais quoi en faire.

— Tu t'es adressé à la bonne personne, dit Sheran, en posant une main sur l'épaule du marchand, car je sais comment faire pour que les gens impliqués soient mis au courant rapidement.

Il prit quelques pièces dans sa bourse et il les remit au marchand.

— Voici la part qui te revient pour les marchandises que j'ai vendues grâce à tes recommandations.

Yousef exprima son appréciation par un sourire complaisant. Sheran prit ensuite une grosse pièce en argent et il la déposa dans la main du marchand, qui n'arrivait pas à en croire ses yeux.

— Jamais on ne m'a payé autant pour une information! s'exclama-t-il avec étonnement.

— Probablement parce que tu n'avais jamais détenu une information d'une telle valeur, répliqua Sheran.

Il remercia ensuite le marchand, puis il traversa la cité presque au pas de course. Aux écuries, il paya un supplément pour le prolongement du remisage de sa charrette et il emprunta une selle pour sa mule. Il prit véritablement conscience de l'urgence de la situation en voyant les deux portes du troisième bâtiment grandes ouvertes. Cette section des écuries abritait une soixantaine de chevaux appartenant à la garde prétoriale et toutes les montures étaient déjà sellées et prêtent à s'élancer.

Dès qu'il se mit en selle, la pauvre bête se renfrogna. Elle avait toujours été attelée à une charrette et jamais on ne l'avait montée. Elle exprima son mécontentement en tentant à trois reprises de désarçonner son cavalier, mais voyant qu'elle n'y arrivait pas, elle finit par se calmer et Sheran put enfin se mettre en route vers Bethléem.

Au même moment dans la salle des audiences du palais, les invités à la réunion ordonnée par Hérode commençaient à s'agglutiner, envahissant les lieux du bourdonnement de leur conversation. Les représentants du rabbinat s'étaient regroupés à la droite de la salle, alors que les hauts dignitaires du sanhédrin étaient demeurés au centre de la pièce. Quant aux officiers de la garde prétoriale, ils s'étaient rassemblés à l'extrémité gauche de la salle. Chaque petit groupe spéculait à voix basse sur le motif de cette réunion très insolite.

Discrètement, le roi fit signe à son capitaine, de même qu'à son homme de main de venir à sa rencontre sur l'estrade.

— Dans quelle auberge de Bethléem le fils de Jacob s'est-il installé? questionna Hérode.

Ruben répondit sur une note embarrassée.

— Malheureusement, je l'ignore, mon roi, car il y avait trop de bruit autour de moi et certaines parties de la conversation m'ont échappé.

Hérode grimaça d'agacement.

— Envoie immédiatement deux de tes hommes à Bethléem, afin qu'ils se renseignent discrètement.

Ruben s'inclina, puis il quitta l'estrade.

— Quant à toi, Polybios, j'ai une mission spéciale à te confier, chuchota le roi.

Le mercenaire leva fièrement la tête et il approcha tout près d'Hérode, afin de bien entendre les ordres qu'il allait recevoir.

— J'ai confiance en mon capitaine, murmura le roi, mais l'enfant qui doit être tué est le descendant de David et cela pourrait le faire hésiter le moment venu. Cela pourrait même compromettre cette mission.

— Je comprends! dit Polybios sur une note de connivence.

— De plus, poursuivit Hérode, si le geste fatal était commis par un étranger, tel que toi ou l'un de tes hommes, cela assurerait une neutralité dans ce tragique événement. Ainsi, personne ne pourra pointer un doigt accusateur dans ma direction.

Le mercenaire approuvait d'un lent balancement de la tête :

— Tu recevras une prime de vingt-cinq talents d'or, si tu remplis bien cette mission, compléta le roi.

Polybios ouvrit de grands yeux. Il servait ce roi depuis de nombreuses années, mais jamais il n'avait été aussi généreux.

— Considère la chose comme déjà accomplie, déclara le mercenaire d'un ton confiant.

Sheran arriva à Bethléem au moment où la réunion débutait au palais de Jérusalem. Il avait poussé sa monture à la limite de ses forces sur les deux lieues qui séparaient les deux villes. La pauvre mule était couverte de sueur, malgré la fraîcheur de l'air ambiant. Il laissa la bête souffler quelques secondes, avant de la pousser à nouveau sur la piste qui contournait la cité par l'ouest. Jacob lui avait dit que son fils logeait dans une étable au sud de l'auberge sur cette piste. Il espérait qu'il serait en mesure de trouver l'endroit facilement car le temps pressait.

Dans la salle des audiences, Hérode réclama le silence en levant les deux mains.

— Je vous ai convié à cette réunion à la demande de mes astrologues, déclara-t-il sentencieusement.

Quelques exclamations d'étonnement fusèrent parmi les invités à cette rencontre :

— J'ignore précisément ce qu'ils ont à nous annoncer, poursuivit le roi, mais je sais qu'ils sont troublés par un étrange phénomène qu'ils observent dans le ciel depuis plusieurs nuits.

— Je l'ai vu moi aussi! s'exclama l'un des membres du sanhédrin.

L'homme se tut en réalisant qu'il s'était exprimé sans en avoir reçu l'autorisation du roi. Un sourire furtif glissa sur les lèvres d'Hérode et à la grande surprise de celui-ci, le roi l'invita à poursuivre son explication d'un geste complaisant.

— Nous sommes quatre membres du sanhédrin à observer le ciel. Nous ne sommes que des amateurs, bien entendu, mais nous avons tout de même remarqué un étrange alignement des astres errants.

Hérode était heureux d'apprendre que des personnes présentes à cette réunion aient observé cette étrange manifestation des astres, car cela accorderait plus de crédibilité à ses astrologues.

— Laissons les véritables experts nous faire part de leur conclusion à cet égard, clama le roi en tendant le bras vers son capitaine, qui venait tout juste de revenir.

Ruben ouvrit la porte de la salle des audiences et il fit entrer les trois astrologues qui arboraient un air grave. Ils fendirent la foule des invités d'un pas lent et mesuré, jusqu'à l'estrade, puis les trois hommes s'inclinèrent très bas. Ils avaient répété cette mise en scène à plusieurs reprises la nuit précédente en se détestant un peu plus chaque fois pour ce qu'ils allaient faire. Ils étaient lâches et ils avaient eu le courage de se l'avouer mutuellement, mais leur vaillance s'arrêtait là. Ils avaient vu des hommes se faire atrocement torturer parce qu'ils avaient déplu au roi et ils craignaient de subir le même sort à leur tour.

— Vous nous aviez conviés, alors nous vous écoutons! dit Hérode en invitant ses astrologues à le rejoindre sur l'estrade.

L'aîné des trois hommes prit la parole, tel qu'il avait été convenu, alors que les deux autres avaient baissé les yeux en arborant un air accablé.

— Nous avons de tristes nouvelles à vous annoncer, déclara le vieil homme sur une note mélodramatique.

Au même moment, Sheran arriva près de l'étable. Elle avait été facile à trouver, car il avait été guidé par les chameaux de la petite caravane de Balthazar qui blatéraient. Quelques minutes plus tard, Sheran, Joseph, Marie, Balthazar et Malik étaient réunis à l'intérieur de l'étable. Il leur répéta toutes les informations que lui avait fournies Yousef. Au milieu de son explication, Marie s'était emparée de son fils, qui dormait paisiblement dans une mangeoire bien garnie de foin, et elle le serra contre son cœur.

— Cela n'est pas possible! s'exclama Joseph, lorsque Sheran eut terminé d'exposer les faits. Jamais il n'osera s'en prendre à ma famille!

— Tu te trompes! répliqua Sheran. Hérode a ordonné à ses astrologues d'inventer un mauvais présage, puis il a réuni tous les hauts dignitaires de Jérusalem, afin qu'ils soient présents lors de la lecture de leur rapport. Par une odieuse supercherie, il obtiendra leur support dans cette action.

Joseph était devenu blême. Sheran l'attrapa par les épaules et il le secoua, afin de le sortir de sa torpeur.

— D'un moment à l'autre, il lancera les soldats de sa garde prétoriale à ta poursuite, afin d'éliminer ton fils, puisqu'il le perçoit comme une menace contre sa personne. Tu dois fuir le plus loin possible, hors de sa portée.

— Nous levons le campement immédiatement! ordonna Balthazar.

Malik s'inclina. Il pivota, puis il quitta précipitamment les lieux. Les occupants de l'étable l'entendirent aboyer plusieurs ordres pressants.

— Où irons-nous? questionna Joseph d'une voix paniquée.

— Dirigeons-nous vers Aila! décida le roi-mage. Nous pourrons facilement nous embarquer vers Djedda.

— Je ne crois pas que ce soit une bonne idée, répliqua Sheran en grimaçant. Lorsque les soldats se rendront compte que leur proie leur a échappé, leur première réaction sera justement de se diriger vers Aila.

Balthazar pinça les lèvres.

— Je crains que tu n'aies raison, finit-il par admettre.

Il ne lui fallut que quelques instants pour trouver une solution alternative.

— Dirigeons-nous alors vers le port d'Axoth, qui est à l'ouest, sur le bord de la Méditerranée. Nous pourrons alors nous embarquer vers Alexandrie en Égypte.

Joseph était bouche bée :

— C'est un long détour, poursuivit le roi-mage, et j'en suis conscient, mais cette route sera beaucoup plus sécuritaire. J'ai plusieurs amis qui vivent à Alexandrie et ils nous aideront à traverser le territoire jusqu'à un petit village de pêcheurs sur les bords de la mer Rouge. Nous pourrons alors nous embarquer vers Djedda en toute sécurité.

Sheran secouait la tête en affichant un air de scepticisme.

— Sans vouloir t'offenser, Balthazar, je crois que ta merveilleuse cité ne sera pas vraiment sécuritaire pour Joseph et sa famille.

Le roi-mage fronça les sourcils :

— Les soldats d'Hérode ne pourraient pas s'y rendre, poursuivit Sheran, mais le roi de Jérusalem pourrait y envoyer des mercenaires, afin d'atteindre son objectif.

Après une courte réflexion, Balthazar dut en convenir.

— Le seul endroit où tu seras vraiment en sécurité avec ta famille est chez Gaspard, à Zafar au royaume de Saba et tu devras y demeurer tant qu'Hérode représentera une menace pour ta famille.

Les épaules de Joseph s'affaissèrent.

— C'est très loin de chez moi, dit-il d'une voix étranglée, mais la sécurité de ma famille doit compter avant tout. Alors j'accepte de m'exiler, même si cela me bouleverse au plus haut point.

— Je raconterai tout à ton père, dit Sheran en posant une main apaisante sur l'épaule de Joseph. Il comprendra que tu n'avais pas le choix.

— Assez perdu de temps! s'exclama Balthazar. Partons maintenant, avant qu'il ne soit trop tard.

Tout le monde fut étonné en sortant de l'étable de constater que le campement était déjà levé et que la caravane était prête à se mettre en route.

— Tu as fait vite! s'exclama Balthazar en gratifiant Malik d'un sourire bienveillant.

Dans la salle des audiences de Jérusalem, le vieil astrologue achevait la lecture de son rapport.

— Nous nous sommes longuement interrogés sur la signification de ce présage, déclara-t-il, et nous avons cherché dans tous les vieux écrits, mais sans rien trouver.

Hérode lui jeta un regard assassin.

— *Si tu me fais faux bond,* se dit-il, *il t'en coûtera!*

— Par contre, poursuivit le vieil homme, la nuit dernière, un oracle nous fut révélé simultanément à tous les trois sous la forme d'une mise en garde. Il nous prévenait qu'un enfant était né à Bethléem et qu'il apporterait malheur et désolation sur tout notre peuple. Des visions, pires que tout ce que vous voyez sur les fresques de ce mur, nous ont été dévoilées.

Plusieurs exclamations horrifiées fusèrent dans la salle :

— Des armées, déferlant sur tout notre territoire, poursuivit-il, semant la mort et la destruction. Non point des envahisseurs venus pour nous asservir, mais des barbares venus pour nous anéantir.

Plusieurs exclamations terrifiées et un incroyable brouhaha se répandirent parmi la foule des invités à cette réunion.

— Es-tu certain de ce que tu affirmes? lança l'un des membres du rabbinat.

— Nous ne pouvons pas être trois à commettre la même méprise en même temps. Alors malheureusement, il n'y a aucun doute dans nos esprits, répondit l'astrologue sur une note de tristesse. Ces armées seront guidées par cet enfant, lorsqu'il sera devenu un homme.

Le tumulte s'amplifia après cette réponse.

— Que devons-nous faire, afin d'éviter notre perte? s'écrièrent plusieurs personnes en même temps.

Comme convenu, les trois astrologues s'agenouillèrent devant Hérode.

— Nous te conjurons, notre roi, dit l'aîné. Tu te dois de prendre toutes les mesures, afin d'endiguer ce fléau qui nous guette.

Le roi arbora un air grave en balayant l'auditoire d'un regard inquisiteur. Tous les participants à cette rencontre opinaient en échangeant des messes basses. Hérode se dirigea vers la fresque de Pharaon. Il réexamina tous les détails de la peinture murale en attendant que la cacophonie cesse dans la salle. Lorsque le calme fut enfin revenu, il pivota et fit face à son auditoire. Tous les gens présents le dévisageaient dans l'attente d'une solution miraculeuse à cette impasse.

— Ramsès I, le pharaon le plus détesté de notre peuple, clama haut et fort Hérode en pointant un doigt vers la fresque.

Tout le monde afficha une grimace haineuse en opinant d'un lent balancement de la tête :

— Ce monstre a ordonné la mise à mort de tous les nouveau-nés de notre peuple, afin d'atteindre Moïse, le libérateur. Heureusement pour nous, il a échoué, mais son échec n'était dû qu'à la trahison de sa propre fille.

Quelques commentaires furent murmurés de gauche à droite de la salle :

— Pourtant! s'exclama le roi avec force, tout en levant son index au-dessus de sa tête. Au regard de son peuple, il était un grand monarque, puisqu'il a eu le courage de prendre la décision qui s'imposait pour le bien de sa race.

Certains approuvaient, alors que d'autres désapprouvaient. Après un moment, tous durent convenir que leur roi avait raison :

— Je suis dans une situation similaire, ajouta Hérode, et il est de mon devoir de monarque de prendre la décision qui s'impose pour le bien de mon peuple.

Un lourd silence plana sur l'auditoire :

— Cependant, il m'est difficile de prendre cette décision sans votre soutien et votre aval.

Tout le monde ouvrit de grands yeux effarés en se jetant des regards indécis. Hérode effaça rapidement le petit rictus qui lui montait aux lèvres.

— Scribe! lança le roi. Approche!

L'homme, qui était vêtu d'une longue tunique blanche, gravit rapidement les marches de l'estrade. Il prit place sur un coussin posé à même le sol en croisant les jambes, puis il déposa sur ses genoux une plaque de bois sur laquelle reposaient plusieurs parchemins vierges. Le roi attendit jusqu'à ce que l'homme soit bien installé et qu'il ait son fusain en main, puis il adopta une pose accablée avant de se lancer.

— Moi, Hérode, roi de Jérusalem, j'ordonne la mise à mort de tous les enfants de moins de deux ans, qui sont nés à Bethléem.

Hérode se tut et il balaya son auditoire d'un regard scrutateur.

— Cet ordre sera lourd de conséquences et des doigts accusateurs ne manqueront pas de se tourner vers moi.

Il fit une courte pause avant de poursuivre :

— Aurais-je votre soutien le moment venu?

Après un long silence oppressant, deux membres du rabbinat firent un grand pas en avant.

— Nous t'appuierons! clamèrent-ils d'une seule voix.

— Nous aussi! renchérit un dignitaire du sanhédrin qui était entouré de quatre autres membres de son ordre.

En quelques instants, la majorité des personnes présentes donnèrent leur accord. Hérode aurait donné son ordre de toute façon, mais l'appui de tous ces hauts dignitaires le préserverait contre de futures représailles. Il tendit la main à sa gauche et le scribe y déposa le parchemin qu'il venait d'écrire.

— Capitaine! lança Hérode d'une voix haute perchée.

Ruben approcha jusqu'à l'estrade, puis il s'inclina.

— Voici tes ordres! dit le roi en tendant le parchemin à son officier.

Le capitaine s'empara du document. Il pivota, puis il quitta la salle des audiences en compagnie des autres officiers. Quelques minutes plus tard, les soldats de la garde prétoriale fendaient la foule des passants sur le chemin principal menant à l'extérieur de la cité.

Devant l'entrée des écuries, Ruben réunit trois de ses lieutenants, afin de leur donner leurs consignes.

— Tu entreras dans Bethléem par le nord avec tes hommes! ordonna-t-il au premier.

Il tourna ensuite son regard vers le deuxième officier.

— Tu pénétreras dans la cité par l'est avec ta brigade! Quant à toi et tes hommes, dit-il en s'adressant au troisième, vous contournerez la cité par la route commerciale et vous envahirez la ville par le sud, alors que mes hommes et moi, nous serons du côté ouest et nous nous chargerons de ceux qui tenteraient de prendre la fuite dans cette direction.

Les trois officiers s'inclinèrent, signifiant qu'ils avaient bien compris les ordres de leur capitaine. Quelques instants plus tard, une soixantaine de chevaux quittaient les écuries au petit galop en bousculant au passage les voyageurs de la route commerciale qui se dirigeaient vers le sud.

À Bethléem, la petite caravane de Balthazar avait quitté l'étable. Joseph avait souhaité se rendre à l'auberge, afin de remercier sa bienfaitrice avant de quitter les lieux, mais Sheran s'y était opposé, car il était primordial que personne ne sache qu'il était au courant de ce qui se tramait et qu'il tentait de fuir.

Leur voyage aurait été moins ardu, s'ils avaient pu revenir sur leur pas d'environ une demi-lieue vers le nord et emprunter la piste d'Axoth, mais cela eût été trop risqué. Malik avait donc entraîné la caravane dans un laborieux périple à travers les collines, alors que Sheran avait repris la route de Jérusalem.

Une quarantaine de minutes plus tard, sur la route commerciale, Sheran aperçut au loin un nuage de poussière, qui s'élevait de la route.
— *Ils arrivent!* se dit-il.
Il descendit de sa mule et il alla se joindre à un groupe de voyageurs qui s'était arrêté en bordure de la route. Deux minutes plus tard, la soixantaine de cavaliers passa au trot rapide devant lui. Il ignorait l'ordre qu'Hérode avait donné à ses soldats et il était très étonné de voir que le roi avait envoyé autant de soldats pour se charger d'un seul enfant.

Une heure s'était écoulée depuis que Joseph et sa famille avaient entamé leur fuite, lorsque la troupe de soldats de la garde prétoriale freina sa course devant la cité de Bethléem.
— Nous devons coordonner nos efforts, ordonna Ruben, afin que notre action soit efficace. Nous attendrons donc une

vingtaine de minutes, jusqu'à ce que tout le monde soit en place, avant de nous élancer sur la ville.

Le capitaine Ruben n'avait conservé pour son groupe que quatre soldats, Polybios et ses deux mercenaires.

Un officier et une quinzaine de soldats prirent position devant l'entrée nord de la cité, alors que les autres s'élancèrent sur la route commerciale qui contournait la ville par l'est.

Pendant cette longue attente, plusieurs voyageurs, qui entraient ou sortaient de la cité, leur jetèrent des regards suspects, mais tous les soldats demeurèrent de marbre. L'officier à l'entrée nord lança ses hommes à l'attaque dès qu'il entendit le premier hurlement lointain en provenance de la cité. Au même moment, Ruben et son groupe s'élancèrent sur la piste, qui contournait Bethléem par l'ouest.

Quelques minutes plus tard, la troupe de Ruben freinait sa course devant la petite auberge. Deux soldats et les deux mercenaires se ruèrent dans l'établissement à la recherche d'enfants de moins de deux ans et leur entrée généra quelques cris d'effrois parmi les clients des lieux. Abigaïl se dirigea vers le capitaine, qui était demeuré sur le pas de la porte.

— Il n'y a pas d'enfants ici! déclara l'un des soldats en passant devant Ruben.

— Que se passe-t-il? questionna la femme de l'aubergiste en entendant plusieurs cris venant du centre de la cité.

— Nous cherchons le fils du Nazaréen, répondit Ruben d'un ton pressant.

Abigaïl porta la main à sa bouche.

— Est-il en danger? demanda-t-elle sur une note angoissée.

— Nous sommes ici pour cette raison, répondit évasivement le capitaine.

Croyant que les soldats étaient venus, afin de protéger ces gens, elle invita l'officier à la suivre à l'extérieur de l'établissement.

— Le fils de Jacob loge dans mon étable, qui est derrière cette colline, dit-elle en pointant vers le sud.

La troupe se remit en selle, puis elle se dirigea prestement vers l'endroit indiqué. Le groupe de Ruben s'arrêta devant la petite étable dans le fracas des sabots. Polybios se laissa glisser de sa selle et il se dirigea d'un pas déterminé vers la porte, tout en extirpant sa longue dague de son fourreau. Les vieux gonds de cuir cédèrent sous l'impact du coup de pied administré par le chef des mercenaires. Il n'était pas question que personne ne le prive de la superbe prime promise par Hérode. Il entra dans l'étable et en ressortit l'instant d'après.

— Ils ne sont pas là! s'exclama-t-il d'une voix courroucée.

— Pourtant, la femme de l'aubergiste nous a affirmé qu'ils y étaient! s'exclama Ruben d'un ton déconcerté.

— Il y a encore des traces de leur passage, répliqua le mercenaire, mais ils n'y sont plus.

Les deux autres mercenaires mirent pied à terre, puis ils scrutèrent soigneusement les alentours.

— Il y a des empreintes fraîches de ce côté, lança l'un des hommes. Elles n'ont pas plus d'une heure ou deux.

Il examina les traces à nouveau :

— Des chevaux et des chameaux sont partis dans cette direction, ajouta-t-il en pointant vers l'ouest, à travers les collines.

— Ils se dirigent donc vers Axoth, conclut Polybios.

— Ils ont peut-être simplement décidé de retourner à Nazareth par la mer, suggéra Ruben sans grandes convictions.

Le chef des mercenaires tourna la tête à gauche et à droite, tout en s'interrogeant.

— Pourrons-nous les suivre à la trace?

Le mercenaire, qui avait découvert les empreintes, réfléchit un moment en avançant sa lèvre inférieure en une mimique songeuse.

— Ils ont une heure ou deux d'avance sur nous, déclara-t-il, et plusieurs régions devant nous sont arides et couvertes de cailloux. Nous perdrons leur trace, cela est sûr, mais avec un peu de chance, nous pourrons la retrouver plus loin. Bien entendu, si nous ne nous trompons pas sur leur destination.

— Allons-y! ordonna Ruben, et si nous perdons définitivement leur trace, nous n'aurons qu'à poursuivre notre route vers Axoth.

La petite troupe se remit en route, alors que des cris déchirants s'élevaient de toute la ville. Ruben l'ignorait, mais plus de deux cents jeunes enfants seraient massacrés bien inutilement, et souvent ceux de simples voyageurs venus s'enregistrer à Bethléem.

Le soleil venait tout juste de franchir le zénith, lorsque la grande Caravane du Nord arriva en vue de Joppé. Quelques minutes plus tard, elle s'engouffra dans le pré destiné à accueillir les caravanes de voyageurs.

— Tu sais qu'il est encore temps!

Farouk recula la tête en plissant les yeux :

— Ma galère est juste à côté, ajouta Quintus, et dans une heure, je prendrai la mer en direction de la Numidie.

Farouk gloussa d'un rire contenu.

— L'on ne peut pas dire de toi que tu es le genre d'homme qui lâche prise facilement.

— C'est là l'une de ses grandes qualités, répliqua Thalius, ou son pire défaut, tout dépend de la personne concernée.

Les trois hommes éclatèrent de rire simultanément.

— Je te remercie! dit Farouk en s'inclinant légèrement, mais je vais m'en tenir à ma décision.

— Il ne faut pas lui en vouloir, ajouta Thalius, il a si rarement connu la défaite, qu'il n'a pas appris l'art de s'avouer vaincu.

Quintus afficha une fausse mine désenchantée.

— Alors, je te dis au revoir et l'on se reverra dans quelques mois.

Farouk secoua positivement la tête en arborant un sourire amusé.

La petite troupe romaine poursuivit sa route sur environ cinq cents pas, puis elle pénétra dans la cité de Joppé. Alors qu'ils approchaient des quais, Quintus se mit à tourner fébrilement la tête de tous les côtés.

— Où est ma galère! s'exclama-t-il.

Thalius adopta son petit air ingénu avant de répondre.

— Tu ne l'as peut-être pas remarqué, mais je viens tout juste d'arriver, tout comme toi d'ailleurs. Alors, je ne détiens donc aucune information pertinente concernant cette galère.

Quintus leva les yeux au ciel en soupirant. L'humour sarcastique de son ami l'exaspérait quelques fois.

— Le commandant du port sera probablement en mesure de me fournir une réponse meilleure que la tienne.

La petite troupe bifurqua, puis elle traversa le quai principal sur toute sa longueur, jusqu'à la capitainerie du port.

Trente minutes plus tard, Cid fut très étonné de voir la troupe romaine entrer dans le khan.

— Que se passe-t-il? lança le Maître du Troc à la fanfaronnade. On te manquait déjà!

La plaisanterie effaça l'air maussade de Quintus.

— Ma galère n'est plus à Joppé, expliqua-t-il. Elle a dû se rendre à Axoth, afin d'embarquer des marchandises à destination de Rome et le commandant du port m'a affirmé qu'elle nous attendrait sur place.

— Ha! fit Cid en haussant les épaules. Les contretemps, cela fait partie de la vie. Il faut simplement savoir s'y adapter.

Cette fois, Quintus retrouva complètement le sourire.

— Combien de jours, ta Caravane demeurera-t-elle à Joppé?

— Un demi-jour seulement, répondit Cid. Demain matin, dès l'aube, nous nous mettrons en route pour Axoth.

Quintus afficha un air étonné.

— Cette cité est grande, alors j'aurais cru que tu y serais demeuré plus longtemps.

Cid esquissa un sourire amusé.

— Bien que cette ville soit importante sous bien des aspects, nous n'y traitons que très peu d'affaires. Je n'ai en fait que trois clients principaux dans cette région et Hérode est le plus important d'entre eux. Mais, comme je l'ai déjà rencontré à l'aller, il n'est pas nécessaire que je le revoie de nouveau au retour. Il ne me reste que deux clients à visiter.

Quintus était malgré tout étonné dû à l'ampleur de la cité et des nombreuses populations avoisinantes. Cid lui expliqua que tout était une question de contexte économique. Avec la proximité de Jérusalem, l'offre était presque aussi élevée que la demande et qu'il restait donc très peu de produits bruts pour l'exportation.

— Je te remercie infiniment pour ce petit cours d'économie, lança sarcastiquement Quintus.

— Il m'a fait immensément plaisir de parfaire ton éducation, répliqua Cid sur le même ton.

Les deux hommes ricanèrent un long moment.

— Le commandant du port m'a affirmé qu'il fallait compter cinq à six heures pour atteindre Axoth. Quintus fit une petite pause songeuse avant de poursuivre :

— Comme il reste moins de quatre heures avant le coucher du soleil, je crois que nous allons partager ce pré avec ta Caravane encore une nuit, et si cela ne t'incommode pas trop, nous ferons encore route ensemble demain.

— Un jour de plus ne devrait pas endommager davantage la réputation de la grande Caravane, qu'elle ne l'est déjà, répliqua Cid humoristiquement.

La journée tirait à sa fin. Marie dodelinait sur le dos de l'âne et Joseph était exténué par la longue marche. La petite caravane de Balthazar s'était frayé laborieusement un chemin à travers les collines et les zones arides, souvent escarpées et rocailleuses. Ils venaient tout juste de quitter l'une de ces régions dénudées et ils s'engageaient maintenant dans une autre beaucoup plus boisée. Chaque fois que la caravane avait traversé un espace à découvert, tous les membres du groupe s'étaient sentis vulnérables et sans défense.

— Nous devrions peut-être établir notre campement ici, suggéra Joseph d'une voix chargée d'espoir.

Balthazar avait confié la responsabilité de sa caravane entre les mains de Malik et sa réplique fut sans équivoque.

— Nous avancerons tant et aussi longtemps que la lumière du jour nous le permettra!

Joseph grimaça de déception.

— Tu as raison! admit-il à contrecœur. Chaque pas de plus que nous faisons nous éloigne de nos éventuels poursuivants.

Bien qu'il l'ignorât, la décision de Malik fut dictée par la sagesse. Lorsqu'ils établirent leur campement, une trentaine de minutes plus tard, la troupe de Ruben en faisait tout autant à un peu plus d'une lieue à l'est.

La nuit fut très pénible. Le campement avait été assemblé sommairement dans une étroite clairière et tout le monde avait dû s'enrouler dans plusieurs couvertures, afin de se protéger de la froidure de la nuit. De plus, Malik avait refusé qu'un feu soit allumé, car il craignait de dévoiler ainsi leur position.

* * *

Dès les premières lueurs du jour, les caravaniers de Balthazar plièrent bagage et ils se remirent prestement en route.

Un quart d'heure plus tard, la grande Caravane du Nord quitta le pré et elle retourna sur la route de la côte en direction d'Axoth, sous le regard désapprobateur des autres voyageurs qui n'aimaient pas voir cette prestigieuse caravane se déplacer en compagnie de soldats romains.

— C'est probablement la dernière fois que je conduis la grande Caravane, dit Cid en s'adressant au commandant Quintus. Lorsqu'elle reviendra dans deux années et demie, c'est vraisemblablement le jeune prince Muhammad qui devra s'expliquer auprès de nos clients, car ils ne manqueront pas de l'interroger sur la raison de la présence de Romains à nos côtés. Cette apparente fraternité risque de les intriguer grandement.

Quintus éclata de rire en se tournant vers le jeune prince.

— C'est exactement le genre d'héritage que je souhaitais recevoir, lança Muhammad sur un ton de faux reproche.

La matinée tirait à sa fin et les membres de la caravane de Balthazar commençaient à peine à se réchauffer de leur nuit glaciale, quand soudain, Malik leva la main et ordonna ainsi à la caravane de s'arrêter. Sans prononcer une seule parole, il fit signe à l'un de ses hommes d'approcher. Le chamelier remit la bride de son chameau à son camarade et il alla rejoindre Malik.

— Va voir ce qu'il y a devant! chuchota-t-il en pointant une éclaircie à une centaine de pas d'eux.

L'homme s'élança au pas de course dans la densité forestière, puis il revint après quelques instants.

— Nous avons rejoint la piste d'Axoth, dit-il en affichant son soulagement. Elle est libre et il n'y a rien en vue. Par contre, je peux t'affirmer que nous ne sommes plus très loin de la côte, car on peut sentir l'air salin qui est porté par le vent.

Malik s'alloua un moment de réflexion avant de s'adresser à son roi.

— C'est la piste qui conduit à la côte, dit-il, et je crois que le risque est minime. Par ce chemin, nous serons à Axoth dans environ une heure.

Balthazar pinça les lèvres en une pause de réflexion.

— Je crois que tu as raison, dit-il. Plus vite nous serons à la cité portuaire et mieux cela sera.

Malik ordonna donc à la petite caravane de se diriger vers la piste.

Un peu plus d'une heure plus tard, alors que la petite caravane sortait d'une longue courbe, Malik se souleva sur ses étriers. La piste était rectiligne et il pouvait apercevoir une large route au loin. Derrière celle-ci, il entrevit le miroitement de la mer.

— Nous y sommes! cria-t-il. La route de la côte n'est plus qu'à trois cents pas.

La nouvelle eut l'effet d'un baume de soulagement dans le cœur, tout en fouettant les énergies de chacun. Sans s'être concertés, tous les membres du groupe accélérèrent le pas.

La grande Caravane du Nord approchait d'Axoth. Farouk étira le cou, puis il mit sa main en visière, afin d'abriter ses yeux du soleil. Il était intrigué par un groupe de cavaliers, qui attendait en bordure de la route près d'une piste.

— Le fils de Jacob est là! cria l'un des hommes et tout le groupe s'élança au galop sur la piste.

Farouk eut l'impression que son cœur allait s'arrêter. Son cerveau ne mit qu'une seconde pour identifier cette voix qui lui était familière.

— *Polybios, le mercenaire!* se dit-il.

Il ignorait ce qui se tramait, mais un sentiment d'urgence était oppressant dans son cœur. Il tourna la tête du côté de Muhammad, qui le dévisageait. Sans échanger une parole et d'un accord tacite, ils lancèrent leur monture au galop. Quintus, qui avait ressenti l'état de soudaine fébrilité de Farouk, fit de même. Il leva la main droite et fit un mouvement rotatif, puis il lança la main devant lui. Conditionnée par une longue habitude, les soldats romains reconnurent le signal de la charge de leur chef et toute la troupe s'élança d'un seul bloc.

Farouk et Muhammad arrivèrent les premiers sur les lieux. Les soldats de la garde prétoriale avaient tiré leur cimeterre, alors que les trois mercenaires s'étaient emparés de leur arc. Ils encerclaient la petite caravane de Balthazar, alors que les caravaniers formaient un demi-cercle, afin de protéger de leur corps le roi, ainsi que la famille de Joseph.

Le regard de Polybios croisa celui de Farouk.

— *Encore lui!* se dit le mercenaire.

Il aurait bien aimé profiter de cette occasion, afin de se venger du vieil affront que Farouk lui avait fait subir de nombreuses années auparavant, mais la mission que lui avait confiée Hérode était trop lucrative pour la mettre en péril par simple vengeance.

Farouk et Muhammad glissèrent de leur selle et ils allèrent se joindre aux chameliers. L'instant suivant, se fut au tour de la troupe de Quintus de s'arrêter dans un fracas de sabots.

— Que se passe-t-il? lança le commandant Quintus de sa voix autoritaire.

Ruben fit un pas en avant.

— Cette situation ne concerne pas Rome, déclara-t-il d'un ton hautain.

— Laisse-moi en être le seul juge! répliqua Quintus en se laissant glisser de sa selle.

Tous les soldats mirent pied à terre en s'emparant de leur arc et de leur carquois. Le commandant posa un regard intimidant sur le capitaine de la garde prétoriale.

— Bien! Alors, dis-moi ce que tu veux de ces gens?

Ruben déglutit bruyamment avant de répondre.

— Ces personnes ne m'intéressent pas, répondit-il en levant fièrement la tête. Ils peuvent partir, s'ils le désirent, mais l'enfant doit mourir.

Quintus était bouche bée, ce qui ne lui arrivait pas souvent, mais l'instant suivant, son visage se durcit.

— Explique-toi sans tarder! dit-il d'une voix menaçante.

Ruben extirpa un parchemin de la besace qui était posé sur son cheval et il le tendit au commandant. Lorsque Quintus en eut terminé la lecture, il était stupéfait.

— Hérode a vraiment ordonné la mise à mort de tous les enfants de Bethléem? questionna-t-il d'une voix chargée d'incrédulité.

Le capitaine bomba fièrement le torse.

— Tu as pu le lire par toi-même.

— Cet enfant est le descendant de David! s'exclama le roi Balthazar avec indignation, et aucun mal ne lui sera fait.

— J'ai des ordres! répliqua Ruben sur une note de dédain et je ne laisserai pas un roi, qui ose mentir à mon monarque, nuire à l'accomplissement de ma mission.

Malik s'interposa immédiatement.

— Prend garde à ton langage, manant, ou il t'en coûtera!

Ruben balaya la menace d'un geste de la main, puis il se tourna vers Quintus.

— Comme je te le disais, Commandant, cette situation ne concerne en rien Rome. Alors, n'interviens pas et laisse-moi accomplir la mission, que mon roi m'a confiée.

Quintus était indigné autant par l'ordre donné par Hérode que par l'attitude de son capitaine, qui ne démontrait aucun respect envers Rome.

— Ton roi t'a ordonné de tuer les enfants de Bethléem, mais nous n'y sommes pas.

— Cet enfant est né à Bethléem, répliqua Ruben d'un ton haineux, et ses parents cherchent à le soustraire à son sort.

— Tu as peut-être raison, mais moi je t'ordonne de ne faire aucun mal à cet enfant.

— J'ai des ordres de mon roi et je me dois d'obéir, lança le capitaine du ton le plus ferme qu'il le pouvait.

— Je comprends! répliqua Quintus d'un ton tranchant, mais ton roi est un vassal de Rome et moi, je représente l'autorité romaine. Alors, au nom de Rome, je t'ordonne de ne pas faire de mal à cet enfant.

À peine eut-il terminé sa phrase, qu'il leva la main droite et tous ses hommes encochèrent une flèche à leur arc.

— Maintenant, je t'ordonne de rassembler tes hommes et de quitter ces lieux immédiatement!

Ruben était indécis, car le pire des châtiments l'attendait s'il n'exécutait pas les ordres de son roi. Il tourna la tête à sa gauche et il constata que ses hommes étaient morts de peur.

Pendant ce long échange entre les deux officiers, Polybios s'était lentement glissé à sa droite, derrière les deux mercenaires. Par le petit espace entre les épaules de ses hommes, il pouvait apercevoir Marie qui tenait son fils dans ses bras. Il prit appui sur sa jambe droite, tout en fixant sa cible. Il banda ensuite son arc, mais sans toutefois le lever. Farouk, qui connaissait bien la perfidie de cet homme, s'était lentement déplacé à sa gauche, afin de ne pas le perdre de vue. Lorsqu'il vit les muscles dans le cou du mercenaire se contracter, il comprit instantanément que celui-ci s'apprêtait à passer à l'attaque. Dès que Polybios leva son arc,

Farouk fit un bond à sa gauche afin de protéger la mère et l'enfant. La flèche le percuta violemment en pleine poitrine. Il vacilla un court moment avant de s'effondrer sur ses genoux alors que Polybios était transpercé de trois flèches.

Muhammad avait réagi vivement, il attrapa Farouk avant que celui-ci s'effondre sur le sol. Il s'agenouilla derrière lui et il laissa le corps de son ami reposer contre le sien. De grosses larmes se mirent à ruisseler sur les joues du jeune prince, alors qu'il regardait avec impuissance la tache de sang qui s'élargissait rapidement sur la tunique de Farouk.

Quintus était fou de rage.
— L'homme qui vient d'être blessé, est de sang royal, aboya-t-il d'une voix chargée de colère, il est le demi-frère du roi Juba de l'Africa Nova, autrefois appelé Numidie.
Les mots de la prophétie éclatèrent dans l'esprit de Ruben. *La prophétie est accomplie,* se dit-il. *Le sang royal versé a sauvé le sang royal. Ce n'était donc pas d'Hérode dont il s'agissait!* Quintus leva sa main droite et tous ses archers brandirent leur arc en se choisissant une cible.
— Tu as trois secondes pour prendre une décision, Capitaine! Tu pars immédiatement avec tous tes hommes ou vous mourrez!
Ruben recula d'un pas. Il était conscient que sa troupe n'avait aucune chance contre ces habiles archers romains.
— Armes au fourreau! ordonna-t-il. Nous partons!
Les soldats de la garde prétoriale rangèrent leurs armes, puis ils remontèrent en selle avec soulagement.
— Débarrassez-moi de cette ordure! ajouta Quintus en pointant le cadavre de Polybios.
Les deux mercenaires jetèrent le corps de leur chef sur le travers de la selle de sa monture, puis la troupe rebroussa chemin.

Dès que la troupe de Ruben se fut suffisamment éloignée, Quintus posa un genou au sol près de Farouk. Il examina la blessure en grimaçant, puis il se recomposa rapidement un visage neutre.
— Tout ira bien! s'exclama-t-il d'un ton convaincant. Axoth est tout près et il y a de bons médecins dans cette cité.

Farouk afficha un pâle sourire.

— Tu oublies que j'ai combattu dans les arènes pendant de nombreuses années et je sais que l'on ne survit pas à une telle blessure.

— Ne sautons pas trop vite aux conclusions! répliqua simplement Quintus.

Il se leva, afin de laisser place à ses hommes, qui avaient confectionné une civière de fortune en nouant les quatre coins d'une couverture, qu'ils étalèrent sur le sol près de la victime. Farouk y fut déposé avec délicatesse et les quatre soldats le soulevèrent en s'emparant chacun d'un coin de la couverture. Tout le groupe se remit hâtivement en marche. Alors qu'il était bercé par les quatre hommes qui le transportaient une étrange pensée traversa l'esprit de Farouk. Il ne portait plus cette bourse cousue à l'intérieur de sa tunique depuis une dizaine d'années. Mais s'il avait conservé cette vieille habitude, les pièces d'or et d'argent, qu'elle aurait contenues, auraient très probablement arrêté ce projectile. Farouk ferma les yeux en constatant toute l'ironie de cette situation.

À une trentaine de pas de la route de la côte, Quintus aperçut les cavaliers de tête de la grande Caravane du Nord. Falia, qui marchait près de Cid avec ses enfants, ressentit un étrange pincement au cœur lorsqu'elle vit le groupe émerger de la piste et s'engager sur la route de la côte. Elle repéra facilement le prince Muhammad, mais elle fut incapable de trouver son mari. Son cœur s'emballa, lorsqu'elle aperçut la civière improvisée, qui était transportée par les soldats. Elle se mit à courir dans leur direction. Ariée et Fitna, ses deux enfants, s'élancèrent dans son sillage. Elle porta la main à sa poitrine en voyant son époux dont toute la partie supérieure de sa tunique était couverte de sang. Elle attrapa la main de son mari en tentant de retrouver sa respiration, mais l'air semblait refuser d'entrer dans ses poumons.

— Posez-moi! dit Farouk d'une voix à peine audible.

— Nous devons nous presser à nous rendre chez le médecin, répliqua Quintus.

Farouk ferma les yeux, puis il secoua lentement la tête de gauche à droite.

— C'est inutile et tu le sais très bien, ajouta-t-il en rouvrant les yeux.

Le commandant soupira avec résignation. D'un geste de la main, il fit signe à ses hommes de le déposer au sol. Falia s'agenouilla à sa droite, alors que les deux enfants firent de même à sa gauche. Les yeux de Farouk étaient remplis de tristesse. Il sentait le sang qui ruisselait abondamment dans son dos.

— Je vais quitter ce monde très bientôt, dit-il d'une voix sans force, ni couleur.

Falia et les enfants redoublèrent leurs sanglots. Farouk rassembla le peu de force qu'il lui restait afin de caresser la joue de son épouse du revers de la main.

— Je marcherai bientôt dans les grandes plaines lumineuses du royaume des dieux.

— Nous l'appelons le paradis, dit Falia entre deux sanglots.

Farouk opina en fermant les yeux, car il avait la conviction que les deux endroits étaient le même lieu.

— Je vais retrouver Feroudja, ma première épouse, qui m'y attend depuis de nombreuses années, de même que mes enfants, que je n'ai jamais connus.

Les pleurs de Falia s'accentuèrent et Marie vint s'agenouiller près d'elle en serrant son fils contre son cœur. Son visage était baigné de larmes, comme si sa douleur était aussi grande que celle de Falia. Farouk prit plusieurs longues respirations avant de poursuivre :

— Un jour, quand ta vie en ce monde sera terminée, tu viendras nous rejoindre. Nous formerons alors une belle et grande famille et nous nous aimerons pour l'éternité.

Farouk tourna ensuite un regard rempli d'amour vers ses enfants, puis vers son épouse. Il ouvrit la bouche, afin de leur exprimer tout son amour, mais il ne put qu'expirer son dernier souffle. Falia éclata d'un sanglot déchirant alors que Marie, la gorge nouée par l'émotion, regardait avec impuissance l'épouse et les enfants de ce grand homme. Elle toucha le bras de Falia, qui leva ses yeux baignés de larmes vers elle.

— Il a donné sa vie, afin de sauver celle de mon fils, murmura-t-elle.

Falia mit un moment avant de pouvoir s'exprimer.

— Alors sa mort n'aura pas était vaine, dit-elle en touchant l'enfant que Marie portait dans ses bras.

Après un long moment, Falia se releva péniblement. Ses yeux croisèrent le regard déterminé du commandant Quintus. L'officier prit les deux mains de l'épouse éplorée et il lui présenta ses condoléances à la façon des Romains, en posant son front contre le sien. Il se tourna ensuite vers le petit homme richement vêtu, qui se tenait devant les chameliers.

— Tu es Sarathin Balthazar Abimélek, roi de Djedda, n'est-ce pas?

— C'est exact! répondit fièrement Balthazar.

Quintus approcha de l'homme, puis il s'inclina, plus bas qu'aucun Romain ne l'avait jamais fait devant un étranger.

— Farouk est un prince de la Numidie, dit-il. Lorsque je l'ai rencontré, j'ai pu lui transmettre une invitation de son demi-frère, le roi Juba, et il l'a accepté. Il attendait de te rencontrer, afin d'obtenir ton aval.

Balthazar tourna la tête du côté de Cid, qui lui confirma la chose d'un hochement de tête :

— Avec ta permission, poursuivit Quintus, j'aimerais emporter la dépouille de Farouk au royaume numide, afin qu'il soit enterré avec les honneurs dus à son rang sur la terre de ses ancêtres.

Balthazar était très indécis. Ses yeux se posèrent sur Falia, puis sur Cid et enfin sur Muhammad. Tous opinaient d'un lent balancement de la tête d'avant à l'arrière. Le roi-mage revint à Falia.

— Tu approuves vraiment cette idée?

L'épouse affligée vint s'incliner devant le roi.

— Je crois que c'est ce que Farouk aurait désiré. Les enfants et moi, nous allons l'accompagner jusqu'à son dernier repos. Il souhaitait nous faire visiter son royaume et nous présenter à sa famille et ses amis, alors je vais respecter sa dernière volonté.

— Je me porte garant de leur sécurité, déclara Quintus, et j'assumerai son transport de retour au moment de son choix. Tu as ma parole!

— Qu'il en soit ainsi! trancha Balthazar.

Deux heures plus tard, la galère romaine larguait les amarres, en direction de la Numidie. Quintus était à la proue en compagnie de Falia et des enfants. Le soleil rougeoyant, qui s'apprêtait à disparaître derrière l'horizon, baignait leur visage de sa couleur blafarde.

— Commandant! dit Thalius en faisant signe à Quintus de venir le rejoindre un peu plus loin. L'un des hommes m'a fait remarquer que le corps de Farouk devrait être complètement vidé de son sang, sans quoi, il pourrira trop rapidement. Tu ne désires sûrement pas présenter à Juba une dépouille à demi décomposée!

— Tu as raison! Est-ce que ce soldat peut s'en changer?

— Il fera un bon travail, répondit Thalius. Sois sans inquiétude, rien ne paraîtra.

Quintus remercia son colonel en lui serrant l'épaule.

Le matin suivant, un navire quitta le port d'Axoth en direction d'Alexandrie en Égypte avec à son bord Joseph, Marie et leur fils, car ils craignaient toujours Hérode et sa folie. Balthazar, quant à lui, avait décidé de se joindre à la grande Caravane du Nord, jusqu'à Aila.

— Nous avons perdu un ami et un grand Maître du Troc, dit Balthazar sur une note attristée. J'ignore qui sera en mesure de remplacer un aussi grand homme.

— Ton fils a fait ses preuves, lors de ce voyage, répliqua Maître Cid, et c'est en toute confiance que je lui cède ma place.

Balthazar posa un regard rempli de fierté sur son fils et Muhammad se gonfla de satisfaction :

— Il y a un autre homme qui a également fait la preuve de sa valeur, poursuivit Cid. Malik m'a démontré à plus d'une reprise qu'il ferait un grand Maître du Troc. Alors, si tu es d'accord, je l'accompagnerai, lors des deux prochains voyages de la Caravane du Sud, afin de m'assurer qu'il répondra à tes attentes.

— Je vais y réfléchir! répondit simplement le roi.

XIX
Le destin de Farouk

Le capitaine Ruben arriva à Jérusalem en fin de journée. Sa troupe avait dû dormir dans les collines la nuit précédente et il leur avait fallu presque une journée entière, afin de parcourir le chemin inverse de la côte jusqu'à Jérusalem. Ruben était épuisé, poussiéreux et inquiet de la réaction qu'aurait son roi lorsqu'il lui annoncerait la nouvelle de l'échec de sa mission. Il fut tenté d'aller se laver et de changer ses vêtements avant de se présenter à son monarque, mais il repoussa l'idée. Si Hérode apprenait qu'il était de retour et qu'il n'était pas venu se présenter immédiatement sa colère serait décuplée.

Il entra dans la salle des audiences, alors qu'Hérode était confortablement assis sur de somptueux coussins et qu'il venait tout juste d'entamer son repas du soir. Le roi se leva prestement et il fit signe à son capitaine d'approcher. Le demi-sourire, qu'il afficha en se levant, s'effaça rapidement pour faire place à un visage soucieux et inquisiteur.

— Où est Polybios? demanda-t-il en écartant les deux bras.

— Il est mort! répondit Ruben, sans donner plus d'explications.

—Ah! fit le roi pour qui la vie de ce mercenaire n'avait que peu de valeur.

Hérode poussa un petit soupir d'impatience, car son capitaine ne semblait pas disposé à lui fournir de plus amples informations.

— L'enfant est-il mort, comme je te l'avais ordonné?

Ruben pinça les lèvres, sans répondre à la question de son roi et Hérode compris par lui-même que son capitaine avait échoué sa mission.

Après quelques instants d'un lourd silence, Ruben lui raconta tout, depuis l'étable abandonnée, la poursuite à travers les collines, puis le moment où il avait rattrapé les fugitifs à quelques centaines de pas de la route de la côte.

— Ils étaient à notre merci, mon roi, mais la troupe du commandant Quintus est intervenue.

— Pourquoi a-t-il fait cela? questionna Hérode avec indignation.

— Je lui ai dit que cette situation ne concernait pas Rome et je lui ai même montré le parchemin contenant mes ordres, mais il n'a rien voulu entendre.

Le roi était rouge de colère :

— Il m'a dit que tu n'étais qu'un vassal de Rome, alors qu'il représentait l'autorité romaine, et il m'a interdit de faire du mal à cet enfant.

— Quelle audace! s'exclama furieusement Hérode en envoyant valser, d'un coup de pied, la petite table sur laquelle était posé son repas.

Ruben attendit que le roi se calme un peu avant de poursuivre.

— Polybios s'est glissé discrètement afin d'avoir l'enfant dans sa ligne de mire. Lorsque ce fut fait, il a tiré une flèche entre ses deux mercenaires, mais un homme a intercepté le projectile de son propre corps en se déplaçant vivement devant la cible.

Hérode était bouche bée d'incrédulité alors que le capitaine poursuivait son récit :

— L'instant suivant, Polybios était abattu de trois flèches tirées par les archers romains. Le commandant Quintus était fou de rage. Sur son ordre, nous avons dû quitter les lieux, car nous serions tous morts.

Le roi était furieux et il fulminait de rage :

— Cela n'a plus vraiment d'importance, ajouta Ruben en tentant vainement de calmer son monarque.

— Sans importance! hurla Hérode. Je t'envoie accomplir une simple mission, car ma vie est en danger, et tu trouves que cela est « sans importance ».

Ruben avait instinctivement reculé d'un pas en voyant les éclairs de folie meurtrière dans le regard de son roi. Il leva lentement les deux mains d'un geste apaisant, puis il tenta de corriger cette méprise.

— La prophétie est accomplie, dit-il d'une voix posée. Tu ne risques plus rien.

Hérode avait ouvert de grands yeux hagards d'incompréhension :

— L'homme, qui a été atteint par la flèche de Polybios, expliqua Ruben, était de sang royal, puisqu'il était le demi-frère du roi Juba de la Numidie. Le sang royal a donc été versé et celui-ci a sauvé le sang royal de cet enfant. Tu n'as donc plus rien à craindre, puisqu'il ne s'agissait pas de ton sang dans cette prophétie.

Ruben avait cru que cette nouvelle aurait calmé le roi, mais celui-ci semblait toujours aussi courroucé. Hérode s'était mis à faire les cent pas sur l'estrade et son visage était crispé de colère. Après un court moment, qui sembla une éternité pour Ruben, Hérode vint s'arrêter à moins d'un pas de son capitaine. Son visage était tout près de celui de son officier. Instinctivement, Ruben recula la tête, car une sensation de panique avait envahi tout son être.

— Tu as raison sur un tout petit point, dit le roi d'un ton menaçant. La dernière ligne de la prophétie est accomplie, mais tout le reste de celle-ci doit encore se réaliser.

Hérode laissa un lourd silence planer pendant un long moment avant de poursuivre :

— Comme tu n'as pas mené à son terme la mission que je t'avais confiée, ma vie est toujours en danger et elle le demeurera aussi longtemps que cet enfant vivra. Mais, comme tu l'as si bien dit, à tes yeux cela n'a vraiment aucune importance.

Hérode inspira profondément, alors que Ruben cherchait vainement à comprendre la nature du danger auquel son roi faisait allusion :

— Polybios n'était qu'un mercenaire, poursuivit Hérode, et pourtant, il n'a pas hésité à donner sa vie, afin d'accomplir la mission que je lui avais confiée.

Ruben arqua les sourcils.

— Sa seule motivation était la généreuse récompense que tu lui avais promise, répliqua-t-il d'une voix où perçait l'indignation.

Hérode pencha légèrement la tête de côté en ouvrant de grands yeux furibonds.

— Ta motivation n'était pas aussi grande, puisque tu n'as rien tenté. Je t'ai donné un ordre précis et sans ambiguïté. Je ne t'ai pas demandé de juger ce qui pouvait être bon ou mauvais pour ma personne.

Ruben cherchait une réplique, mais il n'y parvenait pas, alors que le visage de son roi devenait dur et implacable. D'un geste vif, Hérode s'empara de la longue dague que son capitaine portait à sa ceinture et il l'enfonça sous le sternum de celui-ci en un mouvement ascendant. Ruben inspira en un râle de douleur et d'étonnement, mais lorsqu'il tenta d'expulser l'air de ses poumons, il en fut incapable. Ses yeux se révulsèrent, puis il s'effondra d'un seul bloc. Alerté par le bruit provoqué par la chute du corps de Ruben, le garde, qui était en poste devant la porte de la salle des audiences, entra vivement dans la pièce. Hérode leva la tête en une attitude de parfaite indifférence.

— Débarrasse mon plancher de ce serviteur indigne! lança-t-il d'une voix glaciale.

Le garde eut un petit mouvement de recul, mais il se ressaisit rapidement. Il attrapa le corps de son officier par les poignets et il le tira jusqu'à l'extérieur de la salle, laissant une longue traînée de sang sur le plancher de l'estrade jusqu'à la porte.

— *Encore un autre problème,* se dit Hérode en soupirant. *Il va me falloir un nouveau capitaine, mais le prochain devra être digne de ma confiance.*

* * *

En milieu de matinée, la galère romaine s'apprêtait à accoster à Rusicade sur la côte de la Numidie. Il leur avait fallu six jours pour franchir la distance depuis le port d'Axoth. Pendant la traversée, les soldats avaient confectionné une longue caisse de bois. Le fond de celle-ci avait été recouvert de deux couvertures de laine rouge et le corps de Farouk y avait été déposé, alors que sa tête reposait sur un petit coussin. L'expression de son visage était si paisible, qu'il laissait l'impression d'une personne endormie.

Dès que la galère fut amarrée, les chevaux furent descendus à terre, tel que le voulait la règle dans la cavalerie romaine. Quintus avait suggéré à Falia de l'attendre sur la galère avec les enfants, mais elle avait décliné l'offre, car elle avait hâte de fouler le sol du royaume de son époux.

Le petit groupe remontait le quai ouest en direction des bâtiments administratifs, qui avaient été construits du côté est de la plage à l'endroit même où Jules César avait fait installer son campement lorsqu'il était venu punir ce peuple de très nombreuses années auparavant. Quintus ne pouvait s'empêcher de tourner régulièrement sa tête à sa gauche. À la couleur du bois neuf, il était évident que le quai est avait été prolongé d'une quinzaine de toises et des hommes travaillaient d'arrache-pied, afin d'enfoncer de nouveaux poteaux dans le lit de la mer.

Deux hommes sortirent du troisième bâtiment et ils se dirigèrent vers eux à grandes enjambées. Cet édifice abritait la garnison romaine de même qu'une brigade de la garde du royaume. Une saine coopération et un profond respect s'étaient instaurés entre les deux groupes au fil des années.

— Tu es enfin de retour! lança le colonel qui commandait la garnison, alors qu'il était encore à quelques pas du groupe.

Le lieutenant de la garde du royaume, qui l'accompagnait, se contenta de saluer le commandant d'un sourire et d'un hochement de tête.

— Je quitte le royaume pour seulement deux petits mois, se plaignit faussement Quintus, et à mon retour, je constate que tout a changé.

Les deux officiers ricanèrent doucement.

— Juba a ordonné la prolongation du quai est une semaine après ton départ pour Rome, expliqua le colonel. Lorsque les travaux seront terminés, le quai aura doublé de longueur.

— Il était plus que temps! s'exclama Quintus, car il y a près de deux années que je tourmente Juba sans répit afin qu'il entame ce projet.

— La tâche n'est pas simple, expliqua le lieutenant, car la mer est beaucoup plus profonde de ce côté du port. Mais lorsque tout sera terminé, même les bateaux qui ont un très fort tirant d'eau pourront venir y accoster.

— La profondeur sera même suffisante pour accueillir une quinquérème, ajouta le colonel sur une note qui démontrait toute sa fierté en ce projet.

Quintus afficha une mimique impressionnée, tout en hochant la tête.

— Tu n'as pas tout vu! ajouta le lieutenant avec enthousiasme. Regarde derrière les bâtiments administratifs, ajouta-t-il en pointant derrière son épaule.

Le commandant se souleva sur la pointe des pieds en étirant le cou. Il fut en mesure d'apercevoir le sommet d'une gigantesque structure du bois :

— Mon roi a également ordonné la construction d'un nouvel entrepôt qui sera deux fois plus grand que celui qui existe déjà.

Quintus arqua un sourcil en tirant la lèvre inférieure.

— À ce rythme, dit-il, le port de Rusicade sera bientôt plus important que celui de Chullu.

— C'est bien là l'objectif! s'exclama joyeusement le lieutenant en se gonflant d'orgueil.

— Je vous remercie pour cette mise à jour, dit Quintus en reprenant son sérieux, mais trêve de bavardages, car j'ai des questions importantes qui nécessitent des réponses.

Les deux officiers se mirent au garde-à-vous par pur réflexe.

— Combien d'hommes as-tu à ta disposition? questionna Quintus en s'adressant au colonel.

— J'ai cent hommes, répondit l'officier romain. Cependant, dix-huit d'entre eux sont déjà en patrouille, alors il ne m'en reste que quatre-vingt-deux dans l'immédiat.

D'un air pensif, Quintus prit quelques secondes de réflexion avant de poursuivre.

— Y a-t-il suffisamment de chevaux à l'écurie pour chacun d'entre eux?

Le colonel recula la tête d'étonnement. Puis, après une courte réflexion, il répondit sur une note d'incertitude.

— Je crois pouvoir disposer d'une soixantaine de chevaux.

— Très bien! s'exclama le commandant Quintus. Alors je les réquisitionne, afin de former une escorte.

Il se tourna ensuite du côté de l'officier de la garde du royaume.

— Je n'ai pas d'ordres à te donner, Lieutenant, mais j'apprécierais que tu mettes sous mes ordres le plus grand nombre de gardes dont tu peux te priver pour quelques jours.

De toute évidence, le lieutenant était abasourdi.

— Je ne comprends pas, dit-il, car tu as déjà tous tes hommes et tous ceux que ton colonel vient de mettre sous tes ordres.

Il secoua la tête d'incrédulité avant de poursuivre :

— Qui dois-tu protéger, qui soit suffisamment important pour justifier une escorte de cette ampleur?

Quintus laissa planer le silence quelques instants avant de répondre.

— Farouk, le demi-frère de ton roi, revient chez lui.

Le lieutenant, qui était sous le choc, ouvrit de grands yeux, alors que mille questions se bousculaient dans son esprit. Plus de vingt-cinq années s'étaient écoulées, depuis que ces rumeurs de révolte s'étaient répandues dans tout le royaume. Pour beaucoup de gens, cette histoire du prince de la montagne, qui aurait été le demi-frère du roi Juba, n'était qu'une légende sans véritable fondement. Le lieutenant n'avait que sept ans, lorsque cet évènement s'était produit, et il faisait justement partie de ces gens qui doutaient de la véracité de ce récit. Par contre, il n'en était pas de même du colonel qui connaissait Quintus depuis la bataille de Pérouse. Il avait fait partie des hommes que le jeune centurion Quintus avait recrutés après le siège de la ville, afin de compléter sa centurie.

— Permets-moi de te féliciter, Commandant! s'exclama-t-il joyeusement. Tu avais donné ta parole que tu trouverais cet homme et que tu le ramènerais à son demi-frère. Il t'aura fallu de très nombreuses années, mais tu y es malgré tout parvenu.

Quintus n'eut aucune réaction. Alors qu'il cherchait une façon de dissiper ce malentendu, le colonel poursuivit sur sa lancée :

— Ton visiteur est demeuré à bord de ta galère! ajouta-t-il comme si cela était une évidence.

— C'est exact! répondit Thalius, qui était conscient de l'embarras de son commandant. La dépouille de Farouk est demeurée sur le navire.

Le colonel ouvrit bêtement la bouche en constatant sa maladresse :

— Il est mort en donnant sa vie afin de sauver un jeune enfant, il y a près d'une semaine déjà, poursuivit Thalius. Bien que le corps fût partiellement embaumé, il faut nous presser de le conduire à Khirta.

— Voici sa famille, dit Quintus en tendant la main vers Falia et les enfants.

Le colonel porta le poing à son poitrail en s'inclinant avec respect, alors que la réaction du lieutenant de la garde du royaume fut totalement différente. L'officier se plaça devant Falia et il posa un genou au sol en s'inclinant révérencieusement.

— Soit la bienvenue chez toi, Altesse! dit-il avec déférence.

Falia était sans voix, car elle ne s'était pas attendue à des égards aussi grandiloquents. Son malaise était tel, qu'elle tourna son regard vers Quintus dans l'espoir qu'il lui vienne en aide.

— Tu es l'épouse d'un prince de la Numidie, dit-il. De ce fait, tu es un membre de la famille royale et ces hommages te sont dus en égard à ton rang.

Falia inspira profondément afin de réfréner la boule d'émotion qui lui était montée à la gorge.

— Je te remercie, Lieutenant! dit-elle d'une voix chevrotante. Mon époux aurait été ému autant que je le suis de cet accueil chaleureux.

Par ce simple geste, l'officier de la garde venait de dissiper en quelques instants toutes les petites craintes que Falia avait pu entretenir.

— Ce message doit parvenir à Bélaïd, le chef de la nouvelle colonie côtière, le plus rapidement possible, dit Quintus en tendant un parchemin à l'officier romain.

— J'envoie un messager sur-le-champ! répliqua le colonel en s'emparant du document.

Il frappa son poitrail, puis il pivota et se dirigea vers l'écurie de la garnison.

— J'acquiesce à ta requête, dit le lieutenant. Je ne peux cependant me départir des quinze hommes qui sont sous mes ordres, mais dix d'entre eux guideront ton escorte jusqu'à Khirta.

Quintus le remercia en s'inclinant sobrement.

Alors que le colonel revenait vers eux, ils virent un cavalier quitter l'écurie et se diriger vers la nouvelle colonie côtière au petit galop.

— Il me faut une charrette à fond plat, dit Quintus. Elle doit être suffisamment longue pour recevoir le cercueil de Farouk et elle doit également être amplement spacieuse, afin que Falia et ses enfants y prennent place.

Le colonel plissa le front en une pause de réflexion avant de s'exclamer.

— J'ai exactement ce qu'il te faut! Notre charrette à foin fera parfaitement l'affaire. Je la fais vider et nettoyer immédiatement.

La missive que Quintus avait envoyée à Bélaïd avait été difficile à écrire. Il avait même dû s'y reprendre par trois fois, avant de trouver les mots justes, afin d'expliquer ce qui était arrivé à Farouk de la façon la moins brutale possible. Dans sa note, il lui accordait trois heures, afin de trouver un moyen de transport et de les rejoindre à Rusicade, si tel était son désir.

La journée tirait à sa fin lorsque l'escorte fut enfin prête à se mettre en route, tel un long convoi. Bien que les journées avaient recommencé à s'allonger, le soleil se couchait malgré tout très tôt. Une lourde charrette tirée par deux chevaux arriva à Rusicade au moment où l'escorte sortait de la cité portuaire. Bélaïd freina ses chevaux, puis il attendit que le cortège se soit entièrement engagé sur la route avant de se joindre à lui en fermant la marche. Le chef de la colonie était accompagné de Taous, son épouse, et de ses trois enfants, de même que d'Ahmad et Abiah, l'oncle et la tante de Farouk, et de leurs deux enfants. La charrette que Bélaïd avait empruntée servait au transport des poissons vers la grande cité de Khirta. Voyageant normalement de nuit, cette charrette avait été munie de deux torches fixées à chaque extrémité du siège du conducteur.

Vers minuit, le long cortège arriva à la cité d'El Harrouch. Tel qu'il avait été convenu, l'imposante escorte fit une halte dans un pré à l'ouest de la ville, afin d'accorder un peu de repos aux chevaux. Une heure plus tard, le cortège funèbre reprenait la route. Après avoir contourné la cité, ils s'engagèrent à nouveau sur la route principale conduisant à Khirta. Éclairé par de nombreuses torches, le convoi se déplaçait à une allure très acceptable.

Une vingtaine de minutes plus tard, un fermier sortit sur le pas de sa porte en tenant une lanterne à bout de bras. Il avait été tiré de son sommeil par le bruit des nombreux sabots sur la chaussée. L'homme était ébahi par la vision qui se présentait devant lui. Son épouse, qui s'était éveillée elle aussi, le fit sursauter en lui touchant le bras.

— Cela ressemble beaucoup à ton vieux rêve! s'exclama-t-elle en ouvrant de grands yeux étonnés.

— À quelques détails près, cela est effectivement très semblable, répondit Rabah en se frottant la tête. Je n'avais que sept ans, lorsque nos soldats ont ramené le corps de notre roi, Juba 1er, après la grande bataille de Thapsus.

Il laissa planer un long silence avant de poursuivre :

— Il y a tout de même d'énormes différences, puisque le cortège d'autrefois était composé de soldats estropiés, qui se déplaçaient à pied, alors que celui-ci est constitué de cavaliers de la garde du royaume et de l'armée romaine.

Il fit un sourire rassurant à son épouse, qui s'était accrochée à son bras, avant de poursuivre :

— Ce qui est similaire, par contre, est cette charrette au centre du convoi qui transporte une grosse caisse de bois semblable à un cercueil.

— Une chose est certaine, dit son épouse, c'est que ces gens ne transportent pas notre roi, puisqu'il n'a pas quitté le royaume.

— Tu as raison! dit Rabah, mais peu importe qui est allongé dans cette caisse, ce personnage doit être de très haute importance pour justifier une escorte de cette ampleur.

Alors que le couple regardait le convoi qui s'éloignait, Rabah prit une décision.

— Ma curiosité est trop forte, dit-il, alors je me mettrai en route pour la grande cité dès l'aube demain matin.

Son épouse eut tout d'abord un mouvement de recul, mais elle se ressaisit très rapidement.

— Fait comme tu l'entends, dit-elle, mais je vais te demander de joindre l'utile à l'agréable.

Ce fut au tour de Rabah d'être très étonné :

— Plusieurs choses nous font défaut, ajouta-t-elle, et les prix sont très élevés à El Harrouch. Alors, tu pourras te rendre au marché de Khirta et tu pourras comparer les prix. Il nous faut de la farine, du sucre et du sel, de même que de l'huile d'olive, si le prix est bon.

Rabah afficha un petit sourire amusé et son épouse le lui rendit de façon angélique.

— Ces courses te donneront l'impression de faire quelque chose d'utile, plutôt que de perdre inutilement ton temps par simple curiosité.

Rabah ricana franchement cette fois.

— Nous devrions nous remettre au lit, dit-il et si le cœur t'en dit, nous pourrions même joindre l'utile à l'agréable.

Son épouse gloussa doucement en l'entraînant dans la maison.

* * *

À trois lieues de Khirta, un soldat de la garde du royaume fut envoyé au-devant, afin d'annoncer leur arrivée.

Le cortège funèbre ralentit sa cadence en s'engageant sur le pont qui permettait de franchir la rivière Rummel. Une foule silencieuse de curieux s'était amassée tout au long de la route conduisant à la porte nord de la cité.

Une heure plus tôt, lorsque le messager était arrivé au palais, la nouvelle s'était répandue jusqu'au marché, puis à travers toute la cité à la vitesse d'un feu de paille. La majorité des gens avaient laissé tomber la tâche qu'ils étaient en train d'accomplir et ils s'étaient rassemblés sur la grande place publique devant le palais, alors que les autres s'étaient massés tout au long de la route pavée entre la porte nord et le palais.

L'escorte traversa la ville, telle une digne procession, sous les regards silencieux de la foule. Les gens ne savaient pas comment réagir. Bien que Farouk fût leur prince, très peu de gens l'avaient réellement connu.

Le roi Juba attendait sur le porche du palais royal qui ressemblait à un long balcon en surplomb. Il avait été grandement troublé en apprenant la nouvelle. Malgré le nombre des années, il avait toujours gardé l'espoir de rencontrer son demi-frère. Il avait fait des efforts gigantesques afin de s'intégrer à son peuple, mais il ne s'était jamais senti comme un véritable Numide à part entière.

Au fil des années, il avait fait d'innombrables recherches sur l'identité du peuple numide et il avait même écrit trois livres sur ce sujet, qu'il désirait léguer à la postérité. Cléopâtre Séléné, son épouse, était accrochée à son bras. Jamais, de toute leur vie de couple, elle n'avait vu son époux dans un tel état de désespoir. Tous les conseillers, qui étaient présents dans la grande cité, s'étaient réunis autour de leur roi. Même Bogud, le plus âgé des conseillers, avait insisté pour attendre le cortège funèbre sur le porche avec les autres. Il vacillait sur ses vieilles jambes en maintenant son équilibre grâce à une canne qu'il tenait à la main droite, alors qu'un capitaine le supportait du côté gauche. Il était probablement le seul à vraiment comprendre l'impact de cette situation. Marcus Camillus, le proconsul romain responsable de l'Africa Nova, se tenait noblement à la gauche de Juba.

L'escorte défila dignement devant le palais. En guise de salut, les soldats de la garde du royaume tournèrent la tête à leur gauche, alors qu'ils déambulaient devant leur roi. Le cortège s'immobilisa lorsque la charrette arriva devant les portes du palais et tous les cavaliers mirent pied à terre. Juba dut prendre plusieurs longues respirations, afin de réfréner l'immense chagrin qui montait en lui. Son souhait se réalisait enfin, mais jamais il n'avait imaginé que cela se produirait dans d'aussi douloureuses circonstances.

Falia et les enfants descendirent de la charrette, alors que six soldats en extirpaient le cercueil de Farouk. Avec des gestes méticuleux, ils gravirent les marches puis, ils le déposèrent devant le roi. Ils retirèrent ensuite le couvercle afin d'exposer la dépouille. Bien qu'il fut impossible de voir à l'intérieur du cercueil du bas des marches, la majorité des gens dans la foule s'étaient levés sur la pointe des pieds en étirant le cou dans l'espoir d'apercevoir le corps du défunt.

Quintus offrit son bras à Falia, puis il la guida jusqu'au sommet des marches. Thalius suivait quelques pas derrière. Il avait entouré les deux enfants de ses bras vigoureux, afin de les réconforter, car il s'était rendu compte à quel point ils étaient intimidés, tant par les hauts dignitaires qui attendaient sur le porche que par cette imposante foule silencieuse.

Juba et Séléné s'étaient avancés près du cercueil et le roi avait posé un genou au sol. Les yeux embués, il regardait ce demi-frère qu'il n'avait jamais connu. Le corps de Farouk avait été lavé et ses cheveux avaient été soigneusement coiffés. On l'avait ensuite revêtu de l'une de ses plus belles tuniques. Il paraissait si serein et si paisible, que Juba dut toucher sa main glacée, afin d'accepter le fait qu'il était vraiment mort. Le roi demeura ainsi un long moment, alors que Séléné lui frottait l'épaule en un geste de réconfort.

Lorsque Juba se releva, il dut essuyer ses yeux qui étaient baignés de larmes.

— Voici sa famille! dit Quintus en approchant avec Falia et les enfants.

— Je suis honoré de faire votre connaissance! dit Juba en portant la main à son cœur et en s'inclinant. J'aurais cependant espéré que les circonstances fussent moins affligeantes.

Il inspira profondément avant de pouvoir poursuivre :

— Vous êtes de ma famille, dit-il, et vous êtes chez vous dans ce palais. J'espère d'ailleurs que vous y demeurerez suffisamment longtemps pour m'apprendre tout ce que je dois savoir sur mon demi-frère.

Falia essuya les larmes qui coulaient aux coins de ses yeux, mais elle fut incapable de répondre au roi. Séléné approcha d'elle, puis elle croisa les bras sur sa poitrine en inclinant sobrement la tête à la façon des Égyptiens.

— Je partage ta peine, dit-elle. Chez mon peuple, on dit qu'une douleur partagée est toujours moins difficile à supporter.

Falia la remercia de sa sollicitude en croisant elle aussi les mains sur son cœur.

Juba prit alors une décision qui en surprit plus d'un. Il fit signe au capitaine de sa garde personnelle de l'accompagner, puis il avança jusqu'au sommet des marches. Il leva ensuite les mains devant lui et les moindres murmures de la foule cessèrent.

— L'homme, qui gît dans ce cercueil, se nomme Farouk, clama-t-il haut et fort. Il est mon demi-frère, puisque nous avons le même père, sans toutefois avoir la même mère. Alors, le même sang coulait dans nos veines.

Juba donna ensuite ses ordres, sans même tourner la tête vers son officier :

— J'ordonne que des chevalets soient installés dans le hall d'entrée du palais et que le cercueil de mon demi-frère y soit porté. Lorsque cela sera fait, je veux que les deux portes du palais soient grandes ouvertes et qu'une garde d'honneur soit mise en place du bas de ces marches jusqu'à l'entrer du palais.

Il tourna la tête du côté de son officier et le capitaine s'inclina, signifiant qu'il avait bien compris ses ordres. Juba fit à nouveau face à la foule avant de poursuivre :

— Lorsque tout aura été mis en place, j'invite le peuple à pénétrer dans le hall du palais, afin de rendre un premier et un dernier hommage à leur prince.

Un brouhaha d'étonnement se répandit dans la foule, car jamais dans toute l'histoire de la Numidie le peuple n'avait été invité à pénétrer dans le palais.

Juba leva la main droite, afin de réclamer le silence, de la même façon que l'aurait fait le grand Jules César.

— Demain matin, le corps de mon demi-frère sera conduit au tombeau des rois où il y sera enseveli. Après la cérémonie, le tombeau des rois sera scellé à tout jamais.

Alors que les soldats exécutaient les ordres de leur roi, Juba conduisit Falia du côté droit du porche. Il fit signe à Bélaïd et Ahmad, ainsi qu'à leur famille respective, de venir les rejoindre au sommet des marches, afin qu'ils puissent faire connaissance.

* * *

Les portes du palais furent refermées aux dernières lueurs du jour. Plus tard dans la soirée les conseillers, les amis, les connaissances, ainsi que la famille de Farouk étaient réunis dans la grande salle de bal autour de la grande table de banquet, afin de participer à un repas à la mémoire de l'être cher qui les avait quittés. À la demande du roi, chaque personne prit la parole à tour de rôle, afin qu'il partage ses souvenirs de Farouk avec le groupe de convives.

Abiah et Ahmad, la tante et l'oncle de Farouk, furent les premiers à prendre la parole. Ils dévoilèrent leurs souvenirs de la jeunesse de leur neveu jusqu'au tragique accident, qui avait coûté la vie à un garde du royaume, le jour où sa véritable identité lui fut révélée. Cet évènement qui avait complètement bouleversé l'existence de Farouk.

Ce fut ensuite au tour de Bélaïd de prendre la parole devant cet auditoire qui était troublé par le premier récit. Il raconta avec certaines touches humoristiques l'arrivée de Farouk dans leur belle vallée dans la montagne où était le village des réfugiés. Il parvint ensuite à atténuer l'atmosphère et même à extirper plusieurs sourires en décrivant la première chasse de Farouk et l'émoi qu'il avait provoqué dans tout le village. Il éblouit ensuite les convives en décrivant le mariage princier de Farouk et Feroudja. Il en vint ensuite à leur première expédition dans le désert à la recherche de nomades qui pourraient leur vendre des armes, afin qu'ils puissent défendre leur village contre les diverses menaces qui les mettaient en péril, tels les mercenaires qui s'étaient établis sur la côte. Il décrivit ensuite de façon beaucoup plus brève l'attaque de leur village qui avait eu lieu suite aux fausses rumeurs de révolte qui s'étaient répandues dans tout le royaume, de même que la disparition de Farouk. Son récit devint beaucoup plus émouvant lorsqu'il raconta le retour de Farouk quinze années plus tard.

— Bien qu'il ait été innocenté pour la mort du garde du royaume, déclara tristement Bélaïd, il a choisi de s'exiler, car il avait la conviction qu'il serait victime de provocations et de harcèlement, s'il demeurait en sol numide.

Il se tut, puis il tourna la tête du côté de Falia, afin qu'elle prenne le relais.

Falia débuta en faisant une brève description des aventures que son époux avait vécues avec Sheran, son nouvel ami, ainsi que sa rencontre avec Cid, le grand Maître du Troc de la Caravane du Nord. Tous les convives autour de la table furent émus lorsqu'elle raconta son enlèvement et l'attaque héroïque de Farouk, afin de la libérer des brigands qui la retenaient prisonnière. Des exclamations de surprise et d'indignation fusèrent lorsqu'elle raconta la deuxième fois où Farouk lui avait sauvé la vie en l'extirpant des mains de son ex-mari, qui voulait sa mort à tout prix.

Falia dut attendre un long moment avant que le calme et le silence furent revenus et qu'elle puisse poursuivre son récit. Elle en vint alors au moment de leur fuite vers Djedda, lorsque les Romains avaient retrouvé la trace de son époux. Elle dut interrompre de nouveau son récit, afin d'expliquer les craintes de Farouk envers les soldats romains. Lorsqu'elle eut terminé, elle ferma les yeux et elle secoua lentement la tête de gauche à droite, alors qu'un sourire furtif glissait sur ses lèvres.

— Lorsque nous sommes arrivés à Djedda, dit-elle en ouvrant les yeux, Farouk était déjà connu de tous les habitants de cette ville où il n'avait jamais mis les pieds. Le service qu'il avait rendu à Cid, le Maître du Troc, avait fait de lui une légende chez ce peuple. L'accueil que ces gens nous ont réservé fut donc exceptionnel.

Malgré le plantureux repas qui leur avait été servi, les convives picoraient dans leur plat, plutôt que de manger avidement, car ils étaient tous trop captivés par le récit de chacun, qui leur permettait d'avoir une vue d'ensemble de la vie exceptionnelle de Farouk.

Lorsque Falia eut terminé son récit, tous les yeux se tournèrent vers Quintus. Le commandant appréhendait un peu ce moment, car il savait que la lourde tâche de raconter la façon dont Farouk était décédé lui revenait.

— Farouk m'a avoué qu'il avait quitté son royaume, car il craignait pour sa vie, débuta Quintus. De mon côté, j'avais donné ma parole à Juba que je retrouverais son demi-frère, mais tout ce que je savais de lui était la description que Bélaïd m'en avait faite.

Quintus se recueillit un court moment, afin de mettre de l'ordre dans son esprit, avant de poursuivre :

— Après l'avoir cherché pendant de nombreuses années, c'est lui qui m'a trouvé et non moi. Et le plus ironique dans toute cette histoire est que nous avons fait connaissance au moment où j'allais le remercier de m'avoir sauvé la vie.

Un brouhaha de questions s'en suivit, car tout le monde voulait connaître les détails de cette aventure. Quintus n'eut donc pas le choix et il dut se résigner à leur raconter l'embuscade dans laquelle ses hommes et lui étaient tombés, alors qu'il tentait de mettre fin aux activités d'un groupe de brigands.

— Ce n'est que longtemps après cet évènement que j'ai appris que ces crapules étaient les mêmes qui avaient enlevé Falia de nombreuses années auparavant.

Il poursuivit en racontant leur périple tout au long de la route de la côte les conduisant d'une cité portuaire à l'autre. Il en vint à leur dernière étape, alors qu'ils étaient tout près de la cité d'Axoth. Il résuma ensuite de façon concise l'altercation qui avait eu lieu entre lui et Ruben, le capitaine de la garde prétoriale. Tous les gens autour de la table furent scandalisés en apprenant l'ordre qu'Hérode avait donné.

— Ce roi est indigne de régner! s'exclama Juba avec dédain.

Quintus attendit que le calme soit revenu avant de poursuivre. Il décrivit d'une voix empreinte de tristesse le geste héroïque de Farouk, qui lui avait coûté la vie. Juba était atterré et il secouait lentement la tête de gauche à droite.

— Il a donné sa vie pour sauver un enfant qu'il ne connaissait même pas, déclara-t-il d'une voix sans timbre.

Falia s'empressa de corriger cette méprise.

— Pardonne mon impudence, roi Juba, mais tu fais erreur, car cet enfant représentait beaucoup aux yeux de Farouk.

Juba ouvrit de grands yeux étonnés et Falia s'empressa de compléter son explication :

— Quelques semaines plus tôt, dit-elle, Farouk avait adopté Marie afin qu'elle puisse légalement épouser Joseph. Donc, par adoption, Farouk était le grand-père de cet enfant.

Plusieurs exclamations de surprise fusèrent parmi les convives. Bélaïd se leva et il attendit que le silence soit revenu avant de s'exprimer.

— J'ai toujours cru en la destinée, déclara-t-il. En fait, j'ai toujours eu la certitude que rien dans notre vie n'arrivait sans raison, et cela même si certains évènements peuvent nous sembler cruels et sans utilités, car notre destinée n'est en fait rien d'autre que la volonté des dieux. Nous avons un libre arbitre sur notre quotidien, mais les grandes lignes de notre vie sont déjà tracées selon leur volonté.

— Alors, selon toi, même les moments les plus pénibles de notre vie auraient une véritable raison d'être, déclara Juba sur une note de scepticisme marquée.

Bélaïd balaya l'ensemble des invités à ce repas d'un regard amusé, car ils affichaient tous le même air d'incrédulité.

— C'est exact! dit-il en s'adressant au roi. Aujourd'hui, tous les gens qui vivaient au refuge dans la montagne jouissent d'une vie agréable dans une très belle colonie sur la côte et nous en sommes très heureux. Pourtant, nous étions incapables d'entrevoir ce brillant avenir lorsque la troupe romaine a envahi et détruit le village où nous étions réfugiés, suite aux fausses rumeurs de révolte. Nous avons tous cru que les dieux nous avaient abandonnés à notre sort tragique.

Il laissa planer un court silence avant de poursuivre :

— Aujourd'hui, j'ai la certitude que ce sont les dieux qui ont répandu cette rumeur et bien que nous ayons perçu cet évènement comme un grand malheur, les êtres divins savaient que cela serait pour notre bien.

Un murmure se répandit autour de la table, car les gens ne pouvaient qu'approuver la sagesse des propos qu'ils venaient d'entendre. Bélaïd attendit que le chuchotement cesse avant de poursuivre :

— Je crois qu'il en est de même à propos de Farouk. Les quinze années où il a été prisonnier et forcé à se battre dans les arènes n'avaient pour but que de faire de lui le courageux guerrier qu'il était devenu, afin qu'il puisse sauver la vie de Falia à deux reprises en puisant dans les connaissances qu'il avait acquises, car tel était son destin et les dieux l'avaient simplement préparé, afin qu'il soit en mesure d'affronter ces évènements.

Bélaïd laissa un petit moment aux gens, afin qu'ils puissent réfléchir à ce qu'il venait de dire, puis il poursuivit son explication :

— Il en est de même de cette peur irrationnelle qu'éprouvait Farouk à l'égard des Romains. Il n'avait rien à se reprocher. Malgré tout, il avait la conviction qu'il perdrait sa liberté ou même sa vie, si les Romains le retrouvaient. Cette crainte lui avait été insufflée par les dieux, afin qu'il demeure près du territoire de Judée et que son destin puisse s'accomplir.

L'accord n'était pas unanime autour de la table, mais le raisonnement de Bélaïd les forçait à réfléchir :

— Sauver cet enfant devait être son destin ultime, poursuivit-il. S'il n'avait pas accumulé toutes les connaissances et les expériences qu'il a vécues, il aurait été incapable d'accomplir ce geste héroïque.

Un long silence s'en suivit où chacun était plongé dans une profonde réflexion.

À la fin de la soirée, les invités regagnèrent les appartements que le roi leur avait fait attribuer. Juba approcha lentement et il enlaça tendrement son épouse.

— Quelque chose semble te troubler, mon amour, dit-il d'une voix chargée de tendresse et de douceur.

Séléné hésita quelques instants avant de s'exprimer.

— Ton demi-frère sera enterré demain matin et tu as ordonné que le tombeau des rois soit scellé par la suite.

Juba se mit à balancer lentement la tête, car il commençait à comprendre l'inquiétude de son épouse :

— Qu'adviendra-t-il de nous? ajouta-t-elle sur une note angoissée.

— Cette décision avait été prise il y a longtemps, expliqua le roi.

Séléné eut un élan de surprise et d'étonnement :

— Tu te souviens de notre visite à Césarée de Mauritanie, il y a deux ans, poursuivit-il.

Un petit sourire rêveur se glissa sur les lèvres de Séléné au doux souvenir de ce voyage. Escortés par une quarantaine de cavaliers de la garde du royaume et accompagné de leurs trois enfants, ils avaient voyagé pendant près de cinq semaines. Ils avaient visité la colonie côtière de Bélaïd et la cité portuaire de Rusicade où le quai avait été prolongé afin d'accueillir les galères romaines. Ils avaient ensuite traversé la région montagneuse vers l'ouest jusqu'à la route de la côte. Ils avaient longé celle-ci jusqu'à Icosium, cette merveilleuse cité qui était la plaque tournante de commerce de leur royaume. Ils y étaient demeurés trois jours, puis ils avaient repris la route vers l'ouest jusqu'à Césarée de Mauritanie.

— Je m'en souviens très bien, dit-elle en sortant de sa rêverie. C'est la dernière fois où je me suis vraiment sentie en vacances. Je me rappelle que tes hommes avaient entrepris la construction d'une enceinte autour de cette ville en pleine expansion.

— Te souviens-tu également, poursuivit Juba, de cet endroit merveilleux où nous avons établi notre campement à l'ouest de cette ville?

Un sourire extatique s'épanouit sur le visage de Séléné, qui fit comprendre à Juba qu'elle se rappelait très bien de cet endroit :

— L'édification de cette enceinte est presque terminée et au printemps mes hommes entreprendront la construction d'un mausolée à cet endroit, afin que nos sépultures puissent y reposer en paix, de même que celles de nos descendants.

Séléné était bouche bée, alors que Juba complétait son explication :

— Je suis l'héritier du trône de la Numidie, mais au fond de moi, je suis un Romain et il en est de même de toi, car tu es la reine de ce royaume, mais ton cœur est à l'Égypte. Donc, en toute honnêteté, nous n'avons pas notre place dans le tombeau des rois numides.

Séléné semblait déconcerté et son époux s'empressa de calmer ses angoisses :

— Le nouveau mausolée sera à notre image. Sa base sera ronde, puisque le cercle est la forme de Rome et sa toiture sera pyramidale, symbole de l'Égypte.

Séléné embrassa tendrement son époux.

— Tu as parfaitement raison, mon amour. Ce lieu sera vraiment à notre image.

Le couple royal alla se mettre au lit, mais de nombreuses personnes travaillèrent d'arrache-pied une grande partie de la nuit, afin d'exécuter les ordres de leur roi.

Au matin, deux heures après le lever du soleil, lorsque le couple royal sortit du palais, tout était enfin prêt. Les hommes du roi avaient œuvré avec beaucoup de minutie et le chariot funéraire de Farouk ressemblait beaucoup à celui du roi Juba 1er. La foule avait envahi la place publique devant le palais et les gens se soulevèrent sur la pointe des pieds, afin de mieux voir. Le chariot déambula lentement, puis il vint s'arrêter devant les marches du palais.

Les discours ne furent pas aussi nombreux et aussi élogieux que ceux du roi de jadis, mais le roi exprima sa peine d'avoir perdu ce demi-frère qu'il n'avait jamais connu. Puis ce fut à Quintus de faire l'éloge du courage et de la détermination de cet homme extraordinaire. Bien qu'ils ne l'aient jamais connu, les gens furent émus par le discours du commandant romain.

Un long chariot pour passager tiré par quatre chevaux vint ensuite s'arrêter derrière celui du défunt. Le couple royal y prit place ainsi que plusieurs invités, dont le proconsul Marcus Camillus qui avait insisté pour être présent à la cérémonie.

Vêtus de leurs plus beaux vêtements d'apparat, les cavaliers de la garde du royaume prirent la tête du cortège, qui s'ébranla lentement, alors que la cavalerie romaine fermait la marche. La longue procession s'engagea sur le chemin principal conduisant à la porte nord sous le regard d'une foule silencieuse qui partageait la peine de leur roi.

* * *

Quatre jours après l'enterrement de Farouk, le proconsul Marcus Camillus quitta son cabinet de travail d'un pas fébrile en tenant deux missives à la main. Après avoir jeté un coup d'œil rapide dans plusieurs pièces, il entra dans la bibliothèque en secouant les parchemins à bout de bras.

— Ah! Tu es ici! lança-t-il en direction de Quintus.

Le proconsul semblait aussi joyeux qu'un jeune homme le matin de ses Liberalia.

— J'ai reçu une missive de Caius Octave! s'exclama-t-il en tendant l'un des documents qu'il tenait à la main.

Quintus parcourut le parchemin, une expression appréciatrice grandissante sur les traits de son visage.

— N'est-ce pas formidable? lança Marcus d'une voix extasiée. César me demande de revenir à Rome au plus vite, afin d'occuper mes nouvelles fonctions de Tribun de la plèbe.

— Je ne comprends pas, dit Quintus d'un ton chargé de perplexité. Caius Octave te rétrograde au poste de Tribun de la plèbe et tu sembles t'en réjouir.

— Je sais pertinemment qu'un proconsulat est une fonction supérieure à celle d'un tribun, mais à quoi bon le prestige, si l'on n'est pas heureux.

Quintus ne put dissimuler son étonnement.

— Gouverner la Numidie te rendait-il vraiment malheureux?

Camillus chercha ses mots quelques instants.

— Ce n'est pas que la fonction me déplaisait, expliqua-t-il, mais c'est le poste le plus ennuyeux que j'ai eu à combler de toute ma carrière.

Quintus faillit éclater de rire :

— Il ne se passe jamais rien ici, poursuivit Marcus. J'occupe cette fonction depuis trois ans et je m'ennuie à mourir. Je n'ai pas à défendre les droits de Rome puisque Juba le fait mieux que j'y parviendrais, même en y mettant tout mon cœur.

Marcus garda le silence un court moment, alors que son regard semblait perdu dans une rêverie.

— Je suis un homme d'action, reprit le proconsul, et les merveilleuses soirées mondaines de Rome me manquent. Alors, la décision de Caius Octave me comble de joie.

Le proconsul sembla soudain réaliser qu'il oubliait la véritable raison pour laquelle il avait cherché Quintus avec tant de hâte.

— Le messager avait également une missive pour toi, Commandant.

Quintus s'empara du document que lui présentait Marcus, puis il brisa le sceau qui était celui de César. La note était courte, mais l'étonnement de Quintus n'échappa pas au proconsul.

— Mauvaise nouvelle! suggéra Marcus.

— Pas vraiment, répliqua Quintus. Seulement une requête plus qu'étonnante.

Marcus Camillus était intrigué. Cependant, il attendit patiemment que le commandant lui fournisse une explication :

— César m'a confié trois missions à accomplir sur le territoire de Judée, car il désirait m'éloigner de Rome et voilà qu'il me demande de revenir à Rome dans le plus bref délai.

Quintus fit une pause en affichant une expression médusée :

— Il y a de quoi s'étonner, ne trouves-tu pas?

Le proconsul balança la tête d'un air songeur.

— J'admets que cela est étrange, mais César doit avoir ses propres motifs pour agir ainsi. Cependant, je suis très heureux, car nous pourrons voyager ensemble.

Lorsque Quintus quitta la bibliothèque, il interpella Falia qui s'apprêtait à entrer dans l'atrium. Il se sentait désemparé, puisqu'il lui avait promis sa protection lors de son séjour sur le territoire numide. Il lui exposa la situation et elle s'empressa de calmer ses inquiétudes. Elle se sentait en sécurité et bien entourée. De plus, elle avait l'intention de demeurer en Numidie deux ou même trois mois.

— Tu peux te rendre à Rome en toute sérénité, Commandant, car je n'ai nullement l'impression que tu m'abandonnes à mon sort.

Quintus se sentit soulagé et il lui promit de revenir le plus rapidement possible.

* * *

Neuf jours plus tard, la galère accosta au port d'Ostia. Dès que Quintus fut entré dans Rome, il se rendit prestement au palais de César. Il fut conduit directement à l'atrium où Caius Octave s'apprêtait à prendre son repas.

— Viens te joindre à moi! lança César en indiquant le fauteuil devant lui.

Quintus s'allongea confortablement, alors que des serviteurs apportaient de nouveaux plats pour l'invité de leur maître.

— J'ai lu ton rapport de mission, Commandant, et j'ai été enchanté d'apprendre ta triple réussite.

Quintus accepta le compliment d'un simple hochement de la tête :

— Une semaine avant de recevoir ton compte rendu de mission, on m'a apporté une missive provenant d'Obodas, le roi des Nabatéens. N'étant pas au courant des faits, tu peux imaginer ma surprise, car le roi m'assurait sa profonde amitié de même que son entière coopération dans le maintien de cette entente de paix entre lui et Hérode.

Caius leva son gobelet de vin avant de poursuivre :

— Je te félicite, Quintus, car tu t'es montré aussi rusé qu'un politicien chevronné et tu as encore une fois prouvé ta valeur en débarrassant la Galilée des brigands qui sévissaient sur ce territoire.

Caius Octave garda le silence un long moment, tout en picorant dans les plats autour de lui, alors que Quintus lui donnait les détails de l'embuscade dans laquelle il était tombé avec ses hommes. Il compléta son récit en racontant son affrontement avec les soldats de la garde prétoriale et la mort de Farouk. Dès qu'il eut terminé, Caius se redressa sur son siège.

— Je comprends ta colère et ta frustration envers Hérode. Mais, aux yeux de Rome, il n'a rien fait de répréhensible, puisque sa décision ne concernait et n'impliquait que les gens de son peuple.

Quintus grimaça. Bien qu'il eût souhaité quelques représailles contre le roi de Judée, il ne pouvait qu'admirer l'impartialité de son empereur :

— Hérode était très offusqué de ton intervention, poursuivit Caius, et il m'a écrit à ce sujet. Il t'accuse d'abus de pouvoir et d'ingérence dans les affaires internes de son royaume.

Quintus se redressa à son tour, alors qu'une bouffée de colère montait en lui, car la dernière phrase de César avait été prononcée sur un ton de reproche :

— Le capitaine de la garde prétoriale que tu as bafoué, ajouta Caius, a été exécuté pour manquement à son devoir et Hérode espère que je serai aussi sévère à ton endroit.

Le visage de Quintus était demeuré inexpressif. Il baissa simplement les yeux avec soumission :

— Je n'ai encore pris aucune décision, ajouta Caius, mais j'ai considéré la possibilité de te retirer ton commandement.

— La décision te revient, César, dit sobrement Quintus. Quant à moi, je n'ai aucun regret, car j'ai agi selon ma conscience.

Caius garda le silence un court moment, puis il changea de sujet à brûle-pourpoint.

— Quelle a été ta réaction, lorsque tu as reçu ma missive?

Quintus arqua les sourcils d'étonnement devant ce changement radical.

— Je dois t'avouer que j'étais très surpris, puisque tu m'as envoyé en Judée, afin de m'éloigner de Rome.

— Beaucoup de choses ont changé pendant ton absence, lança Caius en jetant un regard ardant vers son commandant. Tu ne sembles pas au courant, mais le sénateur Herennius est mort, il y a environ deux semaines.

Quintus n'eut aucune réaction d'étonnement.

— Ah! fit-il. Voilà qui explique tout. Quelle est la cause de son décès? questionna-t-il avec désinvolture.

— Selon toute évidence, répondit Caius sur le même ton nonchalant, lui et Popilius, son homme de main, se seraient entre-tués.

Quintus afficha ouvertement son dédain.

— Je ne suis pas vraiment surpris, car les hyènes finissent toujours par se dévorer entre elles.

Il soupira avec résignation avant de poursuivre :

— J'irai présenter mes condoléances à Claudia, même si je crois que des félicitations seraient plus de mise dans les circonstances.

— Je comprends! dit César. Permettre à cet homme d'épouser Claudia fut probablement la plus grande erreur de ma vie.

Quintus baissa tristement les yeux :

— Je connais le sentiment d'affection que vous partagez l'un envers l'autre, poursuivit Caius, et j'ai la conviction que tu aurais été pour elle un mari idéal. Malheureusement, il a toujours été impossible pour moi de t'accorder sa main. Claudia jouit d'un très haut statut social et je ne peux en aucune circonstance accorder sa main à un simple commandant de légion sans m'attirer les foudres de toute l'aristocratie romaine.

— Je comprends très bien, César, et c'est la raison pour laquelle jamais je n'oserais te présenter une telle requête.

Caius se leva en étirant ses muscles endoloris.

— Je ne fais pas suffisamment d'exercices, dit-il. Profitons de la température clémente de cette journée et allons faire quelques pas dans les jardins. Nous pourrons y bavarder tranquillement. J'ai d'ailleurs quelques idées que j'aimerais partager avec toi.

— J'ai moi aussi une requête à te présenter, dit Quintus en se levant à son tour. Rien de bien important, mais cela requière tout de même ton assentiment.

Ils se dirigèrent d'un pas nonchalant vers les jardins du palais et ils discutèrent un très long moment.

Le jour suivant en milieu de matinée, le colonel Thalius reçut une missive quelque peu évasive. « *Je t'attends à la taverne de Valérius sur le Forum* ». Il mit son ceinturon et s'assura que ses deux dagues étaient bien à sa portée. Il se dirigea ensuite vers le grand marché de la place du Forum. Il ne connaissait pas cet établissement. Après avoir visité trois tavernes, il trouva enfin celle qu'il cherchait. Il jeta d'abord un coup d'œil à la terrasse extérieure qui était déserte. La matinée était beaucoup trop froide pour que des clients s'y attardent. Il pénétra précautionneusement à l'intérieur de l'établissement, puis il jeta un lent regard circulaire sur les nombreux clients qui y discutaient à voix basse. Après quelques secondes, il repéra celui qui lui avait envoyé cette missive. Tout au fond de la pièce, dans le coin le plus sombre et le plus isolé, un homme solitaire était attablé. Il avait poussé son tabouret dans l'angle des deux murs et il gardait la tête baissée, les yeux rivés sur le contenu de son gobelet.

— Apporte une petite urne de ton meilleur vin et un gobelet à la table du fond, dit Thalius en réponse au regard interrogateur que le tenancier posait sur lui depuis quelques instants.

Il alla s'installer sur le tabouret en face de l'homme solitaire, puis il attendit, sans dire un mot, jusqu'à ce que le tavernier eut terminé de faire son service.

Lorsque celui-ci se fut suffisamment éloigné, il poussa l'urne vers l'homme qui lui faisait face.

— Sers-toi! Ensuite, nous discuterons!

L'homme étira le bras. Il s'empara de l'urne et remplit son gobelet. Ensuite, il s'accouda sur la table, exposant enfin son visage à la lumière.

— Es-tu satisfait de mon travail? lança Zach en rivant son regard à celui de Thalius.

Le colonel s'accouda à son tour.

— Je veux bien croire que tout cela n'est pas le fruit d'un simple hasard, mais j'ai des doutes. Si tu n'as rien à y voir, alors je ne vois pas pourquoi je respecterais notre entente

L'assassin ricana sarcastiquement.

— Tu crois vraiment que le hasard peut faire les choses d'une façon aussi magistrale?

— Je suis disposé à te croire, dit Thalius, mais tu devras tout d'abord me convaincre.

Zach grimaça.

— Il n'est pas dans mes habitudes de révéler les détails de mes exploits. Mais, dans les circonstances présentes, j'accepte volontiers de faire une exception.

L'assassin s'avança plus près de Thalius avant de se lancer dans un chuchotement à peine audible.

— Pendant trois jours, affublés en mendiant, j'ai surveillé la résidence du sénateur Herennius, afin de connaître ses habitudes et celles des gens de sa maison. Claudia, son épouse, quittait la résidence tous les matins en compagnie de son vieil esclave et elle ne revenait que tard en fin de journée. Quant au sénateur, il quittait rarement son domaine, sauf bien entendu les jours où il y avait une séance au sénat. Popilius, son homme de main, ne le quittait qu'en de très rares occasions.

Zach s'interrompit un petit moment, tout en jetant des regards suspects autour de lui, afin de s'assurer que personne n'épiait leur conversation. Satisfait de son inspection, il reprit son récit sur un ton de conspirateur :

— Le troisième jour, le sénateur s'est rendu au sénat en compagnie de son homme de main. Quelques minutes après leur retour, j'ai vu Popilius quitter la résidence. Il tenait à la main une belle dague ouvragée dont la garde était brisée et je l'ai suivi, tout en gardant une distance respectable. Il s'est rendu directement chez un forgeron réputé sur la place du Forum, afin de faire réparer cette dague. J'ai retiré mon vieux manteau de mendiant, je l'ai rangé dans mon havresac et je suis entré dans l'atelier de l'artisan deux minutes après que Popilius en fut sorti. Tel que je l'avais pensé, la dague était celle du sénateur Herennius et Popilius avait promis de la récupérer le jour suivant à la fin de la journée. J'ai donc remis une généreuse prime à l'artisan, afin que la dague soit prête dès l'aube le matin suivant en prétextant que je désirais faire une surprise au sénateur.

L'assassin s'interrompit de nouveau, car le tavernier s'était approché afin de s'assurer que ses clients ne manquaient de rien. Dès qu'il fut reparti, Zach reprit son récit là où il l'avait laissé :

— Le forgeron s'est montré très réticent le matin suivant, lorsque je suis venu lui réclamer la dague. Il a fini par céder, lorsque je lui ai affirmé que j'étais au service de Popilius et que c'est lui qui m'envoyait. Je n'avais pas de plan précis en tête, mais je savais que je devais agir rapidement, car à la fin de la journée Popilius irait réclamer la dague et ma supercherie serait dévoilée.

Zach prit une grosse gorgée de vin avant de poursuivre :

— Mes observations m'avaient appris que le sénateur Herennius passait la majeure partie de ses journées dans son cabinet de travail au deuxième étage de sa demeure. Alors que son homme de main flânait au premier étage entre l'entrée de la maison et les jardins. J'ignorais la façon dont je m'y prendrais, mais je devais trouver un moyen de m'introduire, puis de tuer Popilius avec la dague du sénateur, sans être vu par aucun serviteur. Ensuite, je devais me rendre au deuxième étage, toujours aussi discrètement, et mettre fin aux jours du sénateur en utilisant la dague de Popilius.

Thalius arqua les sourcils.

— Ton plan était audacieux et tes chances de succès très minimes.

— J'en conviens, répliqua Zach, mais je suis un homme chanceux de par ma nature. J'ai donc repris mon poste d'observation devant la maison du sénateur et j'ai attendu qu'une opportunité se présente, sans vraiment savoir ce que j'attendais. Quelques instants plus tard, j'ai vu Dame Claudia quitter sa résidence en compagnie de son vieil esclave, comme elle le faisait tous les matins. Quelques minutes plus tard, deux servantes sont sorties à leur tour en transportant des paniers tressés sous leur bras. Elles devaient probablement se rendre au marché afin de faire des provisions. Le moment était bien choisi, mais fallait-il encore que je trouve une façon de pénétrer à l'intérieur de la résidence.

Zach tourna vivement la tête à sa gauche. Le tavernier apportait deux cervoises aux clients attablés non loin d'eux. Le tenancier leva les yeux dans leur direction et l'assassin leva simplement la main, indiquant qu'ils n'avaient besoin de rien. Il attendit que le propriétaire des lieux se soit éloigné avant de poursuivre :

— Mon problème était que la propriété du sénateur était bien protégée par un mur d'enceinte de plus de deux toises de hauteur et la seule entrée sur le côté gauche était fermée par une lourde porte. Je pensais pouvoir me glisser à l'intérieur en utilisant la force au retour des deux servantes, qui étaient parties au marché, quand soudain, une incroyable opportunité s'est présentée à moi. Un marchand, qui poussait une échoppe ambulante lourdement chargée de marchandises, passa devant la résidence. Il tourna au coin de la maison du sénateur et se mit à longer le mur de droite. Quelques instants plus tard, j'ai aperçu un bambin, qui lui avait subtilisé deux ceintures, tourner le coin de la résidence en courant et le marchand l'avait pris en chasse. J'ai quitté vivement mon poste d'observation et j'ai tourné le coin. L'échoppe, qui était abritée d'un petit toit, mesurait plus d'une toise de hauteur. J'ai agilement grimpé sur le toit du kiosque et d'un saut, j'ai pu attraper le sommet du mur d'enceinte.

Thalius était bouche bée, ce qui extirpa un petit sourire à Zach :

— Trois secondes plus tard, je me laissais discrètement glisser de l'autre côté du mur pour aboutir au beau milieu du jardin du sénateur. Je me suis tapi derrière des arbustes pendant plusieurs secondes, afin de m'assurer que personne ne m'avait aperçu, quand soudain, l'homme de main du sénateur est passé devant moi. Il avait l'air soucieux et il se dirigeait vers le fond du jardin. Je me suis approché furtivement en me dissimulant derrière les arbustes et les statues qui ornaient le jardin.

Zach prit une nouvelle gorgée de vin avant de poursuivre :

— Popilius s'était installé sur un banc de pierre et il me tournait le dos. Il avait ouvert sa bourse sur ses genoux et il était absorbé à en compter le contenu en grimaçant de contrariété. J'ai donc pu me glisser jusqu'à lui sans même qu'il ne s'en rende compte. Au dernier moment, il a dû m'entendre, car il s'est vivement tourné dans ma direction, mais il était trop tard. D'un geste vif, je lui ai tranché la gorge avec la dague du sénateur. Il a bien tenté de se lever, mais je l'ai plaqué sur son siège de mes deux mains. Dès qu'il a eu rendu son dernier souffle, j'ai tourné son corps légèrement de côté, afin qu'il demeure en position assise, puis j'ai remis sur ses genoux la bourse qui était tombée sur le sol. J'ai laissé la dague du sénateur sur le sol près de Popilius et je me suis emparé de celle qu'il portait à sa ceinture.

Thalius ajouta du vin dans les deux gobelets et Zach en prit une longue lippée avant de poursuivre :

— Je m'apprêtais à me rendre au deuxième étage à la recherche du sénateur Herennius, lorsque la voix de celui-ci a retenti loin derrière moi. Le sénateur cherchait son homme de main. J'ai mis la main devant ma bouche, afin d'étouffer ma voix, puis j'ai crié « *par ici!* » Je me suis caché derrière la grosse statue qui était près du siège où gisait le cadavre de Popilius et j'ai attendu. Herennius est arrivé d'un pas rageur en vociférant contre son homme de main qui l'obligeait à se déplacer ainsi. Je suis sorti juste derrière lui au moment où il s'apprêtait à poser la main sur l'épaule de Popilius. Je l'ai attrapé par le bras et je l'ai fait pivoter dans ma direction. Il a ouvert la bouche de surprise alors que je lui enfonçais la dague de Popilius dans le cœur. C'est à ce moment que j'ai compris l'incroyable opportunité qui se présentait à moi. J'ai repris la dague du sénateur que j'avais laissé sur le sol près de Popilius et je l'ai placé dans la main d'Herennius, générant ainsi l'illusion parfaite qui laisserait croire à tous que les deux hommes se seraient entretués.

Thalius porta la main à sa bouche, puis il ricana au creux de sa paume en secouant lentement la tête.

— Je te crois maintenant, lorsque tu dis que tu es un homme chanceux et que ta bonne fortune ne te fait jamais défaut.

Zach se redressa en croisant les bras.

— Parlant de fortune, dit-il, je crois avoir rempli ma part du marché!

Thalius ricana de plus belle.

— Par ton action, tu as rendu un grand service à César, de même qu'à tout l'Empire, car tôt ou tard, ce sénateur véreux aurait obtenu un consulat et il aurait plongé Rome dans une nouvelle guerre civile qui se serrait probablement répandue dans tout l'Empire.

Zach fit une moue boudeuse en haussant les épaules.

— J'ai rempli ma part et tu sembles satisfait, tout le reste m'indiffère.

Thalius afficha un petit sourire amer. Cet homme était la véritable incarnation de l'égoïsme et de l'indifférence totale envers ses semblables.

— Tu as respecté ta part du marché et j'honorerai la mienne, dit le colonel Thalius en décrochant la bourse qui pendait à sa ceinture.

Il déposa celle-ci sur la table devant lui. Il l'ouvrit et en extirpa un bout de parchemin soigneusement plié en quatre. Il secoua ensuite le petit parchemin devant le nez de l'assassin avant de le remettre dans la bourse.

— Rends-toi à Césarée, dit-il, et demande à n'importe quel travailleur que tu rencontreras sur les quais et celui-ci saura te conduire jusqu'à l'homme dont le nom figure sur ce parchemin.

Thalius fourragea quelques instants au fond de la bourse, puis il en sortit la demie d'un talent d'or qu'il déposa devant Zach.

— Est-ce que cela te rappelle quelque chose?

L'assassin s'était redressé, comme si l'on venait de mettre devant lui un scorpion venimeux.

— Je m'en souviens très bien, dit-il, et ce souvenir m'a occasionné quelques cauchemars ces dernières semaines.

Il ferma les yeux et il inspira profondément. Il se revoyait dans la grotte, à genou, la tête posée sur la table de pierre, le regard rivé sur la pièce d'or que le colonel avait placée devant ses yeux. Il avait eu la certitude que sa vie était terminée.

Thalius avait suivi les pensées de l'homme sans rien dire. Il récupéra la demi-pièce d'or et la laissa tomber dans la bourse. Il la referma en tirant fermement sur les deux lanières, puis il la déposa devant Zach.

— Trouve l'homme dont le nom figure sur ce bout de parchemin et montre-lui cette demi-pièce. Il te remettra un petit coffre contenant plus de mille six cents sesterces.

Zach ouvrit de grands yeux ébahis :

— Cette somme représente trois fois le salaire qu'un officier romain touchera durant toute sa carrière, ajouta Thalius. Tu ne seras pas un homme riche, mais tout de même une personne très bien nantie. Même après avoir offert quelques cadeaux, afin d'être bien accueilli dans ta nouvelle communauté, il te restera suffisamment d'argent pour vivre très confortablement jusqu'à la fin de tes jours.

Zach était sans voix et son regard était rêveur. Le colonel lui avait promis une forte récompense, mais il ne s'était pas attendu à ce que celle-ci soit aussi élevée :

— Où iras-tu, lorsque tu auras récupéré ton dû? questionna Thalius en rivant son regard à celui de l'assassin.

Zach n'hésita que quelques secondes avant de répondre.

— Probablement vers la Perse! dit-il. J'y connais quelques personnes qui pourraient m'aider à m'intégrer.

Thalius grimaça. Cette réponse évasive ne lui avait pas plu. Il se pencha un peu plus au-dessus de la table, afin d'être plus près de son interlocuteur.

— Récupère ton argent et quitte l'Empire au plus vite! lança-t-il d'un ton qui frôlait la menace. Je t'accorde trente jours. Passé ce délai, un avis de recherche sera lancé contre ta personne.

Zach était abasourdi.

— Tu n'oseras pas porter des accusations contre moi pour le meurtre du sénateur Herennius après m'avoir toi-même commandé cette action?

Thalius afficha un petit sourire amusé.

— Aux yeux de tous, Herennius a été tué par son homme de main et c'est très bien ainsi. Par contre, tu as assassiné le sénateur Ventillius, il y a quelques mois, et j'ai la preuve de ta culpabilité, puisque j'ai conservé ta dague à lame recourbée. De plus, tu as tenté de tuer mon commandant et cette seule action est suffisante pour que tu sois crucifié sans autre forme de procès. Alors je te le répète, récupère ton argent, quitte l'Empire et n'y reviens plus jamais.

Zach se leva. Il prit la bourse sur la table et il se pencha au-dessus du colonel.

— Tu n'entendras plus jamais parler de moi... Tu as ma parole!

Thalius tourna la tête et il regarda l'assassin s'éloigner vers la sortie.

— *Cet homme n'a aucune morale,* se dit-il, *mais il est orgueilleux et il respecte toujours sa parole.*

Le colonel termina son gobelet de vin, puis il quitta la taverne à son tour.

* * *

Aujourd'hui était le premier jour de mars. Quintus avait organisé une grande réception à son domaine afin de célébrer le Nouvel An romain. Plus de quatre-vingts invités richement vêtus se pavanaient dans la grande salle de réception. Tel que le voulait la tradition, les gens discutaient entre eux de leurs accomplissements de l'année qui se terminait et de leurs projets pour l'année à venir.

Le Colonel Rupilius, cet homme qui avait été le maître d'armes, puis le régisseur et enfin le beau-père de Quintus, était confortablement installé dans un gros fauteuil. Il avait mené une vie trépidante, mais il était évident aux yeux de tous que celle-ci touchait à sa fin. Il lui était de plus en plus difficile de se déplacer. Depuis plusieurs semaines, il n'arrivait plus à monter au deuxième étage de la résidence. Refusant de faire chambre à part, Domitilla avait fait déplacer tous les meubles de leur chambre vers une pièce au premier étage qui servait normalement de chambre d'invité.

Thalius avait approché un repose-pieds et il s'y était assis près du fauteuil du Colonel Rupilius. Il racontait à son père adoptif, avec une grande désinvolture, les péripéties de leurs dernières aventures. Domitilla était debout à la gauche du fauteuil, sa hanche droite appuyée au dossier, et elle caressait distraitement de sa main l'épaule de son époux tout en écoutant les conversations autour d'elle. Bien que l'âge gagnait lentement sur elle, elle n'avait rien perdu de sa beauté et de son charme aristocratique. Quintus admirait discrètement sa mère du coin de l'œil. Elle était resplendissante de bonheur.

— *La vie est étrange,* se dit-il. *Qui aurait dit qu'un couple aussi disparate aurait pu trouver un tel bonheur à vivre ensemble.*

Quintus avait été très étonné lorsque le conseiller Mécène avait accepté de se joindre à eux pour la célébration du Nouvel An. Il avait présenté son invitation par pure politesse, car il avait eu la certitude que celle-ci serait simplement déclinée, mais le conseiller l'avait surpris en acceptant sans la moindre hésitation.

Cilnius Mécène était arrivé à la réception une quinzaine de minutes plus tôt en compagnie de Claudia et il avait immédiatement prévenu son hôte que sa visite serait de courte durée. Depuis plus de trente ans, Caius Octave et Cilnius Mécène partageaient ensemble le repas du Nouvel An et les deux hommes profitaient de ce moment pour se remémorer leurs nombreux souvenirs. En bon hôte, Quintus avait accueilli Mécène et Claudia puis il s'était éclipsé afin de permettre à ses nombreux invités de venir saluer et de présenter leurs vœux de Nouvel An à ses prestigieux visiteurs.

Lorsque les invités eurent terminé de présenter leurs hommages, Mécène offrit son bras à Claudia et les deux invités de marque traversèrent la salle de réception d'un pas mesuré, afin d'aller se joindre à leur hôte. Claudia délaissa le bras de Mécène et elle alla s'accrocher à celui de Quintus en arborant un sourire radieux.

— C'est une très belle réception! lança Cilnius en balayant la foule des invités d'un regard appréciateur.

Quintus le remercia d'un sourire et d'un hochement de tête.

— Tu as bien reçu le colis que je t'ai fait parvenir ce matin?

Quintus tourna la tête vers une petite table, qui était recouverte d'un tissu somptueux, juste derrière lui.

— Tout est là! répondit-il simplement.

— Alors, nous devrions nous y mettre! répliqua Mécène en affichant un sourire espiègle.

Quintus leva les deux bras au-dessus de sa tête, afin d'attirer l'attention de ses invités.

— Chers amis! clama-t-il de sa puissante voix.

Il attendit que le tumulte des conversations cesse avant de poursuivre :

— Permettez-moi de prendre quelques instants, afin de partager avec vous quelques nouvelles importantes.

Les gens les plus éloignés se rapprochèrent, afin de bien entendre :

— J'ai l'immense plaisir de vous annoncer que Caius Octave César m'a accordé la main de sa nièce.

Quintus attendit que le brouhaha cesse avant de poursuivre :

— Claudia et moi allons nous marier la semaine prochaine.

Plusieurs personnes s'étaient approchées afin de féliciter le nouveau couple, mais Quintus freina leur élan en levant les deux mains devant lui :

— César m'a dit qu'il était convaincu que je serais le mari idéal pour sa nièce, mais dû au statut social de celle-ci, il était impossible qu'elle épouse un simple commandant de légion. Il m'a alors fait une proposition et je me suis empressé de l'accepter.

La curiosité des invités était piquée au vif et tous étiraient le cou en affichant un demi-sourire dans l'attente d'une explication complémentaire. Quintus fit durer le suspense quelques secondes avant de poursuivre :

— Je quitte l'armée! J'ai remis mon commandement à César et j'ai accepté le proconsulat qu'il m'offrait.

L'étonnement généra une cacophonie de commentaires qui se répercuta dans toute la salle de réception. Thalius était sidéré et il n'arrivait pas à prononcer une seule parole, alors que Domitilla avait fièrement relevé la tête, son sourire radieux exprimant toute la joie qu'elle éprouvait pour son fils. Le Colonel Rupilius, quant à lui, s'était mis à rire aux éclats. Il riait tellement que de grosses larmes se mirent à couler le long de ses joues. Quintus s'approcha lentement de son beau-père en s'interrogeant sur la raison d'être de cette hilarité, alors que le fou rire de celui-ci devenait contagieux parmi les invités qui riaient à leur tour sans vraiment savoir pourquoi.

— Aide-moi à me lever! dit Rupilius en tendant le bras.

Quintus attrapa l'avant-bras de son beau-père et il l'aida à se mettre sur pied. Il fallut quelques instants au colonel afin de calmer son hilarité et être en mesure de s'exprimer convenablement.

— La première fois que je suis venu au domaine, déclara-t-il, le Sénateur Hortensius cherchait un bon maître d'armes. Non pour enseigner l'art du combat à son fils, mais plutôt pour décourager celui-ci de faire une carrière militaire. Le sénateur rêvait de voir son fils opter pour une carrière de politicien.

Rupilius se tut quelques instants en ricanant :

— Vous connaissez tous la suite! s'exclama-t-il en riant de plus belle.

Il attendit que les éclats de rire se calment avant de poursuivre :

— Le proconsulat est la plus haute fonction de la magistrature romaine, mon cher Quintus et, que tu le veuilles ou pas, c'est de la politique.

Quintus donna une petite bourrade du coude à son beau-père, alors que les deux hommes éclataient d'un rire tonitruant.

— Au final, compléta Rupilius, il aura fallu de nombreuses années, mais c'est tout de même ton père qui aura eu le dernier mot.

La foule des invités éclata de rire, alors que Quintus aidait le colonel à se réinstaller dans son fauteuil.

Thalius avait ri avec tout le monde, mais de façon très contenue. Son visage était demeuré grave et soucieux.

— Qu'est-ce qui ne va pas? questionna Quintus.

Thalius était embarrassé. Il aurait dû normalement se réjouir du bonheur de son ami, plutôt que de se faire du souci pour lui-même.

— Qui commandera la cinquième légion? questionna-t-il sur une note angoissée.

Quintus arqua les sourcils en arborant un air ingénu.

— Tu n'as pas été très attentif, dit-il d'un ton très sérieux. Je viens tout juste de l'annoncer. Je n'appartiens plus à l'armée, alors si tu désires une réponse à cette question, c'est au conseiller Mécène que tu dois t'adresser.

Thalius était bouche bée alors que Cilnius Mécène ricanait en son for intérieur. Le conseiller attendit que le colonel Thalius se tourne vers lui, puis il lui tendit une missive pliée avec soin qui arborait le sceau de Caius Octave.

— Voici tes ordres! dit-il simplement en tendant le document.

Thalius brisa le sceau de César d'une main tremblante, car il anticipait le contenu de la missive.

— Félicitations, Commandant! dit Quintus en tendant la main à son ami.

Thalius prit la main de Quintus en affichant un sourire forcé. Il savait que son ami était derrière cette promotion. Cependant, il détestait monter en grade, car cela signifiait de plus grandes responsabilités.

— Sans toi, comment vais-je m'en sortir? demanda-t-il en chuchotant d'une voix angoissée.

Quintus ricana du désarroi de son ami.

— Tu es vraiment le seul à te faire du souci à ce sujet.

Les invités étaient venus à tour de rôle présenter leurs félicitations à Quintus et Claudia pour leur mariage de même qu'au nouveau commandant. Le Colonel Rupilius s'était levé à nouveau afin de serrer son fils adoptif dans ses bras. Mécène s'était rendu à la petite table que Quintus lui avait montrée un peu plus tôt et il revenait vers Thalius en tenant une cassette ouvragée entre les mains.

— Commandant Thalius! clama Mécène d'un ton très solennel. Tu as fait preuve de valeur et tu as rendu de grands services à l'Empire. J'ai fait une requête aux censeurs et César à appuyer celle-ci.

Cilnius tendit la cassette à Thalius.

— Voici tes attributs, car tu fais maintenant partie des chevaliers de l'ordre équestre de la chevalerie romaine.

Thalius était abasourdi et il secouait négativement la tête. Il n'arrivait pas à le croire, car il n'était pas suffisamment riche et les membres de l'ordre devaient posséder un équivalent de plus de quatre cent mille sesterces.

Quintus s'était amusé à laisser planer la confusion dans l'esprit de son ami pendant plusieurs minutes, puis il s'était rendu à

550

la petite table à son tour, afin d'y prendre un rouleau de parchemin. Il retourna près de son ami, puis il leva la main gauche et il attendit jusqu'à ce qu'il ait obtenu l'attention des gens de nouveau.

— Comme vous le savez tous, selon la vieille Loi romaine, Caius Octave est mon héritier légal. Il m'est donc impossible de me départir d'une partie de mes biens, sans tout d'abord avoir obtenu l'autorisation de mon héritier.

Sans dire un mot de plus, Quintus remit le rouleau de parchemin à son ami, puis il attendit que celui-ci en termine la lecture. Thalius semblait perdu dans la plus grande confusion. Quintus se décida enfin à dissiper tout cet embarras.

— Tu te rappelles ce petit élevage de chevaux que mon père possédait au nord de Rome.

Thalius se mit lentement à secouer positivement la tête :

— Ce petit domaine et cet élevage ont pris beaucoup d'ampleur au fil des années, et cela grâce au Colonel Rupilius, bien entendu. Leur valeur combinée s'élève maintenant à plus de six cents mille sesterces et ce que tu tiens entre tes mains est l'acte de propriété en ton nom. Tu es maintenant un homme suffisamment riche pour faire partie de la chevalerie romaine.

Thalius était ému. Il essuya du revers de la main la petite larme qui se formait au coin de son œil, puis il attrapa l'avant-bras de Quintus, comme l'ont toujours fait les soldats. Il ferma les yeux quelques instants, alors que les grands évènements de sa vie défilaient à vitesse vertigineuse dans son esprit. Il était un esclave, fils d'un simple palefrenier. Quintus lui avait rendu sa liberté le jour où il avait hérité du domaine de son père. Par la suite, le Colonel Rupilius l'avait adopté, afin de lui permettre de se joindre à la cavalerie romaine. Bien malgré lui, Quintus l'avait fait monter en grade. Il était maintenant le commandant de la cinquième légion, membre de l'ordre équestre et plus riche qu'il n'avait jamais rêvé l'être un jour.

— Vas-tu enfin te décider à lui dire? lança Claudia en faisant de gros yeux à Quintus qui se mit à ricaner de façon retenue, faisant tressauter ses épaules.

Quintus posa la main sur l'épaule de Thalius qui l'interrogeait du regard.

— Le poste de proconsul que j'ai accepté, dit-il en un sourire amusé, est celui de Marcus Camillus. Je serai donc gouverneur de la Numidie et nous serons encore ensemble, puisque rien ne semble être en mesure de nous séparer.

Thalius mit le côté de son index dans sa bouche et il le mordit gentiment en secouant négativement la tête.

— Bien entendu, tu n'as pas jugé important de commencer par cette nouvelle!

— Bien sûr que non, car cela aurait gâché tout mon plaisir!

Les deux amis éclatèrent de rire, alors que Rupilius les regardait avec une lueur de fierté et d'amusement au fond de son regard.

* * *

Zach était débarqué à Césarée depuis une quinzaine de minutes. Il avait arpenté les quais en prêtant une oreille aux conversations autour de lui. Le colonel Thalius lui avait dit qu'il pouvait s'adresser au premier venu, mais il était hésitant. Il n'avait pas l'intention d'interroger vingt ou trente personnes avant de trouver celle qui connaissait l'homme qu'il cherchait. Il se disait que si l'homme était aussi connu que le prétendait l'officier romain, il entendrait sûrement une personne prononcer son nom à tout hasard.

N'ayant pas encore trouvé ce qu'il cherchait, il dirigea ses pas vers le nord des quais, là où il avait aperçu une taverne avant de descendre du navire. Bien qu'il ne fût qu'à la mi-mars, le temps était radieux et la température était très confortable. Il décida donc de s'installer sur la terrasse extérieure, au milieu des nombreux autres clients qui profitaient de cette journée clémente, et il commanda un gobelet de vin qu'il dégusta lentement tout en écoutant les conversations autour de lui.

Il avait presque terminé de boire son vin, lorsque l'un des deux travailleurs des quais, qui venaient de passer près de lui, prononça le nom de l'homme qu'il cherchait. Il se leva prestement et il se mit à suivre les deux employés. Tout en marchant d'un pas rapide, il extirpa le bout de parchemin de sa bourse et le déplia. Lorsqu'il fût à la hauteur du travailleur, il tendit le document devant l'homme qui s'arrêta net.

— Je cherche cet homme, dit simplement Zach. Peux-tu m'aider?

Le travailleur des quais était un homme court, trapu et d'une musculature noueuse et impressionnante. Il détailla Zach de la tête aux pieds, puis des pieds à la tête en affichant une petite grimace dédaigneuse. En d'autres circonstances, Zach lui aurait probablement balancé son poing à la figure, mais comme il avait besoin de cet homme, il se contenta de lui sourire aimablement.

— Que lui veux-tu? demanda l'homme d'un ton très condescendant.

Zach prit une longue respiration avant de répondre.

— C'est un rendez-vous d'affaires et il attend ma venue, cependant je n'ai aucune idée où je peux le trouver.

— Si tu es attendu, alors c'est différent, répliqua l'homme. Suis-moi!

Quelques minutes plus tard, Zach entrait dans un entrepôt, précédé par son guide.

— Patron! lança l'homme. Tu as un visiteur.

L'homme fit un pas de côté et, d'un geste de la main, il invita Zach à se rendre jusqu'à la table de travail de son patron.

Bénammi était absorbé par la lecture de plusieurs parchemins qui étaient étalés sur la table. Il mit donc plusieurs secondes avant de lever les yeux sur son visiteur. Lorsqu'il leva enfin son regard, il afficha une moue de déception en se rendant compte que l'homme n'était pas l'un de ses clients habituels.

— Que veux-tu? lança-t-il d'un ton bourru.

Zach arqua un sourcil, puis il claqua la demi-pièce d'or au centre de la table.

— Je viens récupérer mon bien! dit-il d'un ton tout aussi désagréable que celui du marchand.

Bénammi bondit de sa chaise en arborant un sourire mielleux.

— Pardonne mon accueil peu chaleureux, mais j'ignorais que c'était toi.

L'employé avait fait quelques pas dans leur direction, lorsque Zach avait claqué la demi-pièce sur la table, mais son patron le chassa d'un geste impatient de la main. Bénammi fouilla dans sa bourse et il en extirpa une demi-pièce d'or. Il approcha les deux moitiés qui s'emboîtèrent à la perfection. Satisfait du résultat, il tendit simplement le bras à sa gauche vers un petit coffre scellé qui avait été déposé sur une table à la vue de tous.

— Voilà! dit-il. Tout est là.

Zach était sidéré de voir que cet homme avait laissé une véritable fortune à la portée du premier venu :

— L'officier romain m'a dit que ce coffre contenait des reliques personnelles qui avaient une grande valeur sentimentale pour toi. Tu dois donc être très heureux de les récupérer!

Zach eut de la difficulté à ne pas éclater de rire. Il secoua simplement la tête en affichant un sourire bienveillant. Il s'empara du coffre et le cala fermement sous son bras, car le coffre était plus lourd que ce à quoi il s'était attendu.

— Tu ne l'ouvres pas! lança Bénammi sur une pointe de déception. Je garde ce coffre depuis plusieurs semaines et je suis très curieux d'en voir le contenu.

Zach afficha un sourire sarcastique.

— Le contenu de ce coffre est un secret. Si je te le montre, je devrai te tuer l'instant suivant.

Bénammi déglutit bruyamment.

— J'ai toujours dit que la curiosité était une très mauvaise chose, dit-il en détournant le regard de ce coffre qui l'intriguait.

Zach approcha de la table en posant un regard vers les deux demi-pièces qui s'y trouvaient, mais le marchand de coton réagit aussi vite qu'un chat. D'un geste vif, il s'empara des pièces et les laissa tomber dans sa bouse.

— Le colonel romain a dit que je pourrais les conserver lorsque les deux moitiés seraient réunies.

Zach darda un regard pénétrant sur le marchand.

— Il a vraiment dit cela?

— Mais bien sûr! répliqua Bénammi d'un ton indigné. Il a même dit que tu étais un homme généreux et que tu saurais me récompenser pour mon bon service.

Zach afficha un sourire amusé, puis il pivota et s'éloigna de quelques pas avant de s'arrêter.

— Saurais-tu où je peux acheter un bon cheval?

Bénammi fut étonné par la question car les chevaux étaient rares et dispendieux. Il ignorait si cet homme avait vraiment les moyens financiers de s'offrir un tel luxe.

— Au Sud des quais, il y a la capitainerie et juste à sa gauche, tu trouveras les écuries. Avec un peu de chance, le palefrenier pourra te trouver une monture qui correspondra à tes finances.

Zach le remercia d'un sourire, puis il fit quelques pas vers la sortie avant de s'arrêter à nouveau. Il commençait une toute nouvelle vie et il avait le cœur léger. Il décrocha la bourse que Thalius lui avait donnée et qui contenait encore plusieurs pièces, puis il la lança en direction du marchand qui l'attrapa d'un geste vif et précis.

— Si tu as besoin d'autre chose, dit Bénammi en s'inclinant sobrement, je serai toujours à ton service.

Zach ricana en secouant négativement la tête, puis il quitta l'entrepôt d'un pas léger, malgré le poids du coffre qu'il tenait sous le bras.

* * *

Deux années s'étaient écoulées. Zach avait respecté sa parole. Il s'était rendu en Perse et il s'efforçait dans la mesure où cela était possible de mener la vie d'un homme honnête, afin de ne pas être expulsé de ce territoire.

Le proconsul Quintus et le commandant Thalius étaient retournés en Numidie, afin d'occuper leur nouvelle charge, deux semaines après le mariage de Quintus et Claudia. Quintus avait retenu les services d'un entrepreneur en bâtiment afin de se faire construire une luxueuse résidence à moins d'une lieue au nord de la grande cité de Khirta. Claudia et lui avaient attendu toute leur vie et ils espéraient que cette intimité leur permettrait de rattraper les années perdues.

Quant à Hérode, sa folie n'avait fait que prendre de l'ampleur. Il faisait surveiller le domaine de Jacob en permanence dans l'espoir de recueillir une information qui pourrait le guider vers le lieu où Joseph et sa famille s'étaient réfugiés. De plus, il avait retenu les services de plusieurs mercenaires, afin qu'ils puissent se rendre sur les territoires que ses soldats ne pouvaient pas visiter.

* * *

À Djedda, les festivités en l'honneur de la grand-mère de l'humanité tiraient à leur fin. Gaspard avait longuement hésité, car la première année suivant la fuite de Joseph plusieurs personnages étranges et douteux avaient été vus à Djedda, mais il avait fini par céder à la requête de Joseph et ils s'étaient tous rendus à Djedda, afin de participer aux grandes célébrations.

Gaspard poussa la toile qui fermait la grande tente, puis il fit un petit pas vers l'intérieur.

— Si vous ne vous pressez pas, dit-il, vous allez rater le départ, car la grande Caravane va se mettre en route d'un moment à l'autre.

— Nous arrivons! répondit Joseph en secouant positivement la tête.

Marie se pressa de terminer le changement de lange de son fils, puis elle le souleva et le tendit à son père. Ils sortirent de la tente et ils virent Gaspard à une vingtaine de pas d'eux qui leur faisait de grands signes de le suivre. Trois chameliers qui attendaient à l'extérieur leur emboîtèrent le pas. Gaspard n'avait voulu courir aucun risque et il avait assigné trois hommes afin qu'ils gardent un œil constant sur la famille de Joseph.

Le roi-mage fendit la foule d'un pas décidé en direction de la tête de la grande Caravane et Joseph entraîna sa famille dans son sillage. Ils s'arrêtèrent près d'un petit groupe qui s'était agglutiné autour du roi de Djedda. Balthazar était entouré de ses enfants et de ses nombreuses épouses et il discutait avec Maître Cid. Falia faisait également partie de ce groupe avec ses deux enfants. Elle était demeurée sur le territoire Numide pendant quatre mois, puis elle était retournée à Djedda. Bélaïd avait beaucoup insisté afin de la convaincre de demeurer avec eux sur la colonie, mais elle avait senti que sa véritable place était à Djedda, là où se trouvaient tous ses souvenirs de Farouk.

— Nous sommes prêts, Père! lança le prince Muhammad en arrivant à grandes enjambées près du groupe.

Balthazar attrapa son fils par les épaules et il lui donna un baiser sonore sur chaque joue.

— Fait un bon voyage, mon fils. Que l'abondance et la sagesse guident tes pas.

— Je te remercie, Père, dit sobrement Muhammad en s'inclinant.

Il fit quelques pas et il alla remercier Cid pour l'appui et la confiance que celui-ci lui avait accordée et qui lui avait permis d'obtenir ce poste prestigieux qu'il convoitait depuis de nombreuses années. Il se rendit ensuite près de Joseph, puis il tendit les bras. Jésus sauta pratiquement dans les bras de Muhammad. Le prince leva l'enfant à bout de bras, puis il le secoua gentiment faisant éclater de rire le bambin.

— Je crois que vous n'êtes pas véritablement conscient de l'immense honneur que vous nous faites, dit-il en s'adressant aux parents de l'enfant-roi.

Joseph et Marie grimacèrent d'incompréhension :

— Vingt-huit générations se sont écoulées depuis David et c'est la première fois que l'un de ses descendants nous rend visite, expliqua Muhammad. De plus, ce n'est pas un, mais bien deux d'entre eux qui nous honorent de leur présence, le père et le fils. Ce moment restera gravé dans nos mémoires pour de nombreuses générations.

Balthazar et Cid se regardèrent en arborant un petit sourire entendu. Ils étaient impressionnés par la sagesse que le jeune prince avait acquise lors des deux dernières années.

Muhammad retourna à sa monture, puis il se mit en selle. Il se tourna, afin de s'assurer que tous étaient prêts, puis il leva la main droite, comme il avait vu Maître Cid le faire à de nombreuses reprises. Il fit tourbillonner deux fois sa main au-dessus de sa tête, puis il la lança devant lui. Donnant ainsi le signal de départ de la grande Caravane du Nord. Une quarantaine de chevaux et plus de cinq cents chameaux se mirent en branle extirpant des acclamations de la foule qui était venue admirer la plus majestueuse caravane qui existait en ce monde.

L'enfant Jésus pointait la Caravane, le regard brillant d'admiration et d'étonnement devant cette file interminable de chameaux.

— Oui! répondit Joseph. C'est très beau et un jour, lorsque le roi Hérode ne représentera plus une menace pour nous, nous partirons avec cette majestueuse Caravane, afin de retourner chez nous à Nazareth.

FIN

Liste des Principaux Personnages

Abiah - Épouse d'Ahmad et tante de Farouk.

Abigaïl - Sage-femme à qui appartient l'étable de Bethléem.

Abraham - Fondateur de la croyance en un Dieu unique.

Ahmad - Oncle de Farouk.

Amina - Mère de Farouk.

Ariée et Fitna - Enfants de Farouk.

Avaouz - Grand-oncle de Farouk.

Aziz - Chef des Nomades du désert.

Bachir - L'homme qui a vendu la maison à Farouk à Djedda.

Balak - Grand-prêtre du temple de Sîn et père de Sheran.

Balma - Fils d'Ahmad et cousin de Farouk.

Barabbas - Fils de Barnabé, le chef des brigands.

Barnabé - Chef des brigands.

Bélaïd - Ami d'enfance de Farouk dans la montagne.

Bénammi - Négociant de coton de Césarée.

Chalik - Maître-charpentier et patron de Sheran à Aila.

Cicéron - Sénateur et Orateur.

Cid - Grand Maître du Troc de la Caravane du Nord et cousin du roi Sarathin Balthazar Abimélek.

Cléopâtre Séléné - Épouse du roi Juba II, fille de Cléopâtre IV et de Marc Antoine.

Claudia - Fille d'Octavia et nièce de Caius Octave.

Clodia Pulchra - Fille de Fulvia, la conjointe de Marc Antoine.

Dathan - Frère aîné de Sheran.

Domitilla - Mère de Quintus et épouse du sénateur Hortensius.

Fahim - Capitaine du bateau à Césarée

Feroudja - Épouse de Farouk

Fulvia - Conjointe de Marc Antoine.

Hassan - Cousin du grand-oncle Avaouz.

Herennius (sénateur) - 3e Mari de Claudia.

Hortensius (sénateur) - Père de Quintus.

Jéchoniah, fils de Jéhojakim - Dernier roi juif à avoir régné sur le peuple de Juda.

Joachim - Père de la petite Marie et époux d'Anna.

Juba 1er - Roi de la Numidie et père de Juba II.

Juda - Oncle de Sheran et frère de Balak. (Marchand de tissu)

Malik - Gardien du pré de la caravane.

Marcus Camillus - Proconsul romain responsable de l'Africa Nova.

Mécène Cilnius - Ami et conseiller de Caius Octave.

Mostefa - L'aîné des marins d'Avaouz.

Muhammad - Troisième fils du roi Abimélek.

Obodas III - Roi des Nabatéen.

Polybios - Chef des mercenaires à la solde d'Hérode.

Popilius - Garde du corps du sénateur Herennius.

Rachel - Épouse de Jacob.

Ruben - Officier de la garde prétoriale d'Hérode.

Rupilius (colonel) - Maître d'armes et beau-père de Quintus.

Sarathin Balthazar Abimélek - Roi-Mage, roi de Djedda.

Mensor Gaspard Galgalat - Roi-Mage, roi de Zafar au royaume de Saba.

Théokéno Melchior Ahuzzat - Roi-Mage, roi d'Adulis, royaume au sud de l'Égypte.

Sheran - Charpentier-sculpteur… Deuxième fils de Balak.

Wassim - Maître du Troc qui conduit la Caravane du Sud.

Yousef - Marchand de fruits de Jérusalem.

Zach - Prénom de l'assassin qui veut tuer Quintus.

Table des matières